JUAN GÓMEZ-JURADO (Madrid, 1977) es periodista y autor de varias novelas de gran éxito, traducidas a más de cuarenta lenguas, como *Cicatriz* y *Espía de Dios.* Con su thriller *Reina Roja* (2018), ya convertido en un gran fenómeno de ventas, se ha consagrado como uno de los máximos exponentes del género a escala internacional. Su continuación, *Loba Negra* (2019), se ha situado también desde su publicación en los puestos más altos de las listas de más vendidos. Actualmente es colaborador en varios medios y cocreador de los podcast *Todopoderosos* y *Aquí hay dragones.*

Papel certificado por el Forest Stewardship Council®

MIXTO
Papel procedente de
fuentes responsables
FSC® C117695
www.fsc.org

Penguin
Random House
Grupo Editorial

Primera edición en esta colección, con ilustraciones: octubre de 2020
Octava reimpresión: abril de 2022

© 2012, Juan Gómez-Jurado
Autor representado por Antonia Kerrigan Agencia Literaria (Donegal Magnalia S.L.)
© 2020, Penguin Random House Grupo Editorial, S. A. U.
Travessera de Gràcia, 47-49. 08021 Barcelona
© 2020, Ricardo Sánchez Rodríguez, por las ilustraciones de interior
Diseño de cubierta: Penguin Random House Grupo Editorial, S. A. U.
Fotografía de cubierta: Leo Flores a partir de las imágenes de Shutterstock

Printed in Spain – Impreso en España

ISBN: 978-84-1314-235-7
Depósito legal: B-8.175-2020

Impreso en Novoprint
Sant Andreu de la Barca (Barcelona)

BB 4 2 3 5 A

La leyenda del ladrón

JUAN GÓMEZ-JURADO

A la memoria de José Antonio Gómez-Jurado,
que me enseñó a apreciar una buena historia

Palacio de Colón

Puente de Barcas

SEVILLA
SIGLO XVI

Ricardo Sánchez

La Giralda

Torre del Oro

El Arenal

Río Guadalquivir

N

PRÓLOGO

A mitad de camino entre Écija y Sevilla
septiembre de 1587

na manta de calor cubría la tierra. Los cascos de los caballos reverberaban en el Camino Real.

Un hombre enjuto y de rasgos afilados encabezaba el grupo, seguido por dos carros tirados por pencos grises. Dos mozos para cuidar de las bestias y tres ganapanes para cargar con los sacos de trigo iban a bordo de los vehículos. Cerraba la comitiva una recua de mulas, que tragaba estoicamente el polvo que levantaban ruedas y herraduras.

El que lideraba la marcha retorció las riendas entre los dedos. Tenía que hacer grandes esfuerzos para no clavar las espuelas en los ijares del caballo y galopar hacia Écija. Estrenaba aquella jornada el cargo de comisario de abastos del rey, encargado de reunir trigo para la Grande y Felicísima Armada que Felipe II estaba preparando para invadir Inglaterra. Como antiguo soldado que era, aquel encargo llenaba al nuevo comisario de orgullo y responsabilidad. Sentía que iba a contribuir a la gloria que iba a conquistarse en los próximos meses. Si no podía sostener él mismo un mosquete —pues en una batalla librada dieciséis años antes había perdido el uso de una mano— al menos podría alimentar a quienes los empuñasen.

Tampoco sería tarea fácil. Los campesinos y terratenientes no verían con buenos ojos las requisas de grano. El comisario portaba vara alta de justicia, así como permiso para romper cerraduras y saquear los silos, sin más obligación que dejar a cambio un pagaré real. Un pedazo de papel por el fruto de sus esfuerzos no sería bien recibido por quienes doblaban el espinazo sobre la tierra, especialmente cuando era notoria la lentitud de la Corona a la hora de satisfacer las deudas en las que tan alegremente se embarcaba.

El comisario interrumpió sus pensamientos cuando el ondulante camino pedregoso reveló una casucha a tiro de piedra.

—Es la venta de Griján, señoría —dijo alguien esperanzado desde uno de los carros. El trayecto desde Sevilla hasta Écija era duro, y los hombres confiaban que se les diera la oportunidad de rascar el polvo del sendero con una jarra de vino.

El comisario hubiese continuado la marcha. Se sentía capaz de cargar un millón de sacos de trigo sobre su espalda. Le faltaba una semana para entrar en la cuarentena, pero seguía siendo un hombre mucho más fuerte de lo que daban a entender su delgadez y sus ojos vivos y tristes.

—Pararemos a descansar un rato —respondió sin volverse. Al fin y al cabo, las bestias tenían que abrevar. Bajo aquel sol ardiente hombres y mulas podían aguantar aún muchas millas, pero los caballos eran otro cantar.

El instinto le dijo enseguida que algo no marchaba bien.

No hubo perros que saludasen la llegada de la comitiva con alegres ladridos al borde del camino. Tampoco nadie asomó a la puerta de la venta atraído por el ruido de hombres, ruedas y animales. Sólo había un silencio pegajoso y perturbador.

El lugar era pequeño y miserable. Un edificio cuadrado y basto, encalado en un blanco deslucido, con un chamizo de madera por cuadra. Más allá se extendía un huerto de olivos, pero la vista del comisario no llegó tan lejos. Sus ojos se quedaron clavados en la puerta.

—¡Alto! ¡Volved a los carros!

Los hombres, que ya corrían en dirección al pozo que había a unos pasos de la venta, se quedaron plantados en el sitio. Cuando siguieron la mirada del comisario, todos ellos hicieron a la vez la señal de la cruz, como movidos por una mano invisible.

Del chamizo asomaba el brazo escuálido y desnudo de un cadáver. El rostro ennegrecido y lleno de bubas del muerto no dejaba lugar a dudas sobre la razón de su fallecimiento: era la marca inconfundible de un asesino despiadado, un terror que alimentaba las pesadillas de todo hombre, mujer y niño de aquellos tiempos.

—¡La peste! ¡Virgen Santa! —dijo uno de los ganapanes.

El comisario repitió su orden en tono imperioso y el grupo se apresuró a cumplirla, como si el mero hecho de estar en contacto con el suelo polvoriento pudiese transmitirles la enfermedad. Cinco días de terrible tormento y al final la muerte, inevitable. Eran muy pocos los que se salvaban. Iba a dar la orden de partir, cuando una voz interior se lo impidió.

«¿Y si hay alguien dentro que necesite ayuda?»

Intentando dominar su miedo, el comisario descendió del caballo. Rodeando al animal, extrajo un pañuelo de las alforjas y se lo colocó sobre el rostro, haciendo un nudo en la nuca. Había pasado largo tiempo en Argel, cautivo de los moros, y había observado que sus médicos a menudo empleaban esta medida cuando tenían que atender a alguien infectado por la plaga. Caminó hacia la casa despacio, manteniéndose tan lejos del cadáver del chamizo como le fue posible.

—¡No entréis ahí, señoría!

El comisario se detuvo en la puerta. Por un momento sintió la tentación de dar media vuelta, subir a su caballo y huir. En ese momento sería lo más sensato, pero llegaría el día en que aquellos hombres recordasen cómo su jefe se dejó llevar por el miedo. En los próximos meses iba a exigir mucho a los que le acompañaban, y no sería bueno darles motivos para perderle el respeto desde el principio.

Dio un paso al frente.

Uno de los ganapanes empezó un padrenuestro en voz baja, y los otros se le unieron enseguida. Incluso las bestias se revolvieron inquietas, percibiendo el terror que embargaba a sus amos.

El comisario entrecerró los párpados al asomarse a la venta hasta que las pupilas se acostumbraron a la oscuridad del interior. Desde el umbral pudo ver una gran habitación, que debía de hacer las veces de salón, comedor y dormitorio, como en casi todas las casas pobres. Una mesa, una bancada y unos jergones de paja al fondo eran todo el mobiliario. No había piso superior, sólo una puerta lateral que llevaría con seguridad a la cocina.

A pesar de la protección del pañuelo, el lugar apestaba. Pero no a cadáver. El comisario conocía muy bien este último olor, y allí no se percibía.

Armándose de valor, dio varios pasos hacia el interior. Un grupo de ratas que le había pasado inadvertido se escurrió entre sus piernas, y se alegró de llevar gruesas botas de montar. Los jergones que había entrevisto desde la entrada se hallaban junto a una gran tinaja de aceite, sin duda el fruto del pequeño huerto de olivos. Eran dos camastros, uno de ellos ocupado.

Incluso en la penumbra del lugar supo que la mujer que yacía en el primero estaba más allá de toda ayuda. Los ojos amarillentos, fijos en el techo, estaban recubiertos de una fina nube. Debía de llevar muerta apenas un par de horas.

Sentado en el suelo, prendido a la mano derecha del cadáver, había un niño moreno y delgado. El parecido entre ambos era evidente, y el comisario dedujo que sería el hijo. Por la forma en la que se aferraba a su madre no debía de saber aún que había muerto.

«Se ha quedado aquí, junto a ella, para cuidarla», pensó el comisario, observando un cuenco con agua y una bacina en el suelo, cerca del niño. El infierno que debía de haber pasado, las cosas que debía de haberse visto obligado a hacer en las últimas horas de su madre hubiesen hecho huir a cualquiera. Sintió un estremecimiento de orgullo por la valentía del niño.

—¿Puedes oírme, muchacho?

El niño no respondió. Respiraba trabajosamente, pero de manera regular, y tenía los ojos cerrados. Como la difunta, también estaba infectado de peste, pero las bubas no se habían cebado con su rostro. Tan sólo tenía unas cuantas en el lado derecho del cuello, y éstas no eran compactas y negruzcas, sino que se habían abierto y segregaban un pus amarillento y maloliente. El comisario sabía muy bien lo que significaba aquello.

«Va a vivir.»

Tan sólo a los pocos que vencían la enfermedad les supuraban las bubas en el cuarto día. Aquel niño, que no podía contar más de trece años, había derrotado a un mal que podía tumbar a un hombre fuerte en pocas jornadas. Pero la hazaña no serviría de nada si lo dejaba allí, débil y abandonado a su suerte. Reprimió un gruñido de disgusto, pues aquello trastocaba por completo sus planes, pero ni por un momento se planteó no ayudar al chico. Estaba claro que el destino había guiado sus pasos hasta aquella venta dejada de la mano de Dios por alguna razón.

Rodeando los jergones, el comisario se acercó a la tinaja de aceite. Extrajo del cinto su daga y acuchilló varias veces la parte baja del enorme recipiente hasta que abrió una gran grieta en el barro. El líquido comenzó a derramarse sobre el suelo de madera con un borboteo sordo. Pasando por encima del creciente charco, el comisario volvió junto al niño. Se agachó junto a él y lo cargó sobre su hombro derecho. Pesaba menos de lo normal en un chico de su edad, pero aun así notó cómo le crujía la espalda al volver a incorporarse. El comisario recordó con ironía que tan sólo unos minutos antes se había sentido capaz de acarrear él solo todo el trigo del rey.

«Si pudiese valerme del maldito brazo izquierdo...»

Caminó de vuelta a la luz, seguido por el reguero de aceite, que se encenagó en el umbral al contacto con la arena del exterior. Los hombres contuvieron el aliento cuando lo vieron salir con un niño en brazos, pero el comisario le alejó de ellos; debían permanecer ignorantes de su enfermedad para que tuviera una oportunidad. Con un último esfuerzo, dejó al pequeño a la sombra del pozo. Sacando su propia cantimplora, echó un chorro de agua en los resecos labios.

—¿El niño no tiene peste, señoría?

—No, pero su familia ha muerto y se encuentra exhausto. Debo llevarlo a Sevilla.

—¿Y qué pasará con las requisas del rey?

El comisario se pasó la mano por la barba, pensativo. Aquellos hombres estaban más movidos por sus salarios que por el fervor patriótico, pero aun así llevaban razón. Los abastos de grano no podían retrasarse ni un solo día para que la flota pudiese partir a tiempo a la conquista de Inglaterra. Miles de vidas dependían de ello.

Apuntó con el dedo a dos de los ganapanes.

—Tú y tú: encended un fuego y prended el chamizo. El resto abrevad a los animales con el agua del pozo, pero no bebáis vosotros. Después todos retomaréis el camino de Écija y haréis noche en la primera posada que encontréis. Mañana al mediodía nos reuniremos junto al ayuntamiento.

Sin el lastre de mulas y carros, un jinete podría hacer aquel recorrido en tan sólo media jornada. Aquello le daba tiempo de sobra, y aún le permitiría gozar de una buena cabalgada. Sin su supervisión, lo más probable es que el grupo acabase en el primer burdel, pero por suerte aún no les había pagado nada. No le costaría demasiado esfuerzo ponerlos a trabajar al día siguiente.

«Y quién sabe... quizá estoy salvando a un futuro soldado de Su Majestad.»

Cuando los carros desaparecieron tras el primer recodo del camino, el comisario tomó un par de los maderos ardientes del chamizo por el extremo donde no había fuego y los arrojó al interior de la venta. Necesitó hacer varios viajes hasta que consiguió que el fuego se extendiese, prendiendo primero en la mesa y finalmente en las empapadas tablas del suelo. Las llamas tardaron en arder en el espeso aceite, pero cuando lo hicieron se elevaron hasta el techo con ferocidad. En pocas horas aquel lugar no sería más que un puñado de ruinas ennegrecidas y humeantes, y la peste no se propagaría por la región.

El comisario tuvo que hacer un enorme esfuerzo para colocar al niño sobre la cruz del caballo. Había permanecido mudo y semiinconsciente hasta aquel instante, pero soltó un quejido de protesta y entreabrió los ojos.

«Buena señal, muchacho. Celebro que aún te queden ganas de luchar.»

El trayecto de vuelta a Sevilla no era demasiado largo, pero el comisario llevó el caballo al paso, con miedo de que el niño se viese afectado por el movimiento. La preocupación le embargó cuando se dio cuenta de que podía no llegar antes de que las puertas de la ciudad se cerrasen, y en ese caso se vería obligado a pasar la noche fuera con el enfermo, al raso o en una posada; una opción demasiado peligrosa si cualquiera descubría que el niño aún tenía la peste. Un médico musulmán le había dicho una vez al comisario que los supervivientes no podían transmitir la enfermedad, pero sería muy difícil explicarles esa sutileza a los guardias o a un grupo de ciudadanos temerosos. En cuanto vieran las bubas, lo más probable es que echaran al niño a una zanja y le prendieran fuego. Había visto hacerlo antes.

Entrar en la ciudad no iba a ser sencillo, pero aun así el comisario soltó un suspiro de alivio cuando se halló a tiro de piedra de la Puerta de la Macarena. El sol corría a esconderse tras la torre de la catedral, y su hermoso giraldillo brillaba con un resplandor anaranjado. A los pies de los muros que circunvalaban Sevilla, una serie de hileras se formaban frente a las puertas de la ciudad. Los trabajadores de los campos, los mercaderes, los buhoneros, los aguadores y los matarifes daban por finalizada la jornada y se apresuraban a buscar la protección de las murallas por cualquiera de sus veintitrés puertas antes de que éstas se cerrasen.

El comisario azuzó su caballo hasta el principio de la fila, ante los insultos y las quejas del medio centenar de personas que aguardaban su turno para entrar. Enseñó a los guardias el documento que acreditaba su cargo, pero éstos le miraron con suspicacia. Aguantó el escrutinio sin apartar la vista, confiando en que así apartarían los ojos del niño.

—¿Quién es el rapaz?

—Mi criado.

—Parece enfermo.

—Le ha sentado mal la comida.

Uno de los guardias se aproximó al rostro del muchacho, que yacía boca abajo sobre la cruz del caballo. El comisario temió que levantase el pañuelo que le había colocado alrededor del cuello, tapando las bubas delatoras. Sin embargo el otro se apartó sin tocarle.

—Vos tenéis paso franco, señor, pero vuestro criado no.

El comisario fue a protestar, pero el guardia le interrumpió.

—Tendrá que pagar el portazgo, como todos los demás. Serán dos maravedíes.

Quejándose amargamente como buen hidalgo para disimular su alivio, el comisario echó mano de la bolsa y arrojó una moneda de cobre al guardia.

El crepúsculo había tomado las estrechas calles de Sevilla cuando el enfermo y su salvador se detuvieron frente a la Hermandad del Santo Niño, en el barrio de La Feria. Aquel orfanato era el menos terrible de la docena de ellos que había en la ciudad; al menos eso había oído decir el comisario a un alguacil que había abandonado al bebé de una querida allí. El muy bastardo se había jactado de ello, como si elegir el lugar donde deshacerse de tu prole no deseada fuera motivo de orgullo.

El comisario descabalgó y golpeó el aldabón por tres veces. Un anciano fraile con aspecto cansado y una palmatoria en la mano abrió la puerta y estudió con cautela al extraño erguido frente a él.

—¿Qué se os ofrece?

El comisario se inclinó y susurró unas cuantas palabras al oído del fraile, señalando hacia su montura. El fraile se aproximó al niño, que parpadeó cuando notó las huesudas manos del religioso retirando el pañuelo de su cuello, ahora manchado por el pus que supuraba de las bubas. El anciano acercó la palmatoria para contemplar los efectos de la enfermedad.

—¿Sabéis cuánto hace que contrajo la plaga?

—Su madre había muerto horas antes de que la encontrase, eso es todo lo que sé —respondió el comisario. Temió que el fraile se negase a aceptar al niño por tener la peste, pero aquél hizo un gesto de asentimiento al observar más de cerca el cuello del enfermo. Luego levantó su cabeza, tomándole de la barbilla con suavidad. La llama reveló unos rasgos fuertes en un rostro mugriento.

—Es mayor —gruñó el fraile.

—Tendrá unos trece años. ¿A qué edad abandonan vuestros pupilos el orfanato, padre?

—A los catorce.

—Eso le daría al chico unos meses para recuperarse y tal vez buscar oficio.

El fraile resopló con incredulidad.

—De todos los pobrecitos que abandonan en esta santa casa, tan sólo dos de cada diez llegan vivos a cruzar los muros el día de su decimocuarto cumpleaños. Pero cuando lo hacen saben leer y escribir, incluso les buscamos acomodo, si es que no se descarrían antes. La nuestra es labor de años, no de meses.

—Tan sólo os estoy pidiendo una oportunidad para el muchacho, padre.

—¿Contribuiréis a su sostén durante este tiempo?

El comisario hizo una mueca. Esperar el favor de un fraile sin que éste le pusiese precio era pedirle peras al olmo, pero aun así seguía doliéndole aflojar las cuerdas de su bolsa. Ni siquiera era su propio dinero, sino el que le habían confiado para cumplir con las requisas del rey. Cuando finalmente cobrase su propio salario tendría que devolverlo. Colocó cuatro escudos de oro sobre la mano tendida del anciano y, como éste no la retiraba, añadió otros dos más con un suspiro de resignación. Aquel gesto caballeresco le estaba saliendo muy caro.

—Seis escudos. Eso debería bastar.

El fraile se encogió de hombros, como diciendo que ninguna cantidad era demasiado cuando se le entregaba a un siervo de Dios. Volvió al interior del orfanato, donde llamó a otros dos frailes más jóvenes, que acudieron a hacerse cargo del niño.

El comisario volvió a montar, pero cuando iba a ponerse en marcha el anciano agarró el bocado del animal.

—Esperad, señoría. ¿Quién debo decirle que es su salvador, para que le tenga en cuenta en sus oraciones?

El hombre guardó silencio un momento, con la mirada perdida en las calles tenebrosas de Sevilla. Estuvo a punto de negarse a responder, pero había pasado por demasiados malos tragos en la vida, demasiadas pruebas y sinsabores como para desperdiciar una oración a cambio de sus seis escudos. Volvió sus ojos tristes hacia el fraile.

—Decidle que rece por Miguel de Cervantes Saavedra, comisario de abastos del rey.

Octubre de 1588
a
marzo de 1589

I

El tañido comenzó fuerte y sereno para volverse rápido, agudo y alegre. El sonido era inconfundible.

Los sevillanos aprendían a interpretar desde muy niños las campanas de la catedral. Su repique anunciaba bodas y funerales, subrayaba mediodías y atardeceres, advertía de plagas y peligros. Desde la inmensa altura del campanario, el canto de aquellos ángeles de bronce dominaba las vidas de los ciudadanos como el eco de la voz de Dios.

El mensaje llegó a todos y cada uno de los rincones de la ciudad: la flota de las Indias había regresado. Los inmensos galeones ya remontaban el Betis —o Guad al-Quivir, como lo llamaban los moriscos— rumbo al puerto del Arenal, con las bodegas rebosantes de plata y oro.

Los banqueros y comerciantes se frotaron las manos, pensando en las mercancías que en breve abarrotarían sus almacenes. Los carpinteros de ribera y los calafateadores saltaron de alegría, pues los barcos requerirían de numerosas reparaciones tras la peligrosa travesía por el Atlántico. Los taberneros, las prostitutas y los tahúres corrieron hacia el puerto con sus barriles de vino barato, sus caras pintarrajeadas y sus cartas marcadas. Fueron los primeros, pero no los únicos. Toda Sevilla se dirigía al Arenal.

Sancho no era una excepción.

El muchacho jamás había escuchado antes aquel repique de campanas, pero comprendió enseguida su significado, pues hacía semanas que en la ciudad no se hablaba de otra cosa que del inminente regreso de los galeones. Lo que no podía imaginarse en ese momento era que en pocas horas su vida correría peligro a causa de lo que iba a bordo de ellos.

A su alrededor, la plaza de San Francisco era un hervidero de vivas a Dios y al rey. Los tenderos desmontaban sus puestos a toda prisa, sabedores de que el público aquella mañana estaría en otro sitio. Los dueños maldecían a los aprendices, instándoles a embalar todo lo antes posible. Sancho se acercó a un peltrero que guardaba escudillas en un baúl.

—¿Deseáis que os ayude, señor? Puedo cargar con vuestros enseres hasta el Arenal y ayudaros a instalar allí el puesto otra vez —dijo intentando sonar serio y respetuoso.

Sin dejar de revolver en sus enseres, el peltrero echó un breve vistazo al espigado muchacho de pelo negro y ojos verdes que estaba junto a él. Le hizo un gesto obsceno con la mano.

—¡Lárgate, mocoso! No necesito ayuda, y dudo que tú puedas ni con tu propia sombra.

Sancho se apartó, humillado. Las gachas que había tomado en el orfanato como exiguo desayuno llevaban horas digeridas. Aquella mañana no había tenido suerte con los clientes, así que pasaría hambre durante todo el día. Los frailes no podían dar de comer al centenar largo de expósitos que abarrotaban la Hermandad del Santo Niño, así que los mayores debían espabilar si querían almorzar algo.

Casi todos recurrían al empleo de esportillero, que consistía en llevar una pesada cesta de mimbre y ofrecerse en plazas y mercados a los viandantes como mozo de carga. Las dueñas y las esclavas que acudían a los mercados les daban un maravedí por cargar con los alimentos desde los puestos hasta las cocinas de las casas. Con suerte, si éstas compraban frutas o huevos, el esportillero podía meterse algo en la boca mientras la clienta se paraba a conversar con alguna vecina.

Sancho no había tenido tanta fortuna aquella mañana, y las tripas vacías le rugían. No había perspectivas de echar nada en ellas hasta después de las clases. Cada día, los huérfanos que trabajaban en el exterior debían estar en el aula de la Hermandad a las cuatro en punto. Tres horas de lecciones hasta las siete, hora en que rezaban el rosario y tomaban la sopa aguada que servía de cena la mayoría de las noches. Después a dormir para poder encontrar un buen puesto en las plazas con las primeras luces del alba.

El lugar era importante. No era lo mismo estar en la modesta plaza de Medina que en la de San Francisco, donde los compradores eran adinerados y menos dispuestos a cargar ellos mismos con las vituallas para ahorrar. Llegar pronto era esencial para encontrar un buen sitio. Otros huérfanos se turnaban para hacerse con las mejores esquinas, pero Sancho, el último en llegar al hospicio, era siempre mirado con recelo por los demás.

Dobló la esportilla con cuidado, evitando que se partiesen las asas. Pertenecía al orfanato, y Sancho era responsable de ella. Un artesano empleaba una semana de trabajo en trenzarla, por lo que eran muy caras. Se la ató a la espalda con un par de cuerdas.

Cuando había comenzado en el oficio, meses atrás, casi no podía cargar con la cesta vacía. En ese tiempo había ensanchado los hombros con el duro trabajo, y ahora apenas notaba el peso del gran capazo de mimbre. A pesar del hambre, sonrió. La llegada de los barcos era un gran acontecimiento que él jamás había presenciado, y el resto de la jornada sería emocionante. Aún disponía de varias horas antes de tener que regresar al orfanato.

Las calles que conducían hacia la catedral estaban completamente taponadas por la marea de gente que se dirigía al puerto. En lugar de unirse a la procesión, Sancho atajó por el dédalo de callejuelas que quedaban al oeste de la plaza de San Francisco. Pocos transitaban por ellas en ese momento, pues los sevillanos intentaban cruzar las murallas por las puertas de Triana, del Arenal y del Carbón. Hacia donde Sancho se dirigía no había salida posible, pero la intención del muchacho era muy distinta a la de la multitud. Apretó el paso, impaciente por llegar.

—¡Mira por dónde vas, maldito seas! —le gritó una vieja que espulgaba una manta sentada sobre una piedra. Sancho estuvo a punto de arrollarla, y al evitarla derribó una cesta que derramó unas cuantas manzanas por el suelo. La vieja comenzó a chillar y le hizo el gesto del mal de ojo, intentando levantarse.

—¡Lo siento! —dijo Sancho, volviendo la cabeza, asustado. Iba a seguir corriendo, pero el aspecto de la frágil mujer despertó su compasión. Se apresuró a colocar las manzanas en la cesta de nuevo. La mirada reprobadora de la vieja se suavizó un tanto cuando Sancho se detuvo a ayudarla.

—Anda con más cuidado, rapaz.

El muchacho sonrió y reemprendió su carrera entre los edificios hasta casi darse de bruces con la muralla, que en aquella zona estaba casi pegada a las casas. Tan cerca se encontraban que Sancho podía trepar hasta lo alto de las defensas. Apoyó una mano en la pared de una casa y la otra en la muralla e hizo fuerza. Enseguida elevó sus pies descalzos, presionando también a cada lado, un poco por debajo de las manos, una y otra vez.

Al cabo de un par de minutos se agarraba al borde de las almenas. Se introdujo en el hueco entre dos de ellas, poniéndose de pie por fin sobre la muralla con un último esfuerzo jadeante.

El espectáculo era magnífico.

Ante él se extendía el Arenal, el más famoso lugar de comercio de la cristiandad. Aquella enorme explanada que se abría entre la muralla oeste de Sevilla y el caudaloso Betis maravillaba a todos los que visitaban la ciudad. El muchacho había caído también bajo su hechizo cuando puso en ella los pies por vez primera, el invierno anterior. Cada día, desde el alba hasta el ocaso, miles de personas bullían por aquel espacio abierto. Literalmente todas las mercancías del globo se daban cita en aquel lugar, en el que se comerciaba con pieles y grano, especias y acero, armas y municiones. En un caos tan sólo inteligible para quienes llevaban años inmersos en él, los bizcocheros y los curtidores se mezclaban con los plateros y los zapateros bajo cientos de toldos azules, blancos y parduzcos. El golpeo de los martillos y el burbujear de las ollas se fundía con el regateo apresurado en catalán, flamenco, árabe e inglés, por citar unos pocos. Que si algo se aprendía pronto en el Arenal era a timar en todas las lenguas posibles.

El Arenal era lo que había convertido Sevilla en la capital del mundo. Su puerto fluvial, al abrigo del ataque de los piratas por hallarse bien tierra adentro, era el paso obligado de todo el comercio con las Indias por expreso deseo de Felipe II. Nunca había menos de doscientas embarcaciones amarradas en sus muelles, y en las próximas semanas llegarían hasta trescientas. Cuando todos los barcos de la flota alcanzasen su destino, formarían un gigantesco bosque de mástiles y velas que taparían literalmente la vista de la orilla contraria, la de Triana.

Sancho aulló con júbilo cuando vio aparecer por el recodo sur del río la *Isabela*, la nave capitana de la flota, a la que le correspondía el honor de arribar a puerto en primer lugar. En ese momento la batería de cañones de la Torre del Oro lanzó una salva atronadora, y luego otra y otra hasta que el barco alcanzó el muelle entre los vítores del público. El humo de los cañones inundó con el olor de la pólvora la muralla en la que Sancho se encontraba, y el muchacho agradeció el picor acre en las fosas nasales; al menos serviría para camuflar el tufo que ascendía de la palpitante masa humana que ya abarrotaba la explanada. Hidalgos y plebeyos pugnaban a codazos por un lugar desde el que observar el desembarco.

A pesar de que ya llevaba más de un año en la ciudad, Sancho no había logrado acostumbrarse a la pestilencia de las calles. Su infancia había transcurrido en una venta solitaria, sin más compañía que la de su madre y la de los viajeros que paraban en ella camino de Écija o Sevilla; arrieros y buhoneros en su mayor parte, pero ocasionalmente gente de calidad. Todos ellos coincidían en una cosa: apestaban. Si cabe el olor de los plebeyos era más llevadero, porque no estaba enterrado bajo los aceites y perfumes que se echaban encima los nobles. Claro que en la venta bastaba con salir al patio para respirar aire fresco. En una ciudad de más de cien mil almas en la que la mejor forma de tratar los desperdicios era arrojarlos por la ventana, no había lugar donde escapar del hedor.

Sancho pasó el resto de la mañana encaramado en las almenas. Cada nuevo fardo desembarcado, cada nuevo cofre que subía a un carro era seguido por una ola que recorría la multitud, arrastrando el nombre del contenido. Especias, palo campeche, coral, barras de plata. El muchacho imaginaba el largo trayecto que había recorrido cada uno de esos barriles y fantaseaba con hacer algún día el camino inverso, siendo partícipe de esas aventuras. Tan inmerso estaba en sus ensoñaciones que cuando oyó las campanadas que anunciaban las tres y media comprendió que estaba en un buen lío.

«Fray Lorenzo me molerá a palos si no estoy en clase a tiempo», pensó mientras se apresuraba a descender de nuevo por el hueco entre muralla y edificios.

En cuanto sus pies tocaron el suelo trotó de vuelta hacia el barrio de La Feria. Pero no había recorrido media docena de calles cuando topó con una muralla de gente. Los curiosos se agolpaban al paso de una comitiva de carretas protegida por guardias armados. Con un escalofrío de emoción, Sancho dedujo que aquellos carros transportaban oro de las Indias, seguramente en dirección a la Casa de la Moneda.

Se escurrió entre las piernas de los espectadores hasta hallarse en primera fila. No podía esperar a que la comitiva pasase por completo, así que calculó el espacio que había entre una carreta y la siguiente y se lanzó a cruzar la calle. Los guardias le gritaron, pero ya era demasiado tarde.

Asustado por la repentina aparición del muchacho, uno de los caballos se encabritó, haciendo tambalearse el carro. Sancho, también asustado, intentó retroceder, cayendo de culo. Uno de los cajones que iban a bordo del carro se desplomó sobre él, y le hubiera aplastado si el muchacho no hubiera rodado justo a tiempo. La tapa del cajón se partió con la caída, y parte del contenido se desparramó sobre los adoquines. La multitud exhaló un grito cuando vio de qué se trataba. Un chorro de relucientes monedas de oro se extendió por el suelo.

Durante un instante, el mundo se detuvo. Sancho fue dolorosamente consciente de todo a su alrededor. El cajón de madera, marcado a fuego con las letras VARGAS entre dos escudos, uno el real y otro que no reconoció. El tintineo de las monedas dejando de rodar. Los rostros ávidos de la gente, dispuesta a arrojarse sobre el dinero.

«Me van a pisotear», pensó cerrando los ojos.

—¡Quietos! —gritó uno de los guardias, desenvainando su espada. El áspero ruido de la hoja saliendo de la vaina rompió el hechizo.

El conductor del carro saltó del pescante y comenzó a recoger las monedas. A su lado, el que había desenvainado la espada estaba plantado con las piernas abiertas. Su rostro de ojos hundidos y su barba recortada con forma puntiaguda retaban desafiantes al gentío.

—¡Ya está! —dijo el que estaba recogiendo las monedas. Con un enorme esfuerzo volvió a subir el pesado cajón al carro ayudado por otros tres hombres—. Podemos irnos.

—Aún no —repuso el de la barba recortada—. He visto que una moneda se hundía ahí —dijo señalando con el dedo al reguero del centro de la calle.

El conductor se quedó mirando el canal que hacía las veces de alcantarilla y desagüe, presente en muchas de las vías de Sevilla. De un palmo de profundidad por uno de anchura, estaba lleno a rebosar de un líquido pestilente, mezcla de heces, meados y desperdicios.

—Pues yo ahí no meto la mano —dijo el conductor.

—¡Metedla vos, soldadito! —gritó alguien entre la multitud.

El guardia de la barba recortada se volvió instantáneamente. Su mirada furiosa recorrió el rostro de los curiosos hasta reparar en uno que apretaba fuerte los labios, aterrorizado. Apartando a los que estaban delante de él, el guardia le golpeó en el estómago con crueldad. El inoportuno se derrumbó, boqueando en busca de aire, y el guardia aprovechó para patearle las costillas varias veces con sus pesadas botas de cuero. Los que les rodeaban se apartaron, espantados de la fría determinación con la que el guardia ejecutaba la paliza.

—Tú —dijo el de la barba recortada, volviendo junto a Sancho—, mete ahí la mano y recoge la moneda.

El muchacho se quedó mirando fijamente al guardia. Algo debió de ver este en sus ojos, ya que la espada pasó de apuntar al cielo a rozar en el pecho de Sancho. El huérfano bajó la cabeza muy despacio, mirando al reguero pestilente.

—Venga ya, no te lo pienses tanto. Al fin y al cabo tú sólo eres escoria —dijo el guardia, que se había fijado en los harapos que vestía Sancho y en sus pies descalzos—. Te sentirás como en casa.

Mucho tiempo después, Sancho reconocería este instante como uno de los momentos decisivos de su vida. Se preguntaría muchas veces si la locura que cometió estuvo movida por las risas nerviosas con que la multitud recibió el comentario del guardia, por el hambre, por la humillación o por una mezcla de todo ello. O quizá por la última mirada con la que se cruzó antes de bajar la cabeza. La de un niño pequeño, que no debía de contar más de cinco o seis años, que le contemplaba fascinado y boquiabierto, sin soltar el brazo de su madre, rascándose una pantorrilla llena de ronchas. De alguna extraña manera, el mocoso puso su propio futuro sobre los hombros de aquel muchacho desconocido obligado a rebuscar entre la mierda.

Pero en ese momento la mente de Sancho estaba ocupada por el asco. Arrugando el ceño, introdujo la mano en el canal. El guardia, satisfecho, apartó la espada de su pecho y la envainó.

—Palpa bien, mocoso, o te haré buscar con la boca. —Tenía un marcado acento extranjero que racaneaba las erres, como un telar que se ha quedado sin hilo.

Por un instante Sancho temió que el oro no apareciese, pero finalmente sus dedos rozaron algo metálico y se cerraron en torno a ello. Y entonces volvió a mirar a la cara al guardia.

El otro fue capaz de leer en Sancho lo que iba a ocurrir un momento antes de que éste actuara y volvió a requerir la espada, pero no sirvió de nada. El muchacho, sujetando con el pulgar la moneda en la palma, usó el resto de los dedos para catapultar un buen montón de mierda, directa a la cara del guardia.

La plasta repugnante y negruzca impactó en el rostro del capitán, que quedó paralizado durante un instante mientras la porquería resbalaba por su cuello y le empapaba el jubón.

Sancho no se paró a apreciarlo. Antes de que el guardia fuera capaz de reponerse saltó por encima del bocazas al que el guardia había golpeado, que aún se retorcía en el suelo. Aprovechando el hueco que su cuerpo había formado entre los curiosos, el muchacho echó a correr por el callejón con la moneda de oro firmemente apretada contra el pecho.

II

—¡Ven aquí, bastardo!

Sobrecogido de miedo, Sancho dio un salto por encima de un montón de basura y cambió de dirección, enfilando una calle estrecha. No comprendía cómo su perseguidor podía correr tanto, cargado como estaba con sus armas y la pesada vestimenta de cuero grueso propia de soldados y matones. Volvió a cambiar de dirección en la siguiente esquina, esperando despistarle, pero cada vez lo tenía más cerca.

—¡Ya te tengo!

El muchacho notó como los dedos del guardia le rozaban la camisa, pero la mano enguantada no llegó a aferrarse a la tela y se zafó. El guardia trastabilló hacia adelante durante unos pasos, pero enseguida se puso en pie y continuó tras él.

Con los pulmones formando una hoguera dentro de su pecho y las piernas cada vez más pesadas, Sancho volvió a girar en la siguiente esquina, encontrándose con una calleja tan estrecha que hubiera podido tocar las paredes de ambos edificios con sólo extender los brazos mientras corría. En ese momento se dio cuenta de que había cometido un terrible error. Al final de la calle había una escombrera, dos veces más alta que él, formada por un irregular montón de ladrillos y enormes pedazos de yeso. El chico fue consciente de que no conseguiría saltar al otro lado a tiempo.

Asustado, volvió ligeramente la cabeza y abrió los ojos desmesuradamente. El guardia había alzado la espada y se encontraba a menos de dos metros de él. Encogiendo los hombros, Sancho esperó el golpe fatal sin dejar de correr.

La afilada hoja realizó un arco en el aire, pero justo antes de descender hacia el muchacho rozó en la pared, arrancando una lluvia de chispas amarillas. Cuando el filo golpeó a Sancho no lo hizo en el cuello, como era la intención del guardia, sino en la espalda. La esportilla que llevaba detuvo el golpe. Cayó al suelo, casi partida por la mitad.

Por el impulso del ataque, el guardia tropezó y se dio de bruces contra la pared. Sancho aprovechó para trepar por la escombrera, despellejándose manos, pies y rodillas con las piedras afiladas, y saltando al otro lado.

Rodó al caer, apartándose de los escombros, aturdido. En ese momento notó unas manos que le agarraban por el pelo y le sujetaban la boca.

—¡Dame la moneda!

Intentó resistirse y protestar. Se encontró frente a frente con un rostro feo, rechoncho y diminuto.

—¡Sah! No digas nada y dame la moneda. ¡Estoy intentando salvarte la vida, niño!

Aturdido por el hambre, el dolor de sus extremidades y completamente exhausto, Sancho no podía seguir luchando. Abrió la mano y le entregó la moneda al hombrecillo que le sujetaba. Éste corrió hacia la escombrera y la colocó sobre una piedra, iluminada por el sol de la tarde. La luz arrancó reflejos dorados a la moneda de dos escudos, enviando una luminosa proyección de la cruz de Jerusalén sobre las paredes del callejón.

El enano volvió junto a Sancho y lo llevó a empujones hasta el vano de un portal, donde ambos se acurrucaron en silencio. Justo a tiempo, pues el sombrero de ala ancha del guardia ya asomaba por la cima de la escombrera. Su rostro enfurecido dejaba claro que se le daba peor trepar que correr. Cuando vio la moneda reluciente sobre la piedra, comprendió que Sancho se le había escapado. Recogió la moneda y volvió a lo alto del cerro de piedras. Desde allí alzó una voz ronca, profunda y cargada de odio, cuyo eco resonó en los aleros de las casas.

—¡Te cogeré, mocoso! ¡Antes o después! ¡Y colgarás de una horca, como todos los de tu calaña!

Dándose la vuelta, dio un salto y desapareció.

—¿Qué pasa? ¿Nunca habías visto a un enano? —le dijo su salvador a Sancho, divertido ante la mirada de extrañeza del muchacho.

—Una vez. —El chico tosió intentando recuperar el aliento—. Unos feriantes pararon en la venta de mi madre, y un enano viajaba con ellos. Yo era muy pequeño, y creí que era un niño como yo. Creo que le pregunté a mi madre que por qué yo no tenía barba.

Tuvo un fugaz arrebato de pena cuando recordó aquellos días, mucho más sencillos. La vida se limitaba a la cosecha del huerto, alimentar a las gallinas y ordeñar las dos cabras. Ahora, un año después, toda su existencia anterior le parecía borrosa y desdibujada en comparación con la dura realidad de las calles de Sevilla. El dolor y la nostalgia se acrecentaron cuando se dio cuenta de que apenas podía fijar en su memoria el rostro de la mujer que le había traído al mundo.

—Bueno, ahora ya no estás en una venta, muchacho. Y te has metido con alguien peligroso, por cierto. Ése era el capitán Groot, el guardaespaldas personal de Francisco de Vargas —dijo el enano haciendo un gesto al lugar por el que se había marchado el de la barba recortada—. Ese flamenco hereje suele ser un hideputa frío como el culo de una monja. Jamás había visto a nadie enfurecerle tanto.

—¿Es que estabas allí? —preguntó Sancho, escéptico. Dudaba que el enano hubiera llegado tan rápido con aquellas piernas tan cortas.

—No me hacía falta estar allí. Estas calles tienen ojos y oídos, si sabes escuchar. Los rumores vuelan mucho más rápido que los pilluelos a la fuga, y más si a quien han robado es al mismísimo Vargas.

Sancho carraspeó, con la boca reseca aún tras la carrera desesperada. No le había gustado nada la manera en la que había sonado aquella última frase.

—¿Ese Vargas es un tipo importante?

El enano soltó una risita irónica.

—¿Que si Vargas es un tipo importante? Pero ¿tú de dónde sales, niño? Creo que tendré que trabajar mucho contigo si es que de verdad quieres dedicarte a este oficio.

—¿A qué oficio?

—¿A cuál va a ser? Al noble arte de Caco, a la redistribución de la riqueza, a la incautación de excedentes. Al robo, vamos. Con esas piernas que tienes no lo harías nada mal. Con un consejero adecuado, claro está —añadió rápidamente.

Pero Sancho ya no le escuchaba. Lo único en lo que podía pensar era en que llegaba tarde al orfanato. Y aquel día era el menos indicado para ser impuntual.

—No me interesa.

—¿Que no te interesa? —Incrédulo, el enano abrió mucho los ojos.

—Escucha, gracias por ayudarme, pero tengo que irme. ¡Suerte!

—¡Pregunta por Bartolo de Triana, en el Malbaratillo! ¡Allí todos saben quién soy! —gritó el enano a la espalda del chico, que corría calle arriba, alejándose.

III

—

Llevaba demasiada prisa como para aguardar a que el hermano portero le abriese el portón de entrada, así que se encaramó a la tapia del patio con la intención de entrar por detrás. Con un poco de suerte llegaría a tiempo de unirse a la larga fila que se formaba frente al comedor antes de que se cerrasen las puertas y comenzase la cena.

Trastabilló al caer al suelo, raspándose las rodillas, y mientras recuperaba el aliento escuchó con toda claridad el ajetreo y las voces que venían del lado norte del edificio, y supo que casi todo el mundo debía de estar ya sentado. Maldiciendo por el hambre que iba a pasar si no llegaba a tiempo, se coló en la casa por una de las ventanas que daban al patio y trotó pasillo abajo. Al llegar donde la larga galería torcía hacia la capilla y el comedor, Sancho se agarró a la esquina para girar sin perder velocidad. De pronto se chocó contra un muro de carne, y cayó hacia atrás.

—¿Qué diablos...? —dijo una voz aguda frente a él.

Sancho se incorporó. Frente a él, frotándose la espalda en el punto en el que había impactado con él, estaba Monterito, uno de los chicos mayores del orfanato. Aunque tenían la misma edad, Sancho y él sólo coincidían en los pasillos, puesto que dormían en habitaciones separadas e iban a clases distintas. Monterito estudiaba con los más pequeños, mientras que Sancho lo hacía directamente con fray Lorenzo, el prior. El muchacho se alegraba de ello, pues Monterito era grande, gordo y pendenciero. Provocaba peleas constantes allá adonde iba, y se había rodeado de otro grupo de matones como él. Eran tres o cuatro, que acosaban a los más débiles y les robaban el poco dinero y los alimentos que conseguían mendigando por las calles o haciendo de esportilleros.

En ese momento estaban allí también, rodeando a uno de los nuevos, a quien Sancho no conocía.

—Siento haberte tirado. Ya me voy —se disculpó alzando las manos con gesto tranquilizador.

—Eso, lárgate, bujarrón. Tenemos trabajo aquí —dijo Monterito.

El nuevo miró a Sancho con desesperación. Normalmente los que llegaban lo hacían vestidos con simples harapos o directamente desnudos, pero aquel pobre niño llevaba una de las bastas camisolas del orfanato, completamente desgarrada.

—¿Qué le estáis haciendo?

—¿A ti qué te importa, sabihondo? Lárgate antes de que te deslomemos a ti también.

Sancho dio un paso atrás. Eran demasiados, él llevaba las manos vacías. Estaba agotado, famélico y dolorido. Lo único que quería era alcanzar el comedor y después el jergón del dormitorio que compartía con otros veinte huérfanos.

El niño nuevo estaba temblando, y gruesas gotas de sudor le apelmazaban el pelo y le caían de los ojos saltones e indefensos, que se agarraban a Sancho como a su última tabla de salvación.

«Maldita sea», pensó Sancho dando un paso adelante. Si había algo que no podía soportar era ver cómo se abusaba de los pequeños.

—Dejadle en paz.

Monterito, que ya se había vuelto hacia su víctima, se dio la vuelta con una expresión de asombro e incredulidad pintada en su cara de luna.

—¿Qué acabas de decir?

Sancho suspiró con aire hastiado, intentando aparentar indiferencia.

—¿Es que estás sordo? Que dejes al niño tranquilo. Sois demasiados perros para tan poca paloma.

El gordo se volvió e hizo crujir los nudillos, yendo a por Sancho sin mediar palabra. El muchacho, que le estaba esperando, se agachó para esquivar el puñetazo de Monterito, que se tambaleó llevado por el impulso. Los otros matones se unieron a la pelea y soltaron al novato, que se alejó corriendo como alma que lleva el diablo. Sancho intentó hacer lo mismo, pero no consiguió zafarse de las manos de los otros. Alcanzó a darle una patada a uno de ellos antes de caer al suelo, arrastrando a otro de los matones en un revoltijo de brazos y piernas.

—¡Ay, Jesús bendito! ¡Pero qué zarabanda es ésta!

La voz aflautada del hermano ecónomo y la vara con la que castigaba a aquellos que se portaban mal en el comedor separaron a los contendientes en unos instantes. Sancho se quedó tendido en el suelo, tan magullado y exhausto que le daba igual el castigo. El fraile tuvo que gritarle varias veces para que se incorporase.

—¡Así que eres tú, Sancho de Écija! ¡Una vez más rompiendo la paz de esta casa!

—Hermano, yo...

—¿Ha sido él quien ha empezado esta trifulca?

Los matones y Monterito asintieron, muy serios, haciéndose cruces sobre el pecho y poniendo a Dios y a su madre por testigos de la culpabilidad de Sancho. Éste, rabioso por la injusticia, cruzó los brazos sobre el pecho y no dijo nada más.

Fray Lorenzo estaba en pie junto a la ventana cuando Sancho entró en la habitación. El fraile no se dio la vuelta para recibirle, pues necesitaba un tiempo para controlar sus emociones. A pesar de contar ya casi setenta años, fray Lorenzo no había perdido jamás un lado humano que sus superiores siempre habían intentado aplastar encomendándole los cargos más comprometidos. En su Irlanda natal había sido limosnero de su orden, había trabajado en una leprosería, incluso fue enviado a Inglaterra en 1570 tras la excomunión de Isabel I. Estuvo allí cinco años, mientras la persecución contra los partidarios del papa de Roma se recrudecía. Tuvo que decir misas en graneros y cobertizos, bautizar a niños en pozas y bañeras, confesar en establos y gallineros. Finalmente su rostro se hizo demasiado conocido para los ortodoxos anglicanos como para continuar en el país, pero los superiores de la orden se negaron a devolverle a Irlanda. En lugar de eso le asignaron el trabajo más ingrato que podían encargarle: hacerse cargo del mayor orfanato de Sevilla tras la muerte del anterior prior. Una pequeña comunidad de cinco monjes para un centenar de expósitos.

Fray Lorenzo hizo honor a su voto de obediencia y no protestó, a pesar de no conocer una palabra de español. En los doce años que llevaba en Sevilla había llegado a dominarlo tan bien que ni el oyente más avezado hubiese notado que no había nacido en Castilla. El religioso tenía un don para las lenguas, y por eso incluía en sus lecciones el aprendizaje de la inglesa, además de latín, griego y matemáticas. A diario tenía la sensación de estar sembrando en terreno pedregoso, pues los niños del orfanato estaban casi siempre demasiado hambrientos, demasiado enfermos o habían recibido demasiados golpes en la cabeza como para que fecundasen en ella las semillas del conocimiento.

Había, sin embargo, raras excepciones; lirios blancos creciendo en el centro del vertedero. Por ésos era por los que más sufría, puesto que por mucho que se volcase con ellos no podía evitar que se pinchasen un dedo con un clavo oxidado y muriesen entre terribles espasmos musculares, o que las fiebres o el tabardillo añadiesen pequeños montones de tierra al abarrotado cementerio que el orfanato mantenía al fondo del patio.

Fray Lorenzo llevaba una década cuidando de los hijos de otros, aquellos a los que nadie quería. Había encontrado pocos lirios blancos, y ninguno con el brillo y la fuerza de Sancho. Era capaz de aprender en días lo que a otros llevaba semanas. Cuando se recuperó de la peste y pudo pisar por primera vez un aula no sabía leer ni escribir. En tan sólo un año se había convertido en su mejor alumno.

Se dio la vuelta y le contempló en silencio, mesándose la vieja barba gris. A pesar de su delgadez el muchacho era fuerte, y había crecido al menos un palmo desde que apareció enfermo y a lomos de un caballo. Aguardaba mirándole de frente como siempre, con un aire en apariencia tranquilo y respetuoso que no engañaba al fraile. Sabía que detrás de aquellos ojos verdes bullía una tormenta incontenible. No tenía amigos, y en ocasiones lo había visto defendiéndose de los insultos y las agresiones de los demás, que no le entendían ni querían hacerlo. Se fijó en el labio partido y no ocultó un gesto de disgusto.

—Acércate, Sancho.

Se volvió de nuevo hacia la ventana, contemplando cómo la oscuridad se apoderaba del patio vacío. Sancho se situó junto a él.

—Tenías que haber venido a hablar conmigo antes de la cena y no has aparecido. Y para colmo me ha dicho el hermano ecónomo que has andado peleándote y perdido la esportilla.

—Lo siento, padre. Veréis, acudí al Arenal por la mañana...

—Ya es suficiente, Sancho. El motivo de tu retraso no me interesa.

—Pero...

Fray Lorenzo alzó un dedo y el muchacho se calló a regañadientes. Era, por supuesto, un rebelde. No había asumido su lugar en el orfanato, ni tampoco la tragedia que le llevó hasta allí. Había tardado tan sólo un par de semanas en recuperarse de la peste, que no había dejado en su cuerpo más secuelas que unas feas cicatrices en su cuello del tamaño de un doblón. Sin embargo, el fraile sabía que las heridas del alma del muchacho tardarían mucho más en cicatrizar, si es que llegaban a hacerlo. Había tardado meses en abrir los labios, y cuando lo hizo tan sólo reveló pequeños retazos de su historia, que el fraile tuvo que juntar con paciencia.

Sabía que Sancho nunca había conocido a su padre, y que su madre era una mujer dura, más inclinada a los hechos que al cariño. No tenía hermanos ni otra familia, que él supiera. No había vivido otra rutina que la azada y el fogón. Tenía las ásperas manos de un labriego, pero la mente de un zorro y el temperamento de un gato montés. Sin el ancla de su madre, en un entorno como el de aquella descarnada ciudad, el muchacho estaba perdido. Creía tener siempre la razón, y rechazaba cualquier forma de control.

Necesitaba un correctivo, algo que le hiciese avanzar en la dirección adecuada.

«Que Dios me ayude, espero estar tomando la decisión acertada», pensó el fraile.

—Me quedan pocas lecciones que darte. La semana próxima abandonarás el orfanato. Y sabes que hoy iba a comunicarte mi decisión sobre tu futuro. —Sancho asintió, despacio—. He decidido que no voy a recomendarte para trabajar en casa de los Malfini. Hablaré en favor de Ignacio, no en el tuyo.

El muchacho abrió mucho los ojos, como si acabase de recibir una bofetada. Llevaba soñando con el empleo en la casa de aquellos banqueros italianos desde que fray Lorenzo le habló de él semanas atrás. Las rutas de comercio con Inglaterra se mantenían, a pesar de que ambos países estuviesen oficialmente en guerra. Eran los barcos italianos y portugueses los que portaban las mercancías desde Sevilla, y los Malfini llevaban representaciones de esas rutas comerciales. Al principio no significó nada para él, hasta que el fraile le mencionó que los aprendices podían optar a un puesto como tripulante en las naves. La máxima aspiración del muchacho era vivir aventuras allende los mares, y sintió el rechazo del fraile como una traición.

—Pero padre, vos me dijisteis que era el mejor cualificado para el puesto —consiguió reaccionar Sancho, luchando por no levantar la voz—. Soy mucho más rápido haciendo las sumas que Ignacio, y además...

—Sí, Sancho, eres mejor sumando que Ignacio. Y también tienes un mejor inglés, aunque tu latín sigue dejando mucho que desear. Pero en el empleo en la casa Malfini no son ésas las únicas cualidades que necesitarías. Te haría falta disciplina, orden, responsabilidad. Y en esas materias, hijo mío, suspendes estrepitosamente. Llegas tarde, siempre andas peleándote con los demás...

Sancho apartó la mirada, pues no había una manera sencilla de explicar lo que había sucedido hoy con Monterito y el nuevo. Él mismo no podía explicarse por qué cada día acababa envuelto en alguna riña con otro matón distinto. Cada noche, cuando tumbado en el jergón hacía recuento de cardenales, costras y dientes que se le movían, se juraba que no volvería a ocurrir. Y sin embargo, ocurría.

—Yo nunca empiezo las peleas, padre. —Fue todo lo que acertó a decir.

—¿Crees que agradas a tus compañeros, Sancho?

—No lo sé. No lo creo.

—¿Y hay, en tu opinión, algún motivo para ello? —preguntó el fraile enarcando una ceja.

El muchacho se encogió de hombros y no respondió. No comprendía a cuento de qué venía aquello.

—Yo voy a explicarte el motivo —continuó fray Lorenzo, irritado—. Acércate a mi baúl y ábrelo. Encontrarás un cofrecillo de madera oscura. Ponlo sobre mi escritorio y mira en su interior.

Intrigado, el chico obedeció. Estaba lleno de tiras de papel de varios tamaños y formas, ninguna mayor que la palma de su mano. Tomó una y descifró la letra abigarrada en voz alta.

—«Se echa por no tener motivos para su sustento.» ¿Qué es esto, padre?

—Sigue leyendo.

—«Se deja en esta santa casa porque corre peligro la honra de la madre» —dijo tomando los papelitos de uno en uno, sin comprender—. «Y por la honra se deja.» «Se echa por venir mi marido en los galeones, que lleva fuera más de un año.»

—Todos estos papeles venían prendidos a las ropas de los niños que abandonan en nuestra puerta. Les dejan desnudos, de madrugada, sin importarles si es pleno invierno, para que no peligre su honra al verles los vecinos salir de casa con un bebé de su hija o de su criada. A veces ni se molestan siquiera en tocar la campana del convento. Uno de nosotros sale cada hora, de noche, pero a veces el lapso de tiempo es demasiado largo y les atacan los cerdos o los perros. ¿Tienes idea de cuántos niños he tenido que arrancar de las fauces de los animales? ¿Cuántas veces me he peleado por una mano o una oreja?

Fray Lorenzo apretó los puños con fuerza, como si su cuerpo representase por él las batallas que había librado solo, contra la mismísima muerte, en el umbral del orfanato. Dio un largo suspiro.

—Y los que vienen con un papel son los afortunados. Muchos ni siquiera tienen el consuelo de una nota como ésta, una simple frase. El día en que se marchan se la doy, para que tengan al menos algo que les recuerde quiénes son.

—¿Se los da cuando se marchan? Pero aquí hay...

Se calló de repente, comprendiendo dónde estaban ahora los dueños de todos aquellos mensajes. Éstos eran los que habían perdido la batalla, los que nunca habían abandonado el orfanato.

—Tú has tenido una madre durante trece años. Por eso los demás te envidian y se echan encima de ti a la menor oportunidad. ¿Lo comprendes?

Sancho rehuyó la mirada reprobadora del fraile. Su mente viajó por unos instantes muy lejos de allí, hasta una venta soleada donde el olor del aceite y el polvo del camino convertían la vida en un poema cadencioso y lento. Unas agrietadas manos de mujer pelaban una gallina a la sombra del cobertizo, mientras un niño arrojaba piedras a los lagartos y las cigarras cantaban entre los hierbajos. Si no hubiese perdido todas aquellas sensaciones, nunca hubiera comprendido que aquello era lo que él llamaba hogar.

—Quizá es mejor no conocer que perder —dijo Sancho con tristeza, casi para sí mismo.

Fray Lorenzo se tomó unos instantes antes de responder, pues la madurez de las palabras del muchacho le había sobrecogido. Pero no podía permitirse retroceder. No si quería que realmente aprendiese la lección.

—Es exactamente esa actitud la que te aleja de los demás. Encerrarte en tu dolor, no hablar con nadie, rebelándote a todo lo que se te dice. Así sólo les transmites que crees ser mejor que ellos. Si te quedases en el orfanato más tiempo, tal vez... Pero tu estancia aquí ha terminado, y lo mejor que puedo hacer por ti antes de que te vayas es imponerte un castigo.

—Un castigo —repitió Sancho, lentamente.

—Será un trabajo menos acorde con tu valía, pero te enseñará un poco de sentido común: mozo de taberna.

El muchacho sintió que enrojecía de vergüenza. Le hervía la sangre por la injusticia que estaba cometiendo el fraile, pero no quiso darle la satisfacción de ver cómo la noticia le afectaba y bajó la cabeza en silencio. Fray Lorenzo lo contempló con cautela, pues esperaba una reacción airada.

—Es un lugar honesto, cerca de la Plaza de Medina. Permanecerás allí seis meses, cumplirás a rajatabla y tal vez entonces hable a los Malfini en tu favor.

IV

El capitán Erik Van de Groot se quitó los guantes al entrar en el patio de la mansión de Vargas. Los perros que había tumbados a la entrada se apartaron de él, gruñendo y mostrando los dientes a las enormes botas de cuero que habían aprendido a temer. El contraste del mal olor de fuera con el fresco aroma de las dalias y los narcisos del jardín interior calmó ligeramente la rabia que aún sentía Groot por haber dejado escapar al mozalbete que le había humillado en público.

Envió a uno de los criados a por un aguamanil y una toalla para terminar de asearse, pues aún había en su rostro restos de la injuria que había sufrido. Cerró los ojos, atento sólo al cántico de la fuente que ocupaba el centro del patio, hasta que consiguió que sus nervios se serenasen de nuevo. Vargas no era hombre que gustase de las emociones, algo que Groot comprendió en cuanto comenzó a trabajar para él. Dieciséis años atrás, cuando el flamenco languidecía en la cárcel por haber acuchillado a otro oficial, Vargas entró en la prisión y cambió unas palabras con el alcaide. Éste mandó traer a su presencia a Groot y a otros dos rufianes tan enormes y despiadados como el flamenco. El alcaide dijo que aquél era un hombre de negocios importante que buscaba un guardaespaldas después de que al último se le hubiesen indigestado dos palmos de acero toledano.

Vargas no hizo preguntas, sólo se aproximó y los miró de frente, tan cerca que sus narices casi podían tocarse. Los otros se removieron inquietos. Groot fue el único que aguantó el escrutinio sin pestañear, a pesar de que los ojos negros y profundos del comerciante le dieron escalofríos. Aquella misma noche entró por primera vez en el patio donde ahora intentaba sosegar su espíritu.

Ya entonces la fortuna de Vargas era considerable, aunque nadie lo hubiera dicho al observar su casa por fuera. De fachada grande, seguía la antigua moda morisca de edificar hacia el interior. Sin ventanas, de piedra desnuda y áspera; lejos del estilo que ahora se imponía entre nobles y gente que, como Vargas, se había enriquecido con el comercio de las Indias. Grandes palacios, suntuosos escudos de armas sobre la puerta de carruajes, docenas de sirvientes. Nada de eso iba con su jefe, que mantenía la servidumbre al mínimo y primaba la discreción. Sin embargo, las plantas en el jardín se renovaban cada tres meses y los muebles de las habitaciones eran de una factura que el propio rey hubiese envidiado de haberse dignado a dedicarle una segunda mirada a un plebeyo.

El criado regresó con los útiles de aseo. Saliendo de su ensimismamiento, Groot se refregó a toda prisa, con movimientos circulares, hasta que la toalla de buen lienzo blanco quedó convertida en poco más que un trapo sucio. La arrojó al suelo con desdén.

—¿Don Francisco está en su estudio?

—Sí, capitán —respondió el criado entre dientes—. Pero está reunido.

Era uno de los que más tiempo llevaba en la mansión. Groot percibió el odio en su voz y en la mirada sesgada que le había dirigido cuando dejó caer la toalla.

—¿Crees que eso me preocupa, tarugo? —Con su acento flamenco sonó a *tarujo*.

—Señor, sólo pensé...

—Lo que tú piensas me trae sin cuidado. Vete al prostíbulo a contárselo a tu madre, igual a ella le importa.

El criado, enfurecido por el insulto, hizo un ligero ademán de echarse encima de Groot, y éste apoyó la mano con parsimonia en el puño de su espada. El otro se contuvo a tiempo. Confuso y humillado, se dio la vuelta sin decir palabra.

El holandés sonrió, secretamente complacido. Lo único que echaba de menos del ejército era el poder que le confería su rango sobre sus subordinados. Ahora había quedado reducido a los muros de aquella casa, excepto en las contadas ocasiones en que tenía que realizar una misión para Vargas. Por ejemplo, escoltar el cargamento de oro de las Indias hasta la Casa de la Moneda, como aquel día. Entonces podía recorrer las tabernas y los bodegones en busca de la fuerza bruta que requería el trabajo y sentir de nuevo el viejo orgullo.

Se encaminó al estudio de Vargas, que estaba en el segundo y último piso. El patio abalconado comunicaba entre sí las dependencias de la casa con pasillos que asomaban de la fachada, delimitados por balaustradas de mármol. La oscura planta baja pertenecía a los criados, los animales y los esclavos, mientras que los pisos superiores estaban destinados a habitaciones que rara vez eran usadas. Desde que la esposa de Vargas muriera, cinco años atrás, y el hijo de ambos se marchase a estudiar a Francia, la vida del comerciante se ceñía al estudio y al dormitorio. Salía a menudo para realizar sus negocios en las Gradas, a visitar las Atarazanas y por supuesto a misa a diario, pero cuando se hallaba en casa apenas se aventuraba fuera de su lugar de trabajo.

A mitad del pasillo se cruzó con Clara, la joven hija del ama de llaves, que iba cargando unas sábanas. Groot no se apartó, con lo que obligó a la joven a rozar su cuerpo con el hombro cuando intentaba pasar. El capitán le dio una palmada en el trasero, a la que la joven respondió empujándole con una mirada cargada de furia.

—Cuidado por dónde vas, niña. Si llevas mucho peso deja que te ayude un hombre de verdad.

—En cuanto vea a uno se lo pido —replicó Clara alejándose, dejando a Groot cortado por la aguda respuesta.

«Un día le daremos un mejor uso a esa lengua de víbora que tienes, zorra», pensó el capitán, taladrando la espalda de Clara con la mirada, mientras sentía arder su deseo por ella. Ni siquiera las pobres ropas de la joven podían ocultar su espléndida y esbelta figura. El flamenco se preguntó si algún día se atrevería a ir más allá del acoso y las insinuaciones con ella. De no estar protegida por su jefe, que le había avisado específicamente que se mantuviese alejado de Clara, hace tiempo que la hubiera acorralado en la leñera o en el establo y la hubiera desvirgado contra el abrevadero. Tal vez algún día lo hiciese, sólo por ver cómo aquellos humos se convertían en súplicas de terror. Al fin y al cabo sería la palabra de una esclava contra la suya.

Sacudió la cabeza para deshacerse de aquellas peligrosas ensoñaciones y recorrió el resto del pasillo. Se detuvo ante una puerta repujada de roble y limoncillo y llamó con suavidad.

Francisco de Vargas detuvo la pluma a mitad del trazo y levantó ligeramente la mano cuando oyó los pesados pasos del capitán ante su puerta. Esperó pacientemente a oír los consabidos golpes antes de continuar, pues no quería que el movimiento de su pecho al hablar empeorase su caligrafía.

—Adelante.

Sólo entonces terminó el número que estaba escribiendo en el libro mayor, donde registraba con letra pulcra cada movimiento de su vasto imperio comercial. El grueso volumen encuadernado en piel era el sexto que empleaba aquel año. Sus asientos abarcaban operaciones de todo tipo: hierros de Vizcaya, oro hilado y brocados de Florencia, cochinilla y cacao de Yucatán, azogue para las minas de Taxco y esclavos para amalgamarlo con el mineral de plata. Cada compra y cada venta, incluso cada soborno a oficiales, registradores y funcionarios de aduanas. Estos últimos los apuntaba con claves ingeniosas que sólo él sabía descifrar, permitiéndose cuando estaba a solas una sonrisa de regocijo. Si algo causaba mayor placer a Vargas que el beneficio era el conseguido con artimañas y atajos.

Frunció el ceño mientras contemplaba los últimos números, lo que provocó que los anteojos que usaba para escribir le resbalasen hasta la punta de la nariz. La presencia de Groot le recordaba el problema en el que se hallaba sumido. Había manera de solucionarlo, aunque para ello haría falta un instrumento más sutil y preciso que el flamenco.

—Pasad, capitán. Ya conocéis al señor Ludovico Malfini.

El capitán se volvió hacia la pared, donde un rechoncho hombrecillo se frotaba con nerviosismo las manos cargadas de anillos. Reprimió una mueca de asco al reconocer al gordo banquero genovés que no pasó desapercibida a ojos de Vargas. Pocos detalles eran los que aquellos dos pozos negros no absorbían, incluso cuando parecía que apuntaban en otra dirección. Como hombre apuesto y bien parecido a pesar de su edad, la presencia de Malfini a su lado resaltaba su gallardía, algo que Vargas explotaba a menudo, incluso para jugar con el respeto de sus subordinados.

El comerciante tomó un puñado de la finísima arena de Tracia que guardaba en un cofrecillo sobre su atestado escritorio. La esparció con delicadeza sobre la página recién terminada, atento a cómo los gránulos resecaban cualquier resto de tinta negra antes de caer sobre una bandeja. Finalmente cerró el libro mayor y se puso en pie con dificultad. Al borde de la cincuentena, comenzaba a notar los años con más frecuencia de la que le gustaría.

—¿Tenéis algo especial que informarme, capitán?

—No, mi señor. El cargamento de oro de las Indias ha sido registrado a vuestro nombre en la Casa como ordenasteis. El funcionario ha contado las monedas de la ceca de México y los lingotes brutos. Los asientos coinciden con lo estipulado. Tan sólo hubo un incidente menor con una de las cajas, que cayó al suelo y se desparramó rompiendo el sello real, pero su contenido se recuperó intacto. Aquí tenéis los documentos de la transferencia —dijo extrayendo bajo su capa un legajo que dejó sobre el escritorio.

El capitán no dijo nada del incidente con el ladronzuelo, puesto que no quería quedar en ridículo delante de su jefe, que lo miraba impasible a la espera de que añadiera algo más, consciente tal vez de que le estaba ocultando algo.

Finalmente Vargas asintió.

—Gracias, capitán. Un trabajo excelente, como siempre. Podéis dejarnos.

Groot inclinó la cabeza en dirección a su jefe y abandonó la habitación. Vargas aguardó a que se cerrase la puerta antes de recoger el legajo de la mesa y tendérselo a Malfini.

—Leedlo vos mismo.

El genovés desató las cintas que mantenían en su sitio los papeles y recorrió éstos a toda prisa. Sus ojillos porcinos se detuvieron en el último de ellos.

—Aquí está, *signore* Vargas: «En virtud de la prerrogativa real, este cargamento de las Indias podría ser incautado en la próxima evaluación de la Tesorería de Su Majestad...»

Vargas apenas prestó atención a la voz chillona del banquero, pues de sobra conocía el contenido del documento, incluido como por descuido en el registro. Pagaba muy caros a los espías en Madrid que le habían informado de la incautación dos semanas atrás, pero ello le había permitido planear cómo paliar el desastre que se cernía sobre sus negocios.

«La causa de mi fracaso es un exceso de éxito», reflexionó Vargas con amarga ironía. Cada una de las empresas que había emprendido a lo largo de aquellos años, cada escudo de oro ganado, había sido dedicado a nuevos proyectos. Tan sólo comprendió el gran problema en el que se encontraba hacía un año, cuando fue evidente que la descomunal maraña de su imperio era tan interdependiente que el más mínimo desequilibrio podría hacer que se desplomara toda la estructura. Como si ese descubrimiento hubiese sido profético, días después uno de sus barcos negreros se hundió en el océano y una galera sucumbió a un ataque de los piratas a dos días de navegación de la Hispaniola. Había un crédito pedido sobre los beneficios de ambos buques, que el seguro —cuando se cobrase y si se cobraba— no alcanzaría a cubrir. Y el agujero que habían dejado los barcos al hundirse comenzó a agrandarse cada día más.

Vargas no había amasado su inmensa fortuna arrugándose ante el primer contratiempo. Muy al contrario, su propio origen humilde y su infancia en las calles de Sevilla le habían endurecido como el fuego hace con un hierro colocado al borde de la hoguera. Maniobró diestramente para convertir en oro una buena parte de sus negocios. Vendió almacenes en las Indias, talleres en los principados italianos, manufacturas en Flandes. Compró participaciones en minas de metales preciosos y destinó sus buques negreros a proveerlos de esclavos fuertes que arrancasen la riqueza de las entrañas de la tierra. Centenares de barras de oro y plata con el sello de Vargas habían llegado a la ceca de México justo a tiempo para ser fundidas antes de que la flota volviese a España. La Corona reducía los impuestos de acuñación si ésta se llevaba a cabo en las Indias, aunque no todos conseguían turno en la pequeña fábrica de moneda, y muchos se resignaban a enviar el oro en bruto. Vargas logró convertir tres quintas partes de su metal antes del regreso de los barcos usando el soborno y la extorsión. Un esfuerzo ingente que se había llevado a cabo en aquel pequeño despacho mal iluminado, redactando notas e instrucciones a medio centenar de agentes que obedecían sin vacilar a un mundo de distancia.

El cargamento era descomunal. Cincuenta millones de reales de plata llenaban la bodega de los dos mejores galeones de Vargas. Surcaron el océano junto al resto de barcos de la inmensa flota, una ciudad de mástiles y madera sujeta al capricho del viento y de las olas que transportaba la riqueza de toda Europa y parte de Oriente. Ningún pirata osaría acercarse a tiro de aquel enjambre de cañones, aunque muchos acechaban al borde del horizonte a que alguno tuviese un percance, cualquier desperfecto que le impidiese mantener la marcha del resto de los navíos. Entonces se arrojaban sobre él como leones sobre una gacela herida.

Esta vez los barcos de Vargas habían tenido suerte. Habían escapado al mar y a los corsarios, pero su carga iba a caer en manos de un depredador mayor: el rey de las Españas, su majestad Felipe II.

—¡Malditas sean vuestras guerras y vuestros curas! —chilló Malfini, retorciendo los papeles entre los dedos gordezuelos—. Son ellos los que han endeudado a Felipe hasta lo indecible.

—Yo diría que vuestros compatriotas y sus intereses del veintitrés por ciento han tenido algo que ver también, Ludovico —respondió Vargas, hastiado de las quejas del genovés.

La cara del banquero se encendió de ira, como una enorme y redonda sartén recién salida del molde del herrero.

—Es vuestro rey quien pone ejército tras ejército en Flandes, y quien acude a nosotros en busca de créditos para tener con qué pagarles. No es responsabilidad nuestra si su locura es más grande que sus ingresos.

—Calmaos, Ludovico —le interrumpió Vargas, poco dispuesto a discutir—. Sabíamos que esto iba a suceder. Lo que debemos hacer ahora es poner remedio.

Le arrebató el legajo y lo colocó sobre su escritorio, alisando cuidadosamente las hojas mientras trataba de poner en orden sus pensamientos. Ahora no tenía sentido lamentarse: los reyes y las tormentas sucedían, había borrascas que hundían barcos y monarcas que hacían uso de sus prerrogativas. La Corona tenía derecho a incautar cualquier cargamento de oro y plata de las Indias y devolver su contenido al cabo de dos años pagando un interés minúsculo, algo que le salía mucho más barato a Su Majestad que pedir prestado a los genoveses. Por eso los comerciantes rara vez se arriesgaban con cantidades tan enormes como lo había hecho Vargas, impulsado por la desesperación. Preferían asegurarse con especias y esclavos, que pagaban elevados impuestos pero no corrían peligro de esfumarse al llegar a puerto.

—Dos años es un tiempo enorme, *signore* Vargas. Vuestros negocios no subsistirán tanto tiempo sin liquidez.

—No llegaremos a ese punto. La decisión ha sido tomada en Madrid, pero aún tiene que ser ratificada por el funcionario de la Casa de la Contratación. Disponemos de cuatro meses hasta que las cuentas de la flota se cierren, que será el momento en que la incautación será oficial. Y en cuatro meses pueden suceder muchas cosas.

—El funcionario hará lo que le dicte Madrid, si sabe lo que le conviene.

—Tal vez, Ludovico. O tal vez vos averigüéis su nombre y os encarguéis de informarle mejor.

El genovés palideció al comprender el significado de aquellas palabras en boca de alguien como Vargas: soborno, extorsión y asesinato. Nada que colisionase demasiado con las amplias tragaderas morales de Malfini. Lo que le preocupaba era el sujeto de dichas prácticas.

—Amenazar a un funcionario de la Casa de Sevilla es alta traición, *signore* Vargas. Se paga con la muerte —susurró.

—Sólo si os atrapan, Ludovico. Y no lo harán. Sea quien sea, le daremos a escoger entre un saco de oro y un...

El comerciante se detuvo a media frase, con una mueca de dolor en el rostro, el cuerpo rígido y las manos crispadas.

—¿Qué os sucede? —dijo alarmado Malfini. Se puso trabajosamente en pie, pues Vargas no le respondía, y caminó hacia él.

Entonces Vargas cayó al suelo, agarrándose la pierna derecha con ambas manos, y empezó a gritar.

V

*D*e pie frente a la taberna a la que le había enviado Fray Lorenzo, Sancho dudó durante unos minutos antes de decidirse a pasar. Por primera vez en su vida iba a desempeñar un trabajo en el que dependía de un extraño, y tenía una sensación rara en la boca del estómago que reconoció a regañadientes como miedo.

El lugar era poco más que un agujero en el suelo, por lo que se podía ver desde fuera. En un rincón oscuro de la estrecha calle de Espaderos, seis escalones desgastados y desiguales desembocaban en un semisótano con puerta de madera. A través de los cristales grasientos, un murmullo de voces animadas indicaba que había empezado ya la hora de comer. Un cartel de vivos colores clavado en la puerta anunciaba que aquello era la taberna del Gallo Rojo. Sancho pensó que el artista, en lugar de pintar el gallo, debía de haberlo degollado sobre el papel.

Finalmente se atrevió a descender la escalera y pasar al interior. Un mostrador cerca de la entrada y siete mesas abarrotadas llenaban el local, por el que se paseaba un hombre calvo y panzón que dedicó a Sancho una mirada airada.

—¡Llegas tarde! —gritó sin dejar de trasegar entre las mesas.

Sancho intentó disculparse, pero la expresión del hombre se lo impidió.

—Ve atrás y ponte a fregar los platos —dijo el tabernero

poniéndole una pesada bandeja de madera en las manos, cubierta de platos y escudillas.

Durante más de tres horas, Sancho trabajó en la cocina sin rechistar, a pesar de que el olor proveniente de los fogones le había dado un hambre voraz. Esperaba hacerse con los restos de comida de algún plato, pero el tabernero echaba discretamente las sobras en una cazuela oculta tras el mostrador. Sancho sospechaba que del recipiente saldrían luego unas croquetas.

El tabernero había dejado la piel de una cebolla encima de la tabla de corte mientras preparaba sopa, y Sancho se la metió en la boca, masticando con esfuerzo. Apenas tenía sustancia, pero le sirvió para distraer el hambre durante unos minutos. Ver pasar frente a él un pollo asado aún humeante y gruesas rebanadas de pan untadas en tocino no ayudaron a que la piel de la cebolla supiese mucho mejor. Para darse ánimos intentó recordar lo que siempre decía su madre de las cebollas.

—Son como la vida, Sancho —decía mientras le enseñaba a limpiarlas y pelarlas, con él sobre su regazo—. Te hacen llorar al principio, pero después merecen la pena. Sobre todo fritas.

«Espero que se pueda aplicar también al trabajo en la taberna», pensó Sancho.

Finalmente los parroquianos fueron abandonando el local, dejando tras de sí un leve aroma a sudor, charcos de vino en el suelo de tierra y un puñado de monedas que el tabernero iba guardando cuidadosamente en su faltriquera.

—Ven aquí, rapaz.

Sancho se acercó a una de las mesas, donde su nuevo jefe se acababa de sentar. Allí había dispuestos dos platos y dos cubiertos, una olla con estofado y media hogaza de pan.

El muchacho miró todo con avidez, pero el tabernero aún no le había invitado a acompañarle.

—Mi nombre es Castro, y tengo este oficio desde siempre —dijo el tabernero, haciéndolo sonar como si fuera el mismísimo arzobispo—. El fraile que intercedió por ti dijo que eres un buen trabajador, aunque también me avisó de que te atase en corto. Dice que eres rebelde, pero que has trabajado en una venta. ¿Es eso cierto?

—Sí, señor —dijo Sancho, sintiendo rugir sus tripas.

—¿Cuál es la cantidad de agua que se le echa al vino de Zafra? —espetó Castro.

Era necesario mezclar el vino puro con agua para que los clientes, que no bebían otra cosa con la comida, pudiesen calmar su sed sin quedar borrachos en la primera jarra, o no consumirían más. Dependiendo de su procedencia, cada vino admitía una cantidad de agua determinada. El de Zafra, que era muy suave, no admitía mucha. El muchacho respondió en el acto, pues había escuchado la proporción un centenar de veces.

—Un tercio.

—Y al de Toro, ¿más o menos que al de Madrigal?

—Ambos igual, por la mitad.

—¿El de Aljarafe?

—Lo mismo que el de las Sierras, por la cuarta parte.

—¿Cuánto tiempo debe reposar la mezcla?

—Al menos cuatro horas.

—¿Es mejor echar cal al vino para darle cuerpo, o tal vez yeso?

Aquello era una trampa y Sancho la vio venir de lejos.

—Los hay que usan ambos. Pero mi madre decía que quien así hace es un estafador y un malnacido.

Lo dijo sin pensar y se arrepintió en el acto. Si Castro era de los que enyesaban el vino, aquellas palabras le darían derecho para romperle la crisma. Miró con preocupación los enormes puños del tabernero, pero éste no parecía ofendido.

—Una mujer sabia, tu madre. Al menos no eres nuevo en esto. Voto a Dios que necesito a alguien que sepa lo que se hace, y no un niño mimado al que le tenga que sonar los mocos continuamente. ¿Qué te ha parecido la clientela de la comida?

El tono de su voz había cambiado ligeramente, y ahora sus ojos le escrutaban con seriedad y se mesaba la barba. Sancho se dio cuenta de que las preguntas de antes habían sido sólo un preámbulo. Ahora estaba pasando la verdadera prueba.

—Había mucha gente —dijo cautelosamente.

Castro meneó la cabeza, socarrón.

—Puede que para un ventero de aldea haya parecido una multitud. Pero esto es Sevilla, y hoy una jornada tranquila. Nada comparado con lo que ocurre los días de feria de ganado, o los de fiesta, o en Semana Santa. Habrá muchísima gente. Si vas tan lento como hoy tendré que patear tu escuálido culo de vuelta al orfanato.

El desaliento invadió a Sancho. Había troceado, fregado, cascado, partido y enjuagado tan rápido como había podido. Por un momento estuvo a punto de ceder y decirle que aquello era un error, pero se negaba a volver ante fray Lorenzo con el rabo entre las piernas. Debía permanecer allí seis meses si quería el empleo de los Malfini.

—Me esforzaré —dijo apretando los puños—. Me dejaré la piel.

Castro asintió, muy serio.

—Eso seguro, rapaz. O te romperé la cabeza. Y ahora siéntate y come, que se enfría.

—

VI

*F*rancisco de Vargas era un hombre valiente y de principios firmes. Uno de ellos era que los médicos quitan más vidas de las que curan, y por eso, pese a todo el dolor que sentía, resistió más de un día sin mandar llamar a nadie. Finalmente, tras desmayarse su amo por segunda vez, el ama de llaves apretó los labios y tomó una decisión. Catalina era sólo una esclava, pero era una esclava vieja y de oídos atentos. Pese a que su amo nunca antes había necesitado ni querido un médico, ella siempre había sabido a quién avisaría cuando las cosas se pusieran feas.

—Clara —llamó Catalina, asomándose al pasillo.

La joven entró en la habitación, con las manos a la espalda, tal y como le había enseñado su madre. Incluso a la luz vacilante de las velas, Catalina leyó la preocupación en el rostro de su hija. Para los esclavos, la enfermedad del amo era un momento de terrible incertidumbre. Al morir su dueño quedaban completamente sujetos a la voluntad recogida en el testamento, y eran raras las ocasiones en que el esclavo recibía un trato benevolente. Muchos eran vendidos para pagar deudas o para repartir mejor la herencia entre los descendientes. Los cambios no solían ser beneficiosos, y pocas veces se conservaba juntos a aquellos que eran familia. Por eso Catalina no estaba dispuesta a permitir que Vargas muriese aquella noche sin presentar batalla.

Tragó saliva antes de hablar. Enviar a la joven afuera en plena noche requirió de toda su fuerza de voluntad. Pero no podía confiar en que ninguno de los otros sirvientes cumpliese su encargo.

—Tienes que ir a buscar al médico Monardes —le dijo en voz baja—. En la calle de las Sierpes, junto al monasterio de las Clarisas. Es un viejo loco y solitario, pero dicen que es el mejor sanador de la ciudad.

La joven escuchó atenta las instrucciones de su madre. Tenía miedo, eso estaba claro, pero también era valiente. Conseguiría llevar al médico.

—Don Francisco no quiere matasanos —interrumpió una voz escandalizada a sus espaldas.

El ama de llaves se volvió hacia la puerta. Uno de los criados bloqueaba el paso. Al ser uno de los más antiguos de la casa, su opinión tenía mucho peso. Catalina estaba a cargo del servicio de Vargas, pero su condición de esclava debilitaba muchas veces su posición. Los criados, que codiciaban su puesto, aprovechaban cada pequeña ocasión para minar su autoridad, aunque sin atreverse a decir nada al señor de la casa, que inspiraba en todos un miedo cerval. El ama de llaves sabía que Vargas disfrutaba con la situación, que conocía muy bien e incluso fomentaba como medio de ejercer su propio control sobre el servicio, pero aquél no era momento para intrigas estériles.

—Don Francisco me lo ha pedido antes de caer desmayado. ¿Preferiríais esperar a que despierte o se muera?

—El amo no lo permitiría —dijo el otro, aunque había una grieta en su voz—. Y menos que la enviaseis a ella a estas horas.

—¿Queréis ir vos en su lugar?

El criado se apartó, alarmado por la petición de la esclava, y desapareció de la habitación.

—Ve ahora mismo, Clara —le dijo Catalina a su hija—. Y no vuelvas sin Monardes.

Echándose una basta capa de tela gris sobre los hombros, Clara cruzó el portón de la mansión de Vargas, enfrentándose a la noche. Zarcillos de niebla cobriza se escurrían entre los adoquines, apenas visibles bajo la escasa luz que desprendían los faroles de las casas más pudientes. Pese a la oscuridad, Clara no tomó un fanal para ayudarse a encontrar el camino, pues sabía muy bien que en los portales y en los callejones tenebrosos acechaban peligros mayores para una mujer joven que una caída en el arroyo. Con un fanal en la mano tan sólo conseguiría hacerse más visible.

Tenía sólo quince años, pero conocía la naturaleza de esas amenazas, así que ocultó el rostro bajo la capucha y se encomendó a su memoria para reconocer los edificios y las calles. Cada pocos minutos se topaba con un grupo de borrachos, un carruaje o incluso con un sacerdote acompañado de un monaguillo. El cura iba revestido de blanco y el monaguillo portaba una vela, así que Clara se imaginó que iría a llevarle la comunión a un moribundo. Si Monardes no ayudaba a su amo, tal vez dentro de poco ella también tendría que ir a buscar a un sacerdote.

Oyó un ruido tras ella y le pareció oír unos pasos que la seguían. Con el corazón bailándole en el pecho, se pegó a la pared, buscando un lugar oscuro. Esperó durante unos minutos en vano, pues nadie apareció ni los pasos se repitieron. Se sintió tentada de volver a la mansión de Vargas, pero no quería exponerse a las burlas de los criados.

Cuando consiguió reunir el valor suficiente se forzó a continuar por la estrecha calleja. El paso a la plaza de San Francisco estaba obstruido por un cuerpo, tal vez un mendigo que se había echado a dormir allí mismo, o quizá un insensato que había bebido demasiado. A juzgar por el olor agrio a orines y vómito debía de ser lo primero. Clara no podía ver bien sus ropas, ni siquiera si aún respiraba. Los faroles de la plaza y la luna que despuntaba por encima de las casas le permitieron intuir una mano mugrienta y un pie descalzo. Armándose de valor saltó por encima del cuerpo y salió a la plaza.

Atravesó la desierta explanada con la cabeza baja, sintiéndose expuesta ahora que no podía recurrir a la protección de los edificios. Un grupo de corchetes entraba en la plaza por el lado contrario, y Clara apretó el paso para no encontrarse con ellos. Aquellos hombres armados a los que el rey había encomendado la defensa de Sevilla suponían para Clara el mismo peligro que las sombras fugaces que intuía a ambos lados del camino. Incluso mayor, pues su número y su condición les daban impunidad contra las acusaciones de una esclava.

Finalmente se encontró en Sierpes. El monasterio de las Clarisas no andaba lejos, y junto a él se alzaba una pequeña casita con huerto. En el dintel de la puerta alguien había grabado la figura de una serpiente enroscada sobre un palo, y Clara supo que aquél era su destino.

Golpeó con el aldabón varias veces, sin resultado. Pegó el oído a la puerta, pero en el interior de la casa todo estaba silencioso. Volvió a llamar con todas sus fuerzas, y de repente el aldabón se le escapó de las manos. Alguien entreabrió la puerta.

—¿Qué deseáis a estas horas? —dijo una voz soñolienta.

La joven intentó ver quién hablaba, pero el interior estaba a oscuras.

—Mi amo envía a buscaros. Tiene fuertes dolores en la pierna, y se ha desmayado varias veces.

—¿Has traído dinero?

Clara negó con la cabeza.

—¿Despiertas a un médico en plena noche sin traer una bolsa repleta? —La voz se había tornado dura y enfurecida—. Poco seso ha de tener tu amo, en verdad.

—Mi amo es don Francisco de Vargas —dijo Clara intentando sonar decidida.

Dentro se hizo el silencio durante unos instantes. Luego la puerta se abrió un poco más, lo suficiente para que la joven entrase. Reprimiendo su miedo, Clara se sumergió en las tinieblas del interior. Un golpe a su espalda indicó que la puerta había vuelto a cerrarse.

—Así que don Francisco ha mandado llamar a un médico —dijo la voz en la oscuridad—. Tiene que estar realmente desesperado.

Clara percibía movimiento a su alrededor, aunque no podía precisar qué estaba ocurriendo. Finalmente unas chispas hirieron la negrura y una vela se encendió, iluminando una enorme habitación presidida por una gran mesa central. Ésta estaba cubierta de redomas y cuencos, platos y almireces, tarros y utensilios que Clara jamás antes había visto.

Sosteniendo la vela se hallaba un hombrecillo delgado y canoso, de nariz recta y barba puntiaguda. Tan sólo llevaba puesto un gorro de dormir y un camisón. Las pantorrillas, blancas y huesudas, le asomaban por debajo como dos palillos.

—Dicen por ahí que tu amo jamás ha llamado a un médico. No desde lo ocurrido a su difunta esposa.

—Tampoco lo ha hecho ahora, mi señor. Ha perdido el conocimiento.

Al oír aquello una sombra de sospecha cruzó por los ojos del médico.

—¿Acaso esto es una trampa? ¿Quién te ha escoltado hasta aquí?

—Nadie, señor.

—¿Qué le sucede a tu amo?

—Arde de fiebre, le duele muchísimo la pierna.

Monardes fue hasta la puerta y abrió una estrecha mirilla. Pasó un rato asomado a ella antes de volverse. Parecía más tranquilo.

—Sola, en mitad de la noche, sin el consentimiento de tu amo... realmente debes de ser alguien especial. —Renqueó hasta ella y alzó la vela—. Descúbrete, quiero verte mejor.

La joven se echó atrás la capucha. El médico contuvo una exclamación ante la turbadora belleza de la joven, enmarcada por un espeso pelo de color azabache. Luego se aproximó aún más y estudió con atención su rostro.

—Labios gruesos pero elegantes, ojos almendrados, la tez tostada... Eres una india caribe. —Clara, sorprendida ante aquel escrutinio, se limitó a asentir—. Tus rasgos son muy suaves. ¿Tu padre es español?

—Lo desconozco, mi señor —dijo Clara con una nota de vergüenza. Era muy común que las esclavas se quedasen embarazadas, aunque la identidad del padre pocas veces trascendía. Éste podía ser otro esclavo, un criado o incluso el mismo amo. Catalina jamás le había hablado a Clara de su padre, por más que ella le hubiera insistido de niña.

Monardes la tomó con suavidad de la barbilla, buscando la marca de la esclavitud, que normalmente iba grabada a fuego en la cara. Sin embargo la perfecta piel de Clara nunca había sufrido aquella tortura. La joven levantó la muñeca, mostrando un aro de hierro que la aprisionaba donde podía leerse el nombre de Vargas.

—Creía que los caribes ya no podían ser esclavos.

—Mi madre es de buena guerra, señor —dijo Clara, cada vez más molesta.

El médico retiró la mano de la cara de la joven. Los dedos finos dejaron un recuerdo helado en su piel, pero resistió el impulso de frotarse allí donde el médico le había tocado.

—Y tú naciste aquí.

—Sí, mi señor.

Monardes asintió con descuido y apartó la vista, como si al quedar claro el enigma hubiese perdido el interés por ella. En efecto, había muy pocos esclavos provenientes de las Indias en España. Cuando Colón descubrió el Nuevo Mundo pintó a la reina Isabel la Católica un retrato maravilloso de sus gentes, y ésta terminó declarándolos sus súbditos. Por tanto los españoles no podían esclavizar a los indios, ni tampoco lo pretendían. Existía la creencia de que eran trabajadores flojos y malos, que apenas cumplían o lo hacían con desgana. Ello había creado un floreciente mercado para los negreros, que tomaban su brutal mercancía de las costas africanas y la llevaban al otro lado del océano para trabajar en minas y plantaciones.

Apenas existían esclavos de las Indias, y los pocos que había eran aquellos que se habían alzado en armas contra los españoles. Así hicieron los orgullosos caribes, que lucharon contra un enemigo imposible de derrotar con sus primitivas armas. Los supervivientes se habían convertido en esclavos «de buena guerra». Clara también lo era, pues la condición de esclavo se heredaba de la madre.

—¿Cómo te llamas, muchacha?

—Clara.

—Muy bien, Clara del Caribe. Espera aquí mientras me preparo.

Monardes regresó al cabo de unos minutos vestido con calzas y jubón negros, a la moda sevillana. Trasteó por la mesa y un armario cercano, colocando objetos diversos dentro de una bolsa de cuero atada con cordel. Al terminar, se volvió hacia ella e hizo una ligera reverencia.

—Me temo que no me he presentado formalmente. Nicolás de Monardes, médico y herbolario.

A pesar de lo sencillo de la fórmula, la reverencia era un detalle inaudito en un hombre de posición acomodada hacia una humilde esclava. Clara no pudo evitar sonreír, aunque se sintió perturbada. Aquel hombre era la persona más extraña que había visto en su vida.

—Y ahora sígueme, Clara del Caribe. Vayamos a ver a tu amo.

El camino de vuelta fue mucho más lento. El anciano médico caminaba con dificultad, y se paraba cada pocas calles a recuperar el resuello, pero Clara no sintió miedo a su lado. El hombre desprendía un halo de autoridad, a pesar de no ir armado. Nadie les molestó y consiguieron llegar frente a la mansión de Vargas sin contratiempos. Éstos comenzaron al aparecer el médico en la habitación del enfermo, que se encontraba de nuevo consciente y aullando de dolor. Vargas protestó airado al ver a Monardes, olvidando por un instante su sufrimiento. El médico mandó salir a Catalina y a Clara y cerró tras ellas. Las esclavas se quedaron junto a la puerta, escuchando cómo los gritos de su amo se iban acallando paulatinamente, aunque sin captar lo que le dijo el médico con su voz pausada y suave.

Monardes se asomó al cabo de un rato, pidió agua hirviendo y volvió a encerrarse con el enfermo cuando se la llevaron. Una hora más tarde, apareció en la puerta. Tenía profundas ojeras y el pulso le temblaba.

—Por hoy es suficiente.

—¿Cómo se encuentra? —preguntó ansiosa Catalina.

—Ahora duerme. Preparad un lecho para que este pobre viejo también lo haga —dijo el médico negándose a dar más explicaciones a las dos esclavas.

VII

E

l trabajo en la taberna era absolutamente agotador.

Su orgullo, no obstante, impedía a Sancho renunciar. También la incertidumbre de qué futuro le esperaría en las calles, sin trabajo y sin nadie que hablase en su favor. A veces sorprendía a los pilluelos abandonados mirando a través de las ventanas, con los ojos hundidos devorados por el hambre. Eran niños enflaquecidos y desnudos, poco más que fantasmas huesudos y anónimos. En una ocasión no pudo soportar las miradas y se asomó a la puerta del Gallo Rojo con una cesta de pan, que los pequeños arrebataron de sus manos en un abrir y cerrar de ojos. Castro le dio una buena paliza por aquello, pero al muchacho no le importó.

El tabernero le atizaba a menudo, casi siempre capones y patadas en el trasero. No demasiado fuertes, aunque sí muy humillantes.

—Date prisa, rapaz —decía, meneando la cabeza y mirando a los clientes, buscando congraciarse con ellos. Éstos intercambiaban una expresión cómplice con Castro y reían a carcajadas, enseñando la comida a medio masticar en sus bocas o derramando el vino por el suelo.

Sancho apretaba los dientes y esperaba.

Tardó menos de una semana en odiar a Castro con todas sus fuerzas, excepto a la hora de sentarse a la mesa. Por muy bastardo que fuese, el tabernero era un cocinero magnífico, y no escatimaba a la hora de alimentarle. Comían en silencio, enfrascados en los platos y en dar oficio a las cucharas, y el muchacho agradecía tanto poder llenar su estómago y permanecer sentado durante un rato que casi sentía gratitud por Castro. Pero tan pronto como volvían al trabajo y el sabor de los guisos quedaba ahogado por el ruido de las bofetadas y las risas de burla, el rencor volvía a su corazón.

Por las noches dormía en el suelo de la cocina, sobre unas mantas viejas, y soñaba con el mar y con las Indias. Fantaseaba con colarse en un barco de polizón o enrolarse como grumete, aunque fray Lorenzo le había mostrado hacía mucho que a los primeros los arrojaban del barco y los segundos no lo abandonaban en su vida. Había visto demasiados marineros embrutecidos deambulando por las calles de Sevilla para comprender que ése no era el camino. Para cruzar el mundo debía tener un oficio o fortuna, y ambas cosas podían conseguirse como aprendiz de un banquero. Le traía sin cuidado que fuera una profesión mal vista por la muy religiosa sociedad sevillana, que la consideraba una forma de usura.

Al despertar, la deprimente visión de las mesas desvencijadas y el suelo de tierra ponía un triste colofón al sueño. Al fondo de la sala había una pequeña escalera de madera que llevaba a las habitaciones del primer piso. Eran tres, unidas por un estrecho pasillo. La más cercana a la escalera la ocupaba Castro. La de en medio estaba desocupada, y ahí guardaba el tabernero algunos trastos viejos. En la del fondo vivía una de las tres personas que cambiaría la vida de Sancho para siempre.

La primera vez que vio al huésped del Gallo Rojo fue dos días después de comenzar a trabajar en la taberna. Castro no le había hablado antes de él, ni tampoco contó mucho cuando el muchacho le preguntó.

—Es un irlandés que viene huyendo de la persecución de los malditos herejes anglicanos. No sabe hablar en cristiano y paga tarde y mal, pero acogiéndole aquí me gano el cielo.

Infló el pecho, esperando una alabanza del chico a su espíritu caritativo. Pero Sancho, que tenía pruebas de la caridad del tabernero marcadas por todo el cuerpo, ignoró aquella parte.

—¿Creéis que habrá luchado contra los ingleses? —dijo asombrado.

—¿A qué diablos vienen tantas preguntas? ¡A fregar las escudillas, rapaz! —respondió Castro, lanzándole de una patada contra el barreño de agua sucia donde enjuagaban los cacharros.

A partir de aquel momento la curiosidad de Sancho se avivó y comenzó a estudiar con mayor interés al extraño huésped. Era de estatura media, joven y bien parecido, aunque el pelo empezaba a ralearle en la frente, formando una pequeña isla castaña donde otras personas llevan el flequillo. Sus ropas eran discretas y humildes, de colores parduscos, en contraste con el negro riguroso que estaba tan a la moda entre los castellanos y andaluces. Nunca llevaba espada, ni armas a la vista, pero siempre portaba velas y resmas de papel que llevaba a su habitación. Podía permanecer encerrado en ella un par de días, o no presentarse a dormir durante el mismo tiempo. Cuando aparecía saludaba con un movimiento de cabeza y se esfumaba escaleras arriba.

Todos los días, menos aquél.

Había llegado a media tarde, cuando la taberna estaba casi vacía y Castro echaba una cabezada tras el mostrador. Pero en lugar de subir, se había sentado al fondo del local. Intrigado, Sancho se había acercado a él y el extranjero le había hecho señas de que le llevara algo de beber.

Evitando hacer ruido, Sancho había clavado una espita en el mejor barril de vino de Toro. Mientras llenaba una jarra permanecía atento a los ronquidos del tabernero, pues éste le tenía prohibido tocar los tintos de calidad, y si se despertaba en mitad del proceso las consecuencias podían ser muy desagradables. Puso la jarra en una bandeja, la acompañó de un cuenco limpio y se acercó a la mesa del extranjero.

Desde que comenzó a interesarse por él había imaginado un centenar de teorías distintas que explicaban por qué aquel hombre se encontraba en Sevilla. Iba planeando hablar con él, sonsacarle su historia a base de buen vino, tal vez un relato de sus batallas contra los herejes. Pero el huésped no le dio la oportunidad. Le arrebató la jarra de las manos y se la llevó a la boca directamente, ignorando el cuenco. La sostuvo en alto durante un buen rato, mientras el líquido que no lograba engullir descendía por su garganta y le teñía de escarlata la gorguera.

Sancho observó asombrado cómo la nuez del extranjero subía y bajaba hasta que la jarra estuvo vacía.

«Jamás había visto a nadie con tanta prisa por estar borracho», pensó Sancho.

El extranjero soltó un sonoro eructo y volvió a hacer señas al muchacho de que llevase más vino. Sancho reparó en que tenía el rostro desencajado y los ojos inyectados en sangre, sus ropas estaban sucias y tenía aspecto de no haber dormido en varios días.

Volvió a llevarle una jarra, temeroso de que ésta también la vaciase con la desesperación con la que había dado cuenta de la primera, pero el huésped la tomó con manos temblorosas y se sirvió el vino en el cuenco. Sancho le miraba, con la bandeja aún en la mano, esperando. Fue a decir algo, pero el extranjero le hizo gestos con la mano de que se marchase.

El primer chillido lo dio media hora después. Llevaba un rato hablando para sí mismo, en voz baja, con el tono cálido y complaciente que Sancho había escuchado en boca de tantos borrachos en sus dos semanas como mozo de taberna. Pocos, sin embargo, llegaban a gritar al resto de parroquianos y subirse a una mesa.

—¿Qué diablos ocurre? —tronó la voz de Castro.

El rostro del tabernero estaba encarnado, y sus mejillas marcadas por las vetas de la madera del mostrador sobre el que había estado dormitando. Siempre se despertaba de sus breves siestas de mal humor, y encontrarse con el extranjero cantando a voz en grito sobre una de sus mesas le había enfurecido instantáneamente.

—El irlandés ha bebido demasiado, señor.

—¡Pues voy a romperle la cabeza como no se calle! Está espantando a los clientes —dijo Castro, que ya había cogido una sartén de buen tamaño y la sopesaba en la mano.

En ese momento Sancho recordó la espita, clavada en el barril del mejor vino, y sintió como el corazón comenzaba a acelerársele. ¿Cómo había sido tan idiota como para creer que Castro no descubriría lo que había hecho? Bastaba con que se diese la vuelta para que le descubriese, y para colmo el extranjero ni siquiera le había pagado. Tampoco ayudaría nada que Castro la emprendiera a sartenazos con el irlandés, pues en ese caso el agredido dejaría la taberna y el amo le culparía a él por haberle privado de su único huésped.

Sancho supo que iba a ser difícil librarse de la furia del tabernero, pero al menos podía intentar suavizar las cosas un poco. Hacer que el irlandés se callara y pagara la cuenta.

—Permitidme hablar con él, por favor.

—¿Hablar con él? Pero si ese extranjero no entiende un carajo.

—Señor, yo sé hablar un poco de inglés. Tal vez me comprenda.

—¡Bien, pero haz que se calle rápido o le romperé la crisma!

Ignorante del peligro que corría, el huésped berreaba con toda la fuerza de sus pulmones una canción de la que Sancho apenas entendía alguna palabra suelta. Sabía que en Irlanda se hablaba una lengua propia, pero que aun así muchos de sus habitantes comprendían el idioma de los herejes.

—¡Señor! —dijo Sancho en inglés, acercándose a la mesa.

Llamó varias veces, pero el otro le ignoró y siguió cantando y meneando los brazos, aferrado a una jarra de vino ahora vacía que de vez en cuando se llevaba a los labios en vano. Finalmente Sancho se hartó de esperar, y agarrando al extranjero por el jubón, tiró de él de manera que cayó de culo sobre la mesa. La canción se interrumpió, abrupta.

—¿Cómo te atreves, mozo insolente? ¡Maldito país de bárbaros y moros con olor a ajo! —chilló el extranjero.

—Mucho cuidado con a quién llamáis moro, señor. Por mucho que seáis huésped en esta casa, el tabernero no dudaría un instante en ensartaros en el espetón.

—Que se atreva, si quiere. Los súbditos de la reina Isabel no nos amilanamos con facilidad —musitó el otro, lanzando una mirada desafiante hacia Castro.

Incluso a través de la nube alcohólica que le embotaba el juicio, el extranjero cobró conciencia de pronto de lo que acababa de decir, y de que quien estaba frente a él le comprendía. Pálido, giró lentamente de nuevo el rostro hacia Sancho.

—¡Sois inglés! —dijo el muchacho alzando la voz.

—Chist, calla, mozo —dijo el otro, llevándose el dedo a los labios. Aún luchaba con el vino, porque a pesar del miedo se quedó mirando su propio dedo, acalló una risita y luego se volvió a poner serio—. Soy un pobre exiliado de la persecución religiosa. ¡Un mártir!

—¿Venís huyendo de los herejes, señor?

—¿Herejes? Oh, sí. Herejes, herejes malditos. Quieren colgarnos, a todos los buenos papistas como yo.

—Nosotros no nos llamamos papistas, señor —dijo Sancho, confundido ante la verborrea y la sonrisa deslumbrante del extranjero.

—¿Ah, no? ¿Y cómo nos llamamos, si puede saberse?

—Buenos cristianos, señor. Los únicos que nos llaman papistas son los cochinos herejes. Son ellos los que necesitan distinguirnos, señor.

Con la sonrisa helada, el otro se aproximó a Sancho y bajó la voz.

—Entonces no deberíamos usar esa palabra nunca más, ¿no te parece?

Sancho meneó la cabeza, muy serio.

—Tal vez no, señor, porque en ese caso seríais un enemigo de mi rey y mi Dios.

El extranjero tragó saliva. España e Inglaterra llevaban ya tres años en guerra. Tan sólo unos meses atrás había zarpado la poderosa Armada, creada por Felipe II para borrar a los herejes de la faz de la tierra y echar de su trono a la perra isabelina. Sin embargo, la fuerza combinada de los elementos y la astucia del pirata Drake habían acabado con miles de muertos y la humillación de España. El clima cada vez estaba más tenso. Los comisarios de abastos recorrían los campos, arrebatando al pueblo hambriento provisiones para abastecer nuevos galeones y justificando los saqueos en la malicia del enemigo. Los pregoneros en sus esquinas y los curas en sus púlpitos azuzaban al populacho, multiplicando aún más el odio ancestral que los españoles sentían por los ingleses. Bastaría que Sancho le apuntase con el dedo para que los honrados ciudadanos de Sevilla hicieran cola para coserle a puñaladas.

—Vos sois joven, amigo mío, y os queda mucho mundo por ver. No os dejéis llevar por una falsa impresión.

El muchacho estudió al borracho con cautela. Aquel hombre era un impostor, y a buen seguro estaba huyendo de algo, pero parecía un loco inofensivo. Ningún espía adoptaría un camuflaje tan pobre. La curiosidad de Sancho no hizo sino incrementarse ante el misterio que rodeaba la figura de aquel hombre. No iba a poner a alguien tan fascinante en manos de la justicia ni del populacho exaltado.

—Lo más probable es que seáis un buen irlandés perseguido por los herejes —dijo el joven, fingiendo dudar aún—. Juradme que no sois un espía.

—Lo juro por la Virgen Santísima —aseguró el otro, santiguándose repetidas veces. Estaba tan borracho que ni una sola de las cruces salió derecha.

—En ese caso, como buen irlandés, deberíais retiraros a vuestro cuarto.

El extranjero asintió y se apoyó en Sancho para subir la escalera. Al llegar al pasillo se tambaleó, arrastrando al suelo al muchacho. Sancho tuvo que hacer un gran esfuerzo para enderezarlo y llevarlo hasta su habitación. Ya se marchaba cuando la voz del huésped le detuvo en la puerta.

—Espera, mozo, no me has dicho tu nombre.

—Soy Sancho, señor.

—*Sanso* —repitió el otro, con lengua pastosa.

—Sancho, señor.

—Eso he dicho, *Sanso*. —El inglés se desplomó en la cama. A pesar de estar tumbado, hizo con la mano el gesto de descubrirse antes de presentarse a su vez.

—Guillermo de Shakespeare, a tu servicio. Actor, vagabundo y poeta. Un poco de las tres cosas y mucho de ninguna, me temo.

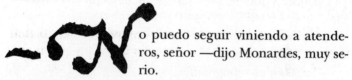o puedo seguir viniendo a atenderos, señor —dijo Monardes, muy serio.

Vargas, sobresaltado, paró de beber la infusión que estaba tomando. Apartó la taza de porcelana, tan fina que era casi translúcida, y la dejó sobre la mesilla de noche.

Habían transcurrido dos semanas desde el doloroso inicio de su enfermedad, que había resultado ser gota. El anuncio le había golpeado como un mazazo. A pesar de que no era un hombre joven, tampoco se consideraba un viejo, y la gota sin duda era dolencia de tal. Al fin y al cabo había sido la gota lo que había derribado de su trono al poderoso emperador Carlos, que había acabado sus días en el monasterio de Yuste, solo y olvidado.

El declive del viejo rey también había comenzado con un dolor agudo en el pie, que se le había hinchado al doble de su tamaño normal. El emperador había confiado en rosarios y misas para curar su enfermedad, algo que no había dado demasiado fruto. Se decía en la Corte que al final su pie podrido apestaba tanto que había que azotar a los esclavos para que le cambiasen los vendajes.

Aterrado por aquella perspectiva, el comerciante pasó los días siguientes al anuncio en mutismo total, sin apenas comer. Pero hacía falta más que una enfermedad incurable para derrotar un hombre de la descomunal talla de Francisco de Vargas, acostumbrado a matar o destruir todo lo que se cruzaba en su camino. Cuando fue asumiendo poco a poco la noticia, también regresaron sus ganas de presentar batalla. Al fin y al cabo podía vivir aún muchos años, décadas incluso.

Con los debidos cuidados, por supuesto. Por eso le sorprendieron y asustaron las palabras de Monardes.

—Dijisteis que me atenderíais mientras fuerais capaz de ello.

—Terminaos la medicina —dijo Monardes, alargándole la taza.

—Su sabor es repugnante.

—La infusión de sasafrás es amarga, pero ayuda a reducir la inflamación. Mañana podréis volver a levantaros.

Era cierto. Hacía una semana apenas podía soportar el roce de la sábana sobre el dedo gordo del pie. Ahora la hinchazón había desaparecido prácticamente del todo, dejando la piel enrojecida y un picor desagradable que tenía prohibido rascarse. Las compresas frías que le aplicaban apenas contribuían a aliviarlo.

—¿Es cuestión de dinero? Puedo doblar vuestros honorarios, si así lo queréis.

Monardes miró en derredor. Un crucifijo de plata con incrustaciones de piedras preciosas compartía la pared junto a varios cuadros de santos y vírgenes. Un arcón repujado custodiaba los pies de la mullida cama con dosel. Ésta era tan grande que hubiera podido acoger a cuatro personas y aún hubiera sobrado sitio.

—No lo dudo, señor. Para vos todo es una cuestión de cifras, ¿verdad?

—La vida me ha enseñado que todo se puede comprar.

—Excepto más vida. Que es precisamente lo que a mí me falta.

—¿Qué queréis decir, médico?

—Soy un hombre muy anciano, señor. Dudo que pase otro invierno, y seguro que no pasaré dos —dijo Monardes mientras iba recogiendo sus ungüentos y frascos y los colocaba en su bolsa—. Cada paso y cada respiración son un triunfo para mí. Tengo más dinero del que me puedo gastar, y lo único que deseo es volver a mi huerto, entre mis hierbas y helechos. Verlos crecer hasta que me convierta en abono para ellos. Venir aquí cada día me roba demasiado tiempo.

En ese momento Vargas apartó las sábanas y bajó trabajosamente de la cama. Hizo una mueca de dolor al apoyarse sobre su pie enfermo, pero aun así se las arregló para llegar cojeando hasta Monardes, que le contemplaba entre el asombro y el miedo. Aquél no era un enfermo corriente. Era uno de los hombres más poderosos de Sevilla, y su fama de cruel y despiadado había llegado incluso hasta el tranquilo huerto del médico. Los rumores decían que pocos osaban oponerse a sus deseos, y los que lo hacían encontraban a menudo un final desagradable. «Una húmeda tumba en el Guadalquivir. Un cadáver flotante, hinchado e irreconocible. Cuanto más nos aferramos a la vida, menos nos queda», pensó Monardes.

—Señor, debéis tener cuidado...

Vargas le agarró el brazo con una fuerza que desmentía su condición.

—¿Qué es lo que queréis?

—Podéis encontrar otro médico que os atienda —dijo Monardes con un hilo de voz.

—Los médicos son todos unos charlatanes mentirosos y ruines, que causan más dolor que el que alivian y además cobran por ello. Yo os quiero a vos.

—Siento lo que le sucedió a vuestra esposa, pero...

Al oír aquello el rostro de Vargas se congestionó en una mezcla de ira y dolor. Alzó el puño sobre la cabeza de Monardes, y el anciano se encogió de terror. Pero antes de que el golpe se produjese, Catalina entró en el cuarto con una bandeja en las manos. La esclava, horrorizada, se quedó en la puerta, pero la interrupción fue providencial para el médico.

Monardes abrió los ojos a tiempo de ver cómo la rabia abandonaba el rostro de Vargas como una marea, dejando tan sólo tristeza en su lugar. El comerciante bajó el brazo y volvió a sentarse en la cama.

—Lucinda tenía jaquecas constantes y los matasanos la sangraban para aliviárselas. Yo estaba de viaje cuando uno de aquellos imbéciles sacó más sangre de la cuenta.

Prudente, el anciano guardó silencio. Aquello era algo que ocurría de tanto en tanto: un paciente demasiado débil, un médico ignorante que recurre a la sangría con frecuencia, pues es uno de los pocos métodos que conoce y que impresionan a sus clientes. Monardes ya sabía aquella historia, así como lo que le había ocurrido al irresponsable que había dejado una de las fuentes abiertas demasiado tiempo. Lo habían hallado una semana después, colgando boca abajo de un gancho en el Matadero. Lo habían degollado y toda la sangre de su cuerpo estaba en una olla de metal.

—Os lo vuelvo a repetir, Monardes. ¿Qué es lo que queréis?

—No quiero nada para mí. Pero tal vez habría una forma de ayudaros.

—¡Hablad deprisa!

—Entregadme a la niña caribe. Vuestra esclava, Clara.

Catalina, que repuesta ya del susto había comenzado a recoger el desayuno de su amo, comenzó a temblar al escuchar aquello. Una taza de porcelana se le escurrió de la bandeja, haciéndose añicos contra el suelo. La esclava miró el destrozo horrorizada, pues con el valor de la taza se podría alimentar a una familia durante un mes. Pero cuando su amo habló lo hizo con voz inexpresiva.

—Márchate, Catalina.

—Mi amo, he de recoger...

—Ya lo harás después.

Monardes vio cómo la esclava se debatía entre el miedo y la necesidad de saber, pues era consciente de que en aquella habitación se estaba fraguando el futuro de su hija. Finalmente agachó la cabeza y dejó el cuarto, aunque el médico hubiera apostado su vida a que en ese instante estaba apostada detrás de la puerta.

—No acabo de comprenderos —dijo Vargas cuando la esclava se marchó.

Estudiaba al médico con los ojos entrecerrados y los hombros rígidos. Algo en su actitud había cambiado cuando Monardes mencionó a la joven Clara.

—Señor, mis cansadas piernas ya no pueden hacer hasta aquí el camino todos los días, pero ella es joven y fuerte. Hace muchos años que no tengo aprendiz, y vivo muy solo en una casa grande y vacía. Podría transmitirle mis conocimientos sobre hierbas y preparados, y sería un alivio para mi soledad.

—¿Creéis que será capaz de aprender? Sólo es una mujer.

—Es valiente. Vino a buscarme sola, en mitad de la noche.

—Eso no es signo de inteligencia —replicó Vargas, despectivo—. Más bien al contrario.

—Fue imprudente. Pero puede que os salvase la vida aquella noche.

Vargas guardó silencio unos instantes, preparando el terreno para la siguiente pregunta.

—¿A qué os referís exactamente con «alivio de la soledad», médico?

—Conmigo no tiene nada que temer, señor.

—Eso me han dicho. Sería distinto si se tratase de un muchacho, ¿no es verdad? —insinuó Vargas con una sonrisa cruel.

Durante un momento que pareció eterno, en la habitación sólo se oyó el crepitar de la hoguera, mientras Vargas disfrutaba con la humillación palpable del médico ante la grave acusación.

—Como os he dicho, señor, conmigo no tiene nada que temer —dijo por fin Monardes muy despacio.

Vargas se encogió de hombros, frustrado de no haber conseguido la explosión de rabia que estaba buscando, pero no le quedó más remedio que ceder.

—Entonces tenéis mi permiso. Llevadla con vos, pero cada día deberá dejar su aprendizaje para venir a atenderme. Y cuando muráis, volverá a esta casa para siempre.

——

*T*ras dejar a Guillermo, el falso irlandés, Sancho descendió los escalones hasta la taberna. Allí le estaba esperando Castro con el rostro encendido y los puños apretados.

—Dame el dinero.

El muchacho sintió que el miedo le invadía. Había abierto el vino de Toro con la esperanza de ganarse la confianza del extranjero, pero debía haberle pedido el pago por adelantado, como era costumbre cuando se encargaba vino de calidad. La taberna estaba completamente en silencio, y los tres o cuatro parroquianos que se desperdigaban por las mesas seguían atentamente la escena.

—Serán quince maravedíes —insistió Castro, enfurecido—. Si te ha dado propina, puedes quedártela.

Sancho echó una fugaz mirada hacia la puerta, buscando una manera de escapar, pero el otro anticipó su movimiento incluso antes de que sus pies hubieran empezado a moverse. Alzó la mano y lo derribó de un bofetón en el suelo. El muchacho trató de escabullirse arrastrándose bajo un banco, pero las fuertes manos del tabernero lo agarraron por los tobillos y tiraron de él hacia atrás.

—¡Inútil! ¡Maldito inútil! —gritó Castro, cosiéndole a patadas.

Sancho intentó hacerse un ovillo en el suelo, tapándose

la cara con los antebrazos y apretando los dientes para no gritar. Ya que no podía escapar de la paliza, al menos no le daría a aquella mala bestia ocasión de disfrutar. Mientras llovían los golpes, intentó ir contando cuántos eran. Porque pensaba devolverlos por duplicado.

La cuenta se alzaba a dos docenas cuando perdió el conocimiento.

Al volver en sí lo primero que sintió fue el daño en las costillas, como la opresión de una caja repleta de clavos. Sintió que era insoportable, hasta que el dolor de su cabeza tomó el relevo y le hizo añorar el del costado. Abrió el ojo derecho, descubriendo que se hallaba en el cuarto de los trastos, tendido sobre una manta. El otro ojo no podía abrirlo. Sintió miedo de haberse quedado tuerto, y se palpó con las yemas de los dedos temiendo encontrar un vacío. En su lugar halló un bulto hinchado e informe, casi irreal.

—No te preocupes, muchacho. Sólo tienes un ojo negro.

Sancho reconoció la voz de Guillermo y reprimió una mueca. Por su culpa se había metido en aquel lío. El inglés estaba junto a él y le enjugaba las heridas del rostro con un trapo mojado en vino.

—Es del barril que abriste con tanto atrevimiento. Tu amo me obligó a comprarlo entero. Un desperdicio que tengamos que malgastarlo de esta manera.

—Tampoco es que antes tuvierais demasiado tiempo para apreciarlo —rezongó Sancho.

—No fue antes, mi pequeño. Fue hace dos días. Llevas todo ese tiempo con un pie en la orilla del Leteo. —Hizo una pausa, como si considerase que sólo hablaba con un pobre mozo de taberna—. Perdona. El Leteo era uno de los ríos del Hades...

—Sé lo que es el Leteo. Ojalá y me trajeran un vaso de sus aguas, así podría olvidarme de este dolor.

Guillermo lo miró con extrañeza, sorprendido de que Sancho supiera aquello. El muchacho no captó el gesto, pues había cerrado los ojos.

—Olvido —dijo el inglés en un susurro—. Algo de eso sé. Yo también he intentado buscarlo.

—¿Por eso bebíais como si os fuera la vida en ello?

—El desprecio de una mujer, un pasado de recuerdos ingratos, un futuro con más sombras que luces. ¿Qué más da por qué? Simplemente hay días en los que resulta demasiado doloroso seguir consciente.

Sancho volvió a abrir el ojo sano. El otro rehuyó su mirada con manifiesta incomodidad, que se prolongó durante un largo silencio.

—¿Qué hacéis en Sevilla, don Guillermo?

—No puedo decírtelo —dijo el otro, muy serio.

—Pero no sois un espía.

El inglés eludió la respuesta. Volvió a hundir el trapo en el vino y apretó con fuerza para escurrirlo. La tarde avanzaba y en el cuarto había poca luz, pero Sancho pudo apreciar las manos de Guillermo. Estaban limpias y bien cuidadas, con las uñas recortadas con esmero. Pero bajo ellas había una capa negra que las teñía con un marco de luto. «Tinta —pensó—. Bien debajo de la uña, como si saliese de su propia carne.»

—No me has denunciado —dijo Guillermo al fin.

—¿Cómo decís?

—Podías haberlo hecho y haber evitado la paliza. Serías un héroe y yo estaría en las mazmorras de la Inquisición.

«O algo peor —pensó Sancho con amargura—. Mi amigo Castro y sus parroquianos te habrían dedicado sus cariñosas atenciones antes de que llegasen los corchetes.»

La triste verdad es que no se le había ocurrido aquella

forma de huir de los golpes del tabernero. Se preguntó qué habría hecho si aquella posibilidad hubiera pasado por su cabeza. La vida de otro ser humano a cambio de evitar su propio dolor. Un hereje, un inglés, un enemigo. ¿Le hubiera entregado? «Tal vez —se dijo—. Tal vez.»

—No quise tener vuestra muerte sobre mi conciencia —dijo Sancho, en parte para congraciarse con el inglés y en parte para convencerse a sí mismo.

—Gracias, muchacho. Estoy en deuda contigo.

—¿De verdad? Bueno, tal vez podríais pagarme. ¿Conocéis de algún buen empleo?

Guillermo se mordió los labios, azorado.

—En realidad no. Yo mismo estoy a la espera de encontrar una posición.

Sancho sintió que una honda desesperación se apoderaba de él. Por un momento había creído que su suerte podía haber cambiado, pero desde el aciago día de la llegada de los galeones nada le salía a derechas.

—Pues no me servís de gran cosa entonces, don Guillermo. Seguiré en el Gallo Rojo hasta que el animal de Castro me mate a golpes.

—Siempre podrías dejarlo.

—¡Ja! —bufó Sancho despectivo—. ¿Para hacer qué? ¿Pedir limosna? ¿Ser un vulgar ladrón?

—No deberías hablar así de los ladrones, querido Sancho. Es una profesión como otra cualquiera.

—¿Acaso habéis perdido el juicio?

Guillermo bajó la vista, y cuando la alzó de nuevo había una hondura diferente en su mirada. Había vuelto el rostro a la pared y su tono de voz era más grave.

—El rey y el esclavo son dos hombres iguales, Sancho. Tan sólo se diferencian sus máscaras, y éstas son tan intercambiables como una camisa vieja.

—¿Me estáis diciendo que son iguales un cura y un ladrón?

—¿Quién soy yo para decirte nada? Sólo sé que ambos son hombres que buscan llevarse un pedazo de pan a la boca. ¿Qué buscas tú, Sancho?

El muchacho se incorporó en la cama al escuchar aquellas palabras, y su rostro quedó a la misma altura que el de Guillermo. El ojo sano le brillaba como un ascua.

—Quiero cruzar el mar Océano.

—¿Y estar aquí te ayudará a lograrlo?

Sancho pensó en las promesas de fray Lorenzo. Con el cuerpo molido a golpes, le parecían pobres burlas huecas.

—Antes creía que sí. Creía estar haciendo lo correcto.

—Lo correcto —dijo el inglés, esbozando una agria sonrisa—. Había una vez un compatriota mío, hace muchos siglos. Robert de Huntington era su nombre, aunque todos lo conocían por Robert Hood por su atuendo. Había luchado en tierras lejanas, y cuando volvió a su hogar encontró que la corrupción y la tiranía habían reemplazado al orden. El párroco de su pueblo, el condestable y muchos otros exprimían a los campesinos hasta el último penique de sus exhaustas faltriqueras. Robert se negó a pagar los tributos excesivos que se le exigían, y condujo a un pequeño grupo de hombres al bosque. ¿Sabes en qué se convirtió?

—En un ladrón —susurró Sancho, que escuchaba sin perder detalle.

—Asaltaba las ricas caravanas y a los orondos recaudadores de impuestos. Y el fruto de sus correrías lo repartía entre los famélicos campesinos. Entonces también hablaron los paladines de lo correcto. El párroco clamó desde el púlpito que Robert Hood era un demonio. El condestable lo declaró proscrito y puso precio a su cabeza.

—¿Y qué le ocurrió?

Guillermo meditó antes de continuar. Podía contarle lo que le había ocurrido en verdad a Robert de Huntington. Cómo su cadáver putrefacto había colgado durante días de las murallas y el pueblo había visto redobladas sus penurias. Pero era un triste final para un relato, y desde luego el peor para contarle a un pobre mozo de taberna al que habían molido a golpes por su culpa. Le daba pena aquel muchacho triste e inteligente que debía pasar el resto de su vida sirviendo mesas. Prefirió recurrir a la versión hermosa, la que las madres contaban a sus hijos en Inglaterra desde tiempos inmemoriales. Al fin y al cabo sólo era un cuento. ¿Y qué mal podía hacer un cuento?

—Las huestes del condestable le rodearon, pero Robert Hood era un arquero excepcional...

X

—**N**o voy a hacerlo. El amo me escuchará si se lo pido.

Catalina miró a su hija arrugando la nariz como un conejo. ¡Qué poco sabía ella cómo funcionaba el mundo! Para Clara la esclavitud era un yugo incómodo y etéreo. Anhelaba la libertad del mismo modo que un mono nacido en una jaula podría desear una fruta que ha visto a través de los barrotes. Un manjar en el que jamás había hundido los dientes.

Clara no había hecho el viaje que había hecho su madre. No había conocido el orgullo de ser la hija del rey de los caribes. No había sido arrebatada de su hogar en llamas, ni los soldados le habían roto los dedos con la culata de sus arcabuces para que soltase los cadáveres de sus hermanos, abatidos por los soldados españoles. No la habían subido a bordo de un monstruo flotante, ni encadenado en la húmeda y oscura bajocubierta junto a cientos de cuerpos malolientes. No había aguantado la sed insoportable, ni comido las galletas podridas. No había chapoteado en el vómito de los enfermos durante semanas. No había llorado desesperada al ver que los otros cinco que formaban su cadena estaban muertos y los gusanos blanquecinos manaban de sus bocas como agua de una fuente. No había bizqueado al salir de nuevo al sol, contemplando por primera vez Sevilla y añorando el destino de su padre y sus hermanos. No se había sometido a la indignidad del baño, de la subasta en las escalinatas de la catedral.

Ni a lo que vino después. Lo que tuvo que hacer para sobrevivir, lo bajo que tuvo que caer para que no la apartasen a ella de su lado.

—Irás —dijo Catalina con un hilo de voz.

—Pero, madre...

La mano de la vieja esclava se movió como un borrón. Una sonora bofetada impactó en la mejilla de Clara, que se quedó paralizada, boquiabierta. Hacía años que su madre no le ponía un dedo encima, y cuando lo hacía de pequeña no era ni remotamente parecido a lo que acababa de sentir. No era el escozor en la cara lo que contaba, sino la intención tras aquellos ojos oscuros.

Clara se llevó la mano a la mejilla. Ese espacio de piel tersa, enrojecido tras el bofetón, era lo que las había separado siempre. En el mismo punto del rostro de su madre había grabadas una S y la figura de un clavo. Era práctica común marcar con un hierro al rojo la mejilla del esclavo con ese anagrama maldito, al que muchos añadían el nombre completo del amo en el hombro o en el trasero. Muy pocos eran los que se libraban de la bárbara costumbre, e incluso algunos morían a resultas del proceso. Clara sabía que su madre sentía una envidia secreta por la suerte de su hija, de la que ambas se avergonzaban. Muchas veces, cuando la esclava creía estar a solas, la había descubierto acariciándose ensimismada la espantosa cicatriz, que sobresalía de su piel como un maligno túmulo blanquecino.

—¡He dicho que irás! —gritó Catalina—. Irás y aprenderás todo lo que puedas de ese pellejo chiflado. Y luego, algún día, quizás, quizás...

La vieja esclava se tapó la boca con la mano, incapaz de continuar. Desde que su hija nació, Catalina había albergado el anhelo de que Clara se liberase algún día del yugo de la esclavitud. Que cruzase el mar, de vuelta a la tierra de la que su madre había sido arrancada. Que abandonase aquel infierno abigarrado y parduzco y regresase al mundo esmeralda y cobalto al que pertenecía. Había susurrado sus deseos al oído de Clara en tantas ocasiones desde que era niña que para la esclava se acabaron convirtiendo en una canción de cuna, el suave y tranquilizador arrullo que precedía al sueño.

Ahora que Clara era casi una mujer lo veía como una fantasía infantil. Perenne, hermosa e inalcanzable como la luna. Tampoco comprendía el empeño que su madre ponía en que aprendiese a poner vendas con el viejo Monardes. Ella preferiría continuar en la mansión de Vargas, escabulléndose a la biblioteca cada vez que podía. El amo apenas iba desde la muerte de su esposa, y en aquella habitación había más de doscientos libros. Clara adoraba perderse en sus páginas, aunque si aparecían otros sirvientes tenía que cerrar apresuradamente el tomo que estuviese leyendo y fingir que sacaba el polvo con un paño.

Los sueños de Clara, lo que esperaba del futuro, tenían un punto en común con los deseos de Catalina. Ella sabía —simplemente lo sabía, con la certeza de que hay un cielo sobre nuestras cabezas y tierra bajo nuestros pies— que algún día sería libre. Y que entonces tendría que trabajar para ganarse el sustento. A lo largo de sus lecturas había memorizado los oficios que le atraían de los personajes que aparecían en los libros, pero casi ninguno de ellos tenía una equivalencia en la vida real. Jamás se había encontrado camino del mercado con un mago, un caballero o un adivino. Y había percibido enseguida que ni uno solo de aquellos oficios relevantes era ejercido por mujeres, con excepción de nobles damas, duquesas y princesas, que se encontraban en frecuente necesidad de ayuda por parte de los protagonistas varones de las novelas. Quiso hablarle a Catalina de ello en varias ocasiones, pero ella enseguida la mandó callar con enfado en la voz.

Desde muy niña, Clara intuyó que había conversaciones que no podía tener con su madre. Apenas contaba cuatro años cuando, acompañando a Catalina al mercado, la niña se fijó en una mujer rica que iba a bordo de una calesa cubierta con un parasol.

—Madre, ¿no sería mejor que fuésemos en uno de esos coches? Así no tendríamos que caminar.

Catalina la miró y soltó una risa nerviosa, como solía hacer cuando la pequeña le hacía una de sus agudas preguntas.

—Nosotros sólo somos dos pobres esclavas, Clarita.

—¿Qué es una *clava*, madre?

—Alguien que trabaja para otro porque no es dueño de su destino.

La niña se encogió de hombros, pues el trabajo para ella era algo ocasional y ligero, como ayudar a mover la leña o sacar judías de su vaina. Aún le faltaban años para comprender el dolor cansado que se instalaba en la espalda de su madre cada noche o el sabor a derrota y desesperación con el que se levantaba cada mañana.

—¿Y esa mujer del coche no trabaja?

—No, Clarita. Ella es rica.

—¿Y dónde encuentra su dinero? Podríamos ir nosotros y coger un poco.

—No lo encuentra. Su marido o su padre serán ricos.

—¿Y mi padre no es rico, madre?

Y cada vez que la pequeña le preguntaba a Catalina por el autor de sus días, el gesto de la esclava se torcía, se volvía amargo y distante y sus ojos se volvían dos pozos solitarios. La niña odiaba contemplar aquella expresión en el rostro de su madre, y había aprendido a evitar aquel tema de conversación. A pesar de sus esfuerzos, un velo oscuro cubría siempre el rostro de Catalina, que en pocas ocasiones se rompía.

Aquel momento en el que le pidió a su hija que fuese a estudiar con el médico era una de esas escasas ocasiones. El anhelo, la ansiosa ilusión que asomaba ahora a los ojos de la vieja esclava era tan escaso y precioso que por sí solos fueron capaces de convencer a Clara, más allá de cualquier argumento racional.

—Iré, madre —dijo la joven tras un tenso silencio.

Y así fue como Clara se encontró una mañana de nuevo en la puerta de Monardes. A la luz del día, el exterior de la casa era igual que el de su dueño: un decrépito reflejo de una gloria pasada, lleno de desconchones y falto de muchas tejas. La esclava revisó su propio aspecto. Llevaba un vestido marrón de paño basto y una camisa que había sido remendada demasiadas veces y que había pertenecido a su madre. Los zapatos eran también muy viejos, y aunque en su día le quedaron demasiado grandes ahora le provocaban llagas cuando tenía que ir lejos. Encima de todo vestía su capa gris, que le protegía de la brisa húmeda y fría que soplaba desde el río.

Llamó a la puerta con cautela, casi temiendo el momento en el que se abriese. Un sentimiento muy alejado del que había tenido la primera vez que estuvo allí y la angustia y el miedo a la oscuridad le atenazaban la garganta.

—¿Vas a entrar?

Tan perdida estaba en sus pensamientos que no se percató de que el médico había abierto y la miraba con severidad desde detrás de sus pobladas cejas grises.

—Buenos días, amo.

Dentro el ambiente se veía cambiado, casi hogareño. A

la luz del día ya no daba la impresión de ser el antro de un brujo, como esos sobre los que había leído en las novelas de caballerías que tanto gustaban a Vargas. El sol que entraba por la pequeña ventana lateral le confería al estudio de Monardes el aspecto de una extraña cocina polvorienta. El olor era extraño, agrio y persistente, pero no desagradable.

—No me llames amo. A partir de ahora tú serás Clara y yo maestro. Es lo apropiado en estos casos.

—Sí, am... maestro.

—Supongo que tendremos que empezar por lo básico. Ojalá supieras leer, porque...

—Sé leer, maestro —interrumpió Clara, orgullosa.

—¿Tú? ¿Una esclava? Permíteme que lo dude.

La joven se acercó a la gran mesa, donde había una pila de papeles amarillentos, cubiertos por una escritura apretada y delgada como patas de araña. Tomó el primero de ellos.

—Receta de la Galenderia. Tómense tres gránulos de *verdulaga*...

Monardes le arrebató el papel de las manos, molesto.

—Es verdolaga. Admito que tengo una letra horrenda, y que tú sabes leer muy bien. ¿Quién te enseñó?

—Uno de los criados de casa. Murió hace años.

—¿Qué libros has leído?

—Amadís, Floriseo, Palmerín...

Clara sintió un leve estremecimiento al pronunciar aquellas palabras en voz alta. Era la primera vez, a pesar de que los dueños de aquellos nombres eran para ella tan reales como el sol de la mañana. Cada sílaba evocaba la lucha contra un monstruo, el viaje en un barco encantado o la promesa de un amor infinito. Y sin embargo, decirlos le estaba vetado. Oía hablar de sus aventuras —incluso de algunas que ella no había leído— al cruzar plazas y mercados. Escuchaba discutir a escribanos y verduleros, enzarzados en disputas irresolubles sobre quién era el mejor y más bravo caballero. Pero una esclava no podía entrar en las conversaciones de los libres.

—Ya veo —dijo el otro, moviendo la mano desdeñosamente—. No hace falta que sigas, es evidente por dónde se orientan los gustos de tu amo. ¿No has oído entonces hablar de fray Bartolomé de las Casas?

—No, maestro.

El médico jugueteó con un almirez, haciéndolo rodar sobre la mesa, eligiendo muy bien sus palabras.

—Ese criado que te enseñó a leer... ¿Lo hizo por propia voluntad o porque se lo pidió Vargas?

—Eso no lo sé —contestó Clara encogiéndose de hombros y alzando la voz. No comprendía por qué aquel viejo cascarrabias le hacía tantas preguntas—. Preguntádselo vos mismo.

El atrevimiento de la esclava agradó al médico, que se dio la vuelta para que la joven no viera la sonrisa que se dibujó en su cara apergaminada.

—¿Sabes por qué estás aquí?

—Mi madre me ha dicho que voy a aprender cómo cuidar del amo.

—Y es cierto, al menos en parte. Vargas sufre una enfermedad incurable y muy dolorosa, que se agravará progresivamente durante el resto de su vida. Tus cuidados no cambiarán eso, pero pueden contribuir a hacer su existencia más soportable. ¿Eso te gustaría?

Clara asintió insegura.

—Eso creo.

Las palabras quedaron colgando durante unos instantes en el aire, y la joven supo que había cometido un error al ver cómo el rostro de Monardes se crispaba.

—¿Eso crees? —gritó el médico—. Maldita seas, niña, tentado estoy de devolverte a tu amo y dejar que sigas fregando suelos hasta que mueras. ¿Es eso lo que quieres ser? ¿Una fregona ilustre que piensa en caballeros andantes de lanza enhiesta mientras raspa las cagadas de paloma en el patio?

La joven se ruborizó ante el repentino ataque de rabia de Monardes, y por más de un motivo.

—¡No, maestro!

—Tal vez me haya equivocado contigo. Tal vez tu amo tenga razón y seas demasiado obtusa para aprender. Al fin y al cabo sólo eres una mujer. Una esclava.

De repente las dudas de Clara, el miedo y la inseguridad que le habían asaltado ante la tarea que su madre le había obligado a aceptar, se esfumaron. Sintió odio por aquel viejo de piel reseca y llena de manchas, por sus dientes amarillentos y sus manos de uñas duras y gruesas. La joven era alta para su edad, y el viejo era pequeño y encogido. Tuvo ganas de zarandearlo, pues a pesar de que procuraba mostrarse como una persona tranquila para evitar problemas, su carácter era fogoso y apasionado. Nunca dejaba salir aquellos sentimientos, pues desde muy niña había sido aleccionada de lo que podría ocurrirle si lo hacía.

En lugar de eso, suplicó.

—Por favor, maestro. No me devolváis a Vargas.

—¿Por qué no debo hacerlo? —dijo Monardes mirándola de frente, muy serio, como quien da por supuesto que la respuesta que viene no será la correcta.

—Porque rompería el corazón de mi madre. Ella quiere que estudie con vos. Y que el día de mañana compre mi libertad al amo.

El viejo soltó un hondo, largo suspiro. Pareció como si el aire arrastrase la furia de su cuerpo, dejando en su lugar sólo una carcasa gris y marchita, igual que un viento fuerte desnudaría un diente de león. Lo que la chica le estaba pidiendo era prácticamente imposible. Sin embargo, si ese propósito descabellado era lo que hacía falta para que la joven aprendiese, el médico estaba dispuesto.

—Pues será mejor que empieces a desear el conocimiento que voy a meter en esa cabeza —musitó—. Si aún no te ha secado el seso el valiente Belianís de Grecia, pardiez. Estarás a prueba durante el día de hoy, y si no me convence tu actitud... volverás a la escoba.

XI

*D*espués de la brutal paliza, Sancho tardó cuatro días en poder levantarse. Castro, quien parecía tener un extraño baremo para los castigos, le llevó abundante comida durante la convalecencia. Le daba más importancia al sofrito o a un potaje de garbanzos que a los moratones que cubrían el cuerpo de su mozo de taberna. Colocaba la bandeja en el suelo, al lado del camastro, e incluso subió medio cuartillo de vino aguado.

—Espero que hayas aprendido la lección, rapaz —le decía, abriendo una espantosa sonrisa en su rostro barbudo—. El dinero siempre por adelantado. Que no tenga que volver a darte de palos.

Sancho asentía, en silencio, aunque apenas probó bocado durante ese tiempo. Le dolía demasiado para inclinarse sobre el plato y llevar la cuchara a la boca durante mucho rato, así que se limitó a mojar el pan en la salsa y comerlo tumbado, mirando al techo. Tampoco sentía hambre ni frío, a pesar de que el cierre de la ventana estaba roto y el aire se colaba por ella batiendo la madera contra el yeso una y otra vez. El muchacho escuchaba el rítmico golpeteo y el chirrido de los goznes oxidados, y pensaba en la historia que Guillermo le había contado.

Robert Hood, Roberto *el Encapuchado*, ladrón justiciero. Las palabras del inglés al pronunciar la historia tenían un halo mágico, indescriptible. Sancho se había perdido varios matices, y otras palabras apenas las había entendido, pero no se había atrevido a interrumpir a Guillermo mientras la contaba para pedir una aclaración. Tenía miedo de estropear el ritmo del cuento. O de los cuentos, pues el huésped de la taberna le entretuvo con muchas aventuras protagonizadas por el Encapuchado. El tal Hood era un maestro con la espada, pero con el arco su habilidad rozaba lo sobrehumano.

—Podía acertarle a un gorrión en el ojo a cien pasos. ¡En pleno vuelo!

—¿Sabía tirar también con mosquete? —preguntó en una de las escasas ocasiones en que se atrevió a intervenir.

—Eran tiempos mejores, *Sanso* —dijo Guillermo, quien había estado empleando el vino para algo más que curar las heridas del muchacho y volvía a tropezar al pronunciar su nombre—. Menos inciertos. No existían los mosquetes, ni las pistolas, ni un plebeyo podía tumbar a un rey con tres gramos de pólvora.

Sancho lo miró con extrañeza.

—No veo en qué los hacía eso mejores tiempos.

—Nunca podré acabar si interrumpes a cada rato —se defendió Guillermo, arrancando enseguida a contar cómo Hood triunfó en el torneo de arquería de Nottingham.

El muchacho estaba seguro de que el inglés se estaba inventando la mitad de las historias que le estaba narrando. De tanto en tanto se pasaba la mano por la incipiente calva o se entretenía en juguetear con los correajes de su jubón, y la voz se detenía durante unos instantes para brotar de nuevo con fuerza. Como si repentinamente recordase el número de mozas a las que Hood había salvado en una encrucijada, siendo recompensado por ellas con favores descritos con todo detalle. Imágenes brumosas y excitantes, que llevaban al extremo la imaginación de Sancho. El muchacho nunca había visto a una mujer desnuda, pero había fantaseado suficiente acerca de ellas en el orfanato. Fantasías nocturnas que solían acabar con Sancho haciendo algo contra lo que fray Lorenzo les predicaba a diario, y con una avergonzada admisión de culpa en el confesionario a la mañana siguiente.

Conforme Guillermo ingería más vino, el tono de las historias fue subiendo y la lengua del inglés enredándose sola en el paladar. Finalmente le dedicó un apresurado final a una batalla en la que Hood y sus alegres compañeros acabaron con un malvado recaudador de impuestos y se arrastró como pudo a la habitación contigua a dormir la mona.

Las palabras del inglés habían despertado algo oculto en el alma de Sancho. Por el modo en el que las había narrado, conjurando con palabras a las personas delante mismo de sus ojos, imitando sus voces, describiendo en cuatro acertados rasgos sus personalidades. Pero también por el significado de la historia.

Confinado en el camastro, sin más compañía que el repiqueteo de la ventana, Sancho se sumergió en sus propios pensamientos. Recordó lo que había sentido cuando aquel cabrón de capitán flamenco le había obligado a meter sus manos en el arroyo de mierda para rescatar la moneda de oro. El placer que sintió al arrojarle los excrementos a la cara, la excitación al huir con la moneda aferrada contra su pecho. Una voz en el fondo de su cabeza intentaba recordarle que había estado a punto de perder la vida cuando la espada del flamenco le impactó en la espalda, pero ese detalle nimio quedaba ahogado por el sonido de trompetas que las palabras de Guillermo habían formado.

«Pude hacerlo una vez. Podría hacerlo de nuevo.»

Cuando prestó más atención a aquella música se dio

cuenta de que había estado siempre allí, aguardando a que Sancho se dignase a escuchar.

«Podría quedarme aquí —dijo su voz sensata. Su voz cobarde—. Podría intentar sobrevivir a las palizas de Castro, resistir hasta que pasen los seis meses.»

«No lo conseguiré —contestó el bramido de las trompetas—. Si vuelve a pegarme, ese animal me matará. Y aunque me quedase aquí y sobreviviese al muy hijo de puta, ¿cómo sé que fray Lorenzo mantendría su palabra?»

«Eso es. Fray Lorenzo. Iré a ver a fray Lorenzo.»

«¿Qué ha hecho ese cura soberbio por mí? Puso a otro en el empleo que yo me merecía. Me encerró con Castro en este antro.»

«Él no sabía que...» La voz cobarde era débil, guardaba cariño al viejo fraile, buscaba justificarle, que Sancho corriera de nuevo bajo sus faldas. Pero no aguantó el embate.

«Se reirá de mí. Me cerrará las puertas del convento en las narices. No me ayudará.»

«Pero ¿adonde iré?», se quejó la voz cobarde, casi apagada.

«Huiré cuando pueda levantarme. Buscaré al enano Bartolo. Él conoce las calles y me enseñará a hacerlo mejor que la última vez, cuando tuve que rendir la moneda de oro ante el capitán. Y fray Lorenzo rabiará cuando vea que no ha podido conmigo.»

La voz cobarde, sin hablar, evocó un último recuerdo en Sancho. Una imagen fugaz de su madre golpeándole en la mano derecha cuando intentaba alcanzar una salchicha que colgaba de un cordel en la despensa. Sus labios formaron las palabras «robar es pecado» antes de que la imagen se desvaneciese, dejando sólo el sonido de las trompetas.

La sangre hervía en las venas del muchacho mientras hacía planes.

El quinto día, Sancho se incorporó en el camastro dos horas antes de amanecer. Ponerse en pie por primera vez tras todo aquel tiempo fue una tortura. Sus brazos respondían, pero las piernas estaban anquilosadas y el pecho le seguía doliendo al volverse. Sabía que tenía algo roto ahí, porque había oído cómo crujían sus costillas en una de las patadas de Castro, pero tampoco podía hacer nada al respecto. Apretar fuerte el brazo izquierdo contra el cuerpo le procuró cierto alivio, y así salió al pasillo.

Recorrió la decena de pasos que le separaban de la escalera con el miedo latiéndole en las sienes. Iba descalzo y pegado a la pared, allí donde las tablas no crujían bajo su peso. Tardó una eternidad en descender cada escalón, pisando en los bordes exteriores. El suelo de tierra de la taberna le permitió avanzar más rápido. Estaba ya llegando a la puerta, cuando se detuvo de repente.

«No puedo irme así, sin más.»

El dolor del costado le recordó que aún tenía una cuenta que saldar con quien le había causado tanto sufrimiento. En lugar de dirigirse a la salida, torció hacia la cocina. Debajo del mostrador, tapada por un paño, estaba la caja de los cubiertos. Hundió en ella la mano, buscando al tacto una forma familiar, conocida. Sus dedos se movían despacio, despertando ligeros sonidos metálicos en el fondo de la caja, que a los oídos temerosos de Sancho parecieron estruendosos. Finalmente la punta del índice encontró algo duro y rugoso. Lo extrajo con cuidado.

Era un cuchillo grande, con mango de hueso y remaches de metal. La hoja, triangular, tenía más de un palmo de largo. De lo afilada que estaba podían dar cuenta los cientos de verduras que había troceado con ella.

Volvió a la escalera. Ahora iba si cabe más despacio que

antes, apretando tan fuerte el mango de hueso en la derecha que sus nudillos estaban completamente blancos. En el pasillo tuvo un último instante de duda ante la habitación de Castro. Si entraba y el tabernero le veía, no habría vuelta atrás. No tendría tiempo de alcanzar la puerta, retirar la tranca y escapar. Tendría que matarle.

«Para eso he vuelto a subir.»

Se preguntó cómo sería hundir el cuchillo en la carne del tabernero. Si gritaría y Guillermo el inglés acudiría a ver qué estaba sucediendo.

Empujó la puerta sin ser demasiado consciente de lo que hacía. No hizo apenas ruido al abrirse, pero Sancho enseguida vio que ésa era la menor de sus preocupaciones. Castro respiraba trabajosamente, y la habitación estaba llena de la espesa peste a alcohol y sudor que llena las habitaciones de todo borracho. Se acercó a la cama, donde el hombre yacía como una piedra. Tenía la cabeza ladeada, y a la tenue luz que entraba por la ventana pudo ver el cuello desprotegido.

«Sería tan fácil. Ni siquiera se despertaría.»

Alzó el cuchillo y lo mantuvo en el aire unos instantes. Aquello no hubiera sido propio de Roberto *el Encapuchado*. Pero el malvado requería un castigo. Y la vida real no es como en los cuentos, con duelos y justas donde los héroes administran justicia frente a frente. En la vida real los héroes aprovechan el momento.

El cuchillo descendió a toda velocidad.

Sin temor ya a hacer ruido, Sancho bajó la escalera de nuevo. Volvió al cajón de los cubiertos y encontró enseguida el segundo instrumento que necesitaba. Agarró con fuerza la puntiaguda espita y se dirigió a la parte trasera de la cocina, donde los barriles de vino se apilaban hasta el techo.

Con certeros golpes los desfondó todos. Los de más arriba le costaron mucho esfuerzo, pues las costillas rotas no le dejaban estirar del todo el brazo derecho.

Se dirigió a la puerta, completamente empapado en vino. Tras él, un barro rojizo se iba formando en el suelo en un creciente lodazal parecido a la sangre.

Sancho sonrió, pensando en el tabernero y en el cuchillo que había dejado clavado en el colchón junto a su cara. Primero se llevaría un buen susto. Después bajaría y vería la auténtica herida. Aquello no era sangre, pero a Castro le dolería más que si fuera la suya propia.

XII

*P*ara Clara, su primer día con el médico fue tan confuso como estimulante. La esclava siguió a Monardes hasta la parte posterior de la casa, donde había un gran huerto tapiado que daba a la calle. El huerto era lo opuesto a la deslucida fachada. Cada una de las líneas de los cultivos era recta como un huso. Decenas de plantas distintas crecían en una tierra húmeda y fértil, regada por ingeniosos sistemas que variaban en función del tipo de plantas que allí se alineaban. Metales retorcidos que soltaban gotas minúsculas cada cierto tiempo, odres y pellejos que basculaban sobre un juego de cuerdas, canalones improvisados hechos con tejas. Estructuras frágiles a simple vista, pero que cumplían con su objetivo entre susurros y borboteos.

Clara, que no había conocido otra forma de cuidar las plantas que la vieja jarra desportillada que había en un rincón del patio de Vargas, contempló con la boca abierta aquel espectáculo. Monardes siguió la dirección de su mirada y sonrió por primera vez. Aspiró muy fuerte, llenándose los pulmones del aire fragrante del jardín.

—El agua, mi querida caribe, es la vida. Viene del cielo como un regalo de Dios, y se funde con nosotros. De agua estamos hechos todos —dijo golpeando suavemente con el dedo el brazo de Clara.

La joven levantó la mano y la sostuvo frente a su rostro.

A ella aquello no le parecía líquido, y así se lo dijo a Monardes.

—Tu sangre, tus músculos, incluso tus ojos están rellenos de líquido. Si no bebes te mueres, porque tu cuerpo no tiene con qué reponer lo que meas y sudas.

—Como el gato —dijo Clara para sus adentros.

—¿Qué gato?

La esclava se mordió los labios, mirando insegura a Monardes. No acababa de decidirse a hablar, pues no quería incurrir otra vez en la ira de su maestro. Pero el otro le hizo un gesto y no le quedó más remedio que contestar.

—Cuando yo era niña quedó encerrado un gato en la leñera del amo durante el verano, sin que nadie lo advirtiese. No fuimos a buscar más troncos porque había de sobra en la cocina, y el pobre murió allí. Cuando lo sacaron los criados era sólo pellejo y hueso.

Monardes sonrió a Clara con aprobación, aunque ella pareció no percibirlo. Miraba a lo lejos, por encima de la tapia del huerto y de la silueta de la catedral que se recortaba tras el sol de la mañana.

—Se había mordido la pata. No entendí entonces por qué lo había hecho, pero ahora sí. Intentó beberse su propia sangre —dijo la joven, como si por fin las palabras del médico le hubiesen resuelto un acertijo que había tardado demasiado en desentrañar. No le dijo que aquel gato era su favorito, ni que había llorado y tenido pesadillas durante varias semanas después de aquello, pues tenía miedo de lo que el médico fuese a pensar de ella. Había observado que los hombres, especialmente su amo, despreciaban a las mujeres cuando mostraban sus sentimientos, y no iba a darle más excusas a Monardes después de su error del día anterior.

—¿Por qué crees que el gato hizo eso, Clara?

—Porque su instinto le decía dónde estaba el agua más cercana.

El médico sonrió con aprobación.

—Exacto. La naturaleza es sabia, mucho más que nosotros. Mira a tu alrededor. Estas plantas, al igual que tu madre, han venido desde muy lejos. Muchas de ellas proceden de las Indias —Clara abrió mucho los ojos al escuchar aquello—, un lugar donde el clima y la humedad son muy distintos del nuestro. Estas preciosidades crecerían salvajes en su tierra, sin necesitar de nuestra ayuda. Pero aquí ha de intervenir el pobre ingenio del ser humano para que reciban su dosis justa de agua. Ni más, ni menos.

—Yo creía que el agua les daba la vida.

—También te la da a ti la comida, y si comes demasiado puedes enfermar.

—No entiendo cómo se puede comer demasiado —dijo Clara, meneando la cabeza. Aquello era Sevilla, la ciudad más grande y rica del mundo. Pero por cada palacete que se alzaba con el oro de las Indias había un centenar de hogares repletos de pobres famélicos. La joven no había pasado nunca hambre auténtica, pues había crecido en casa de un rico comerciante cuya cocina estaba bien surtida. Las viandas más lujosas estaban reservadas al amo y a sus invitados, pero los criados tenían pan y legumbres a diario, carne dos veces a la semana y pescado los viernes, como mandaba la Iglesia. Y sin embargo Clara había visto suficientes niños escuálidos rebuscando en los muladares como para saber que su propia situación no era la norma. Había un pozo oscuro en la mirada de aquellos niños, un vacío que necesitaba colmarse y que no lo haría jamás. Aquélla era otra de esas reflexiones que no podía compartir con nadie.

—Se puede, Clara. Mira a tu amo. La enfermedad que lo postra es fruto de lo que ha comido y bebido a lo largo de su vida.

—¿Cómo podéis saberlo? ¿Cómo sabéis qué es lo que enferma a alguien?

—Porque la enfermedad sólo la presentan los muy pudientes, y entre ellos quienes más abusan de la carne y otros alimentos.

—¿Y eso lo habéis observado vos, maestro?

—Algunas veces. El conocimiento de un sanador proviene de su propia experiencia, pero también de los libros que ha leído. Así cada nuevo alumno se alza sobre los hombros de su maestro y sobre sus propias lecturas, y hace avanzar más aún nuestro oficio.

Clara asintió despacio al escuchar aquello, imaginando una enorme torre de seres humanos subidos unos en los hombros de los otros. ¿Y qué había de los libros? Se sentía un poco confusa sobre la actitud de Monardes hacia ellos. Tan pronto le decía que podían sorberle el seso como pretendía que eran muy importantes para su aprendizaje.

No tuvo tiempo de pensar demasiado en aquellas cuestiones, pues enseguida el médico le ordenó cuidar del jardín. Pasaron toda la mañana arrancando malas hierbas, reparando los canalones en los puntos en los que el viento los había movido y enterrando frutas semipodridas bajo la tierra negruzca.

—Hacen el suelo más rico, pues las plantas necesitan más que agua y sol.

—¿Por qué tenéis tantas variedades, maestro?

Arrodillado en el suelo, Monardes enderezó el tallo de una especie trepadora que se enroscaba a un palo clavado en el suelo ayudada por unos pedazos de cordel. Después comenzó a señalar a su alrededor.

—Esto es cardosanto; cura las fiebres y el asma. Aquella alargada y fea es hierbamora, excelente para las pieles resecas y escamosas. Allí hay ajos, casias, milenramas... cada una de ellas tiene uno o varios usos que sirven para mejorar la vida de las personas. Muchas veces los labriegos queman un campo creyendo que no contiene más que hierbajos, cuando en realidad están acabando con las plantas que podían salvar la vida a sus hijos enfermos. Si sólo supieran...

De repente se tambaleó y estuvo a punto de derrumbarse, aunque Clara le prestó el brazo y logró ponerle de pie. Le costó un gran esfuerzo, pues pese a su aparente fragilidad el anciano pesaba mucho.

—¿Estáis bien? —dijo la joven, angustiada ante el mareo del médico.

—El trabajo del jardín es muy duro para un pobre viejo como yo. Cada mañana realizarás estas tareas tú sola bajo mi supervisión. Por la tarde comenzaremos con tus lecciones.

Comieron sopa y unos cangrejos de río que un esportillero trajo pasado el medio día. El auténtico trabajo para Clara comenzó después del almuerzo, pues Monardes le mandó sentarse en una silla y atender todo tipo de explicaciones sobre la práctica de la medicina. Clara encontró interesantes algunas partes, como aquellas en las que el viejo le dio una clase introductoria sobre la composición del cuerpo humano, acompañado de un grabado de vivos colores. Otros temas —como la historia de la medicina o los humores que equilibraban a las personas— los encontró abstractos y aburridos. El momento que más disfrutó fue cuando Monardes le explicó cómo usar el almirez para prensar y extraer el jugo de las hojas de arañuela, que mezcladas con sebo y otros ingredientes componían un ungüento que aliviaba a los pacientes de gota. Acabada la explicación el médico le pidió que intentase crear la medicina por su cuenta.

La esclava se afanó durante largo rato sobre la mesa, y le tendió el resultado al anciano, expectante.

—No es mala mezcla —dijo Monardes, hundiendo su larga nariz en el frasco y olisqueando el ungüento—. Para ser la primera vez. Tal vez demasiada sal de cobre.

—Con vuestro permiso, maestro, he de irme —dijo Clara, conteniendo la pregunta que le ardía en los labios. Se echó la capa sobre los hombros. Afuera el crepúsculo se adueñaba de las calles.

Monardes le tendió el frasco.

—Cada mañana y cada noche toma en el hueco de la mano un poco de pomada, del tamaño de una almendra grande. Extiéndela sobre el pie de tu amo, haciendo suaves movimientos circulares, hasta que no quede nada. No te olvides de lavar y secar bien el pie antes, para que la piel esté pronta.

—¿Le dolerá? Siempre se queja ante el más mínimo roce.

—Ah, muchacha. Gritará como el mismísimo demonio y te ordenará que pares. No le obedezcas.

Clara asintió, aunque no tenía la menor idea de si sería capaz de hacer una cosa así. Se encaminó a la puerta, y antes de salir se volvió hacia el anciano. Éste se había sentado a la gran mesa de nuevo y parecía absorto encendiendo unos carbones bajo una redoma de cristal que contenía un líquido verdoso. Clara dudó un momento antes de hablar, escogiendo las palabras con sumo cuidado.

—Maestro, ¿puedo volver mañana?

Hubo un largo silencio, roto sólo por el burbujeo del preparado cuando empezó a hervir. Aquel sonido pareció arrancar al médico de su ensimismamiento, aunque no apartó la vista de la redoma cuando al fin respondió:

—Ven al alba. Habrá mucho trabajo en el huerto. Y Clara...

—¿Sí, maestro?

—Sigues estando a prueba.

XIII

Sancho corrió por las calles desiertas huyendo del Gallo Rojo, empapado y despidiendo una terrible peste a vino. Cuando la emoción y el miedo se hubieron serenado un poco, el frío del amanecer tomó su lugar. El joven se dirigió hacia el cercano callejón del Yunque, donde los herreros ya tenían a punto las fraguas con las primeras luces del alba.

Se asomó a los locales de los artesanos, quienes le miraron con cara de pocos amigos o le amenazaron con sus pesados martillos. No le importó demasiado, pues en pocos minutos el calor de las fraguas había secado sus ropas. Aunque ya no tenía frío, la tela basta se endureció con el vino reseco, provocándole un desagradable picor en la piel.

«Estos harapos son todo lo que poseo en el mundo», pensó con una mueca de tristeza mientras vagaba sin rumbo. Las calles en las que se había ganado la vida en los meses anteriores parecían diferentes, amenazadoras. Sancho fue dolorosamente consciente de que no tenía un lugar donde dormir, ni medios para ganarse el sustento.

—¡Tú, mira por dónde andas!

Abstraído en sus pensamientos, Sancho había chocado con un pequeño esportillero que iba buscando a quién servir. No tendría más de ocho o nueve años, y el encontronazo con Sancho le había derribado. La esportilla había quedado entre ambos, y Sancho la recogió del suelo.

«Sería muy fácil salir corriendo con ella y perder a este mocoso en los callejones. Una carrera rápida y podré estar comiendo caliente dentro de unas horas.»

El niño ya se había levantado y agarraba la esportilla con ambas manos, intentando arrebatarla de manos de Sancho al tiempo que apretaba los labios con desesperación. Sus brazos esqueléticos vibraban con el esfuerzo. No hay peor pecado para un esportillero que volver sin el capazo. Fray Lorenzo habría echado una buena bronca a Sancho, pero un empleador menos comprensivo podía arrancarle la piel a tiras al descuidado. El cuerpecillo lleno de cardenales y la oreja medio arrancada del niño indicaban que el dueño de la esportilla tenía poca paciencia.

—¡Dámela! ¡Es mía, cabrón! —gritó, casi llorando.

«Ni siquiera tiene fuerza para quitármela. Sólo es un huérfano piojoso y hambriento, con costras en las rodillas y las manos llenas de sabañones. Como yo.»

—Tómala, y no la sueltes tan fácil —dijo Sancho, abriendo los dedos—. Ve a la plaza del duque de Arcos. Los miércoles hay feria de cordeleros, y habrá paquetes que abultan no demasiado pesados. Ideales para un pequeñajo como tú.

El niño, que al abrir Sancho la mano había estado a punto de caer de culo, le dio una patada en la espinilla y salió corriendo.

—¡Soy más fuerte que tú, gilipollas!

Frotándose la pierna dolorida, Sancho sonrió. El chico se había ido en la dirección en la que le había indicado. Tal vez había esperanza para aquel valiente, al fin y al cabo.

Cuando el sol se alzó sobre las murallas, el joven decidió que era hora de cruzarlas y desaparecer de Sevilla durante unas horas. Temía que Castro le denunciase ante los alguaciles por haber destruido su bodega. Las probabilidades de que la justicia le buscara con ahínco o consiguiera identificarle eran ridículas, pero Sancho creía llevar su delito escrito en el rostro, además de en las ropas teñidas de vino tinto.

Salió de la ciudad por la Puerta de la Almenilla. No lejos de las murallas el Betis formaba varios remansos donde lavar sus harapos a salvo de miradas indiscretas. Desnudo, aterido y hambriento se ocultó entre los juncos mientras esperaba a que la camisa y el pantalón se secasen sobre una rama. Intentó atrapar alguno de los pececillos que nadaban cerca de la orilla, pero sin red ni caña se le escurrían entre los dedos. Finalmente de un manotazo sacó uno del agua, más pequeño que su pulgar. Aterrizó saltando sobre una piedra, y Sancho se abalanzó sobre él. Lo tragó de dos bocados que sabían a espinas y cieno. El ínfimo almuerzo le provocó retortijones en las tripas.

Sin nada que hacer más que pensar ni más compañía que el croar de las ranas, los recientes acontecimientos se agolparon en su cabeza. Había pasado en pocas semanas de dormir a salvo en el orfanato y ganar el pan cada día con su trabajo a recibir palizas constantes y, finalmente, huir sin futuro alguno, con los primeros fríos del otoño soplando desde los montes.

Pensó en fray Lorenzo, a quien odiaba por haberle encerrado en la posada con el animal de Castro, y sintió vergüenza de que pudiera verle allí, desnudo entre los juncos. Pensó en Castro y sintió una leve punzada de remordimiento por haber destruido su medio de vida. Pensó en Guillermo de Shakespeare y la historia de Robert Hood, y los remordimientos se esfumaron, pues al igual que el héroe del cuento había dado su merecido a un malvado. Pensó en Bartolo, quien se había ofrecido a enseñarle a robar, y se lamentó de la locura que había cometido empujado por las circunstancias.

—Mejor al raso que sufriendo palizas —se dijo Sancho intentando darse ánimos, mientras se frotaba el cuerpo con los brazos para entrar en calor.

Desde donde estaba podía ver el monasterio de las Cuevas, en la orilla opuesta. Poco antes del mediodía varias carrozas cubiertas pasaron frente a su posición, llevando en su interior a adineradas señoras rumbo a misa de doce. Sancho clavó la mirada en los vistosos carruajes y deseó con todas sus fuerzas nivelar la balanza, como hacía Robert Hood. Arrancar de manos de aquellos a quienes les sobraba lo que otros necesitaban desesperadamente.

Pasó la noche oculto en un socavón cerca de la muralla, sin apenas pegar ojo. Estar fuera en la oscuridad era muy peligroso. No eran pocos los viajeros solitarios que llegaban a Sevilla después del ocaso, encontraban las puertas cerradas y ningún lugar para pernoctar. Muchos acababan desnudos en una zanja o flotando en el Betis con la garganta rajada.

Sancho había dormido un par de horas escasas cuando los balidos de un rebaño de ovejas en la otra orilla le despertaron. Salió del hoyo clavando los dedos en la tierra, sintiendo el dolor de las costillas rotas. Apretando de nuevo el costado con el brazo, se encaminó al Arenal. En el extremo contrario de la enorme explanada, junto a las Atarazanas, se instalaba cada día el mercado del Malbaratillo.

Había llegado el momento de buscar a Bartolo.

XIV

Sancho no había estado nunca en el Malbaratillo. Fray Lorenzo les había prohibido ir a buscar clientes allí, pues tenía fama de ser un lugar donde los ladrones se deshacían de mercancías robadas y podía encontrarse cualquier cosa. Esperaba adentrarse en un sitio peligroso, lleno de caras torvas y espadas que salían con facilidad de sus vainas, pero encontró tan sólo el que parecía ser uno más de los muchos lugares de comercio que se instalaban en Sevilla, una extensión pobretona y desangelada del Arenal.

Deambuló decepcionado entre los puestos, donde se acumulaban cachivaches rotos, ropas de segunda mano y comida en estado lamentable. Los clientes que curioseaban por el mercado preguntaban poco y compraban menos. A pesar de encontrarse ociosos, los tenderos no se mostraron muy dispuestos a ayudar a Sancho.

—Estoy buscando al enano Bartolo —preguntaba en cada puesto.

Los tenderos le señalaban con el dedo y se reían a carcajadas.

—¡Cegato!

—¡Menudo tontorrón!

Uno de ellos gritó «¡Espabila!» y le arrojó una lechuga podrida, que Sancho esquivó de un salto hacia atrás. Cayó de culo al suelo con el impulso, lo cual hizo tanta gracia al que la había lanzado que se agarró la tripa con lágrimas en los ojos. Sancho iba a levantarse, furioso, cuando sintió una mano en la espalda.

—Ésta será la primera lección, chico. Debes tener ojos en la nuca.

El joven se dio la vuelta, encontrándose con los ojillos pequeños e intensos de Bartolo mirándole divertidos.

Para el enano todo había empezado a la edad de Sancho.

Hacía ya mucho tiempo que era consciente de lo extraño de su condición. Había crecido junto a una madre que le amaba sin condiciones, cosa extremadamente rara en aquellos tiempos. Tenía un par de hermanos más pequeños, ambos normales, con los que jugaba en las calles de Cádiz, su ciudad natal. Vivían de la alfarería, oficio de su padre, con el que se ganaban la vida razonablemente bien. Bartolo ayudaba en el taller en la medida de lo posible, aunque sus brazos cortos no podían hacer las grandes y resistentes ánforas por las que su padre era famoso. Pero sí podían trabajar pequeñas cantidades de arcilla para producir elegantes vasos y jarras.

Bartolo era feliz, pero aunque su cuerpo ya no creciese sus deseos seguían haciéndolo. Cuando su hermano mediano, Simón, al que aventajaba en un año, le sacaba dos cabezas, a Bartolo no le importó demasiado. Ambos hablaban a menudo, y se contaban secretos mientras amasaban la arcilla. Un día Bartolo le confió el mayor de todos.

—Amo a Lucía, la hija del aguador.

La joven vivía dos casas más allá, y era hermosa y sencilla como una canción de cuna. Cuando su hermano escuchó aquello, se rio de él.

—Nunca podrás tenerla. Una mujer normal no se dignaría mirar a un engendro como tú.

Bartolo había vivido entre las burlas de sus vecinos y caminado por la calle sin importarle que le señalasen con el dedo. Pero aquello fue demasiado para él. Alzó la masa a la que daba vueltas en el torno y la arrojó contra Simón, enfadado.

—¿Te crees mejor que yo? A ti no te haría el menor caso.

Su hermano no dijo nada a su padre, se limitó a quitarse los pedazos de barro húmedo del pelo y guardar silencio. Unas semanas más tarde le dijo a Bartolo que fuese al taller al caer el sol, mientras su padre estaba en la taberna cercana con sus amigos.

—Tengo una sorpresa para ti, hermanito. Escóndete entre las piezas terminadas y espérame allí.

Bartolo le hizo caso, intrigado. No tardó en oír la llave girando en la puerta del taller, y oír unas risas. Poco a poco una sospecha fue creciendo en su interior. La confirmó al tiempo que una espada de hielo le partía el alma. Lucía estaba sentada sobre la mesa del alfarero, y su hermano le había levantado la falda y bajado el escote. Sus pechos blancos eran grandes y redondos, y parecían aún mayores en contraste con la piel de los hombros, morena por el sol. Atisbó un fugaz bosque de pelo entre sus piernas. A pesar de la tristeza que sentía por la traición estaba muy excitado.

Simón tumbó a Lucía, que tenía los ojos cerrados y gemía de placer, y se arrojó sobre ella. Entonces se dio la vuelta hacia las ánforas que ocultaban a Bartolo. Aunque no podía verle sabía que estaba allí, y le sonrió sin dejar de embestir a la joven.

La mezquindad de aquella mirada fue demasiado para Bartolo.

Aquella misma noche hizo un lío con sus ropas y se marchó, sin pararse más que un último instante para besar a su madre. La mujer se agitó inquieta en sueños, y Bartolo se preguntó cuánto habría sufrido ella por su culpa. Cuántas veces se habría lamentado de que él hubiese nacido, de que los vecinos ignorantes y los borrachos en la taberna insinuasen que aquello era un castigo de Dios o el producto de una cópula con el diablo.

No tuvo dudas de adónde debía dirigirse. Había escuchado que el rey Felipe pasaba unas cuantas semanas al año en el Palacio Real de Sevilla. Todo rey necesita bufones.

«A mí no se me puede hacer más daño», pensaba con el corazón aún encogido mientras emprendía el camino.

Estaba en un gran error.

Llegó a Sevilla, y consiguió el trabajo a fuerza de tenacidad. Se plantó delante del Palacio Real durante semanas enteras, llegando a conocer por el nombre a todos los que entraban en él. Por la noche malvivía mendigando, siempre esperando a que alguien importante se fijase en él. Finalmente uno de los chambelanes de palacio se apiadó de Bartolo y ordenó detener el carruaje al pasar a su lado.

—El rey vendrá dentro de unos días. ¿Quieres ser uno de los bufones de la Corte?

Bartolo, emocionado, aceptó. Por fin iba a sacar provecho de la maldición que le había dedicado Dios. Siguió al carruaje y entró por primera vez en el fastuoso recinto. Le ordenaron pasar por las cocinas, donde alguien le estaba esperando.

—Hemos de vestirte acorde con este lugar —dijo uno de los criados, arrugando la nariz ante el aspecto y el olor de Bartolo.

Le pusieron un traje que había pertenecido a un enano que había muerto hacía meses. Era de seda negra, con gorgueras y brocados dorados. Bartolo nunca había visto nada igual, ni siquiera se podía haber imaginado que llegaría a vestir en su vida algo tan lujoso.

—Te queda muy justo —dijo el criado— pero supongo que no importa demasiado. No es que vayas a crecer, ¿verdad?

Bartolo ignoró la broma cruel. Sabía que los hombres grandes creían ser más grandes cuando estaban rodeados de otros más bajos, y que por eso necesitaban enanos a su lado.

Conoció al rey, bailó para él e incluso comió de su plato. Vio a los poderosos seguirle como la estela de un cometa indiferente, humillándose como jamás se humillaría un bufón. Cuando Felipe se fue, lo llevó con él a Madrid. Vio aún más podredumbre, mentiras y traiciones de lo que había creído posible. Volvió a Sevilla con la Corte. Ganó dinero y lo perdió cuando descubrió lo que eran los naipes. Disfrutó del calor de las mujeres, y pensó que no importaba si el camino hacia el interior de sus piernas había pasado antes por su bolsa que por su corazón. Pasaron seis años.

Y un día, sin más, el mismo chambelán que le había contratado le echó a la calle.

Le arrojaron con los mismos harapos con los que había llegado. Le permitieron llevarse su bolsa y las escasas ganancias que no había derrochado, pero no su traje negro, réplica de aquellos que usaba Felipe. Preguntó por qué el rey no le quería más a su lado.

—¿Acaso le he ofendido? —dijo Bartolo, confundido y asustado.

El chambelán le echó una mirada triste y no respondió. En sus ojos se encerraba la ausencia, la lejanía y la indiferencia que ambos habían visto en Felipe. También lástima, aunque el enano no supo si era hacia él o hacia aquel que regía los destinos de las Españas.

Así que Bartolo se encontró en la calle. Tenía veinte años y seis escudos. Nadie quiso contratar un alfarero que no había terminado su aprendizaje ni estaba respaldado por un maestro. Y tampoco había más reyes a los que acudir.

Una noche, Bartolo se topó con unos hombres que estaban agujereando el costado de un almacén. Se dio cuenta enseguida de que eran ladrones, pues trabajaban en silencio y prácticamente a oscuras, con la punta de los picos tapada con tela de arpillera para amortiguar el ruido.

Uno de ellos se fijó en él y desenvainó su cuchillo para eliminar al molesto testigo, pero otro le detuvo.

—¡Eh, tú! ¿Quieres ganarte unos escudos?

Bartolo se introdujo por el minúsculo agujero, ahorrándoles a los ladrones un buen rato de trabajo. Y así fue como dio el primer paso hacia su profesión definitiva, el mismo que ahora estaba dando el joven escuálido de pelo áspero y negro que tenía frente a él.

Sancho y Bartolo fueron a un lugar más apartado para hablar, cerca de la orilla del río y al final del muelle. Se había levantado una ligera brisa que arrancaba susurros de las velas de los barcos y aliviaba la peste a fruta podrida que emanaba de algunos de los puestos. El enano se sentó sobre uno de los enormes amarres de madera, poniendo su cabeza por encima de la de Sancho.

—¿Has estado todo el rato ahí? —preguntó el muchacho.

—Saludando detrás de ti, desde el mismo momento en el que entraste al Malbaratillo. Bienvenido al mercado de los ladrones. —Bartolo hizo un gesto ampuloso con la mano.

—No parece gran cosa —dijo Sancho con acritud. Seguía molesto por el recibimiento que le habían dedicado el enano y los tenderos.

Bartolo hizo un mohín divertido, ignorando el comentario.

—¿Has comido algo?

Sacó de un zurrón un par de manzanas algo arrugadas, pero sobre las que Sancho se arrojó sin contemplaciones. El enano esperó paciente a que el chico terminase y después señaló hacia los puestos que había a su espalda.

—De día, estos respetables comerciantes ofrecen mercancía de segunda clase. Los corchetes ni se acercan, y tampoco muchos clientes que digamos. Sin embargo, cuando cae la tarde y el sol se pone por Triana, el negocio cambia. Se encienden candiles y se hacen tratos a la luz de las velas. Aparecen compradores de bolsas repletas y pocos escrúpulos. Encima de las mesas hay viejas palmatorias de latón, pero los paquetes envueltos que se llevan los clientes contienen candelabros de un metal distinto.

—¿Y los alguaciles lo saben?

Bartolo soltó una carcajada ante la ingenua pregunta. Tenía una risa profunda y amable, a juego con su voz. Cualquiera que le escuchara sin mirarle creería que pertenecía a un gigante.

—¿Cómo te llamas, muchacho?

—Sancho.

—Toda Sevilla lo sabe, Sancho. Incluso quienes sufren un robo se acercan por aquí con la esperanza de recuperar lo robado a un precio razonable. Con suerte lo encuentran.

—¿Y si no?

—Ésa es la mejor parte. —El enano sonrió pícaro, mostrando unos dientes sorprendentemente blancos—. Si no encuentran lo robado, se llevan otra cosa. Un bonito cuadro del Bautista para sustituir la Anunciación que ha volado del dormitorio; un rosario de plata con cuentas de nácar en lugar de uno que tenían de ámbar, misteriosamente desaparecido. Digamos que se fabrica a la vez la clientela y la mercancía.

Sancho asintió despacio.

—Sigo sin comprender cómo es posible que los alguaciles no se lleven presos a todos los que están aquí.

—Doblones doblan conciencias, Sancho. Todos ellos reciben su parte del negocio.

—Pero... ¿y aquellos que están por encima de los algua-ciles?

—¿Te refieres a los caballeros veinticuatro, al alcalde, al rey?

—¿Ésos mandan sobre los alguaciles?

—En efecto.

—Pues a ésos me refiero.

Bartolo se dio la vuelta y señaló la Torre del Oro, a tiro de piedra del Malbaratillo, donde se guardaban los lingotes traídos de América, y luego al cercano Palacio Real, cuyos tejados asomaban sobre la muralla.

—Ésos tienen el puesto montado aquí al lado también.

Durante las horas que pasó ocultándose entre los juncos el día anterior, Sancho había pensado en qué le diría a Bar-tolo, pero el enano no parecía demasiado interesado en los motivos que habían llevado al huérfano a aceptar su oferta de unirse a él.

—Estás aquí para ganarte la vida, eso es todo lo que me importa. Sin embargo tienes mucho que aprender. Esa granja en la que te criaste...

—Venta.

—Lo que tú digas. Esa venta estaba en mitad del monte, ¿verdad?

—En el camino a Écija.

—¿Cuánto llevas en Sevilla?

—Unos meses. Vivía en un orfanato, pero ya soy mayor.

—Los frailes te buscaron un trabajo de mula de carga, de peón o de aprendiz de carpintero. Y no salió bien. El dueño del negocio te molía a palos y tú saliste corriendo con una mano delante y otra detrás.

Sancho asintió, sorprendido.

—¿Quién te lo ha dicho?

—Nadie, chico. No traes zurrón ni un hato de ropa, vas descalzo y tienes la cara cubierta de cardenales. Además, en esa camisa que llevas puesta hay restos de sangre mal lavada, aunque no mucha. Sólo quiero saber una cosa acerca de ti, muchacho. ¿Le apiolaste antes de salir corriendo? No me mientas o lo sabré.

El enano le miraba fijamente, y aunque sonreía sus ojos eran duros. Sancho fue consciente de que de sus palabras dependía el que Bartolo le acogiese bajo su protección y sintió un vacío en la boca del estómago, mezcla de miedo y angustia. Recordó el cuchillo clavándose junto a Castro, y el vino derramándose sobre el suelo de tierra de la taberna. Por primera vez se alegró de no haber matado al cabrón del tabernero, aunque dudó de que ésa fuera la respuesta que Bartolo estaba buscando.

—No, no lo hice —confesó con voz ronca—. Sabe Dios que quise hacerlo, pero al final no me atreví.

—¿Fue miedo o compasión lo que te detuvo?

Sancho se encogió de hombros, sin saber muy bien qué contestar a aquella pregunta. En efecto, había sido la compasión la que había apartado el filo de la garganta de Castro, pero sintió vergüenza de confesárselo al enano.

Bartolo permaneció mirándole durante un rato, y pareció encontrar algo de su agrado, pues la sonrisa de la boca se le extendió a los ojos. Dando un torpe saltito bajó del amarre y caminó por el muelle.

—Sígueme, Sancho.

—¿Adónde vamos?

—Vamos a darte la primera lección.

Siguieron caminando en silencio, esquivando a los carpinteros y calafates que se afanaban en torno a los barcos. Al llegar a la altura de la Puerta del Arenal se unieron a la hilera de gente que subía hacia la ciudad, y Sancho notó cómo poco a poco sus pasos iban haciéndose cada vez más lentos y pesados. A menos de cincuenta pasos de la entrada, donde los guardias armados escrutaban a todo el que cruzaba las puertas, el joven se quedó clavado. Los que iban detrás de él, muchos de ellos cargados con fardos o arrastrando animales, le empujaron e insultaron hasta que se hizo a un lado.

—¿Qué te ocurre, Sancho? ¿Tienes miedo? —dijo Bartolo desandando el camino hasta él.

El joven asintió, la vista clavada en la puerta.

—Tranquilo, no te reconocerán. Tan sólo eres otra de las ratas que abarrotan esta ciudad. Oh, claro que Castro habrá puesto una denuncia a los alguaciles, pero la única posibilidad de que éstos te arresten sería si te presentases tú solito en la cárcel pidiéndolo a gritos.

Sancho contuvo una exclamación de sorpresa.

—¿Cómo...? Ah, maldito seas Bartolo, ¡lo sabías desde el principio!

—Por supuesto —dijo el enano haciendo una burlona reverencia—. Acabas de recibir tu primera lección. Mira a todas partes, miente mucho y conoce las respuestas de antemano.

—Pero ¿cómo supiste lo de Castro?

—Dicen que muchos clientes del Gallo Rojo se marcharon ayer de la taberna porque Castro pretendía hacerles beber agua con la comida. Una insana costumbre, desde luego. Claro que cuando tu mozo ha destrozado todos tus barriles antes de huir, poco remedio te queda. Dudo que tu antiguo jefe pase de este invierno como dueño de ese garito.

—Lo siento...

—¡No! No lo sientas. Alégrate porque le jodiste bien, de una manera que recordará siempre. Y también por no haberle matado, pues entonces tú y yo no tendríamos nada que hacer juntos. No me gustan los que van por ahí repartiendo cuchilladas. ¿Me has entendido?

XV

A pesar de las tranquilizadoras palabras de Bartolo, Sancho anduvo encogido hasta que cruzaron la puerta de la ciudad. No llevaban mercancía alguna ni tenían aspecto de poder pagar ni un maravedí, así que los guardias apenas les dedicaron un vistazo. Bartolo se encaminó derecho a la plaza de San Francisco, sin dejar de hablar ni un solo instante. Nombraba las bocacalles, los comercios, los conventos y los palacios.

—Sevilla es la clave, Sancho. Tienes que aprender a conocerla.

—Conozco las calles.

El enano puso los ojos en blanco y suspiró.

—Conoces sus nombres y seguro que algún que otro truco de esportillero: las horas de los mercados y qué se vende en cada uno de ellos; quiénes son buenos clientes, quiénes dan mejores propinas y quiénes se hacen los locos si te metes un huevo en el bolsillo durante el porte. Y te sientes importante, pero ese conocimiento es como rozarle a la furcia una teta con la ropa puesta. Yo te voy a enseñar a metérsela hasta el fondo.

Bartolo se santiguó apresuradamente, pues estaban pasando frente a la catedral, y Sancho se rio ante la incongruencia entre el gesto y la conversación, pero el enano no parecía encontrar nada extraño en su comportamiento.

—Esas risas, niño, que estamos en lugar sagrado.

Llegaron a la plaza de San Francisco un par de minutos después, en plena vorágine de mediodía. Sancho se sentía extraño al estar allí. Había trabajado entre aquellos puestos muchos meses, y sin embargo parecía haber pasado una eternidad. Los negocios continuaban como siempre, entre gritos y rumores, encargos y corrillos de gente. Era él quien había cambiado.

—Venga, Sancho. Dime qué ves.

—Gente, personas comprando.

—¿Qué más?

—Edificios, una fuente, gallinas. ¿Qué más quieres que vea?

El enano meneó la cabeza con una media sonrisa.

—Para ser un ladrón en Sevilla tienes que saber, pero antes tienes que aprender a mirar. Has recitado una serie de objetos que veías, como haría cualquier cabrero al que le hiciese la misma pregunta. ¿Eres un cabrero, Sancho?

—No.

—¡Pues mira otra vez!

Sancho, picado en su amor propio, miró a todas partes, pero no conseguía ver más que cuerpos en movimiento. Necesitaba buscar un lugar desde el que la gente no le bloquease la visión, así que trepó a un montón de cajas de madera que alguien había apilado cerca de la entrada oeste de la plaza. Consiguió alzarse sobre la multitud y permaneció allí un largo rato observando.

—Lo has hecho bien.

La voz de Bartolo a su espalda le sobresaltó. El enano tenía el rostro sudoroso y jadeaba. No le había resultado nada sencillo encaramarse a lo alto de las cajas.

—¿A qué te refieres? Aún no te he dicho nada.

—A subir aquí, y no sólo para observar. La gente nunca levanta la cabeza, Sancho. Están demasiado ocupados mirando al suelo para evitar pisar una mierda, o a media altura para intuir las tetas a través de los vestidos. Así que ascender es la mejor manera de ocultarse. Y ahora dime lo que has encontrado.

Sancho seguía como al principio. Descorazonado, estaba a punto de rendirse cuando algo llamó su atención no lejos de donde se encontraban.

—¡Allí! —dijo apuntando con el dedo a un puesto de alfarería—. ¡Un hombre acaba de robar una escudilla!

—¡Maldita sea, niño, no apuntes y baja la voz! ¿Quieres joderle la faena al compañero?

El chico agachó la cabeza avergonzado, aunque el enano siguió hablando enseguida.

—A tu derecha, junto a la entrada sur, donde se colocan los candeleros. ¿Ves a alguien con un sombrero de fieltro con una pluma amarilla? Observa a su espalda.

Sancho vio al hombre, que tenía aspecto de acabar de bajar de uno de los barcos de las Indias. A pesar de los peligros del viaje, eran muchos campesinos los que se embarcaban en la flota, permanentemente necesitada de hombres, pues la paga era buena. Cuando regresaban a Sevilla, cargados de oro, eran el objetivo predilecto de los ladrones. Aquél miraba a todas partes con cara de asombro. Un paso detrás del incauto, una mujer se afanaba con una cesta y chocó al pasar junto a él. Cuando el del sombrero se agachó para ayudarla a recoger la fruta, un cómplice salió de ninguna parte y con un rápido ademán le cortó las cintas de la bolsa que la víctima llevaba colgando de la faltriquera. Ocurrió tan deprisa que Sancho dudó de haber visto algo. De no haberle prevenido Bartolo, no hubiera sido capaz de advertir nada.

—Así de rápido cambian las fortunas de manos. Puede que ese marinero ignorante haya hecho el viaje de ida y vuelta en balde. Y no es eso lo único que está ocurriendo.

Allí, donde los plateros, alguien está comprando lo que parece un crucifijo de plata, que en realidad es más plomo que otra cosa. Al lado de la fuente dos enamorados fingen una disputa para llamar la atención de más incautos. Como el del sombrero rojo, que dentro de un rato descubrirá que su cinto es más ligero que cuando llegó a la plaza. Cerca de los puestos de los escribanos, aquel señor engolado de las calzas le vende a un plebeyo de provincias un título de hidalguía igualito al que vendió ayer a otro tan plebeyo y tan bobo como ése.

Sancho escuchaba con los labios apretados y los ojos saltando de un lugar a otro. Las palabras de Bartolo parecían iluminar la multitud que se afanaba bajo ellos, dándole una perspectiva completamente nueva a la Sevilla en la que Sancho había vivido en los últimos meses y que había creído conocer tan bien. Sintió como si estuviese despertando de un sueño.

—Todos están robando —dijo con voz queda.

—Del primero al último, Sancho. Los vendedores hurtan en los pesos y trucan las balanzas, los reyes inventan impuestos y los curas pecados por los que darles limosna. Dicen que quedan hombres honrados en Sevilla, aunque aún no he encontrado ninguno. Cuando aprendas a mirar, aprenderás a vivir. Y yo voy a enseñarte.

En ese momento un enorme barullo hacia el centro de la plaza interrumpió al enano y ambos comprendieron que algo grave estaba sucediendo.

—Vamos allá, muchacho. Los tumultos son terreno abonado para gente como nosotros.

XVI

*P*ocos minutos después de llegar a la plaza de San Francisco, Clara se arrepintió de haber invitado a su madre a que la acompañase. No habían pasado demasiado tiempo juntas en las últimas semanas, por lo que cuando Monardes le pidió que fuese a la plaza a comprarle algunas hierbas que necesitaba, la esclava no dudó en avisar a su madre. Lo que había comenzado como un agradable paseo bajo el suave sol de octubre se estropeó cuando Catalina puso los pies en la plaza. El ama de llaves había llevado su propio capazo. Arrastraba a Clara lejos de los puestos a los que ella deseaba ir o criticaba lo que iba adquiriendo.

—¿Por qué compras esas naranjas tan verdes? Apenas tendrán zumo.

—Son para preparar una pomada. El maestro Monardes dice que la pulpa de las naranjas verdes es buena para las rozaduras.

Catalina frunció el ceño y fingió estudiar con atención un montón de zanahorias. A Clara no le pasó desapercibido el disgusto de su madre, y le intrigaba cuál sería la causa. Intuía que tenía que ver con el aprendizaje en casa de Monardes, aunque era su madre quien le había insistido para que lo aceptase. Incluso se había mostrado muy orgullosa de ella durante los primeros días, aunque ese orgullo se había ido tornando gradualmente en frialdad. Cada vez que Clara entraba en el dormitorio de Vargas para aplicarle los tratamientos que Monardes había ordenado, Catalina intentaba entrar con ella. Pero el amo le ordenaba salir y cerrar la puerta, y cuando Clara abandonaba la habitación encontraba a su madre muda de furia.

Agotada por las largas jornadas en el huerto del médico, a Clara apenas le quedaban fuerzas para arrojarse en el camastro y dormir hasta el alba. Había confiado en poder acercarse a su madre durante aquella mañana de compras en la plaza, pero la vieja esclava no se lo estaba poniendo nada fácil.

—Madre, sé que algo os preocupa.

—Vamos hasta aquel puesto, quiero echarle un vistazo a aquellos pimientos.

Frustrada, Clara siguió a su madre mientras con el rabillo del ojo observaba unas castañas que otro comerciante pregonaba cerca de allí. No le quedaban muchas, pues era un fruto muy apreciado por los sevillanos que se empleaba en postres y asados. Monardes utilizaba sólo las pieles, pero le había encargado comprar una buena cantidad y si no se despegaba de su madre no podría completar el encargo. Decidió hacer un último intento para saber qué le preocupaba a Catalina.

—Madre, hace unos días que estáis muy arisca conmigo.

—Estos pimientos están muy blandos. Tendremos que buscar en otro sitio, quiero hacer un gazpacho.

—Por favor, madre...

La vieja ama de llaves dejó caer el pimiento con fuerza, haciendo tambalearse todo el puesto y ganándose una maldición del tendero. Se volvió hacia su hija con fuego en los ojos.

—¿Qué has estado haciendo con ese cerdo?

—¿Os referís al médico? Os juro que es un hombre respetuoso, aunque un poco seco en ocasiones...

—No te hagas la tonta conmigo, muchachita —dijo Catalina agitando un dedo bajo la nariz de Clara.

—Madre, os juro que...

—¡Me refiero al amo!

Por un momento Clara no supo qué decir, demasiado impresionada por lo que su madre estaba insinuando.

—Sólo he estado curándole.

—¿Con la puerta siempre cerrada?

—No sé por qué me manda cerrarla siempre, madre. Supongo que tiene vergüenza de que le escuchen quejarse...

—Yo estoy al otro lado de la puerta y no oigo sus quejidos, muchacha. Y me parece que pasas demasiado tiempo ahí dentro con él. ¿Te mete la mano por debajo de la falda?

—¡Madre!

—Yo le he cuidado todos estos años hasta que tú llegaste. Ahora no voy a permitir que...

—¿Sería tan terrible que el amo me prefiriese a mí? —dijo Clara de pronto. Las palabras cayeron como una enorme piedra sobre una charca poco profunda. Las había soltado sin pensar y lo lamentó enseguida al ver la cara de su madre, que se había quedado pálida. La horrible cicatriz con la S en su mejilla se tiñó de escarlata.

—Nunca, ¿me has oído? Nunca vuelvas a decir una cosa así —musitó Catalina.

Clara quiso disculparse, pero justo en ese instante algo le golpeó las piernas a toda velocidad. Se dio la vuelta y encontró un pequeño esclavo negro. No debía de tener más de cinco o seis años, y sus ojos oscuros estaban embargados por el terror. Se agarró a las piernas de Clara desesperado.

—¿De dónde sales tú? —dijo la joven, acariciándole la mejilla en un vano intento de tranquilizarle.

—Apartad vuestras manos de lo que me pertenece, mujer.

Abriéndose paso entre la gente apareció un hombre vestido con ricos ropajes. La gruesa cadena de plata que colgaba de su cuello y la cruz de la espada adornada con piedras preciosas le delataban como un noble, aunque el rostro sudoroso y los empujones que dio hasta llegar junto a Clara le conferían un aire poco digno.

—¿Qué os ha hecho?

—Eso no os importa. ¡Entregádmelo de una vez!

El niño se aferró aún más fuerte a Clara, y ésta tuvo que hacer un esfuerzo para soltarse. Se agachó y le alzó el mentón. Sus labios estaban sangrando y le habían teñido los dientes de rojo.

—Hola, pequeño.

El pequeño esclavo la miró sin comprender. Clara le abrazó y le susurró palabras tranquilizadoras al oído. Aunque el niño no hablase castellano, esperaba que el tono sirviese para poder calmarlo. Poco a poco el agitado pecho del crío fue aquietándose, pero en ese momento su dueño, con un bufido de impaciencia, le tomó del hombro y le arrancó de los brazos de Clara.

—¡Basta ya de esta pantomima! ¿Recién comprado y ya con estos humos? ¡No te preocupes que yo te domaré, negro malnacido!

Alzando el brazo golpeó al niño en la oreja, arrojándolo al suelo. Loco de miedo, el pequeño se levantó tambaleándose, miró a ambos lados y echó a correr.

—¡Ven aquí, maldito seas!

Tomando la espada, el noble trotó detrás del fugitivo y le golpeó de plano con la hoja en un tobillo. El niño trastabilló y cayó, con tan mala fortuna que se golpeó la cabeza contra una de las piedras que calzaban las patas de madera de un tenderete. Hubo un ruido sordo y desagradable y luego el silencio se extendió entre la multitud.

Clara sintió un frío intenso en la boca del estómago. Caminó despacio hasta el pequeño bulto tirado en el suelo y alzó con cuidado uno de sus brazos. Lo soltó y se desplomó, flácido.

—¿Qué está sucediendo aquí? —gritó una voz entre la

masa humana, que se abrió para dejar paso a un alguacil seguido por un grupo de corchetes. El que iba al frente se detuvo junto al cuerpo del muchacho—. Soy Jaime Castillo, alguacil de Su Majestad. ¿Quién ha hecho esto?

La joven se levantó y señaló con un dedo tembloroso al noble.

—Ha sido él. Este hombre acaba de matar al niño.

El alguacil advirtió la presencia del hombre, que aún tenía la espada desenvainada y el rostro hierático.

—Don Félix de Montemayor, buenos días —dijo el alguacil haciendo una reverencia sombrero en mano—. ¿Podéis explicarme qué ha sucedido, señoría?

—El único crimen que ha ocurrido aquí lo ha cometido ese maldito Rui Barzim, que me ha vendido mercancía en mal estado —dijo el noble con desgana—. Se suponía que este esclavo era dócil. Por desgracia ha tratado de escapar, y al impedirlo la cosa ha terminado mal. No estaría de más que me acompañaseis a ver al esclavista para que me devuelva el dinero sin dilación.

El alguacil, que había vuelto a calarse el sombrero, echó una larga mirada al cadáver del niño sin moverse del sitio. Ni una emoción visible asomó por su cara, pero Clara vio cómo apretaba con fuerza la mano enguantada sobre la empuñadura de la espada.

—Ya veo lo que ha ocurrido —dijo el alguacil con voz neutra—. Me encargaré de que recojan el cuerpo, señoría. Lamento el interrogatorio.

El noble se dio la vuelta para marcharse cuando la voz de Clara le detuvo.

—¿Y ya está? ¿Eso es todo lo que tenéis que decir?

El alguacil dio dos pasos hacia ella. Clara pudo ver que su cara lucía varias cicatrices, producto de muchos años al servicio del rey.

—¿Afirmáis acaso que hay algo más?

Clara notó cómo la mano de su madre le agarraba el brazo, pero se soltó de un tirón. Ya no era una niña, por más que ella aún la tratase como tal. Lágrimas de furia se le agolpaban en los ojos.

—Ese niño había sido golpeado varias veces.

Un murmullo corrió entre la multitud. El alguacil miró alrededor y luego se inclinó hacia Clara.

—El dueño de este esclavo es don Félix de Montemayor, marqués de Aljarafe y caballero veinticuatro.

Clara se estremeció. Los caballeros veinticuatro eran el mayor poder de la ciudad de Sevilla, dos docenas de nobles encargados de administrar la justicia del rey. Aquella batalla estaba perdida. De pronto fue dolorosamente consciente de la gente que la rodeaba, del grupo de corchetes frente a ella y del error que había cometido. Pero a pesar de que el miedo le erizó la piel de los brazos, el cuerpo aún caliente del muchacho seguía junto a ella. No podía quedarse en silencio.

—No está bien —dijo con un hilo de voz—. Esto no está bien. Sólo Dios es dueño de la vida y la muerte.

Otro murmullo, éste mucho más audible, recorrió la multitud. Los de las primeras filas repitieron las palabras de Clara a los que estaban más atrás, y todos asintieron con fuerza. La gente se había puesto de parte de la valiente joven. El noble, molesto ante aquel desafío a su autoridad, alzó la voz.

—¿Vais a dejar que una plebeya me humille en público, alguacil?

La madre de Clara ahogó un grito al oír aquello. Incluso una sutil sugerencia como aquélla por parte de un noble como Montemayor suponía una sentencia de muerte para su hija. Volvió su vista hacia el alguacil con el corazón repiqueteándole en el pecho.

El veterano soldado se retorcía el mostacho, incómodo. La petición del noble le asqueaba, pero no le quedaba más remedio que obedecer a su superior. Ya iba a dar la orden a sus hombres de prender a Clara, cuando un joven alto y espigado apareció entre la gente. Tenía el pelo moreno, negro como ala de cuervo, y vestía con poco más que unos harapos.

—Si me lo permitís, yo sé por qué está defendiendo a este esclavo, alguacil. Mirad.

Tomó a Clara por el brazo izquierdo y le alzó la manga del vestido. Sobre su muñeca apareció una pulsera de hierro con unas letras marcadas.

—Como veis ella es también una esclava —dijo el joven alzando el brazo de Clara, que, atónita, no supo reaccionar.

Clara se quedó mirando al joven, que tenía unas extrañas marcas en el cuello. Éste a su vez se había quedado quieto, con la vista clavada en la inscripción de su pulsera, donde se leía el apellido Vargas. Lo miró durante un instante con expresión de asombro. Sus ojos eran dos llamaradas de fuego verde, que relampaguearon un momento cuando se cruzaron con los suyos, y Clara sintió como algo dentro de ella se agitaba muy fuerte.

—¡Una esclava! —se mofó la muchedumbre.

—Con mayor motivo si es una esclava. Merece un escarmiento —dijo el noble gélidamente—. Que sirva de advertencia a los insensatos que pretenden elevarse por encima de su condición.

—Ah, pero no podéis detener a esta pobre infeliz, señoría —dijo Sancho, inventando a toda prisa una excusa—. No es más que una loca inofensiva.

—No estoy loca. Trabajo al servicio de un médico —protestó Clara, ofendida.

—¿Ah, sí? ¿Es esto de vuestro amo? —dijo Sancho, caminando hasta el capazo que había quedado tendido en el suelo y poniéndolo boca abajo. Dos docenas de naranjas verdes cayeron al suelo—. ¿Es así como curáis a vuestros pacientes, doctora? Me temo que si les dais esto lo máximo que podréis causarles será una indigestión.

Una carcajada general recorrió la masa humana que les rodeaba. La tensión desapareció de golpe, transformada en gritos de burla del voluble populacho.

—¡Vaya con la doctora!

—¡Un cúmulo de sabiduría!

—¡Si es tan buena, que cure al negro muerto!

Humillada, Clara huyó tapándose el rostro con las manos. Nadie se lo impidió. Cuando el alguacil se dio la vuelta, el joven desconocido había desaparecido tan misteriosamente como llegó.

—

XVII

Así que salvaste a la esclavita —dijo Bartolo cuando Sancho volvió a su lado—. Como distracción no ha estado mal. Aunque casi me pillan cuando dudaste, con el brazo de ella en alto. Te dije que no debías dejar de hablar en ningún momento.

—Lo siento, Bartolo.

—Tranquilo, muchacho. Me has dado la oportunidad de cortar un par de bolsas y afanar tres pañuelos.

Dio una palmada en la faltriquera, con aire satisfecho, y se encaminó de vuelta hacia el Malbaratillo. Era él quien había atisbado desde su posición inferior el brillo en la muñeca de Clara, y le había indicado a Sancho cómo montar una buena distracción usando aquello.

—Si hubiera sabido quién era su dueño hubiera dejado que se la llevasen los alguaciles —comentó Sancho, recordando el día en que el cargamento de oro del rico comerciante se había vaciado en mitad de la calle y cómo aquel capitán le había perseguido en busca de la moneda de oro. Allí había comenzado el hilo de acontecimientos que le había llevado a dormir en la calle y a convertirse en ladrón.

—Me ha gustado el truco de la locura —dijo el enano, interrumpiendo sus pensamientos—. Creo que esa joven podría realmente ser aprendiz en casa de un médico, y no uno cualquiera, sino el mejor de Sevilla. Dicen que Monardes tomó recientemente nueva ayudante, una esclava caribe.

Sancho no respondió, y el enano le echó una mirada de reojo.

—Hubiera sido una lástima que se la llevasen —continuó Bartolo, fingiendo inocencia—. La rapaza era bien guapa. Ojos de india, cuerpo castellano; una combinación perfecta. Y estaba tan digna allí, defendiendo al pobre esclavo muerto...

—Ni me he fijado —dijo Sancho, con voz átona y la mirada perdida.

—Tenemos que trabajar eso también —replicó el enano, con aire pensativo.

—¿El qué?

—Lo mal que mientes, amigo Sancho.

Aunque lo negase hasta la saciedad, el joven tuvo que reconocer en su fuero interno que el enano tenía razón. La chica era muy hermosa, y había algo especial en ella. No tenía que ver sólo con su bello rostro, su pelo largo y espeso del color de la medianoche. No, eran aquellos ojos centrados, inteligentes, llenos de justa indignación. Por un momento, cuando sus miradas se habían encontrado, había sentido un estremecimiento interior que jamás antes había experimentado, y lamentó profundamente haber tenido que humillarla para salvarla.

«Quizás podría ir a buscarla, y pedirle perdón.»

Sacudió la cabeza para borrarla de sus pensamientos. Todo aquello era un error. Seguramente nunca volvería a verla. Y sin embargo no podía dejar de pensar en ella.

Bartolo lo llevó aquella noche al lugar donde dormía. Al verlo, a Sancho le embargó una profunda decepción. El sitio era poco más que una covacha, un agujero en la muralla en el que el enano había colocado un par de camastros. Había que arrastrarse por una estrecha galería de dos metros de largo para llegar hasta allí. Un par de velas, un cajón y un orinal completaban el conjunto.

—Este lugar era parte de las defensas de la ciudad en tiempo de los árabes, aunque hay quien dice que esta muralla la construyó el propio Julio César. Había una galería que conectaba con la torre de guardia tras las Atarazanas, aunque ahora está derrumbada —dijo señalando un montón de piedras al fondo del exiguo cuarto. Viendo la cara larga de Sancho, el enano le dio una palmada en la espalda—. Vamos, anímate. Está limpio y seco, y lo bastante alto como para que ninguna de las crecidas del río sea un problema. Además, aún no has visto lo mejor.

Con pasos cortos y torpes se encaramó al cajón que le servía a la vez de mesa de comedor y escalera. Empujó una piedra más fina que el resto, en la que alguien había fijado hábilmente un asa de metal. Cuando cayó, Sancho pudo ver las estrellas a través del agujero.

—Una salida instantánea de Sevilla, por si cualquier día hay que irse con la música a otra parte.

Sancho se asomó a la abertura, que daba sobre un pequeño remonte. La piedra había rodado por la pendiente hasta dar con una mata de romero. El joven se arrastró al exterior, encontrándose en un extremo del Arenal, a la espalda del Malbaratillo. A aquella hora el mercado de los ladrones estaba desmontado, y tan sólo los perros callejeros rebuscaban entre los montones de basura a la luz de la luna.

Asombrado por el artificio, se hizo de nuevo con la piedra. Aunque pesada, era sencillo volverla a encajar en su sitio, sin que nadie en el exterior sospechase nada.

—¡Vuelve adentro, muchacho! —Se oyó la voz de Bartolo desde el interior del refugio—. Vamos a comenzar tu educación.

En los meses siguientes, Sancho descubrió que el ingenio del enano para el robo y el engaño no tenía límites. Desde entrar en un comercio haciéndose pasar por criado de un cliente habitual para desaparecer con dos libras de carne hasta fingir ceguera y otras lesiones para pedir en las plazas y los cruces de calles. Aprendió a cortar de un solo tajo una fuerte cinta de cuero sin que el portador lo apreciase, valiéndose de un cuchillo pequeño y fino tan afilado que podía hendir un pelo en el aire. Bartolo le enseñó a soltar las mayores mentiras sin torcer el gesto, a fingirse loco o herido, a impostar la voz y simular las emociones.

—La sorpresa ha de ser instantánea, un rápido arquear de cejas y la boca bien abierta. Luego cambia al ceño fruncido o una sonrisa, lo que corresponda. Pero ten cuidado, no hay mejor manera de que te pillen que simular un asombro que dura más de medio padrenuestro. La alegría también llega de golpe, pero se mantiene durante un buen rato. La pena fíngela poco a poco, como quien se bebe vasos de agua cada vez más llenos. Y debes aprender a llorar en un instante sin más ayuda que tus recuerdos.

Esto último a Sancho le resultó sencillo. Sólo tenía que invocar la imagen de su madre en el lecho, infestada por las bubas de la peste. No podía imaginar qué hubiese pensado de él al verle acercarse a los cepillos de las iglesias y desvalijándolos de un golpe certero en el lateral.

No le fue tan fácil, sin embargo, acomodarse a recibir las órdenes de Bartolo. El enano, aunque reservado, tenía buen carácter. Sin embargo en ocasiones Sancho ponía a prueba su paciencia, como cuando le daba por perder un par de horas por hacerse con unos dátiles.

—¡Podrías comprarte un quintal de dátiles si dedicases el mismo tiempo a robar bolsas!

—No es lo mismo —decía el joven, metiéndose un buen puñado en la boca y dejando que el jugo le resbalase por la barbilla—. Éstos saben mejor.

Bartolo protestaba de dientes para afuera, pues desde la incorporación de Sancho, el botín diario que el enano se embolsaba había crecido enormemente. Por ser el aprendiz, a Sancho le correspondía una sexta parte de lo robado, que guardaba puntualmente bajo una piedra en el refugio de la muralla. Había gastado lo necesario para un jubón y un par de camisas.

—Tienes que poder adquirir el porte de un noble en pocos minutos. La mayoría de la gente no mira más allá de la ropa, pues ésta es tan cara que resulta difícil aparentar ser más de lo que uno viste. Pero lo más importante es la actitud. Cuando seas lo bastante bueno, podrás ir en pelotas por la calle y te confundirán con el duque de Alba.

Bartolo pagaba las comidas de ambos y hacía alguna ocasional visita al Compás, el mayor prostíbulo de Sevilla, donde se desahogaba cada cierto tiempo, siempre sin invitar a Sancho con la excusa de que era demasiado joven para tener purgaciones. Pero aparte de ello no gastaba nada ni tampoco parecía esconder el dinero, por lo que el joven no entendía por qué demonios andaba siempre tan corto de sonante. Cada jueves por la noche, el enano dejaba a Sancho en el refugio y se marchaba con destino desconocido. A pesar de que le había prohibido terminantemente seguirle, en una ocasión Sancho le había desobedecido y le vio entrar en un garito de juego cerca de la Puerta de la Carne.

Comprendió entonces los enfados y las caras largas que Bartolo gastaba los viernes por la mañana. Cuando en la venta de su madre se juntaban dos o tres viajeros, antes o después alguno acababa sacando una baraja desgastada. En ese momento la madre de Sancho dejaba de servir vino, y si los huéspedes protestaban les decía que la bebida y el juego eran mala combinación, motivo de riñas y disgustos. Se preguntó cuánto perdería Bartolo en sus salidas nocturnas.

—¿Te has divertido en tu paseo de hoy? —dijo el enano al volver al refugio el día en que Sancho lo siguió.

—No sé de qué me estás hablando —respondió Sancho, mirándole de frente.

El enano dejó escapar una carcajada, a su pesar.

—Los ojos fijos, hombros relajados, la voz tranquila. Si no te hubiera visto imitando a mi sombra junto al convento de las Descalzas te habría creído sin dudarlo. Aún haremos de ti un mentiroso excelente.

—¿Me enseñarías a jugar a las cartas? —soltó Sancho por sorpresa. Ya que el enano le había pillado, al menos podrían compartir aquello. Quería saber qué había en ello que gustaba tanto a su maestro.

Bartolo se metió en el camastro y se tapó hasta la cabeza con la manta.

—De acuerdo. Pero mañana, muchacho. Con la mala suerte que llevo pegada al culo esta noche, me quitarías hasta las calzas.

XVIII

A la mañana siguiente los ásperos ronquidos del enano despertaron a Sancho. El refugio apestaba a vino, como si alguien hubiese estado aplastando uvas en él, y el muchacho se escabulló por el pasadizo hasta el exterior. Cuando había bebido tanto, Bartolo solía dormir hasta entrada la tarde, y no le apetecía quedarse encerrado en el angosto espacio durante tantas horas, con una ciudad tan enorme por descubrir.

Aquélla era la primera vez que disponía de tantas horas para él desde que había entrado como aprendiz del maestro ladrón. Disfrutó del paseo, dejando libres a sus pies para que eligiesen el camino a su antojo. Abandonó las callejas intrincadas que rodeaban la muralla y se sumergió en el ajetreo de las arterias principales que conducían a la catedral. Siguió durante un rato a un hombre que llevaba una enorme cesta de hortalizas, sin otro motivo que ver adónde iba. Luego trotó tras un carro cargado de jaulas con gallinas, imaginando qué sucedería si saltaba a la parte de atrás y comenzaba a soltarlas. La gente se volvería loca.

La idea le rondaba en la parte de atrás de la cabeza desde hacía tiempo, igual que los boticarios guardan en la trastienda las drogas más potentes y peligrosas. De alguna manera apareció en el centro de sus pensamientos mientras paraba en un bodegón de puntapié a tomar un chorizo frito, metido en un pan recién horneado. La grasa del embutido tiñó de rojo la miga del pan y le dejó rojas las puntas de los dedos. Se los chupó con fruición antes de alargarle al bodegonero un par de maravedíes.

—Aquí falta dinero, caballerete —dijo el otro tendiendo una mano de uñas negras.

—Con gusto, señor, os daré otros dos si añadís un tiento de esa bota que tenéis ahí colgando.

El bodegonero renegó durante un rato pero acabó alcanzándole a Sancho la bota. El muchacho alzó el pellejo y lo apretó, entreabriendo los labios. Un fino chorro de clarete aterrizó en la boca de Sancho, que dio un largo trago sin derramar una gota.

—¡Ya vale! ¿Acaso queréis arruinarme?

Sancho rio y puso otras tres monedas de cobre —una más de las que habían acordado— encima del enorme barril que servía al bodegonero de puesto ambulante, mostrador y despensa. El hombre hizo desaparecer las monedas en su faltriquera y le dedicó a Sancho una sonrisa plagada de ausencias.

—Sois muy amable, joven señor.

—Me preguntaba si podríais hacerme un favor.

—Ya me extrañaba a mí tanta generosidad. Si queréis más vino tendréis que volver a pagar —dijo el otro perdiendo la sonrisa al instante, lo que el muchacho casi agradeció.

—No, en realidad estoy buscando una dirección.

El otro se rascó la cabeza y tomó la escudilla de barro en la que había servido la comida de Sancho. La frotó con desgana con un paño grasiento antes de colocarla de nuevo dentro del barril. Uno de sus costados estaba abierto, dejando ver las estanterías con las que alguien había modificado hábilmente su interior para guardar los utensilios y las viandas.

—Eso es cosa bien distinta, por supuesto. Señas y cotilleos los damos de balde, pues vienen con el oficio. ¿Queréis que os cuente las últimas nuevas de palacio? Dicen que una de las infantitas está preñada, y de gemelos nada menos. Me pregunto quién se habrá metido dentro de esas crujientes faldas de seda —dijo el bodegonero, reduciendo su voz a un susurro lascivo.

—Me conformaría con que me indicaseis dónde queda la casa del médico Monardes.

—Si tenéis problemas de purgaciones hay otros galenos mucho mejores y más baratos cerca de aquí. Yo por ejemplo suelo ir a...

—Tiene que ser Monardes, gracias —le interrumpió Sancho, poco deseoso de que el otro le diese más detalles.

—En ese caso prestad atención.

Siguiendo las instrucciones del bodegonero, a Sancho no le resultó complicado encontrar la casa del médico. Mientras se acercaba, se preguntó qué era realmente lo que pretendía. Tal vez sólo quería volver a verla. Como Bartolo había adivinado, aquella esclava de piel tostada y ojos negros le había causado una profunda impresión. Había algo especial en ella, y durante los días anteriores había fantaseado con volver a encontrársela, y tal vez pedirle disculpas por haberla humillado en público.

«Seguro que comprenderá que era necesario. Que los alguaciles se la hubieran llevado si yo no hubiera intervenido.»

Sin darse cuenta ya había alcanzado la casa, y con ello se acabaron los planes que había improvisado. Su experiencia con las mujeres era escasa, pues apenas había tratado con otra que su madre en la venta, y ella no contaba. Las mujeres que viajaban eran mucho más escasas que los hombres, y cuando lo hacían no solían escoger lugares de clase humilde como era la venta del camino de Écija.

Ya en Sevilla, Sancho no había tenido otro intercambio

con las personas del sexo opuesto que las señoras que le encargaban portes en las plazas. Sus compañeros en el orfanato se ufanaban de lo contrario, y de hecho parecían no tener otro tema de conversación. Algunas veces hacían detallados dibujos en la tierra del patio, en los que Sancho confirmaba acerca de lo que hacían hombres y mujeres en la intimidad lo que ya había intuido observando a las ovejas en el campo. Aquellas imágenes desgarbadas le excitaban, y siempre procuraba echarles un buen vistazo antes de que sus autores se apresurasen a borrarlas. Los frailes no toleraban aquellos dibujos obscenos ni las conversaciones que solían acompañarles, y cada vez que agarraban a uno de sus autores le imponían severos castigos.

Paseó varias veces frente a la casa del médico y recorrió las calles adyacentes hasta descubrir la parte trasera de la finca, rodeada por una tapia no demasiado alta. Uno de los lados de la tapia daba a una calleja, tan estrecha que en ella apenas podía acostarse a lo ancho uno de tantos perros callejeros como merodeaban por la ciudad. El perro, de color indefinible, parecía cansado y famélico, pero Sancho no quiso ahuyentarlo a pedradas, pues jamás maltrataba a un animal si éste no le atacaba primero. Tampoco era buena idea meterse en la calleja con aquel bicho dentro.

Hurgó entre sus ropas y rescató un mendrugo del pan que había comprado al bodegonero, y que había guardado para después. Se lo ofreció al perro, que alzó enseguida el hocico y le enseñó los dientes, gruñendo suavemente. Sancho, tragando saliva, se acercó algo más, rogando por que el perro no le arrancase los dedos de una dentellada. Pero el animal se alzó sobre las patas delanteras y olisqueó el bocado que le ofrecía. Con un rápido movimiento que desmentía su aspecto astroso, el perro arrebató el mendrugo de pan y se adentró en las sombras de la calleja a devorarlo en silencio.

«Quien da pan a perro ajeno pierde pan y pierde perro», pensó Sancho, recordando uno de los refranes a los que su madre era tan aficionada.

Con el camino despejado, Sancho miró a ambos lados sin ver a nadie. Aquél parecía un lugar poco transitado, así que había menos posibilidades de que una patrulla de corchetes apareciese por allí, pero aun así no las tenía todas consigo con lo que iba a hacer. Se encaramó a la tapia, usando la pared contraria como sujeción, y consiguió auparse hasta lo alto. En la zona alta del muro alguien había colocado pacientemente de pie tejas partidas de bordes afilados para evitar que se colasen los gatos, aunque a Sancho no le costó demasiado arrancar las suficientes como para apoyar las manos sobre la tapia.

Pero cuando ya iba a impulsarse por encima tuvo que volver a agacharse. La tapia daba a un huerto soleado, y por él caminaban dos personas. Una de ellas era un anciano vestido con una túnica, señalando a un lado y a otro de las hileras del huerto. Tras él trotaba la esclava, siguiendo con la mirada los lugares a los que apuntaba la mano huesuda del viejo.

«Así que era cierto que servía en casa de un médico —pensó el muchacho—. Entonces, ¿por qué lleva en su muñeca el nombre de otro amo?» Con la nariz al borde de la tapia, observó maravillado todo el trajín. Aquel huerto no era igual que el que su madre y él habían mantenido en la venta. Era un lugar lleno de plantas extrañas y curiosos artefactos que parecían funcionar mal constantemente, a juzgar por el enfado del viejo. Tan sólo palabras sueltas llegaban hasta los oídos de Sancho, pues el médico hablaba con voz suave y la esclava no respondía más que con algún ocasional asentimiento de cabeza. Todo ello no hacía más que acrecentar el misterio que rodeaba la figura de la joven.

—Vamos, Clara. Ocúpate de esas tareas mientras mis pobres y viejos huesos descansan un rato —dijo el médico desde algo más cerca.

—Clara. Se llama Clara —le susurró Sancho a la tapia, enardecido de pronto por descubrir algo acerca de ella.

Monardes fue a colocarse en un banco de piedra que quedaba frente a la posición en la que Sancho se encontraba. Los brazos se le cansaban, y tenía mazados los dedos de los pies por verse encajados durante tanto tiempo en una grieta del muro. Tuvo que descolgarse unos minutos, en los que aprovechó para buscar una posición algo mejor en la tapia, con un pequeño hueco que le permitiría apoyar los pies. Volvió a encaramarse, ya desde una posición más cómoda, y contempló de nuevo las evoluciones de Clara por el huerto. La joven llevaba al hombro un saco de cuero con prácticos bolsillos del que iba extrayendo varias herramientas. Una azada para ahondar un surco, unas tijeras para podar un brote descontrolado, un trozo de cuerda para enderezar unos tallos. Sus manos se movían firmes y veloces, desviándose de la tarea tan sólo para apartar un mechón de pelo que insistía en caerle sobre los ojos. Sancho descubrió fascinado cómo su rostro había cambiado, con la mirada firme y los labios apretados en un gesto de intensa concentración. Cuando creía que nadie la observaba, Clara daba lo mejor de sí misma. Sancho, sin embargo, necesitaba de un público, de alguien que le juzgase, al igual que había sucedido en la plaza cuando había intervenido en favor de la joven.

Al otro lado del jardín, el anciano médico comenzó a roncar, y Clara aprovechó para hacer un descanso. A pesar de estar bien entrado el otoño, el día era muy caluroso. El sol y el trabajo duro habían cubierto de sudor y de tierra el rostro y las manos de la joven, que se acercó al aljibe para tomar agua en un balde. Se enjuagó con cuidado durante un rato, antes de volver la vista hacia Monardes y comprobar que seguía durmiendo. Dándole la espalda, comenzó a desabrocharse el vestido.

Sancho apenas podía creer lo que estaba viendo. Clara se

aflojó las cinchas que le ataban la parte superior de la ropa. Sin soltar la parte inferior, dejó que la camisola y el vestido le cayeran por la cintura, quedando desnuda hasta las caderas. Tomando agua en el hueco de sus manos, se lavó a toda prisa. Se soltó el largo y hermoso pelo azabache, que le quedó rozando el nacimiento de los pechos. Los tenía redondos y turgentes, y cuando los enjabonó, los pezones se endurecieron y la piel de los brazos se le puso de gallina.

Al otro lado de la tapia, el muchacho comenzó a sentirse mal por lo que estaba haciendo, pero tampoco podía apartar la vista del hermoso cuerpo de la joven. Sintió que una dolorosa erección le crecía dentro de los pantalones, mientras todas las promesas del infierno que los frailes habían metido en su cabeza resurgían para atormentarle. El corazón se le aceleró, y notó sus latidos atronándole en los oídos como golpes de tambor. Cuando Clara tomó de nuevo agua para retirarse el jabón de los pechos, Sancho se olvidó de que necesitaba ambas manos para sujetarse a la tapia, y se llevó la derecha a la hinchada entrepierna. Con el movimiento perdió el equilibrio, los pies se le soltaron y resbaló un poco. Volvió a agarrarse enseguida, pero el ruido que hizo alertó a la joven, que alzó la vista. Por un breve instante sus ojos se encontraron, y Sancho sintió cómo la sangre se le agolpaba en el rostro. Asustado, se dejó caer, aterrizando de cualquier manera. Al tocar el suelo una llamarada de dolor le sacudió el tobillo. Por un momento sintió unas irrefrenables ganas de gritar.

—¿Quién está ahí? ¡Te he visto! —gritó una voz femenina al otro lado del muro.

Sancho se alejó tan rápido como se lo permitió su cojera, con el corazón encogido de culpa y de vergüenza.

XIX

Si Bartolo notó la cojera que arrastró Sancho durante un par de días, no dijo nada. El muchacho se alegró, pues cada vez que recordaba el incidente del huerto sentía una tremenda vergüenza, y hubiera odiado contárselo a Bartolo, que se habría burlado de él. Se juró que jamás volvería a acercarse a Clara, pues hubiera sido incapaz de dirigirle la palabra sin enrojecer hasta las orejas.

Para olvidar, se sumergió en los naipes, que fueron una de las partes más divertidas de su aprendizaje como ladrón. Dominar las sutilezas del parar o del andaboba, dos de los juegos más populares entre los apostadores, le llevó pocas horas. Pero con Bartolo todo estaba relacionado con el engaño, así que también le mostró cómo hacer trampas con suma habilidad. Desde marcar las cartas con hollín para reconocerlas por el anverso hasta colocarlas convenientemente mientras simulaba barajar.

Cuando el muchacho le hizo un pase de manos sustituyendo una carta por otra ante sus narices —un ardid completamente original que Sancho se había inventado sobre la marcha—, Bartolo soltó un silbido de admiración.

—Con mis dedos gordezuelos yo no puedo hacer muchos de estos trucos —se lamentó el enano levantando la mano.

—¿Por eso pierdes siempre? —espetó Sancho, un poco

temeroso ante cuál podía ser la reacción de su maestro. Sin embargo éste no se lo tomó mal.

—Pierdo siempre porque a la gente con la que yo juego no se le puede hacer trampas.

—¿Porque las conocen todas?

—Porque si te pillan te tiran al río. Por dos sitios a la vez.

Sancho se preguntó con qué clase de animales jugaba Bartolo, capaces de matarte por unos reales. Y más importante aún, por qué su amigo insistía en mezclarse siquiera con ellos. Por desgracia no iba a tardar en descubrir la respuesta a ambas preguntas.

Ocurrió un domingo, cuando se disponían a colarse en la Iglesia del Sagrado Corazón para desvalijar las cestas de la colecta. Sancho había ideado una estratagema consistente en atarse una pala de madera al antebrazo, y Bartolo había gruñido con aprobación, secretamente entusiasmado ante la iniciativa de su aprendiz.

Mientras aguardaban con el resto de los fieles que hacían cola para entrar en el templo a misa de doce, oyeron una voz ronca y desagradable que llamaba a Bartolo. El enano se dio la vuelta y puso mala cara. Tomando a Sancho del brazo le obligó a salir de la fila. En un callejón cercano, medio oculto tras una esquina encalada, les observaba un hombre. Mientras se acercaban a él, Sancho sintió miedo. Llevaba un sombrero de piel marrón muy gastado y una camisa entreabierta que desvelaba el pecho peludo. Vestía gruesas botas de campaña y del cinto le colgaba una espada morisca basta y curva, sin vaina. La hoja desnuda aparecía llena de centenares de incisiones, prueba de que se usaba muy a menudo.

Pero nada de eso fue lo que asustó a Sancho, sino el rostro del hombre. Tenía una barba negra e hirsuta partida por una boca de labios gruesos, como una herida roja y cruel. Los ojos, profundos y oscuros, quedaban escondidos en dos cuencas sombrías. Todo en su porte sugería brutalidad.

—¡Maese Bartolo! —dijo el barbudo, con una mueca aviesa—. Me gustaría intercambiar unas palabras con vos. A solas, si no os importa.

—No tengo secretos para mi aprendiz —respondió Bartolo señalando a Sancho.

—No me cabe duda, amigo mío. Pero yo sí los tengo.

De mala gana, Bartolo se volvió hacia Sancho.

—Espérame a la puerta de la iglesia mientras yo hablo con el maestro Monipodio.

¡Monipodio!

Sancho ya había oído el nombre del hampón más famoso de Sevilla mucho antes de que Bartolo le describiese su famosa Corte. Vivía en un lugar ignoto del barrio de Triana, en lo más recóndito de su dédalo de callejuelas. Había formado un auténtico gremio de ladrones, capaces de llevar a cabo hazañas imposibles para una pareja de solitarios como el enano y su aprendiz. A su servicio estaban desde peristas capaces de mover las más extrañas piezas robadas hasta cerrajeros capaces de abrir cualquier puerta, llamados apóstoles en la jerga del oficio. Toda clase de criminales especializados pasaban por su casa y le rendían tributo. A cambio recibían su protección y mantenían lejos a los alguaciles, todos ellos a sueldo del Rey de los Ladrones. Bartolo no era uno de ellos, por razones que nunca le había explicado.

El enano y el hampón se habían apartado hacia el interior del callejón, lejos de los oídos de Sancho. Éste simuló regresar hacia la iglesia, pero en lugar de ello torció en la siguiente esquina y corrió en paralelo a donde ambos se encontraban. Quería saber de qué estaban hablando. Al final de la manzana encontró una escalera que subía hasta el se-

gundo nivel. La subió a toda velocidad y se encaramó al tejado, apoyándose peligrosamente sobre una maceta atestada
de geranios. Una teja resbaló bajo sus pies y fue a estrellarse
en la calle, tres metros más abajo.

«Despacio ahora. Que no me oigan acercarme.»

Caminó encorvado, escogiendo dónde ponía los pies
para evitar hacer ruido. Al llegar al borde del edificio pudo
ver parte del callejón donde Bartolo y Monipodio hablaban.
Al hampón no se le veía, pero el enano aparecía nervioso,
cambiando el peso de un pie al otro.

—¿Habéis hallado ya cómo pagarme? —estaba diciendo
Monipodio.

—Tengo un par de golpes entre manos.

—Vaciando cepillos no vais a juntar trescientos escudos,
maese Bartolo.

—Se trata de algo más sustancioso.

—Tendríais que tener menos mala cabeza con los naipes
o más suerte con los robos. Vuestra deuda empieza a ser demasiado molesta, demasiado pública. No puedo permitir
que me acusen de blando, maese Bartolo.

—No hay demasiadas posibilidades de eso —dijo el enano, sarcástico.

El otro soltó una risa desagradable y sin humor que a
Sancho le provocó escalofríos.

—No, supongo que no. Me gustáis, enano. Sois ingenio-
so, y los tipos divertidos son mi debilidad. Ya sabéis que hay
una posibilidad de que os perdone lo que me debéis.

—¿Y cuál sería ésa, maese Monipodio?

—Uníos a mi Corte. Dicen que el niño es un diamante
en bruto. Podría dar buen uso a una pareja habilidosa como
vosotros.

«No, Bartolo. Dile que no.»

—De lo contrario supongo que soltaréis a los perros de
la esquina, ¿verdad?

Sancho volvió la vista a su derecha. En la esquina contraria a la iglesia, dos figuras oscuras no quitaban la vista de la escena que transcurría en el callejón. Desde arriba Sancho apenas veía un par de sombreros y capotes, pero le invadió una sensación de miedo.

—Catalejo y Maniferro son unos buenazos, como muy bien sabéis. No creo que os causen ningún problema en cuanto os unáis al gremio. En cuanto me juréis lealtad.

Bartolo se pasó la mano por las mejillas, más nervioso que nunca.

—Dadme unos días para pensarlo.

—Tenéis hasta el próximo viernes. Ese día me traeréis los trescientos escudos o entraréis en mi Corte.

Los pasos de Monipodio resonaron en el callejón mientras se alejaba. Bartolo, sin embargo, permaneció cabizbajo en el mismo sitio durante un par de minutos.

—Anda, baja —dijo finalmente, alzando la vista hacia Sancho, que no se había atrevido a moverse durante todo aquel rato—. Antes de que te rompas algo. Y la próxima vez que subas a un tejado sácate las botas, que haces más ruido que el Turco cargando. Ahora ya lo sabes todo, muchacho —añadió cuando Sancho, algo avergonzado de que le hubiera descubierto, llegó junto a él—. Tenemos que aguzar el ingenio y dar un buen golpe en un par de días o tendremos que trabajar para ese animal.

—No veo por qué me ha de tocar a mí cargar con tus deudas. —Sancho, ofendido, lanzó un puntapié a una piedra, que rodó hasta desaparecer en un charco de meados.

—Porque eres mi aprendiz y es la costumbre. O eso o te largas de Sevilla con viento fresco. Pero tú no dejarías al viejo Bartolo, ¿verdad?

Hubo un incómodo silencio.

—¿Por qué nunca has querido entrar a formar parte de la Corte? —preguntó Sancho para romper la tensión.

—Ya fui parte de una Corte hace mucho tiempo —contestó el enano con la mirada perdida—. En otra vida, en otro lugar.

Sancho calló durante un rato. Ya se había temido que el enano le respondería con una de sus habituales evasivas. Pero para su sorpresa, Bartolo siguió hablando.

—No quiero tener nada que ver con Monipodio, porque ha convertido el noble arte del robo en una empresa. Él se sienta en su casa de Triana mientras otros se juegan el tipo haciéndole el trabajo sucio, por miedo a sus matones.

—¿No viven mejor los ladrones ahora? ¿No están protegidos de los alguaciles?

Toda la ciudad sabía que los alguaciles recibían un salario extraordinario por parte de Monipodio para mirar hacia otro lado cuando cometían sus tropelías. Muy pocos eran los que, como Bartolo, se atrevían a robar por su cuenta sin entregarle al Rey de los Ladrones su parte del botín.

—A Monipodio se le llena la boca diciendo que es el gran protector de nuestra gente —bufó el enano—. Repite hasta la saciedad que hace seis años que no cuelgan a un ladrón en Sevilla. Lo que no dice es cuántos de sus súbditos amanecen sin cabeza en una zanja. Prefiero la ira de los alguaciles a la piedad de Monipodio. —Escupió en el suelo con desprecio antes de continuar—. Y lo que es peor, a muchos de los nuestros los ha convertido en asesinos sin escrúpulos. Cualquiera en Sevilla puede acudir a Monipodio y pedirle que lo liberen del amante de su mujer o de un acreedor demasiado insistente. Marcarles la cara de por vida son siete escudos, nueve si el objetivo es buen espadachín. Matar cuesta de quince a treinta. La vida puesta en la balanza, pesada y medida. A tanto la cuchillada, válgame Dios.

—Ya veo —dijo Sancho meneando la cabeza y recordando cómo el enano le había preguntado qué había hecho con Castro antes de huir de la taberna. Sintió una oleada de respeto y pena por Bartolo, tan pequeño y solitario pero aferrado a sus principios.

—La vida es un don precioso, muchacho. Es lo único que no debes robar jamás.

XX

El sueño de Vargas comenzaba siempre de una forma plácida. Incluso dormido, esbozaba una sonrisa infantil.

Era un sueño extraordinariamente vívido. Cada uno de los detalles de la antigua calle de Esparteros estaba recreado con precisión; los adoquines, el barrizal de pestilente mierda en el centro de la calle, las risas de los niños. Las de Francisco formaban parte de ese coro cristalino, de necia despreocupación. El miedo, las dudas, la preocupación por saber de dónde vendría la próxima comida pertenecían a su hermano mayor, Luis. Tenía diez años, dos más que él, pero era astuto y fuerte, y él le admiraba.

—Luis, ¿jugamos a los conquistadores? —pedía insistente.

—¡Vamos, Paquillo! ¡Y también vosotros! —gritaba Luis trepando a unos barriles, convocándole a él y al resto de los golfillos callejeros, empuñando una vara de sauce que empleaba a modo de espada—. ¡Enfrentaos al poder de Pizarro el Conquistador!

Todos corrían en tromba hacia él. Semidesnudos, cubiertos de harapos, piojos y sabañones. Desdentados y hambrientos, pero niños. Escenificaban las hazañas de los conquistadores, un juego en el que Luis era siempre el gran Pizarro. El héroe con el que el padre de ambos se había marchado a la conquista del Perú, diciendo a sus hijos que regresaría con oro y gloria, y dejándolos con un pariente lejano. Pero de las Indias lo único que vino de vuelta fue la noticia de que a su padre lo habían matado los indios en la selva. El pariente les puso en la calle aquel mismo día, alegando que ya no podía mantenerles.

Quince meses hacía ya de aquello, pero sobrevivían. Luis sabía cómo conseguir comida, sabía dónde dormir para estar caliente y seco, sabía cómo esquivar a los alguaciles. Luis lo sabía todo. Y era el mejor jugando a los conquistadores.

—¿Por qué nunca puedo ser yo uno de los españoles, Luis? —se quejaba el pequeño.

—Porque eres bajito, como esos indios sin Dios.

—¿Y por qué tú nunca eliges ser nuestro padre?

Por el rostro de Luisito Vargas pasaba entonces una sombra que el pequeño no alcanzaba a ver.

—Porque nuestro padre murió. No seré un fracasado, Paquillo.

—¡Padre era un héroe!

—Tú no le conociste. Ni tampoco a madre.

Aquél era el argumento que cerraba cualquier discusión. Luis había conocido a madre, aunque jamás le confesase a su hermano que no la recordaba, pues tenía tres años cuando se la llevaron las fiebres. Y lo poco que Luis había visto de padre antes de que una fiebre distinta se lo llevase al otro lado del mundo no le había gustado demasiado.

Y el pequeño Francisco Vargas callaba, sin entender. Porque Luis sabía.

Cuando en el sueño el grupo de muchachos se abalanzan sobre los barriles, armados con imaginarias espadas formadas con ramitas, todo comienza a transcurrir más despacio. La sensación de placidez se transforma rápidamente en inquietud, mientras que el tiempo se vuelve más y más denso. Los sentidos se agudizan, resaltando cada hendidura húmeda en los barriles, cada pelo de las cuerdas que los unían, cada costra en la multitud de piernas escuálidas que pugnan por subir al barril. En ese momento llega de golpe, dolorosa, la conciencia de lo que va a suceder, y con ella la angustia.

El pequeño Vargas intenta alzar uno de los brazos a modo de advertencia, pero el tiempo es aún más denso para su cuerpo. El brazo apenas puede moverse. La garganta apenas alcanza a exhalar un susurro apagado. Los pies parecen anclados a los adoquines. Sólo el miedo tiene alas, con las que agita el corazón del niño, que late a toda velocidad.

El tiempo se acelera de nuevo durante otro breve instante, ese en el que las cuerdas que atan los barriles se deshilachan y parten, golpeando el rostro de Francisco como un latigazo. Éste espera el dolor, lo anticipa y lo desea, pero no es suficiente para despertarle. Tiene que permanecer allí, testigo forzoso de un desenlace que ya conoce.

La pila de barriles se tambalea y se derrumba. Los muchachos caen entre maldiciones y magulladuras. Luis, el que está más alto, se desploma hacia atrás. El miedo se desborda en el corazón de su hermano, que intenta gritar aún más fuerte y correr aún más deprisa. Todo es inútil.

De pronto, el alivio. Luis se agita en el suelo, tosiendo y riéndose. Los barriles impactan a los lados de su cuerpo, pero ninguno le alcanza. Luis comienza a incorporarse, y durante un instante Francisco se ve corriendo de nuevo junto a su hermano, robando naranjas en los patios y riendo en los callejones. Es una puerta a la felicidad y a la vida que se cierra de golpe, sellada por el relincho de un caballo.

Entonces Francisco ya sabe que esto es una pesadilla, pero eso no atenúa la tortura. Escucha galopar al enorme animal, acercarse a toda velocidad a su hermano. Lo ve ponerse de manos, amenazador. Ve los ojos oscuros del duque de Osorio, ignorando al muchacho tendido a los pies del animal, picando espuela para que siga adelante. Ve el casco dirigiéndose a la cara de su hermano, oye el crujido de los huesos cuando la pezuña impacta en la cabeza de Luis. Sus pies se liberan a tiempo de correr hacia él y tomarle en brazos, mientras la sangre y los sesos del niño se escurren hasta el canal rebosante de heces en el centro de la calle.

Vargas gritó al despertarse y se arrastró fuera de la cama. Ignorando el dolor de su pie gotoso, renqueó hasta una de las sillas de madera y cuero repujado que había junto a la chimenea. Estaba casi apagada, y tan sólo un rescoldo anaranjado brillaba bajo la espesa capa de ceniza. El comerciante se estremeció de frío, pero no se vio con fuerzas de tomar el fuelle, ni quería ver revoloteando a su alrededor a los criados. Permaneció sentado, con las manos aferrando los brazos de la silla, maldiciendo su recurrente pesadilla.

Llevaba sin experimentarla varios meses, pero desde que los dolores de la gota habían comenzado, el sueño había vuelto. Aparecía invariablemente para atormentarle cuando se presentaban problemas en su vida. Le dejaba cansado, tenso e irritable, cada vez más ansioso.

Después de innumerables noches sufriéndola, la manera distorsionada en la que la pesadilla invocaba el recuerdo se había vuelto más real que el recuerdo auténtico. El incidente sucedido hacía cuatro décadas había durado apenas un instante. Su hermano había caído de los barriles, en mitad de la trayectoria de un caballo que iba demasiado deprisa y había acabado con la cabeza aplastada en el arroyo. El resto de los niños que jugaban sobre los barriles habían huido despavoridos, dejándole solo. No había habido intención ni culpabilidad, sólo un triste accidente. Sin embargo, en la mente del pequeño Francisco las cosas habían sucedido de manera distinta. Cuando levantó la vista del cuerpo muerto de su hermano, apenas alcanzó a distinguir unas botas de montar y un rostro duro al que no asomaba ni la más mínima emoción.

—¿Es tu hermano?

Si Francisco contestó, no lo recuerda. Algo debió de decir, puesto que el duque se volvió a uno de los que le acompañaban, quien descabalgó y se acercó a él.

—Toma esto, niño. Una merced del duque de Osorio, para socorrer tus necesidades.

Francisco le miró sin comprender, pero no apartó las manos de Luis. El asistente del duque, encogiéndose de hombros, puso sobre el cadáver aún caliente de su hermano una bolsa de monedas. Después continuaron su camino sin volver la vista atrás.

Aquel día algo se rompió dentro del niño. Contemplando la grupa de los caballos de quien acababa de matar a su hermano mayor, Francisco sintió cómo le invadía un torrente de sentimientos. Estaban el odio, la culpa y el miedo, pero por encima de ellos se elevaba una extraña admiración. El duque de Osorio simbolizaba todo lo que ellos no poseían: poder, dinero, invulnerabilidad. Y las primeras palabras que el pequeño recordaría haber pronunciado sobre el cadáver de su hermano serían el objetivo para el resto de su vida.

—Seré duque.

A lo largo de cuarenta años, Francisco de Vargas había cometido crímenes, injusticias y desmanes sin sentir ni el más leve asomo de arrepentimiento. Desde el momento en el que la última palada de tierra cubrió el cuerpo de su hermano, el pequeño había comenzado a trabajar para conseguir su propósito de convertirse en aquello que le había arrebatado todo.

El camino entre el pequeño tenderete en la plaza de la

Encarnación que había montado con el dinero del duque y la fortuna que ahora poseía estaba pavimentado de víctimas; los que habían caído presa de su codicia o de su venganza, ambas tan gélidas e implacables como las heladas de febrero. Muertos, como el familiar que les había arrojado a la calle, a quien un par de matones contratados por Francisco —que para entonces contaba once años— habían destripado en un callejón. Arruinados, como el primer comerciante de aceros de Vizcaya al que había engañado y expoliado antes de que la barba le comenzase a despuntar. Injuriados y encarcelados, como el alguacil que le había acusado de contrabando de vino y que había acabado cargando con las culpas, sin poder comprender cómo un adolescente había conseguido sobornar a los mismos testigos que iba a presentar contra él.

Por ninguno de aquéllos, ni de todos los que vendrían después, había sentido culpa ni vergüenza. El remordimiento lo reservaba para el día en el que le había pedido por última vez a su hermano que jugasen a los conquistadores, que era por lo que el muchacho se había subido a los barriles. Francisco de Vargas también se lamentaba de no haber sido capaz de cazar a tiempo al duque de Osorio. Éste había muerto en su cama, rodeado de curas y plañideras, mucho tiempo antes de que el muchacho a quien había creído comprar con un saquito de oro hubiese crecido lo suficiente como para haber podido enfrentarse a él.

Vargas alzó sus manos y exhaló un quejido de frustración. Eran extremidades aún fuertes, capaces de levantar una espada, pero las venas azules comenzaban a transparentarse y la piel se tornaba flácida en torno a los nudillos. Desde que habían comenzado sus achaques, se encontraba cada vez más ansioso y tenía más problemas para dormir. Por primera vez sentía que la vida era algo que escapaba a su control, y podía percibir la muerte con el rabillo del ojo.

Se levantó y tomó el fuelle y el atizador, con los que estuvo azuzando las brasas. Un fragmento de leño no consumido reaccionó, arrojando una solitaria llama anaranjada, que Vargas se quedó mirando con amargura.

Mientras el fuego mortecino recortaba sombras amenazantes en la habitación, reflexionó sobre los años que habían pasado desde que el caballo había aplastado la cabeza de su hermano. Seguía considerándose un fracasado por no haber logrado aún alcanzar el ducado, y eso que sus logros no eran pocos. Se había alzado muy por encima de su condición. Había construido un imperio comercial que se extendía a nueve países. Se había casado con una mujer hermosa y soñadora, a la que nunca había sabido comprender. Con ella había engendrado hacía veinte años a un hijo espigado y paliducho con el que había hablado dos docenas de veces en su vida, y que ahora prefería estudiar lejos de España, enterrando la nariz en los libros antes que enfrentarse a un padre que jamás le había dedicado una muestra de afecto.

«Y cómo lo mendigaba, corriendo hacia mí cada vez que me oía llegar, con esas piernas delgadas como palillos. Yo intentaba hacerle un hombre fuerte, pero era un llorica afeminado.»

Se preguntó si su hijo sospecharía lo que de verdad le había sucedido a su madre. Era posible, pues siempre había andado pegado a sus faldas. Ella siempre había utilizado al niño como excusa desde que nació. Para negarse a acudir a su cama, para no acompañarle en sus viajes comerciales a las Indias y Flandes, para entrometerse en el modo en el que llevaba sus asuntos. Vargas se había casado con ella porque era hija de un hidalgo, y por ese matrimonio pudo captar un leve atisbo de nobleza, pudiendo pasar de ser simplemente Francisco Vargas el comerciante a un más distinguido don Francisco de Vargas.

«Maldita puta sin corazón. Con todo lo que yo hice por ella.»

A su modo, había amado a Lucinda. O al menos lo que él entendía por amor: cargarla de regalos y atenciones, pero sin llegar jamás a comunicarse realmente ni abrirle un corazón que no tenía nada que ofrecer. Cuando ella comprendió la clase de hombre con el que se había casado, empezaron a distanciarse. Se negó a tocarle, y él buscó consuelo en otras mujeres. Al principio Lucinda soportó la humillación en silencio, como la hipócrita sociedad sevillana dictaba que era su obligación. Tan sólo cuando ocurrió el asunto con la esclava no pudo permanecer callada más tiempo. Primero hizo veladas insinuaciones a las mujeres de otros comerciantes, luego llegó a confesarse con un sacerdote, quien acudió a Vargas para afearle su conducta. Éste, que odiaba por encima de todo el convertirse en la comidilla del populacho, tomó una drástica decisión.

De aquello hacía ya trece años, pero recordaba todos los detalles. Cómo había fingido un viaje de negocios fuera de la ciudad. Cómo había buscado a un médico sin escrúpulos para hacerse cargo del asunto por una cantidad suficiente de escudos; una cantidad que no había podido cobrar jamás, pues la brutal venganza sobre él formaba parte del plan original. No había sido necesario insistir al capitán Groot acerca de los detalles. Aquel hombre llevaba el salvajismo a flor de piel, cubierto por sólo un ligero barniz de civilización que su jefe podía retirar a conveniencia con tan sólo un par de palabras.

Todo el mundo supo, por tanto, quién había mandado desangrar al médico incompetente que había dejado morir a la mujer de Vargas. La reputación oscura del comerciante se hizo aún más temible después de aquello, y sus negocios florecieron. No hubo más barriles de canela humedecida en los envíos, ni más barcos negreros que arribasen con la mitad de la carga enferma, ni más partidas de vino mal fermentado. Nadie se atrevió a usar trucos sucios con Vargas después de aquello.

Y el niño acabó en manos de dueñas y preceptores, que lo mantuvieron lejos de la vista de su padre hasta que fue lo bastante mayor para enviarlo a estudiar a Francia. Vargas nunca captó la ironía de haber hecho con su hijo lo mismo por lo que su hermano Luis había despreciado a su padre.

Hubo una corriente de aire gélido. La llama se agitó temblorosa durante un instante y se apagó. El comerciante soltó un respingo de insatisfacción, pensando en su propia fortuna tragada por el mar y los impuestos. Ni el rey ni la Naturaleza tenían miedo de la venganza de Vargas, y así había acabado en aquella encrucijada. Ahora todo dependía del plan que había trazado con Malfini. Si funcionaba y recuperaba el cargamento de oro incautado, su imperio se salvaría y estaría un paso más cerca de comprar su título de duque. De lo contrario, le esperaban la bancarrota y la deshonra en pocos meses. No podría retener a su lado a Groot y a los matones que le realizaban el trabajo sucio. Y había un montón de chacales esperando entre las sombras a que algo así ocurriese, con sus propios matones a sueldo listos para cobrarse unas cuantas afrentas que Vargas les había causado. Desprovisto del escudo de su riqueza, el comerciante sería hombre muerto en pocas semanas.

Sin poder resistir más el frío, se puso en pie y regresó hasta la mesilla de noche que había junto a su cama. Sobre ella había una campanita de plata. Al levantarla para llamar a los criados tintineó suavemente. Vargas no llegó a agitarla, pues en ese momento la puerta del dormitorio se abrió con un crujido.

—Estabas ahí afuera —dijo el comerciante al volverse y

encontrar a Catalina. Al igual que su amo, el ama de llaves vestía tan sólo un camisón.

—Os he oído gritar, hace un buen rato, amo.

—Y te has quedado junto a la puerta, acechándome. Espiándome, una vez más. Te dije que esto tenía que acabar.

—La noche es muy fría. Os encenderé un buen fuego.

Recogió el bastón del suelo y se apoyó en él en su trayecto de vuelta a la silla, junto a la chimenea. El ama de llaves se marchó y volvió con un par de leños secos. Al cabo de unos minutos las llamas volvían a surgir fuertes y brillantes.

—¿Deseáis desayunar, amo?

—No, Catalina. Déjame solo.

La esclava no se retiró. Permaneció junto a la silla de Vargas y apoyó una mano en el respaldo.

—Parecéis preocupado, amo. ¿Hay algo que pueda hacer por vos?

Vargas notó el cambio en la voz de la esclava, pero no se volvió. La mano de Catalina abandonó el respaldo de la silla para apoyarse en el hombro del comerciante.

—Hay otro fuego que puedo reavivar, mi amo. —Su voz no era ya la de una esclava, sino algo muy distinto—. Hace meses que no me lo pedís.

Lentamente fue bajando por el pecho de Vargas, acariciando su estómago, hasta la entrepierna. Le masajeó por encima de la camisola de dormir durante un rato, antes de colarse por debajo. Vargas cerró los ojos, sintiendo cómo los dedos de la esclava rodeaban su pene aún flácido pero sensible, que lentamente comenzaba a responder a las caricias. Separó más las rodillas mientras Catalina susurraba junto a su oído, provocándole un escalofrío de placer.

—Os haré sentiros mejor enseguida. Entonces podréis dormir.

La respiración de ambos se aceleró, pero en ese momento el pelo de la esclava resbaló por encima del hombro, quedando frente al rostro del comerciante. Vargas abrió los ojos al notar el movimiento, y vio el pelo grisáceo de Catalina. Giró la cabeza, y las arrugas de la esclava fueron como un cubo de agua fría sobre su pasión. De pronto el pene se volvió blando y encogido, y los esfuerzos de la mujer le causaron dolor.

—¡Déjame! —dijo apartándola de un manotazo. Catalina cayó al suelo, gimiendo. Cuando se incorporó, vio desprecio en el rostro de su amo—. No quiero que vuelvas a tocarme. Ya no me agrada —añadió él, apartando la vista.

—No era así antes —respondió Catalina. Se quedó al borde del círculo de luz que arrojaba la hoguera, y su aliento formaba nubecillas de vaho. En aquel lado de la habitación hacía mucho frío.

—Ahora eres vieja. ¡Así un hombre no puede portarse como tal!

—¿Preferirías que fuese ella, Francisco? ¿Con su cara perfecta y sus pechos perfectos? ¡Esto me lo hiciste tú! —Dio un paso hacia adelante, señalándose la cruel cicatriz de la mejilla, con la S y el clavo.

Vargas contempló la cicatriz. Hacía veinte años, cuando compró a Catalina, era una mujer espectacular, aunque ya no fuese joven. Decía no saber cuántos años tenía, aunque debía de rondar los cuarenta. La primera noche que Vargas se coló en su cama luchó como una tigresa para evitar que la penetrara, pero toda aquella lucha no sirvió de nada. Vargas se corrió dentro de ella, aspirando el olor a carne quemada que desprendía la marca al fuego que le habían hecho aquella misma mañana.

—No se de qué me estás hablando.

—La llamas aquí cada mañana y cada noche.

—Nunca le he hecho nada.

—Algún día pasará por tu cabeza. No creas que no te conozco bien. ¡Es tu hija, Francisco!

«Y la causa de que tuviese que matar a mi mujer, puta.

¿Quién hubiera sospechado que te pudieses quedar preñada tan mayor?» Vargas se removió en la silla. Así que era eso lo que había tenido inquieta a Catalina en los últimos meses.

—A los ojos de Dios no es mi hija, sólo una bastarda mestiza. Te permití tenerla aquí en lugar de dejarla en un orfanato, como hubiese hecho cualquiera en mi posición. Te hice ama de llaves.

—Después de haberme violado.

—Te he recibido en mi dormitorio todos estos años, y no me ha hecho falta obligarte.

El rostro de Catalina hervía de furia y de despecho. Alzó un dedo frente a Vargas.

—No la toques, ¿me has oído? Ni se te ocurra tocarla, o te mataré. Te echaré veneno en la comida, o te empujaré escaleras abaj...

Vargas no la dejó terminar. Se levantó como un resorte, alcanzó a Catalina y le cruzó el rostro de un bofetón que la arrojó al suelo boca arriba. El comerciante le puso el pie en la garganta y comenzó a apretar. La esclava le clavó las uñas en la planta del pie, intentando apartarlo de su cuello, pero el peso y la fuerza del agresor eran demasiado para ella.

—No, no harás nada de eso, porque ahora mismo voy a avisar a Groot para que el mismo día en el que yo muera se divierta a placer con Clara y luego la atraviese de parte a parte con su otra espada. Así que ya puedes volver a tus obligaciones, tratarme con respeto y rezar por que tenga una vida larga y feliz. Mientras, yo, que soy tu dueño y el de tu hija, haré con vosotras lo que me plazca. ¿Lo has comprendido?

Levantó un poco el pie y la otra asintió entre toses, con los ojos temblando de odio y pavor. Sonriendo, Vargas volvió a su silla sin apoyarse apenas en el bastón. Hacía años que no se sentía tan bien. Contempló a la esclava incorporarse y caminar renqueante hasta la puerta.

—Ah, Catalina...

La mujer se detuvo en el umbral, sin volverse, con la respiración agitada. Afuera comenzó a oírse el cantar de los gallos.

—Envíame a tu hija. Es la hora de mi tratamiento de cada mañana.

XXI

Levantad un poco más el pie, mi señor.

Vargas lo hizo, a regañadientes. Tenía que tener la pierna en alto mientras Clara le masajeaba el pie y le administraba la pomada, lo cual le solía causar dolor e irritabilidad. Sin embargo, el enfrentamiento anterior con Catalina le había dado una nueva perspectiva al proceso, y durante un rato el comerciante se abstrajo de sus preocupaciones contemplando a Clara. La muchacha era tan hermosa que le dolían las entrañas sólo de mirarla. Se sorprendió de no haberse dado cuenta antes, de que hubiese tenido que ser la vieja ama de llaves quien le llamase de forma involuntaria la atención sobre aquel aspecto. Hasta aquella madrugada no se le había pasado por la cabeza ningún pensamiento lascivo acerca de la muchacha, a quien había protegido durante muchos años de manera distante, siempre levemente consciente de que era responsable de que ella caminase por este mundo. Pero la prohibición de Catalina había cambiado las cosas. Vargas no soportaba que le dijesen qué podía o no podía hacer.

Sin embargo, el comerciante acabó siendo absorbido por temas más urgentes. Le había pedido a Clara que le aplicase el tratamiento en su despacho, pues estaba esperando a un visitante, pese a lo temprano de la hora. No veía el momento en que Malfini apareciese.

—Ya es suficiente, Clara.

La esclava ignoró la orden y continuó con el masaje.

—No hasta que terminemos.

—Me parece que desde que comenzaste el aprendizaje con Monardes te estás dando demasiados aires —gruñó Vargas, que había dejado de disfrutar de la situación. Con el retorno de las preocupaciones también habían vuelto las molestias que siempre le causaba el masaje en su pie gotoso.

—Eso dice también mi madre, mi señor.

Los dedos de Clara toparon con un punto sensible en el pie de Vargas, que aulló de dolor antes de derribar el escabel donde ella se apoyaba de una patada.

—¡Maldición, he dicho que ya basta!

Clara, que había caído al suelo con la fuerza del impulso, se puso en pie, ofendida.

—Será mejor que me vaya, señor.

—Sí, será lo mejor —dijo Vargas—. Y no te olvides quién manda aquí.

Observó a la muchacha recoger sus cosas y abandonar el despacho con paso firme y elegante.

«Pronto será la hora de bajarte esos humos y ponerte en tu lugar.» Se preguntó si se atrevería a cometer el pecado de tomar a su propia hija, incluso aunque fuese una bastarda. Vargas era un hombre temeroso de Dios, pero por suerte existían a mansalva los sacerdotes capaces de absolverle de ese y otros muchos pecados por una cantidad adecuada de escudos de oro.

«No —se dijo—. Será más divertido continuar con este juego durante unos meses. Ver cómo Catalina rechina los dientes de rabia cada vez que reclame a su hija a mi habitación y cierre la puerta...»

Uno de los criados interrumpió sus pensamientos.

—Ha llegado el banquero Malfini, señor Vargas.

El comerciante arrimó el pie desnudo a la chimenea

para ayudar a secar los restos de pomada. Sintió un estremecimiento en la espalda.

—Hazle pasar. Pero antes echa otro leño a la chimenea.

Malfini apareció como siempre, hecho un manojo de grasa, sudor y nervios. El gordo genovés se jugaba tanto como Vargas en aquella operación. Más, incluso, ya que era él quien debía orquestar los sobornos a los funcionarios de la Casa de la Contratación. Los cuatro últimos meses desde el embargo provisional del cargamento de oro de las Indias habían sido muy duros. Primero hubo que descubrir quiénes tenían potestad para evitar que los funcionarios de la Corte se hiciesen con el cargamento, utilizando las prerrogativas de la Casa. Luego hubo que buscar trapos sucios suficientes para, combinando el soborno y la coacción, torcer un buen número de voluntades.

—Buenas noches, *signore* Vargas. Tenéis un aspecto magnífico, si me permitís decirlo —saludó el banquero, obsequioso.

—Sentaos, Ludovico —respondió Vargas sin apartar la vista del fuego.

El criado les sirvió sendas tazas de chocolate caliente y bizcochos, sobre los que el banquero se arrojó enseguida. Cuando el sirviente se hubo retirado, Malfini habló en voz baja y con aire conspirador.

—Traigo excelentes noticias. Hemos contactado ya con Rodolfo López de Guevara, como ordenasteis.

Vargas asintió, despacio. Había sido difícil decidir a cuál de los funcionarios de la Casa presionar más fuerte para que impidiese la incautación del cargamento. Todos ellos eran corruptos en mayor o menor medida, y eso mismo era su mejor defensa. Todos estaban tan comprometidos que era difícil que uno remase en dirección contraria a los intereses de la Casa o del rey Felipe. Pero López de Guevara tenía otras aficiones, además de llenarse los bolsillos. Le gustaba tontear con jovencitos imberbes en el prado de Igualada, una actividad muy mal vista por la Inquisición.

Una vez encontrado el punto débil, había sido cuestión de sobornar a unos cuantos testigos y conseguir un par de declaraciones juradas. A Vargas no le importaba si los testigos decían la verdad o no. Lo que le importaba era el resultado, e iba a obtenerlo. El funcionario intentaría por todos los medios que aquello no trascendiese, pues la pena por homosexualidad era la muerte en la hoguera, entre atroces dolores.

—¿Se avendrá a razones?

—Lo hará, *signore* Vargas. Le he prometido entregarle las pruebas incriminatorias mañana, junto con una carta de crédito por valor de mil quinientos escudos como incentivo. El palo y la zanahoria —dijo el gordo, agitando la mano sebosa en el aire.

Vargas se volvió hacia el banquero, frunciendo el ceño. Algo en su actitud no terminaba de convencerle.

—¿Qué es lo que me ocultáis, Ludovico?

—Hay, no obstante, un pequeño inconveniente —dijo el genovés aclarándose la garganta, incómodo bajo la mirada escrutadora del comerciante—. El único subterfugio legal al que el funcionario puede acogerse para impedir la incautación directa por parte de la Corona.

«La letra pequeña. Tenía que haberlo sospechado.»

—¿Y bien?

—Debéis declarar que ese dinero se destinará al beneficio del reino.

Al oír aquello el rostro de Vargas se encendió como un carbón al rojo.

—¡Maldita sea, no! —rugió, arrojando al fuego la valiosa chocolatera, que se hizo trizas contra los leños ardientes—. ¡Ese dinero es mío! ¡Mío! ¿No es bastante que el rey nos cobre un quinto de todo lo que ganamos? ¿Que nos obligue a acuñar el oro en sus cecas, cobrando un impuesto? ¿Que cuando quiera nos lo incaute todo sin más que promesas vacías a cambio?

El banquero se encogió en la silla, intentando ridículamente hacer desaparecer su enorme mole mientras Vargas agarraba el bastón y lo agitaba en el aire.

—Calmaos, *signore* Vargas. He ideado una solución, bastante hábil, por cierto —se alabó sin ningún escrúpulo.

Hizo una pausa efectista y Vargas sintió deseos de estrangularlo, pero se obligó a serenarse y dejó el bastón. No le quedaba más remedio que escuchar a aquel enorme desecho humano.

—Deberéis ayudar al esfuerzo de guerra. Y la mejor solución es hacer fuertes inversiones en el mercado de grano, para ayudar a abastecer nuestra Armada y la flota de las Indias. Es una salida que la Casa de la Contratación verá con muy buenos ojos, ya que ése es un comercio que ha estado disperso y muy descuidado. España depende en demasía de Portugal y Francia para alimentar sus barcos. Que un hombre de vuestra talla entre en el negocio será una bendición.

Una sonrisa comenzó a asomar al rostro de Vargas. Aquello era una música muy diferente. Con la tremenda escasez de grano que había en España en los últimos años, en aquel mercado podía amasarse una fortuna si se conducía con astucia.

—Así le venderéis trigo al rey Felipe comprado con el dinero que os pensaba incautar para comprar trigo, *signore* Vargas.

—No es mal plan, Ludovico. Taimado y arriesgado, pero brillante —dijo el comerciante, al que numerosas ideas comenzaban a inundar. Sería un desafío, lo cual lo hacía aún más atractivo.

—Me encargaré de cerrar el trato mañana —respondió Malfini, sorbiendo ruidosamente su chocolate hasta apurarlo.

XXII

Clara bajó a la cocina, restregándose las manos con un paño para eliminar los restos del ungüento que le aplicaba a Vargas cada día. Cuando Monardes le había dado la receta original, la mezcla apestaba, y la esclava no podía sacarse el olor de encima. Por las noches era aún peor, ya que a Clara le gustaba dormir apoyando ambas manos debajo de la cara, y con aquel hedor le costaba mucho conciliar el sueño, a pesar de lo derrotada que acababa siempre cada jornada. Le había pedido una y otra vez a Monardes que le permitiese utilizar salvia y menta para camuflar el mal olor.

—Un remedio no tiene que oler bien. Tiene que curar —había protestado el médico.

—Pero los pacientes perciben el olor también, maestro, y un olor agradable puede ayudarles a sentirse bien y recuperarse mejor —repuso Clara, intentando sonar humilde.

El médico había refunfuñado algo ininteligible al oír aquello, y la había mirado de manera extraña, pero le dio permiso. La joven se sintió muy orgullosa cuando descubrió que Monardes añadía a escondidas un poco de romero a una infusión para la tos particularmente maloliente. El romero no estaba en la receta original —Clara lo comprobó dos veces— y sin duda hacía el bebedizo más soportable. El hecho de que el médico hubiese considerado buena su idea, aunque lo hubiese hecho sin decirle nada, le supuso una gran satisfacción.

Llegó hasta la planta baja, apresurada. Tenía que hallarse en casa de su maestro al cabo de pocos minutos, pero quería comer algo antes de marcharse, puesto que Monardes siempre le adjudicaba un montón de tareas nada más aparecer ella por la puerta.

La zona de servicio de la casa se hallaba al otro lado del lujoso patio central, que a esa hora tan temprana aparecía gris y difuso. Cuando el amanecer rompiese por encima del tejado, las flores del jardín tomarían el protagonismo, que ahora correspondía al solitario borboteo de la fuente. Uno de los perros que dormían bajo la arcada alzó temeroso la cabeza, temiendo tal vez que se tratase de Vargas —quien no podía soportar que se le acercasen los animales— o de Groot, quien disfrutaba pateándolos. Al ver a Clara, el perro corrió a su alrededor alborozado.

—Quieto, *Breo*, tranquilo. ¡Perro bueno! —dijo Clara, acariciando la cabeza del animal, que le lamió la mano. Lamentó no llevar algún trozo de pan u otro resto de comida para darle, pues desde que pasaba todo el día en casa de Monardes el pobre *Breo* no tenía a nadie que lo alimentase bien, y estaba en los huesos. Tenía que conseguir algo en la cocina cuando terminase su desayuno.

Entró en la zona de los criados, que era un grupo de habitaciones con una decoración mucho más austera. Varios de ellos se afanaban en sus tareas del día, y Clara los fue saludando con una inclinación de cabeza según se cruzaban. Casi todos le contestaron con una sonrisa, pues a diferencia de la vieja Catalina, la joven Clara era amable y atenta. Al final del estrecho pasillo estaba la enorme cocina, donde el ama de llaves estaba dando instrucciones al cocinero. Se alegró de que estuviese ocupada, pues de esa forma no la tomaría con ella, y lo que estaba haciendo le llevaría un rato. Había que preparar la comida del señor, que solía consistir en varios platos de pescado y carne, de los que Vargas solía picotear con desgana. Siempre se preparaba comida para varias personas, por si el señor recibía a alguien. Esas ocasiones eran raras, pues al comerciante no le gustaba hacer negocios durante el almuerzo.

Clara tomó un poco de leche de un enorme cazo que había sobre una mesa. Aún estaba caliente, así que el lechero que los surtía en días alternos debía de acabar de ordeñarla. La joven se relamió los labios, pues adoraba el sabor fuerte y dulce de la leche recién ordeñada. Cortó una gruesa rebanada de pan e intentó escurrirse hacia la salida aprovechando que su madre seguía enfrascada en sus asuntos, pero una voz la detuvo antes de que pudiera escapar.

—Clara, ven. Necesito tu ayuda.

Abrió la puerta al fondo de la cocina y descendió la escalera que conducía a la bodega. La joven siguió a su madre intentando no poner cara de fastidio. Aunque ella teóricamente no tenía obligación de realizar tareas en aquella casa más allá de procurar cuidados a Vargas, la realidad era bien distinta. Catalina no perdía ocasión de encargarle cosas, y nunca le quitaba el ojo de encima. Había insistido en que al regresar de casa del médico se presentase inmediatamente ante ella, e incluso le había prohibido ir a la biblioteca. Esto último Clara no lo había lamentado del todo, puesto que desde que leía los numerosos libros de Monardes las novelas de caballería le parecían fantasías infantiles. Lo que realmente le molestaba era el control asfixiante al que la sometía.

—¿Deseáis que os traiga algo del mercado? Hoy no tendré mucho tiempo, pero podría intentar hacer un hueco antes de...

—Calla y escúchame. Te he llamado para prevenirte.

—¿Prevenirme? ¿Qué sucede?

—El amo te desea.

Clara la miró, molesta. Aquí venía. Había estado temiendo que su madre sacase a colación aquel tema desde lo sucedido en el mercado.

—¿Ya estáis otra vez con eso? Ya os he dicho que nunca me ha puesto la mano encima ni creo que vaya a hacerlo. Sería un pecado muy grande.

—Hija mía, sabrás mucho de pócimas pero no tienes ni idea de hombres —dijo Catalina, apretando los dientes con desprecio—. ¿Acaso no sabes que si el señor te viola y te preña no comete ningún pecado? Los curas miran para otro lado, porque los esclavos somos animales. ¡Para ellos violar a una esclava es como cubrir a las yeguas o a las cerdas para aumentar su hacienda! Porque el fruto de esa unión es otro esclavo para limpiar su mierda y...

La vieja esclava se interrumpió de pronto, y Clara sintió un estremecimiento interior. Había algo extraño en la mirada de su madre, que refulgió a la luz del candil con el que habían bajado a la bodega. De pronto supo la verdad con meridiana certeza, y todo encajó en su sitio.

—Es mi padre, ¿verdad?

Catalina no contestó. No era necesario.

—No puedo creerlo, madre. ¿Por qué no me habéis dicho la verdad en todo este tiempo? ¿Con todas las veces que os lo he preguntado?

Su madre se echó hacia atrás, y por un instante lo único que iluminó el candil fue la horrenda cicatriz que ella lucía en el rostro. Bajó la voz hasta convertirla en un susurro grave y ronco.

—Al otro lado del mundo yo era la esposa de un rey. Los españoles lo mataron y me trajeron encadenada a este infierno seco y maloliente. Me obligaron a aprender su bárbara lengua, me hicieron adorar a unas figuras de madera tan ridículas como ellos. Yo no tenía nada, y era menos que nada. Tuve que luchar para sobrevivir.

—¿Cómo? ¿Seduciendo al amo?

—Le dejé creer que era él quien me poseía por la fuerza, pero era yo quien le dominaba a él. Luego llegaste tú.

Clara no podía ocultar su desprecio.

—Y os hizo ama de llaves. El mejor puesto de la casa. Desde luego conseguisteis vuestro propósito, madre.

—¡No te atrevas a juzgarme! —dijo Catalina alzando un dedo—. ¿Sabes cuántos niños mueren de hambre en esta ciudad? ¡Hice lo que tenía que hacer para protegerte! Para protegernos.

Por un instante, la enormidad de lo que estaba escuchando dejó a Clara sin respiración. Tuvo que hacer un esfuerzo por contenerse mientras intentaba asimilar todo aquello. Sintió que todo lo que sabía, todo lo que había creído hasta aquel instante no era más que una farsa salida de una novela de caballerías. Quería entender a su madre, las terribles dificultades por las que había pasado, pero en aquel momento sólo sentía rabia.

—Me utilizasteis para mejorar vuestra posición. Toda mi vida es una mentira.

—Basta ya, Clara. No me faltes al respeto. De cualquier forma no estamos aquí por eso.

—¿Él sabe que es mi padre?

—Por supuesto que sí.

—Entonces, ¿cómo podría hacerme nada?

Catalina escupió en el suelo e hizo una cruz con el pie sobre el escupitajo, un medio de protegerse contra el mal de ojo que Clara había visto realizar en ocasiones por las calles.

—¿Crees que le importa eso? —bufó la vieja esclava—. ¿A él? Hija, eres realmente más estúpida de lo que creía. No sabes aún qué clase de monstruo es el dueño de tu vida. Y si no actúo cuanto antes sin duda lo descubrirás.

Rodeando a su hija, se acercó hasta la escalera que ascendía de vuelta a la cocina y dio tres golpes sobre uno de los travesaños. La puerta se abrió y alguien comenzó a bajar.

—¿Qué es lo que vais a hacer?

Asustada, la joven se asomó para averiguar quién venía, y al ver unos pies masculinos intentó subir, pero Catalina le tiró del vestido, reteniéndola.

—Es por tu propio bien, Clara. Algún día me lo agradecerás.

El hueco de la escalera quedó completamente bloqueado por el cuerpo de Braulio, uno de los criados con los que Clara tenía peor relación, un hombre hosco y malencarado que se encargaba de los caballos y de la leña. Braulio se abalanzó sobre ella, rodeándole el cuerpo con los brazos y arrojándola al suelo. Clara luchó por levantarse, pero el peso del cuerpo del criado era demasiado para ella. Con gran esfuerzo consiguió liberar un brazo y golpearle en el cuello. El hombre hizo una mueca de dolor, pero no la soltó. Levantó la mano, callosa y llena de grietas, y le golpeó en la cara. Clara soltó un grito mezcla de pánico y dolor.

—¡Ten más cuidado! —gritó el ama de llaves.

—No para de moverse —gruñó el criado, consiguiendo agarrar de nuevo los brazos de la joven.

—Dale la vuelta. Ponla boca abajo.

El criado la tomó por los hombros y le obligó a darse la vuelta, dejando a Clara aún más indefensa. Su madre se agachó junto a ella y sacó un cuchillo que llevaba escondido en la espalda. Al verlo, Clara se quedó helada. Aquello no podía ser real. Su madre era un ser frío y dominante, pero ni en sus peores pesadillas hubiera imaginado que pudiese hacerle algo así

—Shhh. Quieta —dijo aproximando el cuchillo a la cara de Clara. Estaba muy afilado, y la hoja desprendía un leve olor metálico y aceitoso.

La vieja ama de llaves se arrodilló en el suelo y agarró fuerte el pelo de su hija, echándole la cabeza hacia atrás. Clara sintió cómo su cuello se estiraba, desprotegido, y por un momento creyó que su madre la iba a degollar allí mismo. Notó un tirón y sintió un gran dolor. La cabeza le volvió a caer hacia adelante y la cara se le aplastó contra la tierra húmeda. Alzó el rostro, que ya empezaba a amoratarse por el golpe, y vio un enorme mechón de sedoso pelo rizado y negro en la mano izquierda de su madre.

—Es por tu propio bien —repitió Catalina, con una sonrisa de triunfo.

XXIII

Bartolo y Sancho meditaron durante largas horas cómo reunir el dinero que les exigía Monipodio. Aquellos trescientos escudos eran el equivalente a cinco años de salario de cualquier trabajador, y no era una suma que pudiesen obtener con facilidad.

—Yo tengo veinte escudos en mi escondite del refugio —le dijo Sancho a su maestro.

—Guárdatelos, muchacho. Algo se nos ocurrirá —respondió Bartolo, masajeándose las sienes—. A menos que...

—¿Qué pasa?

—Estaba pensando que hay una timba en la calle de los Remedios donde no suelen ir muchos tahúres. Con unas cuantas manos afortunadas...

—Por tu madre, Bartolo —estalló Sancho—. Te voy a ayudar, pero sólo si me juras que no vuelves a tocar un naipe en tu vida.

—¡Está bien, está bien! No hay necesidad de ponerse así —dijo Bartolo, resentido.

Salieron a patear las calles, pero ninguno de sus trucos habituales sería suficientemente provechoso. Además, los marineros provenientes de las Indias hacía tiempo que habían malgastado sus salarios en putas del Compás y vino aguado. En pleno invierno sevillano, el viento aullaba en los aleros de los edificios y pocos viandantes se exponían al frío.

Bien arrebujados en sus capas incluso cuando iban a los mercados, ponían las cosas difíciles a los más expertos cortadores de bolsas. De no haber perdido todo lo que habían ganado en los meses anteriores, Sancho y Bartolo podrían haber tenido un invierno regalado, asando castañas y pollos en el refugio y dedicándose a tallar madera, una de las grandes pasiones del enano a la que Sancho comenzaba a cogerle el gusto. Por desgracia en aquel momento sus opciones eran muy limitadas.

Las horas pasaban y la solución no llegaba. De no haberse producido un encuentro inesperado mientras brujuleaban por el barrio de Triana, el destino de ambos hubiera sido muy distinto al que finalmente fue.

Al torcer una esquina, Sancho se tropezó con un fraile que parecía llevar prisa. Iba a excusarse y continuar cuando el otro le habló.

—Vaya, así que volvemos a vernos, Sancho.

El joven volvió el rostro y reconoció de inmediato a su antiguo maestro. Contuvo la respiración durante un segundo, sintiendo a la vez alegría por ver de nuevo al fraile al que tanto se había esforzado por agradar en su día e irritación por encontrarse de nuevo con quien consideraba responsable de todos sus males.

—Fray Lorenzo —dijo muy seco.

El religioso estaba aún más delgado de lo que era en él habitual. Ya fuera porque Sancho había crecido una cuarta desde la última vez que se vieron, ya porque el joven había vivido mucho en esos meses, fray Lorenzo le pareció mucho menos imponente. Tenía los dedos comidos por los sabañones y del hombro le colgaba medio vacío el saco de las limosnas.

—Me dio mucha pena que no fueras capaz de completar

el período de prueba en casa de Castro —le recriminó el fraile.

—Ese animal trataba mejor a los perros que a las personas.

Fray Lorenzo meneó la cabeza sin comprender.

—Hemos venido a esta tierra a trabajar y realizar la voluntad de Dios.

—Dudo que la voluntad de Dios implique recibir palizas constantes.

—Siempre fuiste un rebelde, Sancho. Y por lo que veo ahora andas en peores compañías —dijo el fraile señalando a Bartolo, que contemplaba la escena divertido—. ¿Qué diablo te entró en el cuerpo para mezclarte con pícaros y ladrones?

—Para vos todo es cuestión de blanco y negro —contestó Sancho casi chillando—. No veis más allá de vuestras narices.

—He de continuar recogiendo comida para los huérfanos. ¿Quieres contribuir a la casa que te crió cuando lo necesitabas? —respondió fray Lorenzo abriendo el saco.

Sancho lo miró fijamente, apretando los dientes. Le parecía injusto que el fraile le pusiera en aquella tesitura.

—Tomad, hermano. Seguro que a los niños no les importa que la limosna venga de un pícaro y un ladrón —interrumpió Bartolo echando un par de reales en la bolsa.

—A veces Dios nos lleva por caminos misteriosos —replicó el fraile, cargando de nuevo el saco al hombro—. Veo que acerté recomendando a Ignacio para el trabajo en casa de los Malfini en lugar de a ti. Tú nunca pisarás las Indias, ni serás nada en la vida, más que un perro callejero.

Desapareció calle abajo, dejando a Sancho hirviendo de furia. Se le agolparon un montón de réplicas en los labios, aunque ya era tarde para soltarlas. Necesitaba demostrarle a fray Lorenzo lo equivocado que estaba acerca de él.

—¿Estás bien, muchacho? —preguntó Bartolo, tocándole el hombro.

—Mejor que bien —respondió el joven, con los dientes apretados y un brillo extraño en la mirada—. De hecho, he tenido una idea para salvarnos de Monipodio.

La casa era grande y lujosa, aunque no en exceso, pues el del genovés era un banco mediano en comparación con muchos otros que operaban en Sevilla. Había hecho su fortuna con pocos clientes de reconocida solvencia. Poco riesgo, beneficios constantes y una posición sólida eran las normas de Malfini, quien no tenía en la vida más objetivos que atiborrarse de comida y encargar pinturas de ninfas desnudas a los artistas de su tierra natal. Sin embargo, en los últimos tiempos la concentración de operaciones de Vargas había llevado al banco a un punto muy peligroso.

Nada de esto sabían Bartolo y Sancho cuando al alba del jueves comenzaron a acechar frente al edificio de Malfini, y tampoco les importaba. Lo único en lo que pensaban era en utilizar el conocimiento de Sancho para obtener el dinero que necesitaban.

—¿Crees que te acordarás de ese Ignacio? —dijo Bartolo, dando patadas en el empedrado para evitar que se le congelaran los dedos de los pies—. Los chicos de tu edad cambian muy deprisa.

—Tenía cara de rata —respondió Sancho, amargado.

El rocío los había calado, y ambos estaban incómodos y apestaban a lana mojada. Sancho habría querido acercarse a alguna taberna a por un vaso de vino, pero tenía miedo de que su antiguo compañero del hospicio apareciese en ese momento. Tampoco confiaba en que el enano volviese de la taberna si le dejaba ir a él, pues bastante le había costado arrastrarle hasta allí en primer lugar.

—Todo esto no tendrá algo que ver con ese fraile cadavérico... —preguntó Bartolo por enésima vez.

Sancho no respondió. Por supuesto que tenía que ver. Estaba harto de ser una víctima en manos de los designios de otros. Los que querían que te plegases a su voluntad y a los mandatos de un Dios que acumulaba cadáveres en el jardín del orfanato. Los que querían que sirvieses como alivio de sus frustraciones, como criado por unas migajas. Los que querían que sirvieses como parte del pago por unas apuestas que tú no habías hecho.

Sintió odio por todos ellos, incluso por Bartolo. El enano era lo más parecido a un padre que había tenido. Le había tratado con cariño pero había acabado usando sus sentimientos contra él, utilizándole, igual que los demás.

—Hoy conseguiremos el dinero, Bartolo. Y luego me iré de Sevilla para siempre —dijo Sancho mirando al frente.

Sintió los ojos del enano clavados en su nuca.

—¿Es así como lo quieres?

Sancho asintió despacio.

—Subiré a uno de los galeones, de polizón si hace falta. Volaré a la otra punta del mundo.

—¿Por qué viniste a mí, entonces? ¿Para qué he perdido el tiempo enseñándote? —dijo el enano con la voz temblorosa.

—Porque no tenía otro sitio adonde ir. Porque una vez un poeta inglés borracho me dijo que un ladrón podría ser un héroe.

Comenzó a llover, y durante un rato el ruido de las gotas sobre los tejados fue todo lo que se oyó en la calle solitaria.

—Tenías razón, Sancho —dijo Bartolo, señalando hacia el fondo de la calle, por la que una figura llegaba con los hombros encogidos para resguardarse de la lluvia—. Tiene cara de rata.

Cuando Ignacio, el huérfano que había ocupado el lugar

de Sancho en Casa Malfini salió del banco unas horas más tarde para cumplir un encargo de su jefe, no advirtió que dos sigilosas figuras lo seguían de cerca. Mientras se mantuvo en las calles principales no tuvo problemas, pero en el momento en que atajó por el desierto callejón del Ánima, un par de manos lo agarraron y lo arrojaron al suelo. Intentó luchar, propinando una patada a ciegas que impactó en la pierna de Sancho. El joven ignoró el dolor y le soltó un puñetazo en la boca a Ignacio, poniendo en él toda su alma.

—¿Qué queréis? —farfulló Ignacio, muy asustado—. ¡No tengo dinero!

Sancho lo agarró por la pechera y lo alzó. De un empujón lo lanzó contra la pared. El otro era un poco más alto que él y sus mejillas rollizas indicaban que había estado alimentándose bien, pero carecía de la fuerza y la determinación de Sancho. Éste puso su cara muy cerca de la de su antiguo compañero.

—Mírame bien, Ignacio. ¿Me recuerdas?

El aprendiz de Malfini no le reconoció al principio, hasta que se fijó en los inconfundibles ojos verdes de su atacante.

—¡Sancho! Pero tú estabas...

—¡Chist! Mira hacia abajo.

Ignacio bajó la vista. Bartolo estaba apretando el afiladísimo cuchillito que usaba para cortar bolsas contra su entrepierna.

—¡No tengo dinero!

—Pero sabes dónde hay. Queremos que nos digas cómo llegar a él.

—¡No!

Ignacio intentó zafarse, pero se quedó muy quieto cuando el cuchillo rasgó la tela de sus pantalones. Tenía los ojos y la boca muy abiertos, y luchaba por respirar.

—Yo que tú tendría cuidado, Ignacio. Esa hoja puede cortar los cueros más duros como si fueran manteca.

—¡No lo entendéis! —dijo el otro, desesperado—. Malfini no guarda apenas oro, todo es cuestión de papeles que van y vienen. Nunca hay más de mil o dos mil escudos en la casa.

—Con eso nos apañaríamos —dijo Bartolo, haciendo un movimiento ascendente con el cuchillo. La tela se rasgó un poco más.

—¡Nunca podréis entrar! Hay dos guardias dentro siempre, y la principal es la única puerta de la casa.

Por un momento Sancho sintió una oleada de amargura. Aquélla era su última oportunidad, la manera de salvar a Bartolo y al mismo tiempo escupir en la cara de todos los poderosos. ¿Por qué diablos no se le ocurría una solución?

—El dinero entra —dijo Sancho, de golpe—. Así que también tiene que salir.

—Sé que hoy habrá un envío importante, ¡pero no puedo deciros nada! Perderé mi puesto...

Hubo más presión bajo la cintura del aprendiz, que se retorció de miedo. Sancho se sintió culpable por lo que estaba haciendo, pero intentó dominarse para que el otro no lo notase.

—¿Quieres ser padre algún día, Ignacio?

—Está bien, está bien —respondió el chico, llorando—. Os lo diré si prometéis no hacerme nada.

—Habla.

—Mi señor tiene que verse hoy con alguien en las Gradas, un funcionario de la Casa de la Contratación. Va a llevarle una cartera. No sé lo que es, pero le oí hablar con otro empleado del banco. Decía que lo que hay dentro vale una fortuna.

Sancho aflojó un tanto la presión sobre el pecho del aprendiz y lo miró de pies a cabeza. Acababa de discurrir un arriesgado plan.

—Muy bien, Ignacio. Ahora quítate la ropa.

XXIV

Si el Arenal de Sevilla era el lugar de comercio más importante de la cristiandad y la plaza de San Francisco era el centro neurálgico de la ciudad, las Gradas de la catedral eran el epicentro del mundo. Sobre aquellos escalones se tomaban las más importantes decisiones, se cambiaban chismes y se cerraban acuerdos. Nobles, mercaderes, diplomáticos y espías de la Corona rotaban sobre sus posiciones en un baile de poder que tenía sus propias reglas.

Aquellos que llevaban noticias para sus amos se dirigían directamente a ellos, como lobos en un bosque humano. Los mensajeros solían ser habituales, así que todos los que se congregaban en las Gradas sabían quién acababa de recibir información privilegiada.

Aquellos que pretendían escuchar un cotilleo, acercarse a un hombre poderoso o simplemente solicitar un favor, se colocaban en la parte baja y volvían de tanto en tanto la mirada hacia el objeto de su interés. Si el poderoso consideraba oportuno recibirlos hacía un gesto con la mano o bien le indicaba a un asistente que le llamase.

Y finalmente, aquellos que regían el destino de España y de las Indias se colocaban sobre los escalones, tanto más alto cuanto más importante fuese su posición. Para hablar con otro de sus semejantes caminaban hacia ellos como los dueños del lugar, que es lo que realmente eran. Sobre sus cabezas, un impresionante bajorrelieve del pasaje evangélico en el que Cristo echaba a los mercaderes del templo se encontraba sobre los muros de la catedral. La ironía no pasaba desapercibida a aquellos que sólo tenían por encima al rey, a quien consideraban un mero obstáculo en sus carreras.

Vargas se situaba en el penúltimo peldaño de las Gradas. Él no era más que un comerciante, por lo que a pesar de ser uno de los más ricos de Sevilla no podía ocupar el más alto de los peldaños, como sí hacían otros hombres de negocios menos importantes que tenían la nobleza por derecho de sangre o por haberla adquirido. En Andalucía había menos nobleza de cuna que en el resto de España, rica en hidalgos pobres. Los que ostentaban un título nobiliario en Andalucía solían tener grandes ingresos provenientes de sus tierras, una situación económica que se iba degradando progresivamente. Para ellos trabajar estaba vetado socialmente, y sólo algunos de entre los nobles se rebajaban a hacer negocios. Por contra, aquellos que como Vargas tenían un origen plebeyo y habían hecho fortuna, aspiraban a adquirir marquesados o baronías que elevasen sus apellidos.

El comerciante no era menos modesto que ellos en sus aspiraciones. Su difunta mujer siempre le había incitado a comprar un título de cualquier clase, pero Vargas se había resistido. Él sería duque o no sería nada, tal y como había jurado sobre el cuerpo de su hermano muerto cuatro décadas atrás.

«Mira cómo se pavonean Mendoza, De las Heras y Taboada. El año próximo estaréis aquí abajo, alzando la vista hacia mí —pensaba Vargas—. Si no se me hubieran hundido los barcos...»

Los últimos reveses en su fortuna le habían alejado de una gloria que esperaba conquistar pronto. Pero para ello el complot que había trazado cuidadosamente con Malfini debía salir bien, o de lo contrario todo su imperio se derrumbaría. Por eso estaba aquella mañana sobre las Gradas, apoyado en un bastón que ahora, igual que el dolor del pie, era su compañero vitalicio.

Mientras escuchaba sólo a medias a un sedero de Flandes, que hablaba de un anormal aumento en la demanda de tinturas, Vargas escrutaba la multitud en busca de Malfini.

«¿Dónde diablos se habrá metido ese gordo genovés? Hace un rato que debería haber llegado.»

—¿Os encontráis bien, mi señor? Os noto un tanto ausente esta tarde —dijo el sedero.

—Estoy perfectamente, maese Van der Berg. Continuad, os lo ruego.

—¿Vuelve a daros problemas esa pierna vuestra?

Una veintena de pasos hacia su derecha, Vargas reconoció al funcionario de la Casa de la Contratación. Era un hombre pálido, bajo y menudo. Estaba en un corrillo en la zona baja de las Gradas, y llevaba un bonete tocado con una pluma azul, tal y como habían convenido. Comenzaba a dar muestras de impaciencia y a pesar del frío no paraba de secarse el sudor de la frente con un pañuelo.

«Maldito Malfini, emperrado en hacer el intercambio a plena vista. "Así no habrá riesgo de que ese desgraciado nos tienda una trampa, y será menos sospechoso", decía. Excepto si ese cobarde sarasa se pone nervioso en mitad de la operación», pensó Vargas mordiéndose el labio inferior. La lógica retorcida del banquero, tan brillante el día anterior, ahora le parecía una completa locura.

—Gracias por preguntar, viejo amigo. La pierna va mejor. Habladme, por favor, de esos nuevos tonos de rojo que dicen habéis logrado en vuestros talleres.

El sedero arrancó una feliz perorata a la que Vargas no

hizo ningún caso. Seguía escrutando la muchedumbre en busca de su socio. No pudo contener un suspiro de alivio cuando vio aparecer a Malfini, acompañado por uno de los guardias del banco. En la mano llevaba un delgado cartapacio de piel. El genovés hizo un gesto a su acompañante para que se lo guardase mientras se sumergía entre la multitud.

Vargas iba a volverse hacia el sedero cuando una cara que nunca había visto surgió a un par de metros de Malfini. Era un joven delgado, vestido con el clásico atuendo negro de los aprendices y pasantes en los bancos y casas de cuentas. No le hubiera llamado la atención de no ser porque al volverse Malfini hacia el funcionario de la Casa, el joven miró brevemente en su dirección. La intensidad de aquellos ojos le dejó helado. Él había visto antes aquella mirada en su propio rostro. Eran los ojos de un depredador.

«Algo va mal.»

Malfini estaba a sólo un par de pasos del funcionario de la Casa cuando tropezó y cayó al suelo con toda su gordura. Hubo un revuelo mientras una veintena de manos se prestaron a ayudar al veneciano, que aullaba de dolor como si hubiera caído sobre brasas ardientes en lugar de baldosas. Pero a Vargas todo aquello no le importó. Él observaba al joven aprendiz, que se agachó también para ayudar al genovés.

Luego, desapareció.

Vargas renqueó hacia adelante arrollando al sedero en su camino, pero ya era demasiado tarde. No había llegado aún hasta Malfini cuando los gritos de éste le anunciaron que le habían robado.

XXV

Aquella taberna de Triana era un antro oscuro y lleno de humo. Ningún cartel en el exterior anunciaba el establecimiento, ni tampoco era lugar donde un transeúnte despistado quisiera parar a tomar un vaso de vino.

El capitán Groot había estado allí en más de una ocasión, siempre con oscuros propósitos. Nunca se había arredrado ante los matones de mirada torva que desenvainaban el acero y no le dejaban entrar hasta que daba razón de quién era y qué asuntos lo llevaban hasta allí. Fuerte como un buey y consumado espadachín, Groot temía a pocas personas en este mundo. No era un hombre valiente en el sentido general del término, puesto que para que exista valor hay que conocer el miedo. Su ausencia de temor iba unida a una carencia notable de imaginación. En muchos sentidos Groot era como una bestia, incapaz de prever más allá del día presente o de buscar más satisfacción que la de sus instintos inmediatos.

Vargas nunca le había preguntado a Groot qué había hecho para acabar en la cárcel de la que le había sacado. El flamenco se lo hubiese dicho encantado si no estuviese seguro de que su jefe conocía de sobra su historia, pues nunca daba un paso sin saber cuántas cucarachas se escondían debajo de la piedra que estaba a punto de pisar. Ésa era la razón por la que el capitán le rendía una obediencia ciega, pues si algo no le convenía a Groot era fijar su propio destino. Tenía sobradas pruebas de lo que ocurría si tomaba él las decisiones.

Se había criado en una granja a las afueras de Rotterdam, sin más compañía que las mieses ni más ocupación que afilar las hoces sobre la amoladera. Capturaba pequeños animales, como ratones y mapaches, y probaba sobre ellos los filos de las cuchillas, observándolos morir con expresión bovina y vacía, preguntándose qué se sentiría al clavar un hierro en una persona.

Su familia notó pronto que algo no marchaba bien en la cabeza del joven Erik. Aunque nunca lo dijesen abiertamente, el niño les daba miedo. Con doce años medía ya seis pies de alto y era capaz de levantar y colocar en su eje la rueda del molino cuando ésta se salía de su trayectoria. Sin saber muy bien cómo lidiar con él, procuraban mantenerlo lejos de los vecinos. A pesar de vivir a diez millas de la ciudad más grande de Flandes, el niño jamás había pisado sus calles.

Tenía trece años la tarde de agosto en la que se fugó de la granja y marchó camino de Rotterdam, llevándose sólo una hogaza de pan y dos libras de queso. Aparentaba cinco años más de los que tenía, por lo que no le fue difícil conseguir trabajo como estibador en el puerto, descargando fardos de lana que le doblaban en tamaño. Allí se codeó con criminales de todas clases y echó a andar por los caminos del vino y las prostitutas a la edad en la que muchos niños aún van a la escuela. Aprendió a luchar con sus enormes manos y le rompió el brazo cruelmente a un estibador al que condenó a la mendicidad, pero seguía sin ser capaz de llenar los abismos de su interior. En su fuero interno seguía deseando por encima de todo matar a otro ser humano.

Tenía dieciséis años cuando alguien le habló de las escuelas de esgrima que proliferaban en el centro de la ciudad. Ahorró algo de dinero para apuntarse a una de ellas, pero cuando acudió frente al maestro de armas éste quedó impresionado por el tremendo físico de Groot y se ofreció a darle clases gratis a cambio de pequeños trabajos en la escuela. En pocos meses se convirtió en un alumno aventajado, y en el plazo de un par de años era un esgrimidor famoso en todo Rotterdam. Lo que le faltaba en técnica lo suplía con creces con fiereza y brutalidad, hasta tal punto que nadie quería enfrentarse a él ni siquiera en un vulgar entrenamiento. Aquella etapa de fama culminó trágicamente cuando por fin vio cumplido su deseo. A pesar de que los duelos a muerte estaban prohibidos bajo pena capital, Groot consiguió provocar suficientemente a alguien como para desafiarle.

El cadáver del joven al que asesinó no había comenzado a enfriarse cuando Groot se unió a las levas del ejército del rey Felipe, evitando la justicia. La vida militar le constreñía, pero la guerra era el terreno natural para alguien como él, un mundo en el que las normas de Dios y de los hombres desaparecían. Lo que sus superiores tomaban por valentía lo acabó llevando hasta el rango de capitán, y después a la cárcel de la que lo rescató Vargas. Allí le habían encerrado cuando se supo que había acuchillado por la espalda a un capitán español por negarse a seguirle en una incursión nocturna. Encerrado en la prisión volvió a sentirse de nuevo tan roto y vacío como en la granja en la que había nacido. Cuando Vargas lo eligió para que entrase a su servicio lo tomó al principio como una salida temporal de la situación en la que se encontraba, pero pronto encontró que bajo la tutela del comerciante podía tener una vida regalada y dar de tanto en tanto rienda suelta a sus instintos depredadores. Vargas, por su parte, encontraba muy útil a un hombre sin moral ni miedo.

Sin embargo, el hombre con quien hoy iba a encontrarse le causaba temor incluso a Erik Van de Groot. Jamás lo había visto en persona, aunque habían hecho tratos en el pasado. Era extraño que saliese fuera de su Corte, y poca gente podría describirle con precisión.

Groot se acercó al mostrador y cambió unas palabras en voz baja con el tabernero. El hombre negó con la cabeza. El capitán arrojó un par de monedas de plata sobre la madera y el hombre volvió a negar, esta vez más despacio. Groot arrojó otras dos y el tabernero lo acompañó a una mesa libre. Le sirvió una jarra de vino y luego fue a hablar con los matones de la puerta. Uno de ellos abandonó el local.

Una hora y dos jarras de vino más tarde, una figura embozada apareció junto al capitán. La capa le cubría el rostro, dejando ver apenas dos ojos oscuros como pozos resecos.

—Buenas noches, capitán Groot —dijo con voz ronca.

El flamenco, que no había perdido la puerta de vista, se sorprendió. Aquel hombre parecía haber salido de la nada. El local debía de tener alguna entrada secreta, algo muy conveniente para que Monipodio pudiera rehuir a sus enemigos. O para deshacerse discretamente de un cadáver, llegado el caso.

—¿Con quién tengo el gusto de hablar? —dijo Groot, sospechando alguna trampa.

—Mi nombre ya lo sabéis —respondió Monipodio, apartando la capa y mostrando su rostro. Se sentó frente a Groot.

El tabernero sirvió más vino, que el hampón bebió despacio, observando a su interlocutor. El flamenco tamborileó con los dedos sobre la mesa, manteniendo la mirada de Monipodio con cierta dificultad. Al igual que dos lobos se cruzan en un calvero del bosque, desafiándose sin llegar a enseñar los dientes, ambos esperaron a que el otro hiciese el primer movimiento. Finalmente fue Groot quien no resistió el silencio.

—Celebro conoceros por fin.

—No acostumbro atender personalmente los asuntos que suele encargar vuestro señor Vargas, capitán.

—En este caso se trata de un negocio muy diferente —dijo Groot—. No hay que hacer desaparecer nada, sino de que algo que ha sido perdido aparezca.

—Mal asunto. Sevilla es una ciudad muy grande.

—Hagámosla más pequeña.

Groot metió la mano en el jubón y dejó caer sobre la mesa una bolsa de cuero tan apretada que las costuras estaban a punto de reventar. Monipodio la sopesó con cuidado en su enorme mano de uñas rotas y negras, y la volvió a colocar en el mismo sitio.

—Ahora tenéis mi atención plena, capitán.

—Esta tarde ha habido un robo en las Gradas de la catedral. Ha desaparecido un cartapacio de piel con importantes documentos.

Monipodio empujó la bolsa de vuelta hacia Groot.

—No ha sido ninguno de mis muchachos. Ellos saben muy bien con quién no hay que meterse. Lo siento pero no puedo ayudaros.

El hampón hizo ademán de levantarse, pero Groot le interrumpió.

—Un aprendiz de casa Malfini reveló a unos ladronzuelos que algo importante iba a cambiar de manos en las Gradas. Eran dos ratas callejeras, nadie importante. Al parecer sólo querían dinero. Despelotaron al aprendiz y éste corrió asustado hasta el hospicio donde se había criado.

«Mañana volverá al servicio de Malfini, y luego sufrirá un desgraciado accidente», pensó Groot, aunque no había necesidad de decirlo en voz alta. Monipodio sabía bien cuál era el destino que deparaba Vargas a los que le fallaban, pues en muchas ocasiones había contratado a sus matones para que entregasen varias cartas de finiquito.

—¿Pudo ver bien a los que le asaltaron?

—Dice que eran un muchacho y un enano.

Monipodio soltó una carcajada, riendo de algo que sólo él podía entender. Alargó el brazo hasta la bolsa y tiró de ella hacia sí.

—Es posible que pueda recuperar vuestro cartapacio, capitán. Estad aquí mañana a la misma hora.

—Hay algo más. Mi amo quiere que los responsables de este robo sean asesinados. De la manera más cruel posible.

El hampón meneó la cabeza, volviendo a aproximar la bolsa hacia Groot. Había olido la sangre en el agua y estaba dispuesto a devorar al capitán hasta el hueso.

—Por desgracia esos dos rufianes me deben dinero. Y esto no alcanza a cubrirlo.

—Poned vos mismo la cifra, entonces —dijo el capitán, arrepintiéndose enseguida de lo que acababa de decir.

—Trescientos escudos —respondió Monipodio, muy serio.

—¡Es demasiado! —se quejó Groot, asombrado ante la cantidad desproporcionada. Aquello era el equivalente al salario de un alguacil durante cinco años—. ¡Es diez veces la tarifa normal!

—Lo tomáis o lo dejáis. Trescientos.

El capitán tragó saliva, dudando durante unos instantes. Lo que le estaban pidiendo era el triple de lo que había sobre la mesa, que ya era de salida una oferta generosa para interesar personalmente a Monipodio. Vargas montaría en cólera cuando se lo contase. Pero al mismo tiempo su jefe le había dejado muy claro que no volviese sin aquel cartapacio ni las cabezas de todos los que hubiesen visto su contenido.

Sin la ayuda del hampón sería imposible localizar a los autores del robo, que se esfumarían con las pruebas con las que pretendían chantajear al funcionario, causando la ruina total de Vargas. A Groot no le quedaba más remedio que tragarse el orgullo y aceptar.

Tartamudeó algo en flamenco. Como siempre que se encontraba nervioso, olvidaba el castellano.

—Perdonad, capitán, pero esa parla la entenderá vuestra santa madre, porque yo no —dijo Monipodio divertido.

—He dicho que está bien. Acepto.

Monipodio se levantó, tomando la bolsa. Se llevó la mano educadamente al ala del sombrero.

—Mañana por la noche esos dos estarán muertos, capitán.

quel primer viernes de marzo no pudo empezar mejor para Sancho y Bartolo.

A ambos les dolía un poco la cabeza, pues la noche anterior habían dado buena cuenta de un cabritillo asado, regado con vino abundante. Celebraban la buena fortuna que habían tenido robando el cartapacio de piel. Cuando lo llevaron al refugio habían sentido decepción ante el contenido, pues no eran más que un puñado de declaraciones juradas implicando a un funcionario de la Casa de la Contratación. Pero entre los papeles encontraron una carta de cambio pagadera en un banco sevillano por valor de mil quinientos escudos. Aunque ellos lo desconocían, Malfini la había realizado en un banco distinto al suyo y era una carta *sine exceptio*. El poseedor podía reclamar el dinero legalmente sin que el emisor pudiese impedirlo, mientras el banco tuviese fondos.

Bartolo dio un salto de alegría al ver aquello.

—Conozco a un judío converso que vive en La Feria. Nos dará trescientos escudos por esto sin hacer preguntas. ¡Somos libres, Sancho!

El joven se alegró y lo celebró de buena gana con Bartolo aquella noche, aunque en su fuero interno continuaba decidido a abandonar Sevilla en cuanto llegase el buen tiempo, para lo cual faltaban pocas semanas. Sin embargo no quiso insistir en ello para no amargarle la fiesta al enano. Ambos recordaron los buenos momentos desde el inicio de su aprendizaje y Bartolo juró y perjuró que no volvería a jugar.

—A partir de mañana todo será distinto, ya lo verás. Ahora no tendrás que irte a ninguna parte. ¿Verdad que te quedarás conmigo, mi buen Sancho?

La mirada anhelante en los ojos del pequeño maestro de ladrones fue demasiado para el joven, que sonrió y no dijo nada. No había cambiado de opinión, pero tampoco quería herirle sin necesidad.

Despertaron tarde, poco antes del mediodía, y caminaron con buen ánimo hacia el barrio de La Feria. Ya fuera por la resaca o por el exceso de optimismo, no advirtieron las primeras señales. Un mendigo que se levantó al poco de pasar ellos y echó a correr en dirección contraria; un grupo de viejas terceronas que los señalaron con el dedo cuando se detuvieron a comprarle un pan de nueces a un vendedor ambulante en la calle de los pañeros; un esportillero que los siguió durante unos minutos y fue relevado por otro al poco rato. La red de espías de Monipodio estaba alerta y funcionando, y pronto la noticia de que Sancho y Bartolo se dirigían a La Feria alcanzó una taberna en la plaza de Don Pedro Ponce. Dos hombres habían estado aguardando allí aquella información, y salieron a toda prisa a cortarles el paso.

Bartolo se dio cuenta de que les estaba siguiendo alguien un par de minutos antes.

—Mira a tu espalda, muchacho.

Sancho reconoció el tono de alarma en la voz del enano. Se dio la vuelta, a tiempo de ver a un rapazuelo escondiéndose tras una esquina.

—¿Quién es?

—No lo sé, pero ha estado detrás de nosotros durante

un buen rato. Me huelo algo malo, Sancho. Será mejor que volvamos al refugio.

Se dirigieron de nuevo al oeste, en dirección al puerto. Las calles estaban prácticamente desiertas, y los pasos de ambos resonaban contra el encalado deslucido de las casas. De pronto hubo un segundo juego de pasos tras ellos.

Bartolo giró la cabeza brevemente y sus ojos se abrieron mucho por el terror.

—Deprisa, muchacho. Aprieta el paso y no te pares, por lo que más quieras.

Ambos se apresuraron, pero el enano tenía las piernas muy cortas y no podía mantener el ritmo de Sancho. Iba con la lengua fuera y el pecho le subía y le bajaba como un fuelle.

Al final de la calle en la que se encontraban había una tapia que daba al huerto del convento de los Dominicos. Si conseguían saltarla antes de que sus perseguidores les alcanzasen estarían salvados.

—Me adelantaré un poco y me subiré a la valla —dijo Sancho—. Luego te izaré conmigo.

—¡Vamos, vamos! —le apremió el enano.

Sancho corrió hasta la tapia, que mediría más de dos metros. Pegó un salto y alcanzó la parte de arriba, pero la suela de sus botas de fieltro resbaló cuando comenzaba a trepar. Lo intentó de nuevo metiendo la punta del pie derecho en una grieta de la pared, y consiguió un asidero firme. Haciendo fuerza con los brazos se colocó a horcajadas sobre la parte alta del muro.

Bartolo estaba a poco menos de veinte pasos. Más lejos, un par de hombres a los que Sancho reconoció enseguida corrían hacia ellos.

«¡Catalejo y Maniferro!»

Los matones de Monipodio trotaban por el callejón, entorpecidos por sus largos capotes y las armas que llevaban. Uno de ellos se detuvo y echó mano del cinturón.

Sin tiempo para averiguar qué estaba haciendo el matón, Sancho peleó con los botones de su jubón para desabrochárselo. Tenía que arrojarle algo a Bartolo que el enano pudiese agarrar para poder izarlo hasta él.

—¡Sancho! —dijo el enano, desfondado tras la carrera. Había llegado al pie del muro y miraba hacia arriba. Su rostro era la viva imagen del terror.

El joven consiguió arrancarse el jubón y se inclinó hacia abajo, tendiéndoselo a Bartolo. El enano consiguió agarrar el puño de la prenda con ambas manos.

—¡Súbeme, muchacho, por Dios! —gritó.

Sancho tiró con todas sus fuerzas y los pies del enano se separaron del suelo. Un palmo, dos palmos. En ese momento alzó la vista y comprendió lo que había estado haciendo el hombre que se paró a media calle. El cañón de una pistola le apuntaba directamente a la cabeza.

El disparo resonó con fuerza e hizo alzarse a una bandada de tórtolas del huerto del convento. Con un silbido, la bala pasó rozando la frente de Sancho. Sobresaltado, el joven se inclinó peligrosamente sobre el interior del convento y perdió el equilibrio.

Cayó al vacío.

No soltó el jubón en ningún momento, y eso le salvó de abrirse la cabeza. A pesar de ello se golpeó contra el muro de frente y quedó colgando del otro lado de la tapia. El enano, a quien el mayor peso de Sancho había subido casi hasta lo más alto, estaba a punto de alcanzar la salvación.

En ese momento, las cinchas que unían la manga del jubón que sostenía Sancho se rompieron.

Bartolo se incorporó despacio. Catalejo estaba ya sobre él. El matón lo miraba con los ojos bizcos que le habían granjeado el apodo.

—Amigos míos —dijo el enano—. Precisamente esta noche iba a ver a vuestro jefe.

—Demasiado tarde, engendro.

Echó la pierna hacia atrás y lo golpeó con fuerza. Bartolo giró sobre sí mismo y se dio de bruces con el muro. Se oyó un horrible crujido cuando la nariz del enano se partió y su cara quedó cubierta de sangre.

—Esperad, por favor —dijo, escupiendo varios dientes—. Tenemos dinero para pagar a Monipodio... Ahí...

Señaló donde el cartapacio había quedado abandonado cuando Sancho escaló la tapia.

—Ah, sí —respondió Maniferro recogiéndolo del suelo—. Parece que robaste a quien no debías. Dale, Catalejo.

El otro alzó el pie y lo dejó caer con todas sus fuerzas contra las costillas del enano. Volvió a hacerlo, con saña.

Del otro lado del muro, Sancho había caído sobre una mata de azaleas que amortiguó un poco el golpe. A pesar de ello el brazo izquierdo le dolía terriblemente y la frente y la nariz le sangraban tras el impacto contra el muro. De aquel lado la tapia era metro y medio más alta. Desesperado, intentó trepar por ella pero volvió a caer una y otra vez.

Escuchó todos y cada uno de los golpes que recibió Bartolo, sintiendo la impotencia abrasándole el alma.

—¡Dejadle en paz, hijos de puta! —chilló con lágrimas en los ojos.

—Ya es suficiente, Catalejo —dijo Maniferro, agarrando a su compañero por el brazo—. Con ese tiro que he soltado esto estará lleno de corchetes dentro de un rato.

—Sólo una más —respondió el otro.

—He dicho que ya basta. Éste ya está muerto.

—¡A ti ya te pillaremos, rapaz! —gritó Catalejo acercándose a la tapia.

—Olvídate del muchacho. Tengo una idea mejor. ¡Ahora vámonos!

Corrieron alejándose de allí.

Sancho tardó varios minutos en encontrar la manera de salir del huerto. Cuando consiguió encaramarse a un árbol y volver a la calle, corrió hasta Bartolo. Un pequeño grupo de curiosos se arremolinaba en torno al enano. Uno de ellos incluso soltó una carcajada. Sancho, enfurecido, se abrió paso a empujones.

Al ver a Bartolo se le partió el corazón.

El enano yacía en el suelo hecho un guiñapo. Uno de sus brazos estaba debajo del cuerpo en un ángulo antinatural. El rostro era poco más que una masa sanguinolenta.

Sancho cayó de rodillas junto a él y se echó a llorar. De pronto hubo un extraño movimiento en el cuerpo, y Bartolo abrió un ojo.

—Sancho... —musitó.

El joven sintió cómo el alivio y la urgencia le inundaban. ¡Su maestro vivía!

Con un gran esfuerzo, lo tomó en brazos.

—¡Apartaos! —rugió al grupo de curiosos, que se echaron a un lado temerosos de aquel joven con heridas en la cara.

Sancho necesitaba a alguien que pudiese ayudar al enano. Y sólo había un sitio al que podía acudir.

XXVII

*C*uando Monardes vio aparecer a Clara con la cara amoratada y la cabeza cubierta por un pedazo de tela interrogó a la joven para descubrir qué le había pasado, sin conseguir nada. Clara se negó a hablar, y deambuló durante todo el día por el jardín arrancando malas hierbas. Tan sólo dudó al llegar la hora de tener que volver a casa y enfrentarse de nuevo a su madre, pero tampoco se decidió a hablar.

Al día siguiente volvió a presentarse en la puerta del médico por la mañana, como cada día, pero esta vez llevaba los ojos arrasados en lágrimas y el cuerpo dolorido. No había dormido en la habitación que compartía con su madre, sino en la cocina, sobre un poco de paja que había cogido en las caballerizas. Le contó todo al anciano, en una larga explicación que duró más de una hora y en la que la voz de Clara no tembló ni una sola vez.

—Me figuraba que algo de esto podría suceder —dijo Monardes con preocupación. No cambió el gesto cuando Clara le dijo que Vargas era su padre, y se sintió muy estúpida. ¿Acaso todo el mundo lo sabía menos ella?

—Tengo mucho miedo de regresar. Anoche cuando volví y el amo me vio en este estado puso una cara muy extraña, como la de un perro cuando le arrebatas un bocado de las fauces.

No se había atrevido a mirarse al espejo, pero le bastaba con palparse el cuero cabelludo. Allá donde había habido una preciosa y espesa melena negra había sólo unos cuantos mechones mal cortados y desiguales. Cerca de la frente su madre la había rapado casi al cero, dejando intencionadamente unas zonas más largas que otras, creando un conjunto ridículo. Allá donde el pulso tembloroso de la vieja esclava había fallado, a Clara le habían quedado cortes poco profundos que ya habían formado costras resecas. La improvisada pañoleta harapienta con la que Clara se cubría disimulaba un poco el efecto, pero a la joven le provocaba picor.

—¿Esta mañana te dijo algo?

—No, maestro. Ni siquiera me miró a la cara.

Monardes dio un suspiro.

—Debes intentar mantener la calma y ser fuerte, Clara. El juego dañino y destructivo al que juegan Vargas y tu madre es algo demasiado hondo, complejo y enquistado como para que tú intentes comprenderlo o sentirte afectada por él.

—Me afectará si Vargas cumple la amenaza que le hizo a mi madre —dijo Clara, molesta por lo que interpretó como falta de entendimiento del médico—. Aún no puedo creer que él quiera...

—No es cuestión de sexo, muchacha. Es cuestión de poder, de lucha de voluntades.

—No me sirve de consuelo.

—Lo sé, pero me alegro de que me lo hayas contado, porque creo que puedo ayudarte con eso.

La joven siguió a Monardes hasta el laboratorio. El médico tomó una redoma limpia y le añadió un par de dedos de agua.

—Abre el cajón de compuestos peligrosos y pásame el frasco marcado como «safavium» —dijo alargándole una llave a Clara. Ella abrió el cajón y le pasó un recipiente pequeño, hecho de barro y con un tapón de cera, en el que nunca se había fijado antes.

—Esto viene de más allá de Tierra Santa, de un extraño mar cerca de donde estuvieron las ciudades de Sodoma y Gomorra. Dicen que es un lugar mágico, donde es imposible ahogarse, aunque yo no lo creo demasiado. Aléjate un poco, el vapor es peligroso.

Con la uña del meñique, que siempre se dejaba larga y puntiaguda, Monardes rompió el sello de cera y vertió unas gotas en la ampolla con agua limpia. Clara tomó una vela ancha y gruesa y restituyó el tapón de cera, sellando de nuevo el frasco. Monardes la miró con aprobación y sonrió ante su iniciativa.

—Prepara unas limaduras de hierro lo más finas que puedas —dijo mientras removía el líquido y lo colocaba sobre un pequeño brasero.

Un cuarto de hora más tarde le ordenó que fuese echando las minúsculas escamas negruzcas dentro de la redoma. Al entrar en contacto con el líquido caliente, las limaduras producían pequeñas burbujas chisporroteantes. Clara vigiló la mezcla durante otro rato, removiendo constantemente, hasta que el médico volvió y le mandó añadir una cucharada de un polvo rosado que tampoco habían usado antes.

—¿Qué es? —preguntó Clara, sin dejar de remover.

—Nadie lo sabe. Los árabes lo utilizan como ingrediente secreto para fabricar índigo, junto a cenizas de plantas y otros elementos. No es peligroso, pero tampoco se le conocen efectos beneficiosos en las personas. Tiene un sabor ligeramente salado —respondió Monardes pasándose la lengua por los labios.

Clara se maravilló de que el anciano se hubiese atrevido a ingerir una sustancia desconocida y potencialmente letal, pero comprendió que al fin y al cabo ésa era otra de las labores de los médicos: rebasar las fronteras de lo que se sabía para poder aumentar los límites del conocimiento. Aunque eso supusiese un riesgo. En aquel momento sintió una oleada de admiración por su maestro.

Un cambio se estaba produciendo en el interior de la redoma. La tonalidad rojiza del compuesto que habían echado al principio había desaparecido, dejando en su lugar un color blanquecino. Poco a poco el contenido del recipiente se fue volviendo lechoso y acumulándose en el fondo de la redoma, separándose del líquido de la parte superior, que era incoloro pero más espeso que el agua. Clara había visto en otras ocasiones aquel efecto, similar al del aceite sobre el agua, pero nunca dejaba de asombrarle.

—Toma un filtro de paño y vete sacando con una cuchara el líquido de la parte superior —le indicó el médico.

La joven obedeció, echando el contenido en un recipiente plano de barro. El médico lo puso sobre el pequeño brasero y el líquido se hirvió en pocos minutos.

—¿No hay peligro de que se queme con tan poco líquido, maestro?

—Sí, por eso debes vigilar la cantidad de calor que desprende el brasero. Si notas que está demasiado caliente, reduce el fuego. Cuando vuelva a enfriarse, la colocas de nuevo. Así hasta que todo el líquido se haya evaporado.

Al cabo de un rato Clara le llevó la redoma a Monardes. Sobre el recipiente plano sólo quedaban unos terrones blancos y duros que se rompieron en cuanto el médico los rozó con una cucharilla. El resultado fueron unos pequeños cristales parecidos a la sal.

—Debes echarle media cucharada de esto en el vino o en el agua cada tres o cuatro días, pero no en la comida, o no hará efecto.

—¿Para qué sirve? —preguntó Clara, tragando saliva.

—Con esto tu amo no sentirá ningún deseo sexual, por mucho que se esfuerce. Debes tener cuidado con la dosis, pues demasiado de esto le hará descuidado y agresivo.

La joven se quedó mirando los pequeños cristales con aprensión. Se sentía reacia a emplear aquel método, pero al mismo tiempo no quería acabar en la cama de Vargas. Aquello le daba aún más miedo. Aún era virgen, y aunque había sentido las punzadas del deseo al cruzarse con algún joven de su edad en la calle, no poseía experiencia alguna en ese sentido. Entre los libros del médico había encontrado un tomo pequeño de cubiertas negras en cuya primera página no venía el *imprimátur*, el sello oficial de la Iglesia autorizando una publicación. La mera posesión de aquel libro era merecedora de excomunión, o de algo peor si el infractor caía en manos de la Inquisición. Estaba repleto de ilustraciones que describían con todo detalle cómo se relacionaban hombres y mujeres. Explicaba que se sentía un gran placer, pero la joven era incapaz de imaginarse a qué se referían. Lo que sí tenía claro era que cuando se decidiese a hacerlo sería con alguien de su elección, y no porque se la obligase.

—¿Cómo descubristeis este compuesto? —preguntó Clara, que no recordaba haberlo visto entre las recetas de Monardes.

—Un tutor mío en la universidad me habló de él hace ya muchos años. No es algo que se pueda poner por escrito, pues sus efectos podrían ser considerados brujería.

La joven seguía dudando.

—No quisiera causar daño a nadie.

—No tengas miedo, muchacha. Yo puedo darte fe de que no es peligroso.

—¿Vos lo habéis usado? —Se asombró Clara.

—Ahora la edad se ha encargado de apagar las llamas de mi caldera, pero cuando acudía a la universidad no era así. Y la vida puede ser muy peligrosa para los que son como yo.

La joven sabía desde hacía tiempo que a Monardes le gustaban los hombres, pues se había fijado en cómo se le iban los ojos cuando algún varón apuesto entraba en la botica, y sintió cómo se reavivaba su compasión por el anciano.

No tuvo demasiado tiempo para pensar en ello, pues en ese momento llamaron a la puerta.

Clara corrió a abrir, alarmada por la insistencia de los golpes. Aunque a veces recibían a pacientes con asuntos urgentes, éstos eran los menos. Los médicos eran muy caros, y poca gente podía permitirse acudir a ellos. Aunque fuese un contrasentido, los familiares solían acudir a los mucho más asequibles cirujanos barberos para los casos más graves, pues en el fondo todos creían que si la muerte rondaba a uno de los suyos ni el más caro de los médicos conseguiría posponer lo inevitable, pero sí conseguiría dejarles una deuda además de un muerto.

Al abrir, Clara se encontró con un joven con heridas en el rostro. Sostenía en brazos el cuerpo maltrecho de lo que al principio tomó por un niño, y cuando sus ojos se encontraron con los de la esclava había confusión en su mirada, casi como si hubiera esperado ver a alguien diferente.

—¿Es ésta la casa de Monardes? Necesitamos ayuda.

—¡Maestro! —gritó Clara.

Monardes se hizo cargo enseguida de la situación.

—¡Pasa rápido! Colócalo allí, sobre la mesa. ¡Clara, haz sitio!

La esclava apartó tortas y redomas, despejando parte de la superficie, y el joven depositó el cuerpo con cuidado sobre la mesa. Temblaba de los nervios y del enorme esfuerzo de haber llevado al paciente hasta allí.

—¡Trae vendas y un cuchillo, Clara, deprisa! —dijo Monardes—. Tú, ¿qué le ha pasado?

Clara extrajo con rapidez vendas limpias de una arqueta que había bajo la mesa y las colocó cerca del médico.

—Le han dado una paliza de muerte dos matones. No he podido hacer nada —dijo el joven apretando los puños.

—Siéntate allí y no estorbes. ¡Clara, ese cuchillo!

—Ya va, maestro —respondió ella, tomando la bandeja en la que Monardes los guardaba de una repisa. El médico cogió uno y desgarró las ropas del herido. Varias piezas de metal que estaban ocultas en los pliegues de la tela cayeron al suelo, pero el médico apenas las miró. Clara no sabía qué eran.

—Ponte a mi lado y empieza a cortar vendas, diez o doce tan largas como tu brazo. Luego trae agua caliente.

Durante un par de horas Monardes luchó contra la muerte con denuedo. Clara no había visto nunca al médico tan concentrado y atento. Los ojos le brillaban y daba órdenes secas y precisas. Le admiró por la firmeza con la que tomaba los miembros ensangrentados y palpaba en busca de fracturas. Los casos que solían atender no eran violentos, ya que los pacientes del médico eran todos ellos ricos y nobles con enfermedades comunes, así que era la primera vez que Clara contemplaba los resultados de una paliza.

Cuando Monardes limpió con cuidado el rostro del herido con una esponja empapada en agua con unas gotas de vinagre, la joven se quedó sorprendida al ver el rostro de un enano. Los había visto en casa de algún noble, actuando como bufones, que era el papel que la estricta sociedad de Sevilla asignaba a los que tenían la mala suerte de nacer como él.

—Toma, Clara —dijo Monardes—. Atiende a ese muchacho. Él también está herido.

Clara se agachó junto al joven, que parecía muy abatido.

—Por mí no os preocupéis. Ocupaos de mi amigo.

—Déjala hacer —le instó el médico sin volverse—. Yo aquí ya estoy terminando.

Con cuidado, Clara alzó la barbilla del joven y estudió su rostro en busca de las heridas.

—Yo os he visto antes.

De pronto dio un respingo al reconocerle. Ahora entendía la mirada confusa que le había dedicado cuando ella abrió la puerta. La pañoleta y los moratones de su rostro la habían hecho parecer diferentes a ojos de su visitante.

—¿A qué os referís?

—Ya lo sé. ¡Sois el chico de la plaza!

El joven asintió cautelosamente, y la esclava creyó reconocer un destello de alivio en sus ojos. Había algo más en él, algo que le estaba ocultando pero en ese momento Clara no supo precisar qué era.

—Siento la manera en la que os traté aquel día —dijo encogiéndose de hombros.

—Me humillasteis delante de toda Sevilla —dijo Clara, restregando la esponja con fuerza en la cara del joven. Ya no le importaba hacerle daño, al contrario, ahora deseaba que le escociese bien.

—Os salvé de los alguaciles.

—Podría haberme defendido sola.

—Pues no se os estaba dando muy bien.

Clara, ofendida, arrojó la esponja en su cuenco y palpó sin miramientos la cara del joven. Tenía varios cortes y la nariz le sangraba, pero no estaba rota. Apretó más de la cuenta, pero los ojos del joven no acusaron el dolor. Clara detuvo en ellos la mirada un instante, atraída sin poder evitarlo.

—Saldréis de ésta. —Volvió el rostro bruscamente, intentando que él no captase lo que estaba sintiendo. Por un momento se sintió expuesta y vulnerable, como si aquellos ojos verdes pudiesen penetrar en lo más recóndito de sus pensamientos. Sacudió la cabeza. Aquello era una tontería.

El joven se puso en pie y se acercó hasta la mesa donde Monardes atendía a su compañero. El médico se volvió hacia él.

—Habéis tenido la peste, ¿verdad? —dijo Monardes.

El joven se acarició el cuello con las yemas de los dedos y Clara se fijó en las marcas que le habían quedado, media docena de cicatrices oscuras del tamaño de una moneda.

—Hace un par de años.

—Sois afortunado, entonces. Habéis mirado a la muerte a la cara y habéis escapado. Vuestro amigo no tendrá tanta suerte, me temo.

Clara vio cómo una oleada de tristeza invadía el rostro del joven, y cómo luchaba por contener el llanto. Sintió deseos de ponerle una mano en el hombro para consolarle, pero se contuvo. Monardes no lo hubiera visto con buenos ojos, pues siempre decía que Clara era demasiado cercana con los pacientes. Además, seguía furiosa con el joven.

El herido, entonces, levantó la mano un poco.

—¡Mirad! —dijo el joven.

—No os alegréis mucho —le advirtió Monardes bajando la voz—. La vida escapa de su cuerpo. Despedíos de él.

El joven se arrodilló junto al enano. Éste tenía la mandíbula vendada y no podía hablar bien.

—¿Quieres tu zurrón? —preguntó el joven, poniendo la oreja junto a la boca del herido—. Está aquí, Bartolo. Aquí lo tienes.

El enano metió la mano, rebuscando torpemente con sus últimas fuerzas. Finalmente sacó algo pequeño que Clara no pudo ver y lo colocó en la mano de su compañero. Éste lo miró un momento y no pudo contener el llanto más tiempo.

—Bartolo. Mi amigo. Gracias, gracias.

En ese momento Monardes llamó aparte a Clara.

—Necesito que vayas a buscarme los ingredientes de esta receta al mercado —dijo tendiéndole un papel.

La joven iba a preguntar «¿Ahora?», pero en el último instante la cara de advertencia del médico la detuvo. Tomó su basta capa de lana y se la echó a los hombros. Al salir a la calle leyó la nota del médico. Su abigarrada letra aparecía torcida y nerviosa.

«Estos hombres son ladrones, llevan ganzúas y otras herramientas de su oficio. El moribundo ha tenido un altercado violento. No podemos vernos mezclados en esto. Ve a la plaza de San Francisco y trae a los alguaciles. M.»

Clara sintió una mezcla de temor y excitación. ¡Ladrones! Mientras corría hacia la plaza confusos pensamientos se cruzaban en su cabeza. Le parecía injusto que aquel joven que la había salvado de los alguaciles hacía unos meses fuera a ser llevado por la justicia. De pronto le llegó una idea horrible. ¿Y si el joven había hecho aquello sólo para lograr una distracción mientras su compañero robaba? Catalina le había hablado alguna vez de aquel truco, en el que sólo los más tontos y los forasteros caían. Los sevillanos avezados agarraban con fuerza las cosas de valor cuando se acercaban a un corrillo de gente.

Casi llegaba a la plaza cuando vio al grupo de corchetes que habitualmente hacía el recorrido por allí. El alguacil estaba parado hablando con un hombre extraño y mal encarado. Hacía gestos de asentimiento, como si estuviese recibiendo órdenes de un superior, algo que a Clara le extrañó, ya que aquel hombre no parecía un magistrado, más bien un matón de capa sucia y bigotes manchados de grasa. Cuando se dio la vuelta para marcharse vio que era bizco.

Aquello no tenía nada que ver con ella, así que lo ignoró. Lo más importante en ese momento era cumplir con lo que Monardes le había pedido.

—¡Alguacil! ¡Por aquí, deprisa!

—¿Qué os sucede, señora? —dijo el otro, aprovechando para pavonearse delante de una mujer.

Clara se lo explicó. El alguacil dio una exclamación de júbilo al terminar la joven.

—Precisamente me acaban de comunicar que esa pareja

está buscada por haber robado importantes papeles al banquero Malfini. Mostradme dónde están.

«Malfini —pensó Clara sobresaltada, mientras les conducía hasta casa de Monardes—. Ese hombre tiene negocios con mi amo. ¿Qué le habrán robado estos ladrones?»

Abrió la puerta usando la llave y el alguacil la empujó a un lado. Lo siguieron cuatro corchetes y se oyó ruido de pelea.

—¡Quieto!

Clara no se resignó a esperar fuera con el resto de los hombres del alguacil. Entró en la casa. El enano yacía, ya muerto, sobre la mesa. Alguien le había cubierto el rostro con un pañuelo, respetuosamente. Monardes se apretaba contra la pared, horrorizado por la violencia que estaba teniendo lugar en su botica, poniendo en peligro sus preciadas redomas.

El joven estaba arrodillado en el suelo, y el alguacil colocaba unos grilletes en torno a sus muñecas. Cuando vio entrar a Clara, el reproche y la decepción se pintaron en su rostro.

La esclava se arrepintió al instante de lo que había hecho, pero ya era demasiado tarde.

—¡Esperad! —gritó.

—¿Qué sucede, señora?

—No podéis llevároslo —respondió, sin ser capaz de explicar por qué.

—Eso no es de vuestra incumbencia. Apartaos, por favor —dijo el alguacil, ignorándola. Se dirigió a Sancho—. Se te acusa de robo y de perturbar la paz del rey, rufián. Dime, ¿cuál es tu nombre?

—Me llamo Sancho de Écija —dijo el joven, mirando a Clara directamente a los ojos, mientras los corchetes lo arrastraban afuera.

Abril de 1589
a
agosto de 1590

XXVIII

Lo peor era aquella voz.

Podía soportar estoicamente los latigazos, el calor infernal y el olor a sudor y a mierda. Aguantaba a duras penas el trabajo inhumano, el hambre y las moscas. Pero lo que realmente suponía el mayor castigo para Sancho era la voz del cómitre.

«Booogad. Boooogad. Booooogad.»

Para su espíritu rebelde, encontrar la voz de otro ser humano a todas horas dentro de su cabeza, gobernando sus pensamientos, era desolador. Tan sólo cuando el cómitre se cansaba sustituía la machacona cantinela por el sonido del tambor y Sancho podía encontrar algo de paz. Entonces repasaba una y otra vez cómo había llegado a aquella situación.

Cuando fue apresado por los corchetes en casa de Monardes, el fatídico día que murió Bartolo, fue conducido hasta la cárcel de Sevilla. Nunca antes había estado en un edificio tan grande y abarrotado. Los reclusos se hacinaban en el patio y los pasillos, y el ruido de los gritos y las peleas no cesaba nunca. Sin embargo, el joven apenas guardó recuerdo de aquel lugar, más allá de una celda oscura en la que había otros tres condenados. Sancho se echó en un rincón y no contestó cuando los otros le hablaron, ni probó el rancho que los guardias les pasaron a través de un ventanuco. Uno de los presos le palpó las ropas por si llevaba algo de valor, pero Sancho le golpeó en la cabeza con la escudilla y desde entonces lo dejaron en paz.

Languideció en el camastro, con el alma entumecida por el dolor de la pérdida. Ni siquiera encontró consuelo en el hecho de que había decidido dejar Sevilla para siempre. De alguna manera eso hacía aún más amargo el final que había tenido el enano.

Seis días después los guardias lo pusieron en fila junto a otro medio centenar de presos. Notó el miedo en las caras de los otros condenados, mientras la fila iba avanzando hacia una mesa donde un guardia sacaba objetos de color pardusco de un cajón. Cuando le llegó el turno, el joven vio que era un grillete ancho que se colocaba en el cuello. De él colgaba una argolla y se cerraba con una llave.

—¿Qué vais a hacer conmigo? —dijo Sancho al guardia.

—Vas a galeras, muchacho —dijo ajustándole el grillete en torno a la garganta. Hubo de probar varios hasta encontrar uno que le encajase bien—. Ya viene el buen tiempo, así que los barcos saldrán a navegar pronto.

El joven tragó saliva con dificultad, notando como su nuez rozaba el metal oxidado. Bartolo le había hablado a veces de lo que suponía ser condenado a galeras, en las noches oscuras alrededor del fuego. Para Sancho había sido siempre un cuento de terror, algo que le podía suceder a otro pero jamás a ti mismo. De repente todas las imágenes de torturas y penalidades que el enano le había descrito le asaltaron.

—¡No es posible! —gritó ofendido—. ¡Ni siquiera he tenido un juicio!

—El juicio será dentro de un par de meses. Mientras tanto serás un galeote en depósito.

—¿Y me devolverán a Sevilla para el juicio?

—¿Para qué? —dijo el guardia, con una mueca maliciosa—. De todas maneras te declararán culpable.

Sancho tardó un instante en asimilar el significado de aquellas palabras. Él era culpable, por supuesto. Pero no tener siquiera la oportunidad de enfrentarse a sus acusadores, de explicar sus motivos y las circunstancias... La enormidad de aquella injusticia lo llenó de furia.

—No es justo.

El guardia se encogió de hombros. Estaba disfrutando con la confusión y la angustia de Sancho.

—Habértelo pensado antes de robar, escoria. ¡Siguiente!

Les colocaron una cadena que les unía entre sí, con una separación de un metro. Salieron de Sevilla al mediodía por la Puerta de Jerez. Tres guardias a caballo iban a su lado, azuzándoles para que caminasen más deprisa y vigilando que los presos fuesen en absoluto silencio. Allá por donde caminaban, los aldeanos los señalaban con el dedo y se reían. Las mujeres los insultaban, los niños les arrojaban frutas podridas y piedras con diabólica puntería. Sancho los miraba desafiante, y se preguntaba qué habrían hecho ellos de encontrarse en su situación. Se juró que jamás se burlaría de otro ser humano.

Aún peor que las piedras eran las caídas. Cada vez que uno de los condenados caía al suelo arrastraba a otros tres o cuatro. La primera vez que le sucedió a Sancho, el hierro le laceró la piel, y desde entonces tomó la precaución de sujetar la cadena con ambas manos para amortiguar el tirón.

La primera noche, el joven tentó la cerradura con una ramita. Era muy sencilla. De haber tenido las ganzúas de Bartolo hubiera podido abrirla en pocos minutos, pero las herramientas del enano habían quedado desperdigadas en casa de Monardes. Se consoló pensando que tampoco hubiera logrado huir muy lejos de los guardias a caballo.

Llegaron a Cádiz en la mañana del cuarto día. Los guardias los condujeron hasta el puerto, donde aguardaban decenas de barcos. Al contemplar el mar, Sancho se olvidó por un instante del cansancio. Jamás en su vida había visto algo tan grande y hermoso. El rumor de las olas y el aire salado le produjeron un breve instante de felicidad,

«Allá, al otro lado, están las Indias. Algún día...»

La galera se llamaba *San Telmo*. Apenas alzaba un par de metros por encima del agua, y su casco crujía con el vaivén del oleaje.

Los marineros detuvieron el trabajo mientras los guardias iban soltando de la cadena a los presos y los iban subiendo a bordo de uno en uno. A diferencia de la mayoría de las personas que encontraron en el camino hasta Cádiz, en las caras de aquellos hombres había un inconfundible sentimiento de compasión.

Sancho, que embarcó de los primeros, apenas pudo ver nada de su cubierta, ni detener la mirada en las enormes velas amarillentas en las que habían cosido con burdos retales de colores el escudo de la Corona.

—Date prisa, chusma. Éste no es tu lugar. ¡Abajo!

Una trampilla conducía a la cubierta inferior de la galera. Mientras bajaba aquellos escalones, una vaharada fétida le golpeó. Parpadeó varias veces para acostumbrar los ojos a la oscuridad, pero alguien le tiró de la argolla que aún llevaba al cuello y le obligó a arrodillarse.

—¿Nombre? —dijo una voz suave.

—Sancho de Écija —respondió el guardia.

—No te muevas, chusma. Sería una pena rebanarte una oreja.

Vio brillar un cuchillo junto a su rostro y sintió como alguien le tiraba fuerte del pelo, echándole la cabeza hacia atrás. Creyó que le iban a degollar hasta que se dio cuenta de que sólo le estaban rapando.

Se encontraba en una gran plataforma a proa, sobre la que había un banco y un enorme tambor de cuero. De la plataforma arrancaba una pasarela que se perdía en la oscuridad. A la altura de la pasarela entrevió varias filas de cabezas. No se oía una sola voz.

«Dios Santo. ¿Dónde me están metiendo?»

—Levántate y date la vuelta —le ordenó el que le estaba cortando el pelo cuando terminó.

Sancho se volvió y se encontró con un hombre mayor, grueso y de pelo entrecano que le estudió durante un rato sin decir palabra. Sus ojos le recordaron a Sancho los de una lagartija.

—Coge esa piedra que está a tus pies y sostenla en la mano. No la sueltes hasta que yo te diga.

Sancho obedeció. La piedra era del tamaño de un melón grande, y pesaba muchísimo. El hombre iba contando, muy despacio, y Sancho notaba como si los brazos se le fuesen a desgarrar. Cuando llegó a veintiséis, Sancho no pudo más y se tambaleó hacia adelante, pero no soltó la piedra.

—No puedo más —musitó.

El canoso le dio una bofetada.

—Habla cuando te lo digan —le dijo con voz suave—. Ahora tendrás que empezar otra vez.

Comenzó la cuenta de nuevo, y esta vez Sancho hubiera jurado que entre cada número podría rezarse un padrenuestro. El tiempo se ralentizó a su alrededor, y los músculos de sus antebrazos se convirtieron en cuerdas de dolor. El joven cerró los ojos y centró cada gramo de su fuerza de voluntad en sostener aquella piedra.

—Ya es suficiente —dijo el canoso. Había genuina sorpresa en su voz. Sancho no le escuchó. Parecía haberse quedado petrificado en aquella postura, y ni siquiera sabía hasta qué número había llegado la cuenta aquella segunda vez—. He dicho que ya basta.

Lentamente Sancho dejó la piedra sobre la tablazón. Respiraba entrecortadamente y tenía los ojos vidriosos. Estaba a punto de desplomarse, pero aun así aguantaba en pie.

El canoso le echó una última mirada. Pareció dudar un momento, pero finalmente se volvió hacia el guardia que había conducido a Sancho a bordo.

—Sexta de babor. Tercerol.

Tomando al aturdido Sancho por los hombros, el guardia le ordenó caminar hacia adelante por la estrecha pasarela. En la penumbra, rota apenas por algún delgado hilo de luz que se filtraba por la tablazón de cubierta, tan sólo se oía alguna tos ocasional.

—Es aquí.

El guardia sacó a Sancho el grillete del cuello y le obligó a bajar un desnivel. Pisó algo que le pareció un pie. Sintió como le empujaban hasta sentarlo en un banco. Luego alguien le arrancó las botas y le colocó un grillete más pequeño en el pie derecho.

Esperó allí, en completa oscuridad. Nunca había tenido tanto miedo.

XXIX

S e llamaba Gabriel Soutiño, pero la chusma lo llamaba el Cuervo.

Nunca de frente, por supuesto. Un galeote jamás se dirigía a un cómitre por su nombre. Lo llamaban señoría, alzando los brazos con aquella falsa modestia que tanto le molestaba. Cuanto más respetuoso y adulador parecía uno de aquellos deshechos humanos, más dispuesto estaba a clavarte una astilla de madera en los riñones. Aquello ocurría con cierta frecuencia, pues todos los galeotes odiaban a muerte a sus cómitres, en los que concentraban toda su frustración e ira.

Gabriel amaba a todos y cada uno de sus galeotes.

Así había llegado a viejo en aquella profesión. No era lo que tenía en mente cuando se alistó en la Armada del Rey como grumete, veinticinco años atrás. Ahora tenía cuarenta y dos o cuarenta y tres, no estaba seguro, y había servido en once barcos hasta llegar a la *San Telmo*.

Comenzó baldeando cubiertas y remendando velas, como todos los marineros novatos. Le gustaba sentir el viento en el rostro y el sol en la espalda. Por eso sintió como un castigo lo que el capitán le ordenó el día que el cómitre enfermó de fiebres y diarrea.

—Tú, el gallego —lo había llamado, señalándole con el bastón dorado.

Gabriel acudió enseguida junto a la figura que aguardaba, erguida e impaciente en el castillo de proa. Vestido con calzas y jubón rojos, adornado con vistosos galones que colgaban en su pechera, su voluntad era igual a la de Dios o el rey. Rara vez hablaba a sus subordinados, pues todas las órdenes las daba a través del contramaestre.

—Excelencia —dijo Gabriel, inclinando la cabeza al llegar junto a él.

—¿Cuántos años llevas en la mar?

—Tres, su excelencia.

—¿Sabes manejar un tambor?

—Sí... sí, su excelencia.

—Veremos qué tal se te da.

Aquello no era un honor, sino lo contrario. El de cómitre era un trabajo desagradable, sucio y peligroso, que nadie más entre los marineros quería hacer. Tenías que pasar horas y horas en la pestilente bajocubierta, soportando el calor y empuñando el rebenque para maltratar a otros seres humanos. Gabriel sintió que el mundo se le venía encima.

Dos días después, Gabriel había olvidado los motivos por los que se alistó. Ni las mujeres, a las que no encontraba atractivas, ni el oro, ni el juego, ni el vino ni la gloria. Mientras marcaba con su voz aterciopelada el ritmo de los remeros, había encontrado su auténtica vocación. Rezó por que el cómitre oficial no saliese de las fiebres, e incluso le llevó un poco de vino con un par de cucharadas de mercurio para cerciorarse.

El Cuervo se consideraba la persona más importante de la flota del rey Felipe. Cierto, el capitán ordenaba las maniobras y el monarca dictaba los destinos. Pero en última instancia, quien controlaba la velocidad del barco era él. A él correspondía el éxito de un ataque, el alivio de esquivar una abordada. A él, quien ojo avizor paseaba por la crujía, atento al más mínimo fallo. La estrecha pasarela que separaba ambas bancadas era una trampa mortal. Cualquier paso en falso, cualquier resbalón, cualquier golpe de mar que le hiciera perder el equilibrio y caer en una de las bancadas, en mitad de la chusma... y ya podía despedirse para siempre.

Ellos le esperaban, vaya si lo hacían. Escondían sus astillas afiladas bajo el cuero que protegía los bancos, en los hatos de ropa, incluso en el culo. Cada dos o tres días había que registrarlos para quitarles aquellos pedazos de madera que arrancaban con las uñas del propio costado del buque o de la tablazón del suelo, o que les pasaban los buenas boyas cuando volvían de cubierta. Los frotaban contra el borde de sus propios grilletes por la noche, hasta conseguir una punta de seis o siete dedos de longitud. Suficiente para abrirte la garganta o perforarte los riñones en menos tiempo que se tarda en decir «Amén Jesús».

Pero no eran ésos los únicos peligros. Los hijos de la gran puta no necesitaban un pincho para joderte, no señor. Podían ahogarte con las cadenas, o pasarte de mano en mano hacia la popa del buque, dándote mordiscos por el camino. A la altura del mástil ya estabas muerto, sobre todo si los primeros bocados te agarraban el cuello o los sobacos.

De madrugada, cuando todos dormían, Gabriel se acariciaba despacio las cicatrices del costado. Él se había caído tres veces, tan sólo tres veces en dos décadas. De la primera guardaba dos hermosas rayas blancas sobre el costillar, recuerdo de un pincho que había tropezado en su caja torácica. La segunda se había llevado varios bocados en un brazo, y se las había visto muy crudas. Enfermó durante semanas, en mitad de una escaramuza con los turcos que lo tuvo dando bandazos en su camastro de proa día sí día también. El médico de a bordo le dijo por todo consuelo que las mordeduras de hombre mataban más que las de perro o de serpiente, y que se fuera preparando. El brazo se le hinchó y se le puso morado, pero sobrevivió.

Los capitanes de las galeras nunca castigaban a un galeote que atacaba a su cómitre, a no ser que éste muriese, en cuyo caso lo habitual era colgar al responsable del palo mayor. Si eran tres o más, comenzaba la lotería. No era posible ajusticiar a muchos galeotes, porque entonces el barco perdería su operatividad. Costaba mucho conseguir galeotes en condiciones, y los jueces tenían que bajar cada vez más el listón para enviar nueva chusma. Uno de los que le había mordido estaba allí por robar medio saco de trigo para alimentar a su familia.

Estar en galeras era peor que la muerte, y los galeotes lo sabían, al igual que sabían que si le atacaban en número suficiente tenían muchas probabilidades de librarse. Por eso los cómitres solían durar poco en el cargo, y por eso los capitanes nunca se encargaban de castigar a quienes los agredían. Dejaban ese cometido al interesado, con la especial recomendación de que procurase no averiarlos mucho.

Gabriel había tenido semanas para pensar en un castigo apropiado.

Cuando tuvo fuerzas suficientes, mandó colocar un fogón en mitad de la crujía. Atravesó una barra de hierro en mitad de las brasas, y observó cómo el terror se iba abriendo paso en las caras de los galeotes. Mandó a un par de soldados que sujetasen fuerte a los tres que le habían mordido. Despacio, muy despacio, tomó el hierro y lo levantó para que todos lo viesen. La punta era de un blanco sucio y refulgente. Lo acercó a los ojos de los culpables, sin llegar a tocar su piel. Aunque cerraron los párpados, las córneas se abrasaron en pocos minutos.

—Así seguiréis bogando —dijo con voz suave cuando los aullidos de dolor se convirtieron en llantos apagados—. El próximo os lo colocaré entre las piernas.

La tercera vez que se cayó nadie le puso una mano encima.

Había perfeccionado un método a lo largo de los años.

El primer día que llegaban galeotes nuevos los recibía con la bajocubierta en completa oscuridad. Bajaban la escalera como reos. Sobre la plataforma del cómitre les rapaba el pelo al cero, para evitar los piojos y para que les reconociesen si alguno de esos cabrones conseguía escapar. Las ordenanzas obligaban a dejarles a los moros un mechón de pelo en lo alto de la frente, lo cual al Cuervo le parecía una idea fantástica. No porque le importase una mierda que Alá se llevase a los fieles agarrándoles del pelo al paraíso cuando morían, sino porque aquello le ofrecía muchas posibilidades.

Podía cortárselo de una simple cuchillada cuando se portaban mal o cuando se enfrentaban a una galera turca. Aquello les ponía especialmente frenéticos, puesto que aquellos cerdos vivían con la esperanza de que sus correligionarios derrotasen al barco en donde se hallaban prisioneros y les liberasen. En la penumbra, cuando los suyos atacasen, nadie les reconocería sin aquellos mechones, e irían derechitos al infierno o como se llamase lo que aquellos infieles tuvieran.

O podía tirarles del mechón muy fuerte cuando vagueaban, y hablarles muy suave y despacio, para que le confundiesen con Dios.

Eso era lo que más amaba el Cuervo de su trabajo. Tener absoluto control sobre más de doscientos forzados, que se movían al único ritmo de su voz. Nada de estúpidos tambores o trompetas, de los que se había aburrido enseguida y a los que sólo recurría si la garganta no le respondía.

Cuando los había rapado, les mandaba levantar una enorme piedra y sostenerla tanto tiempo como pudiesen.

Aquello le daba una idea de su fortaleza, algo decisivo antes de asignar tanto la hilera como la posición a un galeote. De los cinco que debía haber por banco, la primera posición era la más importante. Se llamaba bogavante, y tenía que ser un hombre de gran fuerza y habilidad, pues era el que manejaba la posición del remo y cargaba con mayor peso. A su lado estaba el apostís, que bastaba con que fuese fuerte. El tercerol era la posición más cómoda, pues no soportaba el esfuerzo de los dos primeros ni tenía que agacharse tanto como el cuarterol y el quinterol, más pegados al costado del buque.

Pero no era ése el motivo por el que les mandaba cargar con la piedra. Lo de menos era cuánto aguantaban o la fuerza que tenían, pues o bien echaban músculo a fuerza de remo o reventaban y los cambiaban por otros. No, el Cuervo quería mirarles a los ojos mientras la sostenían, pues con el paso del tiempo había aprendido a leer en sus almas durante aquel momento de prueba. Los había endebles, matones de tres al cuarto de anchas espaldas que se desinflaban a la mitad de una buena remada. Ésos le echaban miradas de cordero degollado, y el Cuervo sabía que no durarían demasiado.

Y los había que suplicaban de palabra, como aquel muchacho escuálido de ojos verdes que había llegado en la última remesa de galeotes. Iba a colocarle de cuarterol o quinterol, pues tenía los brazos demasiado delgados. Era poco más que un niño, aunque había algo distinto en él. Había pedido por favor, pero las palabras habían nacido en sus labios, no en su corazón. Tenía acero en la voz mientras pedía. Le había hecho empezar otra vez la cuenta, y aun así había resistido el doble.

El Cuervo le había amado por eso. Aquél sería un buen engranaje para su máquina.

Después de cortarles el pelo y evaluarles, el cómitre los mandaba a su banco, donde tenían que esperar, en completo silencio, a que todos los reemplazos estuviesen procesados y encadenados. El Cuervo sabía que en aquellos momentos, mientras la incertidumbre calaba en sus almas, creaban la atmósfera ideal para su discurso de bienvenida. Siempre se demoraba un poco antes de comenzar, paladeando la reacción que se produciría en sus caras cuando gritaba...

XXX

¡Abrid las trampillas!

En la cubierta, los marineros obedecieron. Seis enormes columnas de luz entraron de golpe en la bajocubierta, y todos los galeotes alzaron las manos ante el rostro para protegerse de la claridad.

Sancho cobró consciencia de pronto del lugar donde debía cumplir su condena. Bartolo no había exagerado ni un ápice: aquello era el infierno. Estaba encadenado a un banco de madera forrado de cuero, por la misma cadena que unía a otros tres galeotes. Los dos de su izquierda, tristes y famélicos, lo miraban con aire malicioso. Asustado, se volvió hacia su derecha y se encontró con un gigante.

El joven había visto negros antes, pues en Sevilla había centenares, si no miles de ellos. Pero nunca uno tan descomunal. Sus brazos eran el doble de gruesos que las piernas de Sancho, y parecían sacos de piel rellenos de enormes melones. Tenía la cabeza rapada, al igual que todos los galeotes, y lo miraba con curiosidad. Su rostro era amable, de frente grande, y en su barbilla se hubieran podido partir nueces.

—¡Atención! —gritó el cómitre.

La plataforma que había intuido en la oscuridad, erigida sobre grandes cajones, le quedaba a Sancho al nivel de la barbilla. Dividía en dos la bajocubierta, y sobre ella estaba el cómitre, plantado con las piernas abiertas y los brazos cruzados. Iba vestido con calzones y botas. Se cubría el torso con un chaleco de cuero negro y jugueteaba con un látigo corto de cuero, que acariciaba con parsimonia.

—Mi nombre es Gabriel Soutiño, pero todos me llaman el Cuervo. Vosotros os dirigiréis a mí como señoría. —Dio unos cuantos pasos hacia adelante—. Estáis a bordo de la *San Telmo* por vuestros pecados. El rey ha tenido a bien no ahorcaros para que sirváis como fuerza de impulso de sus barcos. No acabará esta jornada sin que le maldigáis por ello. No acabará esta semana sin que maldigáis a vuestra madre por pariros. De los que estáis aquí, más de la mitad estaréis muertos en dos años, así que no hay demasiado de que preocuparse.

Hubo un ligero murmullo al fondo de la bancada, que el Cuervo acalló haciendo restallar el látigo en el aire.

—¡Silencio! La primera norma es que nadie habla mientras se rema. Quiero un silencio completo, ocurra lo que ocurra. Decid una sola palabra y éste os acariciará la espalda. Aquí no se escucha más voz que la mía durante la boga, para poder mantener el compás. Y hay otra razón para ello. Mirad al suelo.

Sancho obedeció, y no pudo reprimir una mueca de asco. El barro maloliente que había intuido bajo los pies desnudos eran excrementos humanos.

—Vosotros, asquerosa chusma, no abandonaréis este banco durante los próximos siete meses. Dormiréis en vuestro sitio, comeréis en vuestro sitio, cagaréis en vuestro sitio. Todos los días un par de vosotros echaréis baldes por el suelo, pero el resultado será siempre el mismo. Las galeras huelen a mierda a muchas leguas de distancia. Los putos moros con sus narices ganchudas las perciben, los ingleses con sus napias blancuzcas las perciben. Por suerte la mierda de infieles y herejes huele igual de mal que la nuestra, así que al final todo acaba siendo cuestión de en qué dirección sopla el viento. —El cómitre hizo una pausa teatral, abriendo mucho los brazos—. Ahora imaginaos que cualquiera de vosotros, hijos de puta, os quejaseis de que os duele un callo en mitad de la noche con viento a favor. Cualquier moro podría venir y mandarnos al fondo. Así que desde el toque de queda hasta la mañana, silencio absoluto también. ¿Me habéis comprendido?

Nadie respondió.

—Así me gusta. Y ahora vais a aprender para qué sirve ese madero que tenéis delante —dijo señalando uno de los remos—. Lo amaréis con locura, y no dejaréis de abrazarlo durante mucho tiempo. ¡Ropas fuera!

Atónito, Sancho vio cómo todos los forzados veteranos se desnudaban sin dudarlo. Era fácil deducir cuáles eran los novatos como él, que dudaban antes de desprenderse de sus ropas en público.

—La segunda norma es ¡obedecer! —dijo el Cuervo. Caminó por la crujía, soltando severos latigazos a izquierda y derecha. Sancho se sacó rápido la camisa antes de que llegase a su altura, y se arrepintió enseguida de no haber empezado por los pantalones. El rebenque le alcanzó entre los omoplatos desnudos, y el dolor fue tan intenso, repentino y fugaz que dudó por un instante de que le hubiesen dado de lleno. Pero enseguida un tremendo escozor lo sacó de su error.

—¡Deprisa! ¡Cuando el turco ataque no tendréis tanto tiempo!

Sancho hizo un lío con la camisa y los pantalones, aunque no sabía dónde colocarlo, y por un momento temió que tuviese que dejarlos en aquel asqueroso suelo. Vio que los demás se agachaban bajo el banco, y allí encontró un pequeño hueco donde pudo embutir sus prendas.

Completamente desnudo, su ánimo se vino abajo al alzar la mirada y ver las espaldas de los galeotes del banco de delante. Todas estaban surcadas de arriba abajo por cicatrices alargadas, formando un mosaico de crueldad. Apenas había un hueco que se hubiese librado del látigo del cómitre.

«Yo ya tengo la primera —pensó—. Y ni siquiera he empezado a remar.»

El Cuervo les ordenó agarrar el remo por la parte de abajo. Sancho descubrió sorprendido que a diferencia de las barcas pequeñas que había visto en el Betis, los enormes remos de la galera no se manejaban tirando de ellos sino levantándolos con fuerza, poniéndose en pie y luego dando una fuerte culada en el banco. Normalmente eran cinco remeros los que había asignados a cada remo, pero la enorme fuerza del negro que ejercía como bogavante en el remo que le había tocado a Sancho había reducido en uno su número.

—Remad, chusma. ¡Remad hasta que se os parta el alma! —gritó el Cuervo—. ¡Esa fría puta de Isabel de Inglaterra lo haría con más ganas que vosotros!

La primera sesión de aprendizaje duró dos horas, que era el tiempo habitual de una remada. Dos horas de boga, dos de descanso y vuelta a empezar, hasta cuatro sesiones al día. Al finalizar aquel primer turno, Sancho tenía las palmas de las manos llenas de ampollas, la espalda y los brazos reventados y las pelotas machacadas de tanto golpe contra el banco.

Mientras los forzados volvían a vestirse entre quejidos lastimeros, el muchacho notó una mano enorme en su hombro. Era el negro, que le arrebató la camisa. Sancho protestó, pero el otro meneó con la cabeza y le arrancó una larga tira de tela de los faldones. Después se la dio a Sancho.

—¿Por qué has hecho eso?

El negro se puso la mano sobre la boca y meneó la cabeza.

—¿No puedes hablar?

El otro asintió, y señaló su entrepierna. Sancho se fijó en

el enorme miembro del negro, y vio que se lo había rodeado con una tira de cuero que daba la vuelta a su pierna, a modo de improvisado suspensorio. Los galeotes no podían llevar ropa mientras bogaban, pues ésta acabaría destrozada enseguida por el roce con el banco. Pero aquel sistema evitaría que le doliesen sus partes.

—Gracias. —Sancho se esforzó por sonreír—. ¿Cómo te llamas?

—Se llama Josué —respondió una voz desagradable a su izquierda—. Y es una mula estúpida y muda.

El joven se dio la vuelta. Los otros dos forzados con los que compartía el banco no le quitaban la vista de encima.

—¿Y cómo sabéis su nombre?

—Lo dijo el alguacil que le trajo hace un año. Yo soy Antonio Ocaña, y éste es Francisco Cámara.

—¡Di mejor el Muerto y el Cagarro! —dijo una voz desde la bancada de atrás.

El Muerto se dio la vuelta y echó una mirada feroz hacia atrás, pero no dijo nada. Era un hombre de rasgos brutales y a Sancho le cayó mal desde el principio. El Cagarro, más a su izquierda, era un ser menudo y rijoso que le reía todas las gracias a su compañero.

—Otros nos han puesto motes desagradables, como ves —dijo el Muerto.

—¿Y a él? —preguntó Sancho, señalando al cómitre, que parecía dormitar en la plataforma de proa—. ¿Por qué le llaman el Cuervo?

—Porque les arranca los ojos a sus enemigos. Es un cabrón muy peligroso. Ahora está ahí, fingiendo que duerme. En realidad no tiene los ojos cerrados del todo, siempre está observándonos. Algún día lo mataré —dijo rascándose el cogote.

—¡Sí, claro, todo el que no te gusta acaba muerto! —Se oyó la misma voz burlona desde el banco de atrás. Sancho comprendió cuál era el origen del mote de Francisco *el Muerto*.

—¿Y qué hay de ti, nuevo? —preguntó el Cagarro.

—Me llamo Sancho de Écija y estoy aquí por ladrón.

—Como todos —dijo el Muerto—. Aunque tú le has caído muy bien al Cuervo, novato.

—Ya, seguro.

—¿Por qué si no iba a ponerte de tercerol?

—Es la posición mejor del banco —apostilló el Cagarro.

—Nadie empieza de tercerol sin pagar un precio —aseguró el Muerto—. Seguro que una noche te llama a su jergón. Le gustan los muchachitos tiernos.

—¡En eso os parecéis, Muerto! —dijo el de atrás—. ¡Vigila tu culo esta noche, novato!

El aludido se volvió, y esta vez había una luz asesina en sus ojos, aunque Sancho no se fijó. Había dejado de prestarle atención al Muerto, porque las manos le dolían demasiado. Le sangraban las palmas y las yemas de los dedos, y no se le ocurría cómo podía detener la hemorragia. Iba a escupirse en las palmas cuando Josué le detuvo y le alargó algo que sacó de entre sus ropas.

Era un saquito de pellejo de cerdo relleno de una pasta espesa. Sancho lo acercó a la nariz y enseguida apartó el rostro. Olía a tierra mezclada con vinagre y orines. Se lo devolvió al negro, negando con la cabeza, pero Josué no parecía dispuesto a aceptar un no por respuesta. Tomó las manos de Sancho y le untó la pasta en las heridas. El joven protestó un poco, pero enseguida sintió cómo el dolor se aliviaba hasta casi desaparecer.

Cuando se oyó el toque de queda de la primera noche, todos los forzados se acomodaron como pudieron sobre los bancos. El negro Josué era tan enorme que tenía que colocar los pies en alto, sobre la crujía.

Sancho, exhausto, se hizo un ovillo y cerró los ojos. A

pesar de su cansancio, aún tardó un rato en dormirse, agobiado por el calor insufrible y por el llanto desconsolado de uno de los galeotes, que arrancaba ecos oscuros de la tablazón. Al joven le invadió la tristeza, pero el sueño le venció antes de que un latigazo del cómitre silenciase al llorón.

Despertó al rato, cuando sintió cómo un cuerpo se echaba sobre él. Las sombras del crepúsculo habían dado paso a una oscuridad total, y no supo lo que estaba ocurriendo. Notó una fétida respiración en su mejilla, e iba a dar la alarma cuando oyó un susurro en su oreja, casi imperceptible.

—Gritar durante el toque de queda significa la horca. Aunque no les dará tiempo, porque te mataré yo antes.

Algo punzante le presionaba el cuello, justo bajo la mandíbula. Sintió un hilillo de sangre descender por su piel y el miedo enganchándole los pulmones con una mano helada.

—Estate quieto, muchacho. No tardará mucho —susurró la voz—. Luego me ocuparé de ti. Verás que soy generoso.

Sancho intentó revolverse y luchar, pero el otro le inmovilizó los brazos contra la espalda. Echó la cabeza hacia atrás de golpe con ánimo de romperle la nariz a su agresor, pero el otro lo había previsto y sólo le dio en el hombro.

De repente se oyó un golpe sordo, seguido de otros dos más. Hubo un breve instante de calma, y después Sancho notó como el cuerpo que le aprisionaba desaparecía.

Le costó volver a dormir, temiendo que su agresor volviese, pero al final el agotamiento pudo con él. A la mañana siguiente el Muerto tenía un ojo morado y una ceja partida. No volvió a dirigirle la palabra desde aquel momento, y Sancho supo que se había ganado un enemigo mortal. También que tenía una deuda con el negro Josué que crecía día a día y que no sabía cómo podía pagar.

as primeras semanas no salieron de la bocana del puerto y de la calma de sus aguas. Los nuevos remeros debían aprender la boga antes de que el capitán de la *San Telmo* se aventurase en mar abierto, y eso era una tarea extremadamente complicada. Sancho llegaba al final de cada turno con las fuerzas justas, y por la noche apenas conseguía vestirse antes de caer dormido sobre el banco.

Las privaciones se veían aumentadas por la dieta tan estricta que llevaban. Por las mañanas les entregaban a cada uno un kilo de bizcocho que debía durarles todo el día. Era un pan horneado dos veces, muy salado y duro como una piedra, y la única manera de no dejarse los dientes para partirlo era remojarlo bien en agua. Mientras estuvieron en el puerto lo tomaban más o menos intacto, pero en los largos meses que siguieron Sancho tuvo que raspar más de una vez la corteza del suyo para apartar el moho o expurgarlo para sacar los gusanos. Vio con asco como algunos galeotes no sólo no los quitaban, sino que los cogían entre los dedos y se los comían. Nunca tuvo arrestos para imitarles.

Además del bizcocho les daban dos escudillas de guiso, en la comida y en la cena. Un día habas, otro garbanzos, en interminable y repetitiva sucesión. Sancho no tardó en descubrir por qué al compinche del Muerto lo llamaban el Cagarro, y más de una vez se alegró de que el cómitre le castigase sin su ración. Había días en que el desempeño de la tripulación no alcanzaba lo que el Cuervo esperaba de ellos, y éste arrojaba al suelo la enorme olla comunal. Luego llamaba a un par de marineros para que echasen baldes de agua, algo que se hacía un par de veces al día para limpiar las inmundicias que los galeotes se veían obligados a hacer sobre la tablazón. Cuando les imponían aquel horrible castigo colectivo se hacía especialmente insufrible el aroma a tocino frito que bajaba desde la cubierta. A Sancho se le agitaban las tripas al atisbar comiendo a los marineros y a los buenas boyas.

Estos últimos eran antiguos galeotes que habían finalizado su condena pero que no encontraban en tierra otro medio de ganarse la vida. Volvían a la galera como remeros voluntarios, cobrando un sueldo. No estaban encadenados, dormían en cubierta y comían lo mismo que los marineros. Los forzados les despreciaban, porque eran el reflejo de lo que ellos podían ser en el futuro. Y a nadie le gusta tener enfrente un presagio de algo tan negro, si es que lograban sobrevivir.

La muerte era, por desgracia, algo demasiado habitual a bordo del barco. Antes de salir a mar abierto Sancho vio morir a dos galeotes, ambos novatos como él, ambos reventados por el esfuerzo de la boga. A finales de abril, cuando por fin el capitán juzgó que el conjunto de remeros era apto para la navegación, la *San Telmo* puso rumbo a Menorca, con órdenes de patrullar las aguas en torno a las islas. Antes de llegar sufrieron otro par de bajas. Uno de los remeros se quedó un día mirando al frente, con una mueca horrible en el rostro, luchando por respirar. Esa misma noche comenzó a arquear la espalda, y a gritar que no podía moverse. El cirujano de a bordo envió un par de hombres a buscar al enfermo, y éstos tuvieron que usar una cuerda para izarle por la trampilla, de tan rígido y encorvado como estaba.

—El pasmo —dijeron unos cuantos de los más veteranos al verle pasar. No hacía falta que explicasen mucho más, pues en el tono de voz ya se adivinaba que aquel hombre estaría muerto muy pronto.

La segunda víctima murió porque no fue capaz de resistir el ritmo. Era uno de los quinteroles de proa, y en un momento en el que el cómitre estaba de espaldas a él, colocó la mano dentro de la rodela de bronce que hacía de rodamiento para el remo. Se oyó un crujido horrendo cuando el pesado remo le aplastó los huesos, y el quinterol aulló como un loco. El Cuervo se dio la vuelta y mandó detener la boga, algo que provocó que el contramaestre asomara la cabeza enfurecido por la trampilla.

—¿Qué diablos sucede, cómitre?

El Cuervo echó un vistazo al hombre que gemía en el suelo y supo instantáneamente lo que había ocurrido. Alzó la vista hacia el contramaestre con una expresión triste.

—Tenemos un desertor, señor.

El contramaestre palideció, pues era un muchacho joven en su primer destino, y se veía obligado a dar por primera vez una orden que le desagradaba. A veces los galeotes intentaban mutilarse para evitar la condena, creyendo ingenuamente que si se volvían inútiles para el servicio el rey les perdonaría. El castigo para esos pobres desesperados sólo podía ser uno, y sin embargo el contramaestre no se atrevía a nombrarlo.

—¿Estáis seguro de ello, cómitre? —dijo inclinándose con ansiedad por la trampilla. Estaba justo encima de Sancho, y el joven temió que si se asomaba un poco más le caería encima.

El Cuervo volvió a echar una mirada al quinterol, que no había dejado de gemir ni un instante y se encomendaba a la Virgen y a todos los santos pidiendo clemencia. Tampoco a él le gustaba dar aquella orden. Detestaba perder piezas de su máquina.

—Me temo que sí, señor —dijo, escupiendo con desprecio sobre la crujía. Quería que aquello terminase cuanto antes. Aún detestaba más interrumpir una boga. Luego no había manera de coger ritmo de arrancada

—Tengo que consultarlo con el capitán.

El contramaestre desapareció de la trampilla.

Sancho se preguntaba si nadie iba a ayudar al pobre quinterol que seguía sufriendo, pero no hubo tiempo para ello. La cabeza del contramaestre volvió a aparecer.

—El capitán ha sido muy claro, cómitre —dijo, sintiéndose más tranquilo al ser otro el que había dado la orden—. Ya sabéis cuál es vuestro deber.

El Cuervo asintió y se acercó a la cadena de la primera bancada. Ya llevaba la llave de la cadena preparada en la mano, y se la entregó a los compañeros de banco del quinterol.

—Soltaos. Los cinco.

No les quitó la vista de encima mientras se sacaban los grilletes, y recogió la llave enseguida.

—Llevadle junto al mástil.

Los compañeros del quinterol lo pusieron en pie. Éste miró alrededor, con la vista nublada por las lágrimas. Se sujetaba el miembro accidentado con la mano derecha. Donde había estado la izquierda ahora había una masa deforme e hinchada que se ponía morada por momentos.

—¿Dónde está el cirujano? —balbuceó.

—No hay cirujano para los desertores.

El quinterol abrió muchos los ojos.

—¿Qué? ¡No soy un desertor! ¡Ha sido un accidente, señoría!

—Tuviste que estirar muchísimo el brazo para tener el accidente, chusma.

Los otros le arrastraron junto al mástil, a pesar de las protestas. La trampilla estaba abierta, y por ella alguien arrojó una cuerda terminada en un lazo.

—¡No! ¡Por Dios! ¡Tened compasión!

El Cuervo no le hizo el menor caso. Le colocó el lazo en torno al cuello y luego dio una voz. La cuerda se estiró de golpe, y el cuerpo del quinterol ascendió un poco. Sus pies aún rozaban la crujía, y las uñas hacían un ruido desagradable contra la madera.

—¡Subidlo más, que así no se muere!

Hubo otro tirón seco, y el quinterol quedó a un palmo del suelo. Aún seguía pataleando cuando el Cuervo se dirigió a los galeotes.

—Este adorno va a colgar aquí un par de días, para recordaros lo poco que os conviene tener accidentes. Y ahora, bogad.

Los días sucesivos fueron horribles para los galeotes. Había quien decía que no era normal, cuatro muertes en tan poco tiempo, y corrió la voz de que el barco estaba maldito. Además, el Cuervo estaba especialmente irascible desde el ajusticiamiento del quinterol, y no contenía el brazo. A la mínima ocasión sacaba el rebenque, y los ánimos de los forzados estaban más bajos que nunca.

Entonces ocurrió el incidente del choque de los remos, y todo cambió a bordo de la *San Telmo*.

En cierto modo era inevitable que sucediese. Con el cómitre marcando un ritmo tan fuerte en la boga, alargando los turnos innecesariamente y castigándoles sin los garbanzos una y otra vez, los hombres estaban al límite de su resistencia.

No era habitual que los bogavantes cometiesen errores. No se les escogía sólo por ser fuertes, sino también por ser muy hábiles. Tenían que mantener una rigurosa concentración para llevar el remo hasta el punto justo, una y otra vez.

Debían introducir la pala en el agua en el ángulo correcto, y girarla una vez dentro, pues eso era lo que impulsaba el barco. Al mismo tiempo debían vigilar la maniobra del remo de delante.

Cuando sucedió, fue un cúmulo de desgraciadas pequeñas cosas. Un día especialmente caluroso, que les hizo sudar copiosamente y nubló los ojos de Josué durante un instante. Un calambre inoportuno en el bogavante del banco anterior al de Sancho, que se agarró la pierna. Dos novatos que dejaron caer su peso sobre el remo en el peor momento posible, dejando a éste en un ángulo extraño.

Los remos chocaron yendo en direcciones opuestas. El de Josué cayó sobre el otro, desgajando la pala del remo de delante en dos.

—¡Alto!¡Alto, me cago en vuestra puta madre!

El Cuervo llegaba dando enormes zancadas por la crujía, resoplando de furia. Cuando se asomó al ventanuco de proa y descubrió lo ocurrido, el rostro se le volvió escarlata.

—¡Malditos seáis!

Llegó hasta la hilera número cinco, aquella donde se había roto el remo, y comenzó a golpear al bogavante que lo había dejado escapar.

—¡Ha sido él, señoría! —dijo éste entre sollozos. Señalaba a Josué, mientras intentaba parar los golpes con el brazo, sin éxito—. ¡No me peguéis más, os lo ruego!

El cómitre se volvió hacia el negro Josué. Éste ni siquiera le miraba, sino que mantenía la vista fija en sus manos, con las palmas hacia arriba, como si no pudiese creer lo que había sucedido. El Cuervo lo interpretó como una admisión de culpabilidad. Echó el rebenque hacia atrás y lo descargó salvajemente contra el cuello de Josué. El grueso cuero se enroscó alrededor de la garganta del esclavo, y el látigo se quedó atascado por unos instantes. Los ojos de Josué se llenaron de terror pues no podía respirar, pero aun así no volvió el rostro ni alzó los brazos para protegerse. Cuando el cómitre tiró para liberarlo, una miríada de minúsculas gotas de sangre salpicó el rostro de Sancho, que decidió que ya había tenido suficiente.

—¡Basta! —gritó.

Hubo un gran silencio en la bajocubierta. El cómitre se detuvo, con el brazo en alto, y miró a Sancho, sin poder creer lo que estaba ocurriendo.

—¿Qué es lo que acabas de decir? —dijo con voz glacial.

El silencio de los galeotes se convirtió en un jadeo expectante. Sancho sintió miedo de repente, pero había llegado demasiado lejos como para arrepentirse ni echarse atrás. Durante toda su vida aquellos que estaban por encima de él le habían obligado a seguir el camino que ellos creían como algo ineludible e irremediable. El desacato era para ellos un crimen imperdonable, pero Sancho simplemente no podía quedarse callado.

—No ha sido culpa de Josué, señoría, sino de la mala maniobra de los de delante. Pero si insistís en castigar a alguien de este banco, pegadme a mí. Al menos yo entiendo qué es un castigo injusto.

Al oír aquello, el Cuervo sonrió, lo que no contribuyó precisamente a tranquilizar a Sancho. Muy despacio, el cómitre se agachó y miró al joven a los ojos sin perder aquella mueca sardónica.

—Ah, novato. No tienes espalda suficiente para los golpes que vas a recibir.

Hubo un borrón oscuro frente al rostro de Sancho, que no tuvo tiempo de apartarse. El cuero le golpeó de refilón en la ceja y el pómulo, cerrándole un ojo.

El cómitre le miró burlón.

—Vaya, parece que he fallado. Probaremos otra vez.

—¡Cómitre! —dijo una voz insegura a su espalda.

El Cuervo se puso en pie, molesto por la interrupción.

Tras él se hallaba el contramaestre, y no llevaba buena cara. Sujetaba con la mano izquierda un gajo de limón bajo la nariz, como hacía siempre que sus obligaciones le obligaban a descender a la bajocubierta, cosa que no ocurría a menudo.

—Señor —dijo el cómitre con desgana. A todas luces odiaba que alguien más joven que él estuviese por encima en la cadena de mando.

—¿Qué diablos ha sucedido? ¡El capitán está furioso! Llevamos ya varias horas de retraso.

—Estoy metiendo a estos galeotes en cintura, señor —respondió el cómitre atravesándole con la mirada—. ¿Por qué no os volvéis arriba con vuestro querido capitán?

En otras ocasiones el Cuervo había conseguido imponerse al contramaestre, al que la mera visión de aquel bruto y su látigo intimidaba bastante. Sin embargo, el desdén implícito en aquella última frase removió algo en su interior. Miró hacia abajo y su vista se cruzó con la de Sancho, cuya imprudente defensa del negro había escuchado mientras bajaba. Sintió que la valentía de aquel chico era un ejemplo a seguir.

Arrojó el limón al suelo, y cuando habló su voz estaba revestida de un tono distinto, más enérgico.

—Lo que deberíais hacer es no forzarlos tal y como habéis estado haciendo estos días. No me extraña que acaben cometiendo errores.

—Señor, no creo comprenderos —dijo el Cuervo, confuso ante aquella acusación implícita.

—Yo creo que me comprendéis muy bien. Pegándoles no haréis que le crezca otro remo al barco.

—¡Pero los galeotes deben ser disciplinados! —El tono del Cuervo era casi suplicante.

—Por insubordinación o deslealtad, no por cometer un error al que vos mismo les habéis forzado —dijo el contramaestre, bajando tanto la voz que apenas les oyó nadie aparte de Sancho y los que estaban cerca—. Y ahora mandaré a unos cuantos marineros a que recojan el remo roto. Distribuid a los hombres de ese banco entre aquellos faltos de manos y olvidemos este asunto.

Sin esperar respuesta, se marchó. El Cuervo se quedó mirando a la crujía, donde el gajo de limón aplastado había quedado como único recuerdo del enfrentamiento. El cómitre se enrollaba una y otra vez el látigo alrededor de los nudillos, y cuando se dio la vuelta llevaba una promesa de muerte en el rostro. Sancho agachó la cabeza, intentando no provocarle más, pero intuía que para entonces ya había hecho suficiente. En aquella mirada sólo había escritas dos palabras.

«Seis años —pensó Sancho—. Seis años.»

XXXII

Sancho no sufrió inmediatamente la venganza del Cuervo. El cómitre era demasiado listo como para ensañarse con él justo después del accidente. Esperó un tiempo prudencial, y después comenzó a hacerle pagar al joven la humillación que le había hecho pasar, usando un método tan frío como cruel.

El puerto de Mahón era un punto estratégico esencial en el Mediterráneo para los barcos que patrullaban las aguas de la cristiandad, cazando las galeras turcas y berberiscas que intentaban sacarse el oprobio de las derrotas de Malta y Lepanto. En los últimos años la piratería se había recrudecido, no sólo por parte de turcos y moros sino de los herejes ingleses. Unos y otros hacían incursiones en las costas españolas, cayendo sobre los desprevenidos pueblecitos en mitad de la noche y llevándose ganado y esclavos, sobre todo niños cristianos a los que poder convertir a la fe del Profeta. Detrás dejaban sólo cadáveres y ruinas calcinadas.

La *San Telmo* arribó allí unos días más tarde. El remo roto fue cambiado por otro, se rellenó el agua dulce de los barriles y los marineros pasaron un par de noches en tierra. A los galeotes no se les permitía abandonar su posición, aunque al menos durante ese tiempo no tuvieron que bogar. Desde su lugar en el banco Sancho no tenía más vistas que una rendija de tierra a través de la ventana del quinterol, a la que tampoco podía acercarse demasiado pues ésta era privilegio del Cagarro y del Muerto. No pudo contemplar la hermosa ría encastrada entre dos suaves colinas, ni el arsenal encalado de blanco del que se abastecían todos los buques de la Armada. Apenas pudo captar retazos de la vida normal que otras personas llevaban en el muelle, aunque éstos le supusieron poco consuelo.

Aquellos dos días fueron especialmente tristes. Voces apresuradas con acentos extraños, el crujido de las poleas cargando bultos en la galera, el mugido de las bestias, el chirrido de las ruedas de los carros. Todos los ruidos del puerto le traían recuerdos amargos del Malbaratillo, y de las muchas horas que pasó junto a Bartolo revendiendo los pañuelos y los botones de plata que había conseguido descuidar en las ajetreadas calles de Sevilla. Sin otro lugar al que dirigir la mirada que a sí mismo y a sus recuerdos, Sancho se dio cuenta de que el enano había significado mucho para él, tal vez lo único parecido a un padre que había llegado a conocer. Durante un tiempo había querido adjudicar ese papel a fray Lorenzo, pero el frío y distante religioso no había dado nunca ni la más mínima muestra de cariño hacia el muchacho. Sin embargo Bartolo, ese a quien todos despreciaban por su aspecto, le había regalado una extraña sabiduría. No los conocimientos crudos y estériles con los que le había llenado la cabeza el fraile, ni las mecánicas enseñanzas de una religión que ni entendía ni compartía. Bartolo le había enseñado a valerse por sí mismo, a ser su propio juez y a tomar de los demás sólo aquello de lo que pudieran desprenderse. Amaba la vida, que era lo único que le habían quitado.

A Sancho la fealdad del crimen cometido contra Bartolo le rasgaba el alma. Había intentado buscar una explicación a lo sucedido durante las largas sesiones de boga, sin conseguirlo. Su mente volvía una y otra vez a Monipodio y a por qué había enviado a sus matones a acabar con ambos antes de que pudiesen saldar su deuda. Sólo había una explicación, y era el contenido del cartapacio que habían robado el día anterior. No las cartas de crédito, sino aquellos otros papeles a los que apenas habían prestado atención. Alguien debía de haber pagado a Monipodio para recuperarlos. Si Sancho quería obtener justicia tendría que llegar hasta el hampón, uno de los hombres más peligrosos y protegidos de Sevilla, y obligarle a contar la verdad antes de rajarle la garganta.

La enormidad de una tarea como aquélla habría consumido el ánimo de alguien más débil que Sancho. Sin embargo para el joven supuso el revulsivo que estaba necesitando. Hasta aquel instante se había dedicado a lamerse las heridas y a lamentar su suerte, sin ver más allá de los seis años de condena que le restaban por cumplir. Ahora, por primera vez tenía un objetivo y una razón para sobrevivir.

En aquella pestilente bajocubierta, comido por los piojos y las chinches, comenzó a fraguar un plan. Era poco más que el germen de una idea cambiante y móvil, como cuerdas en llamas balanceándose en la oscuridad.

Cuando volvieron a mar abierto, el Cuervo comenzó a ejecutar sus propios planes. Le hubiese sido muy sencillo acabar con Sancho de un plumazo; un certero golpe de rebenque en la tráquea y el joven estaría muerto en un par de minutos. Lo había hecho en ocasiones, cuando alguno de los galeotes resultaba demasiado díscolo o demasiado lento. Pero en la mente retorcida de aquel animal aquella solución se antojaba demasiado sencilla. En lugar de ello comenzó a golpear a Sancho una vez por cada cinco latigazos que soltaba a los demás forzados. La distribución era siempre exacta, hasta el punto de que Sancho cerraba los ojos cada vez que escuchaba el quinto latigazo, sabedor de que el siguiente sería él.

—Y éste de propina para nuestro invitado especial —se jactaba el Cuervo cada vez que alcanzaba al joven.

En lugar de ser golpeado un par de veces por semana, como era habitual entre los galeotes, comenzó a recibir dos o tres al día. Tenía enormes dificultades para conciliar el sueño y sólo colocándose de lado podía atenuar el dolor constante de sus heridas.

Unas cuantas jornadas en aquellas terribles condiciones eran asumibles, pero si el acoso continuaba demasiado tiempo Sancho sabía que no tendría ninguna posibilidad de sobrevivir.

—Ya le he visto hacer esto mismo otras veces, cuando realmente odia a alguien —le dijo el Muerto con un brillo malicioso en los ojos—. Cada día estarás más débil, y comenzarás a darle motivos auténticos para que te azote en serio. A este ritmo te lanzarán por la borda dentro de un mes, novato.

—¡Un mes! ¡Un mes! —subrayaba el Cagarro con risa floja. A Sancho le daban ganas de estrangularle.

Poco a poco la piel de la espalda se le iba convirtiendo en el horrendo paisaje de cicatrices que lucían los remeros más antiguos, y el ánimo del joven iba decayendo, tanto que hasta alguna noche especialmente dura llegó a soñar que le alcanzaba la muerte y al fin podía descansar. Tan sólo las cataplasmas que Josué le aplicaba regularmente le proporcionaban cierto alivio, aunque éstas no eran todo lo frecuentes que sus heridas necesitaban. El negro contaba con la ayuda de uno de los remeros asalariados, que le llevaba de tanto en tanto un poco de tierra para que Josué hiciese su mejunje mezclándolo con orina. El remero se acercaba a él al finalizar la jornada y le pasaba un puñado de tierra, robado de los barriles de lastre o trapicheado con uno de los marineros. Le hacía un gesto a Josué y éste miraba fijamente sin responder, pero tendía la mano y aceptaba la tierra.

Sancho observaba el fugaz intercambio con curiosidad, aunque nunca preguntó nada. A pesar de no estar encadenados, los buenas boyas tenían prohibido hablar con los forzados, por lo que no esperaba obtener respuesta, como tampoco la obtendría del resto de los galeotes. Desde que el Cuervo le había declarado la guerra, los demás prisioneros le habían hecho el vacío, como si la culpa de Sancho fuera contagiosa. Tan sólo se dirigían a él sus otros dos odiosos compañeros de banco, y sólo para insultarlo o burlarse de él.

Desesperado por comunicarse con alguien, Sancho intentó en varias ocasiones dirigirse a Josué, aunque éste fingía no prestar atención o se limitaba a negar con la cabeza. El joven se devanaba los sesos tratando de buscar un método para hablar con él. Probó a trazar letras sencillas en el aire, pero era inútil. Josué no sabía leer, y sin papel y algo para escribir jamás podría enseñarle. Casi había desistido de su empeño cuando recordó que Bartolo le había mostrado una serie de señas que los ladrones hacían por la noche cuando allanaban una casa y querían comunicarse sin hacer ruido. El enano había añadido unas cuantas de su cosecha que Sancho y él usaban a la luz del día para robar en mercados y plazas. Aunque el joven dudaba de que las señales de «los dueños se han despertado» o «distrae a éste mientras le robo la bolsa» fueran a ser de ninguna utilidad, aquello le dio una idea.

—Josué, escúchame —le dijo durante uno de los descansos de boga—. ¿Y si yo te enseñase a hablar?

El negro levantó la cabeza del plato de habas que les acababan de servir y se volvió hacia Sancho. Tenía el ceño fruncido y había reproche en sus ojos, como si creyese que se estaba burlando de él y no lo considerase justo. Lentamente, abrió su boca y le mostró al joven su lengua cortada. Éste reprimió un gesto de repulsión ante la carnicería que alguien había perpetrado con el pobre esclavo tiempo atrás, pero no apartó la mirada.

—No necesitas la lengua para hablar, Josué. Tan sólo tus manos. Tienes dos manos, ¿verdad?

Josué levantó los dos enormes jamones que había al extremo de sus brazos. Las palmas eran muy claras, casi blancas, y duras como la madera por el constante roce con el remo. Las de Sancho comenzaban a adquirir un callo similar.

—Voy a enseñarte a hablar con las manos, Josué. Tú mírame atentamente, ¿de acuerdo?

Sancho se señaló con un dedo.

—Esto significa «yo». Repítelo.

Josué se mantuvo quieto durante unos instantes, y Sancho temió que no quisiese obedecer o peor aún, que su inteligencia fuera igual que la de las bestias del campo, tal y como había oído a menudo decir de los de su raza. El negro no había perdido la seriedad en el rostro, pero sin embargo obedeció, imitando el gesto de Sancho.

Éste dudó antes de representar su siguiente palabra. Se agarró el anverso de la mano izquierda con la derecha.

—Esto significa «tengo».

Josué imitó el movimiento, esta vez a la primera. Sancho alzó un solo dedo. Aquella palabra era más fácil.

—Una.

La siguiente podía representarse de muchas maneras, aunque Sancho prefirió interpretarla por su forma, no por los gestos que se hacían con ella. Colocó la primera falange del índice derecho sobre la tercera del índice izquierdo, con ambas manos levantadas.

—Espada.

Después colocó las palmas de las manos una frente a otra, dejando un espacio tan ancho como su torso en medio.

—Grande. Ahora repítelos todos seguidos.

—Ese imbécil no te entenderá nunca —se burló el Muerto a su espalda—. Estás perdiendo el tiempo. El poco que te queda.

Sancho le ignoró y miró a Josué. Algo en la expresión del esclavo había cambiado. En su rostro no había recelo, sino algo distinto. Miedo, tal vez, o expectación. Sancho no supo distinguirlo. De nuevo creyó que no iba a conseguirlo, pero de repente el negro ejecutó todos los movimientos de carrerilla.

«Yo tengo una espada grande.»

—¿Has visto, Josué? Acabas de hablar.

Josué se quedó mirando a Sancho con asombro y adoración. En ese momento el Cuervo hizo sonar su silbato y los galeotes tuvieron que despojarse una vez más de sus ropas e inclinarse sobre los remos.

Entonces comenzaron a suceder varias cosas buenas.

La primera fue que el Cuervo dejó de tomar a Sancho como blanco principal, y todo fue porque alguien cometió un pecado aún mayor que la rebeldía que había cometido el muchacho. Uno de los galeotes de refresco que habían embarcado en Mahón recibió un par de latigazos y en lugar de tragárselos como un hombre se volvió y sujetó el rebenque, arrancándolo de las manos del Cuervo. Fue un acto reflejo, puro instinto de conservación, y se lo devolvió enseguida, pero eso era algo que el cómitre no podía tolerar en absoluto. La emprendió con él, tornándole en el mismo objeto de venganza fría y cruel en la que había convertido a Sancho. El muchacho se sintió aliviado por ello, aunque la culpabilidad y la compasión por el pobre desgraciado que había tomado su lugar le llenaron de amargura.

La segunda fue que Josué se tomó la invención de Sancho muy en serio. Desde el momento en que el negro fue capaz de articular su primera frase coherente usando las señales, una suerte de fiebre se apoderó de él. Dedicaron cada minuto libre a establecer las bases de aquel idioma nuevo. Los inicios fueron lentos, puesto que había muchas palabras que no se parecían a nada y sobre las que tenían que llegar a un acuerdo. ¿Cómo indicas con señas «vida» o «amanecer»? Además, según iba creciendo su vocabulario, las manos no bastaban.

Estuvieron atascados durante varias sesiones hasta que Josué tuvo la idea de acudir a otras partes del cuerpo como parte de las señales. Por ejemplo, acariciarse la cara para indicar belleza o hacer un círculo sobre el pecho para indicar bondad. Con el paso de las jornadas, Sancho comenzó a intuir que en el enorme cráneo del negro habitaba una mente profunda y sabia, presa como la suya de la tristeza y de la soledad.

La base sobre la que establecieron su nuevo lenguaje fue precisamente la historia de Josué. Les llevó un par de semanas conseguir hilarla completa, pues muchas palabras requerían de otras tres o cuatro para definirlas, pero lo consiguieron, y Sancho jamás se había sentido tan orgulloso de algo en su vida. Ni cuando recitaba a fray Lorenzo la respuesta correcta, ni la primera vez que cortó una bolsa ajena. Aquellas señales dibujadas en el aire eran la mejor rebeldía contra los que habían arrancado la lengua del negro y les habían cargado de cadenas.

«Nací lejos de aquí.»

—En África —apuntó Sancho cuando el negro compuso la primera frase, pero Josué sólo se encogió de hombros. Para él aquel nombre no significaba nada, aunque lo había escuchado muchas veces en boca de los españoles. Él conocía su tierra, aunque Sancho no había conseguido descubrir cuál era, pues aún no sabían cómo representar los nombres usando sólo sus manos.

«Vivía con mis padres, mis cuatro hermanos. Yo era pequeño. Así de alto», dijo indicando la altura de lo que Sancho interpretó como la de un niño de unos nueve años, aunque en el caso de aquel enorme ser humano podría ser algo más joven.

A trompicones, dejando muchos retazos en el camino, Josué narró cómo los negreros entraron en su poblado, en plena noche. Eran muchos, e iban cargados con armas muy superiores a las que ellos poseían. Su padre era un gran guerrero, y consiguió matar a dos de los intrusos, pero otro de los atacantes le metió un balazo por la espalda. Josué acabó en una jaula de madera. Luego fue encadenado, embarcado y vendido en los muelles de Sevilla, como lo fueron miles antes que él y como miles lo serían después. El negro contaba aquella parte de su vida con frialdad y distancia, incluso la parte en la que los negreros le cortaron la lengua aquella noche porque no dejaba de llorar.

Tan sólo parecía asomar la emoción por su rostro al relatar cómo había terminado entre aquellos muros. Había trabajado durante más de once años como aguador para un comerciante sevillano, que se dedicaba a comprar mano de obra esclava y enviarla por la ciudad, cada uno con una mula y unas jarras de agua.

Sancho se había cruzado a diario con los aguadores por las calles, incluso alguna vez había dejado caer un maravedí en la taza de lata que todos solían llevar y había dado un par de tragos templados que sabían a gloria. En un lugar como Sevilla, donde muchas personas trabajaban a pleno sol y la temperatura en verano asemejaba la de las calderas del infierno, aquél era un negocio lucrativo, especialmente si no tenías que pagar a tus trabajadores. Cuando éstos estaban demasiado viejos o enfermos para trabajar, el dueño los liberaba «por caridad cristiana», lo que en la práctica significaba que se desentendía de su suerte. Los recién liberados iban a morir a las mismas calles de las que habían extraído los cobres con los que su amo se enriquecía. Sin embargo, la fortuna a veces daba reveses a los que jugaban a aquel juego. El amo de Josué se encontró con que cinco de sus ocho esclavos enfermaron a la vez. El negro no pudo especificar a Sancho qué mal sufrieron sus compañeros, pero murieron todos en pocos días.

Sin nadie para atender las mulas y corto de efectivo, el dueño de Josué tuvo que venderle al oficial de galeras del rey.

«Me dijo tú comes más que los demás. Me dijo con el dinero que me dan por ti compro tres.»

Sancho imaginó la cara que habría puesto el oficial al ver entrar en sus oficinas cerca de la muralla a aquel gigante. No dudaba que habría estado deseoso de comprarlo, y más pensando que el esclavo tenía en torno a veinte años y estaba en la cúspide de sus fuerzas. Había sido un buen negocio para el rey y un buen negocio para el amo de Josué.

Para el negro había supuesto el cambio de una vida soportable por un destino infernal.

«Me gustaban las calles y las mulas, y me gustaba dar agua. La gente bebía y se sentía mejor. Y había sol. Aquí sólo hay oscuridad», concluyó Josué.

Entonces fue el turno de Sancho de narrar cómo había terminado allí, y lo hizo usando sólo las señales, recurriendo a la voz sólo cuando debía clarificar algo o crear nuevas palabras para su vocabulario. Josué asentía e interrumpía sólo para hacer alguna entrecortada y gramaticalmente incorrecta pero inteligente pregunta, que solía enfocar muchos de los sucesos por los que el joven había pasado en los últimos meses bajo una nueva luz. Ambos se hicieron amigos, y aquélla fue la tercera de las cosas buenas que sucedieron aquel verano.

Pero como Sancho había descubierto ya desde muy niño, cuando se encadenan una serie de sucesos afortunados suele significar que en el horizonte aguardan escollos. Y eso fue exactamente lo que pasó el 17 de agosto de 1589.

XXXIII

Eran las tres de la tarde, y acababa de terminar el segundo de los turnos de boga cuando el contramaestre asomó la cabeza por la trampilla para dar la orden fatal. Aquélla fue la causa del desastre, y no cabe duda de que las cosas hubieran sido muy distintas de no ser por la arrogancia del capitán.

Los marineros llevaban una temporada nerviosos, y habían contagiado su estado al resto del buque. Los forzados escuchaban sus conversaciones a través de las trampillas y las rendijas de la cubierta, y lo que oían no les gustaba nada. Temían que aquél fuese el primer año en el que la *San Telmo* pasase la festividad de la Asunción sin capturar ninguna presa. Aquel día marcaba los dos tercios de la temporada de caza, y para un barco de guerra habituado a los triunfos alcanzarlo de vacío suponía una deshonra. Por no hablar del menoscabo que suponía para los oficiales del buque la pérdida de los ingresos derivados de la captura del cargamento y la venta como esclavos de los piratas supervivientes.

Realmente una racha de mala suerte parecía haberse cebado con la *San Telmo*. Hasta en cuatro ocasiones había arribado a varios pueblecitos de la costa para encontrar los restos humeantes de una incursión. El capitán de la galera había trazado rutas circulares cerca de los lugares de la costa de Levante de más fácil acceso para los barcos enemigos, pero aunque su intuición había sido acertada, no lo habían sido los tiempos. Cada barquichuela de pesca con la que se cruzaron y cada torre de vigilancia que les hizo señales les transmitieron el mismo mensaje: los habían perdido por muy poco.

Una semana antes de la Asunción, las velas triangulares de un jabeque aparecieron en el horizonte, y la borda de babor se combó bajo el peso de los tripulantes exaltados, que corrieron a gritar obscenidades y celebrar que por fin les sonreía la suerte. La nave se escoró peligrosamente y el capitán mandó que todos volvieran a sus puestos y emprendiesen la persecución.

Los moros demostraron ser unos contrincantes excepcionales. Sabedores de que no eran rival para la galera, un barco casi el doble de grande y con mucha más potencia de fuego, explotaban su mayor maniobrabilidad y se mantenían lejos del alcance de la *San Telmo*. La persiguieron durante ocho días, perdiéndola de vista en más de una ocasión y encontrándola por puro azar y obstinación del capitán. Finalmente, la mañana del 17 de agosto la combinación de vientos y mareas puso al jabeque tunecino entre la costa y los cañones de su perseguidora. Sin un triste soplo de aire, las velas del jabeque resultaban inútiles, y los ochenta galeotes que la impulsaban perdían terreno irremediablemente contra los dos centenares que llevaban los españoles.

La primera sesión de boga de la mañana redujo la distancia que los separaba a la mitad. El jabeque se detuvo primero, alrededor de las once. Estaba a poco más de quinientas brazas, siguiendo la línea de la costa e intentando largar algo de trapo para escapar, sin suerte. Su bandera, de un verde sucio, colgaba lacia del palo mayor. Abandonado a la fuerza de sus remos, debía librar un juego muy peligroso con su perseguidora. La fuerza de los galeotes tenía que ser administrada cuidadosamente.

La *San Telmo* se detuvo también. El capitán se retorcía de impaciencia, pero sabía que el jabeque era ya suyo. Si no les alcanzaban en la segunda sesión de boga sería en la tercera. Los tunecinos cargaban en cada borda diez cañones de menor calibre que los quince que llevaban los españoles, aunque apenas tendrían tiempo de lanzar más de una andanada. Como mucho encajarían siete u ocho balas antes de abordarles. Después entrarían en juego las espadas, y de ésas la galera tenía el triple que su rival.

El descanso fue sólo de una hora y media. Pasaba la una de la tarde cuando el jabeque se puso en marcha de nuevo.

—Tienen miedo, señor —dijo el contramaestre al capitán.

Éste se tomó su tiempo antes de responder. En la última escala habían desembarcado al primer oficial, que se había roto un pie al ser golpeado por un cañón que un marinero descuidado no había asegurado convenientemente, otro evento que había sido interpretado por los marineros como de mal augurio. Aunque el contramaestre realizaba ahora las funciones de segundo de a bordo, el capitán le trataba siempre con cierta condescendencia por ser plebeyo y llevar apellido flamenco.

—Hacen bien en tener miedo. Sigamos.

Dos horas más tarde, el barco enemigo se detuvo. Había seguido en paralelo a la costa, y estaba a punto de doblar el cabo de Marzán cuando hizo un nuevo alto. El capitán se alegró de ello.

—Malditos idiotas. Si hubieran seguido hasta rebasar el cabo podrían haber usado las corrientes para ganar distancia.

—Sólo sería retrasar lo inevitable, señor.

—Cierto, cierto. Encárguese de que los galeotes reciban una ración de carne y vino. Necesitarán recobrar fuerzas.

—Enseguida, señor.

—Dentro de dos horas estaremos mandando moros al infierno —dijo el capitán sin apartar la vista del jabeque. Estaba a menos de doscientas brazas. Sesenta más y ambos entrarían a tiro de sus respectivos cañones, aunque tal y como estaba situado el tunecino no se pondría al pairo frente al español, porque eso supondría una sentencia de muerte. En tal caso la *San Telmo* sólo tendría que seguir de frente y embestirles con la borda. Un golpe de lleno a la velocidad adecuada hundiría el barco enemigo en cuestión de minutos.

El contramaestre dio las órdenes con rapidez y decisión. Los marineros empezaron a descender los odres de vino trampilla abajo y los soldados aprestaron sus mosquetes y pistolas. Por todas partes la cubierta era ajetreo y nerviosismo. Las bravatas y los rezos se confundían con el afilar de los aceros.

En la cubierta contraria, sin embargo, reinaba un silencio absoluto. Los rostros no eran visibles, pero los tripulantes que aparecían sobre bordas y palos no hacían el menor ruido. El contramaestre lo advirtió con una creciente inquietud, pero no tuvo apenas tiempo de pensar en ello porque en ese momento el jabeque empezó a moverse. El contramaestre corrió hacia el puente, junto al capitán, que estaba inclinado sobre la carta mordisqueándose el labio.

—¡Señor! ¡Se ponen en marcha!

—Tengo ojos en la cara, contramaestre.

La sombra del jabeque ya se recortaba contra el cabo, formado en su mayor parte por una enorme pared de roca oscura de más de treinta metros de altura. Las olas rompían con fuerza allá donde la piedra se hundía en el mar, entre explosiones de espuma.

—No lo entiendo, señor. No han dado descanso a sus remeros. Se agotarán enseguida. No tiene sentido.

—Tal vez se hayan dado cuenta de que están a pocas brazas del reflujo al norte del cabo —dijo el capitán con una repentina mueca de ansiedad—. Tal vez confíen en que si nosotros esperamos ahora, se levante un poco de viento y ellos puedan soltar trapo.

—Eso es ridículo, señor.

—No pienso correr el riesgo. Dé la orden de boga, contramaestre. Los seguiremos hasta el mismo infierno, si es preciso.

—Pero señor...

La mirada severa del capitán abortó las protestas del joven marino, que se alejó humillado. Si de él dependiese daría al jabeque una hora de ventaja antes de emprender la persecución. No había una nube en el cielo, ni trazas de que el más mínimo soplo de aire fuese a favorecer a los perseguidos. El origen noble del capitán había conquistado su puesto, no sus méritos como marino. Por desgracia también era un hombre soberbio que jamás atendía a razones, y el contramaestre no tuvo más remedio que cumplir una orden que era a todas luces equivocada.

Los marineros apenas habían repartido un tercio de las raciones extraordinarias, y cuando interrumpieron su tarea y trotaron escaleras arriba con sus odres y sus ollas hubo una oleada de protestas. Los galeotes tenían tan pocas oportunidades de probar la carne y el vino —con excepción del día de Navidad y de la Ascensión— que anunciar su reparto e interrumpirlo era lo peor que se les podía hacer. Hubo peleas entre los últimos que habían recibido una ración y los que se habían quedado sin nada. El resto empezaron a chillar enloquecidos.

El Cuervo hubiera cortado las protestas de inmediato, pero seguía con la cabeza vuelta hacia lo alto de la trampilla y una mirada de estupor en el rostro.

—No durarán más de media hora —dijo, haciendo un gesto con el látigo hacia atrás.

—Son órdenes del capitán. Estamos muy cerca ya. Podríamos alcanzarlos en cuanto rebasemos el cabo —dijo el contramaestre sin poder disimular que no creía en absoluto lo que estaba diciendo.

El cómitre, chasqueando la lengua con fastidio —pues su comida también había sido interrumpida—, hizo restallar el rebenque en el aire.

—¡Ropas fuera, chusma del diablo! ¡Tenemos a los moros a tiro!

Sus palabras fueron seguidas por un silencio sepulcral. Los forzados desconocían la situación, pero mandarles arrancar de nuevo en aquel momento, después de dos sesiones de boga y con el calor infernal que hacía, era una locura. Muchos ni siquiera habían tenido tiempo de ponerse de nuevo los calzones. Otros seguían masajeándose los brazos doloridos o intentando descansar como podían sobre los bancos. A pesar del miedo que tenían al Cuervo, muy pocos hicieron ademán de coger el remo.

—He dicho ropas fuera —repitió el cómitre, bajando el tono de voz hasta convertirlo en poco más que un susurro helado, escupido entre los dientes apretados—. Estamos en combate, hijos de puta. Al primero que me dé una excusa, ni me molestaré en colgarle. Le meteré seis pulgadas en la tripa.

Dio un par de golpecitos sobre el sable de abordaje que se había colgado de la cintura aquella mañana. Las miradas de los galeotes, fijas sobre él, eran de odio crudo y primitivo, y el Cuervo sintió un ramalazo de miedo. Tendría que tener especial cuidado para no tropezar durante la refriega, o ni siquiera su despiadada reputación le libraría aquella vez. No con lo que estaba viendo reflejado en aquellos cuatrocientos ojos.

—Comeréis y beberéis de sobra dentro de un rato. Ahora remad, o como hay Dios que empiezo a cortar gargantas. Y empezaré por los que menos me gustan.

Miraba en dirección a Sancho cuando dijo esto. Hubo una breve pausa, hasta que el cómitre restalló de nuevo el rebenque en el aire y varios de los galeotes empezaron a adoptar la posición de boga. Enseguida lo siguieron los demás, y la *San Telmo* arrancó de nuevo, con un ritmo lento pero firme.

Un cuarto de hora más tarde la galera maniobraba junto al cabo, tan cerca que los marineros podían ver los huevos sobre los nidos de las gaviotas. En ese momento los vigías alertaron de que el jabeque se detenía y recogía los remos. El contramaestre, ocupado en supervisar la profundidad y en evitar la presencia de escollos, no había seguido los movimientos del enemigo. Al ver aquello, no podía dar crédito a sus ojos.

Todos a bordo de la galera rugieron de alegría. Estaba claro que el jabeque iba a rendirse. El capitán se relamía ya por anticipado, con el rostro y el ánimo enfebrecidos de codicia. La captura de un barco intacto y con su tripulación completa les reportaría una cantidad aún mayor de lo que habían imaginado. Y estaba allí, detenido a poco más de cien brazas del cabo, con todos los remos alzados.

—Como una virgen abierta de piernas la noche de bodas —siseó el capitán—. ¡Boga de combate, contramaestre! Demostremos a esos infieles de lo que somos capaces. Para cuando lleguemos a su lado estarán besando cruces, si saben lo que les conviene.

—¡Sí, señor! —dijo el contramaestre, imbuido también del ánimo general. Casi cayó de bruces al bajar del puente. A regañadientes se reconoció a sí mismo que la desazón creciente que había sentido durante todo el día tenía que ver con el hecho de entrar en combate. El hecho de que el jabeque se rindiese había liberado toda aquella tensión y la había convertido en euforia, al igual que le sucedía al resto de la tripulación. Se asomó a la bajocubierta y gritó:

—¡Boga de combate! ¡Un último esfuerzo!

El Cuervo aumentó el ritmo, aunque tuvo que recurrir al silbato pues no era posible marcar los rápidos tiempos de la boga de combate sólo con la voz. En los bancos ya no quedaba ánimo para la protesta, ni siquiera ante aquella nueva e imposible exigencia. Metidos en faena, la resistencia colectiva se había diluido, ahogada por el sudor y las respiraciones entrecortadas. Los galeotes imprimieron a sus movimientos una velocidad que muchos no habían realizado más que en la semana de entrenamiento. Más de uno equivocó los tiempos y se partió la nariz o los dientes al bajar la cabeza mientras subía el remo. El Cuervo ignoraba a estos heridos, centrándose en aquellos que flojeaban. Era fácil identificarlos porque sus compañeros de banco protestaban enseguida, al notar que el peso en sus brazos se multiplicaba. Arriba y abajo de la crujía, golpeaba a ambos lados casi sin mirar, ganando en presencia lo que perdía en precisión.

Los aullidos y gritos de esfuerzo y dolor que subían de la bajocubierta quedaban ahogados por los de júbilo que se oían arriba. La *San Telmo* casi había alcanzado la velocidad máxima, y su proa ya rebasaba el cabo. El contramaestre, en aquel momento de triunfo, tuvo un recuerdo apresurado para su padre. Qué orgulloso se sentiría cuando dentro de pocas semanas su hijo regresase a casa con el botín de aquella captura, con su primera victoria a cuestas.

De pronto, algo a bordo del jabeque llamó su atención. Encaramado a las jarcias, uno de los marineros tunecinos agitaba frenético una bandera roja. El contramaestre no entendía qué diablos estaba haciendo aquel hombre, hasta que se dio la vuelta, siguiendo la dirección en la que el moro hacía señales. Y un escalofrío de terror le recorrió la espalda, erizándole los pelos de la nuca. Quiso gritar, avisar a la exaltada tripulación que le rodeaba, mirando en dirección opuesta al peligro que se les venía encima, pero tenía la garganta atenazada por el miedo, como en una pesadilla en la que se pierde el uso de la voz. Se revolvió entre los marineros, y uno de ellos al volverse para protestar vio lo mismo que el contramaestre y chilló desesperado.

—¡Capitán! ¡Enemigo a la vista!

—Barco en rumbo de colisión, señor —consiguió articular el contramaestre, pero la voz le salió apagada y sin fuerzas.

Protegido de la vista de los perseguidores en la cala que había al norte del cabo, un segundo jabeque había aguardado oculto mientras el primero era perseguido durante todo el día por la *San Telmo*. Con sus remeros frescos, ahora se lanzaban a toda velocidad en un curso que les llevaría a embestir de lleno el costado de la galera si no conseguían rectificar el rumbo. Llevaba recogidas todas las velas, y sobre la proa montaba un espolón de hierro forjado recubierto por una pátina verdosa.

En su conmoción, el contramaestre se asombró de la astucia de los tunecinos. Sabedores de que jamás podrían enfrentarse en combate directo a la *San Telmo*, habían estado mostrándose durante varios días al borde del horizonte, atrayéndoles hacia una trampa mortal. Mientras que uno de los jabeques aguardaba en posición sumisa, fingiendo rendirse, el otro aguardaba a que los orgullosos españoles se aproximasen a reclamar su presa. Y justo en el momento adecuado, desde el barco cebo se hizo señales a sus compañeros para que lanzasen el barco contra ellos.

El pánico se extendió entre la tripulación, y paradójicamente eso hizo reaccionar al contramaestre, que intentó regresar al puente. Tuvo que abrirse paso a empujones, pues los preparativos del abordaje habían saturado el espacio libre.

—¡Deteneos! ¡Alto la boga! —gritó al pasar junto a la trampilla.

El capitán tenía el sombrero ladeado y una mueca de asombro ridícula, como la de un niño al que hubiesen privado de un dulce que le acababan de regalar. Gritaba al timonel las órdenes directamente, y el muchacho parecía confundido.

—¡Todo a babor, muchacho! ¡Todo a babor!

—¡Señor, he ordenado que den el alto!

—¡Maldita sea, no! ¡Tenemos que virar toda! ¡No podemos hacerlo sin impulso!

—¡Entonces nos alcanzarán de popa, señor! —replicó el contramaestre, que viendo cercana la muerte abandonaba su actitud pusilánime con aquel incompetente que les iba a condenar a todos—. ¡Ordenad que arrojen el ancla!

Mientras la discusión seguía en el puente, en el primero de los jabeques habían abandonado la farsa y decenas de berberiscos se asomaban por la borda, mostrando sus alfanjes y aullando como poseídos. Varios sacaron sus arcabuces y los descargaron contra el barco que se aproximaba. Aunque estaban aún lejos para acertar, consiguieron su propósito. Muchos de los marineros comenzaron a disparar a tontas y a locas, entorpeciendo la labor del resto.

Para entonces ya era demasiado tarde, pues la proa del enemigo se les echaba encima sin remisión.

XXXIV

En la bajocubierta, Sancho se frotaba los músculos doloridos, con los codos apoyados sobre el remo y la cabeza entre los hombros. La orden de alto había llegado unos instantes atrás, y todos se habían derrumbado, incluso el Cuervo había perdido la media sonrisa que jamás le faltaba en el rostro cuando hacía funcionar el látigo. Entonces uno de los quinteroles de babor, el lado de Sancho, comenzó a chillar despavorido. Se puso en pie sobre el banco e intentó alejarse del costado del barco, pero la cadena se lo impidió y cayó sobre el remo, abrazándolo. El cómitre se plantó junto a él, tan extrañado por aquella actitud que ni siquiera hizo ademán de levantar el látigo. Entonces el Cagarro también miró por su rendija de libertad, y el caos se desató.

—¡Un barco! ¡Nos va a embestir!

—¡Moriremos todos!

El Muerto y el Cagarro se pusieron también en pie y comenzaron a exigir que les soltasen los grilletes, tirando con fuerza de las cadenas y sollozando. Sancho, aterrado como los demás, iba a ceder al impulso de huir cuando Josué le tomó por el brazo.

«No. Ayúdame a sacar el remo.»

Sin comprender nada, el joven hizo caso a su amigo, que comenzó a tirar del remo pasando la punta por encima de la crujía. El Cuervo, aún conmocionado por todo lo que estaba sucediendo, vio como el remo se elevaba, invadiendo su espacio, y corrió hacia ellos.

—¡Basta! ¿Qué diablos hacéis, hijos de puta?

Soltó un latigazo a distancia que impactó de pleno la espalda de Josué. El negro no se inmutó y siguió tirando del enorme remo. Sancho se dio la vuelta justo a tiempo de ver como el cómitre le dedicaba una mirada de odio triunfal, tan enloquecido que no era capaz de entender la amenaza que se cernía sobre ellos.

—Ahora sí que la has hecho buena —dijo sonriendo.

Sin pensarlo dos veces, guardó el rebenque en el cinturón y sacó el sable de abordaje.

Sancho comprendió que le habían dado al Cuervo la excusa que había estado buscando desde su enfrentamiento con el contramaestre, y supo que no saldría vivo de aquélla. Se dio la vuelta para encarar al cómitre. Puesto que ya no tenía que seguir fingiendo, al menos le mostraría a aquel cerdo repugnante que no le tenía miedo.

La maniobra del contramaestre no pudo llegar a ejecutarse completa, pero aun así evitó que el segundo jabeque les acertase en el centro del casco, como era la intención de los atacantes. Cuando el espolón les golpeó, lo hizo más cerca de la proa de la *San Telmo*. Con la inercia del choque, los costados de ambos barcos se unieron unos instante después. Algunos de los españoles saltaron al barco rival, aunque eran demasiado pocos como para suponer un peligro real para los tunecinos, que los masacraron enseguida sufriendo pocas bajas. Luego los del jabeque volvieron a sacar los remos que habían recogido justo antes de la embestida, maniobraron hacia atrás y se alejaron para ver como la orgullosa galera, herida de muerte, se hundía poco a poco en el Mediterráneo.

De tan desapasionada manera es como alguien situado en lo alto del cabo de Marzán hubiese narrado el choque entre los dos buques. Sin embargo, para los que estaban en el cálido y pestilente vientre que era la bajocubierta de la *San Telmo*, aquellos breves minutos que precedieron a su muerte fueron una pesadilla de horror indescriptible.

El Cuervo levantaba ya el sable sobre la cabeza de Sancho cuando el mundo se partió en dos. Hubo una enorme sacudida y un crujido ensordecedor cuando el enorme espolón verde, con la punta forjada con la forma de un halcón, irrumpió en la bajocubierta, matando o mutilando a todos los remeros de la primera y la segunda fila de los bancos de babor. Se incrustó en las tablas de la crujía, levantándolas. Cuando el impulso combinado de ambos barcos los empujó el uno contra el costado del otro, el espolón barrió los cuerpos de los muertos hacia fuera, arrancando la tablazón que separaba la cubierta de la sentina, desgarrando las cuadernas y el mamparo de la bodega de proa.

Pero la carnicería no concluyó ahí, pues cuando el costado del jabeque enemigo chocó con el de la galera, los remos se partieron con una salva de chasquidos, enviando un millón de astillas en todas direcciones. Los extremos destrozados empalaron a muchos galeotes. Sancho comprendió entonces en mitad del pavor que sentía que de no haber retirado Josué el remo, ellos estarían ahora corriendo esa suerte. De cualquier manera la astuta acción del negro sólo les había comprado unos minutos de vida, pues una tromba de agua entraba por la inmensa herida que el espolón había abierto en el costado del buque. El fragor del agua no llegaba a cubrir del todo el lamento de los mutilados, los gritos de pánico de los forzados que clamaban que les soltasen de sus cadenas o los relinchos de los caballos que iban en la bodega de popa. Intuyendo el peligro, los animales daban coces frenéticas en los mamparos, contribuyendo al caos.

El cómitre no pudo ver nada de todo esto. Había caído hacia atrás con el primer choque, en mitad de la bancada. Una docena de brazos lo sujetó, y sus dueños fueron capaces de olvidar el miedo lo suficiente como para cumplir la venganza que llevaban tanto tiempo anhelando. El Cuervo forcejeó con desesperación, intentando liberar el brazo con el que cargaba el sable, pero eran demasiados los que le agarraban. El primer bocado lo recibió en la nuca, y el segundo en el brazo derecho. Lo último que pensó antes de que la tromba de agua les alcanzase es que dolía mucho más de lo que se había imaginado.

—¡Josué! ¡Tenemos que romper la cadena!

El negro sacudió la cabeza de arriba abajo con vehemencia y se inclinó hacia adelante, intentando coger uno de los extremos rotos de los remos. La longitud de sus brazos no alcanzaba a tocarlo, pues la punta quedaba más cerca de Sancho, quien sí pudo arrastrarse por debajo del banco de delante, entre los excrementos, y moverlo lo suficiente como para que el negro se hiciese con él. La enorme pieza de madera era casi tan alta como Sancho, y Josué la insertó entre la cadena y el banco. Pisó uno de los lados de la cadena con su pie derecho e indicó a Sancho que hiciese lo mismo, pero éste no podía tirar de ella si el Cagarro y el Muerto no daban un paso en su dirección para que se aflojase lo suficiente.

—Vosotros —dijo dándose la vuelta hacia sus despreciables compañeros de banco—. ¿Queréis salir de esta?

Los dos forzados, que estaban subidos al banco con las caras blancas de espanto, asintieron.

Con la suficiente cadena como para dar una vuelta en

torno al remo, el negro descargó todo su peso sobre la improvisada palanca con un empujón breve y seco. A pesar de que estaba sujeta, todos ellos notaron cómo el grillete se les hundía en los tobillos y les laceraba la carne, aunque ninguno protestó. Josué lo volvió a intentar, y esta vez uno de los eslabones de la cadena se abrió un poco. Un tercer arreón lo terminó de deformar, y todos ellos tiraron de la cadena, quedando libres. El Cagarro y el Muerto corrieron hacia la abertura, ahora completamente por debajo de la superficie del mar. El agua fluía con menos fuerza pero igualmente imparable, a medida que el barco se iba inclinando hacia la proa y girando sobre sí mismo, rechinando lúgubremente.

Sancho iba a seguirles cuando Josué le tocó el brazo y le hizo gestos. La palabra con la que acabó la frase no existía aún en su lenguaje de signos, pero el joven la comprendió igualmente.

«No sé nadar.»

Sancho había crecido a media legua del río Genil, y para él que alguien no supiese nadar era impensable. Maldijo para sus adentros y miró a su alrededor devanándose los sesos, en busca de algo que pudiese ayudar a su amigo a salir a la superficie. Finalmente en la proa vio algo junto a la plataforma del cómitre.

—No importa. Tú ven detrás de mí.

«Tengo miedo a ahogarme.»

—¿Y qué crees que te sucederá si te quedas aquí? ¡Sígueme!

Confiando en que su amigo le hiciese caso, saltó de banco en banco, abriéndose paso entre los heridos. Ahora la inclinación de la galera era tan pronunciada que casi tuvo que descolgarse al llegar al último. Los otros galeotes, al verlos libres, les suplicaron desesperados que les ayudasen a romper sus cadenas. Sancho dudó un momento mirando a Josué, pero luego comprendió que si se quedaban un minuto más en el barco éste los arrastraría al fondo. Tal vez ya era demasiado tarde incluso para ellos. Haciendo de tripas corazón, ignoró los gritos de auxilio.

Cuando llegaron junto a la abertura, Sancho encontró que la plataforma del cómitre estaba completamente anegada, y en su superficie más de un centenar de ratas se agitaban en el agua, nadando sin rumbo. Algunas, llevadas por el instinto, habían encontrado el camino hacia la cubierta a través de la escalerilla y Sancho estuvo tentado de seguirlas, pero enseguida comprendió que aquélla no era una opción ya, puesto que la escotilla estaba completamente bloqueada.

Sin pararse a pensarlo dos veces se zambulló en medio de las ratas, sumergiéndose hasta alcanzar la plataforma del cómitre. Sobre ella estaban los barriles de agua, y Sancho tuvo que palpar en la casi total oscuridad hasta encontrar el nudo que los mantenía unidos, entre sí y al mamparo. Al tirar de él, los tres grandes barriles se soltaron y Sancho se agarró a uno de ellos, que ascendió a la superficie del agua con fuerza.

—¡Deprisa, Josué! —gritó levantando la cabeza hacia su amigo, que se aferraba a uno de los bancos con uñas y dientes—. ¡Toma aire y luego salta con todas tus fuerzas sobre el barril cuando yo te diga!

Se aproximó al costado de la galera, lo más cerca que pudo de la abertura. Con una mueca de asco, Sancho notó cómo las ratas le trepaban por el cuerpo, desesperadas por subirse a aquel asidero.

—¡Ahora!

El negro inspiró profundamente, abriendo mucho los ojos e inflando los carrillos, y luego se lanzó sobre el barril, hundiéndolo. Sancho, completamente a ciegas, pataleó en lo que esperaba que fuese la dirección de la abertura. Sintió la fuerza del agua empujándoles durante un instante, y después cómo ésta se invertía y comenzaban a ascender a la superficie a toda velocidad.

Sancho y Josué emergieron agarrados al barril, a poca distancia de la galera, resoplando y tosiendo, aunque por suerte sin la repugnante compañía de las ratas, que no habían resistido el rápido viaje a través del agua.

La popa de la *San Telmo* se alzaba ya sobre el mar, revelando las miles de almejas que se habían adherido a la obra viva. La parte delantera del buque seguía hundiéndose entre un remolino de espuma rosada, y Sancho comprendió con terror que el color era debido a la sangre de todos aquellos que habían quedado despedazados por el choque. En cubierta se oyó un triste y único disparo, y luego sólo los gritos de los moribundos y de aquellos que trepaban por las bordas y la empinada cubierta, tratando desesperadamente de arrojarse al agua. Muchos de los marineros no sabían nadar, y el resultado para ellos era el mismo que si se hubiesen quedado a bordo de la galera, pues cuando caían se iban al fondo como una piedra y ya no volvían a aparecer. Para los que sabían mantenerse a flote o agarraban algo que pudiese hacerlo, el futuro no era mucho mejor. Los moros ya maniobraban para colocarse entre la *San Telmo* y la playa, para así ir pescando a los esclavos que iban a añadirse a su botín.

Sancho comprendió enseguida que allí no estaban a salvo. Uno de los jabeques estaba rodeando la galera, y sus tripulantes bajaban ya al agua las chalupas, provistas de largas pértigas para atrapar a los supervivientes y los restos de algún valor.

—Vamos, Josué —susurró Sancho—. Tenemos que intentar nadar hacia la costa antes de que nos vean.

Aquello era más fácil decirlo que hacerlo. Por más que se esforzaron, pilotar aquel barril era imposible. Llevaba poco líquido en su interior, lo que le confería más flotabilidad pero también lo dejaba a merced de las corrientes, que les empujaban directamente hacia los piratas. Sancho miró hacia la costa; casi toda compuesta de bajíos y rompientes que serían aún más peligrosos que los piratas. Tan sólo en un punto, a unas cien brazas de donde ellos estaban, había una zona que se abría más suave hacia la tierra, con una pequeña playa. Aquélla era su única oportunidad de salvarse.

Patalearon con fuerza, pero el barril no dejaba de girar sobre sí mismo, con lo que al principio daban vueltas en círculos.

—Maldita sea, no está funcionando. Estamos más lejos de la costa ahora.

Josué le miró muy serio, y luego, a pesar del miedo que le daba soltar su precario asidero, consiguió hacerle tres signos.

«Tú debes irte.»

Sancho se dio cuenta de que le sería más fácil llegar a la costa nadando sin el barril, pero Josué nunca lo conseguiría sin él, y no pensaba dejar allí a su amigo.

—No te preocupes, amigo. Llegaremos juntos o nos iremos al fondo.

De pronto tuvo una idea. Tomando una bocanada de aire se sumergió bajo el barril, en busca de un tapón o de una abertura. Tuvo que intentarlo un par de veces antes de encontrarlo, justo por encima del fleje inferior. Los dedos le resbalaron varias veces, pero finalmente consiguió asirlo con firmeza. Tiró de él y consiguió abrirlo, pero no sin que antes se le escurriese y se fuese al fondo.

—Ayúdame a girarlo —le dijo a Josué al salir a la superficie.

Le fueron dando la vuelta hasta que la abertura, del tamaño de una manzana pequeña, quedó al nivel del agua. Poco a poco comenzó a llenarse, y Sancho se preguntó cuánto líquido necesitaría para estar equilibrado. Dejándose llevar por su intuición, dejó que se hundiese hasta la mitad.

—Que no le entre más agua o se nos acabó el viaje.

En ese momento oyeron unos gritos, y vieron como los tripulantes de una de las chalupas que habían desembarcado para capturar a los supervivientes señalaban en su dirección y se dirigían hacia ellos para cortarles el paso. Comenzaron a patalear con fuerza, aunque ahora el barril era mucho más sencillo de controlar y la distancia a la playa se iba reduciendo poco a poco. Sancho ya se veía metiendo los pies en la arena cuando el sonido de un disparo rebotó contra la pared de roca. Uno de los moros estaba de pie en la proa de la chalupa, con un arcabuz en la mano. El primer tiro había fallado, pero el pirata tunecino ya estaba vaciando su cuenco de pólvora en el cañón y atacándolo con la baqueta.

—¡Aprisa, Josué!

Una segunda bala levantó una pequeña columna de agua a su izquierda. Cada vez más consciente del peso del grillete que le lastraba el pie, Sancho tuvo que extraer sus energías del miedo. Cuando estaban a tiro de piedra de la orilla, la corriente dejó de arrastrar el barril lejos de tierra para empujarles hacia las rompientes que quedaban a su izquierda. Sancho ya no imaginaba bajo sus pies la arena de la playa, sino su cuerpo y el de Josué destrozados contra los afilados bajíos.

En la chalupa, el tunecino había desistido de acertar a las cabezas de los fugitivos, que subían y bajaban entre las olas, y se decidió por un objetivo mucho más fácil. Apretó la bala con la baqueta en el cañón del arcabuz y se lo llevó al hombro. Respiró hondo, aguardó a que el movimiento de la chalupa se redujese al mínimo y tiró del gatillo.

La pesada bala alcanzó el barril en la parte de atrás, reventando la madera. Sancho y Josué intentaron seguir aferrándose a él, pero el agujero que había abierto el impacto era demasiado grande y en pocos instantes se fue al fondo.

Josué abrió mucho los ojos y comenzó a chapotear con desesperación.

«Maldita sea —pensó Sancho— Nos vamos a ahogar a
veinte pasos de la orilla.»

—¡Tranquilo! ¡Mírame! ¡Mírame!

Josué estaba tan nervioso que no era capaz de escuchar a
Sancho. Éste le apoyó una mano en el hombro y después le
golpeó en la cara con la otra. Fue como dar un bofetón a
una piedra, pero sirvió para que el otro se calmase un poco
y le prestase atención.

—Mueve los pies como antes. ¡Así! Y ahora las manos, así
y así.

Finalmente Josué consiguió mantenerse a flote lo suficiente como para seguir a Sancho. La chalupa había dejado
de perseguirles, sin duda temerosos los tunecinos de que alguien tierra adentro hubiese escuchado los disparos y corriese en ayuda de los españoles. Libres del barril, consiguieron alcanzar la zona en la que hacían pie al cabo de
unos minutos. Tropezando y arrastrándose, completamente
agotados, ambos se desplomaron en la orilla.

XXXV

S ancho no supo cuánto tiempo estuvo allí, tendido sobre la playa, tan exhausto como no se había encontrado en su vida. Debió de ser mucho, incluso tuvo que dormir o quizás perder el conocimiento, puesto que cuando despertó ya era casi de noche. En fugaces raptos de consciencia, pensó que era la primera vez que veía por completo el cielo sobre su cabeza desde hacía muchos meses. Tendido como estaba sobre la arena, apenas alcanzaba a ver unas piedras, un matorral y un extraño cangrejo que pugnaba, arrastrando una concha, por encaramarse a una de las piedras, cayéndose una y otra vez. Contempló asombrado el caparazón carmesí del cangrejo, perlado de diminutos granos de arena, y le pareció increíble que algo tan hermoso pudiese existir. Tras tanto tiempo inmerso en la oscuridad de la bajocubierta, el mundo le resultaba ahora un lugar extraño y nítido, saturado de colores vibrantes y de bordes definidos. Y de la cualidad más preciosa y que más había echado en falta durante su penoso cautiverio.

El silencio.

Cerró los ojos, deseando que aquel momento no terminase nunca, embargado de una lánguida placidez. Y entonces la realidad volvió a llamar a su puerta, y lo hizo con unas voces odiosas que él habría deseado no volver a oír jamás.

—Te digo que debemos desnudarle antes de matarlo. No quiero que la ropa se le empape de sangre.

—¿Cómo vamos a hacerlo?

—Con una piedra grande. Se le aplasta la cabeza y ya está, problema resuelto. Ve a buscar una.

—¿Por qué tengo que buscarla yo?

—¿Vas a matarlo tú, Cagarro? ¿No? Claro que no. ¡Haz lo que te digo y ve a buscar una piedra bien grande.

—Podríamos meterlo en el agua y ahogarle.

—De eso nada... tengo ganas de acabar con uno de estos cerdos yo mismo.

Sancho asomó la cabeza por encima de una duna y vio confirmados sus temores. Al otro extremo de la playa habían llegado sus compañeros de banco, el diablo sabía cómo. Nadie parecía estar persiguiéndolos, puesto que el mar estaba despejado. Los jabeques enemigos habían desaparecido en el horizonte y la *San Telmo* bajo las aguas. Los únicos vestigios de la batalla que había tenido lugar allí unas horas antes eran restos dispersos de maderas y sogas, traídos por la marea alta que ya empezaba a declinar. Y un cuerpo, solitario y tendido en la arena boca arriba, cuyo dueño movía las manos casi sin fuerzas.

El joven apretó los dientes y respiró hondo. No podía quedarse sentado mientras aquellos canallas acababan con un hombre indefenso. Dudaba de que pudiese enfrentarse a ambos sin ninguna ayuda. Los dos forzados estaban desnudos, como él, y sin armas a la vista. Sancho buscó con la mirada algo que le pudiese suponer alguna ventaja, y vio cerca de la base de la duna una rama gruesa, de cuatro palmos de largo. Pero para alcanzarla tendría que abandonar su escondrijo, quedando expuesto a las miradas de los galeotes. Si no se hacía con la rama primero y conseguía mantenerlos a raya, podrían arrojarle al suelo. Siendo dos, uno podría sujetarle y el otro aplicarle el mismo tratamiento que iban a darle al hombre tendido en la arena.

«O algo peor», pensó Sancho, recordando su primera noche en galeras, y cómo el Muerto se le había echado encima, susurrando con su fétido aliento. Tan sólo la oportuna intervención de Josué había impedido que consumase sus oscuros deseos.

Al recordar a su amigo, el joven se dio la vuelta, pero donde lo había dejado unas horas antes sólo había un enorme hueco en la arena. Tal vez hubiese huido mientras Sancho dormía. Aquello le causó tristeza, pues aunque hubiesen decidido tomar caminos separados le habría gustado despedirse de él. Pero ahora no quedaba tiempo para pensar en ello, o al menos no lo había para el hombre de la arena. El Cagarro ya se acercaba, cargando una piedra con ambas manos, los hombros inclinados hacia adelante por el peso. Sancho aprovechó que el Muerto se volvió en su dirección y se arrastró por encima de la duna. Ocupado con la piedra, el Cagarro no lo vio hasta que la tuvo en sus manos. El Muerto, alertado por un grito de su compañero, se dio la vuelta y un brillo malicioso recorrió sus ojos.

—Quedaos donde estáis —dijo Sancho.

Se puso en pie y caminó un par de pasos hacia el hombre tendido en la arena. El Muerto también avanzó, con una mano tendida hacia Sancho y la derecha oculta detrás de la espalda.

—Vaya, así que el novato sabía nadar. ¿Dónde está tu negrito?

—Cerca —dijo Sancho, mordiéndose el labio—. No te muevas, Muerto.

—¿O qué? ¿Me pegarás con esa rama grande? —dio otro paso en dirección a Sancho—. ¿Tantas ganas tienes de defender a este cerdo? Puedes unirte a nosotros y reventarle la cabeza.

Sancho dio un paso hacia adelante también, y entonces pudo ver el rostro del hombre tendido en el suelo, contemplando la escena con los ojos bien abiertos por el miedo. Lo reconoció al instante, a pesar de la sangre que le cubría un lado de la cara.

Era el contramaestre.

Sancho apretó aún más fuerte la rama entre sus dedos, notando cómo la humedad había comenzado ya a separar la corteza marrón oscuro de la madera. Aquel hombre tendido en el suelo había hablado en su defensa cuando nadie más lo había hecho, y se había enfrentado al Cuervo evitando que le reventase a golpes el día en que Josué rompió el remo.

—Si queréis matarle a él tendréis que matarme a mí primero —dijo Sancho con un ligero temblor en su garganta reseca.

—Eso está hecho, novato.

El Muerto dio un paso a su derecha, tratando de flanquear a Sancho, que se movió también. No quería perder de vista al otro forzado, que miraba atónito el enfrentamiento sin soltar la piedra.

—¿A qué esperas? ¡Vete por detrás, imbécil!

El Cagarro reaccionó por fin, dejando caer su carga y avanzando hacia ellos. Sancho cometió el error de volverse hacia aquella nueva amenaza, lo que aprovechó el Muerto para lanzarse hacia él. Sacó la mano de detrás de la espalda, y en ella llevaba un pedazo de madera afilado que apuntó hacia el costado de Sancho. El joven dio un paso atrás, esquivándolo de puro milagro. La punta rascó el aire a un dedo de la piel del joven, que lanzó el brazo derecho hacia adelante, fallando la cara del Muerto por más de un palmo.

—¿Es eso lo mejor que sabes hacer? —se burló el Muerto mirando a su espalda.

«Intenta distraerme», pensó Sancho, dando otro paso a

su izquierda. Ahora ya no podía ver al Cagarro, que en cualquier momento podría engancharle por detrás, y entonces todo habría acabado.

—¡Ahora! —gritó el Muerto, avanzando de nuevo hacia Sancho.

El joven se agachó, y sujetando de nuevo la rama con ambas manos, golpeó con el extremo el estómago del Muerto. La fuerza de Sancho se combinó con el impulso del galeote, que se dobló sobre sí mismo, luchando por respirar. En ese momento Sancho notó las manos del Cagarro, que intentaba agarrarlo por detrás. Sacudió los brazos para zafarse, y su atacante quiso saltar por encima del contramaestre para echarse sobre sí. Pero en ese momento el herido le sujetó por un tobillo, y el segundo galeote cayó de bruces sobre la arena. Sin tiempo para darse la vuelta, Sancho afianzó ambos pies en el suelo, alzó la rama por encima de su hombro izquierdo y la dejó caer con todas sus fuerzas sobre la cabeza del Muerto. Éste, que se estaba recuperando del golpe en el estómago y ya levantaba su punzón para clavarlo en Sancho, recibió el impacto de lleno en la cara. Hubo un crujido y un salpicón de sangre cuando la madera partió la nariz y varios dientes del Muerto, que puso los ojos en blanco y cayó de rodillas.

—Tú —dijo Sancho señalando al Cagarro, que lo miraba desde el suelo con cara de susto—. Recoge esta basura y largaos de aquí.

El galeote se puso lentamente en pie, y Sancho retrocedió sospechando alguna artimaña, pues el Cagarro tenía la vista clavada a su espalda. Volvió un poco la cabeza, pero no era otro que Josué el que estaba tras él. El negro se puso al lado de Sancho con los brazos cruzados, y aquello fue demasiado para los otros galeotes. El Cagarro ayudó al Muerto a levantarse y los dos se alejaron, renqueando. Josué fue detrás de ellos durante un rato, para asegurarse de que desaparecían.

Sancho, entretanto, se arrodilló junto al contramaestre. El marino, tendido allí sobre la arena, parecía aún más joven que él, a pesar de tener cuatro o cinco años más. Adelantó una mano buscando las de Sancho, y éste soltó la rama para cogerle. El flojo apretón del contramaestre le encogió el corazón.

—Gracias por vuestra ayuda.

—Vos me ayudasteis a mí primero.

El contramaestre no supo a lo que Sancho se refería hasta que un atisbo de comprensión cruzó por su mirada desvaneciente.

—Ah, sí. El joven que hizo frente al Cuervo. Fuisteis muy valiente aquel día. Más que yo, me temo. Si le hubiera plantado cara al capitán...

—No podéis pensar en eso ahora. Tenemos que llevaros a lugar seguro.

—Ah, Señor. Tantos muertos... —comenzó el contramaestre, antes de que un golpe de tos le interrumpiera. Sancho vio como sus dientes estaban teñidos de sangre, y arrugó el ceño con preocupación.

—¿Estáis herido?

—Cuando salté del barco me alcanzó una bala en la espalda. Apenas pude agarrarme a un madero... ¿Alguien más ha sobrevivido?

—Unos cuantos, señor, pero a todos se los llevaron los moros. Ya sólo quedamos Josué, vos y yo.

El marino se quedó callado unos instantes, con los ojos cerrados y la respiración cada vez más entrecortada.

—¿Cómo os llamáis?

—Sancho, mi señor.

—Ayudadme, Sancho. Incorporadme. Quiero ver el mar por última vez.

Sancho lo hizo, sujetándole con cuidado para que no cayese. Notó un líquido pastoso en las manos, y comprendió que la espalda del contramaestre estaba empapada en sangre, que la arena bajo él había ido absorbiendo. Por eso los galeotes habían creído que podrían llevarse sus ropas intactas.

El marino permaneció unos instantes contemplando la superficie del agua, en el punto en el que se había hundido la galera. Luego alzó los ojos al cielo, donde el crepúsculo revelaba ya las primeras estrellas. El cuello apenas le sostenía, y Sancho tuvo que inclinarle un poco.

—Allí están las Pléyades, Sancho. Y tras ellas Aldebarán, «la que sigue». Dicen que sus luces están formadas por las almas de los marineros que se perdieron, y que desde allí nos muestran el camino.

Sancho asintió, siguiendo la mirada del contramaestre hacia un grupo de estrellas que asomaba por oriente.

—Acercaos un poco más —susurró el contramaestre—. Hay algo que debo pediros.

El joven aproximó la oreja a los labios del hombre, y escuchó durante varios minutos. Cuando los susurros terminaron, la cabeza se derrumbó sobre el hombro de Sancho, que volvió a recostar el cuerpo del contramaestre con sumo cuidado y le cerró los párpados.

Cuando regresó Josué encontró a Sancho enjugándose los ojos enrojecidos. Con la ayuda del negro llevó el cadáver hasta un terreno más elevado, lejos de las mareas. Allí excavaron la tierra, Sancho con la rama y Josué valiéndose tan sólo de sus gigantescas manos. La luna ya estaba bien alta en el cielo cuando colocaron dentro de la improvisada tumba al contramaestre, y Sancho iba a comenzar a echar tierra sobre el cuerpo cuando Josué le detuvo.

«Debes rezar por él.»

—Nunca he creído mucho en esas cosas —dijo Sancho—. ¿Dónde estaba Dios cuando los infieles atacaban la *San Telmo*?

«Yo he rezado y mira dónde estamos.»

—También rezaron el resto de los galeotes y mira dónde están. ¿Por qué no rezas tú?

«Yo no puedo hablar. Tú sí.»

—¿Y de qué servirá si no sale de mi corazón?

Josué hizo una pausa, y luego se encogió de hombros y señaló al interior de la tumba.

«A él no le importa si no crees.»

Sancho agachó la cabeza y cumplió con los deseos de Josué. Su amigo ya había dado pruebas de intensa religiosidad a bordo de la galera, algo que el joven no podía conciliar demasiado bien con el infierno pestilente que habían vivido a bordo de la *San Telmo*. Durante unos minutos, la voz de Sancho despidió al contramaestre, recitando palabras que no había pronunciado desde hacía años, aprendidas en un mundo distinto. Contra todo pronóstico, no le parecieron huecas ni vacías. Después el contramaestre quedó solo, sin otra compañía que el rumor de las olas y la bóveda del cielo.

Cuando terminaron de cubrir la tumba, ambos se miraron sin saber muy bien cuál sería el siguiente paso.

—¿Dónde demonios te habías metido antes? —quiso saber Sancho.

«Fui a mirar por los alrededores. Quería saber dónde estábamos. Si había algún pueblo cerca.»

—Me hubiera venido bien tu ayuda con ésos —le reprochó el joven, recordando lo cerca que había estado de acabar con la cabeza aplastada haciendo compañía al contramaestre.

«Lo siento. No te preocupes. Se han ido, no volveremos a verlos. Pero hay algo que quiero decirte.»

Sancho se detuvo, extrañado. A la luz de la luna, el rostro del negro parecía esculpido en la misma roca que daba forma a la bahía, y en él había algo distinto, algo que no casaba con el fatalismo resignado y sumiso que había mostrado desde que le conoció. Había en Josué un lado oscuro y complejo, que se revelaba tan sólo en ciertos momentos, como cuando lo había salvado del Muerto en la oscuridad.

«No puedo matar a nadie.»

—¿Qué quieres decir? —dijo Sancho, sin comprender nada.

«Es un pacto entre Dios y yo. Debes saberlo, ya que ahora voy a seguirte.»

—No tienes por qué hacerlo. Eres libre.

«Soy un esclavo. Llevo la marca sobre mi cara. No duraría mucho sin ti, si me fuese solo.»

Sancho se dio cuenta enseguida de que abandonar a su amigo era una sentencia de muerte. Sin una cédula que certificase que había recuperado la libertad, Josué caería en manos de la justicia en cuanto pisase cualquier población. Volverían a enviarle a galeras, o le darían garrote por haberse escapado. Aquello no era una opción.

«Además, tú has salvado mi vida —continuó Josué, haciendo las señales más despacio que antes, y más marcadas, como si quisiera darle mayor importancia a lo que estaba diciendo—. Según las normas de mi gente, ahora somos hermanos. Te seguiré a donde vayas.»

Atónito ante aquella muestra de afecto, Sancho sacudió la cabeza. Las palabras de Josué le habían llegado al corazón, lo cual hacía aún más difícil la situación.

—Ni siquiera yo sé lo que voy a hacer ahora, ni hacia dónde encaminar mi vida. Pero uno de esos caminos llevará... —No fue capaz de decirlo en voz alta, así que hizo las señales con los dedos, tan lenta y meticulosamente como Josué había hecho su promesa de lealtad:

«Voy a quitar vidas. Una al menos, seguramente más.»

Josué asintió y se encogió de hombros, como si fuera algo que diese por supuesto desde hacía mucho tiempo.

«Te protegeré y te ayudaré. Daré mi vida por ti si es necesario. Pero estas manos no matarán. Ésa es la voluntad de Dios para mí. Tú has de cumplir la tuya.»

Sancho respiró hondo y cerró los ojos, intentando llenarse de todo lo que le rodeaba, tal y como Bartolo le había enseñado. Se había levantado una ligera brisa que inundó su pulmones con el aroma de las jaras. Las cigarras cantaban entre los arbustos, y la noche era tranquila, perfecta, como si el mundo contuviese el aliento a la espera de su decisión.

La justicia comenzaría a buscarles pronto, cuando el mar empezase a devolver los cuerpos de los muertos, o cuando la galera no se presentase a informar en ningún puerto. Los pescadores encontrarían los restos del naufragio, los barriles de agua marcados a fuego con las letras *San Telmo* saldrían a flote. Podrían pasar unos días, tal vez una semana, pero antes o después los habitantes de aquella región estarían atentos por si veían galeotes fugados.

Podrían emprender una nueva vida, huir hacia Castilla o tal vez al norte. El camino sería difícil, mucho más al principio, pues no contaban con nada. Ambos estaban completamente desnudos, no tenían dinero ni amigos a los que recurrir, pero aquello también podía significar un nuevo comienzo.

Sería lo mejor para Josué. El negro había demostrado ser un hombre bueno e inteligente, que acababa de poner su destino en manos de Sancho. ¿Acaso tenía derecho a arrastrarlo a los locos planes que había trazado en la bajocubierta, a una batalla que era imposible ganar, a una ciudad en la que podían reconocerle y volver a encadenarle al remo? Tan pronto como ambos se hubiesen librado del pesado grillete del tobillo podían empezar de nuevo, escribiendo sobre una hoja en blanco. Conseguir ropa, luego dinero, nombres nuevos, dejar que pasase el tiempo suficiente para que les diesen por muertos. Y después cumplir por fin su sueño, cruzar el océano hasta las Indias.

Movió el pie derecho ligeramente, haciendo tintinear la argolla oxidada, y suspiró hondo. Podía sacarse el grillete, pero nunca apartaría de su memoria los recuerdos que le atenazaban como los pesados eslabones de una cadena. La sonrisa lobuna de Monipodio, el sonido cruel de la paliza a Bartolo, la mirada que Clara le había dedicado mientras los alguaciles lo arrastraban fuera de casa de Monardes.

Se volvió hacia Josué.

—¿Tienes idea de dónde estamos? ¿O dónde está el pueblo más cercano?

«He visto humo por allí al atardecer», dijo el negro, indicando hacia el oeste, por encima del cabo. Lejos.

—Vamos, pues. Tenemos que robar ropa y comida.

«¿Y después?»

—Primero cumpliremos el último deseo de un hombre muerto. Y después vengaremos a otro.

XXXVI

*J*oachim Dreyer se desperezó, escuchando el reconfortante crujir de las vértebras del cuello. Ya había superado los cincuenta, pero al flexionar los brazos el tejido de su camisa de noche protestó. Aún había mucha fuerza en aquellos músculos.

Afuera todo estaba aún oscuro. No tomó nada para desayunar, pues le gustaba empezar el trabajo cuanto antes, aprovechando el frescor de la madrugada. Se despojó de sus ropas de noche, quedándose en calzones, y metió la cabeza en el pilón de agua, para despejar sus ojos legañosos y abrir sus fosas nasales a los olores de crin, salitre y azufre. Con las gotas de agua chorreándole por el poderoso torso, Dreyer entró en la forja. Tan sólo tenía tres paredes; donde debía haber estado la última, el pequeño taller se abría sobre el monte, como un mirador. Ahora sólo revelaba negrura, pero en una hora comenzaría el espectáculo.

Dreyer no quería perdérselo, de modo que se movió rápido. De un vistazo comprobó que no quedaba leña menuda en el cesto, así que volvió a salir y convirtió en astillas un par de leños de olivo. La madera era vieja y estaba seca. Formó con ella un manto sobre la fragua, y por encima colocó una capa de tres dedos de carbón vegetal. Tomó yesca y pedernal y encendió una tea, que arrimó al espaldín bajo la fragua. Prendió las astillas en varios puntos, pues la superficie superior debía encenderse de manera uniforme.

Dio unos instantes a las astillas para que obrasen su magia, mientras tomaba de un gancho en la pared su grueso mandil de cuero y los guantes. La superficie de la piel del mandil, antaño de color marrón, era ahora una amalgama de negros y grises. Agujeros en varios puntos marcaban los lugares donde la piel de Dreyer se había salvado de las pavesas que volaban de la fragua y las esquirlas al rojo que se desprendían del metal cuando lo percutía con su enorme martillo. Sin embargo, sus antebrazos revelaban un centenar de puntitos blanquecinos allá donde los guantes y el mandil no alcanzaban a cubrir. El herrero maldecía cuando se quemaba, pero cuando iba a la taberna le gustaba remangarse y lucir ufano aquellas cicatrices.

No es que acudiera asiduamente. Seguía siendo el extranjero, a pesar de llevar más de quince años viviendo en Castilleja de la Cuesta. Aquel pueblecito era poco más de un puñado de casas esparcidas sobre el monte que dominaba Sevilla al nordeste. Dreyer había llegado allí huyendo de un pasado que prefería olvidar, pero que volvía a atormentarle cada día. Tan sólo cuando los recuerdos le abrumaban demasiado cedía a la tentación de acudir al bebedero local, donde los vecinos le trataban sin afecto pero con deferencia. No en vano era un armero respetado, al que acudían a ver discretamente nobles y soldados que necesitaban espadas poco lustrosas pero efectivas. De las que no existen para enseñar, sino para matar.

El encargo en el que había estado trabajando las dos últimas semanas había sido especialmente complejo debido a la altura del cliente. «Algo poco habitual en esta tierra llena de pequeños bastardos», pensó Dreyer mientras pegaba el primer tirón de la cadena del fuelle. El chorro de aire encendió de carmesí la base de los carbones, y el herrero rezó un padrenuestro para no ahogar la llama antes de volver a tirar de la cadena con movimientos regulares. Siguió durante varios minutos, hasta crear una manta incandescente.

La hoja reposaba envuelta en trapos para evitar la humedad. En aquella etapa del proceso cualquier pequeño cambio podía afectar al corazón del material, pues aún no había alcanzado el punto en el que el metal se cerraba sobre sí mismo. Dreyer la sopesó con cuidado, y contuvo en sus labios una blasfemia. Había un ligero desequilibrio que podría traerle problemas durante el templado. Ya había forjado la hoja dos veces, y no podía hacerlo una tercera sin arriesgarse a hacerla demasiado blanda.

La longitud de una buena hoja, sumada a la del brazo, debía igualar la altura del que la empuñaba. Aquél era el problema con quienes tenían los brazos y piernas tan largos como su cliente, un espigado capitán de barco que parecía más de su tierra natal, Flandes, que de la que ahora era su patria adoptiva.

«Quizás la madre se zumbó a un buen y honesto flamenco a espaldas del marido. Pasa mucho con estas gentes del mar. Pero si es así se las apañó bien, porque el condenado salió moreno y cetrino.»

Dispuso una capa de cenizas sobre los carbones encendidos para evitar que el contacto directo formase burbujas en la superficie metálica. O aún peor, que le diese ese color negruzco con el que salían las hojas de los malos herreros, a las que no importaba cuánto pulieses, que negras quedaban.

«Claro que mi Joaquín salió moreno y menudo como la madre y yo no la dejé ni a sol ni a sombra», pensó Dreyer sonriendo con tristeza mientras colocaba la hoja sobre las cenizas con sumo cuidado. Su mujer había muerto hacía muchos años, y su hijo había seguido precisamente el camino del mar. Regresaría dentro de unos meses, cuando el invierno hiciese la guerra impracticable, y ambos volverían a sentarse junto a la chimenea a beber y a jugar al ajedrez en silencio, mientras el viento arreciaba contra los postigos de las ventanas. En aquellos momentos no era feliz —ese estado no lo había alcanzado desde la muerte de su esposa, ni creía volver a alcanzarlo jamás—, pero la paz y la serenidad que sentía eran lo bastante parecidas a la felicidad como para que la diferencia no importase demasiado.

En pocos minutos el calor comenzó a contagiar al metal un tenue resplandor, pero el herrero no miraba ya hacia su creación, sino a la de un Forjador más grande que él. En la pared abierta del taller había comenzado el espectáculo al que consagraba sus mañanas. El sol había asomado ya en el horizonte, recortando la silueta del monasterio de la Trinidad. Despacio, casi con pereza, la luz se derramó por el valle que formaba el Betis, tiñendo de oro las murallas de Sevilla y de escarlata sus miles de tejados. Escaló también hacia Castilleja, despertando a La Rinconada y Santiponce. Rozó apenas las ruinas de Itálica —esa ciudad que los romanos defendieron a golpe de gladio, el arma que más había matado en la historia de la humanidad— antes de alcanzar la cima del monte y arrojar los primeros rayos al interior de la forja. Allí los recibió Dreyer con su propia hoja levantada y humeante, el brillo de sus bordes afilados rivalizando con el sol.

Por un momento el herrero fantaseó con que los antiguos tuviesen razón y las espadas pudiesen imbuirse con la magia de los elementos. Muchos antes que él habían creado sus armas a la luz de la luna llena, o envuelto sus materiales en hierba fresca recogida durante el crepúsculo. Dreyer se engañaba a sí mismo pensando ser un hombre práctico, que creía más en el azufre que espolvoreaba sobre el metal al rojo que en luces místicas. Sin embargo se santiguó tres veces antes de colocar la hoja de nuevo sobre el yunque. Debía corregir ese desequilibrio que tenía la hoja por culpa de su longitud, y debía hacerlo de un solo golpe.

Alzó el martillo, que también quedó bañado por la luz, con su basta y roma cabeza vibrando en las tensas manos del herrero. Fijó sus ojos en el punto que quería corregir, y ordenó a la herramienta que se dirigiese allí, allí y a ningún otro sitio. Por un momento su brazo fue quince, tal vez veinte años más joven. No hubo duda ni vacilación, y el martillo cayó trazando un arco perfecto. Hubo un sonoro estallido que se extendió por la aldea fundiéndose con el canto de los gallos.

No había un momento que perder. Tomando las tenazas, sumergió la hoja en el pilón de agua. Hubo una llamarada sobre la superficie y un chorro de vapor, pero Dreyer no esperó y retiró la hoja enseguida. Con el primer baño había retirado una gran parte del calor, pero ahora debía darle a la espada su tratamiento especial, ese que le confería una elasticidad especial a sus armas y que le había convertido en un gran artífice. Dio un rápido vistazo por encima del hombro, celoso de su secreto, antes de sumergir la hoja en el cubo que había bajo el pilón. Repleto de orina de burra, aquel cubo era esencial en su tarea. Por alguna razón debía proceder de animales hembra, aún mejor si estaban embarazadas. Dreyer había pagado cien escudos a un viejo artesano toledano para que le revelase ese y otros secretos del oficio dos décadas atrás, cuando la primera etapa de su vida se acabó y decidió cambiar de profesión. Lo que hacía ahora no estaba tan lejos de lo que hizo entonces, y aquel secreto bien pagado le había permitido ganarse la vida.

La hoja siseó al entrar en contacto con la orina, y una vaharada amarillenta hizo lagrimear los ojos del herrero. El olor era repugnante, pero no apartó el rostro. Al cabo de un minuto sacó la hoja, dándole un último baño en una cubeta de aceite.

Volvió dentro de la casa y fue hasta la cocina. Cogió pan, chorizo y queso, que colocó con cuidado sobre un paño.

También una manzana tardía, algo arrugada pero muy dulce. Cogió los cuatro picos del paño, que quedó marcado por el hollín de sus dedos, y caminó de vuelta hasta la fragua. El suelo acababa a poca distancia de la falda del monte. Con los pies colgando por encima de un arbusto de romero, Dreyer dedicó la siguiente hora a desayunar con calma, dándole tientos a una bota de vino.

Mientras saboreaba los alimentos, comenzó a pulir la espada. Primero le sacó el aceite con el mismo trapo en que había llevado los alimentos de la cocina, y después tomó el esmeril para repasar los filos. Allá donde su mano encontraba la más mínima desviación o resistencia, insistía una y otra vez. Prestó especial atención a la punta, a la que sometería al día siguiente a un último calentamiento en la fragua para dotarla de especial dureza, introduciéndola directamente en los carbones durante dos credos y tres avemarías.

Terminó de bruñir el metal con un cepillo hecho de ásperos pelos de jabalí, y vaciló antes de hacer su comprobación final. Ahora sabría si el golpe que había dado unos instantes antes había sido certero. Sostuvo la hoja a ocho dedos de la espiga. El metal se balanceó un poco antes de quedar en perfecto equilibrio. Cuando hubiese montado la empuñadura, habría que repetir la prueba a la mitad de esa distancia.

Dreyer sonrió con el orgullo satisfecho del artesano que ha creado algo hermoso a pesar de las dificultades. Sostenía la hoja frente a su nariz, con la punta en dirección al valle para comprobar que la acanaladura era perfectamente recta, cuando las dos figuras aparecieron al fondo del camino.

Al principio no pudo distinguirlas bien, pues el sol estaba todavía muy bajo, pero no le resultaban familiares. Ambos se acercaban caminando, y no parecían llevar nada en brazos ni a cuestas. Que eran dos hombres era evidente, por su manera de moverse, pero no supo distinguir nada más hasta unos minutos más tarde, cuando los desconocidos se aproximaron. Le parecieron un hombre y un niño, aunque enseguida se dio cuenta de que el niño era un muchacho más bien alto y el hombre un negro descomunal. Los perdió unos instantes cuando una huerta de naranjos los ocultó, pero al salir de ella le quedó claro que eran extraños. Conocía de vista a todos los habitantes de Castilleja y a buena parte de los buhoneros y comerciantes que subían hasta allí. El Camino Real serpenteaba al pie del monte, así que nadie pasaba por el pueblo a no ser que desease hacerlo.

Cuando los dos extraños llegaron a la bifurcación dudaron un rato, aunque el joven se subió a unas rocas y se llevó la mano a los ojos para estudiar sus alrededores. Cuando miró en dirección a la fragua, llamó al otro y señaló directamente hacia allí.

Dreyer se sorprendió. La casa del herrero estaba en la parte más alta, apartada a dos tiros de piedra del grueso de la población, así que cualquiera que tomase la senda desdibujada que ascendía hasta su propiedad debía ir a buscarle a él. Según se acercaban, vio que ambos vestían poco más que harapos. Clientes no eran, eso seguro. Tampoco parecían peligrosos, ni aquellos andrajos podían ocultar muchas armas. Por si acaso cogió el mazo mientras salía al camino a recibirlos.

Doblaron la última vuelta del camino cuando Dreyer les gritó, asomado por el borde del terreno.

—¿Quiénes sois y qué queréis?

Los extraños se detuvieron y el joven alzó su rostro hacia él. Estaba a más de treinta varas de distancia, pero aun así el herrero percibió su rostro serio.

—Yo soy Sancho de Écija y éste es Josué. ¿Sois vos Dreyer el herrero, señor?

—Así me llamo —respondió el aludido con cautela.

—Venimos a traerle noticias, maese Dreyer, y nos gustaría acercarnos un poco más.

El herrero escrutó a sus extraños visitantes. Ambos tenían un rostro amable, pero él era un perro demasiado viejo como para fiarse de aquel detalle. Llevaban el pelo muy corto, la piel quemada por el sol, y ambos se habían envuelto los pies con trapos mugrientos hasta media pantorrilla, a pesar del calor que hacía en aquella época del año. Y el negro llevaba grabada a fuego en la mejilla la clásica marca de la esclavitud. Debían de ser bandoleros, criminales fugados o galeotes. Gente peligrosa y desesperada.

—Lo que tengas que decir puedes decirlo desde ahí —dijo agitando el mazo.

El joven titubeó y miró a su acompañante, que asintió con la cabeza. Finalmente se metió la mano en la pechera de la camisa y rebuscó durante un instante. Temiendo que fuese a sacar una daga, el herrero apretó fuerte el mango del mazo. Hubo un destello fugaz, pero el muchacho no sacó ninguna arma, sino un colgante dorado. Dreyer entrecerró los ojos y lo reconoció de inmediato. Entonces comprendió qué hacían allí aquellos extraños. Sus dedos parecieron perder la fuerza, y el mazo que había forjado una hoja perfecta, la hoja que su hijo muerto ya nunca podría admirar, se hundió en el polvo.

El herrero también cayó de rodillas, con la cara entre las manos, y empezó a llorar.

XXXVII

Sancho y Josué se quedaron inmóviles, respetando el dolor del herrero, hasta que éste se levantó, tomó el colgante de oro de manos de Sancho y se metió en la casa sin decir una sola palabra. Entonces se acercaron hasta la forja y se sentaron a su sombra. Josué sacó de entre sus harapos un par de melocotones que habían afanado la noche anterior de una huerta, y ambos los comieron con parsimonia, chupando el hueso durante mucho rato para ayudar a amortiguar la sed. Sancho intuyó que habría un pozo al otro lado de la casa, pero no quiso aventurarse en la propiedad del herrero sin permiso.

Habían tenido muchísima sed desde el momento en el que pusieron un pie en tierra, doce días atrás. Aquella primera noche no encontraron ni una gota de agua dulce mientras vagabundeaban por los montes, intentando orientarse. Era ya bien avanzada la mañana del día siguiente cuando encontraron un pueblecito de salineros incrustado en la desembocadura de un pequeño río. No se atrevieron a acercarse a plena luz, pues en cuanto alguien les pusiese la vista encima sabría que eran galeotes. Les echarían los perros o les atraparían para cobrar la recompensa de siete escudos que ofrecían los alguaciles a quienes atrapasen a un fugado. Para aquellas pobres gentes, que rara vez veían una moneda de oro en toda su vida, la exigua suma significaba una fortuna espléndida que no iban a dejar escapar.

Aquel día fue largo, aguardando en un bosquecillo de retama que servía poco más que para ocultarles a ellos, pero no amortiguaba el sol. Después de tantos meses en la bajocubierta, la piel de Sancho estaba poco preparada para aguantar aquel suplicio, y antes del atardecer tenía los hombros y el cuello rojos y cubiertos de ampollas. Se mareó varias veces a causa del calor y la deshidratación, y Josué casi tuvo que llevarlo a rastras hasta el río cuando cayó la noche. Ambos se metieron en el agua y sorbieron con desesperación, lo cual los llevó a tener retortijones e incluso hizo vomitar a Josué. Sancho, aún débil, dejó al enorme negro oculto en un recodo y se arrastró hasta el pueblo, donde consiguió robar unos nabos y arrancar una sábana de un tendal antes de que los perros comenzasen a ladrar.

La sábana sirvió para apañar los harapos con los que ahora iban vestidos. Sancho puso especial cuidado en fabricar un remedo de zapatos, que no servían más que para ocultar los grilletes que les atrapaban los tobillos, pero apenas atenuaban la dureza de las piedras.

Con tan pobre disfraz volvieron a ponerse en marcha, pidiendo indicaciones del camino sólo cuando se encontraban con grupos pequeños o viajeros solitarios que no supusiesen una amenaza, escondiéndose entre los arbustos si oían mucho alboroto o ruido de cascos atronando en el sendero. Cuando pasaban cerca de un pueblo grande se ocultaban hasta la puesta de sol, y daban un rodeo en mitad de la noche. El viaje les llevó el triple de tiempo de lo normal, y estuvo dominado por la sed, el hambre y el miedo. Sólo hubo un momento en el que Sancho sintió el pecho algo más ligero, y fue en la tarde del décimo día, cuando la particular forma de un cerro despertó en su memoria la sombra de un recuerdo. Siguió caminando sin decir nada a Josué, pero cuando oyeron que alguien se acercaba hacia ellos y su amigo hizo ademán de apartarse de la vía como hacían siempre, Sancho lo retuvo.

—Ve tú. Yo tengo que averiguar algo.

El negro lo miró extrañado, pero se alejó sin discutir. Sancho se sentó encima de una piedra al borde del camino sin poder ocultar el nerviosismo que sentía. Al cabo de unos instantes apareció un grupo de carreteros, precedido por una nube de polvo y el ruido de los cencerros que el viento de poniente llevaba hasta ellos. Sancho entrecerró los ojos y agitó los brazos, intentando llamar su atención. Uno se detuvo para hablar con él, e hizo gestos en dirección a su espalda.

Cuando la caravana hubo pasado, Josué se reunió con el joven, cuya sonrisa brillaba incluso a través de la capa de polvo que le cubría el rostro.

—No puedo creerlo —dijo Sancho danzando alrededor de su amigo, con el corazón rebosante de expectación—. Detrás de aquellas lomas se encuentra el Genil. Y más allá, la venta donde nací y me crié.

Y sin más, obligó a Josué a seguirlo campo a través, todo lo rápido que les permitieron las piernas tras tantos días de caminatas y penalidades. El río bajaba muy seco, y el agua apenas le llegaba a Josué a la altura del pecho. A pesar de ello Sancho tuvo que tomarle de la mano y ayudarle a cruzar, pues su amigo seguía teniendo pavor a ahogarse. Daba pasos pequeños y temerosos, como un niño que aprende a caminar, tanteando con la punta del pie el fondo legamoso. Cuando llegaron al otro lado Josué soltó un largo suspiro, como si hubiera estado conteniendo el aliento. El esclavo temió que Sancho volviese a correr, pero ahora que se hallaba tan cerca redujo el ritmo, como si tuviese miedo de lo que fuera a encontrarse al otro lado de las lomas que habían visto a lo lejos.

Cuando por fin se encontraron a la vista del lugar donde Sancho había pasado su infancia, sus temores quedaron completamente justificados. En lugar de la pequeña venta de paredes encaladas se encontraron con un montón de escombros ennegrecidos. Josué miró a Sancho, pero éste no dijo nada. Cuando llegó junto al lugar en el que había estado el chamizo donde guardaban los aperos de labranza, se agachó y tomó un pedazo de madera carbonizada para escarbar entre los restos. El viento y la lluvia habían cubierto las cenizas de una capa espesa de hojas y polvo, pero aun así no le llevó más que un par de minutos hallar lo que buscaba. Un objeto alargado y quebradizo que había sobrevivido al fuego.

Un hueso humano.

Era grande, y el negro dedujo que pertenecería a la pierna de un hombre adulto. Aunque la tribu a la que había pertenecido Josué no era caníbal, los cadáveres de los enemigos siempre se quemaban en una descomunal hoguera. Los huesos nunca se consumían, y era tarea de las mujeres y los niños devolverlos a la tierra.

Sancho respiró hondo y tragó saliva. Josué le apoyó una mano en la espalda, pero el joven se apartó y recogió el macabro objeto.

—Llegó una noche a la venta, temblando. Nos dijo que se había resfriado, como si fuera tan fácil con el calor que hacía. Mi madre le tocó la frente y le mandó acostarse. Incluso le llevó un tazón de caldo, a pesar de que no le habíamos visto jamás, ni estábamos seguros de que pudiera pagar el hospedaje. Sus ropas eran de calidad, pero apenas podía hablar por la fiebre, ni llevaba más que unos pocos maravedíes en la bolsa. A la mañana siguiente, mi madre vio las bubas de la peste, y me pidió que la ayudara a sacarle hasta el chamizo antes de que infectase toda la casa. Debimos haberle cortado la garganta y haberle tirado a una zanja. —Sancho apretó el hueso con tanta fuerza que sus nudillos se pusieron blancos—. Dos días después mi madre comenzó a encontrarse mal. Primero fue un dolor de estómago. Luego vino la fiebre. Sin más huéspedes ni nadie a quien mandar por ayuda, no me atreví a apartarme de su lado. La cuidé como mejor supe, pero no fue suficiente. No pude hacer nada por ella. Si este hijo de puta hubiera buscado otro lugar donde morirse...

Alzó el hueso, con intención de estrellarlo contra una piedra, pero Josué le detuvo. Sancho se volvió hacia él lleno de furia y le dio un puñetazo en el hombro, pero el negro lo soportó impertérrito y le tendió los brazos. Sancho, finalmente cedió y hundió la cabeza en su pecho, abrazándole y llorando desconsoladamente.

Tardaron horas, pero finalmente localizaron los restos de la madre de Sancho entre las ruinas. Josué quiso recogerlos, pero el muchacho no se lo permitió. Se encargó él de reunirlos con paciencia, tomándolos con todo el cuidado de que fue capaz. La enterraron en el antaño orgulloso olivar, que ahora aparecía descuidado y triste. Varios de sus árboles habían sido arrancados y robados por vecinos codiciosos, y otros mutilados de sus ramas. Pese a ello Sancho supo que ése era el lugar donde su madre hubiera querido reposar para siempre.

Josué insistió en que enterrasen también al viajero desconocido, pero Sancho se negó a que el causante de sus desdichas reposase en la misma tierra que su madre. Josué tomó los restos y los llevó a un campo alejado mientras Sancho le daba la espalda, cruzado de brazos. Al cabo de un rato se rindió, y ayudó a su amigo a cavar la tercera tumba en pocos días, ganándose una mirada de aprobación por parte del gigante negro. Aunque no lo admitió, se sintió mejor después de aquello.

Cuando se pusieron en marcha, Sancho no miró atrás. Sabía que, de una forma u otra, nunca volvería a aquel lugar. Su destino estaba al otro lado del mundo, si la muerte no le reclamaba antes.

Sancho escupió la pepita de melocotón, que cayó en el polvo de la entrada de la casa del herrero. Josué se levantó y enterró la suya a un lado del camino. Sancho sonrió con amabilidad. Las posibilidades de que germinase eran minúsculas en un lugar como aquél, pero así era el carácter de su amigo.

En ese momento oyeron ruido, y vieron que Dreyer aparecía de nuevo. El herrero recogió el martillo y la hoja recién forjada del suelo, y al darse la vuelta para volver a entrar se encontró con los dos extraños que le habían llevado la funesta noticia.

Los miró con extrañeza durante unos segundos, con los ojos enrojecidos.

—Aún estáis aquí.

Sancho aguantó el escrutinio en silencio.

—¿Queréis una recompensa? Malditos seáis, ¿qué otro motivo ibais a tener si no para venir hasta aquí?

—No queremos una recompensa, maese Dreyer.

—¿Qué queréis entonces?

—Vuestro hijo me habló antes de morir, mi señor. Estaba tumbado en la arena de la playa, herido, y otros galeotes como nosotros querían aplastarle la cabeza con una piedra. Josué y yo se lo impedimos.

—¿Cómo sé yo que no fuisteis vosotros los que lo matasteis? ¡Debería llamar al alguacil ahora mismo! —rugió Dreyer, con la rabia mezclándose con el dolor en su voz.

—No podéis saberlo, señor. Pero las últimas palabras de vuestro hijo fueron para vos. Dijo que os amaba, a pesar de lo que había sucedido en Amberes. Que vos no habíais tenido la culpa de la muerte de ella, y os rogaba una última merced.

El temblor recorrió los hombros del herrero, que pareció envejecer varios años de golpe y estuvo a punto de echarse de nuevo a llorar. Se mordió los labios, conteniendo las lágrimas, y se volvió de nuevo a Sancho.

—¿Y cuál es esa merced?

—Que olvidéis los fantasmas y me acojáis como vuestro discípulo.

El herrero resopló y miró a Sancho fijamente. Cuando habló de nuevo lo hizo muy despacio.

—¿Y te dijo qué fantasmas eran ésos, muchacho?

—No, señor, ni deseo saberlo. Yo también tengo los míos, y no me gusta exponerlos a la vista.

—¿Sabes quién era yo? ¿Lo ridículo que es que una rata de albañal como tú venga a mí con esa petición?

—Vuestro hijo me dijo que sabéis hacer algo más con una hoja que darle martillazos. Que fuisteis el más grande. Y es él quien os hace la petición, no yo.

Dreyer se acercó hacia ellos, y Josué retrocedió, dejando a Sancho junto al herrero aunque sin apartar la vista de lo que sucedía.

—¿Qué edad tienes, muchacho?

Por un momento Sancho consideró mentir, pero eso era algo de lo que no era capaz si la persona a la que mentía le merecía respeto, y Dreyer era una de esas personas. Por más entrenado que estuviese para el engaño y la manipulación, ante alguien como el herrero, capaz de lamentar así la pérdida de un ser querido, Sancho se sentía desnudo.

—Dieciséis, señor —dijo tragando saliva.

—Eres demasiado joven e inexperto —respondió Dreyer, desdeñoso.

—Dieciséis, señor, no es más que un número. Permitidme daros alguno más. Trece es la edad que tenía mientras mi madre moría de peste. Catorce son los meses que pasé en un orfanato estudiando para un empleo que al final se me negó. Quince son los días que pasé con un tabernero que me pegaba constantemente. Cuatro eran los pies que medía mi maestro Bartolo, al que golpearon hasta matarle. Cinco son los meses que pasé en galeras. Seis, los años a los que me condenaron.

Sancho se arrancó los harapos que le cubrían el torso. Se dio la vuelta y mostró el mapa de cicatrices que recorría su espalda. Rojizas, amarillentas o blancuzcas, sobre ellas se podía trazar el calendario de cada día que el joven había pasado bajo el rebenque del Cuervo.

—Cincuenta y tres, los latigazos que recibí. ¿Son números suficientes para vos, señor?

Dreyer se mordió el labio superior sin saber muy bien qué responder. No eran las cicatrices las que le habían impresionado, sino el haberse percatado de pronto de lo difícil que habría sido para los dos galeotes el haber llegado hasta allí vestidos tan sólo con aquellos jirones de tela que el muchacho acababa de arrojar al suelo.

—Voy a hacerte dos preguntas, y quiero que me digas la verdad. Si no lo haces, lo sabré. ¿Has comprendido?

Sancho asintió con la cabeza.

—¿Por qué no tomaste las ropas de mi hijo?

—Porque él salvo mi vida, y también la de Josué, de un cómitre que la tenía tomada con nosotros.

—Te hubiera resultado más fácil el camino.

—No hubiera estado bien.

Lo dijo como si eso lo resumiese todo, como si no hubiese nada más que decir. Luego aguardó la siguiente pregunta, que pareció tardar una eternidad.

—¿Qué es lo que buscas, muchacho? —dijo por fin Dreyer.

Los ojos de Sancho se iluminaron. Sintió que había encontrado una brecha en la muralla del herrero, y por eso escogió las palabras con sumo cuidado.

—Justicia, señor. Para alguien que fue bueno conmigo. Y para mí mismo.

—La justicia que uno se imparte a sí mismo deja de serlo.

—Pues llamadlo venganza, si así lo queréis, señor. Pero enseñadme a manejar una espada.

XXXVIII

—

Sancho y Josué durmieron aquella noche en el mismo sitio en el que habían pasado el día: junto a la pared del taller. El herrero se había vuelto a meter en casa sin decir palabra cuando Sancho le pidió que se convirtiese en su maestro. No volvió a aparecer, y el joven no estaba seguro de qué se esperaba de él. Finalmente decidió aguardar.

No había cantado aún el gallo cuando Sancho se despertó. Dreyer le sacudía con el pie, y el joven se levantó al instante, frotándose la cara con la mano. El herrero le dedicó una mirada vacía. Tremendas arrugas habían aparecido en su frente durante la noche, y círculos oscuros le ensombrecían los ojos. A la luz difusa que precedía al amanecer, parecía más un espectro que un hombre.

—Te enseñaré durante un año, en señal de respeto a lo que mi hijo me pidió y a lo que hiciste por él. Después os iréis de aquí.

Sancho abrió la boca para responder, pero se lo pensó mejor y asintió en silencio.

—Pero a él no pienso enseñarle nada —graznó el herrero señalando a Josué—. De los infieles nunca puedes fiarte.

El joven esbozó media sonrisa, volviendo la cabeza hacia el gigantón negro, que seguía dormido.

—Os puedo asegurar que es mejor cristiano que vos y yo, mi señor.

—Dirígete a mí como maestro Dreyer —le corrigió el otro, muy seco—. ¿Y este buen cristiano sabe pelear?

—No, maestro. Él es incapaz de hacer daño a nadie. Cuando era un niño vio mucha sangre, y cuando los cristianos le esclavizaron y le convirtieron a la fe juró que jamás quitaría una vida.

Dreyer frunció el ceño al escuchar el tono cariñoso con el que Sancho hablaba de Josué.

—¿Sois bujarrones?

—¿Cómo decís, maestro?

—Que si estáis amancebados. Que si os dais por culo.

Sancho enrojeció y negó con la cabeza.

—Mejor. No me gustan los bujarrones. Pero aún me gustan menos los vagos, así que ponle en pie. Le daremos trabajo.

El herrero ladró una larga lista de instrucciones a Josué en cuanto éste abrió los ojos. Desde cortar leña hasta vaciar las cenizas de la fragua o sacar varios cubos de agua del huerto. El negro asintió con la cabeza cuando Dreyer terminó.

—¿Qué le pasa, es mudo? —se quejó el herrero.

—Sí, maestro. Le cortaron la lengua los esclavistas.

Dreyer se mordió el bigote, gesto que Sancho no tardaría en aprender que en el quisquilloso herrero indicaba rabia y descontento. Especialmente cuando se tragaba palabras que pugnaban por salirle de los labios.

—Es un tipo fuerte —dijo sacudiendo el brazo, como para borrar de su mente el horror que se había cometido años atrás con Josué—. Será de gran ayuda en la forja y en el huerto.

—También es un gran cocinero.

—Eso lo creeré cuando lo vea. No ha nacido el hombre capaz de impresionarme con sus platos. Hala, ponte a hacer lo que te he dicho —le indicó a Josué, que asintió y se marchó—. Y en cuanto a ti, vamos a empezar.

Dreyer le palpó los brazos y las piernas, clavándole los pulgares en el antebrazo y en la parte alta de las piernas. A petición suya Sancho flexionó las extremidades y se agachó varias veces.

—Tienes fuerza, pero el remo te ha descompensado los miembros, aprendiz —fue el veredicto de Dreyer—. Tus músculos son como nudos de madera, y así serás tan buen esgrimidor como una piedra. Dudo que saquemos nada en claro de ti, al menos hasta que te volvamos más flexible. ¿Ves aquel bosquecillo de álamos?

Sancho se dio la vuelta. A quinientos pasos ladera abajo había un grupo de árboles, que se intuía más que verse a la tenue luz previa al despuntar del alba. Asintió.

—Ve corriendo hasta ellos. Arranca un puñado de hojas y vuelve. Y más te vale estar aquí antes de que rece una docena de padrenuestros o vas a lamentarlo. ¡Vamos!

Sancho salió disparado hacia los álamos como una exhalación. Aunque le costó un poco que le respondiesen brazos y piernas, enseguida se sintió volar camino abajo. Saltando para esquivar un arroyo, se dio cuenta de cuánto tiempo había pasado sin moverse a aquella velocidad, y sobre todo de cuánto lo había echado de menos. Recordó con alegría las carreras por las callejuelas de Sevilla, huyendo de alguna víctima algo más espabilada que los demás o de algún corchete menos untado que el resto. Cada esquina doblada, cada bocacalle que pasaba como un borrón por el rabillo de sus ojos, sabía a vida y a victoria. Todo eso vino a su mente de golpe, como un impulso irrefrenable, y aceleró el paso, tanto que sus pies parecieron tener vida propia y corrió serio riesgo de romperse la crisma.

Cuando alcanzó el bosquecillo de álamos tuvo que estirar mucho los brazos y ponerse de puntillas para alcanzar las ramas más bajas. Logró arrancar un puñado de ellas y regresó lo más rápido que pudo. La vuelta, cuesta arriba, no fue tan placentera. Al llegar junto a Dreyer arrojó el puñado de hojas a sus pies, respirando entrecortadamente y apoyándose sobre las rodillas.

—He rezado quince padrenuestros, aprendiz. Vuelve a intentarlo.

Sancho alzó la cabeza, sin dar crédito a lo que estaba oyendo.

—¡Maestro Dreyer!

El herrero alzó una de sus enormes manos, y Sancho creyó que iba a golpearle, pero el otro se limitó a señalar el amanecer que empezaba a despuntar por encima de Sevilla.

—Correrás hasta que esté el sol bien alto en el cielo. Cuando haya aquí un buen montón de hojas, tendrás tu desayuno. ¡Vamos!

La segunda vez que Sancho trotó monte abajo ya no sentía ninguna alegría.

Media hora después, Sancho iniciaba su séptima subida, con las piernas cada vez más pesadas y la visión borrosa, cuando se desplomó de rodillas y comenzó a vomitar. Casi en ayunas, su estómago no produjo mas que bilis y espasmos dolorosos. Josué lo vio desde lo alto del monte y arrojó al suelo la brazada de madera que cargaba y corrió hacia él. Pero Dreyer, quien aguardaba en el camino, lo sujetó al pasar.

Josué intentó desasirse dando un tirón, pero no lo consiguió. La fuerza del herrero rivalizaba con la suya, a pesar de ser dos palmos más bajo que el gigantón negro. Se dio la vuelta muy sorprendido, pues jamás se había encontrado con alguien capaz de retenerle con una sola mano.

—¿Eres su amigo? —preguntó Dreyer.

Josué asintió, más para sí mismo que para el herrero, que ya parecía conocer la respuesta y que ni siquiera lo miraba a él, sino a la figura semidesnuda postrada en el polvo del camino.

—Obsérvale, entonces. Si tiene lo que hay que tener, se levantará y llegará hasta aquí arriba. Y si no, os echaré a patadas a los dos de aquí. Ocurra lo que ocurra, veas lo que veas a partir de ahora, el camino lo tendrá que recorrer él solo. No puedes ayudarle.

Abajo Sancho se levantó, tan despacio que parecía no moverse. Primero consiguió alzar un brazo, y luego el otro. Después, casi a gatas, comenzó a arrastrarse hasta la casa del herrero.

XXXIX

*D*reyer repitió el mismo ritual de las carreras hasta el bosquecillo cada amanecer.

Después permitía al joven tomar un mendrugo de pan y algo de carne, antes de azuzarle con nuevos ejercicios. Tenía que trepar a un árbol con los ojos vendados, encontrar unas campanillas que Dreyer había colocado en una rama al azar y volver a bajar sin sacarse la venda. Le obligaba a recoger bellotas por los campos, llenar un cesto y luego arrojarlas una a una, lo más lejos posible, usando alternativamente el brazo izquierdo o el derecho. Pero el más cruel y frustrante para Sancho consistía en tumbarse en el suelo y levantarse una y otra vez, sosteniendo un jarro lleno de agua hasta el borde.

—Diez veces. Derrama una gota y volverás a empezar —decía Dreyer con su voz monótona.

Para Sancho aquello era una tarea imposible. Se concentraba al máximo, intentaba no mover más músculos de lo necesario, pero el resultado era siempre el mismo. Ensayó un centenar de maneras de hacerlo, pero inevitablemente en una de las repeticiones algo de líquido se derramaba, empapando el arenoso suelo de tierra frente a la casa del herrero. Aquel espacio y la pared del costado del taller se habían convertido en todo su mundo, puesto que Dreyer no le había permitido poner los pies en el interior de la casa.

—Maldita sea —masculló Sancho, resoplando de ira y frustración, mientras veía como la reseca tierra absorbía el agua, formando una reseca costra marrón—. ¡Es imposible!

Cada día, Dreyer le observaba repetir ese mismo ejercicio sin abrir la boca más que para ordenarle volver a empezar. Habían pasado dos semanas y el joven ya era capaz de correr distancias largas sin desmayarse vergonzosamente como cuando llegó. Los pies ya no le sangraban, y las comidas frugales pero regulares que preparaban el herrero y Josué habían ahuyentado de su rostro el aspecto cadavérico.

Pero entonces Dreyer habló, y por primera vez no lo hizo para dar una de sus órdenes, disparadas con monótona precisión.

—La esgrima, aprendiz, no es un arte. Es una batalla para derrotar a un solo enemigo. Cuando descubras cuál es ese enemigo estarás en condiciones de empuñar una espada.

Tumbado en el suelo y con la jarra en precario equilibrio, Sancho no podía ver su rostro, pero sí percibió en la voz del herrero una fugaz nota de color, una humanidad que había estado ausente hasta ese momento.

—Maestro Dreyer...

—Diez veces, aprendiz. Ni una sola gota en el suelo —espetó el otro, secamente, arrepintiéndose del desliz anterior.

Sancho se acercó al gran balde que Josué rellenaba cada mañana y hundió el jarro en la superficie, en la que flotaba una cortina de mosquitos muertos. Colmó el jarro y volvió a su lugar, casi sin darse cuenta de que ahora caminar con el recipiente en perfecto equilibrio se había convertido en un acto tan natural para él como respirar. Se colocó con los dos pies juntos y miró al suelo, donde su sombra desaparecía debajo de él, aplastada por el sol del mediodía.

Y entonces comprendió.

Miró a Dreyer, fijamente, y sin apartar la vista del viejo herrero se llevó el jarro a los labios y lo vació de tres grandes tragos. Después se tumbó y se levantó diez veces, sin vaciar una sola gota de agua.

En los ojos del herrero brilló un fulgor extraño, que Sancho no pudo identificar.

—Ven conmigo.

Por primera vez Sancho accedió al interior de la casa del herrero. Los muebles eran sencillos, pero bien cuidados. Tras la estancia principal una puerta daba a la que debía de ser la alcoba de Dreyer y un pasillo estrecho a la parte de atrás de la casa. Por allí siguió el joven al herrero, yendo a parar a un gran patio en el que Josué serraba unos maderos con energía. El negro alzó la cabeza al oírles entrar y sonrió abiertamente a Sancho.

—Es suficiente, infiel. Ya seguirás luego —dijo Dreyer.

Josué terminó de serrar el tablón de dos enérgicos movimientos y se marchó, no sin dar una palmada en la espalda a su amigo. El joven apenas lo advirtió, pues estaba fascinado mirando a su alrededor. El lugar era completamente incongruente con el exterior de la casa. Bajo un emparrado reseco, que creaba extrañas formas de sol y sombra sobre el suelo de cuadrados adoquines, se abría una extensión de unos veinte pasos de ancho por treinta de largo. En algunos puntos del empedrado, rastros de tierra y sombras de humedad revelaban los puntos donde habían sido retiradas enormes jardineras. Ahora su lugar lo ocupaban unos grotescos muñecos de madera recién cortada, la misma que Josué había estado trabajando cuando ellos entraron un momento antes. Sancho comprendió en qué había andado tan atareado su amigo mientras él se afanaba en los ejercicios del herrero.

De las paredes colgaban varias panoplias, inclinadas bajo el peso de las armas que soportaban. Y entre ellas, algunos paneles de madera con extraños dibujos circulares cuya pintura aparecía aún fresca. Y sobre los adoquines del suelo alguien —Sancho supuso que Dreyer— había trazado complejas representaciones geométricas similares a telas de araña.

El herrero caminó con paso tranquilo hacia las panoplias de la pared, dando la espalda a Sancho. Recorrió pensativo con el dedo las espadas, los sables y las ballestas, hasta detenerse en un enorme arco de guerra, que tomó en sus manos.

—Las vidas de nuestros hijos son como flechas en nuestras manos, aprendiz. Para que sean útiles hay que impulsarlas lo más lejos posible. —La voz se le quebró un instante, antes de continuar—. Mi Joaquín no sabía el sacrificio que me estaba pidiendo cuando comprometió mi honor y el suyo haciendo esa promesa a un vulgar galeote.

—Vos no sabéis nada de mí —repuso el joven, sin poder reprimirse.

—¿Por qué te condenaron, aprendiz?

—Por ladrón.

—Y lo dices así, sin el más mínimo rastro de vergüenza en la voz.

—No puedo arrepentirme de haber robado para sobrevivir. La vergüenza no es más que un lastre, como esta argolla que os negáis a sacarme —dijo Sancho levantando el pie.

—Menudo bribón que me envió mi hijo —dijo el herrero meneando la cabeza.

—Tal vez lo único que pretendía es daros algo que hacer para que no os saltaseis la tapa de los sesos con una de esas pistolas.

El herrero tomó una flecha de la panoplia y la cargó en el arco, apuntando a Sancho. Éste mantuvo fija la mirada del herrero durante un instante interminable, mientras las moscas zumbaban como locas en el caluroso emparrado.

—¿Cómo te atreves, escoria? Debería atravesarte ahora mismo de parte a parte con esta flecha. ¿Acaso te crees que sabes quién soy yo?

El joven respiró hondo, inflando mucho las ventanas de la nariz, y decidió que ya había tenido suficiente.

—Vos habíais sido un gran maestro de esgrima en Rotterdam. Alguien que cometió un error, que acabó costando la vida a quien vos más amabais, me atrevo a decir que la madre de vuestro hijo. Juraría que enseñasteis vuestro arte a la persona equivocada, y que esa persona se revolvió contra vos. —Sancho hizo una pausa, con total frialdad, leyendo en el rostro del herrero como Bartolo le había enseñado, mientras éste se acercaba cada vez más, hasta que la punta de la flecha le rozó el cuello—. No, no, ahora lo comprendo. Fue vuestro arte el que falló. Vuestro alumno murió en un duelo, y ella se quitó la vida. Era... ¿su hermano?

Dreyer dio un potente rugido, apartó la flecha del cuello de Sancho y la descargó contra uno de los muñecos que estaba a su espalda, atravesándolo de parte a parte. Con la mano abierta, cruzó la cara de Sancho con una bofetada que arrancó un espumarajo de sangre de labios del joven. Éste se limpió despacio, furioso pero inmutable.

El herrero lo miró durante un rato, respirando entrecortadamente, antes de hablar de nuevo.

—¿Te contó mi hijo algo de todo esto antes de morir?

—No, maestro. Lo he deducido observando, componiendo los retazos de vuestra historia y considerando el tiempo que lleváis apartado de todo esto. —Sancho señaló en derredor.

—Es un don notable.

—Es un arte que me fue enseñado por alguien a quien yo apreciaba y cuya muerte me ayudaréis a vengar.

El herrero le dedicó una triste sonrisa.

—No eres quien yo había imaginado. Tal vez mi hijo sí que sabía lo que estaba haciendo, al fin y al cabo.

Se alejó de Sancho y volvió a colocar con sumo cuidado el arco en su lugar.

—Te ganaste la entrada a este lugar cuando bebiste el jarro de agua. Dime, ¿por qué lo hiciste?

—Porque vos me dijisteis que sólo había un enemigo al que tenía que derrotar para comprender la esgrima.

—¿Y sabes ya qué enemigo es ése?

—Yo mismo.

Dreyer suspiró y dejó la mirada perdida.

—Si supieras cuántos hombres me dieron la respuesta correcta a esa pregunta en su primer día.

—¿Cuántos?

—Ninguno —admitió Dreyer.

El herrero se quitó la camisa, empapada por el sudor, y la colgó de una de las panoplias, quedando con el torso desnudo. Luego sacó una espada de madera y se la arrojó a Sancho, que la atrapó al vuelo.

—Ésta es una arma de entrenamiento, diseñada para que los torpes y los inconscientes aprendan los rudimentos del arte sin cortarse una oreja o rajarse el culo. Quiero que la partas.

—¿Cómo decís, maestro?

—Pártela, porque su propósito es humillar al aprendiz. Eso ya no será necesario. Te has ganado ese derecho.

Obediente, Sancho la cogió con ambas manos y la partió de un rodillazo. El crujido de la madera al quebrarse trajo por su memoria el horrible momento de la abordada de los turcos a la *San Telmo*, y los gritos de los moribundos resonaron en sus oídos. Sacudió la cabeza para apartar el recuerdo mientras se concentraba en las palabras de Dreyer, que ya caminaba hacia él con una espada de verdad. La tomó por la hoja, tendiéndole la empuñadura a Sancho. Éste la contempló atónito durante unos instantes, con los brazos colgando a los costados, acobardado. Finalmente levantó la mano derecha, e iba a cogerla cuando la voz de Dreyer le detuvo.

—¿Has sostenido una antes?

—No, maestro.

—Entonces graba este instante en tu memoria, y consérvalo, porque pocos hay como éste en la vida. Como la primera vez que montas un caballo al galope o que hundes tu polla entre los muslos de una mujer.

Los dedos de Sancho se cerraron en torno al cuero apretado de la empuñadura. Sintió una descarga de emoción recorrer su cuerpo como un extraño poder, como si se hubiese creado una muralla entre él y el resto del mundo sólo por blandir el arma. Cuando la alzó y la puso frente a su rostro se sorprendió de lo poco que pesaba.

—Es muy ligera.

—Eso te parece ahora, aprendiz. Verás cuando lleves medio día dando mandobles. Levántala. Dobla las rodillas. La cabeza erguida, ni adelantada ni inclinada hacia los lados. El cuello y la espalda en línea recta, para darle fuerza a los hombros. Así.

—¿Y ahora?

—Ahora te vas a quedar así hasta que la espada no te parezca tan ligera.

Sancho obedeció, con la espada apuntando hacia adelante. Ya había pasado por una experiencia similar una vez, en la pestilente bajocubierta de la galera en la que había estado preso. Sabía lo difícil que era permanecer quieto en la misma posición mucho tiempo. Abrió ligeramente los orificios de la nariz y se preparó mentalmente para el dolor que le iba a sobrevenir.

—¿Crees que han sido duros los ejercicios que has hecho estas dos semanas, aprendiz? Ahora vas a saber lo que es el sufrimiento.

XL

*P*ara Dreyer, el día en que golpeó a Sancho fue un día extraño. Había martilleado demasiadas veces sobre un hierro como para no reconocer un buen material. La mejor ánima, la que es capaz de ofrecer un acero más templado y resistente, debe ser fraguada muchas más veces que las destinadas a espadas de inferior calidad.

Aquel joven —debía contenerse para no verlo como un niño— tenía algo especial en su interior.

El primer indicio con el que Dreyer comenzó a confirmar lo que ya había intuido lo recibió el día en el que inició a Sancho en las pruebas del suelo. Las complicadas formas geométricas trazadas sobre los adoquines estaban diseñadas para marcar los movimientos de los esgrimidores. Nada hay más difícil a la hora de empuñar una espada que saber qué hacer con los pies.

—Los pies son los que ganan las peleas, aprendiz. Un paso hacia adelante, los dedos mirando hacia el contrario. ¡Atrás de nuevo!

Sancho se movía con celeridad sobre la malla de yeso, ocupando únicamente los espacios vacíos, sin pisar ni una sola raya. Había memorizado los complejos dibujos casi desde el principio, y Dreyer lo había visto repitiéndolos a pequeña escala en la arena que rodeaba la casa. Si el herrero hacía notar su presencia, el joven borraba los trazos a toda prisa, como si tuviese miedo de que fuese a reñirle por sacar aquel arcano conocimiento de la sala de entrenamiento. Dreyer sonreía para sus adentros y fingía no darse cuenta.

Comenzó empleando una espada sin apenas filo, cuya punta terminaba en un botón. La manejaba firme, lejos de la agarrotada inseguridad con la que todos los novatos se enfrentaban a un elemento al que no estaban acostumbrados.

—La empuñadura es como un pajarillo, aprendiz. No la aprietes tan fuerte que la ahogues ni tan suave que la dejes escapar.

Dreyer se acercó a Sancho y extendió la espada. Mandó a su alumno hacer lo mismo, y después girar sobre sí mismo.

—El círculo cuyo radio es suma de la distancia de tu brazo y el largo de tu espada es tu lugar sagrado e inamovible. Tienes que conocer todo lo que ocurre dentro de ese círculo. Cómo es el suelo, si hay obstáculos u objetos que sirvan como arma o te puedan hacer tropezar. Cuando el círculo de tu oponente intersecciona con el tuyo, cuando vuestras espadas pueden tocarse, entonces has entrado en el sentimiento del hierro. —Rozó la punta de la espada de Sancho con la suya—. ¿Has notado eso? ¿La vibración que ha llegado a tu muñeca a través de la hoja de la espada? Puedes saber muchas cosas a través de lo que tu arma te comunica. ¿Lleva tu adversario el arma afilada? ¿Se confía a la fuerza como los perdedores o prefiere la técnica y la velocidad? Te enseñaré a apreciar eso con los ojos cerrados, muchacho. Eso es el sentimiento del hierro.

—¿Y la mano izquierda?

—Tiene que servirte de equilibrio, y también como arma secundaria. Puedes llevar en ella algo que sirva como escudo, o enrollar en torno a ella tu capa para protegerte. Cuando hayas aprendido a usar la diestra en condiciones te enseñaré a usar una daga vizcaína en la zurda.

—No parece gran cosa —dijo Sancho mirando la pequeña hoja, de palmo y medio de largo, que el herrero llevaba casi paralela a la pierna.

—¿Estás seguro de ello, muchacho? Prueba a tirarme una estocada.

Sancho se lanzó hacia adelante, pero Dreyer hurtó el cuerpo hacia un lado y le trabó el acero usando sólo la vizcaína. Con la otra mano le estampó al joven una bofetada, más humillante que dolorosa. Los ojos del joven relampaguearon de furia, pero tuvo que tragársela, junto con sus palabras anteriores.

—No es cuestión de tamaño, aprendiz. Es lo que haces con ella lo que importa.

Cada día, Sancho trazaba mandobles inexpertos en el aire con fría calma. Atacaba las dianas pintadas en la pared y a los muñecos siempre un poco más despacio de lo que hubiera sido deseable, y Dreyer se preguntaba por qué. Casi todos los aprendices soltaban tajos a diestro y siniestro como si les fuese la vida en ello, acabando agotados y doloridos al poco rato de comenzar. Sin embargo, Sancho economizaba sus movimientos al máximo. No cabía duda de que había cobrado conciencia de lo que pesaba una espada la primera vez que el herrero le había obligado a sostenerla en posición de combate durante horas. Desde entonces no gastaba ni un gramo más de fuerza del que era necesario. Aquel comportamiento era tan extraño —y a su manera, tan acertado— que Dreyer tuvo que discurrir nuevas maneras de provocar al joven para intentar romper el escudo de calma con el que se rodeaba. Le insultaba, le atacaba por detrás, le golpeaba cuando estaba dormido enviándole a correr en mitad de la madrugada. Ninguno de aquellos trucos dio resultados significativos. Tan sólo cuando Dreyer mentaba a su madre el joven se ponía como loco, y comenzaba a pelear más con la furia que con la cabeza, abriendo enormes brechas en sus defensas.

Luego estaba la cuestión de la iniciativa.

Al principio, el chico obedeció todas las órdenes de Dreyer al pie de la letra. Cuando le mandaba ejecutar una filigrana o un juego de pies, lo hacía sin rechistar. Pero con el paso de las semanas, Dreyer observó cambios sutiles en la manera de responder a sus órdenes. Movimientos de espada que él daba por supuestos, pasos de la defensa al ataque que le parecían insuperables, posturas que no admitían discusión. Todo lo que él había dedicado una vida a construir, regular, tasar y medir era cambiado sutilmente frente a sus ojos. Cada minúscula novedad estaba orientada a la economía y la sencillez. No cabían florituras en la mente del joven. Todo lo que deseaba era hallar el camino más corto entre la punta de su espada y el corazón del adversario.

—¿Cuáles son las partes de una hoja? —gritaba Dreyer mientras Sancho hacía flexiones sobre los adoquines.

—¡Tercio débil, medio y fuerte!

—¿Cómo paras una estocada alta?

—Trabar en tercio medio.

—¿Y si el adversario mantiene el trabado?

—Depende, maestro —dijo Sancho, respirando entrecortadamente por la boca—. Vos me enseñasteis a tirar de la zurda y rajarle los riñones. Pero para evitar que él tire de la suya, lo más rápido es una patada en los huevos.

El día en el que cruzaron por primera vez aceros con punta real, Dreyer rozó simplemente con la suya la espada de Sancho y aguardó a que el muchacho atacase, pero éste se limitó a clavar en él fijamente sus ojos verdes y esperar. Incómodo, el maestro cambió el peso de un pie a otro, momento en el que el aprendiz lanzó una estocada media, rápida como una centella. Dreyer se vio obligado a apartarla a un lado abriendo ligeramente la guardia por su derecha, descubriendo intencionadamente un hueco que cualquiera hubiera aprovechado. Sancho amagó con un brazo hacia el espacio vacío, y Dreyer mordió el anzuelo de manera inocente, tapándolo de manera instintiva. Cuando se quiso dar cuenta tenía la punta de la espada del joven a media pulgada de su peludo antebrazo.

—¿Qué cojones haces, aprendiz? ¿Se puede saber por qué te has detenido?

—No voy a heriros por un entrenamiento, maestro —respondió Sancho confundido.

—¿A qué diablos te crees que estamos jugando? Aquí se aprende a matar. La próxima vez que me puedas marcar un brazo me lo marcas, así me obligarás a espabilar.

Sancho sonrió con suficiencia y la punta de su hoja bajó un par de dedos. En ese momento Dreyer le lanzó una combinación de tres estocadas superiores y una inferior que obligaron al muchacho a retroceder, tropezando con uno de los muñecos de entrenamiento. Despatarrado en el suelo, el joven se encontró con el hierro del maestro apoyado en la garganta. Con parsimonia, el herrero le marcó justo en el centro de una de las cicatrices que le habían quedado de la peste. Por el cuello de Sancho rodaron un par de minúsculas gotas de sangre.

—Y esto te quedará como recuerdo de la lección.

Poco a poco Dreyer dejó de considerar las clases con Sancho una obligación. A los seis meses, la mitad del tiempo que el joven iba a dedicar a su aprendizaje, no sólo disfrutaba con cada nueva sesión sino que cada noche esperaba con ansiedad que llegase el día siguiente para volver a trabajar con su pupilo. Cuando llegaban clientes para encargarle nuevos trabajos de armería, se sentía frustrado si tenía que pasar tiempo en la fragua lejos de las clases. En esas ocasiones envidiaba secretamente a Sancho, que aprovechaba esas jornadas practicando por su cuenta.

El maestro se había dado cuenta de qué material tenía entre sus manos. Aquel joven era simplemente un genio, que tomaba de él las enseñanzas que le convenían, desechaba lo que no le gustaba y encontraba sus propios caminos para todo lo demás, a menudo tras una fuerte discusión. Dreyer mantenía —a la manera de los maestros italianos y españoles— que clavar la punta era el único medio práctico de herir y matar.

—El único objetivo del filo de la espada es que nadie te la arrebate de las manos.

—Pero bien empleado puede utilizarse para hacer mucho daño también. Un buen corte en la espalda...

—¿Tú sabes cuántas capas hay entre el filo y las zonas blandas del cuerpo, aprendiz? Primero tienes que atravesar el jubón, lo cual es complicado si es de cuero. Luego tienes la camisa, y debajo la piel y la capa superior de grasa, que normalmente ocupa un dedo de grosor. Tirando una estocada a gran velocidad, la hoja tiene casi imposible llegar a las vísceras o al corazón. Eso si consigues que no rebote en las costillas. Tú usa la punta.

—Pero siempre están el cuello y las muñecas. Y las venas bajo los brazos. Y no sólo está el daño que infliges, sino también el dolor. Lo que siente el adversario. Lo que pasa dentro de su cabeza —insistía Sancho, testarudo. Luego probaba estocadas transversales en los muñecos de entrenamiento, ante el aparente desdén del maestro, que para sus adentros admitía que muchas de las técnicas que el joven desarrollaba eran tan simples como brillantes. Hubiera muerto antes que admitir nada de eso en voz alta.

«Toda la vida esperando a que surja alguien así entre tus alumnos. Toda la vida, y tiene que surgir ahora, al final. Cuando ya estoy viejo y agotado, cuando ya he dejado de creer.»

Por las noches, cuando abandonaban agotados el entrenamiento, se arrojaban sobre lo que Josué había cocinado. Cuando llegaron el verano anterior hubiera sido inconcebible para el herrero sentarse a la misma mesa que dos desharrapados galeotes, y mucho menos si uno de ellos era negro. Con el paso del tiempo los prejuicios de Dreyer se fueron debilitando con cada nuevo plato que Josué les ponía delante.

Incluso acabó reconociendo a regañadientes que el gigantón era un cocinero pasable.

—Emplea demasiada cebolla en todo. Así no hay quien saboree un buen estofado. Pero casi está comestible.

Un día de invierno, sin más ceremonia, invitó a ambos a acompañarle en el banco corrido que había en la mesa de la cocina. La incomodidad de los primeros días se fue derritiendo. Al llegar la primavera las cenas en casa del herrero se habían convertido en momentos de camaradería. Dreyer solía entonar himnos militares de su Flandes natal, canciones que hablaban de la derrota de los españoles y la restauración del orgullo patrio. Sancho y Josué escuchaban sin comprender, conmovidos por la hondura y la nostalgia que desgarraban la voz del herrero. Sin embargo Dreyer nunca les contaba historias de sí mismo, por más que a ambos les hubiera gustado conocer las razones que habían llevado al antiguo maestro de esgrima a un exilio tan lejos de su tierra. Más allá de lo que Sancho había conseguido averiguar el día que comenzó su entrenamiento.

Antes del fin de la velada, Sancho siempre se escurría

afuera mascullando alguna excusa. En ocasiones el herrero le seguía a distancia. El joven siempre se dirigía a la fragua, donde se sentaba en la plataforma de piedra que daba al valle. En aquel lugar, el mismo desde el que el herrero les había visto por primera vez, Sancho observaba atentamente la oscuridad. En las noches claras, cuando la luna teñía de un matiz azulado los tejados de Sevilla, podía pasarse allí varias horas. Dreyer se preguntaba qué pensamientos pasarían por la cabeza del muchacho en aquellos momentos.

Una mañana de verano, el herrero llamó al joven a la forja y le mandó poner el pie sobre el yunque. En pocos minutos consiguió liberar la extremidad de la argolla, que cayó al suelo con un estridente sonido metálico. Sancho se acarició con las yemas de los dedos la zona de piel donde había estado la argolla, que había quedado blancuzca y ligeramente hundida. Nunca le volvería a crecer el vello en esa parte.

—A tu amigo ya le saqué la argolla hace un rato. Será mejor que ambos evitéis que nadie vea nunca esa marca, Sancho. No sería demasiado difícil atar cabos.

El joven alzó la vista hacia Dreyer, sorprendido. Era la primera vez que el herrero le llamaba por su nombre. Entonces comprendió.

—Ya ha pasado un año.

—Ya no eres un aprendiz.

—Ése fue nuestro acuerdo, en efecto —dijo Sancho con un ligero temblor en la voz.

—Quiero que te quedes. Es decir, me gustaría que os quedaseis el infiel y tú.

—A mí también me gustaría.

—Tienes mucho que aprender. Apenas te he enseñado los rudimentos de las armas secundarias, y desde luego tu puntería con pistola es un auténtico desastre.

Sancho asintió, incómodo. En efecto, se había sumergido tanto en el estudio de la espada que apenas habían dedicado tiempo a otras armas. Y a diferencia de la esgrima, las armas de fuego le parecían instrumentos burdos, lentos e imprecisos. No les había tomado cariño, ni ellas a él.

—Me gustaría preguntaros si ya me veis preparado para enfrentarme a otros.

Dreyer se rascó la cabeza y miró al joven de pies a cabeza. Había crecido un par de pulgadas, tenía la espalda más recta y sus hombros se habían ensanchado. Tras tanto correr a pleno sol, la palidez rojiza con la que se había presentado ante su puerta había desaparecido. En su lugar una piel morena recubría unos músculos nervudos y alargados.

Apartó la vista, dudando sobre qué decir. La mayor dificultad que había acarreado la enseñanza de Sancho era que en todo aquel tiempo sólo se había enfrentado a él. A diferencia de cualquier academia, en la que había diversos alumnos de los que aprender y con los que ponerte a prueba, en casa del herrero sólo había habido un único contendiente, si bien era uno formidable. El chico necesitaría muchos meses y combates a cara de perro antes de alcanzar su verdadero potencial. Pero poseía unas manos veloces, una mente aún más rápida y sobre todo una calma gélida.

—Necesitas más entrenamiento.

—Pero...

—Te veo capaz de defenderte, si eso es lo que ibas a preguntarme. Si no haces tonterías, igual llegas a viejo. ¿Recuerdas lo que te dije acerca de los espadachines legendarios?

—Para ser leyenda tienen que hacer alguna estupidez.

—Exacto. Es fácil acordarse de quien se enfrentó en solitario contra siete u ocho. Pero por bueno que sea él o malos sean los otros, alguno alcanzará a pincharle en los hígados. Que nadie te recuerde, Sancho.

El joven sonrió.

—He de marcharme ya, maestro. Tengo que saldar mi deuda.

—Antes de que te vayas me gustaría que recordases una cosa, Sancho. Tu amigo no murió por tu culpa.

Sancho le miró sorprendido, pues aunque le habían contado su historia a Dreyer, hasta aquel momento no había hecho ningún comentario.

—Fui yo quien ideó el plan para robar los documentos del banco. De no haberlo hecho seguiría vivo.

Dreyer carraspeó y tomó un pedazo informe de hierro, colocándolo sobre las brasas para que fuese cogiendo calor.

—Hay una lección que no te enseña el camino de la espada, Sancho, sino el camino de la vida. Y es que lo más difícil que hay es perdonarse a uno mismo.

—Eso no le devolverá la vida a Bartolo.

El herrero inclinó la cabeza, pues era lo que esperaba. Ambos guardaron un incómodo silencio.

—Será mejor que avise a Josué y nos preparemos para el camino —dijo Sancho dirigiéndose a la puerta del taller.

—Aguarda un momento.

Dreyer rebuscó en las baldas situadas bajo el gran banco de herramientas y sacó un bulto alargado, envuelto en tela de arpillera. Lo puso en manos de Sancho, que reconoció al instante el peso del objeto.

—Maestro...

—Calla. Limítate a abrirlo.

Sancho tiró de las cuerdas con dedos impacientes. Cuando se deshizo del primer envoltorio se encontró con una segunda capa con una tela mucho más suave.

—No quería que destacase demasiado cuando anduvieses por los caminos.

El joven colocó el bulto sobre el banco de trabajo y descubrió lo que envolvía la segunda tela. Enfundada en una vaina de cuero sencilla, reposaba una espada ropera de lazo.

Tanto el pomo como los gavilanes estaban desprovistos de todo adorno. La bruñida superficie estaba surcada de centenares de minúsculas abrasiones, que indicaban que la espada había participado en muchos combates. La empuñadura había sido sustituida recientemente por un recubrimiento de cuero reciente, y las delgadísimas tiras que lo formaban estaban recubiertas de un ligero tinte oscuro. Extrajo la espada de la vaina, que estaba tan engrasada que apenas emitió un leve susurro. La hoja era firme y flexible, tan equilibrada que Sancho casi no notaba el peso, como si fuera una extensión de su brazo. Aquélla era una arma extraordinaria, que valía el salario de un hombre durante siete u ocho años.

Se volvió hacia Dreyer, quien simulaba colocar unas herramientas al otro extremo del banco.

—Ésta fue mi espada —dijo sin volverse, intentando que la emoción no le embargase—. La hice yo mismo. No tiene adornos ni inscripciones, pero está bien templada. Nunca me gustaron las armas con muchas florituras ni joyas.

El joven volvió a colocar la espada en la vaina con respeto reverencial. Dreyer se apartó aún más, inclinándose sobre la fragua para encender el fuego. Intentaba evitar a Sancho, pero cuando se dio la vuelta éste le arrojó los brazos alrededor del cuello y le dio un potente abrazo, al que el herrero respondió tímidamente dándole una palmadita en la espalda.

—Es suficiente, muchacho. Venga, lárgate, que tengo trabajo. Este hierro no se va a fundir solo.

Una hora más tarde, Sancho y Josué emprendieron la marcha. Dreyer los despidió con la mano desde la puerta de la herrería, volviendo enseguida adentro. Los observó mientras recorrían el camino hacia la ciudad, hasta que no fueron más que un par de puntos minúsculos en el valle.

Cuando desaparecieron, abandonó las tenazas y la fragua. Pasó junto al melocotonero que se aferraba a la vida a un lado del camino. Era casi tan alto como Dreyer. Josué había procurado cada día que tuviese agua suficiente, lo había atado a un poste para que creciese fuerte y recto, y que el viento no lo truncase. Ahora todos aquellos cuidados le correspondían a él.

«Quién hubiera dicho que un árbol pudiese crecer en un terreno tan baldío», se asombró por enésima vez.

Fue a la sala de entrenamiento. Bajo el emparrado comenzaba a hacer calor de nuevo. Dreyer recogió uno de los brazaletes con los que se protegía las muñecas cuando practicaban con el arco, y lo colgó en el lugar que le pertenecía en la panoplia. Al alcance de la mano quedaba uno de los juegos de pistolas con los que había previsto volarse la tapa de los sesos en el mismo momento en que supo que su hijo había muerto, un año atrás. Algo que Sancho había adivinado, y que su presencia y su aprendizaje habían contribuido a evitar. Algo que tal vez hubiese sido el propósito último de su hijo.

La descolgó y se quedó mirando el cañón durante un largo rato, reflexionando sobre el último consejo que le había dado a Sancho acerca de la capacidad de perdonarse a uno mismo. Cerró los ojos, y creyó escuchar los ecos aún no extinguidos del entrecruzar de las espadas.

«Tal vez aún quede esperanza. Tal vez aún pueda tener sentido.»

Cuando regresó a la forja, las lágrimas le rodaban por las mejillas.

Septiembre de 1590 a abril de 1591

XLI

*M*onardes tardó casi un mes en morir.

El médico reconoció perfectamente sus propios síntomas desde el principio y supo que no tenía salvación. Comenzó a poner sus asuntos en orden. Llamó a un abogado y a varios testigos para redactar su testamento. Escribió cartas a médicos, botánicos y otros muchos compañeros a los que jamás había encontrado en persona, pero que podía llamar amigos. A todos agradeció el eficaz intercambio de conocimientos y la calidez que le habían brindado con sus escritos. Misivas que habían salvado centenares de leguas por mar y tierra, sobreviviendo a piratas, salteadores de caminos e incluso la guerra, para expandir las fronteras de la medicina.

Encargó misas por la paz de su alma, aunque fuera sólo por mantener las apariencias, pues era escéptico hacia lo sobrenatural. Sin embargo tenía miedo de que la Inquisición prohibiese los libros que había escrito si a su muerte había la más mínima sospecha de herejía, así que prefirió fingir devoción.

Pasó también mucho tiempo en el huerto, rozando con la punta de los dedos sus amadas plantas, enderezando una raíz o colocando un tallo. El médico había visto morir a centenares de personas, buenas y malas, de toda edad y condición. Hacía muchos años que había dejado de sentir nada cuando la vida abandonaba a los seres humanos. Sin embargo, a solas en su huerto, con la tierra oscura y esponjosa bajo los pies y el sol calentándole el rostro, sintió pena por sí mismo. No volver a ver florecer a sus preciosas criaturas le rompía el corazón.

Por último, ocho días antes de que en un pueblo cercano a Sevilla cierto joven terminase su instrucción como espadachín, el médico llamó a Clara.

La joven acudió junto a él. Era media tarde, y Monardes estaba sentado en su lugar favorito, un banco de piedra en la parte más soleada de su jardín.

—Si te he educado bien sabrás lo que voy a decirte.

—Os estáis muriendo —dijo Clara, con la voz temblorosa. Había estado temiendo que llegase aquel momento, pero lo había intuido muy poco después de que el médico estuviese seguro.

El médico asintió, orgulloso y tranquilo. Se sentía en paz y su única preocupación ahora era su joven aprendiz.

—Te he transmitido una buena parte de mi saber, pero hay muchas cosas que aún no te he contado. No creo que me queden más de un par de semanas. Lo que voy ahora a desvelarte son conocimientos muy peligrosos, y deberás mantenerlos en secreto. Utilízalos sólo cuando estés muy segura.

—¿Acerca de qué?

—Acerca de con quién los empleas. Tú quieres ser médico, ¿verdad Clara?

La joven asintió con fuerza. Había llegado a aquella casa forzada por su madre, y ahora sentía una pena inmensa por tener que abandonarla. Profesaba un fervor casi reverencial por el viejo galeno.

—Por desgracia, nunca podrás serlo. Sólo aquellos que

han visitado una universidad pueden ostentar ese título, y éstas sólo admiten a hombres. Por causa de tu sexo tampoco podrás ejercer como cirujano barbero, esos médicos de segunda que sólo saben sacar dientes y sangrar a los enfermos, poniéndolos peor aún. Tu destino es ser boticaria, la clase más baja de sanador, aunque a fe mía que tienes aptitudes para ser un médico de primera clase.

—Es muy injusto.

—Lo sé, pero el mundo es así. Ahí fuera, en las casas de los pobres, son las mujeres las responsables de la salud de toda su familia; ellas curan las quemaduras de sus hijos cuando tocan por descuido la olla caliente; ellas lavan las ampollas de sus maridos cuando vuelven a casa con las manos dañadas por el azadón; ellas atienden a sus hermanas y a sus primas cuando dan a luz. ¿Dónde están los médicos, entonces? —Monardes se interrumpió. La excitación le había robado el aliento, y el costado le dolía terriblemente. Tal vez le quedase menos tiempo del que había previsto—. Serás boticaria. Dispensarás remedios y darás los consejos gratis, porque ésa es la tradición. Pero aun así tendrás que tener cuidado. Si te equivocas en un diagnóstico, alguien podría denunciarte a la Inquisición, y entonces tu destino sería la hoguera. Para acusar a una mujer de bruja hacen falta pocas pruebas. ¿Estás dispuesta a correr ese riesgo?

—Sí, maestro —dijo Clara muy convencida, aunque no tenía la menor idea de cómo podría cumplirse tal cosa mientras.

—Ah, hija mía, ojalá supieses de verdad el alcance del compromiso que adquieres. En fin, que tengas suerte.

Se quedó callado durante un buen rato, con los ojos cerrados, y Clara creyó que se había dormido. Finalmente se movió para ahuyentar un insecto, y la esclava se atrevió a hablar de nuevo.

—Dijisteis que había algo que teníais que enseñarme.

Monardes parpadeó y la contempló como si no supiera quién era o qué estaba haciendo allí. Después su mirada recobró la lucidez.

—Si repites cualquier cosa de lo que voy a decirte delante de oídos equivocados, serás considerada hereje y morirás sin remedio. No lo pongas por escrito, tampoco. Recuérdalo todo, repítetelo a ti misma por las noches hasta que lo hayas memorizado perfectamente. Y si algún día encuentras a quién transmitirlo, alguien realmente valioso, hazlo. ¿Me has comprendido?

Clara sintió que el honor y la responsabilidad le cubrían como una manta cálida y reconfortante.

—Haré como decís.

Monardes carraspeó y empezó a hablar, cauteloso al principio, pues era la primera vez que decía muchas de aquellas cosas en voz alta, aunque se iba animando según hablaba.

—¿Recuerdas cómo me reí de tu afición por las novelas de caballerías cuando llegaste a esta casa?

Clara asintió. Recordaba perfectamente la humillación que le había hecho pasar el médico en aquel momento, y lo dolida que se había sentido.

—Pues ahora voy a enseñarte el auténtico secreto de la brujería. Trae un poco de azufre, una tabla de madera y una vela encendida.

La joven fue hasta el laboratorio y le acercó lo que había pedido, notando una creciente inquietud. Monardes colocó la tabla sobre el banco y tomó una pizca de azufre del frasco. Con sumo cuidado trazó un pentagrama sobre la tabla usando el polvo amarillento. Cuando terminó, se volvió hacia Clara.

—¿Sabes lo que es esto?

—Es un símbolo mágico —respondió ella. Lo había visto en varias ilustraciones de las novelas que había leído. En ellas siempre aparecía un viejo de sombrero puntiagudo o una vieja arrugada rodeados de pócimas y un caldero burbujeante.

—Bien, pues préndele fuego.

Clara arrimó la llama de la vela al azufre, que desprendió una llamarada verdosa al instante.

—Oh tú, Príncipe de las Tinieblas, oscura deidad de las profundidades —empezó a declamar Monardes, con voz hueca—. Ven a nosotros, te convocamos. Te ofrecemos nuestras almas inmortales en pago de tus servicios. ¡Ven a nosotros, Satán!

La esclava, espantada, dio un paso atrás y se protegió el rostro con las manos. De pronto Monardes comenzó a reír, agarrándose el vientre, un sonido chirriante y cansado como el de una bisagra oxidada.

—No ha tenido gracia —masculló ella, ofendida.

Monardes siguió aún riendo un buen rato, hasta que un violento ataque de tos le obligó a parar. Clara le acercó un vaso de agua del pozo y el viejo le dio un trago.

—Lo siento. Ha valido la pena sólo por ver tu cara —dijo ya más sereno—. Pero no lo he hecho sólo para burlarme de ti. ¿Ves si ha aparecido algún demonio en el jardín?

—No —reconoció Clara, que aún no las tenía todas consigo.

—Tú eres una joven inteligente, y sin embargo has creído que por prender fuego a un poco de polvo y decir unas palabras íbamos a convocar al diablo. Pero no es cierto.

Levantó la madera, donde había quedado chamuscado el pentagrama, y se entretuvo en borrarlo poco a poco con la llama de la vela mientras continuaba.

—La gente es muy crédula, Clara. Desean con toda su alma muchas cosas que no pueden conseguir, y creen que la magia es un método para alcanzar por lo sobrenatural aquello que no pueden lograr con sus propias manos. Por desgracia, es mentira. No se puede curar a alguien diciendo unas palabras. No existen la magia, ni las brujas.

—Pero maestro, la Inquisición...

—A la Inquisición le encanta quemar de vez en cuando en la hoguera a las viejas que viven solas en lugares apartados, llenas de verrugas y desvaríos. Refuerza su autoridad sobre los ignorantes. Pero tú eres mejor que eso. Tú sabes que si no haces algo, algo real, no sucede nada real.

—Si no tomas un remedio, en el cuerpo no se produce ninguna mejoría —dijo Clara, pensativa.

—Exacto. Y ahora recuerda lo que voy a enseñarte, y no lo divulgues nunca excepto a quienes sean de tu plena confianza, o acabarás en una hoguera en la plaza de San Francisco. Júralo por tu vida.

Le tendió la mano a la joven, que la tomó entre las suyas. Estaba muy fría y temblorosa.

—Lo juro, maestro.

—Lo primero que has de saber se refiere a los humores del cuerpo, acerca de los que leíste en el libro de Hipócrates. Debes hablar de ellos y fingir que son importantes. Y luego actúa conforme a la verdad: no existen.

—¿Por qué simplemente no ignorarlos?

Los ojos del médico relampaguearon, irónicos.

—Porque la Iglesia católica, en su infinita sabiduría, cree que los sacerdotes, que tienen potestad sobre el espíritu, también son maravillosos médicos. Han asumido como parte de la tradición cristiana que nuestro cuerpo está dominado por cuatro espíritus, llamados humores, que nos hacen enfermar cuando se desequilibran. Como las mujeres sangran una vez al mes con dolor, la creencia dice que sangrar al paciente es bueno. Nunca, nunca lo hagas aunque te lo pidan.

—¿Y no sospecharán de mí?

—No, si finges que por ser mujer te da miedo fallar con el cuchillo, nadie sospechará. Tendrás que usar muchos subterfugios a partir de ahora. Tampoco creas que cuando la gente está enferma es porque hay espíritus malignos viajando de una persona a otra. No sabemos por qué nos ponemos malos, pero unos cuantos médicos apuntan que el agua limpia ayuda a evitar el contagio. También la higiene, y comer fruta fresca.

La lección continuó durante varios días. Clara aprendió con gran sorpresa que la creencia popular de que los mejores remedios se parecían a las enfermedades era completamente falsa. La gente creía que cuando dolían las muelas había que tomar ralladuras de marfil, pues los dientes y el marfil se parecían. O que la lechuga, que era una planta fría, era buena para combatir la fiebre.

—La apariencia de las cosas nada tiene que ver con su función, Clara —dijo Monardes. De pronto se llevó la mano al pecho, jadeando. Casi al instante cayó al suelo, desmayado.

Hubieron de continuar la lección en el cuarto de Monardes. En sus últimas horas el médico alternó momentos de gran dolor en los que apenas podía hablar con otros de extrema lucidez. Clara quiso darle infusiones de hierbasombra, pero el médico rehusó tomarla, pues ésta le adormecería. Prefería soportar el sufrimiento para poder impartir sus últimas clases, en las que habló a la joven de los falsos remedios y de cómo evitarlos.

—Nunca des vomitivos a los enfermos, a no ser que hayan tomado veneno o algo en mal estado. Usa las hierbas sabiamente, y miénteles cuando sea preciso. Averigua para qué quieren el remedio que te piden. Si se empeñan en tomar jalapa para la fiebre, dales casia, que es lo que necesitan. Machacada y reseca no notarán la diferencia, y tú estarás salvando una vida.

Clara lloraba a veces, cuando creía que Monardes no se daría cuenta. El médico, no obstante, siempre la descubría y fruncía sus pobladas cejas hasta formar una gruesa línea blanca.

—No llores, Clara del Caribe —dijo recordando el mote con el que la había bautizado la noche en que se conocieron, lo que arrancó una sonrisa en el rostro de la joven a pesar de las lágrimas—. Has sido como una hija para mí. He tenido muchos aprendices, y con pocos he sido tan feliz como contigo. Aquella noche en que fuiste tan valiente como para venir hasta mi puerta supe que había en ti algo diferente.

—Os echaré mucho de menos.

—Tranquila. He dispuesto de todo...

La voz se le apagó de repente, y ya no pudo hablar más. Aquella misma noche murió, y Clara se preguntó qué había querido decirle al final.

XLII

—¡Una limosna para un pobre ciego!

Zacarías hizo resonar las monedas de su escudilla metálica con un repiqueteo característico que era capaz de elevarse por encima del ajetreo de la plaza de San Francisco. Nunca dejaba más de un par de cobres en ella, para evitar que algún avispado mozalbete se la arrebatase a la carrera. Tan pronto como alguien arrojaba alguna limosna dentro, la recogía y la hacía desaparecer entre sus ropas. Sus oídos estaban tan aguzados que era capaz de reconocer a la perfección la cuantía de la dádiva con sólo escuchar el sonido que hacía al caer dentro del metal, y agradecerlo en consecuencia. Un maravedí apenas recibía una inclinación de cabeza. Un par de ellos provocaban una alabanza. En las raras ocasiones en que una dama acaudalada echaba un real de plata, los efusivos aspavientos del ciego se oían al otro lado de las murallas de la ciudad.

—Ciego, me han dicho que sois clarividente —dijo una voz femenina a su derecha.

—Por supuesto, mi señora —respondió, volviéndose al origen de la voz. Con cuidado descubrió la venda que le cubría los ojos, que eran apenas dos bolas blancas perdidas en un rostro huesudo y demacrado, disfrutando del respingo de susto que provocó en la mujer—. Dios me negó el don de la vista, pero me entregó el de desentrañar los entresijos de su creación. Recito romances o rezo por vos si así lo precisáis.

—¿Podrías decirme qué es lo que llevo dentro? —pidió la mujer, ansiosa.

—Acercad vuestro vientre a mis viejas manos.

La mujer dio un par de pasos hacia él y se estremeció cuando Zacarías puso sus manos huesudas sobre la abultada tripa. La dejó allí posada, mientras salmodiaba una retahíla de latinajos incomprensibles. El tacto del vestido era suave, aunque no de una gran calidad. Las manos de la mujer, que habían guiado las de Zacarías hasta la preñez, eran ligeramente ásperas. El ciego dedujo enseguida que aquella mujer era ama de casa, y no hacía trabajos excesivos aunque no gozaba de una posición demasiado acomodada. Sin embargo, aún precisaba más información para decirle exactamente lo que ella deseaba oír.

—¿Es vuestro primer hijo?

—Será el segundo. El primero fue una niña.

Zacarías sonrió para sus adentros, mientras murmuraba algunos latinajos más. Era todo lo que necesitaba saber.

—Mi señora, en vuestro vientre hay un hermoso varón, que será fuerte y honesto como vuestro esposo. Tendrá el pelo oscuro, y nacerá el día de san Crispín.

La mujer contuvo un grito de alborozo y apretó fuerte la mano del ciego.

—No tengo dinero para daros, pero por favor, aceptad este pequeño dije de plata. ¿Rezaréis por mi pequeño?

—Mi señora, os dedicaré cincuenta rosarios y tres novenas a la Santísima Virgen. No habrá nacimiento más esperado en Sevilla. Todos los santos del cielo estarán con vos, asistiéndoos en tan feliz suceso. ¡Dios bendiga vuestra generosidad!

La mujer se marchó, contenta, y Zacarías comenzó a rezar uno de los rosarios prometidos, oración que interrumpió tan pronto tuvo la certeza de que la clienta estaba lo bastante lejos. Palpó el dije con dedos expertos, se lo llevó a la ganchuda nariz para olfatearlo, lo rozó con la punta de la lengua. Era pequeño, del tamaño de la uña del pulgar, y la plata era de una aleación endeble, pero bien valdría medio real. Había sido un golpe de suerte, tras una semana realmente desastrosa. Aquella noche cenaría una buena sopa caliente.

Permaneció aún media hora más en la plaza, sin decidirse a terminar su jornada. Finalmente se hartó de trazar con la escudilla un arco frente a sí, siguiendo el sonido de sus pasos. A ese truco sólo recurría cuando estaba desesperado, pero aquella tarde no parecía dar resultado.

Estiró los brazos, echando el cuerpo hacia atrás, intentando aliviar su espalda, que se había convertido en una tortura permanente debido a tantas horas a pie firme. Era el momento de recoger el cayado en el que siempre se apoyaba y emprender el camino hacia casa de Cajones, el perista. La punta del palo estaba recubierta de una contera de hierro, la cual servía al ciego tanto de defensa como de mapa de la ciudad. Zacarías conocía a la perfección cada adoquín, cada canalón y cada esquina de aquellas calles. Aquel pedazo de madera era lo más parecido a la vista que aún le quedaba.

Pensó en la criatura que había sentido removerse en el vientre de la mujer un rato antes. Cuando aquel niño tuviese edad para afeitarse, Zacarías llevaría tiempo criando malvas. No esperaba vivir muchos años más, pues ya pasaba de largo los sesenta. Todo a lo que aspiraba ya era un poco de paz, un plato de comida y una cama blanda. Nada de todo esto parecía realmente posible, al menos mientras Monipodio siguiese furioso con él.

Jugueteando con el dije de plata entre los dedos, volvió de nuevo su pensamiento a la madre ansiosa que se lo había regalado. Se preguntó cómo trataría a aquel bebé. Tendría una vida mejor que la suya, eso seguro, pensó con amargura.

Zacarías no había nacido ciego, como le gustaba pregonar. La historia de que Dios le había dado el don de la profecía a cambio del de la vista encantaba a los crédulos ciudadanos de Sevilla, y aliviaba las suspicacias de la Inquisición. Las verdaderas causas de su ceguera habían sido la pobreza y el egoísmo. Cuando tenía tres años, su padre había comprendido que no tenía nada con que alimentarle a él y a sus dos hermanos mayores. Era un cordelero cuyas manos habían comenzado a temblar incontrolablemente el invierno anterior, impidiéndole trabajar. Desesperado, la única solución en la que pensó fue recurrir a la mendicidad, pero eso era algo vetado a los adultos sanos. Sin embargo los niños ciegos podían mendigar en las calles, y tenían asegurado el sustento debido a la lástima que despertaba su condición.

El cordelero acudió a una vieja comadre que le aseguró que los niños no sufrirían. Los dejó a solas con ella, que ató a los pequeños firmemente y después les arrimó una aguja candente a los ojos. El padre se marchó a una taberna lo suficientemente lejana para no escuchar sus gritos.

Dos de los niños no sobrevivieron al dolor y al trauma de aquel día. Sus heridas se infectaron, y murieron antes de un mes. Zacarías lo consiguió, y tuvo que mendigar en las calles desde los tres años para sostenerse a sí mismo y a su padre. Había sido una vida larga y difícil, hasta que se cruzó en su camino un joven hampón llamado Monipodio.

«Ojalá esa rata no hubiese salido nunca del vientre de su madre.»

La configuración de los adoquines cambió ligeramente bajo la contera del cayado de Zacarías, y éste dobló la esquina antes de llegar a la calle de las Armas. Se detuvo durante un instante, pues había creído oír unos pasos a su espalda que se detenían cuando él cambiaba de dirección. Eran unos pasos cautelosos, y su dueño parecía caminar con soltura pero sin hacer demasiado ruido, al contrario de la mayoría de los habitantes de aquella ciudad.

Volvió a detenerse, pero los pasos tras él habían desaparecido. Más tranquilo, volvió a torcer el rumbo en la calle de las Cruces. Palpó el muro de su izquierda para asegurarse, pero sólo por costumbre. Había recorrido aquel trayecto cientos de veces, y lo llevaba inscrito en su prodigiosa memoria. El ciego apenas guardaba recuerdo de la luz o de la forma de las cosas. Las gotas de lluvia en los aleros de las casas, los naranjos en flor o la delicada curva del pecho de una mujer eran imágenes que no se grabarían nunca dentro de su mente. En su lugar había desarrollado una gran capacidad para memorizar y contar, y así había terminado metido en problemas.

Cuando conoció a Monipodio —hacía ya casi veinte años—, el joven hampón era el jefe de una pequeña banda de ladrones que reventaban cerraduras y robaban camisas de los tendales. Trabajaban entre la Puerta de la Macarena y la Puerta del Sol, y con lo que sacaban apenas tenían suficiente para ir tirando. Pero Monipodio quería más. Soñaba con una única banda de la que él fuese el único jefe.

Monipodio tenía la paciencia, la astucia y la brutalidad necesarias para la tarea. Fue capaz de unir poco a poco, a lo largo de los años, a ladrones, limosneros, contrabandistas, terceronas y alcahuetas. Cuando surgía alguna oposición, Monipodio la eliminaba de manera notoria, para que todos los bajos fondos de Sevilla tuviesen claro con quién no se debía jugar.

De lo que carecía el hampón era de la capacidad intelectual para gestionar el creciente imperio del crimen. Sevilla era una ciudad de ciento cincuenta mil almas, a quienes cerca de un millar de maleantes de toda índole y condición explotaban como una gigantesca sanguijuela. Y de cada gota de sangre, Monipodio reclamaba su parte. Situado en el centro de una inmensa telaraña, el hampón precisaba de alguien que llevase las cuentas. Cuánto ganaban las meretrices, cuánto debían pagar los bravos que las chuleaban en el Compás. Qué cuota debían satisfacer los pequeños peristas del Malbaratillo por cada uno de los puestos. Cómo organizar los pagos a los alguaciles para tener alejada la maquinaria de la justicia. Dónde colocar cada semana a las bandas de ladrones para que no se hiciesen demasiado conocidos.

El día que llevaron a la Corte a un mendigo ciego y delgaducho llamado Zacarías, de quien se decía que tenía una mente prodigiosa, Monipodio le echó un buen vistazo y luego se rio de él.

—¿Qué diablos va a contar, éste? ¡Si no puede ver ni un ábaco! Sacadle de aquí a patadas.

Los matones agarraron al ciego por los brazos y tiraron de él hacia la salida, pero Zacarías alcanzó a decir algo antes de que le echasen.

—¡La banda de la calle de Arcabuceros os engaña!

Intrigado, el hampón alzó un dedo y los matones se detuvieron.

—¿Cómo sabes eso, mendigo?

Zacarías no podía ver el rostro de Monipodio, pero algo en su voz le dijo que si no daba la respuesta correcta iba a salir de allí con algo más que un par de cardenales. Había dicho el nombre de la banda de Arcabuceros porque era el único que conocía, aunque no tenía la menor idea de si engañaban al Rey de los Ladrones o no. Tenía que pensar a toda prisa.

—Decidme, ¿cuánto os pagan cada mes como tributo, señor?

—Siete escudos, religiosamente.

—¿Y cuál es la tasa debida?

—Ochenta maravedíes de cada escudo que ganen.

Un escudo de oro eran cuatrocientos maravedíes de cobre o doce reales de plata. Zacarías calculó en un abrir y cerrar de ojos.

—Es decir, que ellos dicen ganar treinta y cinco escudos de oro cada mes. Decidme, vos que habéis sido jefe de una banda de ladrones: ¿ganabais siempre lo mismo?

—No, no siempre. Hay veces que se dan golpes mejores, y meses peores.

—Pero sin embargo ellos os dan lo mismo todos los meses. Exactamente la misma cantidad.

Monipodio se quedó boquiabierto, tanto por la velocidad a la que había hecho los cálculos Zacarías como por la astucia que acababa de demostrar. Al jefe de la banda de Arcabuceros se le llamó a capítulo, y quedó demostrado que estaba igualando por lo bajo la cantidad que debía darle al Rey de los Ladrones. Salió del paso sólo con un par de dedos rotos, pues Monipodio estaba inusualmente contento. Había encontrado la herramienta que necesitaba. El ciego también. Para él se había acabado mendigar, pasar hambre y frío.

Zacarías llegó finalmente al lugar al que se dirigía. Dudó un momento antes de llamar a la puerta del perista. Si aquella tarde no se encontraba de humor volvería a hacérselo pasar mal, y suplicarle por cada maravedí. Cajones era un cerdo avaricioso, pero por desgracia no podía acudir a ningún otro tras lo que había sucedido con Monipodio. Finalmente golpeó un par de veces la madera con el cayado. No le quedaba otro remedio.

—Vas a rayarme la puerta con ese palo tuyo, Zacarías —dijo una voz al otro lado. El ciego entró y caminó los cuatro pasos que lo separaban del mostrador.

—A la paz de Dios, Cajones.

—A la paz de tu madre. ¿Qué me has traído?

Zacarías sacó el dije de plata y lo dejó sobre el mostrador. Escuchó como el perista trasteaba entre los cajones que había tras él, que eran los que habían acabado poniéndole el nombre por el que se le conocía en los bajos fondos. Cajones era el perista jefe de Monipodio. Experto fundidor y falseador de joyas, su casa era el lugar por donde pasaban todas las piezas importantes antes de cruzar el Betis y acabar en el lado de Triana, aquello que no hubiera encontrado acomodo en el Malbaratillo. Para el resto de los ciudadanos no era más que un humilde joyero con un negocio ruinoso y poco transitado, que malvivía vendiendo baratijas.

Cajones colocó una pequeña balanza sobre el mostrador y puso el dije sobre uno de los platillos. Apenas hizo ruido al caer.

—Por esta mierda te puedo dar diez maravedíes. Y siendo generoso.

—Vale por lo menos medio real de plata —se quejó el mendigo.

—Son lentejas, ciego. Las tomas o las dejas.

Zacarías tragó saliva con dificultad, y su prominente nuez se agitó arriba y abajo en el delgado cuello. No podía verlo pero sabía perfectamente que Cajones estaba sonriendo, disfrutando con su innecesaria humillación. Era, por supuesto, parte del castigo que Monipodio había dictado contra él, pero el perista se lo estaba tomando como algo personal. Estaba robándole descaradamente siete maravedíes, los que faltaban hasta el medio real. Zacarías necesitaba urgentemente treinta para pagar la casa de huéspedes donde dormía, de la que lo echarían sin contemplaciones si no volvía con el dinero. Se consoló pensando que al menos tenía el resto de las limosnas. Aunque pasase hambre, al menos podría reposar su maltrecha espalda.

—Está bien.

Cajones puso las monedas en el mostrador, y cuando Zacarías adelantó la mano notó como el otro las barría de su alcance, dejando un único y solitario maravedí. Una octava del valor de un panecillo.

—Ésa es tu parte, ciego. El resto es para saldar tu deuda con el Rey.

Zacarías, enfurecido, se dio la vuelta para marcharse cuando algo tiró de él hacia atrás. Alguien había salido de la trastienda, rodeado el mostrador y le agarraba por la ropa. Por el tamaño y el olor a sudor parecía uno de los matones de Monipodio.

—Pensándolo bien, ciego... he decidido que te veo demasiado viejo. A este ritmo tendrías que vivir un par de décadas para satisfacer tu deuda. Regístrale, Patachula.

Un brazo lo aplastó contra la pared. Zacarías notó en la boca el sabor amargo del yeso, mezclándose con el ácido del miedo subiendo desde sus tripas. Aquello no podía estar sucediendo.

—Por favor, mis señores. Necesito ese dinero. Por favor.

La mano del matón siguió registrándole, ajena a sus súplicas. El desagradable cacheo pasó un par de veces por encima del bolsillo oculto en el que guardaba las limosnas, y Zacarías contuvo la respiración. Tal vez aún pudiese escapar de aquélla.

—No lleva nada más —dijo una voz basta y desagradable junto a su oreja.

—No me lo creo. Éste lleva todo el día clavado como un pasmarote en la plaza de San Francisco, y no se pondría tan nervioso si no llevase algo. Sigue buscando.

Zacarías se maldijo mentalmente por haber acudido allí primero, en lugar de haber pasado antes por la casa de huéspedes. Los escasos maravedíes que guardaba en el bolsillo secreto era todo lo que tenía en el mundo. Si aquellos malnacidos lo encontraban, aquella noche dormiría en la escalera de una iglesia, como los más desesperados de entre los mendigos. Y al día siguiente el cuento volvería a comenzar.

—¿Tanto os paga Monipodio para que me tratéis así? —gimió el ciego.

—A Monipodio le da lo mismo si te cantamos salmos o te damos de palos. Lo único que quiere es recuperar los noventa escudos que perdiste. La cortesía va por cuenta de la casa.

Con un gruñido de triunfo, el matón palpó bajo las mangas de la túnica de Zacarías. Había localizado una zona más dura al tacto, hábilmente camuflada junto a la costura. El ciego notó como una punta de acero desgarraba la tela a menos de un dedo de su axila, dejando caer las monedas al suelo.

—¿Has visto, Patachula? —dijo el perista con una risa cruel—. El árbol siempre suelta fruta si lo sacudes bien fuerte. Y ahora échalo de aquí.

Zacarías sintió como lo agarraban por la ropa y lo lanzaban hacia adelante. Aterrizó sobre el desagüe que cruzaba la calle, quedando empapado y desorientado. A su espalda sonó un gran portazo, que al pobre ciego le supo a derrota y desconsuelo. Allí tendido, con las rodillas magulladas y el alma llena de humillación, deseó morir.

De pronto sintió como unas enormes manos lo alzaban tan fácilmente como si fuese una pluma. Embargado por el terror, sin conocer qué nueva amenaza era aquélla, Zacarías luchó por respirar. Su captor le llevó en volandas durante lo que al mendigo se le antojó una eternidad, pero que no fueron más de un par de minutos. Finalmente se detuvieron, y el ciego se encontró de nuevo con los pies en el suelo. Las rodillas le temblaban y estuvo a punto de desplomarse. Alguien le colocó de nuevo el cayado entre los dedos y se apoyó en él a duras penas.

—Sujétale, Josué. Parece que nuestro nuevo amigo no se encuentra bien —dijo una voz frente a él. Tenía un tono juvenil, metálico y vibrante, y denotaba una extraña firmeza. Aunque Zacarías estaba seguro de no haber oído nunca antes aquella voz, había algo en ella que le transmitía confianza.

La enorme mano se apoyó en su hombro, esta vez con mucha más delicadeza.

—¿Quiénes sois?

—Amigos, maese Zacarías —respondió el joven—. Y por lo que se ve, vos andáis necesitado de ellos.

XLIII

Sancho y Josué habían llegado a las afueras de Sevilla cuatro días antes de su encuentro con Zacarías. Ambos habían salido de casa del herrero con unas ropas que habían pertenecido a Joaquín, el hijo de Dreyer. A Sancho le quedaban bastante pequeñas, pero en el caso de Josué había sido necesario descoser la tela de varias prendas antes de confeccionar un atuendo presentable para él. Nada habían podido hacer con el calzado, pero Sancho tenía previsto poner remedio a ese problema lo antes posible. Aunque para ello tenían que llegar a la ciudad y poner en marcha su plan.

Con una apariencia más discreta que la que tenían cuando habían escapado del naufragio de la *San Telmo* un año antes, ya no debían ocultarse al cruzarse con otros viajeros por el camino. Alcanzaron el monasterio de las Cuevas a la hora de comer. Podrían haber seguido bajando por el camino, cruzado el Puente de Triana y haberse unido a los viajeros que hacían cola para entrar en la ciudad, pero Sancho no quería exponerse a que los guardias de la puerta le preguntasen por Josué. Sin un título de propiedad del esclavo y sin dinero para comprar conciencias, se arriesgaban a que les descubriesen. Ante cualquier duda, los corchetes se llevarían a Josué a la prisión de la calle Sierpes hasta que se aclarase su identidad. Ése era un riesgo que Sancho no estaba dispuesto a asumir. Aunque el que iban a asumir a cambio no era menor.

Se quedaron a la sombra de los altos muros del monasterio, echando una cabezada. Aquella noche necesitarían estar fuertes y descansados.

«Tengo miedo», le dijo Josué.

La luna estaba ya alta en el cielo, lo que le permitía ver sin dificultad los gestos de su amigo. A la luz plateada de la luna los rasgos fuertes y valientes del negro aparecían ominosos y fantasmales.

—Eso ya lo sé —dijo Sancho en voz baja. No podía usar señas pues tenía las manos ocupadas—. Pero sabes que no queda otro remedio. No puedo dejarte aquí solo.

Josué se encogió de hombros y siguieron caminando hacia la orilla del río. Habían robado una barca de una de las casas cercanas. Su dueño seguramente la emplearía para pescar cangrejos y venderlos en la ciudad. Era tan pequeña que Sancho podía llevarla en brazos sin problemas, por lo que no le extrañaba que el gigantón, que tenía auténtico terror a ahogarse, estuviese asustado. Sancho contempló pensativo la superficie del agua, que se agitaba con el color y los espasmos de un reptil moribundo. Él mismo tenía dudas de que la endeble embarcación soportase el peso de su amigo.

Cuando la echaron al río, Josué rechinó los dientes y sacudió la cabeza, pero al final se atrevió a subir a la barca. Con los brazos y las piernas encogidos, el cuerpo del negro parecía rebosar por todas partes. Sancho dudó por un momento. Si al llevar la barca al centro de la corriente Josué hacía algún movimiento extraño, se hundiría sin remedio. Se metió él mismo en el agua y comenzó a empujar la barca. A pesar de que en pleno agosto el Betis bajaba con menos caudal de lo normal, la fuerza de la corriente estuvo a punto de hacer zozobrar la barquita en un par de ocasiones. Josué se agarraba con tanta fuerza a la borda que la madera crujió bajo la presión de sus dedos.

Cuando llegaron a la otra orilla, Josué corrió a esconderse entre los arbustos como habían acordado. Sancho notaba el cansancio, pero sin embargo se negaba a dejar allí la barca. Lo más probable era que para el pescador de cangrejos fuese su única fuente de sustento, y si la abandonaba en aquella orilla, el pescador nunca la recuperaría. Regresó al otro lado, esta vez subido en la barca y remando con los brazos. Cuando dejó la barca donde la había encontrado, los ronquidos del pescador llegaban hasta fuera de la casita. Sancho sonrió para sus adentros. Por la mañana la barca estaría seca y el hombre ni se daría cuenta de que la habían tomado prestada.

Volver a cruzar a nado hasta Sevilla requirió de un gran esfuerzo, y cuando alcanzó a hacer pie tuvo que parar durante un buen rato para recuperar el aliento, sin llegar a salir del agua, con la vista clavada en las estrellas y el fragor del río en los oídos. Finalmente alcanzó los arbustos, donde Josué le esperaba.

—Aguarda aquí. Regresaré antes del amanecer.

Josué le apretó el brazo para desearle suerte. Sancho se puso en marcha, sabiendo que la iba a necesitar. Tenía que recorrer el exterior de la muralla y alcanzar la Puerta del Arenal, un espacio por el que las bandas de criminales solían vagabundear en busca de viajeros despistados que no hubieran logrado entrar a la ciudad antes del cierre de las puertas. Se ajustó el cinto del que colgaba la espada de Dreyer. «Mi espada», pensó con orgullo. Nunca se había enfrentado a nadie en un combate real, y no sabía qué era lo que podía ocurrir. Cómo reaccionaría fuera del orden de la sala de entrenamiento.

Rodeó las casas de Colón, el lugar donde vivían ahora los descendientes del Almirante, y descendió pegado a la muralla. De pronto el corazón le dio un vuelco. A unos treinta o cuarenta pasos delante de él distinguió varias figuras agazapadas en la oscuridad. Hablaban en susurros, y uno de ellos tenía encendida una pequeña brasa, seguramente para prender las mechas de los arcabuces. Para ser simplemente una banda de salteadores eran demasiados. Consideró por un instante la posibilidad de que fuesen corchetes tendiéndole una emboscada a alguien, pero lo dudaba mucho. La justicia nunca se aventuraba de noche fuera de los muros si podía evitarlo.

No podía darse la vuelta e intentarlo desde la otra orilla, pues tardaría demasiado. La noche avanzaba, y cuando llegase el amanecer el endeble escondrijo de Josué quedaría descubierto. Tampoco podía intentar meterse en el agua, pues en aquel punto, más allá del recodo que formaba el río en el extremo norte de la ciudad, el caudal de agua era demasiado peligroso de noche. La única solución era pasar entre ellos, amparado por las tinieblas.

Se tumbó en el suelo y empezó a reptar, procurando no perder la protección que arrojaba la sombra del muro. Aquella noche la luz de la luna era muy intensa, y se maldijo por no haber tenido eso en cuenta. Le parecía avanzar tan despacio como un caracol, y un sudor espeso comenzó a descenderle por la espalda. Los emboscadores se encontraban a tan poca distancia cuando pasó junto a ellos que podía oler en su aliento lo que habían cenado aquella noche.

—Algo me ha rozado la pierna —susurró una voz a la derecha de Sancho.

Éste se quedó tan quieto como pudo, sintiendo en la tierra reseca las vibraciones del cuerpo del que acababa de hablar, moviéndose inquieto en busca de lo que le había alertado.

—Cállate, hombre. Será una rana. No seas cobarde —dijo otra voz algo más lejos

—¿Y si es una serpiente?

—¡Silencio! ¿Quieres que los guardias de la muralla nos oigan? Levántate y ponte más allá, si tanto miedo tienes.

El hombre que estaba más cerca de Sancho se puso de pie, y sus botas le rozaron los pies. El joven se aplastó contra la base de la muralla, y de inmediato sintió un dolor inmenso. Un arbusto espinoso crecía entre las piedras, y las espinas le traspasaron la camisa y le laceraron la piel de la espalda. Se mordió el antebrazo con fuerza para no gritar.

Cuando el hombre comenzó a moverse, pisoteando a sus compañeros y provocando sus protestas, Sancho aprovechó el estruendo para alejarse. Desde allí pudo continuar sin mayores incidentes. Unos minutos después se atrevió a levantarse y caminar agachado, lo que le permitió avanzar tan deprisa —en comparación con lo que le había costado salvar el trecho que había hecho reptando— que se sintió volar. Tan sólo a la altura de la Puerta de Triana tuvo que volver a echarse al suelo para evitar la luz de los faroles que iluminaban el Puente de Barcas. En aquella enorme e inestable plataforma de madera que conectaba Triana con Sevilla siempre había un retén de guardia, patrullando entre el castillo de la Inquisición y el puerto. A aquellos soldados les preocupaba más que ningún enemigo destruyese el costoso y frágil puente que vigilar que nadie se colase en la ciudad en plena noche. De cualquier forma, Sancho no quería que nada se interpusiese entre él y su meta, y menos estando tan cerca de ella.

Cuando se acercaba al extremo contrario del Arenal, oyó unos disparos a lo lejos, al norte de su posición. Se detuvo con la cabeza ladeada y el cuerpo en tensión, pero la lucha tenía lugar lejos de allí. Hubo más disparos esporádicos, y al cabo de un rato volvió el silencio. Estaba seguro de que tenía algo que ver con el grupo de hombres que había visto apostados cerca de la Puerta Real.

«Me pregunto qué diablos estará ocurriendo en Sevilla en estos tiempos. Un suceso así no es normal», pensó mientras reanudaba la marcha.

Al fin llegó frente al pequeño montículo que tan bien recordaba, justo a la espalda del Malbaratillo. A tientas, le costó varios minutos encontrar la entrada al refugio que había compartido con Bartolo. Cuando sus dedos localizaron la rendija hábilmente camuflada que servía para extraer la piedra que tapaba el acceso, dudó antes de tirar. Por un momento le embargaron el miedo y la ansiedad. Si alguien más conocía aquel lugar —y Monipodio parecía poseer todos los secretos de aquella ciudad— seguramente lo habrían registrado tras la muerte del enano. Localizar el escondrijo que había bajo su catre no sería demasiado complicado. En ese caso el pequeño saquito lleno de monedas de oro sobre el cual Sancho había cimentado todos sus planes y esperanzas habría desaparecido. Tendría que volver junto a Josué con las manos vacías, y obligarle a cruzar de nuevo a la orilla norte, con el peligro del inminente amanecer. Si se había equivocado, si había sido tan estúpido y confiado como para imaginarse que aquel lugar seguiría siendo secreto, Josué y él podrían acabar de nuevo encadenados al remo de una galera.

Respiró hondo, sacudió la cabeza para ahuyentar los malos augurios y tiró de la piedra hacia sí. Al principio no cedió, pues llevaba un tiempo sin moverse y el musgo y las malas hierbas habían cubierto su parte inferior. Sancho se sintió un poco más tranquilo. Al menos por allí no parecía que hubiese entrado nadie.

La piedra se desplazó al fin con un rechinar desagradable, y el joven introdujo los hombros y la cabeza. Le costó mucho más esfuerzo entrar de lo que recordaba, y se dio cuenta con nostalgia de que ya no era el niño que había sido la primera vez que atravesó aquella sección de la muralla. Hizo fuerza con los pies para impulsarse, quedando boca abajo sobre la piedra, sin poder mover los brazos. Momentáneamente atascado, sintió como algo viscoso y lleno de patas se arrastraba por su rostro, y por segunda vez aquella noche tuvo que hacer un esfuerzo para no gritar.

Sancho tenía una profunda aversión a los insectos, y encontrarse atorado allí en mitad de la oscuridad le causó un leve ataque de pánico. Comenzó a respirar entrecortadamente y apretar los dientes, creyendo escuchar centenares de patas negras rascando la piedra a su alrededor. Cuando consiguió serenarse, comenzó a mover la cintura a ambos lados y a apoyarse sobre las puntas de los pies. Tras un buen rato de esfuerzos, en los que las heridas que le habían abierto en la espalda las espinas del arbusto contra el que se había apoyado protestaron como demonios, Sancho consiguió por fin liberar un brazo. Agarrándose a la piedra del otro extremo, dio un fuerte tirón y cayó dentro del refugio, golpeándose en la cabeza con algo que no supo identificar.

Se puso en pie con dificultad y palpó a su alrededor, intentando orientarse. Las tinieblas fueron arrojando formas familiares, aunque todo parecía revuelto a su alrededor. Se preguntó si sería fruto de la caída o de que alguien había estado allí. Extendió los brazos hacia el lugar donde Bartolo siempre guardaba yesca, eslabón y pedernal, pero el hueco en la pared estaba vacío. No conseguía recordar si lo había colocado en su sitio el día que habían abandonado el refugio por última vez, el día en el que murió el enano. Si era así, sería la prueba definitiva de que alguien había hallado el escondite y lo había saqueado.

Desesperado, palpó el suelo hasta que halló algo lustroso y duro. Era un fragmento de pedernal que debía de haberse partido al caer. La yesca estaba cerca, pero el eslabón no aparecía por ninguna parte. Impaciente, Sancho utilizó el pomo de la espada para arrancar chispas del pedernal y prender la yesca. Cuando una tímida pero consistente lengua anaranjada iluminó el lugar, el joven se sintió embargado por los recuerdos. Todo lo que había sucedido durante los dos últimos años se encogió y desvaneció, como un sueño de bordes indefinidos. Por un momento creyó que Bartolo aparecería de nuevo por el borde de la puerta, apestando a vino y maldiciendo hasta al último santo del cielo por su mala suerte con las cartas. Pero la llama osciló, devolviendo a Sancho a la realidad. Impaciente, fue hasta su catre y lo volteó para quitarlo de en medio. Allí estaba la piedra suelta que le servía de escondite. Peleó para sacarla, cada vez más nervioso, y metió la mano en el hueco. Cuando la punta de sus dedos rozó el saquito de piel, con las familiares formas duras y redondeadas dentro, dejó escapar un suspiro de alivio. Lo sacó del agujero, tiró de las cuerdas que lo cerraban y dejó caer su contenido sobre el cajón que les servía de mesa a Bartolo y a él.

Allí estaban las monedas de oro y plata que había ahorrado durante su aprendizaje con el enano, que le había ofrecido para ayudarle a pagar su deuda con Monipodio y que Bartolo tan galantemente había rechazado. Veinte escudos que formaban la base de su plan para vengarse del asesino del enano y conquistar una vida mejor para él y Josué.

Abandonó el refugio por el pasadizo que conducía a la cara interior de la muralla y corrió por los callejones del barrio de los Calafates, en dirección norte. La claridad comenzaba a asomar en el cielo, y Sancho estaba cada vez más preocupado por Josué. Tenía miedo de que alguien le hubiese encontrado. Su plan inicial de volver a salir de la ciudad por la muralla e ir a buscarle tenía que cambiar.

Cuando los adormilados guardias abrieron la Puerta Real, poco antes del amanecer, comentaban entre sí la reyerta que se había producido unas horas antes fuera de las murallas. Aunque ardía en deseos de saber qué había ocurrido, Sancho no tenía tiempo para detenerse a charlar. Se escurrió afuera en mitad de un grupo de labriegos y gentes del campo que ya aguardaban la apertura de las puertas. Todos ellos llevaban herramientas para trabajar y cestas o morrales cargados de comida para resistir la dura jornada. Sancho, que había dejado la espada en el refugio no sin cierta preocupación, era el único que llevaba las manos vacías, pero mantuvo la cabeza baja y una actitud humilde, y nadie se fijó en él cuando salió.

El grupo de campesinos se dirigió al Puente de Barcas, camino de las huertas y las granjas que poseían o en las que estaban empleados como peones. Sancho abandonó el centro del grupo y se fue quedando rezagado, hasta ser el último. Antes de llegar al puente detuvo a un par de labriegos que parecían ser padre e hijo.

—Disculpad, señores, pero me gustaría proponeros un trato.

El mayor de los labriegos lo miró con desconfianza e hizo ademán de continuar, pero el más joven lo miró de arriba abajo.

—¿Qué es lo que queréis?

—Me gustaría compraros vuestras herramientas.

Los dos hombres se miraron entre ellos, y las dos viejas azadas que llevaban. Tenían las anillas de sujeción llenas de tierra y comidas por el óxido, y los mangos eran desiguales y estaban astillados.

—¿Por qué quieres comprar nuestras herramientas, rapaz? —dijo el mayor.

—Me han ofrecido un puesto de peón, y no quiero llegar sin mi propia herramienta.

—¿Cuánto ofreces? —dijo el más joven.

—No entiendo para qué necesitas dos azadas —respondió el viejo casi al mismo tiempo.

Sancho exhibió su mejor sonrisa, mirando a uno y a otro alternativamente.

—Tengo un amigo esperándome en la huerta. Estoy dispuesto a pagaros un real de plata.

—Es un precio muy alto por dos herramientas. Podrías comprarte diez azadas por ese dinero. ¿Dónde está el truco? —preguntó el mayor, alzando una ceja.

—Padre, ¿puedo hablar con vos un momento? —dijo el joven, tirándole del brazo.

Sancho observó ansioso cómo discutían ambos a unos pocos pasos. El joven gesticulaba mucho, mientras el padre meneaba la cabeza. Al cabo de un rato el joven se acercó. Llevaba las dos azadas en la mano.

—Mi padre dice que no tenéis pinta de labriego. Y que si podéis pagar un real de plata bien podéis pagar dos.

Sancho soltó un silbido de asombro ante aquella petición tan descarada. Aquello era una locura, pero él no tenía tiempo que perder. La orilla en la que había dejado a Josué comenzaría pronto a llenarse de pescadores, y si alguno de ellos descubría un enorme negro agazapado entre los arbustos las cosas se pondrían muy feas. Tenía que volver junto a su amigo antes de que alguien más le encontrase.

—Os daré dos reales de plata si también me dais ese morral que lleváis ahí.

—Éste es nuestro almuerzo —dijo el joven apretando la bolsa contra su cuerpo.

Sancho le mostró la mano abierta. En la palma brillaban dos monedas relucientes. Las hizo saltar en el aire con un tintineo y las volvió a atrapar en el puño cerrado.

—Puedes comprarte más comida con esto. ¿Aceptas o tengo que buscar a otra persona?

El joven miró a espaldas de Sancho, por donde un nuevo grupo de campesinos se acercaba, y luego a su padre, que esperaba cruzado de brazos e impaciente.

—Está bien —contestó tendiéndole las azadas y el morral, y tomando rápido las monedas de la mano de Sancho, como si tuviera miedo de que éste cambiase de opinión.

Sin más ceremonia Sancho se alejó a toda velocidad, siguiendo la ribera del río. Ya pasaba media hora del amanecer, y aún tenía que recorrer un buen trecho hasta llegar al lugar donde lo esperaba Josué. En el camino se cruzó con grupos de pescadores cargados con redes y cajas, y bataneros que se dirigían a sus molinos. Lo que unas horas antes era un desierto oscuro era ahora un lugar concurrido y lleno de vida.

Llegó hasta los arbustos donde había dejado al negro con el aliento entrecortado y el corazón golpeándole el pecho como un tambor. Se metió en medio de ellos con una sonrisa bailándole en el rostro.

—¡Josué, lo he conseguido!

Pero la sonrisa se le congeló en la cara cuando comprobó que Josué no estaba allí. Angustiado miró en derredor, pero el negro había desaparecido.

ún jadeante y loco de preocupación, Sancho comenzó a pensar qué podía haber sucedido. Josué no ofrecería resistencia, ni podía tampoco explicar a nadie quién era. El gigantón estaba indefenso como un corderito ante el primero que le amenazase, si es que se atrevía a ello. Miró alrededor pero las únicas personas que había cerca eran unos aguadores que llenaban sus ánforas y botijos. Aquel lugar era la única parte del río donde estaba permitido aquello, puesto que tras el recodo de la Puerta Real, el azufre y otros productos químicos que usaban los bataneros en sus molinos le daban muy mal sabor al agua.

Caminó hasta la orilla, mirando a todas partes y tratando de adivinar lo que había sucedido, cuando sintió como una mano monstruosa surgía del barro, le agarraba por los tobillos y le arrojaba al suelo. Levantó una de las azadas para golpear a quien le había atacado cuando comprendió quién era el que le agarraba.

—¡Josué!

Junto a él, como si la propia ribera del río se alzase y cobrase vida, su amigo se levantó. El negro estaba cubierto de barro de pies a cabeza, y sonreía abiertamente. Sin importarle mancharse, Sancho le dio un enorme abrazo.

—¿Qué ha pasado?

«Al amanecer empecé a oír ruidos y tuve miedo —dijo Josué, soltando pequeños pedazos de barro ya reseco con cada nuevo signo que trazaba—. Recordé un truco que hacen animales en mi tierra. Se envuelven en barro si vienen animales que los quieren comer.»

Josué estaba feliz de ver a Sancho regresar triunfante, y sólo dejó de sonreír cuando el joven le dijo que ambos tendrían que meterse en el agua para deshacerse de todo aquel barro.

Después del baño, ambos pusieron sus ropas a secar y se tendieron desnudos al sol, dando buena cuenta de las viandas que llevaban los labriegos en el morral.

—Cuando pase el mediodía entraremos en la ciudad con las azadas al hombro. Tú actúa con normalidad y todo saldrá bien.

Hacia allí se encaminaron. Los guardias de la Puerta Real apenas dedicaron una segunda mirada a Sancho, pero al ver a Josué uno de ellos le dio el alto, cerrándole el paso con la pica que llevaba.

—¿De quién eres, esclavo?

—Es de mi señor, el marqués de Aljarafe —respondió Sancho, nombrando a uno de los mayores terratenientes de la ciudad. Así reducía las posibilidades de que le reconociesen, pues el marqués tenía un montón de jornaleros para cuidar de sus tierras—. Lo compraron hace poco y no habla nuestro idioma aún.

—Nunca le había visto por aquí.

—Éste es su primer día de trabajo, señoría.

—¿Y dónde está su cédula de propiedad? —repuso el guardia con suspicacia.

La ley decía que los esclavos debían llevar un documento que acreditase quién era su dueño, que solían guardar en un cartucho de hojalata colgado del cinturón. Aunque ésta era una norma que se llevaba de manera más laxa dentro de las murallas, no era así si un esclavo debía traspasar los límites de la ciudad él solo. Era habitual que los propietarios de muchos esclavos los realquilasen a pequeños granjeros en las épocas de más trabajo, y en ese caso el documento debía consignarlo también.

—El escribano la está redactando, señoría.

El guardia frunció el ceño, dudando si arrestar al negro y llevarlo a las dependencias de la cárcel donde retenían a los esclavos inidentificados, como era su obligación. Se dio la vuelta y miró a sus compañeros, que estaban ocupados revisando un carro que acababa de llegar, cargado con varios barriles. Por el olor que llegaba del carro, debía de contener vino joven o tal vez mosto. Con el tremendo calor que hacía a pleno sol y la pesada armadura con casco y grebas que llevaban los guardias, lo más probable era que aquellos barriles entrasen algo mermados en la ciudad.

El guardia meneó la cabeza, contrariado. Había un largo paseo hasta la cárcel. Si se llevaba al negro, se perdería la bebida gratis.

—Está bien, pasad. Pero que mañana no pase sin la cédula, o el negro se irá derecho a Sierpes hasta que tu amo venga a reclamarlo. ¿Has comprendido?

Sancho asintió humildemente, aunque por dentro estaba exultante. El disfraz y el calor habían jugado a su favor. De cualquier forma, el joven no estaba dispuesto a volver a sufrir un mal trago como el que había pasado aquella mañana. Había que conseguir que Josué pudiese moverse por la ciudad a su antojo.

Después de recuperar la espada del refugio, se dirigieron al barrio de La Feria, subiendo por la calle de las Armas hasta la plaza del Duque de Medina, y después doblando hacia el oeste. Según abandonaban las zonas más acaudaladas de la ciudad, Sancho observaba algo extraño en los rostros de los habitantes de Sevilla. El ambiente aparecía enrarecido, y no sólo por el bochorno aplastante que incendiaba el aire hasta convertirlo en una masa de fuego que quemaba los pulmones. Había algo por doquier, una amenaza tan palpable como el calor que desprendían los adoquines del suelo y les abrasaba las plantas de los pies descalzos.

—Creí que nunca echaría de menos la sombra de la galera, Josué.

«Estás loco —respondió el negro—. Mejor este calor, sin remo y sin latigazos.»

Se detuvieron a beber y remojarse la cabeza en el caño de una fuente. Era necesario atravesar la ciudad, pues para el trabajo que Sancho tenía en mente no podían acudir a los artesanos de la zona este, no sólo porque eran mucho más caros sino porque las especiales necesidades del encargo serían mucho mejor satisfechas por alguien acostumbrado a ellas. Tenía unos cuantos nombres en la cabeza, recuerdo de sus conversaciones con Bartolo, pero cuando probaron con los dos primeros se encontraron con que uno había cerrado el negocio y el otro había muerto. Finalmente con el tercero hubo más suerte.

—Aurelio Fanzón, sastre —leyó Sancho en el cartel de las afueras de la tienda. La casa era pequeña, de piedra vista sin encalar. Cuando cruzaron el umbral, la campanilla que colgaba de la puerta se agitó con un sonido cristalino. La sala era pequeña, y tenía tan poca luz en comparación con el exterior que tuvieron que parpadear varias veces para poder ver dónde ponían los pies.

—Buenas tardes, señores. ¿En qué puedo servirles? —dijo un dependiente, que apareció desde la trastienda. Era un esclavo moro bajo y de piel cobriza.

—Buscamos a Fanzón —dijo Sancho.

El esclavo les echó un buen vistazo. Las azadas y la ropa gastada y hecha de retales, como en el caso de Josué, no auguraban desde luego buenos clientes.

—El maestro está ocupado terminando un encargo urgente en este momento. Pero yo puedo ayudarles en lo que precisen...

Sancho caminó hasta el mostrador y arrojó sobre él un escudo de oro.

—Sólo hablaremos con Fanzón —dijo, tajante.

El esclavo miró la moneda con la misma cara de asombro que habría puesto si a los dos harapientos clientes que acababan de entrar les empezasen a salir ranas por la boca. Pero sin duda era un hombre bien educado, pues enseguida tomó la moneda, inclinó la cabeza y los condujo a la trastienda.

Una escalera llevaba al piso de arriba, donde había un taller de costura grande y luminoso. Telas y brocados de todas clases se apoyaban en las paredes, enrollados en grandes listones de madera. Una estantería alta y estrecha contenía decenas de pequeñas cajitas, todas y cada una de ellas anunciando su contenido mediante una muestra pegada en el exterior. Botones de nácar y marfil, de hueso y de todos los metales imaginables; cintas, agujas y otros instrumentos del oficio de sastre, a los que el sol que entraba por una alta ventana arrancaba brillos multicolores. Y en el centro de aquel extraño reino, sudoroso y concentrado, con varios alfileres sujetos entre los labios apretados, Fanzón batallaba con un vestido de muselina verde. La prenda estaba sobre un muñeco que a Sancho le recordó los que usaba Dreyer para sus entrenamientos.

Al sastre no debió de hacerle gracia la intrusión, pues se volvió hacia su criado con cara de pocos amigos, que no mejoró cuando vio el aspecto de sus clientes. El moro se acercó a su amo, le susurró algo al oído y le entregó la moneda de oro con gesto discreto. Fanzón se quitó los alfileres de la boca y los clavó en un acerico, suavizando su expresión.

—Buenas tardes, señores. Mi criado me ha dicho que deseaban verme.

Sancho dio un paso adelante.

—Necesitamos atuendos de buena calidad para mi amigo y para mí, maese Fanzón.

—Entiendo que necesitéis un sastre urgentemente. De hecho antes de vestir eso sería mejor que fueseis desnudos —dijo , haciendo un despectivo gesto hacia la ropa de sus visitantes—. Pero me temo que no podré ser yo. Estoy muy ocupado con un encargo para la duquesa de Alba.

—Un amigo me dijo que usted atiende necesidades... especiales.

Fanzón alzó una ceja, sorprendido. Dejó el acerico junto al vestido de muselina y se aproximó a Sancho.

—Seguid hablando, por favor.

—Necesito un jubón que tenga refuerzo interior, bolsillos para ganzúas y un espacio en la manga izquierda para una hoja adicional. Me han dicho que vos tenéis incluso un nombre para este modelo.

El sastre casi no dejó acabar al joven. Tomándole fuerte por las muñecas, dio un grito de alegría y comenzó a dar vueltas, arrastrando a Sancho con él en un extraño baile.

—¡Un traje de Caco completo! ¡Por el rey Felipe, llevaba más de diez años sin recibir un encargo como éste! Os lo haré con botas a juego, con sus correspondientes bolsillos. ¡Ah, al cuerno con el traje de la duquesa! ¡Fahrud!

El moro volvió a aparecer en la puerta como por arte de magia.

—¿Amo?

—¡Llévate esto de aquí inmediatamente! ¡Trae seis... —se interrumpió, mirando a Josué—... no, mejor nueve varas de paño negro! ¡Y otras tantas de cuero! ¡Y tiras de piel de búfalo!

Siguió dictando instrucciones como un poseso, mientras el esclavo se afanaba arriba y abajo por la escalera.

—Yo estaba pensando en algo de un discreto marrón oscuro —intentó meter baza Sancho.

—Joven, vos no estáis en vuestro sano juicio. El negro es el último grito en la Corte de Madrid. Un buen cuero de doble capa, raspado en sentido longitudinal y teñido de negro mate es lo que queréis. ¡Faltaría más! ¡No hay ninguna discusión al respecto! —gritó el sastre, agitando la mano delante de la cara de Sancho como quien espanta las moscas.

El joven se volvió a Josué, que miraba al sastre de medio lado, como si toda aquella evidente locura fuera contagiosa.

«Este hombre es muy raro —dijo Josué—. Deberíamos irnos de aquí.»

De pronto Fanzón se quedó callado, mirando a un punto vacío del techo situado sobre la cabeza de Sancho. Permaneció así durante un buen rato, completamente inmóvil, como si se hubiese quedado dormido de pie y con los ojos abiertos. Inquieto, el joven detuvo al esclavo moro, que volvía a bajar la escalera en busca de más material.

—¿Qué le sucede? —susurró.

El moro se llevó un dedo a los labios y luego señaló unos tarros de cerámica que había sobre una mesa algo más alta, junto a unas piezas de fieltro y varios raspadores. Sancho se fijó en la etiqueta que aparecía pegada sobre los recipientes: mercurio. Recordó entonces algo que les había explicado fray Lorenzo en clase, acerca de que trabajar con el mercurio y otros materiales que usaban sastres y sombrereros acababan volviéndoles locos.

El sastre pareció volver en sí de repente. Sacudió la cabeza y miró a su alrededor con los ojos muy abiertos, como si no recordase quién era ni qué estaba haciendo allí. Una lenta comprensión pareció abrirse paso poco a poco en su cabeza, y sacudió las manos hacia ellos.

—¡Súbanse vuestras mercedes al sitial! —exigió Fanzón, dándole una patada a una caja llena de carretes de hilo que había sobre un pequeño taburete. Los carretes se desparramaron por el suelo, y Fahrud, que ya volvía cargado con varias medidas de tela que le cubrían hasta las cejas, puso el pie encima de ellos. Con un gesto cómico, las telas volaron por el aire y Josué tuvo que atrapar al moro para que no se desnucase por la escalera. El esclavo le agradeció repetidas veces, llevándose las manos a la frente y al corazón. Josué, divertido, le devolvió el gesto, lo que provocó que Fahrud lo mirase admirado.

Sancho le entregó la espada a su amigo y se subió al taburete. El sastre comenzó a medirle de inmediato utilizando un extraño instrumento hecho de pedazos de madera unidos entre sí. Con una tiza iba apuntando garabatos en el suelo, mientras murmuraba para sí:

—Levantad un poco más el brazo. Bien, bien, joven, tenéis una magnífica estructura, no cabe duda. Apoyad el peso por igual en ambas piernas... así. No tan hercúlea como la de vuestro acompañante, pero sin duda mucho más equilibrada.

—Gracias —dijo el joven, confundido, mientras ejecutaba las instrucciones del sastre.

—Y un traje de Caco completo, nada menos... Alzad el cuello un poco. No niego que va a ser todo un placer realizarlo. Hoy en día es algo que ha caído en desuso entre los de vuestro oficio. Todo es fuerza bruta, nada de sigilo ni habilidad, como en la vieja escuela. Tengo tantas ganas de comenzar que casi os lo haría gratis. Por desgracia, no puedo. Los materiales son tremendamente caros, como ya sabéis. Lo cual trae la desagradable cuestión de mis honorarios...

—Sin rodeos, maese Fanzón. ¿Cuánto?

—Veamos... puedo coseros dos juegos de pantalones y tres camisas para cada uno. ¿Vuestro amigo necesitará un jubón también?

—Uno sencillo. Pretendemos que pase por un esclavo de familia acomodada.

—Le haremos unos zapatos también. Resistentes. —Fanzón se detuvo, pensativo, dándose golpecitos con el dedo índice en la barbilla—. En ese caso podemos cerrarlo todo en veinticinco escudos.

Sancho se bajó de un salto del taburete.

—Vámonos, Josué.

El negro, que parecía estar deseando que su amigo le dijese aquello, enfiló escalera abajo, haciéndolas crujir bajo su gran peso.

—¡Esperen, esperen, señores! ¿Hay algún problema?

—Vuestros precios —respondió Sancho, siguiendo a Josué.

—Pero señor, ¡tenéis que tener en cuenta que hará falta mucha materia prima! ¿Habéis visto el tamaño de la espalda de vuestro compañero?

—Una vara de buen paño vale medio escudo, sastre —gritó Sancho, ya desde el piso de abajo.

—¡Está bien, está bien! Haciendo un esfuerzo podría dejároslo todo en diecinueve escudos.

La cabeza del joven volvió a aparecer en el hueco de la escalera, muy serio.

—Ni un maravedí más de diez escudos.

—Ah, señor, sois ciertamente discípulo de Caco —dijo Fanzón, sonriendo—. Subid y discutamos el precio como caballeros mientras tomo las medidas al titán que os acompaña.

El sastre y el joven estuvieron regateando apasionadamente durante media hora. En aquella época, la ropa era exageradamente cara, y más aún en Sevilla, donde el abundante comercio con las Indias y la floreciente riqueza de la ciudad había contribuido a un alza de los precios de los productos manufacturados. Esto era especialmente sangrante en las telas, ya que en muchas ocasiones los vellones de lana castellana sin cardar salían en barco desde Sevilla rumbo a Flandes, desde donde volvían transformados en paños de vivos colores, veinte o treinta veces más caros que su precio original. Aquello desesperaba a los comerciantes españoles, pero era inútil pedirle al rey que emplease el oro proveniente de las Indias en crear una industria textil en Castilla. Felipe prefería gastar el dinero en crear ejércitos con los que aplastar a los herejes.

Todo ello ocasionaba una creciente brecha entre las clases acomodadas y el común de los mortales. La vestimenta se había convertido en el mayor indicador social de todos. La mayoría de los adultos empleaban sólo uno o dos jubones en toda su vida, y llegaban a gastar menos camisas que dedos tenían en las manos. Los niños de clases bajas tenían que conformarse con ropas malamente cosidas con retales de las prendas viejas de sus padres. No había dinero para más, ni tampoco entraba en los planes de las personas más humildes, obsesionadas con preocupaciones acuciantes como poner al menos una comida caliente al día encima de la mesa. Por tanto, aquellos que podían dedicar tiempo y esfuerzo a su indumentaria eran identificados al instante como gente de calidad.

Fanzón y Sancho acordaron un precio de catorce escudos por todo el lote. El joven sabía que había conseguido un buen trato, pero aun así estaba preocupado por el tremendo golpe a su economía, y más teniendo en cuenta que aún precisaban algo fundamental.

—Volved pasado mañana a buscarlos —dijo el sastre, estrechando la mano de Sancho.

—Antes de que nos fuésemos me gustaría pediros un favor. Necesitamos un escribano hábil para arreglar un asunto urgente y secreto.

—Alojaos en la pensión que hay al final de la calle. Mañana por la mañana os enviaré a alguien.

—

XLV

Al llegar frente al palacio de Félix de Montemayor, marqués de Aljarafe, Francisco de Vargas ahogó una maldición.

Había dejado el carruaje a media legua de allí, pues para llegar desde su casa hasta el imponente edificio había que atravesar una serie de calles demasiado estrechas para el vehículo. No fue ajeno a las miradas de desprecio que le dedicaron los viandantes cuando descendió del carruaje. Los sevillanos odiaban profundamente los coches de caballos y a sus dueños, pues muchas veces se quedaban atascados en los cruces de calles, estorbando el paso de las personas o provocando accidentes. Quienes empleaban ese medio de transporte eran aquellos lo bastante ricos y egoístas para que las incomodidades que causaban a los demás no les preocupasen lo más mínimo. Francisco de Vargas era uno de ellos, y no le importó devolver las miradas de odio a diestro y siniestro. Tal y como lo veía el comerciante, la culpa de la maraña que formaba el plano de Sevilla —y muy especialmente en la zona que rodeaba al monasterio del Carmen, donde estaba la casa del marqués— era del exceso de populacho. Si por él fuera todas las casas de los pobres serían demolidas, y las callejuelas torcidas que las formaban sustituidas por anchas avenidas de adoquines firmes.

«Con echar a diez o quince mil personas de la ciudad podría ser suficiente. Si hay algo que sobra en Sevilla son pobres. Los repondríamos con facilidad», pensaba.

Penó durante un buen rato por las calles mal pavimentadas y sucias, sintiéndose despreciado por todos con los que se cruzaba. El estudiante cargado de libros con toda la vida por delante, el borracho tambaleante que parecía tener el paso más firme que él, la prostituta que le enseñó un pecho que se le antojó burlón y despectivo. Vargas veía en cada uno de ellos un motivo para sentirse miserable. Y al llegar al pie del palacio del marqués, Vargas maldijo porque allí frente a él estaba el que se había convertido en su peor enemigo.

Diecinueve escalones de mármol. Pulidos, resbaladizos y mortales.

A pesar de los cuidados de su esclava, la gota había ido agravándose progresivamente en los últimos meses. Mientras estaba sentado se encontraba bien, pero cuando tenía que caminar le resultaba cada vez más doloroso. Alzar el pie para superar un desnivel, una pesadilla. Y cuando tenía que enfrentarse con una escalinata alta y pronunciada como aquélla, Vargas tenía miedo.

—Tomaos de mi brazo, señor —dijo Groot, que le había acompañado manteniendo a raya a los pilluelos y mendigos.

Vargas lo apartó de un manotazo. Lo último que quería era mostrarse débil en casa del marqués.

—¿Acaso creéis que estoy inválido? Limitaos a esperarme aquí, capitán.

El flamenco se echó atrás con un gruñido exasperado. Vargas se colocó de lado y comenzó a ascender, intentando cargar el peso en el bastón y en el pie sano, alternativamente. Pero por desgracia el miembro gotoso también formaba parte de la desgarbada batalla que libraba con la escalera. Con cada nuevo paso se veía obligado a posar durante unos instantes el pie enfermo, lo que enviaba latigazos de dolor que le atravesaban la pierna, le atenazaban el escroto y se estrellaban contra su nuca, como una maligna serpiente que se hubiera instalado bajo su piel.

Apretando los dientes, Francisco de Vargas contuvo el sufrimiento dentro de sí. Moriría antes de traslucir la tortura que estaba atravesando delante del mayordomo del marqués, que ya le aguardaba en lo alto de la escalinata, con una sonrisa de bienvenida tan falsa como la expresión de imperturbabilidad de su visitante.

—Bienvenido, maese Vargas —dijo el mayordomo, empleando intencionalmente el único título que Vargas poseía oficialmente. El trato de maese, o maestro de un oficio, era lo máximo a lo que un plebeyo podía aspirar conseguir a través de sus méritos. Como cofrade del gremio de comerciantes, Vargas se había ganado ese reconocimiento, que sonaba pobre y estéril dicho en la puerta de un edificio tan imponente como aquél.

—Hace calor —fue todo lo que alcanzó a decir, aún exhausto por la subida de la escalera.

—Enseguida os servirán un refrigerio. Espero que no hayáis tenido dificultad para encontrar la casa. El barrio ha crecido mucho en las últimas décadas.

Vargas poseía una sensibilidad especial para detectar los insultos, incluso los más velados, y aquél era uno de los más sutiles y crueles con los que se había enfrentado. El mayordomo le estaba restregando por la cara el hecho de que el palacio era muy antiguo, como lo era la nobleza de la familia Montemayor. Sí, los pobres podían arracimarse en aquella parte de la ciudad, pero era sólo porque era la más antigua y orgullosa. La zona más moderna y ordenada que rodeaba la catedral y el Palacio Real —donde vivía Vargas— era más del gusto de los nuevos ricos, que pretendían acercarse a la grandeza del rey por proximidad geográfica.

Renqueando por el palacio tras el criado, el comerciante

comprobó que estaba en lo cierto. Atravesaron varios salones vacíos, donde el marqués podría haber recibido a su invitado con total comodidad. En su lugar prefirió escoger el lugar más recóndito de la casa para que Vargas tuviese ocasión de ver los cuadros familiares, los iconos, las sillas repujadas, los tapices con motivos de caza, los cuernos de las piezas cobradas. Un desfile suntuoso e interminable, tan desagradable para Vargas como el dolor incesante en el pie.

Finalmente llegaron al salón donde aguardaba el marqués, mirando distraídamente por la ventana.

—Os habéis dejado al perro atado a la puerta. Bien hecho —dijo señalando a Groot, que aguantaba a pie firme junto a la entrada. El marqués se dio una palmada en la rodilla, y rio él solo de su propio chiste con grandes carcajadas.

Vargas se forzó a sonreír, imaginando lo que podría hacer la enorme y ancha espada de Groot con una barriga como la del marqués. Vestía de manera informal, con una simple camisa y unas lujosas calzas de color verde, y se había quitado las botas. Tenía los brazos y las piernas delgados como palillos, lo que contrastaba con su vientre prominente y su rostro rubicundo.

Todo en él le resultaba desagradable a Vargas, desde su porte despectivo hasta el lugar donde vivía, pasando por su inmensa fortuna. Era, como la de muchos otros nobles, algo heredado, basado en la propiedad de la tierra, las cosechas y las rentas que le pagaban los campesinos. Montemayor había nacido rico y noble, había vivido su vida sin preocupaciones y no había dado ni un solo paso para aumentar su riqueza y sí muchos para dilapidarla en cacerías, arte y barriles de costoso tocay. A los ojos de un hombre hecho a sí mismo como Vargas, era un parásito despreciable. Pero el comerciante no se engañaba. Sabía muy bien que el noble pensaba de él en términos contrarios: que era un miserable arribista que se había alzado por encima de su condición. Por eso no entendía muy bien para qué lo había invitado aquella tarde el marqués. Tal vez sólo para reírse de él.

—Sentaos, maese Vargas —dijo el marqués, señalando un asiento junto a él—. Refrescaos un poco.

Apareció un criado con una bandeja de plata en la que había varios recipientes y un cuenco grande y tapado. Al descubrirlo apareció un montoncito de nieve fresca, que el criado sirvió en tazas y espolvoreó con azúcar y canela. Incluso alguien tan inmune contra la ostentación como Vargas se sintió impresionado. La nieve a finales de verano era diez veces más cara que el oro. Miró la taza que le tendía el criado. Aunque no tenía pensado tomar nada, su garganta reseca acabó cediendo a la tentación y la aceptó, sin mirar al sirviente.

—Quince escudos la taza, pero merece la pena, ¿verdad, maese Vargas? No queremos ser los más ricos del cementerio.

—Está exquisita, marqués.

—Soy una persona sencilla, pero me concedo un capricho de vez en cuando, debo admitirlo. No como vos. Siempre a todas partes tan serio, tan circunspecto. Habéis llegado tan lejos desde tan abajo y parecéis no disfrutarlo.

Vargas hizo un esfuerzo por tragar la última cucharada de nieve, pues el insulto le había hecho apretar muy fuerte los dientes. Se preguntó qué sucedería si se pusiese en pie y le aplastase al otro el cráneo con la pesada empuñadura de plata de su bastón. Sin duda lo disfrutaría, pensó. Pero siempre corría el riesgo de que el marqués se defendiese, y los criados le habían visto allí. La muerte de un noble y caballero veinticuatro de la ciudad era algo inaceptable, no como eliminar discretamente a un rival comercial. Tomaría buena nota de cada ofensa, con exquisito cuidado cuando llegase a casa. Ya encontraría la forma de devolvérselas centuplicadas.

—Dios nuestro señor me ha llenado de bendiciones, marqués —se obligó a contestar.

—¿Acaso diríais que estáis satisfecho, entonces? ¿Que no deseáis nada más en la vida?

Aquello fue demasiado para el comerciante.

—Si queréis decirme algo, hacedlo, señoría —gruñó Vargas poniéndose en pie—. De lo contrario, con vuestro permiso, tengo negocios que atender.

—Lo que tengo para ofreceros es un título nobiliario.

Vargas se volvió, incapaz de disimular su asombro. El otro se aclaró la garganta con un sonido áspero e irritante.

—He recibido un encargo personal de Su Majestad. El rey Felipe está considerando nombraros barón en reconocimiento por vuestro largo servicio a los intereses de la Corona de España, etcétera, etcétera, la monserga habitual. Bien, ¿qué me decís? No está mal para un tendero, ¿verdad?

Superada la confusión inicial, los precisos engranajes de la mente de Vargas volvieron a girar a toda velocidad. De pronto todo cobraba un sentido: el menosprecio, los insultos cuidadosamente dirigidos, la puesta en escena. Todo ello correspondía a un calculado y más bien burdo plan.

«Ah, Montemayor, sanguijuela sebosa, no sé con quién crees que estás tratando. Pretendías hundirme en el barro para luego venderme la única camisa limpia de la ciudad. Pobre idiota. Yo llevo jugando a este juego desde antes de que nacieses», pensó.

Con estudiada lentitud, volvió a sentarse en la silla. Sacó su pañuelo y se limpió una imperceptible mancha del jubón, para luego volverlo a doblar y metérselo en el bolsillo. Todo ello sin mirar a su interlocutor, que comenzaba a ponerse nervioso ante el silencio del comerciante.

—Maese Vargas, quiero que entendáis...

—¿Cuánto?

—¿Cómo decís?

—He dicho cuánto. Cuánto piensa sacarme Su Majestad

por escribir en un pedazo de papel que ahora la sangre se me ha vuelto azul como por arte de magia.

—Oh, no se trataría sólo del título, sino que también habría adjuntos unos señoríos...

—Terruños yermos sin más que cuatro ovejas y seis campesinos. Nada que valga la pena. El de la tierra es un negocio abocado a la ruina. Repito, ¿cuánto?

Ahora fue el turno del marqués de tragarse el orgullo. No le quedaba más remedio que responder a la pregunta. Mencionó la cifra con ligereza, como si hablase de adquirir un par de guantes nuevos.

—Un millón de escudos.

El comerciante había negociado durante su vida cantidades fabulosas, pero nunca se había enfrentado a una cifra tan descomunal.

Tuvo que hacer un esfuerzo enorme por controlarse y pensar con claridad.

—Por supuesto, si ése es un precio demasiado alto para vos... —atacó el marqués con una sonrisa burlona.

—No, no es un precio demasiado alto. Es la mercancía lo que no está a la altura.

—¿De qué estáis hablando?

—Quiero ser duque.

El marqués soltó una carcajada breve y seca, un ladrido de puro asombro.

—Debéis de estar bromeando.

Vargas guardó silencio y le mantuvo fijamente la mirada, sin pestañear lo más mínimo, hasta que el otro la apartó. Visiblemente nervioso, el marqués se puso de pie y comenzó a dar vueltas por la habitación.

—No, ya veo que no bromeáis. ¿Acaso tenéis idea de la importancia que tiene el título de duque, maese Vargas? ¿Lo absolutamente inusual que sería honrar a un plebeyo directamente con esa posición?

El comerciante sabía muy bien lo que significaba. Llevaba cuatro décadas codiciando ese título, y conocía muy bien los beneficios asociados a él. Entre ellos, que el ducado le colocaría por encima del marqués de Aljarafe y le conferiría la Grandeza de España. El derecho de estar de pie y con la cabeza cubierta en presencia del rey, mirando hacia abajo con desprecio a los que se arrodillaban. No le extrañó lo más mínimo que al marqués no le hiciese gracia la petición.

—Soy consciente de todo, señoría. El rey quiere un millón de escudos. Yo quiero ser duque. Desde mi punto de vista es bastante sencillo.

—¡Una baronía es más que suficiente para un advenedizo como vos!

—No será mucho dispendio de tinta para la Corona, señoría. Al fin y al cabo, barón y duque tienen las mismas letras.

El marqués, exasperado, apoyó las manos en la repisa de la chimenea, sobre la que colgaba una panoplia de armas ricamente repujadas que jamás habían sido usadas en combate alguno. Igual que su dueño, poco acostumbrado a que nadie le plantase cara. Había mandado llamar al comerciante, esperando impresionarle con la riqueza de su palacio, la limpieza de su sangre y la antigüedad de su título. Sin duda creía que tan pronto como nombrase la oferta, el comerciante arrojaría a sus pies el dinero, agradecido de poder entrar en su mundo de privilegios. Por desgracia se estaba dando de bruces con un contrincante muy superior a él.

Carraspeó e hizo un último intento desesperado.

—No sois el único plebeyo rico de esta ciudad.

Vargas se encogió de hombros. Ya había previsto la respuesta.

—Pero sí que soy el único que puede pagar esa cifra. Los dos últimos años han sido malos, en la guerra y en los negocios. Si el rey quiere pagar los créditos draconianos de los banqueros genoveses, tendrá que aceptar mi condición.

—¿Acaso os atrevéis a negociar con Su Majestad, maese Vargas? —dijo el marqués, mirando al comerciante con aire amenazador.

«No, me atrevo a negociar con un asno pomposo que ha recibido un encargo que le viene grande.»

—Por favor, señoría, disculpadme. Al fin y al cabo no soy más que un tendero, y obro según mi naturaleza. No todos podemos tener vuestros exquisitos modales de noble cuna.

El marqués lo miró durante largo rato, dudando si responder ante el sarcasmo, pero fue incapaz de pensar en una réplica aceptable. Finalmente se dejó caer en la silla, abatido.

—Tendré que consultarlo con Su Majestad. Y ahora marchaos.

Sacudió la mano para despedir al comerciante, intentando al menos conservar ese último reducto de dignidad.

—Hacedlo, marqués. Y cuando os diga que sí, enviadme una carta con las condiciones —dijo Vargas, renqueando sin prisa hacia la puerta.

—Estáis cometiendo una locura —chilló Malfini agitando el papel entre sus dedos gordezuelos.

—No es ésa la pregunta que os he hecho —replicó Vargas, empecinado.

Llevaban más de una hora discutiendo. La carta del marqués de Aljarafe había llegado al cabo de una semana, y el comerciante había mandado llamar al banquero a su casa inmediatamente. Hacía demasiado calor para estar en el estudio de Vargas, así que se habían sentado en un banco del patio interior. La tarde amenazaba tormenta, y las nubes estaban bajas, plomizas y asfixiantes.

—El rey os ha dado tan sólo ocho meses para satisfacer

el pago. Disponéis de poco más de sesenta mil escudos en efectivo en vuestra cuenta. Librándoos de vuestros barcos y las minas que poseéis aún en las Indias podríais sumarle otros trescientos mil.

—¡Esas concesiones valen mucho más!

—A largo plazo es posible, pero ahora el rey está ofreciendo nuevos yacimientos en el Yucatán, cuyo producto no está expuesto a incautación por necesidades de la Corona, como están las vuestras. Es la única manera en la que Felipe conseguirá que se exploten. Si hubierais comprado con esas mismas condiciones...

—No puedo competir con eso —gruñó Vargas.

—Malvendiendo restos de vuestra hacienda aquí y allá sumaríamos otros cuarenta mil. Eso sin tocar ni esta casa ni el negocio del trigo, que sería vuestro único medio de vida tras la compra del título. Eso no debéis tocarlo bajo ningún concepto.

—Añadid los cien mil escudos de mi reserva personal.

El banquero alzó una ceja en señal de desaprobación.

—Incluso cometiendo esa estupidez apenas llegaríais al medio millón. Os seguiría faltando otro medio.

—Puedo pedir un crédito.

—Sin garantías nadie os dará una cantidad así —dijo Malfini, empleando la carta del marqués para abanicarse—. Ni tampoco yo. No os ayudaré a suicidaros económicamente. Hundiríais mi banco también.

—¡Pero pensad en lo mucho que un título ayudaría a nuestros negocios!

—No lo bastante ni lo bastante rápido como para recuperar *un milione di scudi*.

Vargas contuvo sus ganas de sacudir al obeso banquero. Necesitaba a Malfini más que nunca. Si aquella oferta del rey le hubiese llegado tres años antes, reunir el millón de escudos habría sido mucho más sencillo. En aquel tiempo sus negocios estaban tan diversificados y eran tan grandes que podría haber conseguido crédito de distintos bancos sin que los otros supiesen que se estaba endeudando hasta las cejas. Sin embargo, tras los reveses de fortuna que había sufrido en 1587, la consideración de Vargas entre los banqueros había bajado mucho. Se lo había jugado todo a una carta, concentrando el grueso de sus negocios en el comercio de oro y plata, sólo para encontrarse que el rey le incautaba el cargamento. El soborno y el chantaje le habían ofrecido una vía de escape, y había eludido el embargo a cambio de establecer un mercado de compraventa de trigo, pero sus beneficios estaban lejos de ser tan altos como para afrontar el pago que quería el rey.

Por eso Vargas necesitaba de Malfini, pues al igual que él carecía de escrúpulos y era diez veces más taimado.

«Si no fuera tan cobarde ya sería dueño de media Sevilla, como lo fui yo hace años. Tenía una fortuna que triplicaba la del marqués de Aljarafe, maldita sea. Pero aún soy capaz de humillarlos a todos. Tan sólo tengo que encontrar un modo de poner a este gorrino cebado de mi lado», pensaba Vargas.

Decidió cambiar de estrategia. Siempre había logrado convencer a Malfini a través de una mezcla de dominación y persuasión, pero esta vez no iba a lograrlo de ese modo, simplemente porque el negocio era una locura. La única manera de que Malfini le ayudase era decirle la verdad.

No la auténtica verdad, por supuesto. Vargas jamás reconocería en voz alta que quería ser duque para poder dormir. Para acallar las pesadillas en las que un caballo aplastaba la cabeza de su hermano. Apenas podía reconocerse a sí mismo que, pese a todo lo que había logrado en la vida, jamás había sido feliz ni se había sentido seguro.

No, Vargas no podía contarle esa verdad. Pero podía contarle algo muy parecido a ella.

—Llevo mucho tiempo pagando impuestos a la Corona.

La última vez que ese beato meapilas de Felipe me incautó el cargamento de oro estuve a punto de perderlo todo.

—¡Entonces me dais la razón, *signore* Vargas!

—Muy al contrario, Ludovico. Ya va siendo hora de obtener algo a cambio de mi dinero.

—De más dinero, querréis decir. Mucho más dinero. Más de lo que tenéis —advirtió el banquero.

—Felipe se ha erigido en adalid de la fe católica. Cada moneda de oro que saca de las Indias la malgasta en pólvora y espadas, el muy imbécil. Con que gastase la mitad en tender caminos y levantar talleres, no sólo haría a España la nación más poderosa del mundo, sino que triplicaría sus ingresos con los impuestos.

—¿Y qué pretendéis, sacarle vos las castañas del fuego? —dijo Malfini, incrédulo.

—¿A estas alturas, Ludovico, vais a llamarme patriota? Vendería este país parcela a parcela a los moros y a los ingleses si con eso fuera a obtener un maravedí más de lo que pagase por él.

El banquero soltó el desagradable cloqueo que tenía por risa y Vargas se animó. Estaba llegando a él.

—Eso ya suena más como vos.

—Felipe va a hundir a España, Ludovico.

—¿Qué decís? —Se asombró el otro meneando la cabeza—. El poderío de los tercios...

—El poderío de los tercios se paga, y el rey no podrá pagar siempre. Cuando no haya más dinero, perderemos, como Roma perdió en su día. Tal vez no con este rey ni en este siglo, pero pasará.

—¿Adónde pretendéis ir a parar, *signore*?

—Seguís sin entender nada. Al igual que España comenzará un día a perder, lo mismo me puede suceder a mí mañana. He capeado todos los temporales, y voto a Dios que han venido mal dadas, Ludovico. Sigo en pie, pero no es suficiente. No he llegado a puerto aún. Si ahora lo perdiera todo, ¿qué me quedaría? ¿Qué he conseguido, aparte de dinero?

Vargas se calló, dejando que el monótono ruido de la fuente y el lejano trajín de los criados preparando la cena en la cocina llenasen el silencio. Transcurrieron largos minutos, en los que Vargas casi podía escuchar pensar a Malfini, mientras sentía cómo su ansiedad interior continuaba creciendo, imparable.

—Tal vez exista una manera. Pero es sucia y complicada.

—¿A qué estáis esperando? ¡Hablad! —le exhortó el comerciante, ansioso.

Ludovico alzó la mano frente a él.

—No, *signore* Vargas. Antes quiero dejaros algo muy claro. Esta vez no me utilizaréis como lo hicisteis en el asunto de la extorsión al funcionario de la Casa. Entonces no me quedó más remedio que aceptar porque el futuro de mi banco estaba en juego. Pero ahora os jugaréis vos también el cuello conmigo en esto. Es la única manera. Si lo que voy a proponeros lo descubre alguien, vos y yo estaremos colgando del cadalso en menos que canta un gallo. Eso si el populacho no nos destroza antes.

Vargas no respondió. Si había algo que odiase en el mundo era implicarse personalmente en los asuntos más turbios de su negocio. Prefería cargar la responsabilidad sobre sus acólitos, como Groot o Malfini. Por un breve instante se le ocurrió que podía, simplemente, dejarlo correr. Declinar la oferta del rey y dedicarse a crecer en sus negocios durante el resto de su vida. El monarca se lo tomaría como un insulto, y jamás se le ofrecería ningún otro honor ni distinción, pero no pondría todo en riesgo. Y justo cuando se recreaba en esa posibilidad, de sus labios salieron estas palabras:

—Lo haremos a vuestro modo, Ludovico. Sólo espero que no me falléis, o la justicia no tendrá tiempo de cogeros, porque yo personalmente me encargaré de arrancaros el corazón.

El banquero palideció, pero ya era demasiado tarde para retroceder, así que se sobrepuso y decidió huir hacia adelante.

—¿Estáis dispuesto a cualquier cosa por conseguir ese título?

—Mandaría al infierno a cada hombre, mujer y niño de esta ciudad por conseguirlo —respondió Vargas, mirándole fijamente.

Los labios de Malfini se curvaron hacia arriba de forma quebrada, como si su boca estuviese aprendiendo a sonreír.

—Es curioso que digáis eso, *signore*... porque es muy probable que sea eso justo lo que tengáis que hacer.

l día siguiente un hombrecillo enjuto y cargado de espaldas se presentó en la habitación que Sancho y Josué habían alquilado cerca de la sastrería de Fanzón. Aunque ambos habían tenido dudas de que el trastornado sastre fuese a recordar aquel encargo, lo cierto era que allí estaba, con su escribanía portátil, su resma de papel y sus frasquitos de bronce rellenos de tinta de varios colores.

Cuando Sancho le explicó lo que precisaba, el escribano se colocó debajo de la única y estrecha ventana que había en la habitación y comenzó a trabajar al instante. Tomó una pluma y la afiló con una diminuta navaja, atacando enseguida el papel con una caligrafía decidida y elegante. Josué estaba fascinado por todo aquel proceso, y no dejaba de atisbar por encima del hombro del escribano, quien acabó dándose la vuelta, molesto.

—¿Es necesario que vuestro esclavo esté tan pegado a mí?

—No es mi esclavo, sino mi amigo. Y no debe incomodaros, tan sólo es que admira vuestro trabajo —respondió Sancho, divertido.

Tres horas más tarde, el escribano se enderezó en la silla y dio un suspiro satisfecho. Tomó arena de un saquito y la espolvoreó sobre los papeles en los que había estado trabajando. Los sopló con cuidado, dejando que la fina arena absorbiese la tinta, antes de alargárselos a Sancho.

—Aquí tenéis. Un trabajo impecable, debería añadir.

El joven estudió el primero de los documentos con cuidado. Bajo un encabezado en el que el escribano había dibujado a la perfección el sello de la Casa de la Contratación en tinta roja, se atestiguaba que el negro Josué, de raza mandinga, había sido comprado a un tratante de esclavos por la cifra de cien escudos por Sancho del Castillo, un apellido falso que el joven había preferido a utilizar el apelativo «de Écija», que era por el que siempre le habían llamado. Al no haber conocido a su padre y haber perdido a su madre antes de tener edad para hablar de temas serios, era todo a lo que podía aspirar.

—He fechado el documento y el número de registro hace siete años, lo suficiente como para que si alguien buscase esta entrada en el registro y no la encontrase lo achacase a un error en los papeles. Aunque dudo mucho que nadie se moleste en comprobarlo.

—Gracias, escribano.

«¿Qué es lo que pone ahí?», dijo Josué.

—Aquí dice que me perteneces, que eres mi esclavo y que te compré por cien escudos.

Al escuchar aquello a Josué se le inflaron las ventanas de la nariz y sacudió la cabeza, muy enfadado.

«No me gusta eso.»

—Pero Josué, esto sólo es un engaño. Un camuflaje, como cuando te pusiste el barro encima para que nadie te encontrase.

«El barro se lava echándote agua encima. Eso está escrito, y lo escrito tiene poder. Yo no soy tuyo, ni de nadie.»

—Escucha, Josué —dijo Sancho, intentando tranquilizarle—. Te prometo que en cuanto acabemos lo que hemos venido a hacer aquí podrás quemar ese papel. Y entonces este otro será el único que valga.

Le enseñó el segundo de los documentos a Josué. Éste no llevaba el sello de la Casa, pues sólo era la falsificación de un contrato particular.

—Aquí dice que Josué, negro mandinga, compra su libertad a Sancho del Castillo, siendo en adelante un esclavo liberto, dueño de su propio destino.

Josué tomó el segundo papel en las manos con tanta reverencia como si sostuviese una mariposa que pudiese quebrarse en cualquier momento bajo la presión de sus dedos. Lo miró durante un momento interminable y después sus ojos profundos se encontraron con los de Sancho.

—Guarda tú los dos papeles. Así si algo me sucede podrás...

El negro no le dejó terminar. Para aquello no había signos ni palabras. Simplemente agachó la frente hasta que tocó la de Sancho, y puso sus enormes manos sobre los hombros de su amigo. Los ojos le temblaban de emoción.

Enrollaron los dos papeles en un pequeño cilindro metálico, de manera que el contrato de liberación de Josué quedase al fondo del cilindro. Con aquello Josué podría moverse con mayor tranquilidad por Sevilla, pero el precio que habían tenido que pagar había sido muy alto. El escribano les exigió seis escudos por ambas falsificaciones, que Sancho consiguió rebajar a cuatro. Aun así se habían quedado casi sin fondos, y apenas habían comenzado. A partir de aquel momento era cuando el plan de Sancho tendría que empezar a dar frutos.

Cuando fueron a recoger los trajes a la sastrería de Fanzón, éste estaba dándole los últimos toques al jubón de Sancho, que había ocupado el lugar del vestido de muselina verde sobre el maniquí. El joven se vistió allí mismo, probando los bolsillos secretos y los espacios adicionales que el sastre había incluido en el conjunto. Aunque aún tendría que conseguir las herramientas para llenarlos, eran ingeniosos y de fácil acceso.

Fanzón hizo un gesto a su esclavo, que llevó un enorme espejo ovalado de cuerpo entero y lo puso frente a Sancho. El joven se miró en él con extrañeza. Apenas podía reconocer a la persona cuyo reflejo estaba contemplando. Los rasgos angulosos de su rostro se habían acentuado, y tenía los pómulos y la barbilla muy marcados. Su pelo había crecido demasiado, y la barba, que siempre había procurado afeitarse regularmente, aparecía espesa y fuerte. Tomó nota para ir a un barbero en cuanto saliese de allí.

De cuello para abajo, sin embargo, todo era distinto. Fanzón había creado una auténtica obra maestra. El jubón era de cuero negro, con los remaches y los botones de acero oscurecido. Los pantalones, ligeramente sueltos, y las botas altas hasta la rodilla, con una vuelta sobre la caña. Sancho, que jamás había tenido los pies bien calzados, no pudo reprimir una sonrisa al mirárselos.

—Tenéis un aspecto impresionante, señor. Sobrio y elegante. Si me permitís, me he tomado la libertad de haceros un cinturón y una vaina para vuestra espada, sin cargo adicional.

Sancho echó un vistazo a los objetos que le tendía Fanzón, ambos a juego con el resto del traje, y negó con la cabeza.

—Aceptaré el cinturón, maese sastre. Pero la vaina ha de quedarse como está. Es un regalo de un amigo.

Fanzón asintió, algo contrariado. Fue entonces el turno de Josué, para quien Fanzón había preparado unas ropas parecidas a las de Sancho, pero menos elaboradas, como correspondía a su disfraz. Cuando el negro se vio reflejado en el espejo dio un salto hacia atrás, como si aquello fuese una aparición. Pero enseguida sonrió feliz. Lo que más disfrutó fue el cinturón que le había fabricado el sastre, del que colgó el cartucho que contenía sus documentos.

Aquella misma tarde, Sancho y Josué acudieron a la plaza de San Francisco, en busca de la que sería la pieza clave de su plan. Encontraron enseguida al ciego Zacarías, al que estuvieron observando durante unas horas. Cuando se puso en marcha camino de casa del perista, lo siguieron a distancia, aunque el ciego pareció darse cuenta un par de veces. El callejón donde estaba la casa en la que entró Zacarías era demasiado estrecho como para esperarle allí fuera, así que ambos se apostaron en la esquina contraria, algo temerosos de que el ciego fuera a pasar allí la noche. Por suerte, al cabo de un rato el mendigo dio con sus huesos en la acera.

—Tómale en brazos y tráelo, Josué —susurró Sancho.

Josué se adentró en el callejón, y tras echar un cauteloso vistazo para asegurarse de que nadie lo veía se echó al ciego sobre sus hombros con la misma facilidad que si levantase a un niño. Zacarías se debatió durante un instante, confuso y asustado, pero al darse cuenta de la corpulencia de Josué dejó de moverse, aceptando lo inevitable.

El ciego comenzó a encontrarse mejor cuando lo llevaron a una taberna cercana a la plaza del Duque de Medina y lo pusieron delante un vaso de vino y un plato de huevos fritos con chorizo.

—¿Cómo sabéis mi nombre? —dijo el mendigo con la boca llena.

—Mi maestro me dijo una vez que no había en Sevilla mente más afilada que la de Zacarías el ciego, capaz de contarle las patas a un hormiguero. Me dijo también que vos guardabais poco cariño a Monipodio.

La expresión de Zacarías se tornó seria.

—Sólo hay una persona que ha podido deciros eso, pero ya está muerta. A no ser... ¿sois el chico de Bartolo?

—¿Sabíais lo que le sucedió a mi maestro?

—Muchacho, toda el hampa de Sevilla supo lo que le sucedió a Bartolo. Catalejo y Maniferro lo mandaron a patadas con su Creador. Conociéndole como le conocí, ahora estará pidiéndole explicaciones por haberle hecho tres palmos más bajo de lo normal.

Sancho se rio con ganas, imaginándose al bueno del enano enmendándole la plana al Altísimo. Los tres bebieron a la memoria del antiguo maestro ladrón.

—Así que eres el chico de Bartolo. Decían por ahí que tenías unas manos habilísimas, y que corrías como un auténtico demonio.

Por un momento Sancho se quedó sorprendido de que sus pequeñas correrías hubieran encontrado un eco entre la gente.

—¿Y qué más sabéis de mí?

—Que habías acabado en galeras. De hecho Monipodio tuvo buen cuidado de difundir la historia, como ejemplo para los que se montan negocios por su cuenta.

—A las galeras se sube, pero también se baja de ellas. Mi amigo Josué y yo decidimos que ya habíamos tenido bastante —dijo Sancho por toda explicación.

—¿Y qué es lo que quieres de mí, muchacho? Yo no seré capaz de enseñarte gran cosa.

—Antes de deciros qué es lo que quiero me gustaría preguntaros algo. ¿Qué es lo que ocurrió para que Monipodio echase de su lado a su más valioso consejero?

El ciego se revolvió incómodo sobre el banco de la taberna. Inclinó la cabeza a uno y a otro lado, intentando captar las conversaciones de las mesas colindantes. El local estaba medio vacío, y tan sólo un par de tratantes de ganado discutían sus asuntos al otro lado de la habitación. El tabernero estaba ocupado aplastando ajos con un mazo sobre la barra, y aunque les hubiera prestado atención estaba demasiado lejos y hacía demasiado ruido como para enterarse de lo que hablaban.

—No hay nadie escuchándonos —dijo Sancho.

—Nunca se toman demasiadas precauciones con ese hombre, muchacho. Yo lo aprendí de la manera más difícil.

—Erais su contable, ¿verdad?

—Contable, consejero y administrador. Un trabajo cómodo para mis viejos huesos, incómodo para mi conciencia. Bartolo me lo restregaba por los hocicos cada vez que tenía ocasión. Nos conocimos hace mucho tiempo, antes de que yo entrase al servicio de ese canalla infame. Solíamos beber juntos, dos hombres a los que Dios, o la vida, o como lo quieras llamar, había repartido cartas muy jodidas.

—Bartolo era muy aficionado al juego —asintió Sancho.

—Creía que la suerte le tenía que llegar por algún lado. Nunca logré sacarle esa idea de la cabeza. Le decía «Bartolo, que el palo de un gallinero acaba cagado por todas partes... no te vayas a pensar que hay un lado más limpio que otro». Pero nunca me hizo el menor caso. Los jóvenes nunca escuchan.

—¿Por qué no le gustaba vuestro trabajo?

—Porque entre los muchos asuntos del hampa yo llevaba las cuentas de los bravos de alquiler. Así precisamente acabé metido en este lío. En ocasiones los trabajos se acumulaban, sobre todo en primavera. Parece que las mujeres en esa época florecen, como el azahar, y sus melocotones resurgen entre los encajes. Eso aumenta las ansias de caza de los mancebos que pasean por la Alameda en busca de una nueva presa. Los que lo consiguen enfurecen a los padres y maridos, que buscan enseguida quien vengue ese honor que no se atreven a vengar ellos mismos.

—A tanto la cuchillada —dijo Sancho, que estaba entre escandalizado y divertido con el cinismo que desprendía el viejo ciego. Zacarías hablaba de la vida y la muerte con demasiada ligereza, y se preguntó hasta qué punto podía confiar en él. Después de su experiencia de días atrás a oscuras en el refugio, a Sancho le resultaba muy fácil simpatizar con el ciego. Sintió una oleada de compasión por Zacarías, al que la injusticia le había obligado a vivir su vida sin el más hermoso de los sentidos. Para muchos otros era una condena a muerte, sobre todo para los soldados que perdían la vista en el campo de batalla y se veían obligados a vagar por las calles mendigando, mientras los chiquillos y los perros les atormentaban. Zacarías se había sobrepuesto a un destino adverso como un auténtico superviviente. Pero aunque le comprendiese, Sancho no podía permitirse bajar la guardia.

—Yo llevaba el registro de todos esos encargos, también. De memoria, sin anotar ni una sola palabra, que mal pudiera pues no sé leer ni escribir. Y ahí fue donde la cosa se estropeó con Monipodio.

—¿Olvidasteis un trabajo?

—A más carne, más gusanos. A más mujeres, más zorrería; a más dinero, más vicio. Y a más vino, menos memoria, don Sancho. El muchacho se llamaba Esteban Rodríguez y pretendía a la hija de un sedero flamenco, una de estas rubias frías y secas como cacas de rata. El sedero quería casarla con otro, un señor algo mayor, con negocios en las Indias. El negocio de siempre: vendía a la hija para poder tener licencia de venta allá, que ya sabemos que a los extranjeros no les dejan ir, no sea que perviertan a los salvajes. El viejo verde se llamaba Rodrigo Estévez, que también hay que joderse, qué casualidad.

—No lo puedo creer. ¿No confundiríais un nombre con otro? — dijo Sancho, atónito.

—Parece que hay más seso en esa cabeza tuya de lo que había en la mía el día en el que los matones vinieron a verme para recoger el encargo del día y yo les solté el nombre de quien no debía. Para abreviar, el viejo acabó con las tripas fuera en un callejón, el pretendiente puso pies en polvorosa por si le echaban el muerto a él, el sedero no pagó y Monipodio me echó a la calle.

Sancho dio vueltas al vaso en la mano, incómodo.

—Mataron a alguien por vuestro error.

—Eh, tira de las riendas muchacho. Si lo piensas un poco la cosa fue para mejor. Al viejo no le debía de quedar mucha vida, el joven se libró del cementerio y la jovencita ahora es libre para seguir zorreando. Todos contentos. Menos yo, que ya hace un par de años de esto y sigo sin techo. Y debiéndole el importe impagado de la muerte al Rey de los Ladrones, cuyos matones esquilman casi todo lo que saco en limosnas. Por cierto, ¿serías tan amable de explicarme qué quieres de mí?

El joven respiró hondo. Había llegado la hora de tomar una decisión. No aprobaba lo que el ciego había hecho en el pasado, pero lo cierto era que lo necesitaba. La cuestión no era si le gustaba la amoralidad de Zacarías, sino si estaría dispuesto a utilizar al ciego y si éste estaría lo bastante resentido como para seguirle en la locura que quería emprender.

Se inclinó hacia adelante y convirtió su voz en un susurro acerado.

—He vuelto para derribar a Monipodio de su trono. Para destruir su reinado de terror y arrancarle a patadas el nombre del responsable de la muerte de Bartolo.

Zacarías soltó una carcajada.

—¿Acaso tienes un ejército?

—No. Sólo estamos Josué y yo. Y tú, si quieres unirte.

Las manos del ciego se agitaron, temblorosas, vertiendo un poco de vino sobre la mesa.

—Acércate, muchacho. Quiero tocarte.

Sorprendido, Sancho obedeció. Dio la vuelta a la mesa y se situó junto al ciego. Éste extendió sus dedos sarmentosos por la cara del joven, palpando cada recoveco.

—No debes de contar ni una más de veinte primaveras, y aun diría que son menos. ¿Cómo piensas derrotar al hombre más ruin, malvado y poderoso de Sevilla? ¿A un hombre que tiene en todo momento una docena de guardaespaldas que te matarían con la misma facilidad con la que se limpian el trasero? ¿A un hombre que vive en una casa inexpugnable con varios pasadizos secretos, de la que rara vez sale?

Volviendo a sentarse, Sancho sonrió. En la voz de Zacarías no había juicio, ni incredulidad. Tan sólo un sorprendente anhelo.

—Destruyendo su organización y volviendo a su gente contra él. Bartolo me dijo una vez que prefería la justicia del rey a la compasión de Monipodio. Si hay un grupo suficiente de personas que piensen así, podremos derrocarle.

El ciego se quitó la venda que le cubría los ojos y comenzó a masajearse las sienes, dejando a la vista sus inútiles globos oculares. Estaban cubiertos por una espantosa niebla blanca.

—No hay nadie tan loco entre el hampa de Sevilla como para volverse contra Monipodio.

—No necesito que me ayuden. Sólo que vuelvan su resentimiento hacia él. ¿Acaso no hay nadie que cuestione su liderazgo?

El ciego asintió.

—En los últimos tiempos el muy hijo de puta ha ido perdiendo el contacto con la realidad. Cada día es más difícil robar, sobre todo desde que la guerra con Inglaterra ha aumentado el hambre y la escasez. El mes siguiente a la llegada de la flota de las Indias suele ser muy bueno, pero el resto del año comienza a hacerse cuesta arriba para muchos. Sin embargo, Monipodio exige las mismas cuotas de siempre, y ha acabado empujando a las bandas pequeñas a matarse entre sí por cuatro maravedíes. Todos están endeudados con él hasta las cejas.

—Hace unos días, cuando Josué y yo entramos en Sevilla, escuché una pelea con arcabuces —dijo Sancho, recordando cómo se había arrastrado en la oscuridad, fuera de las murallas, para evitar a aquellos desconocidos.

—Ésos eran los de la banda de Carmona, que están a malas con los de la Puerta del Osario desde que les pisaron un golpe importante. He oído que cayeron varios de cada bando hace dos noches, y ése fue sólo un incidente como muchos otros. El ambiente cada vez está más enrarecido, y no sólo entre los ladrones, sino entre la gente. Este invierno será muy duro.

—Y mucho más si tienes que dormir al raso.

Sancho no respondió. Prefirió dejar en el aire la pregunta, que quedó flotando entre ambos. El ciego, un hombre entrenado para captar los matices en el silencio, se removió, agitado.

—Sí, muchacho, odio a ese malnacido, y sí, me gustaría mearme encima de él cuando caiga del trono. Pero tengo miedo. ¿Qué gano yo con eso?

—Liberarte de tu deuda. Vengarte de quien te ha utilizado durante tantos años. Y dinero, mucho dinero. Lo sabrás cuando te cuente mi plan.

—Con la última razón sería suficiente.

—Entonces ¿participarás?

El ciego señaló al plato, ahora vacío, que había frente a él en la mesa.

—Amigo mío, hay una diferencia entre participar e implicarse. En un plato de huevos fritos con chorizo, la gallina participa. El cerdo se implica. ¿Me comprendes?

Sancho soltó una carcajada y estrechó la mano que el ciego le tendía.

—No te preocupes, Zacarías. No dejaremos que te salen como a un vulgar gorrino.

XLVII

Clara exprimió en el cubo la bayeta con la que había estado limpiando la escalera y maldijo su suerte con desesperación. Llevaba una semana de vuelta en casa de Vargas, siete días que se le habían hecho eternos y dolorosos. Apenas había tenido tiempo de velar a Monardes. Tan pronto volvió a casa de Vargas y le comunicó el fallecimiento del médico, el comerciante le ordenó incorporarse de nuevo al servicio.

Pasar del duro pero satisfactorio trabajo en el huerto y en el laboratorio a fregar suelos fue un cambio penoso para Clara. Las tareas diarias le resultaban repetitivas y le crispaban los nervios, y sólo podía pensar en las plantas desatendidas que estarían marchitándose en casa del médico.

Había otra razón mucho más grave por la que Clara lamentaba no seguir en casa de Monardes. Desde hacía un par de días se había quedado sin los cristales con los que reprimía la virilidad de Vargas. Nunca le agradecería bastante al médico que le hubiera enseñado a preparar ese compuesto, pues poco tiempo después de que su madre le hubiese rapado salvajemente la cabeza, Vargas había intentado propasarse con ella por primera vez.

Llevaba un rato devorándola con la vista, sin dejar de retorcer el mango del bastón entre las manos. La joven le aplicaba el ungüento en el pie intentando en todo momento mantenerse lo más lejos posible de él sin que se notase, algo imposible.

—Acércate —le dijo con voz ronca.

Clara no le miró a los ojos. No era necesario para saber lo que quería. Su respiración se había vuelto pesada, y la tensión se palpaba en el ambiente. Intentó recoger sus cosas apresuradamente.

—He de irme.

Vargas no respondió. Se puso en pie de golpe y agarró a Clara por la muñeca, tirando de ella hacia atrás antes de que pudiera reaccionar. La joven trató de darse la vuelta para plantarle cara, pero el comerciante la atrajo hacia sí, apretando su cuerpo contra la espalda de ella.

—He deseado esto durante mucho tiempo. Ahora estate quieta, como es tu obligación —le susurró al oído. Su aliento estaba caliente, y olía a cebollas y a vino—. ¿Acaso cree tu madre que cortándote el pelo va a hacerte menos deseable? Eso es imposible. Eres una pequeña zorra, una dulce y preciosa zorrita.

El grueso brazo derecho de Vargas rodeaba a la joven, limitando sus movimientos y aprisionándole las manos a los costados del cuerpo. Comenzó a sobarle los pechos por encima del vestido con la mano izquierda, para acto seguido tratar de desatar la trabilla de sus pantalones. Tras mucho forcejeo lo consiguió, y éstos cayeron hasta los tobillos. Ahora el objetivo era el vestido de Clara, que el hombre logró alzar hasta la cintura de ella. La joven gritó cuando notó las piernas desnudas de su amo entre las de ella, e intentó clavarle las uñas, pero las llevaba tan cortas que las yemas de los dedos le resbalaron por la piel de su agresor.

—¡Quieta! ¡Maldita seas, quieta!

Clara no dejó de forcejear ni un instante, pero Vargas era demasiado fuerte para ella. Por suerte algo no debía de marchar demasiado bien para el comerciante, que tuvo que llevarse la mano a la entrepierna. Clara notó como intentaba revivir su miembro marchito. Lo sacudió varias veces, e incluso lo golpeó contra la cara interior de los muslos de la joven: un pedazo de carne pequeña, blanda e inútil.

«Está funcionando. El compuesto le ha dejado impotente», pensó Clara. Contuvo el grito de júbilo que brotaba en el centro de su pecho, alimentado por el miedo y el asco. El comerciante no debía saber nunca lo que ella había hecho.

—¡Lárgate de aquí! —dijo Vargas, con la voz llena de rabia y humillación. La arrojó al suelo. Clara se levantó y corrió hacia la puerta a toda prisa, pero antes de abandonar la habitación le oyó gritar una última amenaza—. ¡Otro día te daré lo que te mereces!

Ese día no había llegado, aunque había habido algún intento más por parte del comerciante. Forcejeos desagradables, sudorosos y humillantes, que siempre terminaban con Vargas furioso. La última ocasión él la había golpeado en el rostro, y Clara había acudido desde entonces con un miedo terrible a cada una de las sesiones de curación. Dos veces al día, durante meses interminables, con la duda de si tal vez algún día Vargas ahogaría la frustración y la rabia de no poder consumar su deseo asesinándola. Suministrar al comerciante el compuesto para la impotencia era el único camino a su alcance, pero era uno muy peligroso y transitaba por una cuerda floja.

Ahora, de vuelta en casa de Vargas, sin compuesto y sin posibilidad de fabricarlo, esa cuerda estaba en llamas.

Clara terminó de limpiar la escalera y vació el cubo en uno de los grandes maceteros que había en el patio interior. Al menos de esas plantas sí que podría cuidar. Con el calor que estaba haciendo aquel año —a pesar de estar en septiembre, no había habido mejoría ninguna— incluso aquella agua sucia le vendría bien a la tierra reseca.

—Hola, *Breo* —le dijo al perro, que le olisqueaba los tobillos, cariñoso—. Tú también tienes sed, ¿verdad, bonito?

Bajo la escalera guardaba un plato desportillado en el que daba de beber a los animales. Lo llenó con el agua fresca de la fuente y lo puso sobre las baldosas del patio, donde el perro lo vació con rápidos y alegres lengüetazos. La joven le palmeó la espalda, contenta de ver en aquella casa un ser genuinamente feliz y despreocupado. Una situación muy distinta de la suya. No podía apartar sus pensamientos de lo que inevitablemente ocurriría en unos días, cuando los efectos del compuesto fueran desapareciendo del cuerpo de su amo y comenzase a notar que recuperaba su vigor. El miedo al monstruo que habitaba en el segundo piso de aquella casa fue creciendo en el corazón de la joven. Desde aquel momento, cada vez que acudiese a su habitación o a su despacho para curarle, las posibilidades de que la violase serían cada vez mayores.

Clara no estaba dispuesta a pasar por ello. Si había algo que quería evitar a toda costa era parecerse a su madre. Se acarició el pelo de forma mecánica. Había recuperado su larga y espesa melena, que ya le rebasaba los hombros.

«Podría deshacerme de él usando veneno. Para eso no haría falta un laboratorio. Tan sólo semillas de ricino, que puedo conseguir en los jardines de la Alameda; allí hay varias plantas salvajes. Luego tendría que prensar las semillas, sin calentarlas para no eliminar el tóxico, e introducir el aceite dentro de algún dulce, algo de sabor muy fuerte para que no note el amargor. Podría conseguirlo en tres o cuatro días.»

Monardes le había descrito con todo detalle el procedimiento para elaborar el aceite de ricino, que era un excelente purgante. Mal elaborado era un veneno letal. Por desgracia, su maestro también le había descrito con precisión lo que le sucedía a aquellos que lo ingerían. Diarrea, náuseas, vómitos de sangre, fiebres elevadas y muerte en dos o tres días tras una dolorosa agonía. Clara meneó la cabeza, ofuscada ante aquel dilema. Una cosa era darle a su amo un compuesto para dejarle impotente e impedir que la violase, y otra muy distinta era matarlo. Si algo le había inculcado Monardes era no hacer daño a los demás. Asesinar a Vargas con los conocimientos que le había transmitido el médico hubiera sido un insulto a la memoria de éste.

Seguía inmersa en aquellos pensamientos cuando llamaron a la puerta de la calle. Clara fue a abrir y se encontró con un hombre de mediana edad, calvo y de grandes bigotes.

—Soy don Javier Núñez, procurador. Vengo a ver a don Francisco de Vargas.

Clara le echó un vistazo antes de dejarle pasar. Iba vestido con elegancia, aunque los zapatos de piel estaban muy cuarteados y la tela de su jubón tenía brillos en los codos y los hombros, fruto del desgaste. Aquél era sin duda otro funcionario viviendo por encima de sus posibilidades, como dictaban el honor y las costumbres en aquella España extraña que vivía con un ojo puesto en los demás.

—Yo anunciaré a nuestro visitante, Clara. Tú continúa con tus tareas —dijo Catalina, que acababa de llegar del patio.

Aliviada por no tener que ver a su amo, la joven se marchó sin pensar más en aquel hombre.

—Se trata de vuestra esclava, mi señor —dijo el procurador en cuanto se hubo presentado a Vargas.

—¿Mi esclava? ¿Qué tenéis que ver vos con la vieja Catalina?

El visitante sacó unos papeles y se ajustó unos rayados anteojos sobre la nariz antes de continuar.

—No, don Francisco. Me refiero a la joven Clara. Según

tengo entendido estuvo durante casi dos años al servicio de Nicolás de Monardes, natural de esta ciudad, médico y botánico de cierta fama. ¿Es correcto?

—Sí, es cierto. Pero si sus herederos están pensando en cualquier clase de posesión sobre la esclava...

—He venido a veros por la herencia, en efecto, pero no es lo que vos pensáis.

—Entonces ¿qué diablos queréis?

—Monardes os cita en su testamento, don Francisco. Vos sois de hecho el principal beneficiario.

La cara de Vargas no podría haber reflejado más sorpresa si Monardes mismo se hubiera alzado de la tumba para leerle sus últimas voluntades. La codicia se reflejó al instante en su rostro, pues sabía bien que el médico era un hombre acomodado, e hizo brotar su pregunta favorita.

—¿Cuánto?

El procurador no hizo ningún comentario. En su trabajo veía muchas reacciones como aquélla, y ya estaba más que habituado a muestras de rapacidad similares. Se limitó a leer los papeles que traía.

—En oro, consignado a nombre del finado en una cuenta bancaria, algo menos de cinco mil escudos. También os cede la propiedad de varias hectáreas de tierra que posee cerca de Lebrija, viñedos en Marchena y unos olivares a las afueras de Córdoba, actualmente en manos de arrendatarios. Todo junto suma un total de más de seis mil escudos.

Vargas sintió cómo se le aceleraba el pulso. Aquella cantidad no hubiera significado gran cosa para él hace unos años, pero dada la desesperada necesidad de efectivo que tenía para satisfacer el pago que le exigía el rey, todo el dinero que lograse amasar era bienvenido. Sonrió complacido hasta que recordó algo.

—Decís que yo soy el principal beneficiario. ¿Quién es el otro? —dijo, ansioso.

—No es exactamente un beneficiario. El finado deja a vuestra esclava Clara la casa y el huerto que posee cerca de la plaza de San Francisco.

Vargas hizo cuentas mentalmente. Aquella propiedad era importante. El terreno dentro de las murallas de Sevilla era cada vez más valioso. Aprisionada por el río Betis, la ciudad tenía pocas opciones de crecimiento. La casa de Monardes valdría cerca de mil escudos, tal vez más, y el comerciante decidió que se haría con ella. Estaba el pequeño inconveniente de que el viejo chocho se la hubiese dejado a la esclava, que debía de haberle sorbido el seso en su lecho de muerte. Vargas no concebía otra explicación. Pero poco importaba, pues pronto sería suya.

—Tan sólo existe una condición, don Francisco —continuó el procurador, aclarándose la garganta—. A la esclava se le debe permitir acceder a su libertad.

El comerciante parpadeó unos instantes sin comprender. Luego meneó la cabeza, categórico.

—Eso es imposible.

—En ese caso me temo, don Francisco, que no podréis recibir la herencia —dijo agitando el papel en el aire.

—¡Qué decís! ¡Ese dinero es mío! El viejo me lo ha dejado a mí.

—En efecto, señor, pero se trata de un legado sujeto a condición. Si no cumplís los deseos del finado, esto no se os entregará.

Vargas sintió como una bola de ácido crecía en su interior, abrasándole la boca del estómago. Aquello no podía ser cierto. No iba a dejar marchar a su esclava. No le daría esa satisfacción a Catalina, ni perdería el poder sobre ella. Ni tampoco la posibilidad de consumar con ella lo que desde hacía tanto tiempo ambicionaba. Y si esto último no lo conseguía, al menos tendría la satisfacción de ver cómo Clara pasaba el resto de su vida limpiando las baldosas del patio. Moriría antes que dejar que aquellas dos furcias insignificantes le impusiesen su voluntad.

—Procurador, lo que me pedís es imposible, por razones personales que no os incumben. No lo permitiré.

—Me temo que en ese caso nada me queda por hacer aquí —dijo el otro, ordenando sus papeles y poniéndose en pie.

—¡Haced el favor de sentaros!

La voz le brotó seca y perentoria, y el procurador se quedó de pie, extrañado de aquella salida de tono. Vargas se mordió el labio e intentó ser suave. Al fin y al cabo, aquel hombre tenía cierto poder, y como todos los pequeños funcionarios, gustaba de ejercerlo hasta las máximas consecuencias para exagerar su propia importancia.

—Disculpadme, procurador. Son los nervios. Debéis comprender que esa esclava es para mí muy querida, y me resisto a dejarla marchar.

—Ésas son las condiciones del testamento —dijo el otro, aún de pie.

—Vos tenéis pinta de hombre honrado y comprensivo. Alguien que sería capaz de ayudar a un pobre viudo que no quiere perder a su único consuelo en la vida. Yo podría ser muy generoso con alguien así.

El procurador volvió a sentarse, muy despacio, y miró a Vargas por encima de los anteojos, como queriendo comprobar si comprendía lo que Vargas le había dado a entender.

—La ley es la ley, don Francisco. Y sin embargo...

Al otro lado de la puerta del despacho de Vargas, el ama de llaves estaba arrodillada, fingiendo quitar el polvo de las molduras. En realidad escuchaba atentamente, con la cabeza ladeada, los hombros tensos y los puños crispados. De pronto se puso en pie y bajó la escalera en busca de su hija.

XLVIII

Clara estaba ocupada en la entrada de la cocina, y cuando vio acercarse a su madre se puso inmediatamente en guardia. Ya apenas hablaban antes, pero desde que ella había vuelto a entrar en la disciplina diaria de la casa y se habían visto obligadas a trabajar juntas, la convivencia se había vuelto áspera y desagradable. Procuraban evitarse, y la enorme mansión se les hacía muy pequeña. La joven estaba viviendo una auténtica pesadilla.

—Necesito hablar contigo.

—Ya os lo dije cuando volví: asignadme las tareas y las cumpliré. Aparte de eso no tenemos nada más que hablar.

Intentó darse la vuelta, pero su madre la sujetó por el brazo.

—¡Escúchame! El hombre que acaba de llegar, el procurador, dice que Monardes le dejó un montón de dinero al amo a cambio de que tú fueras libre. Y a ti te darán su casa.

Clara se quedó atónita al escuchar aquello. ¿Cómo era posible? Cierto era que el médico le había dicho en su lecho de muerte que tenía todo pensado para ella, pero nunca se imaginó que sería capaz de destinar todo su legado a comprar su libertad. ¡Y le dejaría la casa y el huerto! Sólo con la perspectiva de volver a cuidar de sus adoradas plantas, el corazón de Clara se aceleró y la emoción recorrió su cuerpo en oleadas.

—No te alegres todavía. El amo no te permitirá tener la herencia. Nunca. Antes le ordenaría a Groot que te rajase el cuello.

—Eso es imposible.

Clara sintió como si la tierra se tambalease bajo sus pies. Aquello era una tremenda injusticia. Había trabajado duro durante dos años para el médico, y él había decidido que quería hacer algo por ella. ¡Se lo había ganado! Nadie podría ser tan cruel para despojarla de la herencia, contraviniendo la última voluntad de un hombre de la talla y la bondad de Monardes.

—No conoces al amo. Ahora mismo está ahí arriba, maquinando con el hombrecillo de antes, escribiendo un papel con el que te dejarán sin nada. Van a obligarte a firmarlo.

En ese momento se oyeron los característicos pasos de Vargas por encima de sus cabezas, rematados por el repiqueteo del bastón.

—¡Clara!

El ama de llaves empujó a su hija contra la pared y le hizo un gesto para que permaneciera en silencio. Luego dio un par de pasos hacia el centro del patio.

—¿Qué deseabais, mi señor?

Vargas estaba asomado a la balaustrada de mármol, con cara de pocos amigos.

—No te he llamado a ti. ¿Dónde se ha metido tu hija? Dile que suba inmediatamente.

—Está en el mercado, mi señor. Ha ido a por verduras para la cena.

—¿Cuánto hace que se fue? —dijo Vargas con tono de sospecha. Aunque desde donde estaba el comerciante no podía verla, si caminaba hacia el extremo contrario del pasillo y se dirigía a la biblioteca o a su habitación, la descubriría enseguida. La joven no podría salir de la casa sin antes cruzar el patio.

—Acaba de irse, pero no tardará mucho —respondió la vieja esclava, intentando sonar indiferente.

—Está bien. Que se presente ante mí tan pronto llegue. Si no está de vuelta en casa antes de una hora lo pagarás muy caro. ¿Me has comprendido?

Sin esperar la respuesta, Vargas desapareció de nuevo dentro de su despacho, dando un portazo. Catalina se volvió hacia la joven, que respiró aliviada. Había estado conteniendo el aliento.

—Dispones de una hora para pensar qué hacer.

Clara miró a su madre con una extraña mezcla de sentimientos. Comprendía que para ella no debía de ser sencillo ni agradable tenerla allí de vuelta, y más con lo complicada que era de por sí su propia situación. Despreciaba a Catalina por el engaño al que la había sometido durante tantos años, pero en aquel momento su madre estaba haciendo algo bueno por ella, incluso aunque fuera por sus propios y oscuros motivos. A pesar de que la serpiente del resentimiento seguía royéndole con fuerza las entrañas, Clara seguía sintiéndose dispuesta a perdonar a su madre y a no juzgarla por lo que había hecho en el pasado. Aunque le estaba resultando muy difícil.

Se retorció las manos, intentando concentrarse. Allí arriba había dos hombres poderosos e inteligentes, amparados por el dinero y por su condición masculina. Ella no era más que una esclava bastarda, una mujer sin dinero ni apellido que podía ser abusada, asesinada y desposeída sin que nadie moviese un dedo para defenderla. El último peldaño de la escalera, aquel al que las leyes de la Iglesia y de los hombres conferían el derecho a pisotear.

Necesitaba encontrar una voz, alguien que fuese capaz de hablar por ella. Y tenía menos de una hora para conseguirlo.

—Creo que ya sé lo que debo hacer, madre.

Catalina miró con sorpresa a su hija, pues era la primera vez que la llamaba así desde hacía más de un año. Pero ahora no podía pararse en ese detalle.

—Corre. Corre y no te detengas.

Había pasado por delante de aquel cartel de madera cientos de veces. Se hallaba clavado en la puerta de una pequeña vivienda cerca de la plaza de San Francisco, en el camino entre la casa de Monardes y la de Vargas. Se fijaba en él a diario, de ese modo entre distraído y consciente con el que reparamos en las cosas que forman parte de un recorrido habitual. Lo había visto humedecido por la lluvia, reseco por el sol e incluso adornado por una minúscula telaraña que apenas duró unas horas.

Las letras, talladas en bajorrelieve sobre nogal, decían:

MANUEL DEL VALLE
ABOGADO

Y para Clara no habían significado nada nunca, sólo algo en lo que detener los ojos brevemente antes de observar si el hojalatero que vivía a continuación había colgado nueva mercancía de los postigos de sus ventanas. Sin embargo, hoy lo significaban todo. No conocía las señas de otro abogado, ni tenía tiempo para buscarlo. Así que debía jugárselo todo a aquella opción.

Iba a llamar a la puerta pero al tocarla ésta se abrió, haciendo resonar una campanilla que colgaba del techo. El estudio del abogado era grande, abierto y polvoriento. Estaba repleto de libros y papeles, apilados sobre cada palmo de espacio disponible, tanto en el suelo como en el gran escritorio que había en el centro de la estancia. Detrás de éste se encontraba un hombre bien entrado en años, con los pies estirados sobre el escabel y la cabeza inclinada hacia un lado. Al oír la campanilla alzó la vista y se frotó los ojos.

—¿En qué puedo serviros?

—Necesito un abogado. Mi maestro me ha dejado una importante herencia y mi amo quiere hacerme firmar unos papeles para quitármela. Está en...

—Espera, espera, muchacha, vayamos por partes. ¿Dices que eres esclava?

—En efecto, señor. Pertenezco a Francisco de Vargas. Él me cedió como aprendiz al médico Monardes, que murió la semana pasada.

—Eso había oído —asintió el otro.

—Mi maestro me cedió en su testamento la casa donde vivía, y a mi amo le deja una cantidad de dinero a cambio de mi libertad. Pero éste quiere confabularse con el procurador para quitármelo todo. Necesito vuestra ayuda.

—Veamos, a ver si lo he entendido. Quieres que te represente a ti, una esclava, lo cual ya de por sí es... inusual. Y quieres que lo haga contra uno de los hombres más poderosos y vengativos de Sevilla.

—¿Tenéis miedo a mi amo, señor?

El otro hinchó el pecho, herido en su amor propio.

—Jamás he rehuido una buena pelea. A lo que tengo miedo es a no cobrar. ¿O tú tienes dinero para contratarme?

—No lo tengo —respondió Clara, desolada—. Pero os prometo que os pagaré.

—De promesas no se come.

En ese momento un enorme gato de color negro azulado saltó sobre el regazo del abogado, que lo recibió con cariño.

—Un animal precioso —dijo Clara, al ver que el abogado ya no le hacía caso—. ¿Vais a ayudarme?

—Se llama *Lúculo*. ¿Sabes de dónde viene ese nombre?

La joven negó con la cabeza y el otro prosiguió.

—Cuentan que hubo en la antigua Roma un general llamado Lúculo acostumbrado a las fiestas y las comilonas. Una noche que estaba solo, sus criados le sirvieron una cena sencilla y él les recriminó la parquedad de los alimentos. Los criados se disculparon, alegando que aquel día el señor no tenía invitados. Y el general respondió: «¿Acaso no sabíais que Lúculo cenaba esta noche con Lúculo?» —El abogado rascó al gato debajo de la barbilla antes de continuar—. Así es también mi pequeño. Ante todo y sobre todo cuida de sí mismo. Un arte sabio que muy pocos practicamos.

—¿Eso quiere decir que no me ayudaréis?

—¿Qué tiene de malo ser una esclava? —respondió el otro meneando la cabeza—. Te alimentarán y te vestirán para el resto de tus días, a cambio de realizar tareas sencillas. ¿Para qué necesitas la libertad? No sabrías ni qué hacer con ella, lo más seguro es que te murieses de hambre.

—Sé de hierbas y de remedios, y de curar a las personas. Puedo ganarme así la vida.

—Seguro que sí. Vamos, muchacha, márchate y déjame dormir mi siesta tranquilo.

Clara se sintió muy estúpida. Había puesto su destino en manos de un hombre al que no había visto jamás, creyendo que la ayudaría simplemente porque pasaba cada día ante su puerta. Sin ofrecerle nada a cambio, aquel hombre no movería un dedo por ella.

Dedos. Los dedos del abogado.

De pronto Clara cayó en la cuenta de lo que le había estado molestando desde que llegó, y se dio la vuelta.

—Soléis tener jaquecas por la tarde, ¿verdad? Y también palpitaciones, cuando estáis cansado o al regreso de un paseo, sobre todo cuando hace calor.

El abogado puso cara de extrañeza.

—¿Cómo lo sabes? ¿Has hablado con mis criados?

Clara negó con la cabeza y le señaló las manos. Sus dedos tenían una forma curiosa, estrechos en las falanges y gruesos en las yemas, como los palillos de un tambor.

—¿Siempre habéis tenido así los dedos?

—¿Con esta forma peculiar? Sí, aunque últimamente los noto más hinchados que antes. Supongo que será cosa de la edad.

—No, mi señor. Vos tenéis un trastorno llamado dedos hipocráticos. Se llaman así por Hipócrates...

—Sé quién es Hipócrates, muchacha.

—Fue el primero en describir este mal, que probablemente también sufriese vuestro padre. Afecta a la circulación de vuestra sangre.

—¿Y es grave?

—Podría serlo con el tiempo. Debéis tomar a diario infusiones de miel con yerbabuena, comer poca carne y evitar las sangrías, mi señor.

El abogado se miró durante un largo rato los dedos, ensimismado.

—Mi padre también era abogado. Murió cuando era todavía muy joven, agarrándose el pecho durante un juicio. Recuerdo bien cómo sucedió, pues yo iba a verle siempre que litigaba. No comprendía nada, claro, pero disfrutaba al verle elaborar sus argumentos y citar a los clásicos. Cuando se desplomó alzó su mano derecha hacia donde yo estaba. Nunca olvidaré sus dedos. Tenían la misma forma que los míos, pero la punta se había tornado azulada.

Se puso en pie. Tomó el sombrero, que reposaba en lo alto de una pila de libros, y empujó a Clara hacia la puerta.

—Vamos, muchacha. Me contarás todo lo que puedas por el camino.

Fue Catalina quien les abrió la puerta. Tenía un labio partido, y la sangre le corría por la barbilla.

—Llegas tarde. Ha estado llamándote sin cesar. Está completamente fuera de sí.

Clara miró hacia el abogado, temiendo que fuera a echarse atrás al oír aquello, pero éste permanecía impasible. Fue entonces cuando el ama de llaves reparó en su presencia.

—¿Quién es?

—Os lo explicaré después. Ahora llevadnos junto al amo.

Cuando entraron en el despacho del comerciante, éste estaba sentado junto al procurador, ambos con las cabezas juntas, estudiando el documento que habían redactado. Al verles entrar se puso en pie, con una visible mueca de dolor.

—¿Dónde estabas? ¿Y quién diablos es ése?

—Déjame hablar a mí —le susurró el abogado a Clara—. Soy Manuel del Valle, abogado. Según me ha explicado mi clienta aquí presente tenéis un testamento en el que ella aparece citada.

Hubo un largo silencio, en el que el rostro del comerciante reflejó claramente cómo su cerebro reajustaba la realidad. De la victoria que creía casi segura pasó a un estado casi cómico de asombro, sustituido enseguida por una furia que a duras penas podía contener.

—Un abogado —dijo por fin, con la voz llena de frío desprecio. En su boca la palabra sonó tan despectiva como el peor de los insultos—. Te has atrevido a traer un abogado a esta casa. ¡Tú! ¡Una friegasuelos, una esclava, una sucia perra descerebrada!

Clara estaba muerta de miedo y no fue capaz de responder, pero sostuvo la mirada de su amo. Éste apuntó al abogado con el bastón.

—Y vos. Un traidor a vuestra sangre y a vuestra clase, defendiendo a una india. En la cofradía de abogados y en el gremio de comerciantes sabrán de esto.

—Ah, por supuesto que lo sabrán, don Francisco. Éste es un testamento tan inusual que sin duda me dotará de cierto renombre. De hecho pienso correr a las Gradas de la catedral a contarlo en cuanto terminemos nuestro pequeño asuntillo. Así que si no os importa mostrarme el testamento...

Alargó la mano para tomar el papel que el procurador sostenía. Éste miró a Vargas, confundido, y el comerciante lo agarró por el jubón.

—¡No se lo entreguéis!

—Don Francisco, en los juzgados hay una copia de ese testamento, que puedo tener en mis manos antes de media hora. ¿De verdad queréis alargar esto tanto tiempo?

Vargas resopló, pero supo que no tenía alternativa y soltó al procurador, que entregó el papel al abogado. Éste lo estudió durante varios minutos, emitiendo placenteros ruiditos con cada línea que iba leyendo, como si su contenido fuera lo más beneficioso que su cliente podría desear. A Clara aquellos sonidos le recordaron al gato que el abogado tenía en su consultorio.

—Ajá. Tal y como pensaba. Bien, esto está claro. ¿Está la herencia lista para ser entregada, procurador? —dijo devolviéndole el testamento.

—Sí, don Francisco puede hacerse cargo de ella tan sólo firmando unos papeles que tengo aquí conmigo.

—¿Tenéis previsto renunciar a la herencia, don Francisco?

—No pienso renunciar a nada de lo que es mío —dijo el comerciante, dedicando una mirada de odio a Clara.

El abogado ignoró la amenaza implícita y continuó hablando con un tono de voz tan alegre como si estuviese comentando una alegre lidia de toros.

—Eso lo zanja todo. En ese caso me llevo conmigo a mi clienta, que desde ahora mismo será una mujer libre. Mañana me pasaré con los documentos concernientes a la manumisión para que don Francisco los firme, formalizándolo todo. Y ahora, si nos disculpan...

El abogado tomó a Clara por el brazo, y la joven sintió que un temblor de júbilo le recorría la espalda. ¡Lo habían conseguido!

A su espalda el procurador se encogió de hombros y miró a Vargas con resignación, pero éste no iba a doblegarse tan fácilmente. Le arrebató el testamento al procurador y lo releyó febrilmente, buscando algo que se le hubiese pasado por alto. De pronto una luz maligna se encendió en sus ojos.

—¡Esperad un momento!

Clara y el abogado se detuvieron en la puerta. La joven contuvo el aliento.

—Don Francisco...

—Procurador, leed la condición del testamento relativa a mi toma de posesión de la herencia.

—«Le lego los bienes anteriormente citados a don Francisco de Vargas con la condición de que permita acceder a la libertad a su esclava Clara.»

—Ahí lo tenéis. Ella no es libre —dijo Vargas, haciendo gestos con la mano.

—Las condiciones del testamento son claras, don Francisco.

—Muy al contrario. No dice «a cambio de la libertad de la esclava». Lo que yo tengo que hacer es permitirle acceder a la libertad. Y eso voy a hacer. Voy a permitirle que compre su libertad.

—¡Acabáis de recibir seis mil escudos! —gritó el abogado, que comenzaba a perder los nervios—. ¡Con eso podríais comprar una docena de esclavos!

Vargas sonrió astutamente.

—No es un precio suficiente para mi Clara. Voy a cifrar su libertad en diez mil escudos.

—Eso es una locura.

—Tal vez. Pero es el precio que le pongo. Esa esclava es una posesión mía, y como tal puedo pedir por ella lo que yo quiera. Tan pronto me pague los cuatro mil escudos que restan podrá abandonar esta casa.

—Pero ése no es el espíritu del documento... —protestó el abogado.

—Si queréis espíritus, id a hablar con una bruja que convoque a Monardes y le pregunte. Mientras tanto, la letra es la letra.

Manuel del Valle se mesó la barba, disgustado, y se llevó a Clara aparte.

—¿Puede hacer eso? —preguntó la joven.

—Me temo que sí. Y francamente, muchacha, no sé qué más alegar.

—¿Y cómo espera que le pague los cuatro mil escudos si no salgo de aquí?

Clara meneó la cabeza con desesperación, pero el abogado esbozó una gran sonrisa al escuchar aquello.

—¡Eso es, Clara! —Volviéndose hacia los otros, dijo—: Procurador, reconocemos la justicia de las alegaciones de don Francisco de Vargas. En efecto, se le ha de permitir a Clara acceder a su libertad. Por tanto lo justo es que ella acceda a su parte de la herencia y ejerza el oficio de boticaria en la que fuera la casa del médico, pasando a ocuparla como su propietaria. De esta forma podrá ir pagando a don Francisco una cantidad anual hasta satisfacer su deuda.

—Pero tardaré una eternidad —dijo Clara, que hizo unos cálculos rápidos y se dio cuenta de que le llevaría varias décadas reunir ese dinero. El abogado le hizo gestos de que se callase.

—¡De ninguna manera! —gritó Vargas—. ¡Debe pagarme los cuatro mil escudos ahora!

—¿Y cómo será eso posible, don Francisco, si ella no posee ni el dinero ni medios de lograrlo? O bien le permitís el acceso a la libertad en las condiciones que os acabo de describir, u os disponéis a ir a juicio a ver qué opinan los magistrados.

El comerciante se dejó caer sobre la silla, rendido tras aquella lucha de voluntades. Sabía que había perdido. No podía permitirse acudir a juicio y perder, convirtiendo aquello en motivo de escarnio público. Además, en el tiempo que tardase en fallarse la causa no podría disponer del dinero, que ayudaría a pagar el título de duque. Por mucho que le doliese en su orgullo, tendría que dar su brazo a torcer.

—Márchate, zorra —musitó entre dientes, mirando al suelo—. Pero pongo al cielo por testigo de que nunca jamás serás libre.

—Lo siento —dijo el abogado en cuanto cruzaron la puerta de la calle—. Sé que no os lo parecerá, pero en realidad ha sido una victoria. Por desgracia la ley está de su lado, aunque sea una gran injusticia.

Ella le mostró la muñeca, donde aún seguía brillando el brazalete que la marcaba como posesión de Vargas.

—Me habéis librado de sus garras, aunque deba seguir llevando esto. Al menos ahora tengo una oportunidad, por pequeña que sea. Muchas gracias. Habéis obrado como un auténtico caballero andante.

—¿De verdad? Siempre creí que tenía un aire a Amadís de Gaula —dijo el abogado, encogiendo la tripa e intentando sacar pecho.

—Ya me diréis qué os debo.

—A cualquier otro le hubiera cobrado cinco escudos, pero me parece que por hoy ya habéis adquirido bastantes deudas. Invita la casa. Ha merecido la pena sólo por ver la cara que han puesto esos dos.

Clara le dio las gracias y se despidió con una inclinación de cabeza. Había empezado a alejarse cuando el otro la llamó.

—Por cierto, muchacha...

Se volvió hacia él. El letrado estaba alzando la mano y agitando sus dedos con forma de palillo de tambor.

—¿Son muy caras esas infusiones de yerbabuena?

La joven le sonrió con dulzura.

—Para los caballeros andantes son gratis.

XLIX

El plan estaba abocado al desastre, pero eso Sancho no lo comprendió hasta el momento en que se vio con un cuchillo en la garganta. Si vivió para ver el amanecer fue por causa de la suerte, no de su astucia o de su ingenio. A pesar de tener una aguda inteligencia, Sancho fiaba demasiadas cosas a la improvisación, cuando no descuidaba directamente los detalles. Aquélla fue la última vez que obraría así, aunque pagó la lección muy cara.

La idea de asaltar la casa de Cajones, el perista, fue de Zacarías. La primera conclusión que Sancho extrajo de aquella noche fue que las ideas del ciego no eran malas, pero requerían ser maceradas y puestas en conserva antes de consumirse.

Esperaron a que fuese de noche, tanto para evitar ser vistos como para conseguir el mayor botín posible. Para ser un negocio tan lucrativo y donde se almacenaba mucho oro, no había demasiada seguridad. Todo el mundo sabía quién era el dueño de aquel lugar, y eso bastaba.

Zacarías llamó a la puerta, como hacía habitualmente. El plan era que nadie debía saber de su implicación en el asunto. Era una figura demasiado conocida por toda Sevilla, y Sancho necesitaba que siguiese libre para moverse a sus anchas por las calles. Por eso cuando Cajones abrió, burlándose como siempre del ciego, Sancho se coló por detrás de Zacarías. Llevaba la espada desenvainada y le apartó de un empellón.

—¡No os mováis! —dijo amenazando a Cajones, que se quedó aprisionado contra el mostrador de madera.

Josué entró detrás de él, y las caras del matón que se situaba siempre junto a la puerta y de Cajones fueron de asombro. No podían creer que un par de desconocidos entrasen en lo que consideraban un lugar inviolable.

—¿Qué diablos hacéis, estúpidos? —preguntó el perista, con la espalda arqueada hacia atrás, intentando evitar la punta de la espada.

—Vamos a desvalijar este antro, señor. Con vuestro permiso, por supuesto.

El matón hizo un movimiento hacia adelante y Josué le retuvo, poniéndole la mano en el pecho. El otro se mantuvo muy quieto, poseído por la cobardía clásica de los bravucones. Una cosa era golpear por la espalda a un viejo ciego y otra muy distinta enfrentarse a un gigante que le sacaba dos cabezas.

—No sabéis dónde os estáis metiendo. No tenéis ni idea de a quién estáis robando, ¿verdad?

—Sabemos muy bien quién es Monipodio, gracias.

Cajones parpadeó, incrédulo.

—No podéis ser tan idiotas como para creer que saldréis bien de ésta. Os sacará los ojos.

—Para eso primero tendrá que cogernos.

—¿Y tú, Zacarías? ¿Estás con ellos? —El ciego negó con la cabeza, pero sus aspavientos no convencieron a Cajones—. Claro que sí. Siempre has sido un resentido de mierda. Verás cuando el Rey descubra que eres un traidor.

En ese momento Sancho recibió a la vez las lecciones segunda y tercera: hay que conocer muy bien el terreno en el que te aventuras, porque puede que el lugar tenga más de una entrada; y en ese caso debes tener a alguien que te guarde las espaldas. Las dos ideas le atravesaron la mente en el breve instante en el que un segundo matón llegó desde la trastienda con una pistola cargada en cada mano. Disparó una sobre Sancho, que pudo esquivar la bala por poco, tirándose al suelo. Josué se hizo a un lado cuando la segunda pistola le apuntó, y la bala terminó en la cabeza del matón al que había estado sujetando. Una flor roja apareció a un lado de la frente del hombre, que puso los ojos en blanco y se desplomó.

—¡Agáchate, Josué!

El negro se arrojó junto a Sancho. Éste intentó por todos los medios sujetar a Cajones, que pretendía huir saltando por encima del mostrador. Le enganchó una pierna, pero el perista le pateó la cara con la otra y Sancho se quedó con un zapato en la mano.

Dudó por un instante antes de seguir a Cajones. El matón que le había volado la cabeza a su propio compañero había demostrado ser un tirador pésimo, pero por torpe o borracho que estuviese era imposible fallar a medio metro de distancia. Si tenía una tercera arma cargada, Sancho cazaría una bala. Pero si no saltaba cuanto antes, el otro tendría tiempo de recargar.

Decidió jugársela y se puso en pie. Cajones había caído del otro lado del contador, y se peleaba con un saquito de pólvora y una pistola. El otro matón hacía lo propio, aunque estaba más cerca de cumplir el objetivo. La baqueta empujó la bala hacia abajo y Sancho oyó el chasquido metálico del martillo encajando en su lugar. Sin tiempo a usar la espada, el joven puso ambas manos sobre el mostrador y se arrojó con los pies por delante sobre el matón, golpeándole en el estómago. La pistola cayó al suelo, disparándose, y el tiro alcanzó a Cajones en el brazo. Fue sólo un rasguño, pero bastó para que el perista aullase como si se estuviese muriendo.

Al ver aquello, el matón al que Sancho había derribado

se puso en pie y corrió de vuelta a la trastienda. El joven corrió tras él, pero Cajones lo agarró por el jubón y Sancho respondió propinándole un puñetazo en la mandíbula que lo mandó al suelo.

—¡Vigila a ése, Josué! —exclamó el joven, persiguiendo al matón.

La parte de atrás era un lugar oscuro y estrecho, iluminado tan sólo por el exiguo rectángulo de luz proveniente de la tienda. En la penumbra Sancho tardó en localizar al matón. Temió que éste se estuviera escondiendo para prepararle una emboscada, pero lo encontró revolviendo un lío de ropas sobre el camastro en el que debía de haber estado acostado cuando ellos irrumpieron en el lugar. Al final se dio la vuelta con un cuchillo en la mano, y Sancho recibió su cuarta lección: ve preparado para un lugar estrecho donde no puedas usar la espada. Al ir a lanzarle una estocada, la hoja de Sancho rebotó en un mueble y se quedó enganchada, dejando abierta la guardia del joven. Lo que hubiera sido un enfrentamiento desigual y una fácil victoria para Sancho se convirtió en una pelea encarnizada cuando el matón se arrojó sobre él con el cuchillo por delante, buscando clavárselo en la barriga.

Sancho soltó la espada y se echó hacia atrás agarrando el brazo del matón con ambas manos. Ignoró los golpes que éste le propinó en la cara y en el cuello con la otra mano. Se concentró sólo en desviar aquella punta de acero ennegrecido de sus entrañas, a las que la fuerza bruta de aquel tipo apuntaba sin compasión. El cuchillo vibró en el aire, atrapado entre dos impulsos equivalentes durante unos instantes, aún orientado a la tripa del joven. Cuando parecía que nada desharía el equilibrio, Sancho lanzó un cabezazo certero a la nariz del matón, que se rompió con un feo crujido. Los brazos del hombre perdieron la fuerza de repente, y la punta del cuchillo cambió de dirección, clavándose en su esternón. El matón cayó encima de Sancho en medio de horribles espasmos, y éste se lo quitó de encima como pudo, sofocado por el miedo.

Allí, en mitad de aquella trastienda oscura, Sancho recibió su quinta lección. La guerra y la venganza consisten en matar, y matar es algo sucio y repugnante. Con la sangre del matón rebosándole las manos, y las piernas flojas, se apoyó en la pared para no caer. Las tripas se le agitaron, como si protestasen por el cuchillo que había estado a punto de atravesarlas.

Sin poder contenerse, vomitó.

Cuando pasaron los retortijones y la respiración se le normalizó, Sancho miró la silueta inerte en el suelo. Tan sólo la mano derecha del cadáver quedaba iluminada por la luz procedente de la otra habitación. Se obligó a mirarlo detenidamente. Aquello era para lo que se había preparado durante un año en casa de Dreyer.

Se dijo que no pretendía matarle, que había sido en defensa propia, pero él era el responsable de la muerte de aquel hombre. Se dijo que el muerto era un matón, alguien que vivía para la violencia y seguramente un asesino, pero al fin y al cabo él, Sancho, había iniciado aquella guerra en nombre de alguien que abominaba del uso de la fuerza.

Se preguntó qué pensaría de él Bartolo en aquellos momentos. Si había un cielo y estaba contemplándole desde ahí arriba, ¿menearía la cabeza con lástima o apretaría los puños en un gesto de triunfo?

Sancho volvió a la habitación principal tan sólo un par de minutos después de haberse adentrado en la oscuridad, pero cuando salió ya no era la misma persona. Sentía la cabeza más pesada y era más consciente de su respiración. Los objetos que aparecían ante su vista lo hacían con los bordes más definidos. No era una sensación agradable.

«Te sangra la nariz», dijo Josué, separándose de Cajones y yendo hacia él. Parecía aliviado de ver a Sancho.

«No es nada», respondió el joven también por signos.

Josué miró por encima del hombro de Sancho.

«¿Y el otro hombre?»

«Lo he matado. No quería hacerlo.»

El gigantón apretó el hombro de su amigo, un gesto que Sancho no pudo discernir si era de ternura o de lástima. Se estremeció y quiso abrazarle, pero la culpa y la vergüenza se lo impidieron. Además, aún tenía que lidiar con Cajones.

Éste seguía en el suelo, murmurando incoherencias, aún atontado por el golpe que le había dado Sancho. Le obligó a ponerse en pie, sin saber muy bien qué debía hacer a continuación, cuando Zacarías apareció por detrás del perista y lo agarró por la espalda, palpando bien para asegurarse de a qué altura le quedaba el cuello. Cajones manoteó sin fuerzas, intentando librarse.

—¡No! —gritó Sancho, comprendiendo las intenciones del ciego un instante demasiado tarde. Éste enarboló un cuchillo con la mano libre y le rajó la garganta a Cajones, de izquierda a derecha, como quien abre un melón. La sangre brotó espesa y oscura, a borbotones, y el perista cayó sobre el mostrador con un ruido sordo.

—¿A qué viene tanto aspaviento? —dijo Zacarías—. Deberías alegrarte. Este cabrón había intuido lo que tramábamos.

—No era necesario matarle. ¡Estaba desarmado, joder!

—Mira, chico, tal vez no fuese necesario para ti. Pero esta boñiga me ha hecho dormir al raso tantas veces como ladillas tiene una coima de a dos maravedíes. Ya iba siendo hora de que alguien le diese lo suyo.

Sancho observó cómo la mancha escarlata se extendía sobre el mostrador, en consonancia con los negros pensamientos que inundaban su cabeza.

«¿En qué me estoy convirtiendo?», pensó.

L

El capitán Groot se revolvió en la silla, incómodo. Odiaba cabalgar de noche, y eso lo volvía tenso e irritable.

El animal, una enorme yegua zaina, percibía el nerviosismo de su jinete. Corcoveó un poco, y el flamenco tiró brutalmente de las riendas para doblegarla y obligarla a mantenerse en el mismo lugar. El bocado de hierro había hecho sangrar al animal, y seguramente habría que sacrificarlo al volver a Sevilla. Groot lo lamentaba, pues había pagado la yegua de su propio bolsillo unas semanas atrás, y ni siquiera había podido pasearse con ella por la ciudad. Se encogió de hombros, resignado. Los últimos días habían sido crueles para todos los implicados en aquella operación, y él había descargado su frustración sobre la yegua. Por suerte Vargas le había prometido una recompensa por sus desvelos que alcanzaría de sobra para una montura nueva. Ya tenía claro dónde y con quién iba a gastarse el resto. Unas cuantas prostitutas del Compás se dejaban golpear si les pagabas el doble. Cuando alguna de ellas desaparecía, nadie hacía tampoco demasiadas preguntas.

Un suave traqueteo en el sendero le sacó de su ensoñación. Alzó la mirada al cielo. Por la posición de la luna dedujo que debían de ser entre las tres y las cuatro de la madrugada. Una hora excelente para cumplir con la última parte del plan.

Casi enseguida, el último de los carros dobló el recodo del camino y enfiló el camino del almacén, ahora vacío. No había llegado aún cuando una de las ruedas tropezó con una piedra y se salió de su eje. El conductor mandó parar a los caballos y se detuvo, bajando a inspeccionar los daños.

—Ha sido una suerte que haya ocurrido justo al final —dijo volviéndose hacia Groot.

—Continúa hasta meterlo en el almacén —ordenó el flamenco, cortante.

—Pero señor, podría romperse el eje. El carro quedaría inservible.

—No te pagan por pensar, sino por obedecer.

El conductor ahogó una maldición y ordenó a los braceros que iban sobre el carro que se bajasen.

—Diles a todos que entren en el silo —dijo Groot—. Recibiréis un extra por haber hecho tan buen trabajo.

Al oír aquello los hombres se animaron, a pesar de que estaban agotados.

—¿Cuándo cobraremos?

—Ahora irá el amo con el dinero.

Los braceros empujaron del carro para equilibrarlo. Con muchas dificultades, pero consiguieron meterlo en el interior del edificio.

Groot desmontó y se acercó hasta un carruaje cubierto, sin escudos ni distintivos, que aguardaba al otro lado del camino. Llamó a la ventana, que tenía las cortinas corridas, y éstas se agitaron. Un instante después, la ventana se abrió.

—El traslado ha terminado, señor.

—Ya era hora, maldición. ¿Tenéis la cuenta de los sacos?

El flamenco acercó un papel a la ventana. Desapareció dentro, seguido al cabo de un rato de un gruñido de asentimiento.

—Aguardad un instante.

En el interior del coche, Vargas se volvió hacia Malfini, cuyas profundas ojeras eran visibles incluso a la luz mortecina de la vela con la que se alumbraban. Habían pasado las tres últimas noches en el interior del carruaje, dormitando a ratos mientras vigilaban que el traslado se efectuase correctamente. Ambos tenían los nervios a flor de piel, pues la operación era tremendamente arriesgada.

—¿Habéis asegurado el trigo que guardáis en vuestro silo? —le había preguntado Malfini a Vargas cuando le explicó su plan.

—Por una cantidad mínima.

—Cancelad la póliza, alegando que dentro de poco vais a vender el grano a Su Majestad y que ya no la necesitaréis. Es preciso alejar toda sospecha de lo que vamos a hacer.

Vargas había escuchado detenidamente, al principio con el corazón encogido, pero cada vez más animado ante la aventura que iban a emprender.

—Compraréis un almacén u otro edificio grande cerca del silo donde lo guardáis ahora. Trasladaremos el trigo en plena noche. Pocos hombres, pocos carros, una operación rápida y discreta. El rey necesita desesperadamente suministros para alimentar sus barcos. Dentro de tres o cuatro meses, cuando los comisarios de abastos no encuentren un solo grano, escenificaremos una entrega proveniente de Sicilia o Polonia, cualquier lugar lo suficientemente lejos como para que a nadie le importe, y podréis vendérselo por siete veces su valor actual.

—Y mientras tanto podré vender más caro el poco que quede en Andalucía. Es brillante.

—Al saber vos con antelación lo que va a ocurrir, tendréis ventaja a la hora de negociar los precios. Sólo hay un inconveniente.

Vargas había agitado la mano con displicencia. No quería escuchar lo que Ludovico tenía que decir, pues sabía bien qué era. Más de la mitad del trigo que había en el silo que iban a saquear estaba destinado a la ciudad de Sevilla. Vargas debía venderlo al precio prefijado por la Corona a los gremios, molinos y pequeños negocios, que a su vez lo distribuían por toda la ciudad.

El pan de trigo era la pieza básica de alimentación del populacho. Más de la mitad de la población de la ciudad tenía como comida básica del día una hogaza pequeña, untada con un poco de grasa o mantequilla en el mejor de los casos. La desaparición repentina del trigo con el que la ciudad iba a pasar el invierno sería un golpe durísimo. Los gremios tendrían que importarlo, suponiendo que pudiesen conseguirlo, a precios desorbitados. Los pobres no encontrarían pan, o lo encontrarían tan caro que sería inalcanzable para ellos. Habría una hambruna tremenda, al igual que había sucedido en 1565 durante el sitio de Malta, que había coincidido con la peor época de cosechas en lo que iba de siglo. Ese año de 1590 estaba siendo también terrible, con sequías y plagas por toda Europa.

La gente iba a sufrir, y mucho. Vargas y Malfini tenían que ser extremadamente cuidadosos con el plan, pues el crimen que iban a cometer —llamado regatonería— estaba castigado con la muerte. Por ello habían contratado jornaleros de fuera de la ciudad sin explicarles cuál sería su cometido, diciendo a sus familias que estarían fuera por un año entero. El silo donde Vargas guardaba el grano estaba a seis leguas de Sevilla, y hasta él llegaban los sacos desde Marchena, Osuna, Utrera y muchos otros pueblos que se habían convertido en la despensa de las ciento cincuenta mil bocas hambrientas de la ciudad más importante del mundo.

El único lugar que Vargas había encontrado con capacidad para ocultar los sacos era una vieja serrería abandonada hacía años, a media legua del silo, escondida en mitad de un pinar. Malfini la compró a través de un intermediario, y los jornaleros la vaciaron de todos los utensilios propios de su anterior actividad.

—Este lugar no es propio para el trigo. Podría pudrirse —gruñó Vargas al verlo concluido.

—No os preocupéis. Sólo serán unos meses, y para entonces habrá tal escasez que os comprarán hasta el grano podrido.

Tapiaron las ventanas y reforzaron las puertas antes de comenzar el traslado, que se había llevado tal y como había ideado Malfini: de noche y en secreto. Habían obligado a los jornaleros a trabajar en condiciones extenuantes y a dormir en la propia serrería, con la promesa de unos salarios tres veces mayores de lo normal. Sólo el traslado les había llevado tres noches, pero ahora estaba felizmente concluido.

Ya sólo quedaba lo más importante.

No podía haber testigos.

Vargas se asomó a la ventana y miró a Groot con gesto serio.

—Ya sabes lo que tienes que hacer.

El capitán asintió, sacó la espada y la agitó en el aire, en una seña convenida. Al instante se oyó un silbido proveniente de la parte de atrás del silo y cuatro hombres aparecieron entre las sombras. Dos de ellos portaban antorchas.

Los que llevaban las manos vacías corrieron hacia la entrada del silo y empujaron una de las enormes puertas, que se abrían hacia afuera, hasta encajarla en su sitio.

—¿Quiénes sois vosotros? —preguntó uno de los jornaleros, que se había asomado alarmado al escuchar ruido. Al ver a Groot acercarse a la puerta con la espada en la mano, se asustó aún más—. ¿Qué diablos sucede?

—¡Cerrad rápido! —ordenó Groot, cada vez más cerca de la entrada. Se maldijo por haber dado la orden demasiado pronto, pues los jornaleros eran demasiados. Aun desarmados, si salían en ese momento, les harían pedazos.

El jornalero que había dado la voz de alarma se puso a gritar e intentó estorbar a los dos hombres que trataban de cerrar la segunda de las puertas. Golpeó a uno en la sien con el puño, y éste cayó al suelo, desorientado. Intentó arrojarse encima del desconocido, al que ya le faltaban menos de cuatro palmos para encajar la puerta en su sitio.

—¡Ayuda! Nos van a...

Su desesperada petición de auxilio se convirtió en un estertor sordo. El capitán alcanzó la puerta y le clavó la espada en la garganta, de arriba abajo. El acero asomó por el otro lado del cuello y se hundió en el hueco de la clavícula. Usando la espada como palanca, Groot le dio la vuelta al cuerpo del jornalero agonizante hasta ponerlo de cara al hueco de la puerta. De una fuerte patada lo envió dentro, tirando al mismo tiempo de la espada para liberarla.

—¡La tranca, estúpidos! ¡Poned la tranca! —dijo empujando la puerta hasta conseguir cerrarla. Al otro lado comenzaron a oírse gritos, y alguien empezó a forcejear con la puerta—. ¡No podré retenerla mucho tiempo!

Los dos hombres tomaron el pesado madero y lo levantaron con un gran esfuerzo. Groot sintió un nuevo empujón, y cargó todo su peso sobre las jambas.

—¡Venid aquí! ¡Nos han encerrado! —gritaba alguien al otro lado.

—¡Apartaos! —gritó uno de los hombres que sostenían la tranca, y Groot se hizo a un lado mientras éstos encajaban la madera en el primero de los soportes de acero. Eran los mismos que una semana antes servían para atrancar las puertas del silo por dentro, y que el propio Groot se había encargado de quitar de su anterior ubicación y colocar afuera, junto a otras modificaciones en el edificio que ninguno de los jornaleros había observado.

La tranca iba a encajarse en el segundo soporte cuando uno de los hombres se quedó corto en sus cálculos y el madero se le resbaló, cayendo al suelo. Con tan mala suerte que justo en ese momento los jornaleros encerrados empujaron todos a la vez, consiguiendo abrir una de las puertas varios palmos. Un manojo de dedos desesperados aparecieron por el resquicio de la puerta.

—¡Dejadnos salir!

Groot dejó caer la espada, empotró el hombro contra la puerta y tomó una daga que llevaba al cinto, con la que acuchilló cruelmente los dedos que asomaban. Seccionó varios de ellos, mientras las voces del interior se convirtieron en gritos de dolor.

—¡Empujad ahora, imbéciles! —rugió—. ¡Y vosotros, poned la tranca en su sitio ya, maldición!

El que había dejado caer el madero consiguió alzarla lo suficiente, golpeando el brazo de Groot mientras subía. Éste rugió pero no se apartó del hueco y volvió a empujar, consiguiendo cerrar de nuevo las puertas. Finalmente la tranca cayó sobre el soporte, y los empujones de dentro se convirtieron en golpes sordos e inútiles.

—Siento haberos golpeado, señor —dijo el que había golpeado al capitán, que se agarraba el brazo dolorido.

—Olvídate de eso ahora. ¡Prended la madera!

Los hombres corrieron hacia los lados del edificio, descubriendo unas pilas cubiertas con mantas, que cubrían grandes brazadas de leña seca intercalada con paja. Los de las antorchas comenzaron a aplicar la llama a la leña. En pocos minutos las llamas surgieron altas y fuertes, mientras Groot continuaba en el mismo sitio, vigilando que la puerta aguantase en su lugar. Las embestidas de los jornaleros encerrados eran cada vez más desesperadas, pues ya habían olido el humo que se colaba por los estrechos ventanucos del altillo del silo, donde se guardaban las herramientas.

—¡Buscad la escalera! ¡Salgamos por las ventanas!

Groot sonrió, pagado de sí mismo. La escalera de mano con la que se accedía normalmente al segundo piso del silo había sido retirada mientras los jornaleros hacían el último viaje, y no había más salida del edificio que la puerta que estaba ahora atrancada. Bastaría con quedarse allí para asegurarse de que no salían los hombres encerrados dentro, o que nadie viese las llamas y llegase a tiempo de entrometerse.

Le duró poco la alegría, pues observó que el madero comenzaba a astillarse por el centro, allá donde los embates de los jornaleros eran más fuertes. ¿Serían capaces los prisioneros de reventar la puerta antes de que las llamas mordiesen el tejado del edificio? Cuando eso ocurriese estarían muertos, pues los matones que lo acompañaban aquella noche —suministrados como siempre por Monipodio— habían serrado hasta la mitad los pilares de madera que sostenían toda la estructura. Tan pronto como el fuego llegase arriba, todo se derrumbaría aplastando a los hombres y a los caballos, que ya relinchaban desesperados dentro al percibir el humo.

Preocupado, Groot se asomó al lateral del silo, donde vio como el incendio devoraba ya los costados con una fuerza que a él le pareció exasperantemente lenta. Tenía que matarlos antes de que consiguiesen romper la puerta, pero ¿cómo? Eran demasiados, y tampoco podían dispararles desde los ventanucos de la parte superior pues sólo contaban con armas cortas y dentro estaba demasiado oscuro.

De pronto tuvo la idea, como una revelación.

—¡Traed la escalera!

Uno de los matones obedeció, llevándola desde la parte de atrás donde la habían ocultado. El capitán la apoyó en el costado frontal del edificio, encima de la puerta, de forma que podía alcanzarse el alto ventanuco circular que había allí. Era tan pequeño que una sandía grande no habría podido atravesarlo, pero eso era lo que más convenía al plan que el flamenco acababa de discurrir.

—Vosotros, formad una cadena e id pasándome troncos ardiendo. Coged los que sólo estén ardiendo por un lado, meaos en un extremo si hace falta para agarrarlos bien, ¡pero dadme troncos!

Los hombres obedecieron, mientras Groot subía a lo alto de la escalera, que crujió bajo su enorme peso. El primer tronco llegó en perfectas condiciones, una brasa calcinada y llameante por un lado y madera aún sin prender por el otro. El hombre que se lo pasó maldijo sin cesar porque se estaba quemando, pero por suerte Groot había sido lo bastante previsor para ponerse recios guantes de cuero a pesar del calor que hacía aquella noche. Había estado en demasiadas batallas como para saber que las manos tienen que estar bien protegidas cuando uno espera problemas.

Colocó la punta del tronco al principio del agujero y luego lo empujó con la palma de la mano abierta al interior con todas sus fuerzas, pues quería que salvase la plataforma de madera del altillo y cayese al nivel del suelo. Contuvo el aliento, esperando el resultado. Cuando oyó los gritos de pavor de los jornaleros en el interior supo que había acertado. Soltó una carcajada breve y seca. Eso les daría algo que hacer.

—Pasadme más. ¡Deprisa!

Arrojó otros tres o cuatro, deseando que hubiese suerte y uno rodase debajo de un carro, prendiéndole fuego. Eso haría su vida mucho más fácil. Los relinchos desesperados de los caballos ya se habían hecho indistinguibles de los alaridos de dolor de los humanos, así que supuso que dentro el fuego ya debía de haber prendido en algo. Continuó arrojando varios leños ardientes al interior, cuidándose esta vez de que se quedasen en la parte del altillo. Eso ayudaría a prender el tejado y llenaría el interior de humo. Se ahogarían antes de romper la tranca.

Bajo él, las embestidas fueron perdiendo intensidad hasta casi desaparecer por completo. Los chillidos y relinchos fueron espaciándose hasta apagarse. Satisfecho, Groot bajó de la escalera. Se moría por un buen vaso de vino.

Ya iba a dar la orden de partida cuando uno de los matones se le acercó. Llevaba la cara completamente tiznada de hollín, y el capitán supuso que él debía de presentar un aspecto muy similar. El matón llevaba a rastras a un muchacho. No debía de tener más de doce o trece años.

—Lo hemos encontrado esta noche, durante uno de los traslados.

Groot se rascó la cabeza, pensando qué hacer. Dos de los matones de Monipodio habían acompañado cada noche a los jornaleros, caminando junto a ellos a la vera del camino, entre las sombras, o a tiro de piedra por delante de los carros. Su única misión era localizar a cualquiera que tuviese la mala suerte de estar despierto de madrugada en mitad del camino y pudiese encontrarse con los carros. No podía haber testigos, bajo ningún concepto.

Habían encontrado a dos la primera noche, un hombre maduro, sin duda comerciante, al que habían matado, desnudado y arrojado a una zanja como si se hubiera tropezado con salteadores de caminos. El otro había sido un soldado de permiso que caminaba con más alcohol que comida dentro del cuerpo. Había seguido el mismo destino que el anterior. La segunda noche no se habían tropezado con nadie, y esta última sólo con aquel muchacho.

Groot lo estudió con detenimiento. Estaba atado y amordazado, y sus ojos grandes y vivaces desprendían terror. Por la ropa basta, las manchas en los fondillos de los pantalones y las briznas de lana que llevaba prendidas en el sucio y rizado pelo castaño, dedujo que sería un pastor. Seguramente había salido a buscar una oveja que se le había perdido. Mala suerte para él.

«Y buena para nosotros», pensó Groot mientras tomaba del cinturón una daga que había comprado expresamente para aquella noche. Era de calidad media, más de adorno que de trabajo, pero ése era exactamente su propósito: confundir sobre quienes habían sido los autores del robo. Gracias a la daga aquello no parecería tal, sino un acto de guerra, una incursión atrevida y fugaz. Para eso necesitaba a aquel inocente pastorcillo.

Con un hábil movimiento cortó las ataduras del muchacho y le liberó de la mordaza. El pastor abrió mucho los ojos de sorpresa y de alivio e intentó sonreír.

—Gracias, señoría. Gracias.

Groot le devolvió la sonrisa y acto seguido le hundió la daga en el pecho. El muchacho se desplomó en el suelo, de espaldas, con la boca aún abierta.

—¡Atentos todos! ¡Nos vamos!

No había acabado de hablar el flamenco cuando el carruaje ya se había puesto en marcha. Groot y el resto de los matones corrieron cada uno hacia el lugar donde habían dejado atados sus respectivos caballos, que manoteaban nerviosos por el fuego. Los animales galoparon tras el carruaje, ansiosos por alejarse del crepitante incendio.

El tejado se desplomó al cabo de varios minutos. Los únicos testigos del suceso fueron los tres leones rampantes que alguien había grabado en la daga que Groot había clavado en el pecho del pastor.

Tres leones rampantes. El símbolo de Inglaterra.

LI

Sancho y Josué tuvieron que apartar el cadáver para acceder a los cajones que habían originado el mote del perista. Encontraron una cantidad de dinero en efectivo bastante respetable, cerca de treinta escudos que podrían ayudarles mucho en los próximos meses. También muchas joyas baratas, sobre todo brazaletes, medallas y collares de plata. Tan sólo una pieza era realmente importante, una delgada diadema de oro con pequeñas esmeraldas incrustadas, que debía de valer una pequeña fortuna.

—Mala suerte. Seguro que ese malnacido de Cajones acababa de mandarle una carga de mercancía a su jefe. Al menos esta preciosidad se quedó por aquí. Por esto nos darán cuatrocientos o quinientos —dijo Zacarías, tras sopesarla y pedirle a Sancho que se la describiese con todo detalle.

—No podemos vender la diadema en Sevilla, Zacarías. Los joyeros honrados sabrán que es robada, y los peristas que pertenece a Monipodio. Tanto daría que hubiésemos robado una piedra —dijo Sancho, que estaba de un humor pésimo tras lo sucedido la noche anterior.

Aquella conversación tenía lugar la tarde siguiente al asalto, en la habitación del hostal donde se alojaban Sancho y Josué, en la que se habían encerrado por miedo a que alguien los hubiera visto. Zacarías había continuado con su rutina habitual para no despertar sospechas y para descubrir qué se decía en los bajos fondos del suceso del día anterior.

—Tranquilízate, chico. Cuando se calmen las aguas ya habrá tiempo de ir a Toledo o a Madrid a deshacernos de esto. Mientras tanto hay que capear el temporal.

—¿Tanto revuelo ha habido?

—Muchacho, no se habla de otra cosa en toda Sevilla. Los honrados ciudadanos hablan de un robo, la gente del hampa cree que es un grupo de descontentos con Monipodio.

«Pregúntale si alguien nos vio», intervino Josué, a quien le preocupaba mucho más eso que el valor de lo que habían cogido. Sancho así lo hizo.

—Dicen que un vecino dio su descripción a los alguaciles. Cinco hombres, altos y fuertes, de gruesos bigotes, silenciosos como fantasmas.

Sancho exhaló un suspiro de alivio.

—¡Ésos no somos nosotros!

—¿Quién crees que ha estado introduciéndose en los corrillos de gente, susurrando las palabras correctas en los oídos adecuados? Basta repetir la historia una docena de veces para que corra como la pólvora.

—Podrían haberte relacionado con nosotros.

—¿Crees que me acabo de caer de un guindo, muchacho? Siempre he ido diciendo que alguien «me acaba de contar». No soy ningún idiota. Dejadme esas cosas a mí, y dedicaos a descansar.

—Nada de eso, Zacarías —dijo Sancho con firmeza—. No podemos parar de hostigar a Monipodio, si queremos volver a su gente contra él.

Discutieron durante un buen rato, mientras Zacarías se encomendaba a todos los santos que se le ocurrieron para que cambiasen la opinión de Sancho. Terminado el santoral sin conseguir modificar las intenciones del joven ni un ápice, el ciego se rindió y sugirió alternativas.

—En ese caso no podéis quedaros aquí. Hoy no nos ha visto nadie, pero antes o después alguien empezará a hablar de un esclavo descomunal y de un jovenzuelo que le acompaña. No puede ser.

«No soy un esclavo», dijo Josué, poniendo mucho énfasis en los gestos. Sancho le pidió que se callase.

—Necesitaremos un lugar con acceso directo a la calle, no como aquí. Un sitio discreto, donde no pase mucha gente.

Zacarías asintió.

—Creo que conozco un lugar así. Está desocupado, creo que sólo vive una persona dentro que está medio chiflada. Con el dinero que hemos robado podrías intentar comprarlo. Pero no es eso lo único que necesitaréis. Harán falta más brazos.

—No quiero involucrar a más gente.

—Tampoco a mí me gusta repartir el botín, muchacho.

—No es de eso de lo que estoy hablando.

—¿Vas a convencer entonces a tu amigo de que use esas manazas para empezar a partir cráneos?

Zacarías había palpado el torso, la cara y los brazos de Josué —parecía ser su particular forma de conocer a la gente con la que se juntaba— y se había quedado asombrado ante la fuerza que guardaba el negro bajo la tersa piel de ébano. Cuando Sancho le aclaró que Josué había hecho voto de no causar daño físico a otras personas, el ciego les dijo que se habían vuelto locos y poco faltó para que les abandonase. A la luz de los acontecimientos ocurridos en casa del perista, Sancho iba a tener que modificar sus planes iniciales reclutando a alguien. Eso, o ponerse él mismo a la altura de los asesinos de Monipodio. Como bien le había avisado Dreyer meses atrás, «matar a alguien y luego robarle es sencillo y seguro; mantenerle vivo y quieto mientras le desvalijas, es jodidamente peligroso».

—Debo hablarlo con Josué.

—Tú mismo, muchacho. Pero más te vale que decidáis hacerme caso o partimos peras ahora mismo. Ya no estoy para emociones como las de anoche.

El ciego fue a tumbarse un rato a una de las camas, pues apenas había dormido la noche anterior. No tardó en emitir unos ronquidos ásperos y secos, como el frotar de dos enormes troncos de árbol. Por si acaso, Sancho se dirigió a Josué en la lengua de signos, pues lo que iban a hablar incumbía en buena parte a Zacarías.

«¿Qué opinas?»

«¿Ahora te interesa lo que tengo que decir?», dijo Josué, resentido por la manera en la que Sancho le había interrumpido antes.

El joven, que llevaba un buen rato sentado en el suelo, se puso de pie y caminó alrededor de su amigo, que ocupaba la única silla que había en la habitación. Tuvo que morderse la lengua para no soltarle algún exabrupto. Entendía que Josué estaba celoso de la entrada de Zacarías en la sociedad tan perfecta que formaban, pero no podía ni quería sacarle ese tema.

«En realidad, sí que me importa —Sancho dudó unos instantes. Incluso en la lengua de signos, había dos palabras que le costaba especialmente pronunciar—. Lo siento. Siento lo de antes.»

Josué asintió y le dedicó una de sus anchas sonrisas, que a Sancho le recordaban el teclado del clavicordio que fray Lorenzo tenía en el orfanato. El gigantón era propenso a enfurruñarse, pero igualmente propenso a perdonar.

«Creo que no podemos hacerlo solos.»

«No sé ni siquiera si quiero hacerlo, Josué.»

«No creo que quieras —dijo el negro encogiéndose de

hombros—. Pero lo harás igualmente, porque lo que haces tiene que ocurrir.»

Sancho no se esperaba aquella respuesta. Desde la noche anterior había estado temiendo el momento en el que se quedaría a solas con Josué y tendrían que hablar de lo sucedido en la trastienda. La muerte del matón había estado pesando sobre su conciencia, y apenas cerraba un instante los ojos volvía a su mente la imagen de aquel cuerpo inerte. El mero hecho de someterse al juicio de su amigo le aterraba.

«No quiero que lo de ayer vuelva a suceder», le dijo a Josué, tragando saliva.

«No está en tu mano el evitarlo. He pensado mucho en lo que hacemos. Ese hombre que mandó matar a tu amigo es un hombre malo. Los que le acompañan son tan malos como él. Tú debes seguir adelante con esto.»

«Yo creí que tú no estarías de acuerdo.»

Josué meneó la cabeza.

«No somos iguales.»

«No digas eso —respondió Sancho, herido—. Somos hermanos.»

«Somos hermanos, pero los hermanos no son iguales. Hay escrito un propósito para ti, y otro para mí. Tú crees que tu propósito es vengar a tu amigo, pero eso es sólo lo que te orienta en el camino que has de recorrer.»

Sancho no respondió. En lugar de ello se miró las manos. Bajo las uñas quedaban restos de la sangre que las cubría la noche anterior.

Al joven le asombraba la aplastante fe de su amigo, tan enorme como su inmenso cuerpo. A él, sin embargo, le resultaba muy difícil creer en Dios, tal vez porque no creía que pudiese existir alguien tan cruel como para desoír el sufrimiento que a diario se producía en el mundo. Le había implorado junto al lecho de muerte de su madre, mientras él mismo era también devorado por la peste. Le había rogado por la vida de Bartolo mientras cargaba con el cuerpo del enano hacia casa de Monardes. Le había suplicado tras cada latigazo que recibió en la galera.

Nunca había obtenido respuesta, y sin embargo allí estaba él, vivo y sano, con una espada del más fino acero. Durante un momento el joven se quedó sobrecogido, pensando que tal vez estaba siendo egoísta al querer apartarse de todo aquello sólo para no mancharse las manos.

Librar al mundo de una sanguijuela como Monipodio podía ser algo más que una venganza personal.

Las suyas no eran las únicas súplicas que se alzaban al cielo, y tal vez él, Sancho, era la respuesta a la oración de otros. Como aquel forajido, aquel Robert Hood del que le había hablado aquel inglés chiflado, Guillermo de Shakespeare.

O tal vez, como hubiera dicho Bartolo, todo era una broma de cojones.

«¿Crees que podemos fiarnos de él?», preguntó al fin Sancho señalando a Zacarías.

«Cuando era pequeño mi padre tuvo un problema con los espíritus.»

«Creí que ya no creías en los espíritus.»

Josué puso los ojos en blanco al escuchar aquello, como si no pudiera creer que su amigo fuese tan ignorante.

«Ahora soy un buen cristiano, pero los espíritus no van a dejar de existir por eso.»

«Por supuesto —respondió Sancho intentando no sonreír—. Continúa.»

«Mi padre pisó la tumba de un antepasado y los espíritus se enfadaron mucho. Las ubres de las vacas se secaron, y el arroz se pudrió en los campos. Mi padre recurrió a un...»

Aquí Josué se detuvo e hizo una pausa, pues la palabra que buscaba no existía en el lenguaje que habían inventado.

Tuvo que dar un rodeo de varios signos hasta que se hizo comprender

—Un brujo —dijo Sancho en voz alta, entendiendo al fin lo que quería decir Josué. Trazó un signo con ambas manos sobre su cabeza, con las palmas unidas por el índice y las muñecas en las sienes, imitando los capirotes que llevaban los magos en las obras de teatro. Josué no había visto nunca uno de aquéllos, pero había escuchado tiempo atrás la palabra y asintió.

«Sí. Mi padre los detestaba, pero también era sabio. Le pagó dos cabras al brujo. Cuando entras en el territorio de los espíritus juegas con sus reglas y necesitas a alguien que las conozca. Lo mismo vale para la ciudad de los ladrones.»

Sancho se rascó la barba incipiente, pensativo. Aquello no podía ser más cierto.

«¿Y qué ocurrió con el brujo, Josué? ¿Os libró de la mala suerte?»

«Nunca lo sabremos. Al día siguiente de darle las cabras los negreros destruyeron nuestro poblado.»

Al despertar, un buen rato más tarde, Zacarías se alegró de la decisión de Sancho y Josué. Salieron en busca del nuevo lugar que habría de servirles de refugio a la hora del crepúsculo, con cierto miedo aún de que alguien les reconociese.

—Ya lo veréis. Es una antigua taberna, con espacio en la parte de arriba para dormir. Está en una calle discreta, y a la puerta se accede bajando unos escalones. Ideal para entrar y salir sin ser visto.

Cuando llegaron, Sancho contuvo una exclamación. Todos los detalles que Zacarías les había dado del lugar tenían que haberle servido de pista, pero inmerso aún en la conversación que había tenido con Josué, apenas le había prestado atención al ciego. Y sin embargo presentía que estar allí tenía un significado especial, si bien no era capaz de entender aún cuál era.

Zacarías los había llevado ante la puerta del Gallo Rojo.

El cartel tan mal dibujado, que en su día había hecho pensar a Sancho que en lugar de pintar el gallo lo habían degollado sobre el papel, seguía en su sitio, aunque faltaba un buen trozo de la parte inferior. La suciedad y el barro se habían acumulado en la escalera, algo impensable en los tiempos en los que él trabajaba allí.

—¿Qué sabes de este lugar?

—El dueño se arruinó y el negocio quebró. Pasa todos los días.

Zacarías empujó la puerta, que se abrió sin oponer resistencia. A Sancho le extrañó, pero enseguida lo comprendió, tan pronto como fue capaz de prender la pequeña yesca que siempre llevaba en el morral.

El interior de la taberna era un auténtico estercolero. Ya no había muebles, y en el lugar que éstos habían ocupado sólo quedaban astillas, señal de que alguien los había convertido en leña. Aquélla hubiera sido la única manera de sacar del lugar las enormes mesas que antaño ocupaban tantos parroquianos. El suelo de tierra era un barrizal pestilente, y desperdicios de todo tipo se amontonaban contra las paredes.

—¿Qué, muchacho, qué te parece? —dijo Zacarías—. ¿No es fantástico?

Sancho se sorprendió de lo ufano que se mostraba el ciego de haberles llevado hasta allí. Incluso sin poder ver el calamitoso estado del local, tenía que ser capaz de oler la podredumbre. Iba a responderle cuando un crujido en la escalera le hizo llevarse la mano a la empuñadura de la espada.

—¿Quién anda ahí? —se oyó una voz.

—Soy yo, Zacarías. Ven, que te he traído a los que te van a sacar de pobre.

Los crujidos aumentaron, y Sancho se estremeció sin poder evitarlo, recordando cómo él había bajado aquella misma escalera antes de recibir una paliza que casi le había matado.

—Maldita sea, ciego, espero que todo esto valga la pena —dijo el que bajaba, con voz pastosa.

En ese momento el que bajaba entró en el círculo de luz, y a Sancho le dio un vuelco el corazón al reconocerle. Incluso a la escasa luz de la vela, el rostro del antiguo tabernero estaba horrible. La calva cabeza tenía costras en varios puntos, fruto de las caídas producidas durante las borracheras. La barba estaba más larga y llena de manchas de vómito. Iba desnudo de cintura para arriba.

—¿Castro?

Éste tardó un momento en reconocer al que fuera su mozo de taberna, el que lo había mandado a la ruina destrozando todas sus existencias de vino. Los ojos le brillaron un momento agitados, mientras el rostro de Sancho se abría camino a través de los vapores del vino, y luego se enfocaron, de golpe, furiosos.

—¡Hijo de puta!

Castro le arrojó a la cara la botella vacía que llevaba en la mano, y Sancho la esquivó con un quiebro, pero fue una mera distracción. El tabernero agachó la cabeza y cargó contra el joven como un toro de lidia. Sancho dio un salto hacia un lado, al tiempo que Josué le hacía la zancadilla al tabernero, que cayó de boca entre los desperdicios. Se quedó allí, inerte.

—Levantémoslo antes de que se ahogue.

No pudo ver la respuesta de Josué, pues la yesca se le había apagado durante el breve ataque. Tuvieron que enderezar a Castro a tientas y lo dejaron apoyado contra la pared. Sancho volvió a encender la yesca mientras el tabernero volvía en sí, con una serie de bufidos y resoplidos.

—Maldito seas... ¿no tuviste suficiente con destrozarme la vida? ¿Ahora vienes a asesinarme?

—Cálmate, Castro —dijo Zacarías—. Estos muchachos quieren comprarte el negocio. Te darán dinero para que puedas volver a tu pueblo. Te gustaría plantar tu trasero de vuelta en tu tierra, ¿verdad?

—Yo no me voy a ninguna parte —dijo el tabernero. Se escoró peligrosamente hacia la derecha y Josué le tuvo que agarrar para que no volviera a caerse en el cieno—. Aquí estoy en el paraíso.

—¿Qué te sucedió, Castro? —preguntó Sancho—. ¿Cómo terminaste así?

—Pedí dinero a quien no debía para arreglar lo que tú destrozaste. Creí que sería un bache, pero entonces el negocio empezó a ir mal. Esto es todo lo que tengo.

—Podrías vendérnoslo.

—¿Ah, sí? ¿Y qué me das a cambio? Si tú eras un aprendiz más pobre que las ratas.

El joven metió la mano en el morral que llevaba colgando a la espalda y sacó la diadema de oro.

—Esta joya vale al menos quinientos escudos.

La puso en manos de Castro, que la contempló con incredulidad. Incluso a la luz mortecina de la yesca de Sancho, la joya desprendía potentes reflejos que inundaban la estancia. Al escuchar lo que le había dado, Zacarías apretó el brazo de Sancho.

—¿Qué haces? Eso es demasiado —le susurró al oído, con la voz tensa por la codicia—. No se merece tanto.

—Me siento responsable de él, Zacarías.

—Ese botín es mío también.

—Ya conseguiremos más.

Sancho se libró del agarrón del ciego. Ajeno a la disputa, el tabernero admiraba la diadema embobado, pero al final se la arrojó de nuevo a Sancho con gesto de disgusto.

—¿Qué iba a hacer con esto? Me colgarían en cuanto intentase venderla. Además, no pienso darte mi taberna. Quiero morirme aquí.

—Con ese vinazo que bebes no tardará en suceder —dijo Zacarías, molesto.

—Ya es suficiente —le interrumpió Sancho. Estaba ansioso por convencer a Castro, pero se dio cuenta de que al mismo tiempo se sentía culpable por lo que había hecho.

—¿Os marcharéis ya y me dejaréis beber en paz?

De pronto Sancho tuvo una intuición.

—Castro, ¿quién fue el que te dio el dinero para rehacer tu bodega?

El tabernero le rehuyó la mirada, furioso consigo mismo.

—Un prestamista llamado Carbajal. Luego supe que el muy cerdo trabaja para el mayor hampón de esta ciudad. Cada vez que me retrasaba en el pago sus matones venían a sacudirme. Tuve que acabar vendiéndolo todo. Ahora no debo nada, pero tampoco tengo clientes —finalizó con una carcajada irónica, abriendo mucho los brazos—. Y todo por tu culpa.

Sancho asintió. Había tomado una decisión.

—Tienes razón. Lo que hice estuvo mal. Por eso quiero proponerte un trato. Te ayudaremos a reconstruir este lugar, y después lo utilizaremos como refugio durante unos meses. Tenemos un trabajo que hacer en Sevilla.

—¿Qué clase de trabajo?

—Vamos a acabar con Monipodio.

Zacarías exhaló un suspiro de frustración y hasta Josué miró a Sancho alarmado. El joven no se percató, estaba demasiado ocupado calibrando los efectos que su revelación producía en Castro. El antiguo tabernero apenas movió un músculo.

—Cuando hayamos terminado te daremos suficiente dinero como para reconstruir tu bodega varias veces —le apremió Sancho.

—Los muertos no pagan deudas.

—Ninguno de los que estamos aquí va a morir.

Castro parpadeó ante la insultante seguridad del joven. Cerró el puño, alzándolo delante de su rostro con aire amenazador, y Josué se adelantó un paso para agarrarlo, pero Sancho se lo impidió con un gesto. El tabernero echó el brazo hacia atrás para golpearle, pero al ver que el joven no se arredraba lo dejó caer.

—Si quieres que acepte, antes debes disculparte.

—Me diste una paliza de muerte por quince maravedíes, Castro.

—Y tú desfondaste barriles por valor de cien escudos.

—Los abusones merecen una lección.

—¡Y los aprendices disciplina!

—Yo diría que estamos en paz entonces.

El tabernero negó con la cabeza.

—He pasado casi dos años emborrachándome con vino malo, recordando las excelentes añadas que convertiste en barro, descarado malnacido. —Castro esbozó una sonrisa triste, que más parecía una mueca—. A veces deseaba que me hubieses clavado a mí ese cuchillo que dejaste sobre el colchón.

Se dio la vuelta, dispuesto a subir por la escalera, pero le detuvo la voz de Zacarías.

—Castro, acepta la oferta del chico. ¿Acaso tienes una mejor?

—Bien sabes que no, ciego. La suerte me ha dado la espalda.

—Pues como digo yo siempre: si Fortuna te da la espalda, tócale el culo.

Castro echó la cabeza hacia atrás y soltó una carcajada breve y seca que rebajó muchos grados la tensión. Miró a

Sancho, que tendía la mano hacia él. Se acercó y se la estrechó con fuerza. Fue un momento extraño.

—Más te vale que esta vez no derrames mi vino, muchacho.

Aquella misma noche, Sancho y Josué hicieron una breve salida, dejando al ciego en el Gallo Rojo. Éste protestó tímidamente, pero estaba demasiado cansado como para seguirles. Los dos amigos regresaron al cabo de unas horas. Le habían dado una lección limpia e incruenta a un par de falsos frailes que mendigaban de noche por las calles. Sancho se había asegurado de que no sufriesen ningún daño permanente, y había dejado una prueba clara de sus intenciones. Sonrió pensando en lo que sentiría Monipodio cuando leyese aquel pedazo de papel, escrito con grandes letras mayúsculas.

Las siguientes jornadas fueron de una actividad incansable. De día, Sancho y Josué se dedicaron a adecentar la ruinosa taberna. Fue un trabajo mucho más duro de lo que se hubieran imaginado, y más aún teniendo en cuenta que apenas tenían horas de descanso durante la noche. Pero al cabo de tres días habían logrado acondicionar la planta baja, limpiando todo y colocando catres donde antes había mesas. Como Sancho y Josué no querían ser vistos, fue Castro el encargado de comprar lo necesario, labor que cumplió con sorprendente presteza. Con la despensa de nuevo repleta, un nuevo suelo de tierra en la taberna y la perspectiva de volver a poner en marcha su negocio en unos meses, el talante de Castro cambió radicalmente. El aspecto cadavérico fue desapareciendo de su rostro, lo que contribuyó a aliviar el sentimiento de culpa de Sancho. Como un hombre que despertase de un mal sueño y tratase de ahuyentar a los fantasmas, Castro hablaba en voz muy alta y se movía muy deprisa. Se dedicó a cocinar, tarea que parecía no haber olvidado. Aunque al principio parecía receloso de compartir los fogones con Josué, el negro le demostró enseguida que había nacido para convertir ingredientes en suculentos platos, y un vínculo comenzó a nacer entre ellos.

—Caramba, muchacho. Tienes buena mano —fue todo lo que dijo. Josué asintió. Al cabo de unos días ambos se compenetraban a la perfección.

Pero el cambio más importante fue la prometida incorporación de dos nuevos miembros a la banda de Sancho. Zacarías se presentó con ellos tres días después de lo sucedido en casa de Cajones.

Estaban esperando a Sancho cuando éste se despertó, cercana la hora del almuerzo. Se pusieron lentamente en pie cuando se aproximó. Ambos eran jóvenes, cetrinos, un palmo más bajos que Sancho, e idénticos como dos gotas de agua. Vestían con ropas muy pobres e iban descalzos.

—Éstos son Mateo y Marcos —dijo Zacarías, haciendo un gesto hacia los gemelos, que inclinaron la cabeza con cautela—. Ambos son discretos y saben manejar bien el cuchillo.

Sancho los miró a los ojos.

—¿Os ha dicho Zacarías que no quiero que haya muertos?

—No lo entendemos muy bien —dijo el gemelo de la derecha, que resultó ser Marcos; Sancho aprendería pronto a distinguirle por una cicatriz que tenía en un lado de la barbilla—. Nosotros también queremos ajustar cuentas. Pero no sé qué clase de venganza es esa en la que no hay sangre.

—¿Qué es lo que os hizo Monipodio?

—Mató a nuestro padre —intervino Mateo—. Hace muchos años, cuando era uno de sus guardaespaldas. No sabemos por qué lo hizo.

Marcos le interrumpió de nuevo. Parecía una constante en su manera de comunicarse, como si los dos supieran de antemano lo que iba a decir el otro.

—Tan sólo sabemos que le rajaron el cuello, aunque tampoco es algo que nos importe demasiado. Nos hemos criado en un molino, al cuidado de nuestra tía. Llevamos toda la vida esperando un momento como éste para devolverle a ese cabrón lo que le hizo a nuestro padre.

Sancho se frotó los ojos, aún adormilado y de mal humor por haber descansado mal. Aquellos dos muchachos parecían decididos, y desde luego tenían un motivo más que justificado para lo que pretendían llevar a cabo. Frunció el ceño al darse cuenta de que debían de ser un par de años mayores que él y sin embargo pensaba en ellos como si fueran dos críos.

—Supongo que sois conscientes de que vuestro padre era un matón y un asesino —lanzó, provocador.

Los gemelos le lanzaron una mirada de furia pero no respondieron.

—¿Vosotros queréis ser como vuestro padre? Podéis serlo. De hecho lo más probable es que acabéis igual que él, muertos en una zanja sin nombre. Ése es el camino al que os llevará la sangre. Sin embargo, si sois inteligentes y os unís a nosotros, tendréis venganza. Diferente a la que habéis soñado, pero os prometo que será mucho más satisfactoria —dijo con una sonrisa enigmática.

—¿Por qué no dejarnos acabar con él?

—Mi banda, mis reglas. Vosotros decidís.

Ambos cambiaron una mirada de entendimiento, y Marcos se adelantó.

—Lo haremos a tu manera.

—Está bien. Enseñadme lo que sabéis hacer.

Los gemelos sacaron un par de enormes navajas, de hoja tan larga como la suela de un zapato, y las desplegaron con un sonido metálico. Se pusieron a dar vueltas en círculo, arrojándose el uno al otro tajos que no tenían nada de fingidos. Uno de ellos arrancó un pedazo de tela de la camisa de Mateo, que se resarció golpeando a su hermano en la cara con el codo. A pesar de que el impacto fue muy fuerte —el pómulo de Marcos ya comenzaba a amoratarse—, éste no se arredró, y lanzó un nuevo tajo que Mateo esquivó por poco.

Los movimientos de ambos estaban igual de sincronizados que su conversación, y eran igual de directos. Sancho nunca antes había evaluado a otro luchador, pero la calma con la que los gemelos sostenían los cuchillos era una de las señales por las que el maestro Dreyer le había dicho que reconocería a quien sabe lo que hace. Se dio cuenta de que los muchachos eran guerreros natos, una característica que probablemente habrían heredado de su padre. Si no se hubieran criado en un molino, si el padre les hubiera dado instrucción militar, ahora serían esgrimidores formidables. Pero entonces Sancho no hubiera contado con las dos piezas que necesitaba en sus arriesgados planes.

«Si consigo que me obedezcan, claro está.»

—Ya es suficiente, muchachos. —Ambos se detuvieron, jadeando—. Os voy a explicar cómo vengaremos a vuestro padre.

LII

Al volver a entrar en casa de Monardes, Clara tuvo una sensación extraña. Jamás había estado en un lugar que le perteneciese.

Técnicamente la casa aún no era suya, pues el testamento no se formalizaría hasta unos días después, pero había rechazado el ofrecimiento de dormir en casa del abogado hasta entonces. Aunque parecía un hombre honrado, Clara ya había tenido suficiente con lo ocurrido con Vargas. A partir de aquel momento no pensaba dejarse manosear por nadie.

El día que murió el médico, Clara no había sabido a quién dejarle la llave de la puerta principal, ni tampoco se atrevió a llevarla consigo, así que la había ocultado en una grieta de la tapia del jardín, camuflándola luego con hojas muertas.

Lo primero que hizo al llegar fue correr al interior del huerto, temerosa de lo que podía encontrar. Algunas plantas no habían podido soportar el calor de aquella semana y languidecían, moribundas. Clara luchó denodadamente durante varias horas, rellenando los canalones y los distintos sistemas de riego, sacando cubo tras cubo de agua del pozo y cortando los tallos resecos. Salvó muchas, pero otras estaban más allá de toda ayuda. Una rara e insustituible casenia, cuyas semillas habían viajado desde Asia hasta Sevilla enviadas por un conocido del anciano médico, fue la pérdida que más dolió a Clara.

Arrodillada en el huerto, con el rostro embadurnado de tierra y la planta marchita en las manos, la joven rompió a llorar desconsoladamente. Se dio cuenta de que no lloraba sólo por la planta, sino también por sí misma.

«¿Qué será de mí? ¿Cómo podré hacer frente a todo esto yo sola?»

Se preguntó si no estaría cometiendo una locura, si no tendría razón el abogado cuando le sugirió que se quedase en casa de Vargas, donde tenía cama y buena comida. Tan sólo tenía que abrirse de piernas cada cierto tiempo. Aquello no podía ser tan terrible, muchas mujeres lo hacían. Nunca sería capaz de reunir el dinero que Vargas le reclamaba por su libertad. Sólo conseguiría pasar muchas calamidades y tendría que volver humillada ante su amo cuando el hambre la venciese.

Pero no era eso lo que a Clara le destrozaría el alma, sino renunciar a su deseo de hacer algo con su vida, de ser diferente. Quería tomar sus propias decisiones. Por eso no podía rendirse.

«Por difícil que sea el camino, es el de la libertad.»

Aquella noche fue incapaz de acostarse en el dormitorio de Monardes. La habitación aún conservaba el olor acre y amargo del difunto, y Clara abrió las ventanas para ventilarla bien. No había más camas en la casa, pero a ella no le importó. Hacía una noche cristalina. Extendió una estera en el huerto y se quedó dormida, arropada por el aroma fresco de las plantas, bajo un techo de miles de estrellas.

Los siguientes días fueron de una actividad frenética. En la casa no había comida, pero Monardes guardaba un saquito con un puñado de ducados bajo una baldosa suelta en su dormitorio. Clara tomó parte del dinero para reponer la despensa, pero aun racionando lo que comía, apenas alcanzaría para un par de meses. Y además tendría que hacer frente a muchos otros gastos si quería mantener el negocio activo. Necesitaba empezar a ganar dinero cuanto antes.

Lo más urgente era cambiar el aspecto del laboratorio. Aunque fuese muy práctico, la gran mayoría de los instrumentos que Monardes tenía allí acumulados le daban un aire sórdido al lugar. Aquello podía ser aceptable e incluso deseable para un médico, pero Clara no se engañaba con respecto a lo que diría la gente si la encontraban a ella trasteando entre pócimas y redomas. Tenía muy presente la advertencia de Monardes con respecto a la Inquisición. Montó el laboratorio en la habitación que antes hacía las veces de cocina, en una mesa mucho más pequeña pero que sería igual de útil que la grande si se organizaba bien.

Aquella mesa descomunal era la mayor de sus preocupaciones. No era capaz de colocarla de forma que quedase bien, así que sudorosa y cansada después de muchas pruebas infructuosas, fue en busca de un carpintero. Le pagó dos reales de plata para que la partiese en dos mitades y les colocase patas adicionales.

—Estoy seguro de que esto no es lo que quieres, muchachita —dijo el carpintero con una sonrisa condescendiente—. Es una pena destrozar un mueble de tanta calidad. Por un par de reales más yo...

Clara se enfureció. ¿Por qué todos los hombres se creían que sabían más que ella?

—Haced lo que os he pedido o buscaré otro que lo haga —le interrumpió con malos modos.

El hombre apenas volvió a dirigirle la palabra, pero Clara tuvo que reconocer que hizo un buen trabajo. Una de las dos mitades la sacó al huerto, debajo de un saledizo que formaba el tejado. Le sería muy útil para hacer germinar las plantas más delicadas en pequeñas macetas, o preparar esquejes. Así no tendría que doblar tanto el espinazo.

La otra mitad la colocó atravesada cerca de la puerta, a modo de mostrador. Alta y muy ancha, no era fácil pasar por encima de ella ni rodearla, así que le serviría de protección si alguien entraba en la tienda con malas intenciones.

Porque ése era precisamente el plan de Clara. El médico siempre tenía la puerta cerrada, y no atendía a nadie sin realizar un severo escrutinio del cliente. No daba consejo ni remedio alguno si no sabía bien quién era el que lo solicitaba y, sobre todo, si podía permitirse pagar. Por el contrario Clara quería una tienda abierta, de libre acceso, como la carnicería o la panadería. Monardes le había sugerido que se convirtiese en boticaria, y eso iba a hacer. Ante todo el negocio tenía que parecer respetable.

Abrió las ventanas, dotó de luz a la estancia, barrió y limpió todo. Cubrió el nuevo mostrador con una flamante tela de color azul, que se llevó por delante una buena parte de sus mermadas reservas de dinero. Colocó tarros con las hierbas más comunes en una esquina de la mesa, para poder despacharlas con facilidad, y dejó a mano un cuchillo para desalentar a los ladrones. Escribió con letra grande una lista con los precios de los remedios, y la clavó en la pared a la altura de los ojos de los clientes.

Y cuando todo estuvo listo... nadie apareció.

Los primeros días después de inaugurar su nuevo negocio fueron una agonía. Tener la puerta abierta significaba que debía estar todo el rato pendiente de si llegaba alguien, con lo que no podía trabajar a pleno rendimiento en el huerto. Esas tareas debía dejarlas para primera hora de la mañana o última de la tarde, que por otra parte eran los mejores momentos para regar sin que el sol abrasase las hojas de las plantas. Ociosa, se sentaba junto al mostrador con un libro en la mano, al que apenas hacía ningún caso. Tenía la mirada fija en el rectángulo luminoso que daba a la calle, donde veía transitar cientos de personas sin detenerse. Algún curioso echaba un vistazo adentro al pasar, pero nada más.

Clara había encargado a un carpintero —otro diferente, menos bocazas que el primero— un letrero que ponía «Botica», y había colgado de él una rama de hinojo, como era tradición. Pero la única persona que entró durante la primera semana fue el abogado Del Valle, que llevaba los documentos definitivos para Clara. Le pidió un escudo para pagar las tasas de la escritura de propiedad, y la joven, abochornada, tuvo que pedirle que le fiase aquella suma.

—No sabéis cómo lo lamento. Con todo lo que habéis hecho por mí...

Del Valle pareció un poco molesto por tener que soltar aquel escudo de su propio bolsillo, pero en un gesto caballeroso intentó disimularlo.

—No te preocupes, ya me lo darás. ¿Qué tal va el negocio?

—Ése es el problema, don Manuel. Que no va. A este paso me moriré de hambre.

El hombre se encogió de hombros y se llevó la mano al sombrero con gracia.

—Ya verás como todo se arregla. Es cuestión de tiempo que la gente descubra que estás aquí. Los primeros clientes son los más complicados, y a los que mejor tienes que tratar, porque son quienes hablarán de ti a los demás.

La visita del abogado no alivió demasiado la angustia de Clara. Al contrario, el volver a hablar en voz alta con un ser humano tras varios días sin hacerlo agravó su sensación de aislamiento. Se dio cuenta entonces de lo sola que estaba.

Siguiendo un impulso, salió a la calle. Necesitaba volver

a hablar con alguien para sacudirse de encima aquella espantosa sensación. Recorrió las tiendas adyacentes, saludando a unas cuantas personas a las que conocía de vista pero con las que nunca había intercambiado más de dos palabras, pero notó que más de uno le rehuía la mirada, algo que le sorprendió. Nadie le devolvió el saludo.

Su extrañeza fue incrementando según avanzaba calle abajo, a medida que las caras se tornaban serias al verla. Se detuvo en una tahona, sin necesitarlo de veras. Había comprado varios panes un par de días atrás, y los conservaba en la alacena, envueltos en lienzo. Aún durarían hasta final de semana en buen estado. Entró allí simplemente para romper el silencio que la atosigaba.

El hombre que la atendió parecía el dueño, y cuando Clara le pidió el pan le alargó una hogaza pequeña y caliente. La corteza crujía ligeramente, y desprendía un olor suave y apetitoso que hizo rugir el estómago de la joven.

—Dieciséis maravedíes.

—Es muy caro —protestó ella, asombrada. El precio había aumentado en cuatro maravedíes desde la última vez.

—No hay trigo en ninguna parte —dijo el panadero, encogiéndose de hombros—. Dentro de poco tendré que hacer el pan con salvado.

Clara hurgó en su bolsa, fingiendo que no encontraba el dinero, mientras intentaba reunir valor para lo que necesitaba decir. A pesar de que llevaba mucho tiempo yendo a diario por aquella zona y haciendo los recados del médico, su carácter no la hacía propensa a pararse a conversar de manera casual con otras personas. Quien no la conociese de veras podría confundir su reserva con altivez. Se preguntó si era por eso por lo que todo el mundo se mostraba distante. Pero si era así... ¿por qué no lo había notado antes?

—Me llamo Clara, vivo en la antigua casa de Monardes. Veréis, tengo una botica y he comenzado a...

—Sé quién eres —le interrumpió el panadero—. No te molestes. Aquí nunca estamos enfermos.

Cogió el puñado de monedas de cobre que Clara puso encima del mostrador y desapareció en la parte de atrás.

—Pero...

—¡Nadie quiere tus hierbas aquí! ¡Márchate! —gritó el panadero desde el interior.

Clara se quedó inmóvil, confundida y humillada. Miró alrededor, buscando a alguien más, alguien que pudiese explicarle lo que acababa de suceder. En el otro extremo de la tienda, una mujer de mediana edad amasaba pan sobre el mostrador. Sus manos estaban embadurnadas de harina. Con cada vuelta que daba la masa sobre la madera, ésta despedía una nube de polvo que se iba posando sobre el rostro de la mujer, confiriéndole un aspecto fantasmal. Los ojos parecían faros negros en aquel mar blanco. Clara pensó que le recordaba a alguien.

—La gente va ahora al boticario en la calle de las Cañas —le dijo entre dientes, como si no quisiera que el hombre se diese cuenta de que hablaba con ella.

—¡Pero eso está al otro lado de la ciudad!

—No hay muchos sitios donde conseguir remedios por esta zona.

—Podrían venir a mi tienda.

—Nadie va a hacerlo, porque la gente tiene miedo. Hace un par de días pasó alguien por el barrio, amenazándonos con sacarle los ojos al primero que se le ocurra entrar en tu negocio.

Clara se quedó conmocionada al escuchar aquello. ¿Quién podía ser tan salvaje como para hacer una cosa así? Sólo se le ocurría un nombre.

—¿Era un tipo grande y rubio? ¿Con bigotes largos y una espada enorme?

—Sí, con acento flamenco.

Groot. Había estado allí, seguramente enviado por Vargas. Aquel malnacido no pensaba dejarla en paz.

—No puede ser —susurró Clara.

—De todas maneras hay mucha gente que no hubiera ido a tu casa, aunque nadie les amenazase. Al fin y al cabo eres una mujer.

La joven alzó la vista y miró enfurecida a la panadera. Apenas podía creer lo que estaba escuchando. Aquélla era una forma de pensar muy común entre los hombres, pero por lo general las mujeres solían apoyarse entre ellas. El frío desprecio con el que le hablaba la panadera era tan doloroso que sintió ganas de saltar por encima del mostrador y arrancarle el pelo a puñados. Había algo más en los ojos de aquella persona, una mirada que había identificado antes. Eran los ojos de quien siente que ha dejado más camino detrás del que tiene por delante, de quien ha quemado todas sus ilusiones. Esa clase de personas disfruta descargando su amargura sobre los más jóvenes. Sin duda la extraordinaria belleza de Clara y la envidia le servían de acicate.

—Vos también sois una mujer —fue todo lo que acertó a decir.

—Pero nadie se envenena con mi pan. No sé si pasaría lo mismo con tus hierbas. ¿Cómo puedo saber si me das casia o milenrama? No quiero que te equivoques con un remedio que vaya a darle a mis hijos. Los hombres son más fiables para estas cosas.

Clara comprendió a quién le recordaba la mirada amargada de la panadera. Era igual que la de su madre.

Salió del local sin decir palabra, masticando su rabia, volviendo al bullicio de la calle abarrotada a última hora de la tarde. Los días se volvían más frescos, anunciando un otoño que llegaría despacio y sin alboroto, como era habitual en Sevilla.

Estaba tan furiosa que caminó entre la gente sin darse

cuenta de por dónde iba. Cuando reparó en que seguía llevando el pan en la mano, su vista se le hizo insoportable y lo arrojó lejos de sí. Se arrepintió enseguida de lo que acababa de hacer, pero ya era demasiado tarde. Un chiquillo medio desnudo surgió de detrás de unas cajas y se lanzó sobre el pan. Iba a llevárselo a la boca cuando apareció otro niño y le golpeó en la nariz. El primer niño rompió a llorar, y su sangre salpicó el pan, pero tuvo que soltarlo finalmente. Otros críos salieron del mismo sitio y se pelearon por aquel alimento a dentelladas. En pocos instantes lo habían devorado, como animales. El primero de los muchachos se tuvo que conformar con unas migas que cayeron al suelo. La nariz le seguía sangrando mientras se las metía lastimeramente en la boca.

—Muchacho, acércate.

El niño miró a Clara con los ojos anegados de miedo, y fue a darse la vuelta corriendo, pero la joven lo agarró antes de que escapase. Siempre llevaba un cuadrado de lienzo blanco en la bolsa por si necesitaba envolver algo. Lo usó para restañar la sangre de la nariz del chico. Apoyó el índice y el pulgar sobre el caballete, comprobando que estaba firme. Al menos no estaba rota.

—Echa la cabeza hacia atrás. Así. Pronto dejarás de sangrar.

El resto de los niños habían desaparecido por un callejón cercano tan pronto como la vieron acercarse. Ella miró a aquel crío. No debía de tener más de siete u ocho años. Sus ojos eran grandes y almendrados, y estaba tan delgado que podías contarle todos los huesos del cuerpo.

—¿Cuándo fue la última vez que comiste?

—Ayer encontramos unas mondas de patata —dijo el niño, encogiéndose de hombros.

—¿Aquéllos eran tus amigos?

—Sí. Venimos aquí a oler el pan. ¿Puedo irme ya?

Suspirando, Clara echó la mano a la bolsa de nuevo y sacó su último real de plata. Era todo lo que le quedaba de las reservas de Monardes.

—Escúchame. ¿Ves esta moneda?

El chico asintió. Apenas podía apartar los ojos de ella.

—Quiero que entres a la tahona y pidas una hogaza mediana. Sabe Dios cuánto vale ahora. Cómetela allí mismo, y si sobra dinero escóndetelo bien y úsalo para comer mañana. ¿Me has comprendido?

El muchacho tomó el real de plata de la mano, casi con reverencia, y luego salió corriendo hacia la tahona sin dar las gracias ni mirar atrás.

Clara no se engañaba. Sabía que aquél había sido un gesto inútil. Aquel niño no lograría superar el invierno, pero al menos ella no había vuelto la mirada hacia otro lado. Cada vez había más niños perdidos por las calles, arrojados a la mendicidad y a la muerte por los adultos.

La joven comprendió que aquéllos se ocultaban cerca de la tahona simplemente para engañar a su estómago con el olor a pan recién hecho que salía del local. La furia con la que se habían peleado por aquella hogaza la dejó trastornada. Aquello era la auténtica necesidad, lo que se producía cuando no tienes absolutamente nada. Un relámpago de certeza la invadió cuando se dio cuenta de que ella podía acabar como aquellos chiquillos si no conseguía pronto que comenzasen a acudir clientes a su botica.

Eso, o regresar junto a Vargas.

Jamás en su vida había tenido tanto miedo ni se había sentido tan perdida.

l día siguiente, Clara tuvo dos visitas.

Cada una, a su manera, iban a cambiar la vida de la joven, aunque ella no lo supiese. Y eran las dos personas que menos hubiese sospechado que fuesen a entrar en su botica.

La primera de ellas apareció al caer la tarde, cuando Clara ya se planteaba cerrar la puerta, dar otro día más por perdido y dedicarse al huerto. Estaba leyendo una floja traducción al castellano del *Humani corporis anatomia*, del italiano Achillini. Monardes le había intentado enseñar latín y árabe, que eran las lenguas en las que estaban escritas la mayoría de los tratados de medicina, pero la joven no tenía talento para los idiomas. El médico se desesperaba, pues aunque ella era capaz de recitar de memoria medio millar de recetas distintas, en latín no pasaba de la tercera declinación.

Por fortuna los libros más importantes podían encontrarse en español, y Monardes había acabado cediendo y comprándole algunos. Liberada de la traba del idioma, Clara los había leído de cubierta a cubierta una docena de veces. Aquel tratado de anatomía era uno de sus favoritos. Tan absorta estaba en la lectura que no se dio cuenta de que alguien acababa de entrar en la tienda hasta que la visitante habló.

—Puedo asegurarte que rara vez son tan grandes.

Clara alzó la vista del libro. La página que estaba leyendo contenía una detallada ilustración de un pene humano, en estado de reposo y erecto. El texto describía cómo se pasaba de uno a otro, argumentando distintas teorías desde Aristóteles a Avicena. Ninguna de ellas hubiera servido para explicar por qué Clara se puso roja y cerró el libro de golpe, al tiempo que se ponía en pie.

El sol que entraba por la ventana de la calle dejaba a su visitante a contraluz, por lo que al principio Clara pensó que se trataba de la panadera. La mujer llevaba el rostro cubierto de un polvo blanquecino, que fue lo que engañó a la joven. Pero en un segundo vistazo comprendió que lo que había tomado por harina no era sino albayalde, la sustancia con la que las mujeres se maquillaban. Una piel pálida era sinónimo de que su poseedora no tenía que trabajar al sol, mientras que los tonos tostados como el de la joven boticaria eran indicativo de todo lo que la sociedad consideraba inferior.

Desde luego no había nada de común en aquella mujer, y Clara no pudo evitar mirarla de arriba abajo con sorpresa. Todo en su atuendo llamaba la atención, desde el prominente escote hasta el vestido, de un color verde chillón con un bordado de flores. Aunque Clara no lo había percibido al principio —pues la botica era un lugar donde los olores de los remedios fluían y pugnaban entre sí—, la mujer se había perfumado con agua de rosas. El conjunto era tan llamativo como indefinido, y se dio cuenta de que hubiera sido incapaz de precisar la edad de su visitante. Tanto podía tener veinte años como cuarenta.

El contraste de sus ropas con el sencillo vestido marrón —el único que poseía— que llevaba Clara era tan enorme que tuvo que reprimir las ganas de alisarse la falda poniendo ambas manos sobre el mostrador.

—¿Has terminado de mirar bien? —dijo la mujer con una mueca divertida.

—Lo lamento, señora —dijo Clara, avergonzada de nuevo—. No suelo recibir a mucha...

—¿Gente como yo, quieres decir? —le interrumpió la otra con frialdad.

—A gente, en general. No debería decirlo, pero vos sois mi primer cliente en las dos semanas que lleva abierta la botica. ¿En qué puedo serviros?

El tono de la visitante se suavizó un poco.

—Verás, el caso es que... en fin, no me resulta fácil decirlo, chica, y voto a tal que a la Puños no le han faltado nunca palabras.

Clara le dedicó una sonrisa comprensiva. Había visto muchas veces pasar consulta a Monardes, y ése precisamente era uno de los grandes defectos del médico. A menudo los pacientes no sabían comunicar bien sus síntomas, ya fuera porque éstos les avergonzaban o porque no eran capaces de identificarlos. Monardes, impaciente, solía hacerles multitud de preguntas, a veces desabridas, para averiguar qué era lo que tenían o creían tener. Como resultado los pacientes se ponían aún más nerviosos e incluso llegaban a marcharse indignados. El médico, que era de naturaleza orgullosa, se limitaba a encogerse de hombros cuando esto sucedía.

—Mi casa, mis normas. Ya volverán.

La mayoría de las veces era cierto, pero Clara no estaba de acuerdo con aquella manera de actuar. Alguien como la joven esclava, que vivía constantemente bajo el yugo de su condición, sabía bien que las palabras podían llegar a ser tan dolorosas como una úlcera o un hueso roto. El sufrimiento podía ser aliviado también con amabilidad. Cuando le habló de sus pensamientos al médico éste la mandó a rellenar los aljibes de muy malos modos. Pero algo debieron de calar sus palabras porque a partir de entonces Clara notó cómo intentaba moderarse con los pacientes.

—Pasad por aquí, y sentaos, por favor —le dijo Clara a su visitante.

Ésta pareció reacia al principio a cruzar la barrera que suponía el mostrador, pero acabó accediendo. Clara le acercó una silla y se sentó frente a ella.

—Estamos solas, así que podéis hablar con total libertad. Vuestro asunto es de índole... ¿íntima?

—¿Íntima? —repitió la otra, sin comprender—. Íntimo es mi negocio, sí, pero no tiene nada que ver con eso.

Aquello no era de mucha ayuda. Clara se mordisqueó la cara interior de la mejilla, buscando la manera de abordar a la visitante. Ahora entendía a Monardes mucho mejor.

—Si pudierais darme alguna indicación de lo que os ha traído hasta aquí... Podríais contarme por ejemplo vuestro nombre y ocupación.

—Me llamo Lucía, y apellido no llevo porque fui abandonada en una iglesia, pero todos me llaman la Puños. Y en cuanto a lo que me dedico no vengas con ésas, chica. ¿A santo de qué venía entonces la mirada de arriba abajo que me has echado cuando he entrado por la puerta?

—Bueno, pensé que tal vez fuerais una dama de alta cuna, o quizás... —mientras Clara hablaba, todas las piezas del rompecabezas iban cayendo en su sitio. El vestido chillón, el maquillaje, y la burda referencia a los penes, hecha con la ácida ironía de quien ha visto muchos en el ejercicio de su profesión. La joven se maldijo por no haberse dado cuenta antes, al tiempo que intentaba poner cara de circunstancias—. Oh. Ya veo.

La mujer no dejó escapar un sonido, a medio camino entre la carcajada y el asombro.

—No puedo creerlo. Vaya, te he juzgado mal, mi alma. Creí que eras una estirada como todos los demás, y resulta que eres inocente como un niño de teta. Pero mírate bien, si acabas de caerte del nido. ¿Qué diablos haces regentando un lugar como éste? A ver si me vas a confundir una margarita con un huevo frito.

A diferencia de lo que le había ocurrido con la panadera, a Clara le divirtieron las dudas de la prostituta. Tan sólo era un intento desenfadado de romper el hielo, y de paso demorar un poco lo que la había llevado hasta allí. El hecho de que alguien con una profesión que dejaba tan poco espacio a la intimidad guardase aquellas reservas le pareció admirable.

—Señora...

—No me llames señora, que se me hace muy fino. ¿Tú cómo te llamas?

—Me llamo Clara. ¿Vais a decirme ya qué os sucede?

La Puños se inclinó un poco hacia adelante y susurró algo al oído de Clara, que asintió con preocupación.

—¿Cuándo fue la última vez?

—Hace una semana, mi alma. Y ando más apretada que el jubón de un jorobado.

—Esperad un momento.

Clara fue hasta el pequeño laboratorio que había instalado en la habitación contigua y tomó un brasero, un trípode y un cacillo. Los colocó sobre el mostrador, puso agua a hervir en el recipiente y fue añadiendo ingredientes de varios tarros. Al cabo de un rato lo apartó del fuego y lo dejó reposar hasta que la mezcla tomó un color marrón verdoso. Lo vertió a través de un colador en una taza de barro y se la tendió a la Puños, que lo miró desconfiada.

—¿Qué lleva esto?

—Raíz de achicoria, uña de gato y semilla machacada de llantén. Bebedlo a pequeños sorbos, aún está caliente.

Mientras la mujer tomaba la infusión, Clara se ausentó un momento y regresó al cabo de un rato con un puñado de hojas grandes y anchas.

—¿Y eso qué, tengo que comérmelas como si fuera una vaca?

—¿Esto? No tiene importancia. Por favor, si no os importa quedaros un rato más me gustaría que charlásemos un rato. La verdad es que hace tiempo que me siento bastante sola.

La Puños se puso muy ufana al escuchar aquello, y demostró enseguida que, para cualquier asunto que quedase fuera de su dolencia presente, no le faltaban palabras. Habló a Clara de su infancia en un orfanato, del que se había escapado a los doce años. Durante el relato, Clara pudo ver al ser humano detrás del maquillaje y el vestido chillón, y comprendió que la Puños llevaba ambos como una armadura, para proteger los retazos de dignidad que le quedaban. Su historia, aunque trágica, era por desgracia demasiado común en aquellos tiempos. Sin familia ni dinero, las muchachas que no quedaban pronto protegidas por un marido o por las paredes de un convento no tenían más salida que la que había tomado la pequeña Lucía once meses después de su huida.

—Ya no podía más, de hambre y de frío. Estaba más flaca que una raspa de sardina, mi alma. Llamé a la puerta del Compás una tarde, y las chicas me acogieron. Me cuidaron hasta que estuve lo bastante fuerte para trabajar.

—¿Y no tuvisteis miedo? La primera vez que...

—¿Que me abrí de piernas? Asco sí, que al señor aquel le cantaba el pozo a sofrito de ajos. Pero no miedo. El virgo ya se me lo había llevado un fraile en el orfanato. Por eso me escapé. Mira tú, para lo que me sirvió...

La Puños se interrumpió de repente, con la cara congestionada. Durante un momento se quedó absolutamente inmóvil, como si no pudiese precisar muy bien el origen del mal que la afligía.

Se llevó la mano a la barriga y miró a Clara con ojos suplicantes.

—Por favor... yo... necesito...

Clara le tendió el puñado de hojas y le señaló la puerta que daba al huerto.

—En la tierra, por favor. Las plantas os lo agradecerán.

La Puños caminó hacia la puerta, intentando no correr y haciendo visibles esfuerzos por mantener la compostura. Al regresar unos minutos más tarde, parecía otra persona distinta. Se había lavado la cara y quitado la mayor parte del maquillaje, aunque aún le quedaban churretes blancos cerca de las orejas y del nacimiento del pelo. Con ello le habían caído varios años encima. Clara calculó que llevaría bien mediada la treintena, pero seguía siendo hermosa.

—Espero que no te importe, he cogido un poco de agua del pozo para refrescarme —dijo mientras se sentaba de nuevo junto a Clara.

—Al contrario. Precisamente de eso quería hablaros. Veréis, es posible que la causa de vuestro problema no sea sólo la alimentación. Es más, me atrevería a decir que no es eso lo único que os ocurre. ¿Os duele la cabeza?

Clara le acercó un paño limpio, y la Puños terminó de secarse la cara y de limpiarse los restos de maquillaje, al tiempo que se tiraba del cabello hacia atrás para facilitarse la labor.

—A veces, sobre todo por las tardes. Pero eso debe de ser por tirarme todo el día trabajando. Hay días que ahí abajo parece el Arco de la Macarena, de toda la gente que pasa...

—Puede que haya otro motivo. ¿Tenéis dificultad para dormir?

—Mi alma, que en mi negocio no hay horarios. Si llegan cuatro borrachos a las cinco de la mañana, me toca levantarme y mirar para Granada. Rara es la noche en la que puedo dormir a pierna suelta.

—Me refiero a que si tenéis problemas para conciliar el sueño.

—Sí, últimamente me cuesta mucho. Y cada día estoy más cansada.

—Creo que tenéis un problema con los polvos que os ponéis en la cara y en el pecho. Están hechos con plomo, que es venenoso para vuestro cuerpo.

—¡Pero si mucha gente los usa, mi alma! —dijo la mujer, meneando incrédula la cabeza.

Clara se levantó y tomó un pequeño volumen de la estantería que había al fondo de la habitación. Aunque estaba escrito en latín y de él no existía traducción, Monardes le había leído páginas completas que hacían referencia a enfermedades poco conocidas. Clara se lo mostró a la Puños, esperando que ésta creyese en su palabra y no le obligase a leérselo, porque no quería poner de manifiesto su ignorancia del latín. Clara se sentía culpable por la manera vicaria en la que había adquirido sus conocimientos. Pensaba que había comprado demasiado barata la sabiduría que a Monardes le había costado tanto ganar.

—Este libro lo escribió un antiguo soldado romano que se convirtió en médico, hace muchos siglos. Cuenta cómo la gente se envenenaba con el plomo, y los primeros síntomas eran los mismos que tenéis. El albayalde lleva ese metal, y cuanto más os ponéis, más entra en vuestro cuerpo a través de la piel. Tenéis que dejar de emplearlo cuanto antes.

—Los dolores de cabeza no son para tanto.

—Pero la muerte sí lo es, Lucía. Si no me hacéis caso, eso es lo que os pasará.

La prostituta bajó la cabeza y se quedó pensativa. La joven vio como sus hombros se agitaban y comprendió que estaba llorando, y que apretaba los labios con fuerza para que Clara no se diese cuenta. Se levantó y le colocó una mano en la espalda para consolarla. Los sollozos entonces se derramaron, libres, durante varios minutos. Finalmente la Puños se puso en pie y le tomó la mano derecha entre las suyas.

—Gracias. Por usar mi nombre, por atenderme, por decir la verdad. No sabes lo que significa ser puta en Sevilla, mi alma. No tienes ni idea de lo que supone que te señalen en la plaza, o de que muchachos que no tienen edad para afeitarse te enseñen el rabo cuando pasas a su lado. Pero lo peor es lo que te haces a ti misma, mi alma. Lo que sientes cuando estás en el callejón y un rico caballero te mira como si fueras un trozo de carne, y acaba yéndose con otra que tiene diez años menos que tú. Y te maldices, y ya no sabes cómo sacarte las arrugas de la cara. Cuando ni los polvos ni los afeites son suficientes. Si ahora dejase de usar albayalde, no tardaría en morirme, pero de hambre, mi alma. Sobran crías de quince que parecen una estatua en el catre, pero tienen la carita lisa y el culo como una piedra.

Clara no contestó, pues no había nada que ella pudiese decir que paliase la implacable realidad que la Puños acababa de resumir. Se limitó a devolver el apretón hasta que una tenue sonrisa acabó abriéndose paso en el rostro de su paciente. «Mi primer paciente», se dijo la joven.

—Os prepararé unas infusiones de vulperia para el dolor de cabeza. Y más remedio como el que habéis tomado antes.

La Puños rodeó el mostrador y aguardó allí fuera, mientras Clara trasteaba entre los frascos y ponía los remedios en pequeños paquetes de papel. Cuando todo estuvo listo, la mujer sacó su bolsa y miró inquisitivamente a Clara.

—Serán veinte maravedíes por las hierbas.

—¿Y por vuestros consejos? —dijo la otra, alzando una ceja al escuchar la cifra.

—No puedo cobraros por eso. No soy médico.

—Yo no puedo pagar un médico, mi alma. Si fuese a un cura de los que presumen de sanar, me diría que lo que tengo es el pecado dentro del cuerpo. Un barbero me sangraría. Y si hubiese ido a otro boticario, ¿sabes qué habría pasado? Tal vez me hubiera dado una infusión como tú, pero no me habría pedido que me quedase a charlar con él. El remedio me habría hecho efecto en mitad de la calle.

La Puños hurgó en la bolsa y sacó un real de plata. Era casi el doble de lo que había pedido Clara.

—Esto es lo que cobro cada vez que me tumbo en el catre. Voto a tal que los clientes menguan, y que la mitad de este real se lo llevan los bravos que nos chulean. Pero que el diablo me lleve si lo que tú has hecho por mí no vale al menos tanto como esto —dijo poniendo la moneda sobre el mostrador con delicadeza.

Clara sonrió, agradecida. El gesto de aquella mujer era tan grande que le había dejado sin palabras. En aquel instante se le olvidaron de golpe los largos días de soledad y el miedo que había sentido al salir de la panadería el día anterior.

—Volvería a hacerlo las veces que hiciesen falta.

—No lo digas tan pronto. Nosotras somos muchas, y no hay día en que una de nosotras no tenga un ¡ay! —La mujer dudó un instante antes de continuar, como si tuviese miedo de la respuesta de Clara—. Me gustaría que pasases a vernos de vez en cuando. Es decir, no es un sitio agradable, pero por las mañanas no hay casi hombres y...

—Me encantaría, Lucía. Me gustaría mucho, de verdad. De hecho, lo necesito. Ya veis que los clientes no me sobran —dijo señalando a su alrededor.

—Pues ya vendré dentro de unos cuantos días para escoltarte hasta allí. No es lejos, pero no está bien que una pardilla como tú vaya sola al Compás. Y ahora te dejo, que ya es de noche y la Puños tiene muchas batallas que librar.

Se dirigió a la puerta, pero al llegar a ella dio un paso hacia atrás y se volvió hacia Clara. En la entrada había un hombre esperando.

—¿No decías que no tenías clientes? ¡Pues aquí tienes

uno, y buen mozo! —dijo la mujer, haciéndole un guiño lascivo al nuevo visitante.

—Mi señora —dijo el hombre quitándose el sombrero con galantería.

—Pase luego por el Compás, señoría, y pregunte por la Puños. No se arrepentirá.

El hombre no respondió, sólo esperó a que la otra saliese antes de entrar. El crepúsculo había cubierto la calle, y Clara no podía verle el rostro. Sintió una punzada de inquietud. Buscó la vela y la palmatoria que guardaba debajo del mostrador, pues la botica estaba casi a oscuras.

—¿En qué puedo serviros? —dijo mientras trataba de encender la vela.

—Me serviré yo mismo —respondió el hombre, cerrando la puerta a su espalda.

Con paso firme caminó hasta el mostrador, apoyó una mano en él y lo salvó de un salto que a Clara le pareció imposible. Sus botas apenas levantaron una tenue nube de polvo sobre el suelo de tierra al aterrizar, con las rodillas flexionadas y una pose elegante que a la joven le recordó la de un animal salvaje. Por un instante se quedó tan admirada que se olvidó de sentir miedo. Al fin atinó a prender la vela. Con la palmatoria en una mano y el cuchillo que guardaba entre los tarros en la otra, se volvió para enfrentarse al intruso, temiendo que se echase encima de ella en cualquier momento.

Pero éste no hacía el menor caso a Clara, y miraba a su alrededor con aire desorientado.

—Maldita sea, todo está cambiado de lugar.

Se dio la vuelta y vio a la joven con el cuchillo en la mano.

—Ni un paso más u os saco las tripas.

—Debéis de estar de broma, ¿no?

Clara dio un grito y se lanzó contra el hombre con el cuchillo por delante, pero el intruso se limitó a hurtar el cuerpo y aferrarle el brazo con el que enarbolaba el arma, arrebatándosela.

—Esto no os hará falta —dijo. Se acercó hasta la librería de nogal que contenía los tratados médicos y colocó el puñal en la última estantería, lejos del alcance de Clara. Luego volvió junto a ella—. ¿Os importaría prestarme la vela?

—¿Para que podáis robar a gusto? Aquí no hay nada de valor.

—Estáis doblemente equivocada. No vengo a robar, sino a por algo que me pertenece. Y sí que tiene valor, al menos para mí. ¿Me prestaréis la vela o tendré que quitárosla como hice con el cortaplumas que llevabais antes?

Clara, enfurecida, levantó la palmatoria para atizar al intruso en la cabeza, cuando la luz de la llama arrancó un destello verdoso de los ojos del intruso. Unos ojos que Clara aún no había conseguido olvidar.

—¡Sois vos! ¡El chico del enano!

El intruso esbozó una mueca burlona.

—Vaya, así que no olvidáis a vuestras víctimas.

La joven apartó la vista, avergonzada. Lo que había ocurrido aquel día le había pesado en la conciencia durante mucho tiempo. Había seguido la orden de Monardes de buscar a la guardia, una orden dictada por el miedo del médico, de forma irreflexiva. Aquel muchacho no les había hecho nada malo. De hecho a ella incluso la había salvado meses atrás en la plaza del mercado, cuando ella había acusado de asesino al marqués de Aljarafe. La conciencia y el corazón de Clara le habían declarado inocente del delito por el que se lo llevó la guardia, pero su cerebro repetía machaconamente una excusa para atenuar el remordimiento que sentía.

Y el orgullo se la hizo decir en voz alta.

—Erais un ladrón que había entrado en casa de mi amo con un moribundo en brazos. Me limité a cumplir la ley —dijo intentando aparentar frialdad.

La sonrisa burlona del intruso tembló ligeramente, como un trapo agitado por un viento inesperado, pero enseguida volvió a su posición inicial.

—Vaya, qué rápido invocáis las leyes. ¿Os referís a las mismas que permiten a un amo matar a un esclavo que se fuga? No parecíais muy conforme con esas leyes el día que nos conocimos.

Clara, cogida en falta, buscó una réplica adecuada pero no consiguió dar con ella. Soltando un bufido de exasperación se apartó del intruso y fue hasta el laboratorio a buscar un candil. Cuando regresó, a la luz más potente de la lámpara de aceite, comprobó que el muchacho flacucho al que habían sacado a rastras de aquella casa se había convertido en un joven apuesto, de anchos hombros y manos de dedos largos y fuertes. Sus ropas eran de calidad, y llevaba una espada sencilla colgada al costado, que le levantaba ligeramente la capa por detrás.

«Lo único que no ha cambiado en él son esos ojos verdes», pensó Clara, intentando no mirarlos directamente.

—¿Me diréis ya qué es lo que queréis? Tengo un huerto que atender.

—Cuando los guardias me prendieron, yo tenía algo en la mano, el último regalo de mi maestro. Tuve miedo de que me lo quitaran, así que en medio del forcejeo me arrojé al suelo y lo escondí junto a la pata de la mesa que había antes aquí.

Clara asintió.

—Creo que sé lo que buscáis.

Fue hasta el mostrador y hurgó entre los enseres hasta dar con una bolsa de tela. Rebuscó en su interior y sacó un pequeño objeto, que le entregó al intruso. Éste lo acercó a la luz, y un torrente de emociones asomó por su rostro durante un instante, como una ventana que se hubiera abierto de pronto en una casa aparentemente vacía, dejando entrever la agitada vida de sus ocupantes.

Lo que sostenía el joven era una figurita de madera, pequeña e inacabada. El rostro, tallado con gran habilidad, aparentaba el de un niño, pero la barba y la expresión de los ojos sugerían alguien de mediana edad. Clara imaginó que esa talla representaba al enano que había muerto en aquella habitación, pero no estuvo segura hasta ese momento. Cuando Bartolo llegó, su rostro estaba cubierto de sangre y tan deformado por los golpes que era imposible hacerse una idea de cuál había sido su aspecto normal.

—Lo encontré el día que comencé con las reformas de la botica. No sabía que era vuestro —dijo Clara. Y sin embargo un inexplicable presentimiento le había hecho conservar aquel objeto extraño, en lugar de tirarlo o regalárselo a algún niño por la calle.

—Yo... gracias —dijo el intruso, levantando por fin la vista de la figura y clavando sus ojos en los de la joven boticaria. Clara sintió un hormigueo en el centro del pecho, y por un instante contuvo la respiración, mientras aguardaba las siguientes palabras que salieron de la boca del joven, que resultaron ser una decepción—. Vos... ¿vivís ahora aquí? Creía que erais esclava de Vargas.

—Lo sigo siendo, pero eso a vos no os incumbe —dijo ella, cortante. Esperaba algo distinto del intruso.

—Será mejor que me vaya —respondió el joven, espantado por la frialdad en la voz de ella. Se dirigió a la puerta, pero esta vez no dio un brinco por encima del mostrador, sino que lo rodeó. Clara lo lamentó. Hubiera dado cualquier cosa por ver cómo repetía el salto que había dado al entrar.

—Sí, será lo mejor. Y ni se os ocurra volver a aparecer por aquí, Sancho de Écija.

Sancho se detuvo en la puerta y se volvió hacia ella. La mueca burlona estaba de nuevo en su rostro cuando se tocó el ala del sombrero para saludarla.

—No se me ocurriría, Clara. Ni en un millón de años.

LIV

En la orilla oeste del Betis, muy distinto a la ciudad del otro lado, existe el pueblo de Triana. Apenas tres mil habitantes, frente a los ciento cincuenta mil sevillanos. Para el viajero incauto podría parecer un simple municipio tranquilo, en el que detenerse a refrescarse antes de aventurarse a cruzar el Puente de Barcas, algo que siempre provoca respeto. De día puede mantenerse la ilusión de paz, sostenida a duras penas si el viajero no abandona el ancho Camino Real, que conduce directo al puente. Pueden ignorarse las miradas torvas y los silencios hoscos. Al fin y al cabo, a tiro de piedra se ven las murallas de la capital del mundo, la metrópolis fundada por el propio Hércules, que encierran todo lo que el corazón humano puede desear.

Por la noche, sin embargo, la ilusión de paz se resquebraja. Como un cuadro que de pronto cobrase vida, los habitantes de Triana resurgen con el crepúsculo. Ellos no tienen la protección de las murallas, carecen del icono que representa la catedral, pero tampoco los necesitan. Ningún enemigo podría sobrevivir a un asalto en Triana, ni encontraría en ella nada que pudiese o mereciese ser conquistado.

El edificio más grande del pueblo es el castillo de la Inquisición, cuyos gruesos muros ahogan en su interior los gritos de los condenados. Los fieles dicen que es un contrapeso al mal que se esconde en Triana. Los hampones, mucho más avisados, saben que las maldades que en el castillo se cometen hacen pequeñas las suyas. Unos y otros se consuelan con tan opuestas conclusiones.

Hay una escuela en Triana, lugar favorito de los gatos callejeros, que gustan de merodear entre sus ruinas. También dos molinos de pólvora, enormes y peligrosos, que almacenan centenares de barriles del mejor explosivo que se fabrica en Europa. Hay quien dice que es una locura tenerlos en mitad de una población, por el riesgo de que ocurriese un desastre. Son muchos más los que piensan que poco se perdería si explotasen, aparte de la pólvora.

Hay también artesanos y tenderos en Triana, que maldicen cada minuto de sus vidas y sueñan con ir a la otra orilla. Hay también niños en Triana, con sus rodillas costrosas y sus liendres, pero sin andrajos. Mucho se dirá de los trianeros, pero tratan mejor a su prole que los sevillanos. No verás en la orilla oeste del Betis a un bebé abandonado frente a una iglesia o devorado por los perros. Y aunque como en Sevilla a los niños los inunde el hambre y la tiña, aquí al menos ninguno va desnudo.

El resto de la ciudad lo forman casas bajas y calles estrechas, ni una sola de ellas recta. Convergen unas sobre otras, creando un laberinto de adarves, callejones sin salida y puntos muertos del que nadie que no conozca el camino podría escapar. En ocasiones, incluso sus propios habitantes se confunden entre giros y recovecos. Allí jamás se aventuran, por descontado, los alguaciles.

Por la noche las calles se vuelven una jungla oscura e impenetrable. Y en el centro de esa tela de araña, en una casa de aspecto anodino, vive Monipodio, el Rey de los Ladrones. Quienes visitan su Corte saben que la casa es en realidad la unión de varias, a las que se les han demolido las paredes interiores y reformado los muros que las separan, creando en la planta baja una enorme sala donde el hampón ha puesto su trono de madera. No hay hombre más protegido en la región. Nadie puede alcanzar el lugar si no pertenece a la cofradía de ladrones.

Cada noche, Monipodio desciende de sus habitaciones en la planta superior y recibe a sus súbditos. Hay comida en abundancia, y también vino. Ollas burbujeantes repletas de algún cocido de casquería, como callos o riñones. Cangrejos de río, liebre asada en alguna de las tres chimeneas, un cochinillo a medio trinchar nadando en mantequilla. Nunca más de un centenar de personas ni menos de medio disfrutan a diario del banquete, que se inicia cuando en Sevilla la gente comienza a refugiarse en sus casas y atranca las puertas. Se cuentan historias de los últimos robos, se planean golpes, se echan las cuentas.

Cuando la comida y los planes se han masticado, se apartan mesas y taburetes para dar paso a una música primitiva, tribal, estremecedora. Uno rasca una guitarra a la que le falta una cuerda, otro hace unas castañuelas con un par de conchas, otro menea una botella rellena de piedras y huesos. Las putas saltan al centro de ese corro, y bailan una danza provocativa, un flamenco sensual. En ocasiones se levantan el vestido para enseñar fugazmente el culo o las tetas, y el auditorio se enardece a pesar de conocer de sobra ese paisaje. Aúllan enloquecidos, como una manada de lobos que celebra su poder, sobre el bosque y cuanto contiene. Quienes allí se reúnen saben quiénes son de verdad los dueños de Sevilla.

Pero la música lleva ya un par de semanas sin escucharse. Las miradas hoscas han sustituido a la lascivia, la sospecha a la lujuria. En los banquetes se consume menos comida, y los hampones bajan la voz cuando hablan del tema que los atormenta. Tienen muy presente lo que hizo Monipodio cuando alguien le abordó directamente para preguntarle qué pensaba hacer al respecto de los Fantasmas Negros. Su sangre aún permanece sobre las baldosas.

En su trono, alejado de las mesas de sus súbditos, el Rey apenas toca los alimentos que le sirven sus concubinas. En lugar de ello contempla el fuego con la mirada perdida. Sus ojos hundidos parecen más que nunca dos cuencas vacías. Está tan inmóvil que pasaría por muerto, a excepción de los nudillos de su mano derecha, que aparecen blancos por el esfuerzo con el que aprieta la empuñadura de su alfanje. Pero no hay nadie contra quien descargarlo, y eso está matando a Monipodio.

Todo comenzó cuando llegaron las noticias de la muerte de Cajones. El cuerpo del perista había sido encontrado a la mañana siguiente por dos cortabolsas que solían llevarle cadenas de oro y pequeñas medallas que afanaban en las plazas. Al tocar la puerta ésta se abrió, y los cortabolsas huyeron a Triana despavoridos al ver lo que había sucedido.

Aquella incursión había enfurecido a Monipodio, que la había tomado por el ataque de una banda rival o de alguien dentro de su propia organización. El hampón interrogó a los cortabolsas durante horas, con una buena ración de golpes para asegurarse de que le decían la verdad. También a los más díscolos de entre los suyos, sin resultados. Nadie parecía saber nada.

No era la primera vez que el Rey hacía frente a un desafío a su autoridad, y para estas situaciones tenía una receta infalible, consistente en ir matando a los sospechosos hasta acertar con el culpable. Sin embargo, en esta ocasión la solución no iba a ser tan sencilla. La noche después del asalto a casa de Cajones, un par de animeros amanecieron colgados de una fuente cerca del Postigo del Aceite. Con las manos atadas y completamente desnudos, pero vivos.

Aquellos embaucadores utilizaban un truco muy común en aquellos tiempos. Se disfrazaban de frailes y paseaban de madrugada por las calles, dando grandes voces bajo las ventanas de las casas, prometiendo rezos por los difuntos de los moradores. Aquellos que tenían familiares que habían muerto recientemente solían arrojar algo de dinero por la ventana, mientras que los demás tiraban una piedra o el contenido de sus orinales. Mal que bien, los animeros se volvían a casa al alba con un puñado de maravedíes. Cada jornada, excepto la noche en la que, según juraban, unas manos invisibles habían surgido de la oscuridad y los habían dejado inconscientes. Uno de ellos llevaba un cartel colgado del cuello, que uno de los lugartenientes de Monipodio le llevó aquella misma mañana. Con los ojos inyectados en sangre y la voz áspera, el Rey le había dejado muy claro que si alguien hablaba del contenido del cartel acabaría en el río con la lengua cortada.

A la noche siguiente no hubo uno, sino dos ataques. Alguien destruyó el taller de unos apóstoles, los cerrajeros clandestinos de la cofradía de ladrones, que facilitaban llaves maestras y abrían toda clase de cofres y arquetas. Y una hora después unas sombras oscuras irrumpieron en la casa donde un grupo de dacios —secuestradores de niños— retenían al primogénito de una familia adinerada, por el que pedían un cuantioso rescate.

Monipodio interrogó a los testigos hasta el hartazgo. Las versiones de todos eran muy parecidas. Hombres vestidos de negro, surgidos de la nada. Manos fuertes, espadas rápidas, filos en la garganta de las víctimas. Ni una sola palabra. Tampoco muertos, aparte de lo sucedido con Cajones, aunque a los secuestradores de niños les habían propinado una buena paliza. Algunos dicen que los acompaña un monstruo enorme de dos cabezas, otros simplemente que es un negro descomunal. No hay precisión en los detalles, pues lo primero que hacen los misteriosos asaltantes es arrojar al suelo los quinqués o apagar las velas de un manotazo. Ejecutan su labor en completo silencio, y desaparecen tan fugazmente como aparecieron.

Y siempre, en cada ocasión, dejan un cartel con la misma frase.

EL REINADO

DE MONIPODIO

VA A TERMINAR

El hampón hizo lo que pudo para mantenerlo oculto, pero al final el contenido del cartel acabó conociéndose. La gente murmuraba a sus espaldas, ya que no podían pedirle ayuda directamente. En un absurdo error de cálculo, la negativa del Rey a admitir lo que estaba ocurriendo delante de su Corte contribuía a dar una dimensión aún mayor a los ataques. La cofradía de los ladrones bautizó a los misteriosos desconocidos: los Fantasmas Negros. Y como toda pesadilla a la que se le asigna un nombre, ésta cobró vida propia.

Las hazañas de los Fantasmas Negros corrieron de boca en boca entre los alguaciles, a quienes Monipodio había acudido en busca de ayuda, haciendo valer el dinero que les pagaba cada semana en concepto de sobornos. Poca ayuda podían prestarle aquellos cuyo modo de vida era cobrar por mirar hacia otro lado, y para lo único que sirvieron fue para extender el nombre de los Fantasmas Negros entre los jueces y fiscales, los caballeros veinticuatro y los funcionarios del ayuntamiento. En pocas horas éstos repitieron y multiplicaron sus hazañas entre los tenderos y comerciantes, en las Gradas de la catedral y en la plaza de San Francisco.

Pronto toda Sevilla se hacía eco de la aparición de una banda que atacaba a los criminales, y sólo a ellos. En una sociedad que latía, respiraba y se movía al ritmo de la violencia y el miedo, que sabía que la muerte podía acechar detrás de la siguiente esquina, una noticia así se convirtió en el centro de todas las conversaciones. Todo sevillano era consciente de que poner un pie en la calle tras la puesta de sol era jugarse la vida. Cada amanecer de cada día del año, los alguaciles recogían entre media y una docena de cadáveres, sin excepción. Pocos de éstos morían de viejos. Cuando podían hundirte un palmo de acero en las tripas por un par de buenas botas, era inevitable que considerases a un grupo de justicieros como a héroes.

Mientras la fama de los Fantasmas Negros crecía, los ataques continuaron. Un par de montañeros —ladrones con escalo— se dieron una costalada enorme cuando alguien cortó la cuerda con la que pretendían acceder al palacete de un noble. Un grupo que hacía un agujero en la pared de un almacén afirmó que una sombra oscura había saltado desde el tejado, dispersándolos. Y así una y otra vez, en el transcurso de aquellas dos semanas. Tan sólo se libraban de aquella persecución los cortabolsas y limosneros, que ejercían su oficio a la luz del día. Pero incluso ellos ponían mala cara a Monipodio cuando caía la noche y se les llamaba a capítulo en la Corte.

Hoy, por ser viernes, toca satisfacer los diezmos al Rey de los Ladrones, pero la Bermeja, la vieja bruja gitana que ejerce de ama de llaves de Monipodio, susurra discretamente a los interesados que los diezmos quedan cancelados temporalmente. Más de uno suspira visiblemente aliviado, mientras que otros maldicen para sus adentros. Aunque todos habían sacado dinero de donde pudieron para cumplir con su obligación, muchos veían en el diezmo una oportunidad para recordarle al Rey su obligación de protegerles. Pero el jefe de los hampones sabía que era cuestión de tiempo que alguien se pusiera en pie y dijera que el diezmo de nada es nada, así que canceló los pagos en un intento desesperado de ganar tiempo y discurrir una solución, mientras su poder se ve mermado a cada instante por un enemigo que no puede ver y que puede atacarle por cualquier lado. Si el Rey fuera un hombre con sentido de la ironía, podría apreciar cómo sienta recibir tu propia medicina.

Inmóvil en su trono, Monipodio siente como una mancha las miradas turbias que le dirigen de soslayo. Aunque aún nadie se ha atrevido a mirarle directamente, sabe que antes o después habrá alguien lo bastante desesperado o lo bastante loco como para sacar la espada y desafiarle. Al primero lo matará, y también al segundo. Pero ¿qué pasará si son más? ¿Y si son sus propios guardaespaldas quienes se vuelven contra él? No era que le fuese a faltar efectivo para pagarles —muchos se sorprenderían si descubriesen la cantidad que esconde el enorme baúl que guarda Monipodio junto a su cama—, pero para los bravos y matones a sueldo no todo es una cuestión de cifras. Orgullosos e imbuidos de un código de honor complejo, la actitud que estaba teniendo su jefe en los últimos tiempos rozaba lo intolerable. No falta quien les recuerde que los Fantasmas a quien buscan es a Monipodio.

—He echado las cartas, mi señor, y los hados son claros. Debéis tenderles una trampa a quienes os acosan —le dice la Bermeja, con la boca desdentada junto a su oído. El aliento cálido y pastoso de la vieja le provoca escalofríos a Monipodio, pero la sabiduría de las palabras se abre paso en su turbado entendimiento.

Una trampa. Un señuelo como el que se emplea contra las alimañas que corretean por las paredes. «Eso es exactamente lo que necesito», piensa Monipodio, mientras analiza todo lo que sabe de los Fantasmas, que no es mucho. Pero algo tiene claro, y es que guardará para sus adentros el plan que comienza a tomar forma en su cabeza, porque el conocimiento que poseen los intrusos de su organización —que los crédulos entienden sobrenatural— es demasiado extenso. «¿Estarán los traidores en este salón ahora mismo, sentados a mi mesa, bebiendo mi vino?»

Ni el Rey de los Ladrones ni sus súbditos —los que están esta noche en la Corte y los que se dirigen a cometer sus fechorías— podrían imaginar que la causa de sus pesadillas es un joven alto y delgado, que no hace mucho dejó de ser un niño. Un joven que se aleja de la botica que acaba de visitar, ignorante de los planes que se fraguan contra él, sorprendido de que la mujer a la que creía odiar por haberle denunciado a los alguaciles recuerde su nombre. Un joven que camina ligero, sintiendo en el corazón un fuego que nunca antes había sentido, y preguntándose cómo podrá apagarlo.

*F*ray Juan Gil intentaba abrirse paso por las abarrotadas calles del centro de Argel, en ruta
siempre descendente hacia los muelles. Caminaba cojeando, pues el reúma había hecho mella en su cansado cuerpo, y con cada paso la bolsa que llevaba al costado
se balanceaba arriba y abajo. La apretó con fuerza para evitar el balanceo, pues en su interior había una auténtica fortuna. Aquello le hacía sentir incómodo. Aunque la figura de
los frailes trinitarios era intocable en la ciudad, el clima enrarecido que agitaba Argel en los últimos tiempos podría favorecer cualquier cosa.

La hambruna más salvaje se había apoderado de la ciudad, y cada día morían desfallecidas más de cuarenta personas. Los que más sufrían la escasez eran los esclavos cristianos, en su mayoría prisioneros de guerra a los que los turcos
habían apresado en el mar. Su situación, normalmente mí-
sera, era en momentos como los de aquella hambruna ciertamente desesperada. Uno de ellos caminaba en dirección a
fray Juan, perseguido por unos chiquillos que le arrojaban
piedras y excrementos y le gritaban en español.

—¡Don Juan no venir! ¡Aquí morir, cristiano! ¡Aquí morir!

Se referían a don Juan de Austria, hermano del rey Felipe II, el que fuera capitán general de la marina española y
que había muerto recientemente. Los turcos le odiaban

profundamente tras la derrota que don Juan les había infligido en la batalla de Lepanto, de la cual aún no se habían recuperado.

Los esclavos andaban casi todos sueltos por la ciudad, sin otro distintivo que un grillete en la muñeca derecha. El que caminaba en dirección al fraile lo hacía con la cabeza gacha, arrastrando una carga de leña, seguramente hacia casa de su amo. Al cruzarse con fray Juan, el esclavo reconoció enseguida el hábito negro de los trinitarios y abrió mucho los ojos, dedicándole una mirada de súplica tan conmovedora que a fray Juan se le rompió el corazón. Había visto esa mirada muchas veces, los mismos dedos de uñas rotas y ennegrecidas tenderse hacia el borde de su manto, sin atreverse nunca a rozarlo, como si no creyesen en la visión que tenían delante de sus ojos.

Los frailes trinitarios habían tomado sobre los hombros de la orden la pesada carga de liberar a cuantos cristianos pudiesen de la esclavitud en tierra de infieles, y Argel era el lugar donde tenía lugar buena parte de la tarea. Cada semana un grupo de frailes se hacía a la mar en España, con los nombres de un grupo de cautivos y la cantidad que sus captores pedían por su rescate. El dinero procedía de las familias de los prisioneros, que en muchas ocasiones tenían que endeudarse hasta las cejas para rescatar a sus seres queridos. Otra parte provenía de las donaciones que hacían a la orden los ricos y potentados de toda la cristiandad, a cambio de misas por la paz de sus almas. Los frailes aceptaban gustosos cada donativo, puesto que cada escudo era necesario para saciar las crecientes ansias de efectivo de los turcos.

Por supuesto, el dinero no alcanzaba para todos. Por eso fray Juan Gil apartó la vista al cruzarse con el esclavo.

—Padre... por el amor de Dios... tengo mujer e hijos en Toledo... —dijo el hombre con la voz quebrada.

Fray Juan apretó el paso. No quería alimentar las esperanzas del pobre desgraciado. Había rescatado a bastantes prisioneros como para saber que lo peor del cautiverio no es la perspectiva de la muerte en prisión, como muchos creen erróneamente, sino una esperanza frustrada. Los turcos lo sabían muy bien, y en ocasiones practicaban un juego cruel por pura diversión. Llevaban a alguno de sus prisioneros hasta la casa de baños, lo arreglaban y lo vestían, diciéndole que lo iban a liberar. Lo llevaban hasta el muelle, y cuando estaba a punto de subir a un barco, volvían a cargarlo de cadenas y le contaban que todo había sido una broma. El instante en el que la esperanza se quebraba en mil pedazos en el rostro del prisionero provocaba grandes risas a los turcos, que aguardaban el momento con gran expectación. Pocos prisioneros sobrevivían a aquella crueldad. Se dejaban morir, o se arrojaban al mar desde las rocas que rodeaban la ciudadela amurallada.

El esclavo se perdió de vista, y fray Juan musitó una apresurada oración por él. Ya casi llegaba al muelle, y no podía perder tiempo. El barco de Hazán Bajá podría zarpar en cualquier momento.

No le fue difícil encontrar la enorme galera de velas rojas, al final del muelle, donde el calado era mayor. El nutrido grupo de cordeleros, nigromantes y prostitutas de los que merodeaban habitualmente por el puerto desaparecía abruptamente a pocos pasos de la embarcación, donde una línea de jenízaros armados con enormes lanzas impedía el paso. El fraile saludó con la cabeza al que llevaba el turbante blanco, que le distinguía como capitán. Éste hizo un movimiento imperceptible y dos de sus subordinados se hicieron a un lado al instante, abriendo una puerta a fray Juan, que se encontró enseguida en la pasarela de acceso al barco.

Contuvo su aprensión antes de poner un pie sobre la

embarcación, sobre cuya borda se había derramado la sangre de tantos cristianos. El fraile contaba ya cuarenta y cinco años, veinte de ellos al servicio de Dios, más de una década yendo y viniendo de tierra de infieles. Era un hombre valiente, pero aun así se enfrentaba a alguien tan amoral y repugnante que le provocaba escalofríos. Aquélla sería la decimosexta vez que se viese las caras en una negociación con Hazán Bajá, y aún no tenía claro si aquel ser era humano o un engendro salido del infierno y disfrazado como tal.

La cubierta de la galera estaba tan firme como un castillo en mitad de la meseta. Hazán era muy estricto con sus capitanes cuando se encontraba a bordo, y nada quedaba al azar. La madera relucía, las velas brillaban sin el más mínimo remiendo, y el camino hacia el toldo al pie del castillo de proa donde reposaba el regente de Argel estaba cubierto por una alfombra. Fray Juan anduvo junto a ella, por miedo a pisarla con sus sandalias polvorientas. Al llegar junto a Hazán hizo una reverencia, que trataba de ser a la vez respetuosa para con su anfitrión y digna para con su propia condición religiosa. No era un equilibrio sencillo de conseguir, y el resultado fue una contorsión extraña.

Hazán no pareció advertirlo. Estaba muy ocupado seleccionando granadas de una cesta que sostenía un esclavo. Las abría con un fino cuchillo de oro, mordisqueaba un poco para ver si estaban dulces y arrojaba por la borda las que le desagradaban. Tendido sobre almohadones de seda, llevaba como siempre el rostro lampiño y los párpados pintados de bermellón, lo que resaltaba sus ojos grises. Para un turco sería una combinación extraña, pero no lo era para un turcópolo, un converso como era Hazán Bajá. Había nacido en Génova hacía tres décadas, había sido hecho prisionero hacía nueve años. Como es tradición, los captores ofrecieron al grupo de cristianos la libertad, siempre y cuando abrazasen la fe del Profeta. Tan sólo hubo un hombre que levantó la mano, un joven artillero al que los demás cristianos miraron con desprecio.

—No lo hagas, muchacho. Te cortarán un pedazo del rabo, y si sobrevives irás al infierno —le susurró el que estaba a su lado.

Fabrizio le ignoró. Ya era un solitario por derecho propio dentro de la tripulación, alguien que no confraternizaba con los demás, que jamás probaba el vino ni cantaba con sus compañeros, prefiriendo enfrascarse en la lectura de los libros que llevaba en el morral. Muchos escupieron a su paso mientras Fabrizio se levantaba y caminaba hacia el turco que procedía a quitarle sus cadenas.

El renegado se había revelado tan brillante como cruel, tan ambicioso como implacable. Amparado por la igualdad de oportunidades que los turcos conceden a los conversos, había escalado a lo más alto dejando un largo rastro de cadáveres por el camino. Nueve años después de que sus compañeros lo cubrieran a escupitajos, Hazán era el cadí de Argel, mientras que todos los que había dejado atrás en aquella bodega asfixiante habían muerto en prisión. En muchos casos con la ayuda del propio Hazán, que gustaba de romper todo vínculo con su pasado. A los miembros de aquella tripulación no había logrado encontrarlos ningún fraile trinitario, como el que ahora se postraba delante de Hazán Bajá.

—Ah, mi buen fray Juan Gil —dijo el cadí, reparando al fin en la presencia de su visitante—. ¿Habéis venido a despedirme?

—En efecto, majestad. Quería presentaros mis respetos por última vez antes de que os marchaseis a Constantinopla. Lamentaré mucho vuestra ausencia —mintió el fraile con total descaro.

Había una máxima que fray Juan había aprendido de las enseñanzas de Mahoma, y era que mentir al enemigo no es pecado. Hazán Bajá había sido el gobernante más despiadado de Argel en toda su historia. Había ordenado ejecutar a centenares de personas, exprimido al pueblo y ejercido el poder con el único objetivo de llenar sus cofres y levar anclas con destino a Constantinopla, donde sus licenciosas costumbres y su pasado de converso fuesen vistas con mejores ojos.

«Por muy lejos que huyas llevarás el infierno contigo, muchacho. Y éste te engullirá antes o después», pensó Fray Juan.

Hazán parecía capaz de leerle los pensamientos, pues le dedicó una mirada penetrante con sus ojos pintados, para luego volver a centrar su atención en las granadas. El jugo de la fruta le resbalaba por la mandíbula y le empapaba la mano. De tanto en tanto la dejaba caer a un costado, donde un esclavito moro arrodillado le chupaba los dedos hasta dejarlos limpios. El morito no debía de tener más de ocho o nueve años, y fray Juan sintió un arrebato de lástima por él, pues sabía el destino que le aguardaba cada noche en los aposentos privados del cadí. Pero por odiosa que fuese la escena, no podía hacer nada por aquel niño. Por quien sí podía hacer algo era por el hombre que había ido a salvar.

—Majestad...

—¿Aún seguís aquí?

—Majestad, hay un último asunto que desearía tratar con vos. Me han dicho que vais a llevaros con vos a algunos de vuestros esclavos. Me gustaría rescatar a uno de ellos antes de que os marcheseis.

—¿En quién habéis pensado, fraile?

—En don Jerónimo Palafox.

El cadí sonrió con desgana.

—Está en la bajocubierta. Será un magnífico regalo para el emperador. Le gustan los jóvenes aristócratas españoles. Cuanto más resistentes mejor.

Fray Juan sabía muy bien del odio del emperador Murad, el nieto de Solimán el Magnífico, por los españoles. Había jurado borrarlos de la faz de la tierra, para lo cual estaba incluso barajando una antinatural alianza con la reina Isabel de Inglaterra, ante los ojos escandalizados de toda Europa. Si el barco zarpaba con Palafox a bordo, no habría rescate posible para él, jamás.

—Nombrad una cifra, majestad —dijo, con el corazón encogido.

—Mil ducados.

El fraile torció el gesto, pues aquella cantidad era el doble de lo que llevaba encima. La fortuna de la familia Palafox estaba en horas bajas, y apenas habían contribuido con doscientos ducados. Durante un buen rato intentó regatear con Hazán Bajá, pero éste no rebajó la cifra ni un maravedí. Fray Juan había negociado bastantes veces con él, y sabía cuándo no quería vender a uno de sus esclavos. Por desgracia, el destino del joven aristócrata estaba sellado, lo cual le obligaba a tomar una rápida decisión. El siguiente en su lista era un soldado que llevaba más de cinco años cautivo en Argel, y cuya familia había vendido hasta la última fanega de tierra que poseían en España para rescatarle. Le dijo su nombre al cadí.

—Ah, ése. Le tengo un cierto aprecio, es gran conversador. Pensaba guardármelo para mí.

—¿Podría ser que os hiciese cambiar de planes, majestad?

—Bien pensado, necesito una alfombra nueva. Seiscientos escudos.

—¡Majestad, es sólo un simple soldado!

El cadí meneó la cabeza.

—Llevaba cartas de recomendación del mismísimo don Juan de Austria. Debe de tener amigos influyentes. Si quieren recuperarlo, tendrán que pagar.

La negociación volvió a empezar, esta vez con una vida

distinta en la balanza. Al cabo de largo rato, Hazán se cansó del juego y plantó una cifra definitiva.

—Quinientos escudos, fray Juan. No creo que consiga un buen brocado persa por menos. —Alzó los pies desnudos y agitó los dedos, mostrando las uñas pintadas—. Y vos no querríais que pisase una alfombra de inferior calidad, ¿verdad?

—No, majestad —dijo el fraile, que pensaba más bien en las brasas del infierno como destino apropiado para aquellos pies.

—Entonces ¿estamos de acuerdo? —preguntó Hazán con avidez.

—Sí, majestad. Quinientos escudos.

El cadí dio una palmada y un par de guardias se presentaron enseguida arrastrando al prisionero. Éste iba cargado de cadenas, con grilletes en muñecas y tobillos. Tenía el pelo y la barba largos y enmarañados, y apestaba a sudor y a orines. Cuando los guardias dejaron de sostenerle, se desplomó jadeante en la cubierta.

—Menuda mercancía me entregáis, majestad —protestó el fraile.

—Debéis agradecer a mi magnanimidad que se encuentre en tan buen estado. Este caballero ha intentado escaparse cuatro veces. En una de las ocasiones incluso se llevó a sesenta esclavos más con él. Tendría que haberlo ahorcado hace tiempo, pero tengo una debilidad especial por este hombre. Me conformo con ir metiéndole en el agujero cuando se porta mal —dijo Hazán, poniendo un énfasis especial en la última frase.

Fray Juan ignoró el malicioso comentario, pues a diferencia de muchos otros, el fraile jamás juzgaba lo que hacían los hombres para sobrevivir en aquel lugar dejado de la mano de Dios. Además, a través de otros prisioneros había escuchado de la extrema valentía con la que se había portado aquel hombre. Había intentado la fuga de todas las maneras posibles, desde huyendo a los montes cercanos a la ciudad hasta robando una barca y confiándose al mar. En una de aquellas tentativas había conducido a un gran grupo de esclavos cristianos hasta una cueva, donde habían malvivido, escondidos durante meses hasta que otro cristiano traidor les había vendido por una jarra de manteca.

La ley turca estipulaba que la fuga se castigaba con la muerte, pero el hombre que ahora languidecía sobre la cubierta había dado un paso al frente y se había atribuido toda la responsabilidad cuando los guardias del cadí los habían capturado en la cueva. Aquel hombre, aunque fuera de ascendencia humilde, tenía más derecho que nadie a regresar a España, con los suyos.

—Aquí tenéis, mi señor —dijo fray Juan, depositando el pago a los pies del cadí.

—¿Qué se supone que debo hacer con eso? —preguntó Hazán Bajá, mirando los papeles como si el fraile hubiese arrojado una cobra sobre sus almohadones.

—Son cartas de cambio de bancos genoveses, mi señor. Son tan buenas como dinero en efectivo.

—Tal vez en Argel, fraile, pero a todos los efectos este barco está ya en Constantinopla. Más os vale traer los quinientos escudos en oro antes de una hora. Estamos a punto de zarpar —dijo Hazán Bajá, despidiéndole con un gesto.

Fray Juan ni siquiera se permitió echar una mirada al prisionero, a pesar de que éste hizo gestos para llamar su atención. De pronto una terrible fatiga se apoderó de él, y el reúma le dolió más que nunca. Tendría que desandar el camino hasta las tiendas de la parte alta del mercado, reunir a varios cambistas —pues sería difícil que uno solo de ellos tuviese tanta cantidad de escudos—, y pagar por el cambio un altísimo interés que causaría un descubierto en sus mermadas cuentas. Luego habría de volver a bajar a la carrera hasta el muelle, abriéndose paso por entre la sudorosa multitud, y todo ello a pleno sol y prácticamente en ayunas. Y lo peor de todo es que sería seguramente inútil, pues todo aquello le llevaría más de una hora.

«Hijo, espero que valgáis todo este esfuerzo», pensó el fraile, poniéndose en marcha con su andar renqueante.

El fraile tardó más de dos horas en regresar, y desesperaba de encontrar en su lugar la enorme galera de Hazán Bajá. La marea alta había llegado, pero por algún motivo el navío seguía en su sitio, y el cadí abroncaba enfurecido a uno de sus capitanes, al que golpeaba con una escobilla para espantar moscas, hecha de sándalo y pelos de búfalo. El capitán se había arrojado a los pies de su amo, y con cada golpe su espalda desnuda se iba cubriendo con los pelos que se desprendían del espantamoscas. La escena hubiera resultado cómica de no haber tenido el abrupto final que tuvo.

—Lleváoslo y arrancadle las orejas —dijo el cadí a sus guardias—. Así la próxima vez no olvidará estibar una carga que debería llevar horas en la bodega.

Se volvió hacia fray Juan con una mueca inhumana en el rostro, que gradualmente enmascaró de nuevo tras su apariencia indiferente.

—Habéis tenido suerte, fraile. —Le hizo una seña a un criado, que recogió la pesada bolsa que le tendió fray Juan—. O más bien la ha tenido vuestro nuevo amigo.

Otro de los guardias libró al prisionero de los grilletes y las cadenas, y le tiró salvajemente del pelo para ponerlo en pie.

—¿Podéis caminar? —susurró el fraile al prisionero, tendiéndole la mano.

Éste asintió, pero no rechazó la ayuda que le ofrecía. Tomados del brazo bajaron la pasarela y cruzaron el muelle, en un recorrido que al fraile le pareció eterno. Finalmente llegaron junto al caño de una fuente que había a la entrada del puerto, agua limpia que bajaba de un riachuelo más allá de las murallas de la ciudad. El pobre hombre se dejó caer allí mismo. Bebió hasta que tuvo la tripa tan hinchada como un sapo, y aún mantuvo la cabeza un buen rato bajo el caño, como si no le bastase el agua que había ingerido.

—¿Qué día es hoy? —consiguió preguntarle al fraile cuando hubo recuperado las fuerzas. Y al instante se echó a llorar, sin poder contenerse.

—19 de septiembre de 1580.

—Santo cielo —dijo el soldado, enjugándose las lágrimas—. Nueve meses en esa mazmorra. Sin luz, sin más que un dedal de agua al día. Bendito seáis, padre.

—Recordad siempre este día, amigo. Y haced que los que os resten de vida merezcan la pena —dijo fray Juan.

Miguel de Cervantes asintió y le dio su palabra más solemne de que así lo haría.

Diez años después, el viejo soldado, convertido ahora en comisario de abastos del rey, se hallaba inmerso de nuevo en una batalla a vida o muerte, aunque de naturaleza algo distinta. Los enemigos le acosaban por dos flancos, tenían mejores armas e iban a por él de manera descarada.

Miguel no hubiera salido bien librado de aquella habitación de no haber sido porque en ese momento entró un muchacho alto y delgado, de penetrantes ojos verdes, vestido de negro de pies a cabeza. Tomó asiento a su lado y dijo...

LV

—*D*adme cartas, si sois tan amable.

El tahúr tomó la baraja y la extendió sobre la mesa para mezclarla mejor, mientras estudiaba a Sancho sin el más mínimo reparo. El joven sonrió, fingiendo inocencia. Había entrado en el garito sin la espada, como era costumbre, y el calor le hizo abandonar pronto el jubón, que colocó sobre el respaldo de la silla. También sacó una abultada bolsa con las costuras a punto de estallar, que despertó un relámpago de codicia en la mirada del dueño del local.

Se había informado bien sobre aquel lugar y su media docena de mesas de juego, de las que la única que le interesaba era la del medio, aunque no era la primera vez que estaba por las inmediaciones. Hasta allí había seguido a Bartolo, en una de sus misteriosas salidas de los jueves, en lo que ahora a Sancho le parecía otra vida. En aquel lugar el enano había perdido fortunas, y se habían gestado los acontecimientos que habían dado con Bartolo en la tumba y Sancho en galeras.

Allí tenía su centro de operaciones el hombre que había contribuido a causar la ruina de ambos. Gonzalo Ramos, apodado el Florero entre los hampones por las flores o trampas que era capaz de colar a los incautos, aunque nadie que no perteneciese a la cofradía se atrevería a llamarle así a la cara o delante de gente honrada. Era un hombre de aspecto anodino, ni joven ni viejo, ni alto ni bajo. Su carácter era tan cambiante como su juego, y lo iba amoldando a las personas que tenía enfrente. Podía ser alegre y festivo, como si estuviese derrochando el dinero en aquellos envites. Podía fingir cautela y respeto, como si no pudiera permitirse perder un maravedí y encontrase ofensivo incluso el hecho de ganar alguno. O podía mostrarse nervioso y abrumado, como si los vaivenes de la suerte le llevasen en una barquichuela zarandeada por las olas. Todas eran caras del mismo personaje, que sabía jugar según conviniese, y contra ellas se había preparado Sancho escuchando bien a Zacarías.

—Para hacer mella en Monipodio debes derribar al Florero. Es uno de sus mayores apoyos, pues controla las deudas de juego de media Sevilla y sabe cómo conseguir el favor de quien es alguien en esta ciudad. No será la primera vez que un juez se deje caer por su garito de la calle Jazmines y encuentre una racha de buena suerte inesperada, justo el día antes de una audiencia importante.

«¿Cómo le asaltaremos?», preguntó Josué.

Sancho meneó la cabeza.

—Eso no funcionaría. Si le robamos dinero, simplemente ganará más. Tendremos que golpearle donde más le duele. Hay que destaparle como el fullero que es.

«Pero eso tendrás que hacerlo a cara descubierta», protestó el negro, reacio a que su amigo corriese el riesgo.

—También podríamos mandarle al otro barrio —intervino uno de los gemelos, sin demasiado empeño. Sabían que esa propuesta era siempre rechazada, aunque ellos seguían intentándolo.

Sancho pensó detenidamente en lo que había dicho Zacarías. La noche era un territorio en el que resultaba cada vez más difícil cazar a los secuaces de Monipodio, y se acercaba el momento en el que tendría que buscar la confrontación directa con él, para lo cual tendría que aumentar aún más la presión. Aquélla era una buena oportunidad, y valía la pena el peligro que supondría.

Tan sólo necesitaba un buen plan.

La calle Sierpes, la más famosa de Sevilla, era un lugar donde podías encontrar cualquier cosa, desde armas de bella factura hasta joyas deslumbrantes. A Sancho sólo le interesaba una cosa en Sierpes, y era un edificio de una sola planta de cuyo sótano salía un fuerte olor a carbón y resina. Entró y encontró una pequeña habitación con un mostrador, ahora desatendido, y un gran ruido que provenía del sótano. Descendió los escalones y se encontró en mitad de un enorme barullo de máquinas, mesas y gente. En un extremo de la habitación varios aprendices removían ollas burbujeantes, mientras otros machacaban en almireces extrañas mezclas que iban echando a la cocción. En el centro, varias personas rodeaban una prensa manual que iba cayendo sobre unas planchas de cartón duras y finas. En una mesa apartada otros aplicaban una capa de barniz sobre las planchas, y luego las cortaban en pequeños fragmentos rectangulares usando un afilado troquel.

En el centro de aquella marea había un ser contrahecho y deforme que volaba de una mesa a otra derrochando una energía inagotable. A pesar de su joroba y de tener un brazo más largo que otro, Pierres Papin tenía un rostro agradable y fama de buen amante. Aunque había nacido en París, llevaba tantos años viviendo en Sevilla que soltaba tres *ozú* por cada *mondié* y dos *arfavó* por cada *sacreblé*.

Papin también era el impresor de cartas más famoso del mundo. Españolas, napolitanas o francesas, sus barajas se exportaban a toda Europa. El jorobado tenía gran habilidad para los negocios, lo cual pasaba por besar con ahínco el culo de los monarcas europeos, a los que dedicaba ediciones especiales de sus barajas. En ellas aparecían ataviados como ases y reyes, siempre de espadas. A diferencia de ellos, Papin sabía muy bien que el palo más valioso de la baraja es el de oros, y ése era el que con más acierto jugaba.

Aunque sus mazos, envueltos en perfectos paquetes de papel de estraza con marca de agua y sellados con el famoso lacre rojo de Papin llegaban hasta las Indias, su mayor fuente de ingresos estaba en la ciudad de Sevilla. Por toda la ciudad había garitos de juego, y las timbas se organizaban incluso en plena calle, empleando una caja de madera y cuatro piedras para sentarse. A dos escudos la baraja, este comercio habría convertido al jorobado en un hombre muy rico si no fuese víctima de su propia mercancía.

—¿En qué puedo ayudaros, señor? —preguntó Pierres Papin, volviéndose hacia Sancho.

El joven se lo explicó. Al principio la cara del impresor sólo había mostrado indignación, hasta que Sancho mencionó a Gonzalo Ramos, el Florero.

—¿Qué os sucede? ¿No son de vuestro agrado? —se mofó el tahúr, al ver el asco con el que Sancho miraba los naipes que le acababa de repartir.

—Estas cartas están sucias y sudadas —dijo Sancho sin dignarse a tocarlas.

Sus compañeros de mesa asintieron con gravedad. El joven había escogido bien el momento para asegurarse de que quienes estuviesen allí fuesen gente de cierta importancia. Ninguno de ellos se había presentado, y en el garito no se usaban nombres, pero Sancho había estudiado bien el terreno. En aquellos momentos, a su alrededor había un funcionario de la Casa de la Contratación, un diácono vestido de calle y un comisario de abastos. El tahúr y Sancho completaban el quinteto necesario para la veintiuna, que era el juego de moda últimamente en Sevilla. No era un juego de caballeros, pero esas consideraciones no se llevaban muy a la práctica en el garito del Florero, un lugar que olía a humo de velas y serrín.

Sin embargo, el estado de las cartas sí que era algo que siempre se tenía en cuenta, y más cuando el cambio lo solicitaban clientes de calidad. La bolsa repleta que Sancho había colocado sobre la mesa, y de cuyo contenido el tahúr estaba deseando apropiarse, le identificaba como tal. Con un gesto elegante, el Florero se levantó y fue hasta un armarito situado a su espalda. Sacó una llave que llevaba colgada al cuello y lo abrió de par en par, desvelando tres pilas de mazos de cartas.

Tomó dos de la parte superior y se los mostró a sus compañeros de mesa, uno por uno, con el sello de Papin boca arriba. Cuando todos hubieron asentido con aprobación, el tahúr rompió los sellos con los dedos, y pequeños fragmentos de lacre cayeron sobre la mesa. El Florero los barrió con el mismo movimiento de la mano que le sirvió para extender las cartas. Retiró el cartón del impresor, y comenzó a barajarlas a toda velocidad.

—Vos cortáis —dijo pasándole la baraja al jugador de su derecha, que era el funcionario de la Casa. Lo seguían el comisario, Sancho y el diácono. El último era el tahúr, por ser el que repartía. Entregó tres cartas a cada uno y puso otras tres descubiertas sobre la mesa.

Un siete de copas, una sota de bastos y un tres de espadas.

El funcionario miró las cartas detenidamente y sacó un cuatro de oros. Lo juntó con el siete y la sota.

—Veintiuna —dijo antes de apropiarse de las cartas y colocarlas en un montoncito junto a las suyas.

El Florero asintió, le dio una carta al funcionario y colocó otras dos sobre la mesa. El objetivo del juego era ligar veintiuna sumando las cartas de las que uno disponía y las que había sobre la mesa. Las figuras valían diez, y el as once. Cada vez que alguien cantaba veintiuna sumaba un punto, aunque serían tres si era capaz de hacer un ligue doble, algo difícil. La parte más emocionante del juego era que, tras cantar y recibir cartas, el jugador que se acababa de anotar un punto podía escoger cambiar sus naipes por los de cualquiera de sus compañeros de mesa. Aquello solía compensar, ya que de esa manera se tenía una mayor visión del juego y la posibilidad de deshacerse de las peores cartas, que solían ser los doses y los treses. Las figuras y los sietes se consideraban las mejores bazas.

—Cambio —dijo el funcionario señalando a Sancho.

El joven le cedió las cartas y tomó las que el otro le ofrecía. Desde luego había salido perdiendo, porque le había entregado un seis y dos sietes y había recibido a cambio un par de cuatros y un cinco. Cuando llegó su turno no había ninguna combinación posible que sumase veintiuna, así que tuvo que pasar. No fue hasta la tercera mano que consiguió ligar veintiuna, y para entonces tanto el Florero como el funcionario llevaban un tanteo muy alto. Aquella ronda se cerró con victoria del funcionario, al que todos pagaron un escudo religiosamente.

—Enhorabuena, señor. Un acertado cambio en la quinta mano —lo felicitó el diácono.

—Me habéis robado un par de caballos que podrían haberme dado la partida. Bien visto —dijo el Florero.

Era mentira. El tahúr le había dejado ganar dándole carrete para que se confiara, pero Sancho se guardó mucho de decir nada.

Una camarera de escote pronunciado les sirvió una jarra de vino, lo que todos agradecieron porque el calor era cada vez mayor y la emoción del juego contribuía a resecarles la garganta. Sancho se fijó en que la camarera llevaba el vaso del tahúr ya servido, y supuso que el suyo iría muy rebajado, no como el de los demás.

—¿Podría cambiar mi vaso por el vuestro? —le preguntó Sancho al tahúr, intentando ponerle nervioso.

—¿Acaso no os gusta el vino de Toro, amigo mío?

—Al contrario, es excelente.

—Sólo lo mejor para mis huéspedes.

—El caso es que resulta un poco fuerte para mi gusto. Y no quisiera equivocarme en un ligue. Eso sería muy embarazoso, ¿no creéis?

—Pues entonces que os lo rebajen un poco —respondió haciéndole una seña a la camarera.

Los demás vieron la lógica del razonamiento y pidieron lo mismo. El tahúr apretó los dientes y miró a Sancho con aire extraño, pero no dijo nada.

Fue el turno del funcionario de repartir, y aquella partida la ganó Sancho sin dificultad. Al igual que en la anterior, el Florero había pasado de ligar en más de una ocasión, sirviéndole en bandeja el triunfo a Sancho.

—Hubiera jurado que teníais un par de ases cuando yo ligué las sotas —le dijo Sancho al tahúr mientras recogía las ganancias.

—Me parece que os equivocáis —respondió el Florero, muy serio—. En ese caso hubiese podido ligar doble.

—Sí —rio Sancho—, qué cabeza la mía. Os pido disculpas.

—Creo que es la inexperiencia la que os confunde.

—Tal vez sean otros los que anden sobrados de mañas.

Un murmullo recorrió el garito, y el aire se espesó alrededor de la mesa. La insinuación había sido hiriente, pero tan abierta que podía significar cualquier cosa. Alguien se removió a espaldas de Sancho y el joven hubiera jurado que el Florero le hacía una señal imperceptible. En ese momento agradeció que todo el mundo estuviese desarmado, al menos en teoría. Los matones de la casa podían llevar cualquier cuchillo escondido. Como los dos que Sancho llevaba en la bota, ya puestos. Se preguntó cuánto tardaría en sacarlos si las cosas se ponían feas y alguien trataba de apuñalarle por la espalda.

—Será mejor que continuemos —dijo el tahúr.

Si el que repartía había perdido la partida anterior, tenía la potestad de aumentar en un escudo la cantidad jugada para resarcirse. Las apuestas, al igual que el calor y la tensión, fueron subiendo conforme avanzaba la tarde. El Florero tomó la iniciativa y comenzó a acorralar a sus contrincantes más débiles. Pronto la ronda se cotizó a diez escudos, lo cual fue demasiado para el diácono, que acabó disculpándose y levantándose de la mesa. Pero no se marchó, al igual que tampoco lo hizo el funcionario cuando se quedó sin dinero. Ambos se unieron al corro de espectadores que rodeaba a los jugadores.

Existe un grupo igual alrededor de cada mesa de juego en cualquier parte del mundo. Quienes no tienen fortuna que derrochar o demasiada cabeza para hacerlo, suelen disfrutar del espectáculo de quienes pueden permitirse perder o no saben controlarse. Y cuando las partidas son tan tensas como la que estaba teniendo lugar en aquel momento, los espectadores siguen cada lance del juego con un interés desmedido, conteniendo la respiración con cada carta que toca el tapete de cuero. Los mirones suelen atisbar por encima del hombro de los contendientes, que era la técnica que empleaba el Florero desde tiempos inmemoriales para sacar ventaja a sus rivales. Sus secuaces veían las cartas y le transmitían su valor por medio de un complejo sistema de guiños y gestos. En un juego como la veintiuna, donde podías cambiar la mano por la de tu rival, eso era una ventaja incomparable.

—Parece que sólo quedamos tres, señores. ¿Deseáis hacer un descanso? —preguntó el tahúr.

—Estoy bien —dijo el comisario—. Si al joven le parece bien, podemos seguir.

—Buena racha parece que traéis hoy, señor.

—Veremos adónde nos conduce —respondió el comisario, con el tono sombrío de quien ha encontrado muchas veces gato en la olla que creía de liebre—. Paciencia y barajar.

La partida continuó, y pareció que los malos presagios que había intuido el comisario se fueron volviendo realidad. Una hora más tarde, con el envite a cincuenta escudos, había perdido más de trescientos. Sancho estaba sufriendo también una sangría, pero no era tan desastrosa como la de su compañero de mesa. El tahúr le dejaba ganar lo justo para que creyese posible la remontada, pero estando muy lejos de ella. Con el agravante además de que el dinero que Sancho se jugaba lo había esquilmado de los hampones de Monipodio, mientras que los escudos que el comisario perdía como hojas un castaño en octubre tenían una procedencia bien distinta.

—Me temo que hoy ya he vaciado la bolsa —dijo el comisario, con la cara gris y el gesto derrotado, poniéndose en pie.

—Vos tenéis crédito en esta casa, ya lo sabéis —sugirió el tahúr, con una ancha sonrisa—. Con mucho gusto os fiaremos otros doscientos escudos. ¿Quién sabe lo que puede pasar en cuatro manos?

El comisario dudó un momento, sin abandonar el sitio. Los naipes y las relucientes monedas de oro tiraban de él hacia abajo, pidiéndole que volviera a la mesa para una última batalla. Sin embargo las deudas que tenía contraídas ya eran bastante grandes. Por un momento la lucha que estaba manteniendo le dejó mudo.

—Yo...

—Señor, no os conozco de nada pero me habéis traído

suerte —intervino Sancho en ese momento—. Si no tuvierais inconveniente, me gustaría cubrir vuestra apuesta durante una mano más. Presiento que ésta será la buena.

El tahúr y el comisario giraron a la vez el cuello hacia Sancho, con idéntico gesto de asombro, aunque el del Florero mudó enseguida hacia la rabia. Infló las ventanas de la nariz y resopló, pues disfrutaba del poder que le confería el juego sobre las personas. Especialmente cuando éstas se humillaban y entrampaban, firmando pagarés que se iban acumulando en su archivador. Sancho acababa de arrebatarle ese placer, y le costó mucho volver a componer el rostro.

—No puedo aceptar —dijo el comisario, que en realidad buscaba la manera de hacerlo sin perder la dignidad.

—Por favor, señor. Tan sólo una mano. Si hemos de perder, hagámoslo a lo grande.

—De acuerdo —aceptó finalmente.

Sancho sonrió y empujó dos montoncitos de monedas hacia el centro de la mesa. El Florero les dedicó una sonrisa forzada y repartió las cartas en lo que pensaba que sería la última mano. Se equivocaba.

El comisario ganó aquella mano sin dificultad, asistido por los naipes que Sancho le suministró una y otra vez. En la siguiente mano volvió a suceder lo mismo, y así hasta diez veces seguidas. El tahúr tenía la cara encendida de furia, pero de poco le servía conocer las cartas que tenían sus rivales si Sancho escondía sus naipes y jugaba todo el rato en favor del comisario. Éste ligaba veintiuna casi en cada mano, en mitad de un estado de creciente aturdimiento. El Florero intentó remontar, pero cada vez que tenía cartas buenas éstas acababan desaprovechadas o en manos del comisario. Gruesas gotas de sudor empezaron a rodarle por el rostro, mientras veía desesperado como el comisario no sólo recuperaba lo que había perdido sino que tenía en su lado de la mesa el doble de dinero que cuando entró.

—Parece que teníais razón, señor —dijo Sancho dirigiéndose al tahúr—. Al parecer mi compañero ha tenido una extraordinaria racha de buena suerte.

—Creo que no voy a permitiros seguir jugando en mi local —respondió el hombre cruzándose de brazos.

Se hizo un enorme silencio. El público había percibido las puñaladas que el juego de Sancho había atestado al Florero, pero jugar de aquella manera suicida estaba permitido por las reglas. Era una estupidez, pero no era motivo para expulsarle de la partida, y más cuando Sancho iba perdiendo una descomunal cantidad de dinero.

—¿Podéis explicarme el motivo?

—Porque estáis haciendo trampas.

Todo el mundo en la sala contuvo el aliento. El comisario, que al escuchar aquello había torcido el gesto, extendió los brazos sobre la mesa y le dedicó al Florero una mirada gélida. Acusar a Sancho de hacer trampas era lo mismo que acusarle a él, ya que era el beneficiario directo de lo que había sucedido en las últimas manos.

—Espero señor que podáis demostrar la acusación. Por vuestro bien.

El tahúr pegó un puñetazo en la mesa, provocando una cascada de monedas de oro que se derramaron sobre el tapete con un tintineo.

—Ése es el problema. Que no puedo. Pero por mi vida que no es natural la racha de este mozalbete. Ha sabido en cada lance el juego que yo llevaba.

Sancho respiró hondo y le dedicó una gran sonrisa. Había estado esperando aquel momento toda la partida.

—Bueno, me temo que eso es cierto. Veréis, efectivamente he estado haciendo trampas.

Hubo un murmullo de sorpresa generalizado y uno de los matones de la puerta corrió hacia la mesa, pero antes de que se le echase encima Sancho levantó la mano.

—Pero no deberíais haceros el sorprendido, maese Florero. Al fin y al cabo llevo toda la partida usando vuestro sistema.

El tahúr abrió mucho los ojos, pero enseguida fue capaz de fingir desprecio e indignación.

—¿Cómo os atrevéis? Mozalbete, tenéis los minutos contados. ¡Cogedle!

El matón intentó llegar hasta Sancho, pero el público se había cerrado en torno a la mesa.

—Un momento —gritó alguien—. ¿Qué es eso de maese Florero?

—Sí, ¿y qué es eso de un sistema?

—¡Que lo explique!

—¡Dejadle hablar!

—Muy sencillo, señores. Don Gonzalo Ramos, el dueño de este local, no es sino un fullero de tres al cuarto, que lleva años engañándoos a todos vosotros con cartas marcadas.

—¡Eso es mentira! —gritó el tahúr.

—Miren atentamente y verán la verdad, señores —dijo Sancho, tomando las cartas y extendiéndolas boca abajo sobre la mesa—. Si se fijan en el dibujo de la parte posterior, observarán que en los extremos de la filigrana, donde no debería haber nada, alguien ha camuflado unas letras. Observen cómo aquí se ve claramente un siete y una ce. Y al darle la vuelta a la carta... —Le dio la vuelta y descubrió un siete de copas.

—1B —dijo señalando otra carta.

El as de bastos.

—12E.

El rey de espadas.

—11O.

El caballo de oros.

—¡Ha cambiado la baraja! Es imposible que ésa sea la mía —protestó el Florero, que había asistido lívido a la demostración. De pronto todos los ojos estaban fijos sobre él.

Se puso en pie y se abrió paso entre la gente hasta el armarito donde guardaba las cartas, y forcejeó con la llave en la cerradura. Sancho se mordió el labio interior para no sonreír. Sabía muy bien que el cierre del armario no iba bien, porque cuando se había colado aquella misma mañana en la casa, aprovechando que todos dormían, la cerradura le había dado problemas. Había estado tentado de echarle una gota de aceite, pero tuvo miedo de que el Florero lo notase.

—Aquí están mis cartas. Todas ellas nuevas, impecables y selladas directamente por Papin. ¿Ven?

Tomó un puñado de barajas y las llevó a la mesa. Le arrancó a una de ellas el sello de lacre y rasgó el papel. Con la precipitación varias cayeron al suelo, pero logró colocar unas cuantas sobre el tapete.

Todas ellas tenían los dibujos escondidos en la parte posterior.

—No es posible —musitó el tahúr, blanco como la cera. Ser destapado como tramposo era su peor pesadilla, y se estaba cumpliendo en presencia de una treintena de las personas más importantes e influyentes de la ciudad.

—Mi amigo, el impresor Papin, descubrió hace tiempo que alguien andaba falsificando sus naipes. Me envió aquí para demostrar el engaño que estaban sufriendo todos ustedes. Si miran con atención los sellos de lacre, verán que la tradicional marca de la flor de lis de Papin tiene tres hojas en lugar de cuatro. Aunque creo que la superchería ha quedado más que demostrada.

—No es posible —repitió el Florero, dejándose caer de nuevo sobre la silla, sin dejar de mirar las cartas trucadas. El público comenzó a gritar, exacerbado, y los matones de la puerta tuvieron que correr hasta la mesa del tahúr y rodear a su jefe para protegerle. Todas aquellas personas habían perdido dinero en mayor o menor medida en aquel garito, y de pronto el Florero tenía que dar muchas explicaciones...

por trampas que él no había llegado a cometer. Estaba acabado en aquella ciudad.

Sancho grabó en su memoria la cara de desesperación del tahúr, disfrutando de ver hundirse al hombre que tanto daño había causado a Bartolo. Ver cómo aquel miserable que había edificado su prosperidad sobre la desgracia y las flaquezas ajenas recibía su merecido le llenó de una malsana alegría.

—Alegrad el ánimo, señor —dijo Sancho poniéndose en pie y tomando su jubón—. Al fin y al cabo nunca sabéis lo que os depararán los naipes.

Alargó la mano hasta el centro de la mesa e hizo un floreo sobre las cartas. Separó una y la arrastró con el dedo índice hasta colocarla frente al tahúr. Éste la alzó lentamente y le dio la vuelta. No era una carta normal de la baraja, sino una en la que, sobre un fondo blanco, había impresa una sola frase.

EL REINADO
DE MONIPODIO
VA A TERMINAR

En ese momento, el tahúr lo comprendió todo.

—¡Es él! ¡Es uno de los Fantasmas! —gritó a sus matones, señalando a Sancho, que se marchaba del local sin mirar atrás—. ¡Cogedle!

Pero sus gritos se perdieron entre los insultos del público, y sus matones estaban demasiado ocupados intentando evitar que alguien le rompiese una silla en la cabeza.

—¡Señor! ¡Esperad un momento!

Sancho se alejaba del garito, sin ni siquiera detenerse para ponerse de nuevo el jubón, cuando oyó una voz a su espalda. Intentó despistar a su perseguidor sin llamar la atención, pero finalmente éste lo alcanzó un par de calles más allá, al pie del farol que había a la entrada de la plaza del Arroz. Se volvió cuando alguien le tiró del brazo.

—No he tenido la oportunidad de daros las gracias.

Allí estaba el comisario, jadeante por la carrera que se había pegado detrás de Sancho.

—No tenéis por qué.

—Me gustaría conocer vuestro nombre

El joven dudó un momento, pero algo en los ojos del comisario le hizo sentir que podía confiarse a él.

—Me llamo Sancho de Écija.

—Habéis perdido mucho dinero ahí dentro.

El joven se encogió de hombros.

—Sólo eran pedazos de metal que servían a un propósito.

—Realmente sois un hombre extraordinario —dijo el comisario, sorprendido. Sobrevino un silencio incómodo, y Sancho se vio obligado a hablar. Señaló la mano izquierda, atrofiada e inútil de su interlocutor.

—¿Qué os ocurrió?

El comisario pareció azorado un instante, como si la simple mención de la herida lo transportase muy lejos de allí.

—Esto, muchacho, fue a causa de tres tiros que me dieron en Lepanto. La más alta ocasión que vieron los siglos. Y si me hicierais el honor de compartir un vaso de vino conmigo, me encantaría contaros cómo sucedió.

—Tal vez en otra ocasión, señor.

Sancho se colocó de nuevo el jubón. Al hacerlo volvió el lado derecho del cuerpo hacia el comisario, quien se fijó en la parte baja de su cuello y en las feas cicatrices que tenía en él, del tamaño de una moneda: las marcas inconfundibles de quien ha padecido la peste. Durante la partida Sancho había estado a su derecha y las marcas habían quedado ocultas.

—Disculpadme que os pregunte esto, pero ¿sois huérfano? —inquirió el comisario.

Por segunda vez aquella noche Sancho dudó antes de revelar una información como aquélla, pero había algo en aquel hombre que le resultaba familiar. De nuevo se confió a él por razones que no alcanzaba a comprender.

—Crecí en una venta, pero cuando mi madre murió me trajeron a un orfanato en Sevilla.

Jamás le había contado su historia a alguien, pues odiaba que se compadeciesen de él. Pero lo que no hubiera imaginado jamás que sucedería era que alguien pudiese soltar una carcajada como la que soltó el comisario al escuchar aquello. Sancho se puso tenso y apretó los puños, creyendo que se estaba burlando de él, pero enseguida vio que no había crueldad en sus ojos.

—Ah, perdonadme, amigo Sancho. Es sólo que acabo de recordar una inversión que hice hace unos años. Seis escudos. Dieron un inmenso fruto, ¿sabéis?

Sancho lo miró con extrañeza y no respondió. No tenía ni la menor idea de lo que estaba hablando aquel hombre, ni podía tenerla, pues al no haberse despedido formalmente del orfanato, fray Lorenzo jamás le había dicho quién lo había depositado allí. Aquella clase de revelaciones era algo que reservaba, sabiamente, para el último día de estancia de cada niño.

—Ah, no hagáis caso de las incoherencias de un viejo soldado —dijo el comisario, viendo el efecto que sus palabras habían causado en el joven—. Me dieron demasiados golpes en el casco. En fin, mi nombre es Miguel de Cervantes, comisario de abastos del rey. Si algún día encontráis tiempo para tomar esa copa de vino o puedo ayudaros en lo que sea, pasad por la posada de Tomás Gutiérrez.

Sancho se despidió de aquel hombre tan singular, creyendo erróneamente que jamás volvería a verlo en su vida.

LVI

Tuvo miedo antes de entrar.

La puerta era de madera, con volutas de hierro. De doble hoja, ancha como para que pasase un carro grande, con una entrada más pequeña en el lateral. Franqueada ésta había una garita baja, donde un par de alguaciles le preguntaron con sorna si iba armada. Una docena de espadas colgaban de un alargado listón de madera clavado a la pared detrás de ellos, pertenecientes a los clientes que entraban en el burdel.

—No les hagas caso, mi alma. Y no te asustes. Aquí no te ocurrirá nada —le dijo la Puños.

Clara se sorprendió al cruzar la puerta. Había esperado un antro sórdido y oscuro, no lo que se encontró. Era como entrar en un pequeño pueblo rodeado por una alta tapia. Dos calles largas y estrechas, formadas por pequeñas casitas adosadas, no mucho más grandes que la garita que había visto a la entrada. El suelo era de tierra, pero no había desperdicios ni inmundicias acumuladas por las esquinas, como era normal en Sevilla. Todo el lugar estaba limpio, y transmitía una sensación de serenidad. Frente a las casas había incluso pequeñas macetas pobladas de flores o de albahaca para espantar a los mosquitos. En un cuadrado libre entre dos de las viviendas alguien había plantado repollos.

—No te lo imaginabas así, ¿verdad? —le preguntó la prostituta, viendo la sorpresa en la cara de la joven.

La Puños la llevó a recorrer el burdel, que en su extremo más alejado de la puerta cobraba forma de herradura, uniendo las dos bocacalles. Sobre las puertas había clavados pequeños carteles con el nombre de la profesional que ejercía su oficio en el interior. Algunos de ellos venían acompañados de dibujos nada recatados en los que se detallaba la especialidad de la casa. Al pasar frente a alguna de ellas se oían ruidos y gemidos, a veces escandalosos.

—Ay, qué gritonas son. Pero a muchos caballeros eso les pone bravos.

Clara nunca había tenido ninguna experiencia sexual más allá de lo que la natural curiosidad le había llevado a investigar en su propio cuerpo, que no era mucho. Gracias a las novelas de caballerías, que retrataban las relaciones entre hombres y mujeres como algo platónico y nunca consumado, se había imaginado el amor como una frustración constante y ansiosa, como la que le bullía dentro del cuerpo ciertas noches. Así que era incapaz de ver todo aquello con la naturalidad con la que lo hacía la Puños, que había acabado por insensibilizarse ante aquellos estímulos. Pero intentó concentrarse en la explicación que ésta le estaba dando acerca del funcionamiento del burdel.

Se sorprendió mucho al descubrir que cada una de aquellas casas estaba cedida a las prostitutas en alquiler, y que sus dueños no eran precisamente cualquier don nadie. Más de la mitad de las casas pertenecían a conventos, iglesias o el propio arzobispado. El resto eran de nobles y ricos comerciantes. Clara se preguntó si Vargas también sería uno de esos dueños, aunque no se atrevió a preguntar por miedo a que la relacionasen con él.

—Todos los años por Semana Santa nos reúnen a todas las chicas en la catedral y nos largan un sermón para ver si nos arrepentimos y dejamos el oficio, como si hubiéramos elegido nosotras ganarnos el pan a cuatro patas. A las pocas que aceptan las encierran en un convento a pan y agua para el resto de sus días, y a las que les mandamos a paseo nos envían fuera de la ciudad hasta el Domingo de Resurrección, como si follar el resto del año no fuese pecado. Y los curas siempre intentan subirnos el contrato de alquiler. Panda de hipócritas, mi alma, eso es lo que son todos.

La vuelta a las dos calles duró menos que los insultos que la Puños tenía para dedicar a sus caseros. Terminaron la visita en la casita de su anfitriona. Estaba decorada con sencillez. Un camastro de paja, un arcón y una silla, con un hogar al otro extremo donde apenas cabían dos leños. Un geranio solitario sobre el ventanuco de la entrada ponía la única nota de color. La planta crecía escorada a la izquierda, luchando valientemente por captar la mayor cantidad posible de sol. A Clara le recordó a la mujer que tenía enfrente, que tampoco era de las que se quedaban a la sombra.

—Pues esto es el Compás, al menos de día. Cuando cae la noche y los clientes van cargados como ánforas, la cosa se vuelve más ruidosa. Entonces vienen los chulos y los matones que la cofradía de ladrones nos asigna a cada una, y fingen protegernos mientras trasiegan más vino y causan más moratones que los que evitan. Y cuando llega el amanecer nos dejan sin dinero y con la espalda hecha polvo, mi alma. Pero es así y así ha sido siempre.

En aquel instante la joven sufrió un arrebato de lástima por la Puños. Por muy dura que se le hubiese presentado la vida a Clara, por más injusto que hubiese sido crecer con el estigma de la esclavitud impuesto desde el mismo instante de su nacimiento, otras había que lo llevaban peor. La auténtica injusticia había sido venir al mundo sin aquel pedazo de carne entre las piernas que los hombres iban a aliviar allí. Las mujeres, aunque no naciesen esclavas, quedaban sometidas al designio de sus padres, y no tenían más salida honorable que casarse o meterse en un convento. De lo contrario la caída al abismo estaba garantizada. Y lugares como el Compás no eran el final de la caída. Ésta venía después, cuando las arrugas las condenaban al hambre, la locura y la muerte.

—¿Estás lista para ver a las chicas? —le preguntó la Puños.

Clara asintió, muy seria. Estaba deseando poder ayudar a aquellas mujeres a mejorar sus vidas en la medida de lo posible. Se puso en pie, se alisó las faldas del vestido y se recogió el pelo, intentando dar una imagen de seriedad.

—Pasa, Dolores, que ya está la boticaria —dijo la Puños, haciendo pasar a la primera de las chicas.

Durante toda la mañana éstas hicieron cola para mostrarle sus dolencias o hablarle de sus síntomas, y la colección de casos que pasaron por allí decía bien poco de las condiciones en las que aquellas pobres desgraciadas se ganaban el sustento. Muchas de ellas tenían lesiones por todo el cuerpo, ojos morados o los dientes flojos causados por sus chulos, que nunca estaban contentos con lo que sus protegidas les pagaban por protegerlas. Otras tenían enfermedades más comunes, como resfriados, indigestiones, dolores de cabeza o insomnios que tenían mejor arreglo. También lo tenían las ladillas y las liendres, que tan fáciles eran de agarrar en aquel lugar, aunque la gran mayoría de las muchachas llevaban el pubis depilado para evitarlas. Recetó infusiones de corteza de sauce, valerianas, madreselvas y cataplasmas de todas clases. Había llevado con ella una bolsa con algunas de las plantas de uso más común. La Puños quedó en ir a recoger a la botica de Clara el resto de los remedios al día siguiente. No todas las chicas tenían permiso para salir del lugar, y muchas apenas abandonaban el Compás en todo el año, pues no les estaba permitido ejercer su oficio fuera del recinto.

Clara había temido encontrarse con casos mucho más graves, como la sífilis, cuyos horribles síntomas había visto en una ocasión en la consulta de Monardes. Teniendo en cuenta la clase de lugar en el que se encontraba, entraba dentro de lo posible, por lo que el día anterior había dedicado un buen rato a estudiar con detalle los primeros síntomas de la enfermedad. No era que sirviese de gran cosa a quien la padeciese, puesto que era incurable y a menudo mortal, pero al menos podía ayudar a evitar que se extendiese. Por suerte aquel año se habían presentado pocos casos.

Sin embargo había algo igual de inevitable con lo que iba a tener que encontrarse.

—Hay una chica más que necesita tu ayuda, pero no puede levantarse de la cama, mi alma.

—Llévame hasta ella.

Siguió a la Puños hasta la casita donde vivía la enferma, que estaba en la otra calle. Cuando se acercaban vieron que había un pequeño revuelo alrededor de la puerta.

—¿Qué sucede?

—Ha venido el médico —les susurró una de las mujeres—. Está ahí dentro.

La Puños suspiró.

—Tenía que ser hoy. Ese viejo verde se pasa cada dos semanas y nos manda abrirnos de piernas a todas. Lo envía el ayuntamiento, para asegurarse de que no tengamos pulgas o liendres. Y cuando acaba siempre escoge a una para llevársela al catre —le explicó a Clara con voz queda.

La joven se abrió paso entre las chicas y vio como el médico estaba arrodillado al lado de la joven, a la que había mandado orinar en un frasquito. Se sostenía la mandíbula con aire meditabundo mientras observaba el color de la orina al trasluz. Luego dio un sorbo corto, ante las muestras de repugnancia del grupo de mujeres que se agrupaban en la puerta.

—Lo que me imaginaba —dijo el médico, un viejo de aspecto sudoroso y desagradable, con la nariz roja y marcada de gruesas venas—. Esta mujer tiene miasmas. Será mejor hacerle un buen sangrado para volver a equilibrar sus humores.

Clara miró a la ocupante del lecho y se quedó asombrada al comprobar que era casi una niña. No debía de tener más de catorce años, aunque no era de extrañar. Los únicos requisitos para ingresar en el Compás eran haber cumplido doce años y no llamarte María. Siempre que hubiera una casita libre y se cumpliesen tan exiguas condiciones, la aspirante tendría el empleo garantizado. Así le había sucedido a la Puños, y la pobre muchacha que estaba convaleciente en el camastro no era una excepción.

Al ver cómo el médico comenzaba a sacar la palangana y las lancetas, Clara se mordió el labio de pura ansiedad. La muchacha parecía muy pálida, y sin duda la sangría no iba a contribuir en absoluto a mejorar su estado. Sin embargo no se atrevía a contradecir a un médico en público, pues era algo que podría costarle muy caro. Monardes la había prevenido específicamente contra aquello, pero también le había avisado de que las sangrías eran un tratamiento dañino e inútil. Se debatió durante un rato atrapada en aquel dilema cuando vio que el médico tomaba el brazo delgado y pálido de la niña y acercaba la punta de la lanceta.

En ese momento no pudo contenerse y abandonó toda prudencia. Se acercó a la cama y se arrodilló junto a la muchacha, estorbando la maniobra del médico.

—Pero ¿qué hacéis? —protestó el hombre airado, poniéndose en pie.

Clara no le hizo el menor caso y puso la mano en la frente de la muchacha. Tenía la piel reseca, pero no parecía tener fiebre. La enferma la miró con ojos desvalidos y vidriosos.

—¿Cómo te llamas?

—Juani —contestó ella, con la voz cansada.

—¿Puedes contarme qué te sucede?

—Empezó esta mañana... no podía parar de vomitar. Me desmayé en la puerta y me he ido encontrando cada vez peor. Tengo muchas náuseas.

—¿Tienes sed?

—Mucha, pero no quise beber nada para no vomitar más. Es una sensación que no soporto —dijo tapándose con la sábana.

Clara observó que tenía los labios muy resecos, al igual que la piel, y comprendió que los síntomas tan desagradables que tenía eran fruto de la falta de líquidos en su organismo. Con cuidado, apartó la sabana. La muchacha estaba desnuda, y tenía los pezones duros e hinchados. Clara se los rozó con la yema de los dedos y la paciente emitió un quejido de protesta. Volvió a cubrirla con cuidado.

—¿Normalmente te duele cuando te hacen eso?

La muchacha negó con la cabeza y abrió la boca para decir algo, pero el médico las interrumpió.

—¿Se puede saber por qué os metéis en esto, señora mía? Haced el favor de apartaros. Esta mujer necesita de mis cuidados.

Clara se puso en pie. Aunque no era muy alta, le sacaba casi un palmo al médico.

—Señor, con todo el respeto, no estoy segura de que...

—Vaya, vos sois nueva, ¿verdad? —cortó el viejo, con una mirada libidinosa. Clara resistió el impulso de apretarse el vestido, pues el médico la estaba desnudando con la vista—. Nunca habéis pasado la revisión conmigo. No os preocupéis, hoy me encargaré de vos. De hecho creo que os dejaré para el final, para asegurarme de que no hay nada de que preocuparse.

—Ella no es puta, doctor. Ella es la boticaria, que ha venido a atendernos —dijo la Puños, que se había abierto paso al interior de la casita.

El médico se envaró al escuchar aquello.

—Vaya, os hacía una de las señoras gordas que venden remedios en La Feria. No os imaginaba así, la verdad. En cualquier caso haceos a un lado, tengo que atender a esta mujer.

Clara reprimió el impulso de abalanzarse sobre aquel hombre y cruzarle la cara de una bofetada, pero el miedo y la inseguridad se adueñaron de ella. Aquel hombre iba a hacer daño a la muchacha, y tan débil como estaba tal vez la matase, un crimen por el que no tendría que rendir cuentas a nadie. Clara buscó desesperadamente algo que decir, pero se dio cuenta de que carecía de autoridad. Si no llevase aquella pulsera que la marcaba como esclava, o no fuese una mujer, tal vez aquel estúpido le prestase algo de atención. En aquel momento sintió que había comprado muy barato el conocimiento que a Monardes le había costado décadas poseer, y que ella no podía atestiguar de forma alguna.

La Puños dio un paso al frente y tiró de la manga del médico. Éste se volvió hacia ella, irritado.

—Esperad un momento... Nunca os habéis preocupado de nada que no tengamos entre las rodillas y el ombligo. ¿A qué viene tanto interés ahora de repente por esta muchacha?

Hubo un tenso silencio y de pronto la prostituta encajó todas las piezas en su sitio.

—Ahora lo entiendo. Ya sabíais que había venido la boticaria, ¿verdad? Os lo han dicho los guardias de la entrada. Y de pronto habéis querido demostrar que sabéis más que nadie, ¿no es así? ¡Decid, decid si miento!

El viejo miró de reojo a la prostituta, pero no cedió y se encaró con Clara.

—Esas acusaciones son ridículas. Y vos, apartaos —dijo, aunque su voz no sonaba tan firme como antes.

—No, doctor. Esta mujer no tiene miasmas, como sin duda habríais notado si hubierais prestado un poco más de atención. —Clara estaba enfurecida, y pese a lo poco prudente de su actitud, no pudo contenerse más.

—¿Ah sí? ¿Y en qué universidad habéis estudiado vos para saber eso? —se burló el viejo.

—No necesito haber ido a la universidad para conocer la teoría humoralista. Prefiero tener ojos en la cara, y darme cuenta de que esta pobre chica está preñada.

El médico se encogió como si hubiera recibido una bofetada, y se asustó al ver la mirada que le echaron el resto de las mujeres. Balbuceó una excusa, metió sus cosas apresuradamente en la bolsa y se marchó. Clara se dio la vuelta para atender a la muchacha, que se había echado a llorar al oír el diagnóstico.

—Traed agua fresca —pidió Clara. Le pasaron un cuenco y ayudó a incorporarse a la chica, sujetándole el cuello con cuidado. Apretó los labios al principio, pero acabó cediendo a su miedo a vomitar y bebió con avidez. La pobre criatura debía de estar completamente seca, pensó Clara. No era de extrañar que se encontrase tan mal. Le acarició la cabeza con ternura, un gesto ante el que la muchacha reaccionó con una mirada tan llena de extrañeza como de agradecimiento. No debía de recibir demasiadas muestras de cariño en un lugar como ése.

—No te preocupes por lo que llevas ahí dentro, mi alma. A veces ocurre. Pero aquí todas cuidamos de todas, ¿verdad chicas?

Un coro de voces apoyó sus palabras desde la puerta, y la muchacha comenzó a tranquilizarse por fin. Al cabo de un rato se quedó dormida, y la Puños le pidió a Clara que le acompañase a su casita para pagarle sus honorarios.

—Tengo que estar en mi puesto cuando empiecen a salir los funcionarios del ayuntamiento. Vienen derechos al Compás como el toro al capote. Me gustaría acompañarte de vuelta a la botica, mi alma, pero se ha hecho ya muy tarde.

Clara iba a replicarle que no era necesario, que no iba a ocurrirle nada en el camino, cuando la aparición de una figura doblando una esquina la paralizó de terror. Hacia ellas iba caminando Groot, con los faldones de la camisa por fuera y el jubón colgando del hombro. Iba mirando al suelo, por lo que no se percató de la presencia de Clara.

—¡Escóndeme, Lucía, por favor! —le susurró a la Puños, intentando ocultarse detrás del cuerpo de ella.

—¿Qué? Pero ¿qué haces? —Se sorprendió ésta antes de fijarse en la persona a la que Clara quería evitar. Gruesas arrugas se formaron en su rostro, casi siempre risueño. Sin pensarlo dos veces abrió la puerta más cercana a donde se encontraban y se coló dentro, con la mala fortuna de que estaba ocupada. La chica que había sobre el camastro soltó un gritito más de sorpresa que de miedo, y su acompañante, que estaba colocado encima de ella, las miró asombrado.

—Sigan, sigan vuesas mercedes, que esta chica es nueva y la estoy instruyendo en el oficio —dijo la Puños, sacudiendo la mano para que continuasen.

Animado por aquellas palabras y creyéndose un ejemplo de novicias, el cliente se dedicó a empujar con denuedo. Clara apartó la vista, azorada, y contuvo la respiración hasta que la Puños asomó la cabeza por la puerta y comprobó que el camino estaba despejado. Su casita era la contigua, y allí puso en manos de Clara las monedas que había ganado ese día.

—Seis reales de plata. Hubieras ganado más viéndonos a cada una por separado, pero no todas pueden pagar lo mismo.

—Es más de lo que me esperaba. Muchas gracias —dijo Clara con la voz ausente. Seguía pensando en el encuentro del que se acababa de librar por los pelos. ¿Habría ido allí

Groot a amenazar a sus nuevas clientas, igual que había aterrorizado a todos los vecinos de su barrio? No, estaba volviéndose loca, se dijo enseguida. Por su aspecto estaba claro que el enorme flamenco había ido allí buscando algo muy distinto.

—¿Qué tienes tú que ver con la bestia esa, por cierto? —dijo la Puños, leyéndole el pensamiento.

—Trabaja para mi amo, y no somos precisamente amigos —respondió Clara, contándole toda la historia desde el principio.

—No es trigo limpio, eso te lo garantizo. No se va con cualquier chica, sólo con las que se dejan hacer auténticas salvajadas. Muchos de los moratones que has visto hoy son culpa suya.

—¿Alguna vez te ha...?

—Yo nunca me he prestado a eso, no me hace falta. Y no sólo por los golpes, sino por la conversación tan cansina que tiene. Es de los que se pone a hablar cuando ha hecho lo suyo, fanfarroneando de esto y de lo otro, como si tuviera que compensar con baladronadas lo poquito que ha durado la faena. Ahora va diciendo por ahí que es el amo del trigo de Sevilla, que tiene toneladas almacenadas y que si él quisiera... Bueno, sandeces sin sentido.

Clara asintió sin poner demasiado empeño. Los ruidos en la casita contigua continuaban, hasta el punto de que la conversación se hacía difícil. De pronto se dio cuenta de que la Puños llevaba un rato preguntándole algo.

—Perdona, ¿qué decías?

—Eres virgen, ¿verdad, mi alma?

Clara asintió con la cabeza. Notó que se le había acelerado la respiración y se había puesto colorada, y no sólo por la vergüenza. De alguna forma el ambiente libertino de aquel lugar se le había metido bajo la piel, algo que no comprendía en absoluto. Se sentía traicionada por su cuerpo, que debería sentirse asqueado, y reaccionaba de manera muy distinta.

—Pero mujer, eso no puede ser. Alguna vez habrás tocado la guitarra.

La joven no comprendió al principio, hasta que la Puños hizo claramente el gesto al que se refería. Clara volvió a negar.

—Mi alma, eso hay que arreglarlo, que ya eres mayorcita. ¿Cuántos años tienes?

Se levantó y se situó frente a Clara, de rodillas. Ésta seguía sentada en la silla.

—Voy a cumplir diecinueve —dijo, con la voz tan ronca que ella misma apenas se reconoció.

—Pues vas a ver lo que te estás perdiendo, mi alma —le dijo la Puños, convirtiendo su voz en un susurro y cogiendo la mano de Clara—. A esto tengo que recurrir yo día sí y día también, que tanta metida de sable me ha dejado la vaina muy ancha. Y más con los prendas que vienen por aquí, que se creen todos Hércules y son más rápidos que una liebre y más flojos que una acelga hervida.

Mientras hablaba, llevó la mano de Clara bajo el vestido. Al principio la joven se resistió, pero enseguida cedió y acabó separando los muslos. Los dedos expertos de la prostituta enseñaron a los suyos a separar con delicadeza la carne, a rescatar la humedad de su interior y recrearse en el lugar adecuado. Un par de minutos después Clara explotó con un gemido ahogado, mientras una oleada de placer le recorría el cuerpo, desde la punta de los pies hasta el nacimiento del pelo, erizándole el vello de la nuca.

—Yo... no sabía que esto fuese así —jadeó.

La Puños soltó una carcajada y le dio una palmadita cariñosa en la espalda.

—Ahora entiendes por qué todo el mundo se vuelve tan loco por esto, ¿verdad? Bueno, al menos ya sabes lo que esperar cuando estés con un hombre. Y ahora vete, que tengo que ganarme los garbanzos.

LVII

*T*odo el asunto había olido mal desde el principio. Sancho sabía que había sido un grave error haberles dado aquella paliza a los secuestradores de niños. Salvo el incidente de Cajones, todos los encuentros que habían tenido con la cofradía de ladrones habían transcurrido sin demasiada violencia. Golpear de aquella manera a aquellas sanguijuelas que vivían de explotar el dolor de los padres había sido un acto impulsivo e inevitable. Uno de ellos, a quien Zacarías acusó de abusar de las niñas mientras esperaban el rescate, había salido especialmente mal parado. Sancho le había roto los dedos de las manos uno a uno sin compasión, conteniéndose para no atravesarle los pulmones.

Había sido una estupidez, porque aquello le había dado a Monipodio un camino al interior de su mente, una indicación de que había algo que le hacía daño y que no podía controlar. También había sido el método ideal para tenderles una trampa. Una que debería haber olido a muchas leguas. El día anterior, entre los fulleros y los cortabolsas no se hablaba más que del secuestro de la hija de un comerciante francés. Una niña cuyo paradero parecía ser un secreto a voces.

Sancho y los demás habían mordido el anzuelo como auténticos idiotas. Porque al irrumpir en la casa no habían encontrado a ninguna niña, sino a media docena de hombres de Monipodio armados hasta los dientes. Por desgracia no había atado todos los cabos hasta entonces, con los seis enemigos reducidos a sus pies y los gemelos jadeando, apoyados contra la pared. Las sonrisas de ambos eran visibles incluso en la penumbra.

—Esto era una trampa, Sancho —dijo Marcos, escupiendo a un lado.

Josué le hizo un gesto, y Sancho asintió, comprendiendo enseguida lo que quería su amigo. El gigantón estaba inquieto. Aunque nunca participaba en las peleas, su concurso era fundamental para abrir las puertas y controlar a los prisioneros. Su físico amenazador solía ser tan efectivo para que muchos arrojaran las armas como la habilidad de Sancho con la espada.

—Sigue siéndolo. Éstos eran demasiado blandos. Si de verdad sabían que veníamos, tendrán algo más para nosotros —dijo el joven, yendo hasta la puerta de la calle y echando una ojeada. Le pareció que no había nadie fuera, pero tampoco podía asegurarlo, ni se atrevió a asomar la cabeza. Demasiado riesgo—. Salgamos por detrás —propuso, dirigiéndose a la puerta trasera, que daba a un callejón estrecho. Éste desembocaba en las callejas centrales de La Feria, donde sería sencillo eludir cualquier persecución. De haber estado él solo se escaparía por los tejados, pero ni Josué ni los gemelos podían seguir aquella ruta.

Por desgracia, la segunda parte de la trampa estaba, como había temido Sancho, en el callejón. Cuatro hombres se cernieron sobre ellos desde la salida, y otros dos desde las sombras del lado contrario. Pero esta vez el joven había escogido el terreno donde pelear. Aunque les superasen en número, las paredes eran tan estrechas allí que no podían rodearles.

—Tocamos a dos —dijo Mateo, con un reniego. No había ni el más mínimo asomo de miedo en su voz. A diferencia de Sancho, a quien siempre le entraba flojera de piernas antes de un combate, los gemelos vivían para aquello. Seis hombres aproximándose, con las espadas desenvainadas, en un callejón estrecho de paredes húmedas, sin más luz que la que la luna reflejaba, creando más sombras que las que desvelaba. Para los dos hermanos era el paraíso.

—Vosotros encargaos de los de atrás. Proteged a Josué.

—¿Cuatro para ti solo? ¿Estás loco? —protestó Marcos, pugnando por cambiarse el sitio con Sancho.

«Eso parece», pensó Sancho, que no pudo evitar recordar las palabras de Dreyer acerca de cómo un espadachín se convertía en leyenda: haciendo estupideces como aquélla.

«Que nadie te recuerde.»

—¡Haced lo que os digo! —masculló, empujando a los gemelos al lado contrario. Josué quedó en el centro, como testigo de excepción de la carnicería que se cernía sobre ellos.

El primero de los que le tocaban entró en su sentimiento del hierro, con la punta del acero tan baja que Sancho podría haberle ensartado sin miramientos lanzándose a fondo. Pero entonces hubiera quedado a merced del que llegaba detrás. Aquel duelo había que librarlo con la cabeza fría, como una mortal partida de ajedrez en la que él era la última de las piezas.

El matón dio un paso hacia adelante y tanteó con la punta de su espada la de Sancho. Éste dejó la mano intencionadamente suave, cediendo algo de espacio en la guardia alta, un truco que su adversario interpretó como inexperiencia. Se lanzó a fondo, sólo para encontrarse que Sancho ya no estaba donde él se imaginaba. Pegado a la pared, el joven dio dos pasos hacia adelante, ensartando la vizcaína en las costillas del confiado matón. Al mismo tiempo, con la otra mano, lanzó un ataque a la yugular del siguiente enemigo, que no se esperaba intervenir tan pronto y se encontró totalmente desprevenido. La estocada falló por poco el cuello porque su destinatario se agachó, pero el filo de la espada le resbaló por el pómulo, desgarrándole el rostro cruelmente y arrancándole la mitad de una oreja. El matón cayó al suelo, entre gritos de dolor. Sancho le pateó en la cara, dejándolo inconsciente.

«Parece que yo tenía razón, maestro Dreyer. El filo cuenta», pensó Sancho, extrañado de poder tener un pensamiento tan coherente en mitad de la excitación del combate. El tiempo pareció ralentizarse mientras hacía un repaso de su situación. Dos fuera, quedaban otros dos delante.

Sancho respiró hondo, intentando no pensar en la daga, que yacía en el pecho del matón agonizante a pocos palmos de su pierna derecha. Para el caso hubiera dado igual que estuviese en las Indias. Si hacía el más mínimo gesto por cogerla, era hombre muerto.

—Ve a por él, Catalejo. ¡Venga!

Aquella voz y aquel nombre mandaron un escalofrío por la espalda de Sancho. Sintió como se le erizaban los pelos de la nuca en una mezcla de miedo y furia, y apretó los dientes con fuerza para no gritar. Frente a él estaban las dos personas a las que más odiaba en el mundo, tal vez incluso más que al propio Monipodio. Catalejo y Maniferro, los guardaespaldas y asesinos del Rey de los Ladrones. Los más peligrosos hijos de puta de toda Sevilla, y los dos que habían reventado a patadas a Bartolo mientras Sancho escuchaba impotente desde el otro lado de una tapia.

Catalejo ya pasaba un pie por encima del cuerpo del herido, y Sancho se preparó. Aquel matón había matado a más gente que dientes tenía en la boca, y tenía fama de trapacero y cruel. Se valía de su bizquera para engañar al contrario sobre sus intenciones. Eso no le iba a servir de gran cosa en la oscuridad, pero tendría seguro mil y un trucos aprendidos en otros tantos combates.

Sancho percibió su energía en cuanto las espadas se tocaron. La hoja de Catalejo vibraba nerviosa, como si su dueño emprendiera una docena de amagos con cada respiración y los retuviera en el último instante. La mejor manera de enfrentarse a alguien así era mantenerse firme como una roca y esperar. Sancho se abstrajo de la pelea que tenía lugar a su espalda, donde los jadeos y las fintas del acero cortando el aire habían llegado a su punto culminante. Olvidó todo lo que le rodeaba, centrando toda su atención en el peso de su cuerpo, reuniendo energía en sus muslos para cuando Catalejo se decidiese a atacar, visualizando el movimiento que realizaría su cuerpo. El bizco le tiró un amago en corto, y después otro más, a los que el joven apenas respondió con una leve inclinación del ángulo de la guardia, bloqueando cualquier vía de entrada. Catalejo, entonces, cometió el error de los impacientes y de los idiotas.

«Dos en tercera, una en quinta y de vuelta a la tercera. Es la primera secuencia que aprenden todos los matones de baja estofa en las academias de mala muerte o de los instructores del ejército, y a la que vuelven siempre», decía siempre Dreyer.

Allí mismo se materializaron las palabras del herrero. Dos estocadas seguidas a la derecha, a media altura. Un paso atrás, brevísimo. Un amago a los riñones, y después la definitiva, de nuevo en tercera, destinada a perforar los pulmones de Sancho y enviarlo al suelo, escupiendo sangre por la boca. Una secuencia mortal, que había dado fruto en tantas ocasiones que Catalejo fio a ella todo su cuerpo, descubriendo su flanco derecho. Con lo que no contaba era con que Sancho se anticipase, fiándose él al entrenamiento de Dreyer y a su propio instinto.

El joven detuvo por dos veces las entradas en tercera, desvió con facilidad el amago en quinta y luego se arrodilló, ocupando él mismo el lugar que la espada de Catalejo acababa de abandonar mientras la suya propia se adelantaba, encontrando paso franco hasta el pecho del matón. Hubo un crujido desagradable, mientras el impulso de Catalejo lo ensartaba en la hoja rival. La armadura de placas de cuero recubierta con una fina capa de acero que llevaba bajo la camisa, y que tantas veces le había salvado el pellejo al matón, no sirvió de nada ante la combinación de su propia fuerza y la de Sancho. El cuerpo de Catalejo llevaba tanta inercia que se hundió en la espada hasta que los gavilanes le tocaron el pecho. Su rostro reflejaba una sorpresa infinita, que sería la misma con la que los alguaciles lo encontrarían a la mañana siguiente.

Pero Sancho no lo captó, pues el peso del matón era demasiado y casi lo arrojó al suelo. La espada de Dreyer quedó atrapada, y el joven tuvo que arrancarle a Catalejo la suya de un tirón. Maniferro ya se le venía encima, tan sorprendido como su compañero de que el resultado del combate estuviese siendo tan desfavorable. Tal vez si hubiese sido él el tercero en atacar a Sancho, en lugar del bizco, todo habría terminado ya. Si hubiese sido Maniferro el que yaciese en el suelo del callejón, Catalejo ya estaría corriendo de vuelta a Triana con el rabo entre las piernas. Pero había sido al revés, y Maniferro no destacaba precisamente por su brillantez. Poseído de la furia por haber visto morir a Catalejo, lanzó un ataque tras otro, sin pausa, mandoblazos sin orden ni estrategia alguna, abriendo el arco de sus ataques de tal forma que la punta de su acero arrancaba chispas de los muros de piedra.

Desconcertado por la avalancha que se le venía encima, y ralentizado por la pesada y más basta espada de Catalejo, Sancho no pudo sino defenderse como pudo de las embestidas de Maniferro. El matón había ganado también así muchos combates, a base de su fuerza bruta y el miedo que inspiraba en los rivales. Desvió a duras penas una estocada en cuarta que iba derecha a su corazón, y que por muy poco acabó desgarrándole el brazo izquierdo. Soltó un quejido de dolor, que aún dio más fuerza a los embates de Maniferro. Perdió la concentración, y al dar un paso atrás tropezó con el cuerpo del primer matón al que había liquidado, cayendo. Quedó panza arriba como una tortuga, y por un instante creyó que ése sería su fin. La oscuridad se hizo más tenue, y pudo ver con nitidez la expresión triunfal de Maniferro, que levantaba la espada dispuesto a asestarle el golpe definitivo. Alzó su propia arma, sabiendo que no había tiempo para alcanzar al matón en el estómago antes de que el otro lanzase su ataque, pero dispuesto a morir matando. Y entonces, antes de que el callejón volviese a ser un amasijo de oscuridad y el tiempo volviese a recuperar su velocidad habitual, vio cómo la espada de Maniferro no llegaba a descargar nunca el golpe, sujeto su brazo por una inmensa mano negra. Y vio su arma clavada en las tripas del matón, que soltaba la espada y caminaba hacia atrás, intentando huir de ellos, sólo para desplomarse a la entrada del callejón, inconsciente o muerto.

Se puso en pie con ayuda de Josué. En aquel momento hubiese cambiado el pasaje a las Indias con el que llevaba soñando toda su vida por un poco de luz para comunicarse con su amigo sin que nadie más le oyese. Para darle las gracias como se merecía por haber tomado partido y salvarle la vida. Pero tal vez fuese mejor así, pues Josué siempre le había jurado que llegada la hora interpondría el cuerpo para que nadie hiciese daño a Sancho, y eso era exactamente lo que había pasado. Así que se limitó a apretarle el hombro con afecto, gesto que el negro le devolvió.

Los gemelos habían dado cuenta ambos de los hombres que les habían tocado, así que Sancho recuperó sus armas en la oscuridad y se alejaron del lugar todo lo que pudieron, temiendo una nueva celada. Se detuvieron quince minutos después en un portal a la entrada de la plaza del Duque de

Medina. Sancho se apoyó en la pared, mareado, y sólo entonces reparó en que su mano izquierda estaba empapada de la sangre que le manaba de la herida en el brazo.

Echó la cabeza hacia atrás, contemplando el cielo sin nubes, siendo consciente de cada respiración que daba, de la tibieza de la noche, de las manchas descoloridas en el encalado de la pared que tenía enfrente. Acababa de cumplir uno de los deseos que lo habían mantenido con vida mientras se retorcía bajo el látigo del cómitre en galeras. Había borrado de la faz de la tierra a dos alimañas, pero en su corazón no había ni rastro de alegría, ni una brizna de consuelo. Tan sólo un vacío ominoso y descorazonador, que le hablaba de la futilidad de la existencia, que presagiaba que el mundo continuaría largo tiempo después de que él estuviese muerto y enterrado. Que las ranas que croaban en la fuente cercana lo hubieran hecho igual de ser él quien yaciese desangrado en un callejón. Aquella revelación le atenazó el corazón con un puño helado. Por un instante se preguntó si había realmente otra vida, y si de haberla su madre y Bartolo le estarían esperando al otro lado. Sintió el peso de la soledad como una enorme losa.

—Vosotros id al Gallo Rojo. Yo voy a ir a curarme esto —dijo señalándose el brazo, sin atreverse a mirarles a la cara por temor a que se diesen cuenta de sus sentimientos.

Josué protestó, diciéndole que él podía encargarse de una herida insignificante como aquélla, pero Sancho desapareció por el callejón.

Entró en la botica desde el huerto, saltando la tapia. Tuvo cuidado de no aplastar ninguna planta al dejarse caer dentro. Creyó que tendría que forzar la puerta de atrás, pero no fue necesario. Cuando subía los escalones que llevaban al porche trasero, una voz le detuvo.

—Estáis convirtiendo esto de irrumpir en mi casa en una costumbre, Sancho de Écija.

Ella estaba sentada en uno de los bancos del huerto, observándole. Sancho se sorprendió de encontrarla afuera y despierta a aquellas horas, como si hubiera estado esperándole. Se estremeció al ser consciente de nuevo de que, de no haber intervenido Josué en el último suspiro, jamás habría vuelto a verla.

—Necesito de vuestros servicios —dijo alzando a duras penas el brazo herido. La sangre que le empapaba la palma parecía negra a la luz de la luna, pero Clara supo enseguida lo que era y lo llevó dentro.

—Quitaos el jubón y la camisa —ordenó con voz severa.

Sancho obedeció, dejando las prendas a un lado sobre el suelo de piedra para no arruinar la tela que cubría el mostrador. La joven le mandó sentarse en una banqueta, y luego preparó el instrumental para limpiar las heridas, así como un frasco de vinagre y un tarro con una mezcla oleosa que Sancho no supo reconocer. Cuando Clara aplicó el lienzo empapado en el vinagre, enarcó una ceja. Sancho no dio el respingo habitual al sentir la quemazón, sino que su cuerpo se relajó visiblemente. El dolor le hizo de nuevo sentirse vivo y humano.

—¿Cómo os habéis hecho esto? —dijo, tomando aguja e hilo para coser la herida. Tenía más de un palmo de largo y recorría el brazo de Sancho desde el codo hasta el hombro.

—Esta noche he matado a los hombres que asesinaron a mi amigo —respondió Sancho con voz hueca.

No reaccionó cuando la aguja entró en su piel.

—¿Y bien? ¿Está satisfecha vuestra sed de venganza ya? —preguntó Clara. Su tono estaba libre de juicio o reprobación, o eso le pareció a Sancho. Tal vez había algo más, pero no podía precisar qué.

—Sólo eran dos matones a sueldo. Ni siquiera les pude decir quién era yo o en nombre de quién... hice lo que he hecho. Ni siquiera les pude arrojar a la cara su crimen, para que supiesen por qué morían.

—Toda muerte es inútil —dijo ella, y de nuevo no había reproche en su voz.

Sancho no respondió, y Clara concluyó de suturar la herida en completo silencio. Al alzar la vista sus ojos se encontraron con los de él. Inmóviles, brillantes, tan reales como podía ser algo en este mundo. Había en ellos miedo y deseo, pero también esperanza. Ella adelantó los labios, anhelantes, y Sancho la besó con pasión desesperada. Clara lo apartó con suavidad y se desató la cinturilla del vestido. Echó los hombros hacia atrás, y el vestido cayó al suelo.

El joven contempló a Clara desnuda, sintiendo como su corazón galopaba, dejando atrás el hielo que lo aprisionaba. Sus ojos recorrieron las esbeltas piernas, el triángulo de su sexo y la curva de sus pechos. Por un momento se planteó hablarle de cómo la imagen de su torso desnudo, la que había robado por encima de la valla mientras ella se lavaba en el pozo, le había acompañado en galeras. Cómo se había aferrado a aquella fugaz belleza para no perder la cordura, con casi tanto ahínco como se había aferrado a la venganza. Luego comprendió que las palabras eran ya inútiles.

Atrajo a Clara hacia sí, abrazándola, acariciando con ternura sobre su brazo izquierdo el mismo espacio de piel intacta, perfecta que ella acababa de remendar en él. Luego sus labios volvieron a unirse y la pasión tapó todo lo demás.

i todo el oro del mundo valdría esta locura —dijo Mateo, mostrando miedo por primera vez desde que Sancho le conocía.

—Silencio —le chistó Zacarías, que encabezaba la marcha—. Aquí las calles tienen ojos y oídos.

—No podemos dar sensación de debilidad. Entrad allí con paso firme, no miréis fijamente a nadie a los ojos y no hagáis movimientos bruscos. Hoy todos tendremos lo que buscábamos —dijo Sancho, repitiendo las instrucciones del ciego por enésima vez.

Los gemelos guardaron un tenso silencio, y continuaron a buen paso detrás de Zacarías. Habían cruzado el Puente de Barcas hacía unos minutos, y el ciego les conducía por el laberinto de callejuelas de Triana, hacia un lugar de Sevilla al que muy pocos querrían ir voluntariamente. La tensión era palpable, pero a pesar de todo Sancho creía que había tomado la mejor decisión.

Habían pasado varias semanas desde la emboscada de Catalejo y Maniferro. El otoño ya traía río abajo nubes grises y días de viento y granizo, presagiando un invierno temprano. El acoso de los Fantasmas Negros a la cofradía de ladrones había continuado de forma implacable, pero cada día tenían menos trabajo. La muerte de los dos asesinos más peligrosos de la ciudad había enviado oleadas de miedo a lo largo y ancho de toda la estructura del hampa sevillana. Ecos que habían trascendido incluso entre la gente honrada, que celebró el suceso con morbosa fascinación. El resultado fue que todos los negocios ilícitos se paralizaron. Cortado el suministro de objetos robados, el Malbaratillo se desmontó, reducida su habitual actividad a un par de mesas desangeladas y semivacías. Las deudas de honor no se pasaron a cobro, ni se clavaron más cuernos en las puertas de las casas de los amantes, ni hubo más muertes por encargo. La noche de Todos los Santos de 1590, por vez primera en más de un siglo, los alguaciles no recogieron ni un solo cadáver en las calles de Sevilla.

La existencia de los Fantasmas Negros había frenado por completo el negocio, pero había quien estaba dispuesto a todo para reanudarlo, incluso pasando por encima de Monipodio. Así que cuando los rumores empezaron, llegaron muy pronto a oídos de Zacarías.

—Ve a hablar con ellos —le había ordenado Sancho.

Y unos días después estaban allí, los cinco. Los gemelos vestidos con unos trajes negros como el de Sancho, que había encargado a Fanzón especialmente para aquella noche. Y Josué, pese a todas sus reticencias, había aceptado portar armas cuando Sancho le prometió que no tendría que usarlas. Habían comprado dos enormes hachas de guerra, oxidadas y casi inservibles, a un chamarilero. Pero después de un buen pulido y enfundadas en una correa que el negro se había atado a la espalda, le conferían a Josué un aire terrorífico.

Zacarías se detuvo en una calle estrecha, aparentemente igual a todas las que habían recorrido. Sancho se dio cuenta demasiado tarde de que, si algo le sucedía al ciego y tenían que salir huyendo de allí, le sería imposible encontrar el camino de vuelta. Sacudió la cabeza, intentando no pensar en ello. Tenía demasiados motivos por los que preocuparse.

—Es aquí —anunció el ciego, tanteando con su cayado un portal. La puerta se abrió sin que nadie llamase, como si les hubieran estado esperando. Un hombre de mediana edad y barba de chivo abrió la puerta.

—Acaba de bajar —susurró.

Al pasar Sancho por su lado pudo percibir los ojos del hombre clavados en él, y se preguntó si ya se habrían cruzado sus pasos antes. De nuevo se obligó a concentrarse. Todas las personas que había en aquella casa les odiaban, y no ganaría nada pensando en cada uno de ellos individualmente. Si quería estar vivo dentro de una hora tendría que tratar a los miembros de la Corte como un solo ser.

Siguieron a Zacarías y a Barbas de Chivo por el interior de la casa. Un pasillo estrecho llevaba a una especie de antesala, donde otro hombre, con aspecto más fiero y amenazador que el que les había abierto la puerta, les dio el alto. Barbas de Chivo y él se apartaron y discutieron en voz baja, mirando en dirección a los incómodos visitantes varias veces. Finalmente volvieron donde estaban ellos.

—Entraréis ahora. Mucho cuidado, ciego. Si descubro que todo esto es un truco... —dijo Barbas de Chivo.

—Sólo buscamos el bien de todos, amigo mío —respondió Zacarías, intentando aparentar calma.

Las puertas de la Corte se abrieron, y los Fantasmas entraron en la enorme sala. Las conversaciones se detuvieron, y un centenar de rostros se volvieron hacia ellos. En muchos había sorpresa, y en otros expectación.

—¿Qué pasa ahí? —preguntó una voz áspera.

Se abrió un pasillo entre los miembros de la cofradía, una línea recta que culminaba en el mismo hombre fuerte, de pecho hirsuto y barba espesa que Sancho recordaba. No llevaba sombrero, pero sí su basta espada morisca colgando de la cintura. El Rey vio a Zacarías y una sombra de sospecha cruzó por su rostro. Después miró a los que le acompañaban, que ya caminaban derecho hacia él, y comprendió al instante quiénes eran. Una mueca cruel se dibujó en su boca.

Sancho se detuvo a pocos pasos del trono. Se había formado un círculo a su alrededor.

—Maese Monipodio.

—Vaya, así que por fin se revelan los Fantasmas Negros... —dijo el hampón con sorna—. Y en el lugar más inesperado. Me pregunto quién los habrá dejado entrar. Claro que viendo con quién venís no es tan difícil atar los cabos.

Hubo gritos de asombro y chirrido de armas saliendo de sus vainas. Sancho percibió el odio de los allí congregados, envolviéndole como una manta. Aquél era el momento decisivo.

—No sabéis tantas cosas como creéis.

Monipodio se acercó a él, mirándolo fijamente a los ojos. Sancho se preguntó si le reconocería, pero el matón no dio muestras de ello.

—Tal vez no, pero cuando hayamos acabado con vosotros os gustaría tener más cosas que poder contarnos, para que os dejásemos en paz.

Alzó una mano para indicar que los agarrasen, pero Sancho se dio la vuelta y se dirigió a la multitud. Su voz metálica y suave se elevó, en clara oposición a la de Monipodio.

—Hemos venido de buena fe a plantear una petición a la cofradía de ladrones. Cumplidla y vuestras vidas volverán a la normalidad.

—¿Y si no? —preguntó Monipodio, burlón.

—¿Créeis que habríamos sido tan estúpidos para estar aquí todos? ¿O que sólo cinco de nosotros, uno de ellos ciego, habríamos podido paralizar a la todopoderosa cofradía? Los Fantasmas somos muchos más que los que veis aquí. Tocadnos un pelo a mí o a uno de mis hombres, y vosotros y vuestras familias seréis responsables. Se acabarán las contemplaciones. Os cazaremos uno por uno, como a alimañas en la oscuridad.

—Es un farol —dijo Monipodio—. Cogedles.

Pero los guardaespaldas del hampón no se movieron. En lugar de ello, Barbas de Chivo dio un paso adelante e hizo la pregunta que habían acordado con Zacarías.

—¿Qué petición es esa que traéis?

—Los Fantasmas Negros representamos la memoria de todas las vidas que este hombre ha destruido. —Levantó el brazo y lo mantuvo en alto, señalando a Monipodio—. Aquellos a los que arrojó al río por una deuda. Aquellos a los que vendió por unos pocos maravedíes. Aquellos a los que destripó porque creía que le engañaban con el diezmo. —Hizo una pausa y bajó de nuevo el brazo—. Por todo ello os pedimos la cabeza de Monipodio. Después los Fantasmas desaparecerán.

El hampón soltó un bufido de puro asombro.

—Tú, mocoso malnacido, ¿te plantas en el centro de mi Corte y vienes a pedir mi cabeza? ¿Delante de mis hermanos, de aquellos a quienes alimento y protejo? Has perdido el juicio.

—Hubo alguien que me dijo una vez que prefería la justicia de los alguaciles a la protección de Monipodio. Tal vez deberíais plantearos si no era el único que pensaba así.

—¡Ja! ¿Qué decís vosotros? ¿Tiene razón? ¿Puede entrar un mocoso aquí y...?

El Rey de los Ladrones giró en derredor y su voz se fue apagando a medida que su mirada se cruzaba con las de sus súbditos. Muchos lo rehuyeron, pero otros lo miraron acusadoramente. No había nadie en aquella sala que estuviera ligado a él por algo que no fuese el temor o la sumisión. Allá donde miró Monipodio vio cómo de boca a oreja se transmitían secretos y consignas. Y ninguno de los allí presentes respondió a sus preguntas.

Viéndose completamente solo, Monipodio intentó recomponer su orgullo. Apretó los labios en una sonrisa tensa y meneó la cabeza de arriba abajo varias veces.

—Ay, Zacarías, parece que he estado aún más ciego que tú.

—Tan sólo recogéis lo que habéis sembrado, mi señor —respondió el ciego, encogiéndose de hombros.

—Malditos seáis todos, ¡me cago en vuestras madres! —dijo el hampón, sacando la espada—. Pero no me cogerás sin lucha, muchacho. Por Dios que no. ¡Venid de uno en uno, si tenéis lo que hay que tener!

Mateo y Marcos se adelantaron al unísono, pero Sancho los detuvo con un gesto.

—Dejádmelo a mí.

Monipodio se puso en posición de combate y comenzó a trazar un gran círculo alrededor de él, aún a cierta distancia. Sancho le contempló impasible, con las manos cruzadas sobre el pecho.

—¿Vas a ser tú, muchachito? Creí que mandarías al negro primero. Pero mira, así voy calentando la hoja.

—Espero que seáis mejor que los dos perros vuestros a los que maté hace un par de semanas en el callejón de las Ánimas. No me duraron ni un suspiro —dijo desenvainando la espada lentamente, como si todo aquello no fuera más que un enorme fastidio para él.

Monipodio se detuvo, bizqueando incrédulo. Aquel mozalbete no podía ser el responsable, y menos él solo. Tenían que haber sido muchos de ellos.

—Mientes.

—Sois libre de pensar como queráis.

El hampón tragó saliva, ya no tan seguro. Debió de convencerse a sí mismo de que lo que decía el joven no era cierto. O tal vez fue la mirada expectante de sus rebeldes súbditos la que le obligó a dar un paso hacia adelante. Entró en el sentimiento del hierro de Sancho con la punta temblorosa, y al rechazar su torpe ataque Sancho comprendió que el hombre que había mandado matar a cientos de personas había perdido hacía mucho tiempo el instinto de hacerlo por sí mismo.

Paró en cuarta, en primera y en sexta, sin que Monipodio se acercase siquiera a herirle. El hampón dio un paso atrás en falso, abriendo la guardia, pero en lugar de ensartarle Sancho dio una zancada adelante y le golpeó en la tripa con el canto de la mano izquierda. La machada estuvo a punto de costarle muy cara, pues Monipodio soltó un tajo de puro instinto antes de doblarse sobre sí mismo, y la trayectoria de la hoja pasó muy cerca del cuello de Sancho.

Hubo un rugido entre la multitud al ver caer a Monipodio, y no fue precisamente de lástima. Los cofrades parecían haber olvidado el acoso al que los Fantasmas les habían sometido durante meses. Comparado con el régimen de terror de Monipodio, aquello les parecía una liberación.

Tan pronto recobró el aliento, el hampón mostró sus dientes podridos y volvió a lanzarse contra él. Sus movimientos vacilantes se habían hecho más contundentes debido a la furia y la humillación, y el joven tuvo que emplearse a fondo para contrarrestarlos. Decidió pasar a la acción de nuevo. Bloqueó una serie de ataques y en cuanto sintió que Monipodio jadeaba lanzó el suyo. Cuarta, primera, y finalmente, cuando Monipodio le bloqueó en octava, con el brazo completamente estirado, empleó a su favor la curvatura de la espada del hampón. La punta de la espada de Sancho atravesó el antebrazo de Monipodio, que soltó un bramido y dejó caer la espada sin poder evitarlo.

Sancho dio una patada al arma, que fue a parar a los pies de Josué.

—¡Una espada! ¡Mil escudos por una espada! —gritó Monipodio, desesperado.

Sancho le apoyó la punta de la hoja en el cuello.

—De rodillas.

—¡Pagarás por esto, mocoso! ¡Te costará muy caro! —La voz del Rey de los Matones, habitualmente un trueno rasposo y desagradable, se volvió aguda y chillona.

—Sois vos quien va a pagar. De rodillas. No me hagáis repetirlo.

Monipodio miró a los lados, buscando un apoyo, pero no halló nada. Temblando de furia y miedo se arrodilló en el suelo. Sancho comprobó con asombro que el hombre más temido de la ciudad tenía los ojos llorosos, aunque intentaba morderse los labios para mantener un rescoldo de dignidad. Sintió desprecio por aquel parásito que se alimentaba de los débiles, y que ahora lloraba con la frente cubierta por una fina capa de sudor. Por un momento la necesidad de rajarle el cuello allí mismo y exterminarle de la faz de la tierra fue tan intensa que tuvo que clavarse las uñas en la palma de la mano izquierda para poder contenerse.

—Maese Monipodio, los fantasmas de todos los que habéis matado exigen vuestra cabeza. Mi hermano está dispuesto a cobrarla con sus hachas de batalla.

Josué no movió un músculo, pero Monipodio miró al enorme negro y un estremecimiento recorrió su cuerpo.

—Pero aún podéis salvar la vida si me confesáis vuestros crímenes —dijo en voz alta. Luego se colocó a su espalda, y le susurró al oído—. ¿Qué os parece estar arrodillado e indefenso? Ésa era la altura que tenía mi maestro, al que vos mandasteis matar.

—¡Eres el chico de Bartolo!

—No fue por la deuda de juego, pues el plazo no había vencido. Catalejo y Maniferro nos buscaban por esa cartera con documentos. ¿A quién pertenecía, Monipodio? ¿Quién os pagó para matar a un ladrón?

—No voy a decírtelo.

—Entonces afrontaréis las consecuencias.

Hizo un gesto en dirección a Josué y éste dio un paso adelante. Sancho contuvo la respiración, pues su amigo no haría daño a Monipodio, así que necesitaba que el hampón se rindiese o la farsa no seguiría sosteniéndose.

—¡Está bien! Fue un comerciante, un comerciante muy importante. Había documentos valiosos en esa cartera...

Sancho, sin poder contenerse, olvidó toda prudencia y tiró del pelo del hampón con fuerza.

—Decidme su nombre.

—¡Vargas! ¡Francisco de Vargas! —gritó.

A Sancho se le hizo un nudo en la garganta. Soltó a Monipodio, que cayó hacia atrás como un saco de piedras.

El hampón se apoyó sobre un brazo, incorporándose trabajosamente, como cualquier hombre maduro que ha pasado un rato de rodillas. Sintió el peso de muchos ojos clavados sobre él. Lo que acababa de hacer, revelar el nombre de quien le había contratado para un asesinato, era la peor bajeza en la que podía incurrir alguien como él. La indignidad de la derrota y de las lágrimas vertidas ante la certeza de la muerte se quedaban cortas comparadas con aquello.

—Podéis marcharos, maese Monipodio. De Sevilla. Para siempre.

El hampón mantuvo la mirada fija en el suelo. Totalmente derrotado, era incapaz de enfrentarse a Sancho. Sin embargo aún le quedaron arrestos para intentar una última jugada.

—Recogeré mis cosas y me iré.

Sancho meneó la cabeza.

—Os iréis con lo puesto. No os llevaréis ni un maravedí del dinero que os entregaron por una protección que no devolvisteis.

Monipodio se retorció, como si le hubieran sacudido una bofetada. Abrió la boca para hablar pero la cerró enseguida. Había perdido toda su fuerza, como un muñeco de trapo al que se le hubiese escapado la mitad de la arena por una raja en el costado. Se dio la vuelta para marcharse pero volvió la cabeza hacia Sancho. En sus ojos había un velo de aturdimiento e incomprensión, como si no terminase de hacerse a la idea de que había perdido su reino en un instante.

—Todo esto... ¿por un enano?

—Todo esto por un amigo. No espero que lo entendáis.

El depuesto Rey se dirigió hacia la puerta, mientras todos sus antiguos súbditos se volvían para seguirle con la mirada. Sancho hizo un gesto con la cabeza a los gemelos, que se escurrieron por la escalera que llevaba al piso superior, aprovechando la distracción provocada por la salida de Monipodio. Algunos de los miembros de la cofradía salieron tras él, y Sancho se preguntó si el hampón conseguiría escapar vivo de Triana. Lo dudaba muchísimo.

El roce del cayado junto a sus pies le sobresaltó. Zacarías se le había acercado y le susurró palabras de felicitación en el oído.

—Enhorabuena, muchacho. Lo has hecho muy bien. Ahora piensa muy bien lo que vas a decirles. Con las palabras correctas serás el nuevo Rey, y nada se interpondrá en nuestro camino.

—Tranquilo, Zacarías. Sé bien lo que tengo que hacer.

El ciego le palmeó la espalda, exultante. Sancho hinchó los pulmones un par de veces antes de comenzar a hablar.

—¡Ladrones de Sevilla, yo soy uno de los vuestros!

Hubo un murmullo de asombro, insultos y voces de protesta entre los congregados, pero otros los mandaron callar. Lo que había ocurrido antes les había llenado de respeto por Sancho, y el joven notó que las miradas ya no eran hostiles.

—Nací lejos de esta ciudad pero en ella me crié como un huérfano. Aprendí los usos de los hijos de Caco con Bartolo, el enano. Sé cortar bolsas, desfondar cepillos, asaltar casas o meter flores. La espada tampoco se me da mal. —Aún la sostenía en la mano e hizo un floreo con la hoja que se ganó el beneplácito del público—. Como vuestro depuesto Rey ha podido comprobar.

Las risas resonaron por la Corte. Sancho hizo una ligera reverencia, asombrado de lo volubles que podían llegar a ser las personas. Devolvió el arma a la vaina en un gesto de paz.

—Soy uno de los vuestros, y he derrotado al Rey en legítimo combate. Según las normas de la cofradía, eso me convierte en vuestro nuevo Rey.

—¡Antes tendríamos que votar!

—¡No!

—¡Alguien como él no puede ser Rey!

Hubo aún más protestas, puños crispados y rostros encendidos por la ira.

—Por supuesto cualquiera de vosotros está en su derecho de disputarme la corona en un duelo a espada. Le deseo la suerte que no tuvieron Catalejo, Maniferro o Monipodio. ¿Algún voluntario?

Enganchó los pulgares en las presillas del jubón y miró a su alrededor con gesto de desafío. Las voces de protesta se acallaron, los puños se abrieron y los brazos descendieron. El silencio en la Corte se volvió espeso y pegajoso como el aceite recién macerado.

—Ya veo que todos estamos de acuerdo. Así que podría ser Rey si quisiera... —Hizo una pausa hasta que se aseguró de que todo el mundo estaba pendiente de sus palabras—. Pero no quiero. Durante muchos años habéis servido para alimentar a una casta de parásitos que se han aprovechado de cada golpe, de cada carrera, de cada engaño. A cambio no os han dado más que la promesa de ahuyentar a los alguaciles.

El silencio se mantuvo un instante, tenso, perlado por

las caras de asombro de los ladrones, hasta que estalló en un sinfín de cuchicheos. Zacarías se aproximó a Sancho y le atenazó el brazo.

—Muchacho, ¿qué demonios te crees que estás haciendo? —escupió al oído del joven.

—Lo más justo para todos.

—No es esto para lo que te he ayudado.

—Ni yo he derribado a un Rey para ponerme en su lugar. Y ahora suéltame —dijo librándose de la garra del ciego con un tirón.

Con el rabillo del ojo vio cómo los gemelos le hacían un gesto desde la galería que conducía a las habitaciones de Monipodio, y asintió imperceptiblemente antes de continuar.

—Cuando decidisteis servir a Monipodio en lugar de al rey Felipe, cambiasteis un yugo por otro. Creísteis huir de una vida destinada a doblar el espinazo sobre el arado o sobre el torno, a beneficio de otro. En lugar de eso os jugasteis el cuello para engordar a un rey distinto. Tal vez haya llegado el momento de que recuperéis lo que os corresponde, y seguir otro camino. Os devuelvo el tesoro de Monipodio y la libertad. ¡Ya no habrá más Corte!

Alzó los brazos, que era la señal convenida con los gemelos. Éstos estaban apostados en lo alto de la galería, hasta donde habían arrastrado el cofre en el que Monipodio guardaba todo lo que había logrado amasar tras muchos años de rapiña. Zacarías les había descrito el cofre y les había indicado la manera de reventarlo con enorme precisión, usando unas barras de acero que habían llevado ocultas bajo la ropa. Sancho se preguntó cuántas horas habría dedicado Zacarías, aprovechando las ausencias de su jefe, a acariciar el exterior de aquella caja, soñando con poseer lo que contenía. O con reemplazar al brutal Monipodio por alguien a quien él pudiese manejar, como había pretendido hacer con Sancho.

Los gemelos, al ver la señal, hundieron las manos en el cofre y comenzaron a arrojar enormes puñados de monedas de oro y plata desde la galería a la enorme sala de abajo, sobre la atónita cofradía. Era tanta la cantidad que tardaron un buen rato en vaciarlo, lanzando las monedas tan lejos y en tantas direcciones como podían. Por suerte Mateo encontró un plato de oro dentro del cofre que le sirvió para acelerar el proceso.

Sancho observó, sonriente, cómo la multitud se abalanzaba por el oro con desesperación, zarandeándose entre ellos y luchando por cada moneda, ajenos ya por completo a los Fantasmas. Sintió cómo la euforia invadía cada partícula de su ser. En una sola noche habían acabado con Monipodio y devuelto la libertad a aquellas personas. Tal vez fueran los desechos de la sociedad. Algunos ciertamente eran escoria, pero otros muchos no eran más que desgraciados sin suerte. Con toda seguridad se gastarían su recién adquirida fortuna en unos días de vino y mujeres, y volverían a sus vidas miserables. O tal vez aprovechasen para crear un futuro para sí mismos, ¿quién sabe? En cualquier caso ahora tenían algo que jamás habían tenido, algo de lo que hablarían cada día durante el resto de su existencia.

Una oportunidad.

Sancho ordenó a los suyos que se dirigieran a la salida. Todos siguieron al ciego. Exultante como estaba por el triunfo, Sancho no fue capaz de apreciar la expresión torva de Zacarías.

Si lo hubiera hecho se hubiera preocupado, y mucho.

LIX

La pesadilla de Vargas comienza siempre de idéntica manera, en el instante en el que se da cuenta de que el caballo va a aplastar a su hermano. Sin embargo esa noche algo ha cambiado.

Esta vez el duque, el monstruo, no va a caballo sino a pie. Está agachado sobre su hermano, que tendido en el suelo lo llama desesperado. Pero no puede gritar. Nadie puede gritar en sueños, y menos si tiene una daga en la garganta.

Cuando Vargas corre hacia el cuerpo tendido en el suelo se da cuenta de que no es su hermano, sino él mismo. Intenta zafarse, pero sus pequeños brazos son demasiado débiles para la inmensa fuerza del monstruo.

De pronto Vargas abre los ojos, y ya no está soñando, aunque sigue atrapado. El monstruo se ha hecho carne. Una mano de hierro lo empuja contra el colchón, el filo de un cuchillo se apoya en su cuello. El momento es tan aterrador, tan desesperado, que Vargas se pregunta simplemente si no habrá descendido un nuevo nivel en sus pesadillas, o si algo del mundo del sueño que le atormenta habrá regresado con él a la realidad.

Entonces mira al monstruo a los ojos. La luz mortecina de la hoguera arranca destellos verdes de esa mirada. Es un momento de extraña intimidad, están tan cercanos como dos amantes en plena pasión. El uno se reconoce en los ojos del otro, dos ejemplares del mismo animal en una jaula demasiado estrecha.

—Sería tan sencillo mataros —susurra el monstruo—. Una simple presión hacia abajo, un deslizar del cuchillo, y os desangraríais aquí mismo. Me sería tan sencillo como os fue a vos mandar matar a Bartolo, el enano.

Vargas recuerda al muchacho que le robó la cartera de documentos hace dos años en el tumulto de las Gradas, aunque no es capaz de asociarlo con esta figura oscura y poderosa.

—Pero no voy a hacerlo. En lugar de ello os destruiré, delante de toda esta ciudad. Os convertiré en un mendigo, llagado y purulento. Eso sí que será justicia.

El comerciante va a decir algo, tal vez a rogar por su vida, pero luego el orgullo le atenaza y convierte su rostro en un pétreo desafío.

El monstruo esboza una sonrisa y desaparece.

Vargas vence el miedo y renquea hasta la ventana abierta. Es muy alta, y no hay modo de trepar hasta allí. A la luz del día caerá en la cuenta de que el monstruo se descolgó desde el tejado. Unas briznas de cuerda en el alféizar de la ventana le indicarán que el monstruo no es más que un hombre, y que como tal puede morir. El amanecer le devolverá las ganas de presentar batalla.

Pero ahora Vargas, abrazado a sus rodillas, sólo puede pensar en demonios.

LX

Tres noches antes de que Sancho despertase abruptamente a Vargas de su sueño, la gabarra *Póvoa de Varzim* navegaba cerca de la Ilha de la Barreta. El capitán, agotado tras la larga travesía, decidió ir a echar una cabezada. El mar estaba revuelto y el cielo encapotado, pero el barco, aunque antiguo, resistía los embates de las olas sin problemas. El piloto conocía aquellas aguas, pues habían navegado más veces con cargamentos de grano en dirección a Sevilla, aunque nunca en una época tan tardía del año. La *Póvoa de Varzim* debería estar amarrada en Oporto, mientras su tripulación se ganaba un merecido descanso. Pero el armador había recibido un encargo urgente de la Corona española, alertada por la terrible carestía de trigo que había en toda Andalucía. El rey Felipe había solicitado varios barcos cargados de grano, pero el armador sólo había conseguido carga para uno, y ni siquiera lleno. La carestía de grano en Europa, sumada a la voracidad de los barcos de guerra españoles, había consumido los silos de todo el continente. Aquella carga, recogida en Amberes un par de semanas atrás, era probablemente el único trigo que quedaba a la venta en el Viejo Mundo.

El capitán descendió del castillo de popa. Cuando abrió la puerta que conducía a su camarote, una enorme luz blanca le envolvió y sintió como si una mano gigantesca le arrojase contra el mamparo. Volvió a cubierta, justo a tiempo para ver cómo la vela mayor se desplomaba sobre dos marineros. El crujido de los huesos aplastándose fue escalofriante, pero el capitán no tuvo tiempo para pensar demasiado en ello.

—¡Un rayo, señor! ¡Nos ha caído un rayo!

El palo mayor ardía con furia, empujado por el intenso viento que se había levantado en pocos instantes. Un segundo rayo iluminó las caras angustiadas de la tripulación.

—¡A las bombas! ¡Los cubos! ¡Hay que apagar ese fuego o estamos perdidos!

Los hombres reaccionaron y se lanzaron a cumplir las órdenes del capitán. Se formó una cadena humana con parte de los marineros, mientras el resto trataba desesperadamente de arriar el resto del velamen. El capitán se desgañitaba, subido él mismo a las jarcias, animando a sus hombres para que no flaqueasen. El viento arreció aún más, arrastrando lejos el agua que la repentina tormenta comenzaba a descargar, amenazando con arrancar al capitán de su precario asidero.

«Que el fuego no se extienda a la gavia, Dios mío. Sólo te pido eso», rezó el capitán. Pero el Todopoderoso debía de estar ocupado con otros menesteres, porque la oración del capitán cayó en saco roto. Las llamas prendieron en el cordaje de las velas adyacentes. Las cuerdas inflamadas no tardaron en extender el incendio a la mesana, que aún no había sido asegurada sobre el palo. Con la mitad del cordaje suelto, la vela se soltó de sus escotas y se desplegó a babor del barco. Henchida por el viento huracanado y colocada en un ángulo antinatural, la vela hizo escorar el barco peligrosamente.

—¡Cortad esos cabos! ¡Cortadlos o nos iremos a pique!

Uno de los marineros tomó una hacha y se dirigió hacia la mesana, pero nunca llegó a su objetivo. Hubo un crujido atronador que lanzó al capitán de cabeza al agua. Mientras se hundía entre las olas junto a su barco, el capitán se dio cuenta demasiado tarde de que la tormenta había empujado a su barco contra las rompientes de la Ilha de la Barreta. Tuvo un último pensamiento para su mujer y sus hijos antes de ser devorado por la inmensa negrura.

La noticia del naufragio del *Póvda de Varzim* tardó casi una semana en alcanzar Sevilla. Al haberse hundido en plena noche en aguas de Portugal, tuvo que aparecer uno de los marineros supervivientes en Ayamonte para que el mensaje se pusiera en manos de los funcionarios reales. Cuando el alcalde abrió la carta en la que se relataba lo sucedido, un escalofrío le recorrió la espalda. Aquel cargamento era su última esperanza de suministrar trigo a Sevilla para el invierno. No había más alternativas, ni tiempo para encontrarlas. Y para una ciudad de ciento cincuenta mil almas en la que tres quintas partes de sus habitantes tan sólo tomaban una hogaza de pan al día como único alimento, aquello era un golpe demoledor.

En honor a los servidores de la ciudad, hay que decir que la gran mayoría de ellos realizó un trabajo ejemplar para aliviar aquella crisis en la medida de sus posibilidades. Se reunieron con carniceros y pescaderos, buscando la manera de abaratar los precios de sus mercancías y hacerlas más asequibles a las clases populares. Trataron de incrementar el flujo de alimentos a la ciudad, e incluso pidieron a la todopoderosa Casa de la Contratación que hiciera un préstamo a las exhaustas arcas municipales.

Todas aquellas medidas fueron, por supuesto, inútiles. Aquellos que no eran honrados aprovecharon el conocimiento de la escasez que iba a cernirse sobre Sevilla para hacer acopio de mercancías, pactar precios con los principales proveedores y, en fin, hincharse los bolsillos tanto y tan rápido como pudieron.

El 1 de diciembre de 1590 apenas funcionaban tres tahonas en la ciudad. A mediados de mes era imposible encontrar una sola hogaza de pan en Sevilla. El centeno, la cebada y el salvado se agotaron también, quedando como único alimento barato un pan quebradizo y de miga negruzca, hecho a base de harina de bellotas y algarrobas. La víspera de Navidad, ni siquiera ese abyecto sustituto podía hallarse por ninguna parte. En la Misa del Gallo en la catedral, el arzobispo pidió a Dios que consumiese en el infierno a los ingleses, que como todos sabían eran los responsables de aquella terrible hambruna. Los malditos herejes habían llegado incluso a quemar el almacén de grano con las reservas para el invierno, recordó el arzobispo en su sermón.

Todo aquello susceptible de ser transformado en comida vio en pocos días multiplicarse su precio hasta límites que casi nadie se podía permitir. Los nabos se convirtieron en la dieta habitual de artesanos y miembros de los gremios, mientras que los desfavorecidos se veían obligados a masticar raíces y hierbas. Los márgenes del río estaban repletos de gente peleando por una pesca casi inexistente. Los más pobres incluso devoraban las huevas de los esturiones, un alimento que repugnaba a los sevillanos y que normalmente se echaba a los cerdos. Perros y gatos desaparecieron de las calles, cazados por padres desesperados que no sabían con qué alimentar ya a sus familias. Las ratas proliferaron por todas partes. E incluso corrieron rumores de que algunos huérfanos se esfumaban sin dejar rastro en barrios como La Feria o Carmona.

Mientras la pobreza aumentaba a pasos agigantados y el hambre comenzaba a cobrarse sus primeras víctimas, Francisco de Vargas esperaba de pie junto a su ventana, en su bien caldeada habitación. En pocas semanas la desesperación de los rectores de la ciudad sería tan enorme que estarían dispuestos a aceptar la oferta de Vargas para vender el trigo por diez veces su valor. Pero seguía habiendo una sombra que le impedía disfrutar de su inminente triunfo. De tanto en tanto acariciaba el alféizar de la ventana, inadvertidamente, como si sus dedos se empeñasen en recordárselo.

Estaba absorto en sus pensamientos cuando entró Catalina en la estancia y se acercó a él.

—Amo, ha venido a veros un hombre que dice tener un negocio que proponeros.

—Despídele. No deseo recibir a nadie hoy.

El ama de llaves sonrió con suficiencia.

—Así lo haré, amo, y con gusto. Es un hombre bien extraño. Decía que podría libraros de vuestro visitante nocturno. Seguramente un loco.

Vargas se dio la vuelta y miró asombrado a la vieja esclava.

—¿Qué has dicho? ¡Repite eso! —dijo agarrando a Catalina por el brazo.

—No es nadie... sólo un mendigo ciego y harapiento. ¡Me hacéis daño!

—Dile que suba, Catalina. Pero antes manda venir a Groot.

El ama de llaves se zafó de Vargas y se marchó, asustada y frotándose el brazo, mientras el comerciante sentía como poco a poco una sonrisa iba aflorando a su rostro.

LXI

Sancho se revolvió incómodo en la banqueta. Llevaba un par de semanas sin salir del Gallo Rojo, y la tensión provocada por la inactividad le estaba devorando por dentro. La noche en la que había ido a visitar a Vargas había sido su último momento de felicidad, si bien bastante arriesgado. Había estado a punto de estrellarse contra la calle al salir por la ventana, por no hablar de lo difícil que había sido dar con el dormitorio del comerciante. Cuando le había explicado a Clara lo que había hecho habían tenido una tensa discusión, sin que el joven llegase a comprender muy bien los motivos. Ella parecía enfurecida porque Sancho le hubiese puesto un cuchillo en el cuello, a pesar de que odiaba a aquel hombre casi tanto como él. Acabaron separándose enfadados, y no habían vuelto a verse desde entonces. Sancho esperaba que un poco de tiempo sirviese para que se calmasen las cosas y permitirle hablar con ella sobre sus sentimientos. Se sentía completamente perdido ante aquella criatura compleja, inteligente y llena de carácter que era Clara, y tampoco podía buscar consejo en quienes le rodeaban, pues eran tan inexpertos en temas de amores como él.

Al concluir el asunto de la Corte, Sancho les había ofrecido a sus compañeros el tomar la parte que les correspondía del botín que habían conseguido hasta ese momento y marcharse. A diferencia de la venganza que habían tramado contra Monipodio, ni los gemelos ni Zacarías tenían nada personal contra Vargas. Este nuevo embrollo sería feo, peligroso y tal vez no muy bien remunerado. Todos habían decidido quedarse junto a Sancho, incluso el ciego, que había abandonado su hosquedad de los últimos días para jurar lealtad eterna al joven.

—Y cuando dejes la balanza equilibrada nos dedicaremos a cosas más productivas, ¿verdad, muchacho?

La voz lastimosa de Zacarías le recordó a Sancho el momento en el que Bartolo le había suplicado que se quedase junto a él en Sevilla. Sancho le había dicho que se marcharía a cumplir su sueño de hacer fortuna en las Indias, y con ello había partido el corazón del enano. No quería que algo así volviese a suceder, así que les mintió a todos. Dijo que cuando todo acabase formarían una banda como no había habido otra en la ciudad.

—¡Qué digo en la ciudad! ¡En el mundo!

Habían brindado por ello, con los vasos en alto, incluso Castro, que había acabado revelándose como un buen compañero al fin y al cabo. Para Sancho, aquel vino llevaba el sabor amargo de la mentira, pues tenía pensado dejarles su parte del botín y marcharse en el primer galeón que zarpase de allí. Le pediría a Josué que le acompañase, y también a Clara. Aunque si se negaban, iría de todas formas. Conquistar el Nuevo Mundo era lo que más deseaba su tumultuoso corazón.

Sin embargo, antes de partir tenía que saldar cuentas con Francisco de Vargas. La sorpresa que había sentido al escuchar aquel nombre se había convertido en convicción cuanto más pensaba en ello. De algún modo la vida del comerciante y la suya parecían entrelazadas por un hilo invisible, desde el mismo instante en el que Sancho había volcado accidentalmente el barril de monedas de oro, robado una, y había sido perseguido por Groot. Habían pasado poco más de tres años, pero a Sancho le parecían varias vidas.

Igual de largo se le estaba haciendo el tiempo en los últimos días. Había entrado en casa de Vargas con la valentía y la arrogancia de los ignorantes. Le había amenazado con destruirle, queriendo instilar miedo en su corazón, pero todo había quedado en meras palabras huecas. A diferencia de Monipodio, Vargas no tenía puntos vulnerables. Sus empresas tenían la apariencia de legítimas, y sus negocios tenían lugar a plena luz del día. Para colmo, según todos aquellos con quienes había hablado haciéndose pasar por el representante de alguna empresa extranjera, Vargas parecía haberse retirado de la escena. Acudía a misa a diario y también a las Gradas, pero su presencia era testimonial. Seguía poseyendo valiosa información, por lo que muchos pugnaban por cambiar aunque fuera unas palabras con él, pero parecía no dedicarse a nada en concreto.

—Dice que está comerciando con trigo. ¿Con qué trigo, vive Dios, si no hay? —le dijo uno de los hombres a los que abordó en una taberna cerca de la catedral, y que soltó la lengua a la tercera jarra de vino.

Abordar a Vargas parecía una tarea imposible. Zacarías se había ofrecido a recabar información para Sancho, algo a lo que el joven aceptó de buen grado cuando supo que entre los alguaciles corría una descripción bastante exacta de su persona, suministrada sin duda por Vargas. Sancho maldijo la buena memoria del comerciante y se arrepintió —no por última vez— de no haber roto las normas de Bartolo y haberle rajado la garganta a Vargas cuando tuvo ocasión.

«Ahora estaría en el huerto con Clara, en lugar de aquí encerrado», pensó el joven, soltando un suspiro hastiado.

—¿Qué te pasa? Llevas toda la tarde bufando —le dijo Marcos.

—Toda la semana, más bien —puntualizó su hermano.

Sancho le arrojó el corazón de una manzana que había sobre la mesa, que Mateo esquivó sin dificultad.

«Yo creo que estás pensando en ella», dijo Josué.

—¿Qué ha dicho el negro? —preguntó Marcos.

—Que sois los dos unos bujarrones hijos de mil leches —tradujo libremente Sancho.

Josué sacudió la cabeza, fingiendo estar asustado, mientras los gemelos se le echaban encima peleando en broma.

—Lo que tienes es hambre, muchacho. Suspiros de hambre, si los conoceré yo.

—¿Cuándo estará la cena? —preguntó Mateo, espoleado por el olor que se desprendía del puchero que Castro estaba removiendo.

—Enseguida. Quería esperar a Zacarías, pero esa vieja comadreja no aparece. Bebamos antes una jarra de...

El final de la frase quedó ahogado por un enorme estruendo. La puerta de la calle, arrancada de sus goznes, cayó al suelo, y en el espacio que había ocupado aparecieron dos hombres que sostenían una pesada barra de hierro con enganches a los lados. Éstos se apartaron y fueron sustituidos como por arte de magia por dos corchetes que empuñaban sendos mosquetes.

—¡Agachaos! —gritó Sancho lanzándose al suelo.

Los disparos resonaron en mitad de su grito. Uno de ellos destrozó la jarra de vino que Castro aún sostenía. El tabernero quedó con el asa de barro en la mano, mirándola con extrañeza, antes de darse cuenta de que una inmensa mancha roja crecía en su pecho.

—Yo...

Se desplomó, muerto. Sancho se arrastró bajó la mesa, tirando de Josué y de Marcos, que se había lanzado al suelo junto a él.

—¡Arriba! ¡Id arriba!

En lugar de seguirle en dirección a la escalera, Josué agarró la mesa con ambas manos y la enarboló como si fuera un escudo, interponiéndola entre la entrada y ellos. Justo a tiempo, porque dos nuevos balazos se incrustaron en la madera.

—¡Arriba! —repitió Sancho.

—¡Mateo! ¡Mateo! ¡No!

El grito de Marcos resonó por toda la posada, y Sancho atisbó por el lateral lo que lo había provocado. Mateo estaba tendido en el suelo, con la cabeza destrozada por uno de los balazos de la primera andanada. Marcos quiso bajar de nuevo la escalera, pero Sancho lo agarró por el cuello con fuerza y lo arrojó al pasillo de la planta superior. Josué le siguió, aún con la mesa en brazos. No había puerta en aquella zona pero Josué encajó la mesa en la entrada del pasillo, bloqueándola.

—¡Qué has hecho! ¡Lo han matado! ¡Déjame bajar, cabrón! —gritó Marcos, completamente fuera de sí. Estaba llorando, tenía el rostro pálido y las venas hinchadas se le marcaban en las sienes como las letras en un mapa.

—¡Escúchame! —dijo Sancho, sujetándole para que no arremetiese contra la improvisada barricada que Josué había montado en el pasillo—. Si bajas ahora sólo conseguirás que te maten, y a nosotros contigo. ¡Si quieres matar a quien ha acabado con tu hermano tendrás que seguir vivo!

Marcos se llevó las manos a la cabeza, estirándose de los pelos y de las orejas con desesperación. Golpeó la pared varias veces, haciéndose sangre en los nudillos.

Sancho procuró abstraerse. Aunque tenía las tripas anudadas por el miedo, intentó invocar dentro de sí mismo la frialdad glacial que tanto había apreciado Dreyer de él. Le costó un tremendo esfuerzo de voluntad. Al otro lado del tablero se oían los gritos de los corchetes, revolviendo la taberna y organizándose para lanzar el ataque al piso de arriba. En pocos minutos los tendrían allí, y la endeble mesa que Josué atrancaba con su cuerpo no resistiría mucho.

Recorrió el pasillo en rápidas zancadas, sintiéndose acorralado, haciendo con la vista un rápido recuento de lo que podía ser de utilidad. No había muebles pesados que amontonar en la barricada. El único sitio por el que podían huir era el ventanuco del cuarto del fondo, desde el que podrían descolgarse al tejado de la casa de al lado y desde allí correr hacia los callejones que conducían a la muralla. Pero el ventanuco era demasiado estrecho. Dudaba que incluso Marcos fuera capaz de pasar por él, por no hablar de Josué.

—¡Señor! ¡Hemos encontrado oro! ¡Mucho oro!

—¡Dejad eso ahora! ¡Preparad el ariete para derribar esa barricada!

Sancho maldijo para sus adentros. Tendrían que haber guardado algo de botín en otro lugar. Ahora el alguacil se haría con todo, y a ellos no les quedarían más que las monedas que llevasen encima; suponiendo que lograsen salir de allí. Estaba mordiéndose los labios de pura ansiedad cuando un par de voces le distrajeron. La primera hablaba en tono normal y no pudo distinguir las palabras, pero el tono era inconfundible. Sintió como la bilis de la traición le henchía los pulmones de rabia.

—Zacarías.

Marcos, que había logrado calmarse y se apoyaba contra la pared mirando hacia Sancho en silencio, se puso de nuevo en pie.

—Ese ciego hijo de la gran puta. Nos ha vendido a la justicia.

Pero la segunda voz fue la que espoleó del todo a Sancho a actuar. Era una voz grave, desagradable, que hurtaba las erres al hablar.

—Groot. Groot está aquí.

—¿Quién es ése?

—No han venido a arrestarnos, Marcos. Esto es una ejecución. Si no salimos de aquí estaremos muertos en dos padrenuestros.

Volvió a dar zancadas pasillo abajo, mordiéndose los nudillos, intentando pensar. De pronto se volvió hacia Marcos y le tomó por los brazos.

—El barril. El barril que encontramos en donde los cerrajeros. Ese que dijiste que sería útil. ¿Dónde esta?

—El barril... en la habitación de en medio. Pero ¿te has vuelto loco?

Sancho no respondió. Fue a la habitación de en medio, y comprendió enseguida por qué se le había pasado por alto. Mateo y Marcos, que eran quienes dormían allí, habían cubierto el barril con un pedazo de tela y lo usaban como mesita. Tiró de la tela, descubriéndolo. Apenas le llegaba a la rodilla y estaba medio vacío. Tendría que bastar.

—¡Ayúdame!

Al otro lado de la barricada, los golpes empezaron. Josué aguantó el primer embate sin moverse, pero estaba claro que la madera no resistiría mucho. Sancho vio el miedo en los ojos de su amigo, y le hizo un gesto para tranquilizarle que el otro no vio. Corrió a la habitación del fondo y encajó el barril en el ventanuco.

—Arranca un buen manojo de paja del camastro y préndele fuego —le dijo a Marcos.

Éste pugnó con la yesca durante unos instantes, pues estaba tan nervioso que necesitó de varios intentos antes de pasarle a Sancho la improvisada antorcha.

—Te va a arrancar la mano —dijo Marcos, aterrado.

—Vete donde Josué y dile que se meta contigo en la primera habitación cuando yo os diga. Y tapaos los oídos.

—¡Pero entrarán!

—¡Tú hazlo!

Marcos obedeció. Sancho se colocó la gavilla ardiente en una mano mientras con la otra abría un agujero en el barril, ayudado por la vizcaína. Un fino reguero negro brotó de él, acumulándose en el suelo.

Se oyó un crujido en el pasillo y Sancho supo que la mesa no aguantaría más.

—¡Van a entrar! —oyó gritar a Marcos.

—¡Ahora! —respondió Sancho.

Fue hasta la entrada y desde allí arrojó la gavilla en llamas al montón de pólvora del suelo, antes de salir corriendo y meterse junto a sus compañeros en el primero de los cuartos. Sin la fuerza de Josué para sostenerla, la barricada se deshizo enseguida y dos hombres entraron en el pasillo con los mosquetes preparados.

Sancho contuvo el aliento. Ni siquiera había comprobado si la llama prendía antes de salir corriendo. Los corchetes aparecieron en la puerta, y por un momento el asombro de verles a los tres en el suelo con los oídos tapados les impidió disparar.

En ese momento, el barril de pólvora estalló.

Fue como si un huracán barriese el pasillo. Los dos hombres desaparecieron de la puerta, y todo quedó cubierto por un humo acre y negruzco. Sancho gritó a sus compañeros que se pusieran en pie, aunque apenas pudo oír su propia voz. Los tres corrieron a la habitación del fondo, donde la pared que albergaba el ventanuco era ahora un enorme agujero. El tejado contiguo estaba lleno de cascotes. Caminaron agachados por él, con cuidado para no resbalar, aunque por suerte el suelo no estaba muy lejos. Sancho se descolgó el primero, ayudando a Josué. Ambos tendieron entonces los brazos hacia Marcos.

—¡Vamos, te cogeremos!

El chico dudó un momento, pero cuando iba a saltar se oyó una nueva descarga de los mosquetes. El rostro de Marcos se quedó congelado en una mueca de dolor, y su cuerpo suspendido en el aire en ángulo antinatural antes de desplomarse hacia la calle. Josué y Sancho lo atraparon al vuelo, evitando que cayese de cabeza contra los adoquines. El negro le apoyó la cabeza contra el pecho y miró a su amigo con preocupación.

«Aún respira, pero muy débil», dijo.

—Saldremos de ésta, Marcos. Ya lo verás —dijo Sancho cogiéndole la mano.

Josué lo tomó en volandas, y echó a correr siguiendo a Sancho. Oyeron unos gritos a su espalda y cambiaron varias veces de dirección, aunque las calles por allí eran demasiado anchas y aún no era noche cerrada. No tenían dinero, su único refugio había sido profanado y todos los corchetes de la ciudad les buscaban para matarles. Iba a ser muy difícil escapar, y más cargando con un herido.

«Una vez más sólo hay un lugar adonde puedo acudir. Pero ¿tengo derecho a ponerla de nuevo en peligro?», pensó Sancho, debatiéndose consigo mismo.

Apretaron el paso, desesperados, mientras el repiqueteo de las botas de sus perseguidores sonaba cada vez más cerca.

n escalofrío recorrió la espalda de Clara al abrir la puerta, y no solo por la ráfaga de viento helado que acompañó a la entrada de Sancho y sus compañeros en la botica.

—Cierra deprisa. Nos pisan los talones —dijo Sancho, jadeando.

—¿Y los has traído aquí? —susurró Clara, sin poder dar crédito a lo que estaba sucediendo.

Sintió como la indignación contra Sancho crecía en su interior. Cuando él había acudido a ella, herido en el brazo y con el alma tan reseca y vacía como una escudilla abandonada al sol, Clara le había abierto su alma y su intimidad. El joven se había quedado allí toda la noche. Permanecieron despiertos hasta el alba, diciéndose con el alma y con el cuerpo todo lo que no se habían atrevido a contarle nunca antes a nadie. Sancho había vuelto a diario, aunque a veces sólo pudiera quedarse unos pocos minutos.

Hasta el día en el que habían discutido, Clara se había sentido los pies tan ligeros como si apenas tocasen el suelo, esperando cada nuevo encuentro con impaciencia. También creía haber encontrado en Sancho la primera persona con la que podía compartir cualquier cosa, alguien que la comprendía, que entendía lo que significaba para ella su trabajo y el remedo de libertad que había conseguido. Luego se habían peleado de forma absurda cuando Sancho le dijo que quería destruir a Vargas. Ella no era aún capaz de comprender por qué se había enfurecido por eso. Vargas podía ser su padre, pero para ella eso no significaba nada. También era el hombre que había intentado violarla y acabar con su negocio, pero tampoco eso había pesado en su decisión. Tarde, cuando ya Sancho hacía rato que se había marchado, Clara había comprendido que si algo le sucedía a Vargas antes de que ella fuese capaz de comprarle su libertad significaría un fracaso para ella. La joven boticaria también tenía una cuenta que saldar con aquel hombre, y era restregarle por la cara el dinero de la manumisión. Estaba segura de que lo conseguiría por sus propios medios.

Había comprendido otra cosa, y era que estaba completamente enamorada de Sancho. La naturaleza del sentimiento que la embargaba era tan potente que hacía palidecer las intrincadas descripciones que había leído en los libros de caballerías a los que era tan aficionada cuando vivía en casa de Vargas. Deseaba poseerle una y otra vez, amaba cada una de las partes de su ser. El modo en que se mordía el labio inferior cuando se concentraba. La manera en la que se le hinchaban los músculos de los brazos, como cuerdas de bronce bajo la piel. El aliento en su cuello mientras hacían el amor.

Y al mismo tiempo le odiaba, porque desde que lo conocía se había apoderado de una parcela de sus pensamientos, haciéndola menos libre. Entrando con sus grandes botas negras en el pequeño huerto de su mundo. Revolviéndolo todo, haciéndolo más complejo. En ocasiones tenía ganas de estrangularle. Aquel momento, con un gigantesco negro en el centro de su botica sosteniendo a otro hombre moribundo, era uno de ellos.

—No tenía otra opción. No sabía adónde acudir —dijo él, avergonzado por haberla puesto en peligro.

Clara se acercó a Sancho y le dio una bofetada seca y fuerte, que a ella le dejó la mano adormecida y a él la mejilla escarlata. Acto seguido, y antes de que él pudiera recuperarse del asombro, lo besó con una pasión igual de intensa.

—Llevadlo atrás —dijo rompiendo el beso—. ¿Dónde lo han herido?

—Ha sido un balazo en la espalda. Los corchetes han matado a Mateo y a Castro. Zacarías nos ha traicionado.

Clara asintió, aunque se sentía ajena a todo ello en aquel momento. Lo único que ocupaba ya sus pensamientos era cómo podía encargarse del herido. Le acostaron en la cama de la joven, boca abajo, y ella mandó a Sancho que le quitase la camisa mientras preparaba los utensilios que necesitaría. El joven la cortó en dos con el cuchillo, sin contemplaciones, descubriendo la espalda completamente cubierta de sangre pegajosa y oscura. Clara vertió agua de un cuenco con delicadeza sobre la piel, sin importarle que un par de riachuelos rosáceos arruinasen las sábanas, hasta que descubrió dónde estaba la herida. Había un pequeño agujero junto al omóplato derecho.

Frunció el ceño, preocupada. Sabía que ahora debía sacar la bala, pues había leído que de lo contrario el cuerpo no tenía posibilidades de recuperación. Pero el proceso de sacarla era igualmente dañino, además de asustarla terriblemente. Con un suspiro, se obligó a tomar la lanceta e introducirla en la herida, haciéndola más grande. Después metió los dedos en la carne caliente, sintiendo una arcada que contuvo apretando la mandíbula. Rozó algo duro y resbaladizo, que consiguió extraer tras varios intentos.

—Pásame el cuchillo que hay en el brasero.

El herido, que apenas había hecho otro movimiento que el de su débil respiración, se retorció de forma angustiosa cuando Clara aplicó la punta de la hoja incandescente sobre los bordes de la herida. Fue un toque firme pero rápido, que provocó un chisporroteo y un desagradable olor a carne quemada.

—Ahora debería descansar —dijo Clara, limpiándose las manos con un trapo.

Alzó la vista, encontrándose con una muda pregunta escrita en los ojos de Sancho.

—Si pasa de esta noche es probable que viva. Pero ya no podemos hacer nada más por él —respondió la joven, muy despacio. El cansancio se había apoderado de ella.

Sancho iba a decir algo, pero unos violentos golpes en la puerta se lo impidieron.

—Son los alguaciles. Nos iremos por el huerto —dijo, aterrado por la suerte que correría Clara si les atrapaban allí dentro.

—No lo conseguiréis. Dejadme a mí.

La boticaria cerró la puerta de la habitación. Tomó una vela y se dirigió a la puerta, donde los golpes no cesaban.

—¡Abrid en nombre del rey! ¡Teneos a la justicia!

Clara se frotó los ojos antes de abrir, para dar la impresión de que acababa de levantarse. Desde luego no tendría que fingir agotamiento. Descorrió los cerrojos, encontrándose con un hombre alto, con un sombrero de alas anchísimas.

—¿Qué deseáis?

—Buscamos a unos forajidos, señora. Gentes peligrosas, que han escapado de una redada.

—Aquí no hay nadie, alguacil.

—Haceos a un lado para que lo compruebe, señora.

Clara contuvo la respiración, buscando algo que decir que pudiera dejar fuera a aquel hombre.

—Estoy sola en esta casa y no sería correcto, alguacil. Volved mañana por la mañana y podréis registrar lo que queráis.

La voz del alguacil se endureció.

—Señora, es mi obligación y la vuestra el facilitar la tarea de la justicia. No lo repetiré. Haceos a un lado.

De pronto un recuerdo se abrió paso en la mente de Clara. Una imagen de ella misma, en el mercado de la plaza de San Francisco. Un niño en el suelo, muerto. Y sobre él un alguacil alto, de grandes bigotes.

Alzó la vela, iluminando la cara del hombre que estaba ante ella, y también su propio rostro. El alguacil parpadeó un momento al tener la llama tan cerca. Cuando sus ojos se acostumbraron a la luz unas arrugas se formaron en el curtido rostro del hombre, y Clara comprendió que también la había reconocido. Aquel día en el mercado, el alguacil había actuado contra su propia conciencia, obligado por el marqués de Montemayor. Al parecer el alguacil tampoco había olvidado aquello, porque bajó los ojos avergonzado.

—Sois vos.

Ella asintió, en silencio.

—Y ahora sois boticaria —dijo el alguacil, haciendo un gesto hacia el letrero de la puerta. A su espalda pasó corriendo un grupo de corchetes con antorchas, y se oyeron más golpes en otras puertas.

—El médico para el que servía murió y me cedió su casa. Podéis venir cuando queráis a probar mis remedios, siempre que lo hagáis a una hora prudente —explicó Clara, haciendo un esfuerzo por dominar la voz.

—No hay horarios en mi trabajo, y menos cuando busco a criminales.

—¿Qué clase de criminales?

—De la peor calaña. Una banda llamada los Fantasmas Negros.

—En las calles dicen que son quienes acabaron con Monipodio. Tal vez no sean tan malos como vos creéis.

—Eso no me corresponde a mí decidirlo.

—Ya veo. Un hombre siempre ha de cumplir las órdenes, ¿verdad?

El alguacil se envaró al escuchar la puya, que comprendió perfectamente. A él tampoco le había gustado dejar escapar al asesino de aquel niño. Ladeó la cabeza, pensativo, y luego sonrió a través de los enormes bigotes. Se quitó uno de los guantes y acercó la mano a la cara de la joven. Ésta se quedó paralizada de miedo, pensando que iba a golpearla, pero el alguacil se limitó a pasar el dedo pulgar por su mejilla izquierda con delicadeza. Lo retiró y se lo mostró a la joven.

—Tenéis sangre en el rostro, mi señora.

Clara, boquiabierta, no supo qué decir. Pero el alguacil se limitó a tirar de la puerta, cerrándola.

—¡Vosotros! ¡Seguid a la calle siguiente! ¡Esta casa está vacía! —se le oyó gritar al otro lado.

Clara echó los pestillos y se apoyó contra la puerta, dejando salir el aire de sus pulmones, aún aterrorizada por lo cerca que habían estado del desastre.

LXIII

*P*asaron nueve días.

Marcos superó la primera noche, debatiéndose contra la fiebre, delirando y llamando a Mateo, al que creía ver a los pies de su cama. Sancho se mantuvo a su lado, cogiéndole de la mano, intentando refrescarle la frente con paños húmedos.

—Quiero estar a tu lado, hermano —decía una y otra vez.

—Lo estarás. Te prometo que lo estarás —respondió Sancho con la voz temblorosa.

A la mañana siguiente, Marcos se hundió en un sueño pesado y profundo. Josué y Sancho se turnaron para velarle, pero al amanecer de la quinta jornada dejó de respirar. Sancho vertió lágrimas de rabia sobre su tumba, que cavaron en una esquina del huerto. Mateo y Marcos habían sido buenos muchachos; propensos a la violencia en la medida en que la violencia era lo único que habían conocido en sus vidas. Nunca habían hecho daño a nadie que no lo mereciese, que Sancho supiera.

«Le hubiera gustado que lo enterrásemos junto a su hermano», dijo Josué.

«Mañana por la noche lo buscaremos», respondió Sancho también por señas. No quería que Clara se preocupase.

Fue un trabajo peligroso y desagradable. Lo habían enterrado en una fosa común cerca de la Puerta del Osario, al otro lado de las murallas. Encontrar su cadáver y llevarlo hasta el huerto de Clara les llevó toda la noche y costó un dinero en sobornos a los guardias de las puertas del que no podían desprenderse. Pero lo hicieron igualmente. Cuando Clara lo supo, se limitó a asentir sin decir nada. Aún seguía dolida con Sancho, y las cosas seguían muy frías entre ellos.

—Lamento mucho cómo han sido las cosas —le dijo Sancho, intentando pedir disculpas, algo que se le daba ciertamente mal.

—No quiero que te lamentes. Los perdones no sirven para nada.

—¿Qué es lo que quieres, entonces?

—Quiero que me ames.

—Eso ya lo hago, Clara.

—Me amas mientras no te moleste. Prefieres el pasado y sus fantasmas al futuro con sus esperanzas.

Sancho abrió y cerró los puños varias veces. Hervía de frustración, porque ella pretendía obligarle a elegir entre ella y su deber.

—¿Qué es ese hombre para ti? ¿Ese parásito que ha destruido tantas vidas? —Tomó las manos de Clara entre las suyas—. ¡Has tenido estos dedos metidos en las heridas que Francisco de Vargas ha causado!

Ella fue a decir algo, pero cambió de idea en el último instante, y Sancho sintió como si una barrera se hubiese interpuesto entre ambos.

—No puedo contarte por qué. Pero no quiero que lo mates —fue todo lo que alcanzó a responder.

—Yo tampoco quiero hacerlo. Me bastará con bajarle de su pedestal. Pero no sé cómo.

Clara vaciló un instante, sin terminar de decidirse a revelarle a Sancho lo que sabía. Finalmente dio un suspiro.

—Creo que yo podría ayudarte con eso.

Sancho fue al Compás acompañado de Clara, disfrazado con una vieja túnica que había pertenecido a Monardes por si los corchetes de la entrada lo reconocían, aunque apenas le dedicaron una segunda mirada. Para ellos sólo era otro salido más que iba a desahogarse al burdel.

Cuando entraron, la boticaria captó alguna de las miradas que las prostitutas lanzaban al joven ladrón, y sintió las dentelladas de los celos por primera vez en su vida. Pero Sancho, demasiado alterado por la posibilidad que Clara había insinuado, no notó nada de todo aquello. Estuvieron hablando con la Puños durante un buen rato, en el que también conversaron con las chicas que habían estado con Groot. Las historias fragmentadas de las prostitutas componían un cuadro que se fue desvelando ante ellos. Instaladas entre las quejas por la brutalidad del holandés y el miedo, se escondían las claves para acabar con Vargas, aunque aún faltaban muchas piezas.

Regresaron a casa de Clara en completo silencio. La joven deseando algo de Sancho que no acababa muy bien de comprender, y él luchando entre los impulsos desordenados de su corazón.

—Clara... —dijo Sancho, rompiendo el silencio.

—Por favor, no digas nada. Ya has obtenido lo que deseabas. Y puede que sea para mejor el que lo hayas hecho —admitió Clara—. Si de lo que presume Groot es verdad y Vargas ha estado regatoneando el trigo, es responsable de la hambruna que está aplastando esta ciudad. Haz lo que tengas que hacer.

Sancho asintió y la besó, aunque ella apartó el rostro y se refugió en el huerto, de donde no salió para despedirles cuando Josué y él se marcharon una hora después.

«Ella te ama», dijo el negro cuando alcanzaron la calle.

—Ya lo sé. Lo que no sé es corresponderle.

«Cuando dos montan un caballo, sólo uno va delante.»

—¿Qué diablos quieres decir con eso?

«Lo comprenderás cuando vayas delante.»

A Sancho le intrigaron aquellas palabras y le molestó que su amigo no fuese más claro, pero ya llevaba mucho tiempo junto a Josué como para desdeñar sus misteriosas comparaciones a la ligera. El negro era mucho más sabio de lo que daba a entender su aspecto. De cualquier forma no tenía tiempo en aquel momento para pensar en ello.

—Buscaremos una posada donde instalarnos. Después te contaré lo que vamos a hacer.

Respiró aliviado cuando estuvieron a salvo entre cuatro paredes, pues aquel día había sido el primero en el que habían salido a la luz del sol. Aunque había transcurrido más de una semana desde la redada en el Gallo Rojo, estaba seguro de que seguirían buscándoles. Evitaron las calles principales y a las patrullas de corchetes, y buscaron un lugar para alojarse que fuera discreto.

Sancho emprendió la vigilancia de casa de Vargas aquella misma tarde. Le llevó varios días de interminables esperas, pero finalmente consiguió establecer una rutina de las entradas y salidas de Groot. El flamenco solía ir siempre a pie, excepto los lunes y los jueves, en que se subía a un caballo y se dirigía a la Puerta de Córdoba. Sancho podía seguirlo hasta allí con relativa facilidad, pues moverse montado por las estrechas calles de Sevilla no era garantía de rapidez, más bien al contrario. Para alguien acostumbrado a moverse entre los edificios como el viento entre los árboles, anticiparse a Groot era un juego de niños. Era bien distinto en cuanto los cascos del caballo del flamenco pisaban el polvo del Camino Real, y Groot espoleaba la montura como si su vida dependiera de ello. Allí era imposible seguirle.

Al siguiente lunes, Sancho no esperó al flamenco junto a

la casa de Vargas, sino apostado tras la ermita de Santa Justa. Daba ligeras palmadas en el cuello al caballo que había junto a él. Lo había robado aquella misma mañana, y el animal no terminaba de acostumbrarse a él. Con suerte podría devolverlo antes del atardecer, pues las expediciones de Groot solían ser breves.

Seguir al flamenco a campo abierto fue una tarea mucho más compleja de lo que se había imaginado. En varias ocasiones estuvo a punto de perderle, en especial cuando se desvió en un punto del camino, cerca de un pinar y de lo que parecían los restos carbonizados de un edificio. Sancho comprendió que aquél debía de ser el silo de grano que había ardido, del que tanto se había hablado en Sevilla. Decían que habían sido espías ingleses los autores de aquella afrenta, lo cual había enfurecido aún más a los ciudadanos. Nada podía hacerles detestar más el hambre que sentían que el hecho de que ésta fuera causada por los ingleses.

Groot había aminorado la marcha al llegar a la altura del silo incendiado, y había ladeado la cabeza ligeramente. Sancho temió por un momento que le hubiera descubierto, pero luego imaginó algo. Estaba demasiado lejos para ver el rostro del capitán, pero algo en la actitud que tenía le hizo pensar que Groot disfrutaba viendo aquellas ruinas. Un orgullo satisfecho.

«Fueron ellos. Ellos quemaron el silo.»

Casi perdió entonces al flamenco, que tomó un desvío poco transitado entre los árboles. Llevaba a su montura al paso, y Sancho se imaginó que estaría cerca de su objetivo. En aquel paraje solitario no podía arriesgarse a seguir a Groot a caballo si éste iba tan despacio, pues sin duda le oiría desde mucha distancia.

Se mordió el labio inferior, mientras intentaba concentrarse. Si el capitán atravesaba el bosque de pinos y ponía de nuevo el caballo al galope, allí terminaría la persecución. Se decidió por fin a desmontar. Ató al caballo a un árbol detrás de un grupo de rocas, de forma que si Groot pasaba por allí antes de que él volviera no pudiese verlo. Le puso el ronzal con algo de forraje, para que no relinchase.

—Espero que no me pase nada, amigo. No me gustaría que acabases devorado por los lobos.

El animal piafó dentro del ronzal, satisfecho, y Sancho corrió ladera abajo en dirección al pinar donde Groot se había internado. En aquel momento recordó las carreras diarias hasta el bosquecillo de álamos que se pegaba cada mañana en casa de Dreyer, y se lamentó de no haber hecho algo más de ejercicio en los últimos meses. Sus piernas protestaron un poco al principio, pero enseguida recuperó el trote largo y mecánico al que el herrero le había acostumbrado. Siguió el tenue camino dentro del pinar, ancho pero apenas visible entre las hojas, sintiendo que había algo que no cuadraba. De pronto lo vio, y se detuvo asombrado.

«Las hojas. Cómo he podido ser tan estúpido.»

Las hojas que cubrían el camino no eran agujas de pino, que además no hubieran sido suficientes para cubrir los anchos rodales que lo formaban. Eran hojas amarillentas y anchas, de acacia y de roble, tomadas de algún otro bosque y esparcidas allí de manera intencionada.

«Alguien se ha tomado muchas molestias para ocultar algo al final de este sendero.»

Una vibración en el suelo y luego el golpeteo de unos cascos le avisaron de que un jinete iba hacia él. Se arrojó al suelo entre los árboles justo a tiempo, pues el caballo de Groot salió de un recodo entre los árboles, de regreso a Sevilla. Sancho permaneció tendido durante un buen rato, hasta asegurarse de que el ruido desaparecía en la distancia, y después siguió camino abajo.

Al llegar junto a la antigua serrería se quedó asombrado. El edificio era enorme, y una depresión en el terreno lo ocultaba a la vista del Camino Real. El estado casi ruinoso del lugar revelaba que el negocio llevaba parado muchos años, aunque en su día aquella fábrica debía de haber provisto de ingentes cantidades de madera a Sevilla. En ausencia de la serrería, el enorme pinar había crecido, ocultándola.

No era lo único que permanecía oculto allí. Las puertas y las ventanas estaban firmemente cerradas, y Sancho tuvo que trepar por un costado del edificio, poniendo mucho cuidado en no pincharse con un clavo oxidado, lo que supondría una muerte segura. Había visto los resultados de atrapar el pasmo a bordo de la *San Telmo*, cómo la espalda se arqueaba y el enfermo expiraba entre terribles dolores.

En lo alto del tejado logró encontrar unas maderas que parecían algo más sueltas, y las apartó lo suficiente como para introducir la cabeza. Intentaba que sus ojos se adaptasen a la oscuridad cuando algo negro y repugnante le azotó el rostro. Se echó hacia atrás y tiró de la daga, pero se sintió ridículo al comprobar que sólo era un pequeño murciélago asustado por la luz repentina, que se perdió entre los árboles.

Volvió a mirar dentro, y al fin comprobó que lo que había imaginado era cierto. El secreto que Vargas escondía y que estaba ahogando mortalmente a Sevilla estaba escondido bajo aquel tejado.

Miles de sacos de trigo, suficientes como para alimentar a la ciudad durante meses.

Volvió a Sevilla con la cabeza atestada de negros pensamientos. Si denunciaba lo que había visto en aquel almacén, los alguaciles lo incautarían y lo venderían a un precio justo, lo que arruinaría a Vargas. Tal vez. O tal vez sobornase a magistrados y veinticuatros para echar tierra sobre el asunto y conservase el trigo de todas formas. Por desgracia no podía saber el alcance de aquella conspiración. En cualquier caso el comerciante no iría a la cárcel, pues podría alegar desconocimiento o simplemente librarse con una multa. Los hombres como él nunca acababan en galeras.

Sancho retorció las riendas entre los dedos, contagiando su nerviosismo al caballo, que apretó el paso. Tenía que haber otra solución. Una que expusiese a Vargas como el monstruo que era delante de toda la ciudad. Y que fuese rápida, pues cada día que pasaba sin que aquellos sacos estuviesen a disposición del pueblo significaba más muertes.

Pero por más que se devanaba los sesos no conseguía dar con una idea. Entró en la ciudad por la Puerta de San Juan y descabalgó cerca del lugar donde había robado su montura. Le dio una fuerte palmada en la grupa y el animal trotó él solo hacia la cuadra, llevado por su instinto.

«Ojalá mi vida fuese tan sencilla como la tuya, amigo. Llevado fuerte de las riendas, como un buen soldado.»

La última palabra quedó danzando por su mente durante un instante. Y entonces Sancho cayó en la cuenta de que había alguien a quien él conocía que podía ayudarle con su problema.

La posada de Tomás Gutiérrez era un lugar elegante, cerca del Palacio Real. Nada que ver con el cuchitril de La Feria donde se había visto obligado a esconderse junto a Josué. Allí las habitaciones eran grandes y espaciosas, y un ejército de criadas iba de un lado a otro con fregonas y pilas de ropa blanca. No tuvo necesidad de preguntar a nadie por Miguel de Cervantes, pues el comisario de abastos estaba en una silla junto a la chimenea de la sala principal, inmerso en la lectura de un libro. Alzó la vista de las páginas al acercarse el joven, y una franca sonrisa le vino a los labios.

—¡Amigo Sancho! Sentaos, os lo ruego. —Hizo un gesto en dirección a una de las criadas, que les llevó enseguida una jarra de vino—. ¿Venís a jugar a las cartas? Si es así, os aviso de que no pienso enfrentarme a vos. Os aseguro que soy de los que escarmientan en cabeza ajena.

Sancho se sirvió un vaso de vino y lo vació de un trago. Estaba sediento y aterido de frío tras el largo día a caballo y corriendo por el bosque, pero bebió sobre todo para infundirse ánimo. Después de vaciar el vaso, se vació a sí mismo. Le contó todo al comisario, absolutamente todo. Cada etapa de su vida durante los últimos años, las decisiones que había tomado y las vicisitudes que había afrontado. El rostro de Miguel se endureció cuando le habló de su vida como ladrón, pero creyó percibir su simpatía cuando le habló de su etapa en galeras. Algo le dijo que tal vez Miguel había pasado por una experiencia similar, aunque éste no hizo ni un solo comentario durante todo el relato.

Habló durante más de una hora, cuya parte final estuvo dedicada a la conspiración que Vargas había urdido en torno al trigo, y el plan que se le había ocurrido para desenmascararle y devolver el grano a la ciudad.

Cuando concluyó se quedó mirando expectante y temeroso al comisario, que adivinó lo que estaba pensando su interlocutor.

—Habéis tenido una vida muy dura, amigo Sancho. Siempre he sido de la opinión de que cada hombre se labra su propia fortuna. Pero nunca tenemos a mano un buen cincel, y a veces hay que hacerlo a dentelladas. No temáis que os juzgue, porque eso no me corresponde a mí, sino a Dios.

—Entonces ¿me ayudaréis?

El otro reflexionó unos instantes.

—Los hechos que me habéis relatado son gravísimos, Sancho. Mi puesto como comisario me exige denunciaros.

—Veo que me equivoqué acudiendo a vos —respondió el joven con tristeza, poniéndose en pie.

Miguel lo retuvo, tomándole del brazo.

—No, por favor. Sentaos de nuevo. Al igual que vos comparto la preocupación de que denunciar a Vargas no sirva de nada. Creo que vuestro plan, por arriesgado que resulte, es mejor que la alternativa. Sin embargo hay un gran imprevisto con el que no habéis contado: necesitaremos a alguien que transmita la oferta. Y no puede ser cualquiera.

Sancho no respondió. Su vista se había quedado encallada en un punto arriba y a la derecha, por encima de la cabeza de Miguel. Éste se dio la vuelta, intrigado por lo que el joven miraba con tanta curiosidad.

A un lado de la chimenea, una enorme madera colgaba de la pared a modo de tablón de avisos. Las tarifas de la posada, proclamas reales y alguna que otra nota reclamando objetos que se habían perdido y ofreciendo una recompensa. Pero nada de todo ello interesaba a Sancho. En la esquina más cercana a ellos, un cartel anunciaba una obra que se representaba en un cercano local de comedias. Sancho no hizo caso tampoco del título ni del lugar. Era la última línea la que había captado su atención. Un extraño nombre, el del último y más insignificante de los actores de la compañía.

—Creo, don Miguel, que tengo al hombre ideal para la tarea.

LXIV

*G*uillermo de Shakespeare aguardaba frente a la puerta de Francisco de Vargas improvisando una actitud altiva y desdeñosa. Sabía perfectamente que el comerciante le hacía esperar para resaltar su propia importancia, pero era algo para lo que se había preparado los días anteriores junto a Sancho.

Cuando el joven le había abordado una semana atrás a la salida del teatro, no le había reconocido. Aceptó su invitación a compartir una jarra más por el vino en sí que por la compañía. Sólo cuando la camarera llevó la bebida, de la mejor barrica de Toro, la memoria del inglés volvió tres años atrás, hasta una posada en la que había vivido y en la que había sido el causante de la paliza a un muchacho.

—¡*Sanso*! —dijo Guillermo, en un español vacilante, bajando la copa vacía—. Ahora os recuerdo...

—Seguís sin pronunciar bien mi nombre —respondió el joven en inglés.

A Guillermo se le iluminó el rostro. No tenía muchas oportunidades de hablar en su idioma.

—Ah, *Sanso*. Lengua vieja, idioma nuevo. Mala combinación. Pero contadme, contadme qué ha sido de vuestra vida.

Hablad bajo, no obstante. No es recomendable usar el inglés de forma abierta en los tiempos que corren.

Aunque estaban en un rincón de una taberna desierta, Sancho le hizo caso.

—¿Aún os hacéis pasar por irlandés?

—Mal que me pese, así es. Tengo aprecio por mi vida. Y no es que pueda volver a mi patria, aunque lo desearía. Pero no habrá barcos que naveguen de Sevilla a las islas mientras Felipe siga en guerra con Isabel.

—Podríais viajar hasta Normandía.

—Para eso haría falta dinero, cosa que no tengo. Mi única esperanza es encontrar un buen capitán inglés que quiera devolver a un compatriota a su tierra. Me temo que tendré que esperar.

Guillermo le contó lo difícil que habían sido para él aquellos años, con un ardor y una pasión que llenaban de colores y sensaciones el relato. Había sido maestro de inglés en varias casas de jóvenes nobles y comerciantes, un trabajo que había acabado con su paciencia y que le daba para malvivir. Hubo días en que tuvo que deslizarse en las cocinas de las casas para robar algo de comer. Cuando no aguantó más las impertinencias de los mocosos malcriados, cambió la hambrienta profesión de maestro por la aún más hambrienta profesión de actor. Con su pobre castellano todos los papeles a los que podía aspirar eran secundarios y sin frase.

—He sido guardia, pastor y piedra. Y árbol, maldita sea. Juro que si algún día escribo una comedia digna de tal nombre no pondré un solo árbol en ella.

—¿Seguís escribiendo, Guillermo?

El inglés se miró las yemas de los dedos, que estaban como siempre embadurnadas de tinta. Había frustración en su voz, y unas arrugas se le formaron alrededor de los ojos.

—Algo. Pero nada que me guste. He malgastado muchas

resmas de papel que habrían sido más útiles como leña. Por eso acabo quemando todo lo que escribo.

Entonces fue el turno de Sancho de narrar su historia. Comparada con la de Guillermo, fue un relato frío y escueto, que le llevó la mitad de tiempo. Pero al concluir, Guillermo lo miraba asombrado.

—Así que os volvisteis ladrón.

—Como Robert Hood. Creí que yo también podría escapar de la miseria de la taberna, hacerme grande robando a los ricos para dárselo a los pobres. Qué imbécil fui.

—No era más que una historia —dijo Guillermo con un hilo de voz.

Sancho no respondió. El inglés le preguntó con aire culpable si podía hacer algo por él.

—Claro que podéis, don Guillermo. Podéis representar el papel de vuestra vida. Yo a cambio me encargaré de que volváis a casa.

Al oír aquello el abatimiento y la culpabilidad volaron del rostro de Guillermo, como arrastrados por un golpe de viento.

—¿Y dónde se llevará a cabo la representación?

El escenario, le había explicado Sancho, sería el despacho de Vargas, adonde Guillermo estaba ya entrando, franqueado el paso por el capitán Groot. Comparado con el frío del patio, la estancia era un horno. Aunque el inglés agradeció poder entrar en calor, supo que enseguida estaría sudando.

«No debo secarme el labio superior, ni la frente. Evitar el contacto físico», pensó Guillermo.

Se acercó a Vargas, que le contemplaba sentado tras su escritorio con una mirada llena de desconfianza. Guillermo hizo una inclinación de cabeza, tieso como un palo, y le alargó al comerciante sus credenciales. Vargas no hizo el menor gesto para cogerlas, sino que fue Groot quien se acercó a tomarlas de mano del visitante y se las entregó a su jefe. Éste les echó un somero vistazo, sin mover un músculo de la cara.

«Son reales. Todo es real, tan real como el cuchillo que te clavarán en las tripas como no lo hagas bien», se obligó a pensar Guillermo, intentando abstraerse del hecho de que dos días antes aquellas falsas credenciales tenían la tinta aún fresca. Habían costado una fortuna, que Sancho había tenido que financiar cortando bolsas en la plaza de San Francisco. Algo que le desagradó profundamente, pues cada vez odiaba más el acto de robar.

—Me llamo Francisco de Whimpole, señor Vargas, y yo... —comenzó Guillermo en su renqueante castellano.

—Conozco perfectamente vuestra lengua, señor de Whimpole —le interrumpió Vargas en inglés. Tenía una voz dura y autoritaria, y Guillermo supo al instante que era un hombre despiadado.

—Eso me alegra, señor. Facilitará mucho mi labor —dijo el actor, con mucho más aplomo por poder contestar en su idioma.

Vargas agitó un pedazo de papel, escrito con letra diminuta. Guillermo se lo había entregado, lacrado, a uno de los criados de la casa una hora antes.

—No sé qué labor puede ser ésa, Whimpole. Este mensaje era deliberadamente ambiguo. Aunque bien podríais haber puesto en él la receta del porridge. Vuestra mera presencia en esta ciudad es un acto de traición.

—¿Tan grande como quemar silos vacíos de trigo y echarle la culpa a mi soberana, señor Vargas? —dijo Guillermo, intentando impregnar sus palabras de sarcástica altivez.

Hubo una triple reacción ante sus demoledoras palabras. Vargas tensó los hombros y apretó los puños, Groot dio un paso adelante y un graznido aterrado en el extremo contrario del despacho reveló la existencia de otra persona tras un biombo.

—Salid, Malfini. Ya que insistís en descubriros vos mismo, bien podéis ver cómo Groot despedaza a este inglés —dijo Vargas, rechinando los dientes.

Guillermo soltó una carcajada. Si aquello hubiese sido una obra de teatro, el público se hubiera estremecido ante la naturalidad de aquel gesto de desprecio. En el despacho, al menos tuvo la capacidad de detener a Groot, que miró desconcertado a su jefe. El hombre que había detrás del biombo, gordo y de aspecto desaliñado y lascivo, había abandonado su escondrijo y contemplaba la escena con la boca abierta.

—Lamento si mis palabras os han parecido duras, señor Vargas. Sólo dejaba claro que la traición es una cuestión de puntos de vista. Para los ingleses yo soy un patriota, y vos... bueno, vos tenéis dinero. Y después de hoy, tendréis mucho más dinero.

Vargas miró a Groot, que dio dos pasos atrás.

—Continuad.

—Quiero comprar vuestro trigo.

—No existe ningún trigo.

—Por favor, señor, el esfuerzo es inútil. Sevilla entera está cuajada de nuestros espías. Sé muy bien lo que guardáis en la vieja serrería. Y como no soy el único que lo sabe, saldré por la puerta con el pellejo intacto, lleguemos a un acuerdo o no. ¿Nos hemos comprendido?

Muy pocos habían hablado nunca a Francisco de Vargas en aquel tono. El comerciante estaba lívido de furia y tardó bastante en contestar. Guillermo intuyó que estaría preguntándose cómo lo había descubierto, aunque eso era algo que no pensaba revelarle.

—Sí —dijo Vargas muy despacio—. Nos hemos comprendido.

—Bien, en ese caso permitidme que cumpla el encargo de su majestad, la reina Isabel. —El inglés irguió aún más el cuello, presa de un orgullo no del todo fingido al mentar a su soberana—. Queremos comprar vuestro cargamento de trigo.

—¿Vuestra oferta?

—Un millón de escudos.

Malfini soltó un soplido de pura avaricia. Incluso Vargas, acostumbrado a mantener el rostro pétreo en cualquier negociación, sintió un ligero temblor en el labio inferior.

—Si os vendo a vos el trigo, Sevilla se morirá de hambre —dijo el comerciante con voz ronca.

—Que es exactamente lo que quiere Inglaterra, señor Vargas. Necesitamos una España dividida, para fines que ya os imaginaréis. No queremos otra Armada enfilando hacia las islas. La próxima vez podría saliros bien.

—¿Sois consciente de lo que me pedís?

—Dicen que nacisteis pobre, señor Vargas. Habéis llegado a rico. Por mi experiencia, ningún hombre honrado pasa de un estado a otro. Así que sé que aceptaréis.

—Sois un arrogante hijo de puta, Whimpole.

Si Vargas esperaba hacer mella en su visitante, no lo consiguió. Guillermo, inteligentemente, ignoró su comentario dejando claro lo irrelevante que consideraba la opinión de Vargas.

—Como vos deseéis. Pero ¿soy un hijo de puta con un cargamento de trigo?

El comerciante miró al suelo. Cuando alzó de nuevo la vista el miedo parecía haber desaparecido de sus ojos, como si una vez tomada la decisión se desentendiera de las consecuencias de sus actos.

—Tenemos un trato.

—Bien, señor Vargas. En ese caso, éstas son las condiciones...

Guillermo desapareció de la circulación durante los días siguientes. Siguiendo las instrucciones de Sancho, no volvió por el teatro ni se dejó ver por las calles, para minimizar el riesgo de un encuentro desafortunado con Vargas.

Una semana más tarde, la víspera de la fecha acordada con el comerciante, el inglés despertó al atardecer en su camastro, con la cabeza resacosa y los ojos cubiertos de legañas. Sancho le había mantenido un suministro regular de vino, que había obrado estragos en él. Como siempre le ocurría tras algún exceso, se juró que jamás volvería a beber, aunque era un juramento que no parecía capaz de mantener. Guillermo notaba dentro de sí una necesidad insatisfecha, que le devoraba las tripas como una bestia, y que se manifestaba sobre todo cuando intentaba encarar alguno de sus sonetos. Si las palabras no llegaban o no estaban a la altura de su propio y exigente juicio, los dientes de la bestia se ensañaban con sus hígados. Y la única manera que Guillermo conocía para apaciguarla era ahogándola.

Aunque procuraba no pensar en ellos para no sentir aún más el peso de la soledad, en aquel momento recordó a sus hijos. Cuando había abandonado Inglaterra en 1588 la mayor, Susana, tenía cinco años y los gemelos, Hamnet y Judith, tres. Hacía muchos meses que no conseguía dinero suficiente para enviar a casa, y se preguntó si todos estarían bien. Su esposa era demasiado egoísta y demasiado estúpida como para aprender a escribir o mandarle noticias. Por enésima vez en su vida lamentó haber dejado preñada a una mujer ocho años mayor que él y con la que se había casado a la fuerza. Apenas se soportaban, y marcharse lejos de ella en busca de fortuna había sido un auténtico alivio. Llevado por su deseo de triunfar en el teatro, se había unido a una *troupe* de cómicos itinerantes que hacían una gira de dos años por el continente, visitando lugares de los que nunca antes había oído hablar, como Verona, Venecia o la propia Sevilla. El talento de Guillermo para la interpretación era bastante justo, algo que compensaba intentando improvisar sobre el escenario. Para ello sí que estaba dotado, mucho más que sus compañeros. Esto había ocasionado roces y peleas que habían acabado con la paciencia del director y resultado en su expulsión de la compañía. Había terminado viviendo en un cuchitril de mala muerte llamado el Gallo Rojo, maldiciendo su suerte, atrapado por la guerra con España y por el agujero perpetuo de sus bolsillos.

Aquella imagen mental de una bolsa sin fondo trajo a su cabeza el primer verso de un soneto, pero para entonces ya se encontraba frente a la posada de Tomás Gutiérrez. La elegancia del edificio le cohibió, y entró con cautela, siendo demasiado consciente de que sus calzas estaban remendadas por un par de sitios y los puños de su camisa estaban amarillentos y repletos de manchas de tinta.

—¡Maese Guillermo!

Sancho estaba esperándolo junto a la puerta y lo llevó hasta una sala pequeña pero acogedora, que el dueño de la posada había dispuesto para ellos. Había una mesa baja, rodeada por un banco y dos sillas. En una de ellas había un hombre delgado y de nariz ganchuda que se puso en pie al entrar él.

—Don Miguel de Cervantes, permitidme que os presente a don Guillermo de Shakespeare.

La cena transcurrió en trabajosa adaptación, mientras Guillermo se peleaba con su mal español y Miguel ponía cara de extrañeza cuando el actor empleaba palabras en su lengua. El único inglés que conocía el comisario se limitaba a las maldiciones y los reniegos propios de la soldadesca. Pero con la ayuda de Sancho todos acabaron entendiéndose.

Cuando el joven los presentó, Miguel había barrido de arriba abajo a Guillermo con su mirada acerada y recta, tan escueta como su propia anatomía, y no ocultó el desagrado al hallarse en presencia de un enemigo de su rey. Guillermo había advertido esto enseguida, pero había tratado de modificar esa impresión intentando buscar aquellas cosas que ambos tenían en común. Aparentemente no podía haber dos hombres más distintos, pues frente a la severidad castellana del comisario, Guillermo oponía un carácter voluble y sensual.

—Comprendo vuestra prevención hacia mí, don Miguel —dijo Guillermo, apartando el plato donde sólo quedaban las raspas de un pescado a la brasa—. Pero de corazón os digo que no me preocupan en absoluto las disputas entre nuestros reyes. Ingleses o españoles, amos o criados... la vida es un juego de máscaras, amigo mío.

El comisario parpadeó, sorprendido al principio por aquella idea que le había lanzado el inglés, pero enseguida comprendió qué clase de hombre tenía enfrente. Ambos compartían algo que pocas personas poseían: la capacidad de mirar dentro de las cosas, la esencia secreta oculta tras su forma visible.

—Así que vos también sois poeta, don Guillermo. Porque no me diréis que eso os lo habéis hecho escribiendo cartas —dijo Miguel señalando las manchas de tinta en los puños de la camisa del inglés.

—No, tenéis razón. Lo confieso. —Alzó uno de los puños, ya no avergonzado de la pobreza de su atuendo—. Esto de aquí es la materia de los sueños.

La última frase la dijo en inglés, pero cuando Sancho la tradujo no pudo contener una mueca sarcástica.

—Discrepo de nuestro invitado, comisario. La única materia de los sueños es ésta —repuso el joven, haciendo sonar las monedas en la bolsa que llevaba al cinto.

—Y yo discrepo de ambos. La materia de los sueños es la esperanza, sin la que éstos no son posibles.

—¿Esperanza? —preguntó Guillermo—. ¿Esperanza de qué?

—De libertad —terciaron Sancho y Miguel, casi a la vez.

Guillermo sacudió la cabeza.

—A las personas les gustan los muros. Vivir sepultadas dentro de cómodas certidumbres. Dios, rey y patria. Matarán para que no les saques de sus errores.

Hubo un silencio incómodo, plagado de una desagradable y lúcida sobriedad. Por un instante los tres se miraron sin saber muy bien qué decir. Dos de ellos eran enemigos porque así lo habían decidido sus reyes y sus obispos. El tercero era un ladrón, prófugo de galeras, alguien que había roto todas las reglas.

—No tiene sentido discutir esto —terció Miguel, enarcando las cejas—. Sólo somos hombres, efímeros como pedos de monja.

Guillermo soltó una carcajada.

—¿Qué os hace tanta gracia?

—Nada, amigo Miguel. Que se nota que no habéis estado en un convento. Los pedos de monja no son nada efímeros.

La carcajada fue general, y en aquel momento aquellos tres hombres tan dispares se hicieron amigos. La conversación se alargó hasta altas horas de la madrugada. Sancho, agotado tras todo un largo día, acabó tendiéndose en el banco y quedándose dormido.

Miguel señaló al capote con el que se había cubierto, del cual procedían unos suaves ronquidos.

—Vos lo conocisteis cuando era un niño, ¿verdad, don Guillermo? ¿Cómo era?

El inglés, ayudándose esta vez de las señas e incluso del

latín, que ambos conocían un poco, consiguió hacerse entender.

—Un buen muchacho, de amable corazón. Con muy mala suerte.

El comisario asintió, como si escuchara una canción vieja cuya letra se conoce de sobra.

—Me pregunto cómo terminó convertido en ladrón.

—Me temo que en eso yo puedo haber tenido una parte de culpa —dijo Guillermo, agitándose incómodo.

Le relató lo que había sucedido el día en el que había bebido vino caro y Castro había dado la paliza a Sancho. Cómo le había curado y contado cuentos mientras se reponía. Y cómo la leyenda de Robert Hood había afectado profundamente al muchacho.

—Supongo que una buena historia puede trastornar al hombre más sereno —dijo el inglés, apurando la jarra. La posó con desagrado sobre la mesa. Las mozas de la posada hacía tiempo que se habían ido a dormir. Aquella noche no habría más vino.

Cuando se volvió hacia el comisario, vio que éste tenía la mirada fija en un punto de la pared, y parecía encontrarse muy lejos de allí. Murmuraba algo entre dientes, algo que Guillermo no pudo captar. Tan sólo entendió la palabra «molinos», que para él no tenía ningún significado.

—Vos no le convertisteis en un ladrón —dijo al cabo de un rato Miguel—. Eso era algo que él llevaba dentro, por los motivos equivocados.

—Temo, no obstante, ser la causa de haberlo provocado. Y de haberle obligado a buscar venganza. La más baja e inútil de las pasiones.

Miguel sonrió.

—La venganza. Es curioso, don Guillermo, pero recientemente llegó a mis oídos una trágica historia que le sucedió a un príncipe en Dinamarca hace cuatro siglos...

LXV

La niebla flotaba sobre el río, fundiendo sus grises zarcillos con la orilla, devorando la mitad del Arenal. Los barcos, mecidos por la subida de la marea, parecían flotar en un mar de nubes. Los dos hombres que esperaban en el extremo del muelle aguardaban encogidos por la humedad y el frío.

—Hace rato que dieron las dos —dijo Guillermo—. Y ni un ratón se ha movido.

Sancho se arrebujó en la capa. Llevaban esperando más de una hora, y los nervios y el miedo del principio se habían convertido en hastío.

—Vendrá. Seguramente haya estado esperando en alguna taberna cercana mientras Groot y alguno de sus matones se aseguran de que no es una celada.

El inglés dio una patada en la tablazón del muelle, y a Sancho se le revolvió el alma. Sus recuerdos retrocedieron al penúltimo día de vida de Bartolo, cuando el enano y él habían aguardado a las puertas de casa Malfini, pateando el suelo para calentarse. Dos días después Bartolo estaba muerto y él en la cárcel, esperando para ser enviado a galeras.

«Confío en que la historia concluya mejor esta vez», pensó el joven, soplándose en las manos para ahuyentar a la vez el frío y los malos augurios.

Delante de ellos la niebla se volvió de un tono anaranjado, antes de abrirse y revelar a cuatro figuras fantasmales que caminaban por el muelle. Groot encabezaba la marcha, con un fanal en la mano. Caminaban embozados, con las capas sobre el rostro, pero el joven reconoció enseguida la cojera de Vargas, el bamboleo de Malfini. A la última persona no fue capaz de identificarla.

—¿Y si descubren quién sois? —preguntó Guillermo con un susurro asustado.

—Las cosas se pondrán feas. Silencio, ya están aquí.

Groot se detuvo a un par de pasos de ellos. Vargas se colocó al lado del flamenco y miró a Guillermo con expresión amenazadora.

—Llegáis tarde —dijo el inglés, intentando hacerse con el dominio de la situación. Sancho, de pie tras él, pudo apreciar cómo la mano de Guillermo temblaba ligeramente.

El comerciante ignoró la pregunta.

—¿Quién es vuestro acompañante?

—Sólo un guardaespaldas. No pretenderíais que esperase solo en la oscuridad con lo que llevo encima.

Groot alzó el fanal, iluminando el rostro de Sancho. Éste no se apartó, aunque entrecerró los ojos, heridos por la luz. Vargas lo miró durante un instante que a Sancho se le hizo eterno.

—¿Habéis traído el pago?

El joven exhaló el aire que había estado reteniendo sin darse cuenta. Había camuflado su rostro con afeites simulando cicatrices viejas y un gran mostacho pegado con pez. Los trucos que le había enseñado Bartolo funcionaban, al menos de noche. Aflojó un tanto la presión sobre la empuñadura de la espada. Tenía que prepararse para lo que iba a ocurrir, y estar tenso no le iba a ayudar a conseguirlo.

—Aquí tenéis lo convenido —dijo Guillermo, tendiéndole una cartera de piel a Malfini, que se había adelantado para buscarla. El banquero estudió durante un buen rato los documentos a la luz del fanal antes de volverse hacia Vargas y susurrarle algo al oído. El comerciante hizo una seña a Groot, que Sancho no supo interpretar.

El joven volvió a sentir el miedo atenazándole la boca del estómago. Estaba seguro de que los habían descubierto. El escribiente que había preparado las cartas de pago falsas podría haber cometido una docena de errores que podían habérseles pasado por alto, pero que serían evidentes para cualquiera acostumbrado a tratar con aquella clase de documentos a diario.

Groot dio un paso adelante y alzó de nuevo el fanal.

—Sígannos.

Después el flamenco caminó muelle abajo. Guillermo y él se miraron por un instante antes de seguirlos. Podrían estar atrayéndoles hacia una trampa, y ellos no podrían hacer nada para evitarlo. Cualquiera del centenar de barcos atracado en el Arenal podía ser el refugio de un puñado de matones dispuestos a saltar sobre ellos. Si los gemelos siguiesen con vida podrían haber ocupado su puesto mientras Sancho recorría los alrededores. Pero ahora el joven estaba solo, y sólo le restaba confiar en el comisario. Intentó evitar pensar en la docena de cosas que podían salir mal y se centró en estudiar la figura del flamenco.

Groot hizo un alto hacia la mitad del muelle, delante de un galeón igual a otra media docena que le rodeaban. Muchas naves de gran calado fondeaban en Sevilla en invierno, cuando el tiempo impedía los viajes largos. El nombre del barco aparecía forjado en letras de bronce, clavadas sobre el castillo de popa. *Nuestra Señora del Genil*. La ironía de ver el nombre de la patrona de su pueblo en el galeón que transportaba el grano que Sevilla necesitaba se le antojó a Sancho tan amarga como el leer debajo el nombre de su armador y enemigo.

—Whimpole, éste es el barco, tal y como habíamos convenido. Dentro de una semana autorizaremos su partida, tan pronto como comprobemos vuestras cartas de pago con Pier Luigi Fortichiari en la Banca del Orso.

—Así lo habíamos hablado.

—Esta persona que está a mi lado es el inspector del puerto, y será quien se asegure de que la salida del barco tenga prioridad, y de que nadie inspeccione su contenido. En la documentación del barco está consignado que el cargamento es mena de hierro con destino a Normandía. Lo hemos estibado en barriles, tal y como se acordó.

Guillermo asintió, impaciente.

—¿Puedo ver ya la carga?

Vargas miró a ambos lados antes de dar un suave y largo silbido, seguido de tres más cortos. Desde la cubierta, aparentemente desierta, brotó una pasarela, como una lengua oscura, que se posó en el muelle con un chasquido. Las sombras de los marineros que la habían bajado se revolvieron en la oscuridad. Se preguntó cuántos hombres había a bordo, y también dónde demonios estaba el comisario. Ya sabían cuál era el barco. ¿Estaría esperando una señal?

—Puede usted subir, Whimpole. Aunque su guardaespaldas se quedará aquí.

El inglés le lanzó una mirada de aprensión a Sancho, que no pasó desapercibida a Vargas.

—No habéis de preocuparos. Aquí estáis entre amigos, que se portarán con vos con tanta honestidad como vos nos habéis tratado.

Guillermo arrugó la nariz y puso un pie en la pasarela, pero Vargas no había terminado de hablar.

—Aunque me gustaría saber cuál exactamente es vuestra relación con la Banca del Orso.

El inglés se dio la vuelta.

—Yo no soy el encargado del pago, maese Vargas. No tengo ninguna relación en absoluto.

—Cierto, eso puedo imaginarlo, pero aun así hay algo extraño en estos papeles. Veréis, están firmados por Pier Luigi Fortichiari, que aparece como administrador del banco. Y la firma es a todas luces auténtica.

Sancho se removió inquieto, calculando mentalmente la distancia que le separaba de Groot. Tendría que recorrer varios metros si quería proteger a Guillermo de la espada del flamenco, en caso de que éste le atacase. Por primera vez en años musitó una oración para que nada fuese en vano. Los cincuenta escudos que había costado preparar aquellas falsificaciones, la tensión que había sufrido sondeando a empleados de banco descontentos en las tabernas, buscando a uno que le ayudase a crear aquella ilusión de papel que debía durar unos pocos minutos. Todo podía irse al traste si Guillermo decía las palabras incorrectas.

—¡Por supuesto que es auténtica! ¿Creéis que estamos jugando aquí, Vargas? ¿Por quién tomáis al enviado de Su Majestad?

La protesta del inglés terminó en un graznido poco digno, que se extendió por el desierto Arenal, yendo a morir al pie de las murallas.

—Cuando era un mocoso que recorría las calles de esta ciudad en busca de algo que comer, había un hombre al que le gustaba llevarse a los niños a su casa —dijo Vargas—. Ponía panes recién hechos en el zaguán, esperando a que algún muchacho pasase por delante y se sintiese atraído por el olor. De él aprendí que cuando algo huele muy bien y se muestra tan fácil de alcanzar, a menudo es un engaño. Groot.

El flamenco desenvainó la espada, y Sancho lo imitó. Ninguno de ellos se movió, aunque Groot estaba mucho más cerca de Guillermo.

—¿Qué significa este ultraje?

—Decídmelo vos, Whimpole. Explicadme eso y también cómo es posible que Fortichiari firmase esta carta de pago hace tres semanas, cuando uno de mis contactos me ha confirmado que lleva muerto más de un mes.

«Mierda», pensó Sancho, lanzándose hacia adelante. Malfini se apartó de su camino, lloroso, pero el inspector del puerto intentó estorbarle, al tiempo que pugnaba por sacar la vizcaína que llevaba al cinto, que se le había trabado en la vaina. Aunque podría haberle matado sin dificultad, el joven optó por librarse de él golpeándole en el estómago y empujándolo al hueco entre el galeón y el muelle. El inspector cayó manoteando al agua.

—No os mováis —dijo Groot, que había llegado junto a Guillermo y le había retorcido el brazo cruelmente, obligándole a darse la vuelta, apoyándole la espada en el cuello—. Tirad la espada o vuestro amo morirá.

Sancho bajó el embozo de la capa y se quitó el sombrero, dando un paso hacia el fanal que el flamenco seguía sosteniendo en la mano izquierda.

—Creo que no estáis juzgando bien la situación, capitán. Ese infeliz no es más que un vulgar actor —dijo Sancho, mirando fijamente a Vargas mientras lo decía.

—¡Vos! —El comerciante dio un paso atrás al reconocer aquella voz. Había miedo en la suya

—Os dije que os destruiría, Vargas. Delante de toda esta ciudad.

—¡Alto! ¡Teneos a la justicia! ¡Alto en nombre del rey!

Los gritos de los alguaciles resonaron en el extremo sur del muelle. Corrían hacia ellos, con Cervantes a la cabeza, antorchas en las manos y las espadas desenvainadas.

—Ya vienen, Vargas —dijo Sancho con una sonrisa burlona—. Saben quién eres. Saben que has traicionado a tu pueblo y vendido a tu país.

—Maldito hijo de puta. ¡Ése no es un auténtico espía inglés!

—Ah, pero lo será si Groot le mata. Los cadáveres no hablan.

Vargas se debatió un momento, y finalmente comprendió que Sancho tenía razón.

—Soltadle, capitán —dijo con voz helada.

—Señor... —protestó el flamenco.

—He dicho que le soltéis. ¡Vámonos de aquí!

Groot dio un paso hacia un lado, pero Sancho dio dos hacia adelante, entrando en su sentimiento del hierro. Sólo el cuerpo de Guillermo impedía que sus espadas se encontrasen. El capitán, al ver cómo los alguaciles estaban cada vez más cerca, empujó al inglés contra Sancho y echó a correr en pos de Vargas, que ya renqueaba hacia el norte del Arenal.

—¿Estáis bien? —preguntó el joven, ayudando a incorporarse al actor.

A Guillermo le temblaban las piernas y estaba lívido, pero se las arregló para sonreír.

—Sí, sí. No dejéis que se escapen.

Sancho se dio la vuelta y vio a Malfini tratando de escabullirse entre las pilas de nasas amontonadas entre el muelle y el Arenal. Acercándose a él, pegó un fuerte tirón de su capa. El gordo cayó hacia atrás como un árbol talado, y se quedó tendido en el suelo, con la punta de la espada de Sancho apoyada en la nariz.

—Os quedaréis aquí, Malfini, y os dejaréis prender. Porque los alguaciles serán más benévolos que yo. ¿Comprendido?

El gordo genovés asintió; Sancho persiguió a los fugitivos muelle arriba. Con lo despacio que se desplazaba Vargas hubiera sido una caza muy breve de no ser porque los caballos con los que habían llegado hasta allí seguían amarrados a unos maderos. Había tres, y Vargas subía al más pequeño de ellos ayudado por Groot cuando Sancho apareció entre la bruma. El flamenco soltó una maldición y pegó un cachetazo en la grupa del caballo, que salió disparado. Con una tremenda sangre fría, Groot se subió al más alto de los animales y cuando estaba arriba lanzó una estocada que atravesó el ojo del último de los caballos. El animal, herido de muerte, se desplomó a los pies de Sancho, que tuvo que echarse atrás para no ser aplastado por el cadáver.

Sin tiempo a detenerse, rodeó el cuerpo del caballo y siguió corriendo. El capitán le sacaba una tremenda ventaja, pero aún tenía que pasar por un lugar por el que el caballo tendría que ir muy despacio. Vargas había alcanzado el Puente de Barcas, y discutía con los corchetes que lo custodiaban de noche. En mitad de su carrera, Sancho vio cómo Groot los alcanzaba, bajaba de un salto del caballo y ensartaba con la espada al primero de ellos. El segundo trató de defenderse, pero no era rival para el flamenco y cayó unos instantes después.

Con el corazón retumbando como un tambor y los pulmones ardiendo, Sancho se detuvo al llegar a la entrada del puente. Vargas había desmontado y había tomado las riendas de los animales, a los que guiaba con cautela por el puente, que se agitaba traicionero sobre el poderoso caudal del Betis.

Y frente a él, cubriendo la retirada de su señor, estaba Groot. Esperando.

Sancho apenas podía respirar después de la agitada carrera, y se tomó unos instantes para recobrar el aliento, las manos sobre las rodillas. Groot sonrió con una mueca cruel y se adentró en el puente, aprovechando la pausa que estaba haciendo su perseguidor. No miraba atrás. Los pasos de Sancho sobre la endeble estructura de madera delatarían el momento en que fuese de nuevo tras él.

«Si llegan al otro lado, pondrán los caballos al galope. Alguien con los recursos de Vargas tendrá dinero guardado en alguna parte. Se irán de Sevilla, y nadie les encontrará jamás.»

Se incorporó de nuevo, entrando en el puente. Apenas

se veía el agua, completamente cubierta por la niebla, que tendía sus zarcillos sobre algunos tramos de la estructura, ocultándola a la vista. Delante de él, los caballos que guiaba Vargas relincharon, nerviosos.

El flamenco se dio la vuelta al acercarse Sancho. Le esperó plantado firmemente con los pies rectos, una postura extraña para un esgrimidor. Nunca había visto a nadie pelear así, ni tampoco una arma como aquélla. A la pálida luz de los faroles de la entrada del puente, la enorme espada del capitán parecía aún más grande y amenazadora, con la punta mucho más gruesa que el centro de la hoja.

Cruzaron los aceros dos veces, y Sancho sintió como si golpease una pared. La fuerza bruta de Groot era asombrosa, y su dominio de la espada no iba a la zaga. Sancho le lanzó sus mejores combinaciones de golpes, pero todos fueron inútiles. El sentimiento del hierro del capitán era mucho más grande que el suyo. La postura que el flamenco había adoptado, suicida en alguien menos fuerte que él, impedía a Sancho acercarse lo suficiente o buscar un punto de entrada. Y el caballo de Vargas estaba casi en el extremo contrario del puente.

—¿Qué pasa, *smeerlap*? ¿Nadie te ha enseñado a usar ese pincho que llevas?

Sancho, enfurecido amagó en cuarta sobre Groot, pero el flamenco fue más hábil y dio un paso adelante, cambiando el peso de su cuerpo de un lado a otro y pasando al contraataque. Sancho se defendió de una, dos estocadas, pero la última, lanzada contra su cara, le obligó a girar sobre sí mismo. El pie izquierdo le bailó un instante en el aire, mientras Groot atacaba de nuevo.

Con un grito de frustración, el joven cayó hacia atrás, y las aguas heladas lo engulleron.

LXVI

El caudal del río era tan fuerte y las ropas de Sancho tan pesadas que lo arrastraron durante varios minutos antes de poder controlar su dirección. Entre la niebla y la oscuridad, fue cuestión de pura suerte que vislumbrase un momento los pebeteros que ardían siempre en lo alto de la Torre del Oro. Volvió a perder el rumbo de nuevo, pero la corriente más allá de la Torre viraba bruscamente hacia el oeste. Allí dio a parar Sancho, aterido y completamente agotado, temblando de furia.

En aquel lugar las orillas eran empinadas y llenas de vegetación. Sancho tardó un buen rato en salir del agua, y para cuando lo consiguió estaba tan agotado que apenas podía dar un paso. Todos los músculos de su cuerpo le pedían que se tendiese en el suelo a dormir, pero sabía que si lo hacía estaría muerto a la salida del sol. Tenía que seguir moviéndose.

El viento al caminar le pegaba las ropas empapadas contra el cuerpo, le cortaba las mejillas, le hacía castañetear los dientes. No tenía nada con lo que encender un fuego para calentarse, y las puertas de la ciudad estarían cerradas a aquella hora de la noche. Tampoco podía arriesgarse a presentarse de nuevo en el muelle, que ahora estaría lleno de corchetes. Cualquiera de ellos podía reconocerle, y no le cabía duda de que le seguían buscando. Desde el principio su plan había sido esfumarse en cuanto apareciera el comisario con la justicia, pues la condena en galeras seguía pendiente sobre su cabeza, ahora agravada por el hecho de que se había fugado. Tampoco podía saber qué cargos había conseguido Vargas que se esgrimiesen contra él, ni lo que podría haberles dicho Zacarías a los corchetes. El ciego necesitaba un buen escarmiento, que había ido posponiendo ya demasiado tiempo. Pero no sería aquella noche. Aquella noche no iría muy lejos.

Cruzó por el puente de piedra el arroyo Tagarete, que se unía con el Betis al pie de la Torre del Oro y siguió pegado a la muralla por detrás de las Atarazanas hasta que llegó a la puerta secreta que conducía al refugio de Bartolo. Buscó con sus dedos agarrotados los bordes de la piedra que conducía al interior, y notó que apenas tenía sensibilidad en las manos. Las frotó entre sí varias veces para recuperar la movilidad antes de ser capaz de sacar la piedra de su encaje y poder entrar en el estrecho pasadizo. Ni siquiera volvió a colocar la piedra. En aquel momento sólo conseguía pensar en la yesca y el pedernal que iban a salvarle la vida.

Encender el fuego en la completa oscuridad del refugio, con las manos agarrotadas, fue la operación más difícil y angustiosa que Sancho ejecutó en su vida. Perdió la cuenta de las veces que intentó provocar la chispa y acertar en el pequeño puñado de paja seca, el único que tenía y que se esforzaba por mantener a salvo de las gotas de agua que seguían chorreando de su ropa. Pudieron pasar una hora o tres, Sancho no habría sabido decirlo. Cuando por fin brotó la llama y consiguió crear una llama pequeña y vacilante, la protegió con sus manos hasta que volvió a sentirlas y a poder mover los dedos. Entonces alimentó la hoguera con toda la leña que había en el refugio, se desnudó por completo y se tendió en el catre, tapado sólo por una manta piojosa. Enseguida cayó en un sueño febril y alucinado, plagado de pesadillas.

Al despertar comprobó que su ropa ya estaba seca. La había tendido cerca del fuego, y se vistió lentamente, aún agotado y con los músculos doloridos. Seguía notando la frente caliente, aunque no tanto como la noche anterior.

Pasaba de media tarde cuando salió del refugio. Se encaminó a la posada donde Josué se había quedado esperándole. Tuvo que atravesar toda Sevilla, y en cada esquina y en cada plaza se encontró grupos de personas que hablaban de lo que había sucedido aquella madrugada en los muelles. El odio flotaba entre ellos como un humo malsano. Sancho sonrió. Vargas había escapado al castigo, pero al menos había destruido su reputación para siempre. Jamás se atrevería a volver por allí.

Por fin, después de tanto tiempo, podía descansar. Podía ser él mismo.

Llegó a la posada a la caída del sol, y cuál no sería su sorpresa al ver que Miguel estaba en la habitación junto a Josué. Ambos se levantaron al verlo y corrieron a abrazarle.

—Por Dios, dadme algo de comer. No sabéis por lo que he pasado.

«Tienes un aspecto horrible. Como si te hubiera vomitado una cabra», dijo Josué.

Sancho rio sin fuerzas, y dio buena cuenta del queso, un plato de sopa caliente y una jarra de vino que el comisario le llevó de un mesón cercano.

—Vuestro amigo el inspector del puerto salió con un brazo roto del agua, y Malfini se había ensuciado las calzas. Fueron las mayores presas de nuestra captura de ayer, porque con la tripulación del barco poco se podrá hacer. Aparte, claro está del trigo.

—¿Estaba en el barco?

—Hasta el último grano. Ya va camino de los silos de la

calle Menesteres, desde donde empezará a repartirse a las tahonas, al precio normal que tenía hacía unos meses. Mañana habrá de nuevo pan en Sevilla, Sancho. Y todo gracias a vos. Me aseguraré de que el rey Felipe lo sepa.

—Sois vos quien ha descubierto la conspiración, don Miguel. Será bueno para vuestra carrera. Y yo no deseo ser mencionado.

—Pero podrían limpiar vuestro nombre, libraros de la condena a galeras.

—Allá adonde vamos a ir todo eso importa poco, comisario. Y el riesgo de que la jugada salga mal y acabar de nuevo apaleando sardinas gracias a algún amigo de Vargas que se haya arruinado por mi culpa tampoco me seduce. Dejemos las cosas estar así.

—Como deseéis —dijo Miguel, que parecía apenado por aquella decisión.

—¿Qué le sucederá a Vargas?

—Tendrá que responder ante la justicia, si es que le encontramos. Lo más probable es que se esfume para siempre. Sabe que aquí le espera la horca, o algo peor. Por no hablar de lo que le sucedió a su casa esta mañana...

Al oír aquello Sancho dejó caer la cuchara al suelo y aferró al comisario por el brazo.

—¿A qué os referís?

—Era de esperar, muchacho. La chusma se volvió loca cuando corrió la noticia de lo que Vargas había hecho. Asaltaron su casa, saquearon sus muebles y le prendieron fuego. Algunos de sus criados están muertos.

—¿Quiénes? ¿Alguna mujer?

—No lo sé. ¿Se puede saber qué demonios os ocurre?

Sin ni siquiera despedirse, Sancho salió corriendo en dirección a la botica de Clara. Era imposible, llevaban mucho tiempo sin hablarse y ella sin acudir por aquella casa, pero ¿y si había decidido visitar a su madre precisamente aquel día? ¿Y si había oído los rumores y había ido a buscarla para asegurarse de que estaba bien? Podía haberse quedado atrapada entre la turba y los criados.

Enfermo de preocupación saltó la tapia y cruzó el jardín. Irrumpió en la casa a gritos, pero éstos solo encontraron el eco de las habitaciones vacías.

Y sobre el mostrador, clavado con el cuchillo con el que Clara se protegía de visitantes desagradables, un papel manuscrito con una letra pulcra y perfectamente trazada. Sancho lo leyó una y otra vez, incrédulo, rabioso, con el corazón encogido.

Llamaron a la puerta. El joven abrió, pálido. Eran el comisario y Josué.

«Sabía que estarías aquí», dijo el negro.

—¿Qué ha sucedido?

Sancho les enseñó el papel.

—Es Vargas. Se ha llevado a Clara.

LXVII

No servía de nada lamentarse, pero mientras Sancho repasaba lo sucedido los días anteriores, una negra desesperación se iba apoderando de él.

«Ha tenido que ser el ciego», dijo Josué, frunciendo el ceño. El negro no era propenso a dar muestras de enfado, pero la fría cólera que había en sus ojos daba cuenta del cariño que sentía por Clara. Durante el tiempo que habían pasado en la botica tras la muerte de los gemelos, la joven esclava se había portado muy bien con él, y habían compartido confidencias que a Sancho se le escapaban. Ella incluso había aprendido parte del lenguaje de signos que habían inventado en galeras, algo que a Josué le llenaba de satisfacción.

—Zacarías no sabía nada de ella.

«Todos sabíamos de ella. El día en que te hirieron y desapareciste, los gemelos te siguieron hasta su casa. Nos dijeron dónde era. Después te ausentabas casi cada día, así que sólo podía ser una mujer», repuso Josué.

Sancho se maldijo por ser tan estúpido como para creer que había sido capaz de guardar en secreto su relación con Clara y aún más por pensar que podría mantenerla a salvo. Si se hubiera encargado de Zacarías cuando éste les traicionó, tal vez no le hubiera revelado a Vargas su relación con ella. Por lo que la joven le había contado acerca del comerciante, éste debía de estar esperando el momento de ajustar cuentas con Clara. Debía haberla mandado lejos hacía tiempo, haberla ayudado saldando la deuda que ella tenía contraída con Vargas antes de atacarle.

«Ella no hubiera aceptado —dijo Josué, adivinando sus pensamientos—. Lo que ella quería era conseguir las cosas por sí misma.»

El joven asintió, reticente. Por más que su amigo tuviese razón, aquello no contribuía a paliar su angustia en aquel momento. Se desplomó en la silla que Clara tenía junto al mostrador.

—¿Puedo ver la carta, Sancho?

El joven le tendió el papel, con el centro agujereado por el cuchillo. Miguel lo leyó, despacio, retorciendo la hoja entre los dedos.

«Debo felicitarte, cumpliste lo que habías prometido. Ahora yo te prometo esto: si no traes veinte mil escudos al Matadero el domingo al mediodía, mataré a esta ramera.

V.»

—Se ha debido de creer la leyenda de los Fantasmas Negros. Los ladrones más audaces de Sevilla —dijo Miguel—. Las historias corren por las calles. Se hacen más grandes según pasan de boca en boca, y acaban teniendo vida propia.

—O tal vez el muy hijo de puta sólo quiere hacerme daño.

—Hoy es lunes. Tenemos seis días para conseguir el dinero.

El joven suspiró con desesperación.

—No lo entendéis, nadie puede robar una cantidad así. ¡Está muerta!

El comisario lo agarró por el jubón y lo alzó, obligándole a mirarle a los ojos.

—Escúchame, muchacho. Toda tu vida, ¡toda tu vida! te has enfrentado a lo irremediable. Sobreviviste a la peste, sobreviviste en las calles de Sevilla, sobreviviste a las palizas de tus amos y de los cómitres. Saliste vivo de un naufragio, derrotaste al Rey de los Ladrones. El destino te había marcado para morir, pero tú le desafiaste una y otra vez.

Miguel guardó silencio un momento, debatiéndose con el secreto que había estado guardando desde el día en que coincidió con Sancho en el garito del Florero. Apretó los labios y respiró hondo. Finalmente lo soltó.

—No te saqué de aquella venta en llamas para ver cómo te rindes sin ni siquiera intentarlo.

Sancho lo miró boquiabierto.

—¡Fuisteis vos! ¡Lo sabía! ¡Sabía que me erais familiar! Me cargasteis en vuestro caballo y... —Se detuvo, luchando con las lagunas que le cubrían la mente.

—... y te traje a Sevilla, donde pagué seis escudos de oro a fray Lorenzo por tu sustento. Ahora no hagas que me arrepienta.

Sancho lo agarró fuerte por la pechera del jubón a su vez. Su abatimiento se había vuelto ira.

—¿Creéis que voy a abandonarla? ¡Iré al Matadero, y moriré por ella! —gritó—. ¡Pero no me digáis que puedo conseguir ese rescate, porque es imposible!

—No hay nada imposible.

Ambos se soltaron y Sancho se dejó caer de nuevo en la silla, con el rostro entre las manos, intentando pensar.

—Sólo hay un lugar donde hay tanto dinero en esta ciudad... —dijo Sancho, alzando de pronto la cabeza un rato después—... pero es inexpugnable.

El comisario asintió, con el semblante muy serio. Él también había adivinado cuál era el lugar al que se refería Sancho.

—Sólo es un edificio. Con más cerraduras, con más guardias, pero... ¿qué clase de ladrón es el que le tiene miedo a un edificio?

El martes, el comisario visitó el objetivo que habían escogido.

Miguel había escapado en cinco ocasiones de la vigilancia de los turcos en Argel. Era un hombre de inteligencia tan afilada como la hoja de su espada, aunque prefiriese el silencio a la demostración pública de su ingenio. Veía detalles donde otros sólo apreciaban superficies, y eso lo convertía en el hombre ideal para reconocer el punto de entrada. Ésa sería su única participación en todo aquel asunto. Sancho había sido tajante.

—Vos sois un hombre honrado, don Miguel. Un hombre del rey. No puedo involucraros en esto.

—Hijo mío, no se me ocurre nada más noble que ayudar a una mujer en peligro.

Pero había aceptado la condición que Sancho le había impuesto, pues en el fondo de su alma tenía un miedo atroz a volver a perder la libertad. Y aquél sería el resultado de la empresa, de eso Miguel estaba seguro tras pasar un rato en el interior de la Casa de la Moneda.

Había pasado por delante en muchas ocasiones, sin cuestionarse si sería un lugar de libre entrada. La gruesa puerta de madera, reforzada con pesadas planchas de acero, estaba en la plaza de Maese Rodrigo, entre la Puerta del Carbón y la Puerta de Jerez. Vigilada por la Torre de la Plata, la Casa de la Moneda era más un grupo de construcciones que se habían fusionado con la muralla. Ésta se convertía en aquella esquina de la ciudad en un enorme espolón que culminaba en la Torre del Oro, símbolo inequívoco del auténtico poder del Imperio español. «Sin el metal de las Indias, toda aquella magnificencia desaparecería de un suspiro», pensó Miguel.

Pero aún había mucho dinero con el que pagar a guardias como los que había en la puerta de entrada al recinto, o para levantar magníficas construcciones como era aquel complejo. Terminado tres años atrás, estaba formado por una moderna plaza que llamaban de los Capataces, en torno a la cual se articulaba la vida de los artesanos. Vestido como iba con sus mejores galas, nadie cuestionó la presencia del comisario en aquel lugar, dando por hecho que sería alguno de los funcionarios que a menudo lo visitaban. Sus ocupantes estaban demasiado atareados, moviéndose como hormigas de un lado a otro del patio. Transportaban sacos de mena, se afanaban en las pilas de lavado de mineral, afilaban sus instrumentos mientras compartían el almuerzo al sol.

Miguel se sentó en el borde de la fuente del centro de la plaza, estudiando atentamente la hilera de pequeñas tiendas que la formaban. Comida, ropa, incluso imágenes religiosas. Había viviendas para los artesanos y los tenderos en la parte alta. Aquel lugar era como un castillo en miniatura, y salvo para escuchar misa ninguno de los que allí vivían tendría que abandonar el lugar jamás.

«Felipe es un hombre listo —pensó Miguel—. Ha rodeado a los que sustentan su poder de comodidades, y en todas ellas ha puesto su símbolo.»

El escudo del rey aparecía por todas partes. En los vanos de las puertas, en los carteles de las tiendas, incluso, constató con sorpresa el comisario, en los pomos de las herramientas de los artesanos. Una manera excelente de conseguir la fidelidad de aquellos hombres y asegurarse de que convertían hasta el último gramo de metal en monedas con las que alimentar sus ejércitos.

«Tampoco nadie entrará aquí por la fuerza, no con esa enorme puerta en un ángulo ciego de la plaza, tan fácilmente defendible. Ni con estos muros enormes. Y luego encontrar el lugar en el que se guarda el oro entre el laberinto de edificios y puertas del lado este. No será fácil.»

Esta última tarea fue la única a la que antes logró poner

remedio. En un extremo de la plaza había un edificio sin marcas, de puertas gruesas, donde cada cierto rato pasaba un artesano bastante mayor, empujando una carretilla cuyo contenido iba tapado por un paño negro. Miguel supuso acertadamente que aquélla sería la sala del Tesoro, y la desilusión se apoderó de él. Aquel lugar era la caja fuerte dentro del edificio inexpugnable. Tenía su propio retén de guardia en la entrada, que seguramente sería permanente, igual que el del acceso de la calle.

Amargado, fue a pedir algo de comida para reponer fuerzas en uno de los edificios del lado oeste. Había una pequeña taberna, poco más que un bodegón de puntapié, donde el mozo le sirvió potaje de una cazuela de barro. Limpió una de las cucharas en el delantal que llevaba al cuello antes de dejarla caer en el plato de Miguel.

Aunque comía más por obligación y para alargar su presencia en el lugar lo más posible, se sorprendió al descubrir que el potaje estaba bueno. La grasa rezumante de los callos y el sabor picante del chorizo le devolvieron los ánimos en aquella mañana fría.

—¿Venís por lo de los centenes? —preguntó el tabernero.

Miguel alzó la cabeza del plato y miró al tabernero. El hombre se veía aburrido y con ganas de conversar, no parecía haber suspicacia en su pregunta. Decidió fingir, pues tal vez así conseguiría algo de información.

—Sí, en efecto. Es un encargo de Su Majestad. Pero no me pidáis que hable de ello.

—Ah, buen funcionario, pero si aquí todos somos familia. Los secretos son difíciles de guardar en la Moneda. El nuevo maestro tallador ha concluido sus moldes, y comenzado la producción que Felipe ordenó. Es un tipo raro, si sabéis a lo que me refiero.

—¿Me va a causar problemas?

—No, no lo creo. Es más bien tímido, no gusta de la compañía de otras personas. Jamás sale de su taller, el único que sale es el aprendiz para venir aquí a buscar su comida —se acercó a Miguel y le susurró en tono confidencial—: prefiere mi cocina a la de la otra taberna, la de Jiménez. Se ve que es la primera vez que venís a la Moneda porque aún no sabéis qué clase de bazofia sirven en ese lugar...

Miguel sonrió.

—Ya veo. Bueno, gracias por prevenirme, tendré cuidado. ¿Y dónde decís que puedo encontrar al maestro Tallador?

—Subid la escalera del lado este, debajo de la arcada. En el segundo piso, la última puerta del fondo. No tiene pérdida, el humo a azufre os guiará. Es el único que sigue empleando los métodos antiguos para hacer los moldes. Los demás ya no los usan.

—Sabéis mucho de moldes.

—Es casi la única conversación que tienen mis clientes, mi señor. ¡Que tengáis un buen día!

Miguel se levantó para irse, pero a mitad de camino se dio la vuelta y arrebató un pequeño mendrugo de pan que había quedado sobre la mesa.

—Para después —dijo sonriente.

El otro lo miró contrariado, y Miguel intuyó que ya había previsto echarlo al potaje para añadir sustancia.

—Claro, señor. Volved cuando queráis.

El comisario salió a la calle y caminó distraídamente por la plaza. Al llegar cerca del lavadero de mineral que había bajo los muros, saltó por encima del canal de desagüe. El trozo de pan que llevaba en la mano cayó en la corriente de agua.

—¿Puedo ayudaros? —dijo uno de los artesanos, que no comprendía por qué Miguel se había acercado tanto al lavadero.

—No, muchas gracias, señor. Mi tarea aquí ha concluido —dijo Miguel, mientras contemplaba cómo el pedazo de pan desaparecía por un agujero en el muro.

LXVIII

Sancho se estremeció de frío. Sabía lo que venía a continuación. El abrazo del agua, como mil agujas heladas. La sensación de pesadez en los miembros, el miedo, las ganas de abandonarse. Había experimentado todo aquello apenas dos días atrás, y no quería volver a pasar por ello.

Sin embargo no había otra opción.

«¿No rezas, Sancho?», preguntó Josué.

El joven meneó la cabeza.

—No creo que ningún Dios al que merezca la pena rezar quiera ayudarnos con lo que vamos a hacer.

Josué le dedicó una de aquellas sonrisas suyas que podían significar por igual solidaridad o conmiseración. A diferencia de lo que hacía siempre, Sancho no se sentía proclive a devolvérsela.

Todo aquello era una enorme locura, y así se lo había dicho al comisario.

—¿Un pedazo de pan? ¿Estáis hablándome en serio, don Miguel? ¿Eso es en lo que os basáis para mandarnos a ambos ahí dentro?

—Calmaos, muchacho. En la cárcel de Argel conocí a un zapador que me enseñó mucho acerca del agua y de sus pequeños trucos. Gracias a él conseguimos escaparnos la primera vez. Llegamos hasta la ensenada del puerto, donde nos esperaba una barquichuela. Por desgracia también nos esperaban los guardias.

—Don Miguel...

—El trozo de pan desapareció entre las rejas, y había suficiente holgura. Podréis respirar.

El plan era sencillo. Descubrir adónde iba a parar el desagüe que desembocaba en el Tagarete. Colarse dentro, y desde ahí, por debajo del muro, hasta el interior de la plaza.

Como todo plan aparentemente sencillo, una vez iniciada su ejecución se había vuelto horriblemente complicado. Encontrar el punto en el que la alcantarilla desembocaba en el arroyo había sido como buscar una aguja en un pajar. El muro en aquel punto estaba cubierto por una masa de vegetación, y por encima de sus cabezas los guardias patrullaban la muralla cada media hora. Así que la búsqueda del agujero se había vuelto un incómodo juego del escondite.

Finalmente hallaron la entrada. Estaba cubierta por unos barrotes oxidados, y éstos no resistieron demasiado el embate de las gruesas limas que habían comprado a un herrero de la calle de Armas. A partir de ahí las cosas se volvieron más difíciles. La alcantarilla era alta, tanto que Josué cabía en ella casi sin doblar la cabeza. El agua le llegaba al negro un poco por debajo de sus anchos pectorales. Era de color arcilloso, y desprendía un olor penetrante y repulsivo. Formaba una charca que se iba desbordando hacia el río según las bombas del lavadero empujaban agua hacia dentro, pero una buena parte de los residuos químicos y orgánicos se quedaban pegados a las paredes o caían al fondo. El ambiente era irrespirable, aún peor que la bajocubierta de la *San Telmo* en los días malos.

En aquella pestilencia pasaron tres noches.

Al final de la alcantarilla había un enrejado que supuso un reto mucho mayor. La parte inferior de la reja quedaba muy por debajo del agua, y cortarla era sencillamente imposible. La única manera en la que podían actuar era entrando completamente desnudos al agua y cortando la parte superior de los hierros, en un lugar en el que la alcantarilla era mucho más profunda y el agua le llegaba por la barbilla a Sancho. Los barrotes eran allí mucho más gruesos, y tampoco podían arriesgarse a usar una sierra para cortarlos, puesto que el ruido que harían se oiría en toda la plaza.

Tenían que usar las limas despacio, poco a poco. Y tenían que hacerlo sumergidos en un agua helada en pleno invierno, sin ni siquiera tener la seguridad de que Josué sería capaz de doblegar aquellas tres barras de metal cuando llegase el momento. Cada hora salían de la alcantarilla unos minutos, se secaban con unas mantas que llevaban y luego se envolvían en otras secas intentando recuperar el calor, soñando con una hoguera imposible.

Hombres menos fuertes o acostumbrados que ellos a las privaciones se hubieran rendido enseguida. En muchas ocasiones durante aquellas tres noches Sancho cerró los ojos y deseó la muerte. Pero en cuanto sus párpados se tocaban entre sí el recuerdo de Clara afloraba a su memoria y volvía a la carga contra aquellos tres enemigos metálicos, tan gruesos que apenas era capaz de juntar el índice y el pulgar al rodearlos.

El primero de ellos cayó bajo la lima de Josué cuando al que a Sancho le correspondía aún le faltaba más del ancho de una uña. Cubrieron el corte con mugre para que los artesanos no notasen nada en la alcantarilla, y siguieron adelante, algo más animados.

En la madrugada del jueves al viernes, las limas de Sancho y Josué se encontraron a mitad de camino del barrote con un chasquido sordo.

—Vámonos de aquí. Mañana volveremos —susurró Sancho.

La siguiente noche, más fuertes y descansados, ambos se introdujeron en la alcantarilla. Josué encabezaba la marcha y Sancho llevaba su ropa y otros utensilios hechos un hato en la cabeza, para que no se mojase.

Josué llegó junto al primero de los barrotes, lo rodeó con ambas manos y tiró con fuerza de él. No se movió. Josué lo volvió a intentar, poniendo en ello cada brizna de energía de su poderoso cuerpo, apretando con los pies contra la pared. Finalmente consiguió separar el barrote, doblándolo, y entonces se sirvió de su peso para doblarlo hacia abajo. Repitió la operación otras dos veces, en completo silencio, sólo roto por el correr del agua y el chapotear de las ratas y otras criaturas inmundas en la oscuridad.

Cuando el paso estuvo franco, el negro se volvió hacia su amigo.

«Ten cuidado.»

«Te haré una señal cuando esté listo. De ahora en dos cambios de guardia. Si no aparezco, márchate. ¿Lo harás?»

«Sí», mintió Josué.

Sancho se escurrió por entre los barrotes, saliendo al frío de la plaza. El aire le arrancó destellos de dolor de la piel, mientras intentaba secarse con la manta que había llevado. Permaneció envuelto en ella durante un rato, pegado al lavadero, mientras repasaba mentalmente y por enésima vez el plano que Miguel le había dibujado en una hoja de papel.

Primero, la escalera.

Se vistió con camisa, jubón y calzas negras y gruesas que le protegían la planta de los pies. No llevaba botas, pues las que le había fabricado Fanzón habían quedado en el fondo del río cuando Groot le arrojó al agua, al igual que la capa. Con ellas puestas se hubiera hundido sin remedio, y no había tenido tiempo ni dinero para encargar unas nuevas. Alrededor del cuerpo se enrolló una larga cuerda.

Salió de detrás del lavadero, permaneciendo a la sombra que la luna arrancaba de la muralla. Los guardias que había apostados en la puerta de la sala del Tesoro parecían despiertos y concentrados, y Sancho tendría que pasar a menos de treinta metros de ellos. Intentó moverse lo más despacio posible, con el corazón encogido cada vez que los guardias miraban en su dirección. Por suerte éstos tenían un brasero delante de ellos que reducía un poco su visión.

Cuando alcanzó la escalera, otro problema le cruzó por la mente. ¿Y si los guardias de la puerta recibían el relevo en ese momento? Podría cruzarse con ellos por los pasillos, y aquél sería el fin de su aventura. De nuevo intentó abstraerse de la insensatez que suponía lo que estaba haciendo. Con la poca información de la que disponía, salir de allí con vida dependería por completo de la suerte. Metió la mano dentro de uno de los bolsillos de su jubón, rozando con la punta de los dedos la talla de madera que Bartolo le había dado antes de morir. Aquél era el único amuleto en el que creía.

Ahora, la última puerta del segundo piso.

Los corredores de aquella planta eran estrechos y abalconados, y ninguno de ellos tenía carteles en la puerta. Sancho caminó agachado, lejos de la balaustrada, más preocupado que nunca ya que la luz de la luna iluminaba de lleno aquella zona. Por un momento se preguntó qué ocurriría si el tabernero con el que había hablado el comisario le había dado equivocadamente las indicaciones del maestro tallador, o si Miguel le había entendido mal.

Al llegar frente a la puerta la encontró protegida por una cerradura. De uno de sus bolsillos secretos extrajo las ganzúas, con las que maniobró durante un rato, maldiciendo la cercanía del río que ya había comenzado a oxidar el metal, a pesar de que aquel lugar apenas tenía tres o cuatro años. Con un leve chirrido que a Sancho le estremeció como si fuera un grito, la puerta se abrió.

La habitación era enorme, y estaba repleta de bancos e instrumentos que Sancho jamás había visto. Al fondo estaba lo que el joven buscaba: una caja fuerte empotrada en la pared, donde el maestro tallador debía guardar el fruto de su obra.

—Nunca sale de su cuarto, dice el tabernero. Y sin embargo está encargado de la producción de centenes, las monedas más valiosas de la cristiandad. Cada una de ellas vale cien escudos, y sólo los más privilegiados alcanzan a ver una en toda su vida.

Con cuidado de no alterar nada o tirar al suelo alguna de las herramientas esparcidas por todas partes, Sancho se acercó hasta la caja fuerte. Pero aquella triple cerradura resistió todos los intentos que realizó, partiendo incluso una de sus ganzúas. Consciente de que el tiempo iba pasando y de que Josué tenía que estar cada vez más nervioso, Sancho se dio cuenta de que sólo había una manera de abrir aquella caja.

Fue hasta el fondo del taller, donde había una puerta que llevaba hasta un dormitorio. Al entrar comprendió enseguida por qué el maestro tallador nunca salía de su cuarto. En la enorme cama yacían juntos un muchacho rubio y un hombre maduro, de largas greñas grises y grasientas. Ambos estaban desnudos, y el mayor abrazaba al más joven.

De un fuerte tirón, Sancho apartó la manta bajo la que se cobijaban y puso su daga en el pecho del aprendiz. Cuando ambos se despertaron, el viejo dio un pequeño grito y Sancho le mandó callar.

—Vos sois el maestro tallador.

—¿Qué es lo que queréis?

—La pregunta es qué es lo que queréis vos. Tenéis dos opciones. Puedo matar a vuestro mancebo, ataros a él en pelotas y vos os entenderéis con la Inquisición por la mañana. ¿Os gusta la primera opción?

El rostro del viejo reflejaba tal terror que Sancho no pudo evitar sentir lástima por él. Pero por desgracia no tenía tiempo para aquellas contemplaciones. El rubio, por su parte, estaba tan quieto como un conejo degollado. No quitaba los ojos de la daga que tenía apoyada en el pecho.

—La segunda opción es que os vistáis, abráis la caja fuerte y yo os ate a cada uno en una habitación. Seguramente ésa sea la más aceptable, ¿no es así?

Sólo entonces el viejo encontró el coraje de hablar.

—La caja fuerte está vacía.

—Bueno, entonces no tendréis inconveniente en abrirla, ¿verdad?

Con una mueca de desesperación, el viejo se levantó y se vistió. Sin dejar de amenazar al aprendiz, Sancho le mandó ponerse un pañuelo dentro de la boca, cerrarla fuerte y tenderse en el suelo. Luego ordenó al rubio que se vistiera y le ató usando las sábanas.

—Podéis decir que éramos seis o siete. Así vuestro honor quedará a salvo. ¿Dónde está el lugar en el que fingís dormir?

El rubio le indicó el taller con un movimiento de la cabeza, y Sancho ordenó al viejo que pasase a la otra habitación. El maestro tallador actuaba dócilmente, por miedo a perder a su amante, aunque cuando éste quedó tendido en el camastro que nunca ocupaba, lejos de la punta del cuchillo de Sancho, su actitud fue mucho más hostil. Miró a su asaltante con odio, y seguramente le habría insultado de no tener la boca obstruida por el pañuelo.

—Abrid la caja.

El tallador echó un vistazo alrededor, buscando algo que

le sirviese como arma. Era un hombre fuerte, y si le echaba mano a uno de los punzones tal vez podría herirle o, aún peor, obligarle a matarle.

—Puedo ir a buscar a vuestro mancebo y cortarle los colgajos con esto. Está tan afilado que no le dolerá demasiado. ¿Preferís eso?

Derrotado, el tallador se arrodilló, sacó las llaves que llevaba colgadas del cuello y abrió la caja, tirando ligeramente del pomo. Se hizo a un lado, y Sancho se agachó para mirar en el interior. Había un cartapacio con papeles, moldes hechos en piedra de monedas de diversos países y dos grandes sacos de cuero.

—Sacadlos.

El tallador negó con la cabeza e hizo un gesto con los brazos. Sancho comprendió. No podía con ellos. Aquellos sacos eran demasiado pesados. Le ordenó volver al dormitorio, donde le ató con fuerza usando el resto de las sábanas. El tallador clavó en él una mirada de furia.

—Estaos quieto y todo irá bien.

De regreso junto a la caja, Sancho tiró a duras penas del primero de los sacos. El peso era descomunal. No le quedaba otro remedio que vaciarlos y llevarse exactamente las monedas que necesitaba. Usando el cuchillo cortó las cuerdas que ataban el primero de ellos y tiró del lateral para verter su contenido. Una cascada de monedas se desparramó por el suelo de piedra. Sancho se quedó boquiabierto al tomar una en las manos. Era grande, del diámetro de una naranja, y muy pesada. Estaba profusamente grabada con el rostro del rey por un lado y con el escudo por el otro. Sancho sintió un escalofrío al pensar en lo que tenía en la mano.

Contó doscientas de aquellas monedas, que fue colocando en veinte montones de diez sobre la mesa. Cuando terminó, tomó una de las restantes y se acercó al muchacho rubio que seguía atado de pies y manos sobre el camastro.

—¿Ves esto? —dijo agachándose junto a él. Éste asintió—. No lo pierdas de vista.

Fue hasta la pared y encajó el centén en el hueco entre dos piedras, metiéndolo lo bastante adentro para que no se viese a simple vista.

—Cuando los guardias te encuentren, no lo cojas, no sea que te registren después. Espera un par de días. Y búscate otro trabajo.

Sin gran parte de su contenido, el saco de la caja ya no pesaba tanto. Aun así Sancho tuvo que hacer un esfuerzo para levantarlo y vaciarlo antes de colocarlo sobre la mesa. Hizo lo mismo con el otro saco, hasta que la habitación quedó alfombrada de oro.

Deprisa, deprisa.

Estaba seguro que el plazo que le había dado a Josué tenía que haberse cumplido ya. Dividió las doscientas monedas entre los dos sacos, e hizo agujeros en la parte superior de éstos con su daga. Pasó una cuerda por ellos, y se la cruzó por el pecho, y la espalda, de manera que le quedase un saco por delante y otro por detrás. Aun así, el peso era enorme. Sancho calculó que tenía que estar cargando tres cuartas partes de su propio peso. Al caminar de vuelta al pasillo notaba las piernas pesadas, los pulmones comprimidos y las cuerdas hiriéndole los hombros.

Último obstáculo, la muralla.

Por muy despacio que anduviese, cada paso de Sancho arrancaba un débil tintineo metálico de las monedas. Volver tan despacio por donde había entrado, y además haciendo ruido, era impensable. La única solución era alcanzar el piso superior, allá donde se unía con la muralla. El problema era que la sección de ésta que llegaba desde la Torre del Oro hasta el Palacio Real era patrullada por guardias constantemente.

Subir aquella escalera fue una tortura. Alcanzó el punto

más bajo de la muralla, en un pasillo descubierto plagado de habitaciones de servicio, con la cabeza ida por el esfuerzo y un zumbido palpitante en las sienes. Le llevó más de lo que había pensado, y ahora estaba seguro de que habrían pasado al menos tres rondas de los guardias por el punto por el que debía descender. El problema era que no tenía ni la más remota idea de cuánto hacía que había pasado la última y si le daría tiempo a descolgarse antes de que llegase la próxima.

Al llegar a la muralla se quitó los sacos del pecho y se tomó unos instantes para recuperar el aliento. La sangre volvió a circular por la cabeza con normalidad, produciéndole una sensación de levedad y euforia. No se dejó arrastrar, porque no tenía tiempo que perder. Subió a la muralla de un pequeño salto. Se situó entre dos almenas, sosteniendo uno de los sacos, y lo colocó sobre el vacío, tensando la cuerda que había enrollado sobre su antebrazo. Después lo hizo descender, notando cómo la cuerda iba desgarrando el jubón, que después de aquella noche quedaría inservible. Pero no había tiempo tampoco para pensar en ello.

En aquel lugar la muralla tenía una altura equivalente a seis hombres. Cuando calculó que el saco ya debía de estar cerca del nivel del suelo, balanceó el peso a un lado y a otro, confiando en que Josué lo viera.

«Pero ¿y si no está? ¿Y si le ha entrado el miedo y se ha marchado, o simplemente obedeció lo que tú mismo le dijiste y se fue después del segundo cambio de guardia?»

Durante un instante las dudas se apoderaron de él, hasta que de pronto el peso que sostenía se desvaneció como por arte de magia. Izó la cuerda, colocó el otro y comenzó a repetir la misma operación. Llevaba el saco casi por la mitad cuando oyó las voces.

—Te digo que tienes que probarla. No he conocido a mujer igual.

Los guardias doblaban ya el recodo que conducía al punto donde estaba Sancho, paseando con sus arcabuces al hombro, charlando despreocupadamente. No había tiempo para bajar el saco, ni tampoco podía soltar la cuerda pues se quedaría sin medios para bajar. Desesperado, Sancho se lanzó de vuelta al pasillo que conectaba con el edificio y se agachó junto al desnivel. Sostenía el extremo de la cuerda enrollada en el brazo, y el resto de ella tensa y pegada al suelo, mientras él aplastaba la espalda contra la piedra.

«Que no la pisen. Que no la vean. Que pasen por encima, sin detenerse. Que no tengan que ir a por un vaso de vino a la garita. ¡Dios, cómo duele!»

—De las morenas del Compás sólo me gusta la Mariliendres.

—Tiene un apodo horrible.

—Y es fea como un diablo, pero tendrías que ver lo que es capaz de hacer con la lengua...

Uno de los guardias se detuvo, la punta de su bota a menos de un palmo de distancia de la cuerda de Sancho, mientras le explicaba por gestos a su compañero la excelencia en las artes amatorias de la Mariliendres. El otro se reía a carcajadas.

Agazapado tan cerca de ellos que si se hubieran inclinado un poco los guardias hubieran podido tocarle la cabeza, Sancho sentía que la cuerda estaba a punto de arrancarle el brazo. Se mordió el labio inferior, tan fuerte que un hilillo de sangre le chorreó por la mandíbula. Cualquier cosa con tal de no pensar en la presión que estaba sufriendo.

El pie del guardia se levantó, luego se arrastró de nuevo, cada vez más cerca de la cuerda. La rozó con la puntera, luego la pisó ligeramente sin darse cuenta. Ambos siguieron su camino.

Cuando las voces se apagaron en la distancia, Sancho se puso de nuevo en pie y soltó el resto de la cuerda. Tenía el brazo izquierdo completamente dormido en un momento de lo más inoportuno, pues iba a necesitar de ambos para descolgarse por la pared. Ató la cuerda en torno a la almena, y después se pasó la cuerda alrededor de la cintura y por encima del hombro. Había hecho aquello docenas de veces, pero jamás usando una sola mano. El esfuerzo fue descomunal, y perdió pie en un par de ocasiones, golpeándose la cara contra la muralla. Cuando cerca del suelo los brazos de Josué le recogieron y le sostuvieron de camino a la barquichuela que tenían allí escondida, Sancho respiraba entrecortadamente, pero una alegría salvaje se apoderó de él.

«Lo hemos conseguido. Hemos entrado donde nadie lo ha hecho antes y tenemos el dinero.»

Y Clara tenía una oportunidad.

LXIX

El viento silbaba entre las rocas cuando llegaron a lo alto del monte.

Hacía casi seis meses que había abandonado Castilleja de la Cuesta, pero habían pasado tantas cosas en aquel espacio de tiempo que la fragua y sus aledaños, inmutables, parecían pertenecer a un pasado remoto.

Ya a mitad de subida habían intuido que algo no marchaba bien. Incluso Josué, a pesar de lo preocupado que estaba intentando dominar a su caballo, se había dado cuenta de que la chimenea de la fragua no soltaba humo. El alba ya rompía por el este, proyectando las sombras alargadas de hombres y bestias sobre el camino, y a esa hora Dreyer siempre estaba empuñando el martillo.

Ataron los caballos a una argolla de hierro cerca de la entrada. Ambos iban muy cargados, pues además de a sus amos llevaban unas improvisadas alforjas de cuero muy pesadas. Josué tocó el hombro de Sancho y le mostró algo que había a su espalda.

«Está creciendo», dijo con una sonrisa.

El melocotonero que Josué había plantado hacía un año y medio había sobrevivido, contra todo pronóstico, y ya era más alto que él. Sus ramas comenzaban a ensancharse. El modo en que aquel árbol había decidido sobrevivir le conmovió profundamente.

—Vamos dentro.

«Ve tú», le dijo Josué.

Sancho comprendió que al negro le había afectado igual que a él la visión del árbol, y quería estar a solas un rato. Lo dejó solo y fue a buscar a Dreyer, preguntándose si el herrero estaría enfermo o muerto.

La primera de las dos opciones era la correcta.

Encontró a Dreyer en su cama, pálido y ojeroso. Tosía mucho, y la chimenea estaba apagada. Tenía la frente ardiendo y los labios resecos.

El herrero tardó un rato en reconocerle, pero tras beber algo de líquido pareció encontrarse mejor y dijo su nombre. Un momento después intentó incorporarse en la cama.

—Sancho, hijo mío. ¿Qué haces aquí?

—Necesitamos refugio hasta mañana, maestro.

—¿Te has metido en algún lío?

—Ninguno del que no podamos salir, espero —dijo Sancho, que no quería preocuparle—. Descansad, que Josué y yo cuidaremos de vos.

El herrero debía de llevar un tiempo enfermo, pues su alacena tenía pocas provisiones. Sancho se preguntó qué clase de desalmados eran sus vecinos, que le habían permitido caer en aquel estado. Luego se dio cuenta de que, con la hambruna tan tremenda que había habido aquel invierno, tal vez había sido mejor que lo dejasen en paz. De no haber tenido miedo de acercarse, y en el estado tan débil en el que se encontraba Dreyer, alguno habría tenido la tentación de degollarle y desvalijarle. Sólo las armas que tenía en la sala de entrenamiento ya valían una fortuna.

El herrero cayó en un sueño ligero, y Sancho y Josué aprovecharon para descansar tras una noche agotadora. El negro se despertó antes, a tiempo de encender una hoguera y hacer una buena brasa. Cuando Sancho se levantó ya era media tarde, y fue hasta una de las casas del pueblo a por huevos frescos, vino, leche y un pollo grande. Pagó con lo poco que le quedaba en la faltriquera. Para bien o para mal, al día siguiente no necesitaría ya aquel dinero.

Comieron hasta hartarse. Cuando Dreyer se despertó le dieron un poco del caldo de pollo e incluso se atrevió a probar la carne. Aunque tenía mala cara, su aspecto era mucho mejor que por la mañana.

—¿Qué os sucede, maestro? ¿Cuánto lleváis enfermo?

—Empezó al final del otoño. Primero noté que meaba sangre, y luego empecé a estar más delgado y a perder el apetito.

—¿Os ha visto algún médico?

Dreyer sonrió con tristeza.

—¿Para qué, muchacho? Tras tantos años mis fuerzas se han marchado, dejando sólo cenizas. Soy ya viejo y no tengo ganas de seguir en este mundo. Y no soy idiota. Sé lo que tengo, y no tiene cura.

Sancho asintió, sin saber bien cómo responder a aquello. Dreyer no se había suicidado tras conocer la muerte de su hijo porque ellos habían entrado en su vida. Pero ahora que era la muerte quien venía a buscarle, la aceptaba de buen grado.

—¿Qué hay de ti, muchacho? ¿En qué embrollo te encuentras?

Sentado en el borde de la cama, el joven le contó a grandes rasgos lo sucedido desde que se habían marchado de allí. El herrero asentía con una sonrisa de aprobación. Y también, o al menos eso le pareció a Sancho, un poco de envidia.

—Así que habéis venido a ocultaros.

—No sólo eso. El hombre que me venció... es demasiado fuerte, maestro. Mañana tendré que enfrentarme a él otra vez, y no creo que pueda con él.

—Descríbeme a ese Groot, con tantos detalles como puedas, e intentaré ayudarte.

—Un flamenco rubio, con una barba fina. Es casi tan alto como Josué. Un auténtico animal. Cuando peleamos en el puente adoptó una postura extraña, con los pies paralelos al cuerpo. Pero lo más extraño era su espada. Larga y pesada, con la punta más ancha que el resto de la hoja... ¡Maestro!

El rostro de Dreyer se había ido demudando. Tenía la boca abierta y sus ojos amenazaban con salirse de las órbitas. Intentó ponerse en pie, pero las fuerzas le fallaron tras tanto tiempo postrado en la cama.

—¿Qué os sucede? —preguntó Sancho, agarrándole por el brazo para que no cayera.

—La arqueta. Ve a aquella arqueta... —dijo el herrero, señalando un extremo del cuarto.

Sancho la abrió siguiendo sus instrucciones y encontró un paquete envuelto en un paño de color marrón oscuro. Se lo llevó a Dreyer, quien desenvolvió lo que había en su interior. Un pedazo de acero, parte de una hoja de espada.

—¿Era como éste, Sancho? ¿Era como éste?

El joven asintió, sorprendido ante la reacción del herrero. Éste se dejó caer de nuevo en la cama, agotado tras aquel esfuerzo. Tardó en volver a hablar, y cuando lo hizo, su voz estaba apagada y oscurecida.

—Esa espada es una anomalía. No es una flambeada, ni una hoja normal. Es un engendro desequilibrado y mortal. Hace falta una fuerza enorme para manejarla. Es especialmente dañina si te lanzan una estocada a la cara, esa que los italianos llaman *stramazzone*.

—¿Vos conocéis a ese hombre, maestro?

—Antes no se hacía llamar De Groot, sino De Johng. Y sí, le conozco bien. Fue el hombre que destruyó mi vida.

Sólo entonces se dio cuenta Sancho de que lo que había tomado por un paño marrón era en realidad un lienzo blanco empapado en sangre vieja.

—Maestro...

Dreyer no le escuchaba ya. De pronto todo el dolor que había acumulado durante aquellos años se cristalizó en forma de palabras, que fueron cayendo de su boca como gotas de lluvia de una densa nube de amargura.

—Mi mujer se llamaba Anika. Su hermano mellizo era uno de mis mejores alumnos, una espada rápida en una mente fría. Se parecía un poco a ti, aunque él era bravucón y vanidoso. Hubo un día en que llegó un desafío a nuestra escuela. Había un espadachín nuevo, un chico de granja, un animal con un físico gigantesco. Mi cuñado decidió que se enfrentaría a él. En aquella época aquella clase de desafíos eran normales en Rotterdam. Servían para azuzar la combatividad de nuestros jóvenes. A veces morían algunos, pero eso poco importaba, ¿verdad? Se trataba de hacer mejores espadachines.

El herrero hizo una pausa larga. Cerró los ojos y Sancho llegó a pensar que se había dormido, pero siguió hablando. Las lágrimas le rodaban por las mejillas.

—Mi cuñado se enfrentó a él sin haberse molestado en acudir a sus entrenamientos para estudiar su estilo de lucha. Creía que un patán campesino no sería rival. Y yo, que Dios me perdone, pequé de orgullo. Creí que sería pan comido. Pero el campesino le destrozó. Rompió todas sus guardias, azuzándole. Insultándole.

—*Smerlaap* —dijo Sancho, recordando la palabra que Groot le había escupido en el muelle.

—Significa trapo sucio, basura. Ninguno de los dos respetó las reglas del combate. Se suponía que debía ser a primera sangre, pero el campesino no se detuvo ahí, y mi cuñado tampoco. Cuando le lanzó la estocada mortal, yo intenté intervenir. La espada del campesino se rompió en dos. Esa mitad fue la que se quedó dentro de mi cuñado.

Dreyer hizo otra pausa.

—Mi mujer se degolló con ella un mes después.

Sancho se estremeció de horror.

—Estaban muy unidos —susurró Dreyer—. Ella era de carácter melancólico, y tras dar a luz a nuestro hijo había pasado por malos momentos. Me culpó de la muerte de su hermano, y luego decidió castigarme.

El silencio se apoderó de ellos. En algún lugar de la casa, una ventana se abrió, y un aire frío recorrió la estancia, arrastrando los fantasmas.

—Ayudadme a vencerle, maestro Dreyer —pidió Sancho, con la voz hueca.

Dreyer se incorporó en la cama y llamó a Josué. Le susurró algo al oído y éste regresó al cabo de un rato con una espada. Era una ropera de lazo, similar a la que llevaba Sancho, aunque de una calidad algo inferior. El joven la recordaba por haber entrenado con ella en muchas ocasiones.

—Tómala en la mano izquierda, muchacho. Y desenvaina la otra.

Sancho obedeció, extrañado. No estaba acostumbrado a sostener una arma tan grande en la izquierda, y notaba el cuerpo desequilibrado. Dreyer le ordenó corregir la posición de los pies y ensayar una guardia diferente a todas las que había conocido. En ésta debía sostener la izquierda frente a su pecho, con la hoja paralela al suelo y el brazo levemente flexionado. La derecha quedaba algo más retrasada y baja.

—Se llama estilo florentino, Sancho. Te otorga un sentimiento del hierro mucho más grande, mayor movilidad y alcance. Pero es tan peligroso para el contrario como para ti. Requiere un esfuerzo considerable. La concentración debe ser máxima, porque el más ligero error en esta técnica significará tu muerte. Y ahora esto es lo que debes hacer...

LXX

Faltaba poco para el amanecer cuando Sancho rodeó el cuerpo de Josué y le enganchó una argolla en el pie con sumo cuidado. El otro extremo de la argolla iba enganchado por una cadena al hogar de la chimenea de la cocina.

Casi había alcanzado la puerta cuando Josué se despertó. Notó al instante el peso en su pie. Aquélla era la peor de sus pesadillas, y Sancho no necesitó mirarle a los ojos para saber que aquello le había destrozado el corazón.

—Debo hacerlo, Josué. Si vienes, te matarán.

«Yo quiero morir a tu lado, si es que ése es mi destino», dijo el negro, dando un tirón furioso de la cadena. Pero los eslabones eran demasiado fuertes incluso para él.

—Hay una lima en el suelo junto a ti. La llave de la argolla está sobre el yunque de la fragua. Si no vuelvo, usa la carta de manumisión de tu cartuchera y busca un buen trabajo.

«Espera. Espera.»

—Adiós, amigo mío. Mi hermano.

Sancho cerró la puerta tras de sí, intentando ignorar los bramidos lastimeros del gigantón. Se dijo una y otra vez que aquello era lo mejor para su amigo, pero se sentía como un sucio traidor.

Al llegar junto a los caballos su sorpresa fue mayúscula. Ya estaban enjaezados, y el herrero se hallaba subido en uno de ellos. Estaba vestido con un coleto de cuero, guantes de combate y espada al cinto. Las ropas le quedaban holgadas por todo lo que había adelgazado en aquellos meses, pero sus cabellos grises refulgían con las primeras luces del alba, y la expresión en su rostro era de serena determinación.

—Monta, muchacho.

Sancho tragó saliva, en silencio. El nudo en la garganta que había sentido al encadenar a Josué a la chimenea se volvió aún más pesado y espeso. Aquel hombre esquelético y enfermo apenas estaba en condiciones de mantenerse sobre la silla, y mucho menos de acudir a una cita como la que les esperaba aquella mañana. Pero ¿quién era él para decirle a un hombre cómo debía de morir? Dreyer había elegido, y le correspondía a él honrar su decisión.

Puso el pie en el estribo y montó con elegancia.

—Iremos por el monasterio de la Trinidad. Hay un amigo esperándonos allí.

Cuando llegaron a la puerta del monasterio había no una, sino dos figuras montadas, esperando.

—Buenos días, mi joven amigo —dijo Guillermo.

Sancho miró al comisario enarcando una ceja.

—¿Qué hace él aquí?

—Insistió en venir —respondió Cervantes encogiéndose de hombros.

—Soy perfectamente capaz de hablar por mí mismo, don Miguel. Yo os metí en esto, *Sanso*, hace años. Y justo es que esté aquí para sacaros de ello.

—Maldito inglés chiflado. ¡Vais a morir!

—Los cobardes mueren muchas veces, muchacho. Los valientes sólo una —respondió Guillermo, ufano.

Sancho meneó la cabeza.

—Lleváis tiempo guardando esa frase, ¿verdad?

—Toda la noche —admitió el inglés.

—Esto no es una de vuestras obras de teatro, maese Guillemo. Las espadas no serán de madera.

—Tampoco la mía lo es —dijo señalando una ropera que llevaba al cinto. No parecía haber sido desenvainada nunca.

—¡Pero vos no sabéis pelear!

—Pero puedo fingir que sé. Soy actor, ¿recordáis?

Sancho soltó un bufido de exasperación.

—Poneos detrás de mí, maldita sea. El mundo no puede permitirse perder ni un solo poeta, ni aunque sea uno tan malo como vos.

Les presentó a Dreyer, que saludó llevándose la mano a una imaginaria ala del sombrero, pues nunca los usaba. Se pusieron en marcha cuando las campanas de la catedral anunciaban que quedaba un cuarto para las doce.

Pasaron por debajo de los Caños de Carmona, el acueducto que abastecía de agua potable a buena parte de la ciudad. Al rebasar los arcos de piedra, la mole del Matadero se apareció ante sus ojos. Era un edificio feo y abigarrado, de tres alturas. Sancho comprendía perfectamente por qué Vargas lo había elegido como punto de reunión. Desde las ventanas superiores, cualquiera podía controlar quién se acercaba al lugar.

Eso era aún más fácil en domingo, en que el Matadero estaba desierto. Era uno de los lugares más peligrosos de Sevilla por muchas razones. El hampa controlaba sus oficios, y muchos de los carniceros que allí trabajaban habían servido antes en el ejército y tenían experiencia previa cortando cuellos más delgados que el de una res o un puerco. También era un buen lugar en el que deshacerse de alguien molesto e incómodo. Y su situación a las afueras de la muralla, en terreno despejado, era ideal.

Si en vez de ellos hubiera aparecido una cuadrilla de

corchetes, Vargas habría mandado matar a Clara y escapado a caballo rumbo al sur. Sólo de pensar que ella estaba en poder de aquellos desalmados le hizo forzar el paso de los caballos. Éstos hicieron los últimos metros al galope, con los belfos chorreando espuma.

El hedor era patente desde lejos. Una mezcla de carne podrida, sangre y basura.

«Este sitio tiene que ser horrible en verano —se dijo Sancho. Con un escalofrío se dio cuenta de que tal vez no viviese para ver el siguiente cambio de estación—. Qué demonios, tal vez sea ésta la última vez que respire aire fresco», pensó hinchando bien los pulmones.

El chirrido de las puertas al abrirse resonó con fuerza, y una enorme boca se abrió en el frontal del Matadero. Nadie salió a recibirles.

—Adelante —dijo Sancho.

La entrada hubiera permitido el paso de dos carros a la vez, así que los cuatro caballos pasaron con holgura, grupa con grupa, mientras sus jinetes miraban a ambos lados con cautela. Ante ellos se abría un espacio vacío, de suelo de tierra. Ésta apenas se distinguía, teñida como estaba por décadas de sangre y vísceras aplastadas. Cadenas con ganchos colgaban de todas partes, la mayor parte vacías, pero algunas con animales a medio despiezar, que esperarían allí a que el lunes los trabajadores reanudasen la tarea. Pedazos sueltos de tripa y el contenido del estómago de los animales se barrían sin ningún cuidado, formando montones en las esquinas. El olor en el interior era tan nauseabundo que hacía palidecer el recuerdo de la *San Telmo*. Con una mueca de horror, Sancho comprobó que no eran restos de vacas lo único que se descomponía en aquel lugar. Colgando de un poste, completamente desnudo y con la cabeza en un ángulo antinatural, estaba el cadáver de Zacarías.

Y en el tercer piso, mirándoles desde el hueco en la baranda que servía para ascender las piezas grandes hasta el lugar donde se salaban, estaba Francisco de Vargas. Su aspecto no era el del adinerado comerciante que ocupaba los puestos más altos en las Gradas de la catedral. Su camisa estaba sucia, el pelo grasiento y los ojos enrojecidos.

—Maese Whimpole, cuánto honor. Y nuestro amigo Sancho, el jovencito que osó retarme. Qué agradable sorpresa. Y habéis traído compañía.

—¿Dónde está Clara? —preguntó Sancho, fingiendo una calma que no sentía.

El comerciante hizo una seña y se oyó un jadeo ahogado. Enseguida la joven gritó, aunque Sancho no entendió lo que dijo.

—Soltadla y os daré lo que queréis.

—Jovencito, ¿creéis que soy idiota? Mostradme lo que has robado para mí. Veamos si sois tan buen ladrón como decía Zacarías.

Sancho descabalgó, tomó los sacos de monedas y los llevó unos pasos por delante del lugar donde se habían detenido los caballos. Allí había una enorme piedra de amolar, en la que Sancho supuso que los matarifes afilarían sus instrumentos de muerte. Los dejó caer sobre ella con gran esfuerzo, y el ruido arrancó ecos de los aleros del edificio.

—Veinte mil escudos.

Vargas lo miró con incredulidad. Como Sancho había intuido el día en que encontró la nota, el comerciante nunca había creído que sería capaz de conseguir aquella cantidad de dinero. Lo único que quería era hacerle tanto daño como fuera posible, y de paso obtener de él tanto como pudiese.

El joven sacó la espada, retrocedió un poco y de un tajo rajó las dos bolsas. Éstas se abrieron como frutas reventadas, revelando el contenido.

—Doscientos centenes. Robados hace dos noches de la Casa de la Moneda. Y ahora, entregadme a Clara.

El comerciante seguía boquiabierto ante lo que estaba viendo. Meneó la cabeza con fastidio.

—Si os hubiera encontrado antes que el enano ese cuyo recuerdo veneráis... Es una pena desperdiciar tanto talento. Groot.

El flamenco apareció en el segundo piso con un trabuco cargado, apuntando directamente a Sancho. El joven, que ya esperaba una celada así, rodó por el suelo. En el último instante Groot desvió el cañón del arma, apuntando a los caballos. El tiro acertó a uno de ellos, y los cuatro se encabritaron. Guillermo y Dreyer cayeron de la silla, y sólo el comisario acertó a mantenerse erguido, pero descabalgó enseguida para ponerse a cubierto. Los cuatro se unieron a Sancho en uno de los laterales, lejos del alcance del trabuco de Groot.

—No tienen más armas de fuego. De lo contrario nos hubieran disparado mucho antes. Desde allí arriba tenían toda la ventaja —dijo Miguel.

—Entonces ¿qué querían? —preguntó Sancho.

—Obligarnos a bajar de los caballos y separarnos. Seguramente haya más de ellos, esperando en los pisos superiores —dijo Dreyer en voz baja. Tenía un aspecto horrible.

—Vos y Guillermo quedaos aquí. El comisario y yo subiremos.

—No, muchacho. Puede haber más de ellos aquí abajo. Iremos juntos —repuso Miguel.

Desde arriba les llegó la voz burlona de Vargas.

—¡Un viejo, un tullido, un idiota y un niño! ¿Ése es vuestro ejército? ¡Venid a buscarme!

—Aprisa, por la escalera —susurró Sancho.

El ascenso al segundo piso fue cauteloso. La escalera era estrecha y de madera, y toda discreción quedaba anulada por los chirridos desagradables de los escalones. Sancho asomó la cabeza, volviéndose a agachar enseguida, un instante antes de que una descarga destrozase el pasamanos que estaba detrás de él. Pequeños pedazos de madera y yeso le cayeron en el rostro.

—Al otro lado del edificio está la escalera que sube al tercero —susurró el joven a Miguel, con la voz rasgada por el sobresalto.

—Tenemos que alcanzarlas como sea. ¿Habéis visto cuántos son?

—No me he parado a mirar el paisaje —dijo Sancho con una mueca.

El comisario asomó su nariz ganchuda por el hueco. Los corrales del primer piso se convertían en aquel nivel en mesas de despiece. El hedor era aún mayor, como lo sería a medida que subiesen.

—El flamenco está en una esquina, peleando con el arma. Es un viejo trabuco, dudo que sirva para gran cosa a menos que nos alcance de lleno. Debemos avanzar.

Sancho no las tenía todas consigo, viendo el destrozo que había hecho el arma en la pared, pero salió corriendo y se agachó junto a una de las mesas. La descarga que esperaba nunca llegó. En su lugar apareció un hombre bajo y cetrino, armado con espada y daga. Se lanzó a por él y Sancho no tuvo más remedio que abandonar su posición y cruzar su acero con el del matón. Un ruido a su espalda le indicó que un nuevo enemigo se aproximaba. Por puro instinto se echó a un lado, esquivando por muy poco una estocada dirigida a su costado. No pudo ver quién se la había lanzado, pues el sol que entraba por las ventanas del techo le deslumbraba, creando zonas de sombra que imaginó repletas de enemigos. El matón que tenía enfrente, que se había apartado un momento, volvió a azuzarle y Sancho no tuvo más remedio que dejar desprotegido el flanco que había peligrado un instante antes.

—¡Ayudémosle! —gritó Miguel. El resto de la partida salió del hueco de la escalera, trabando sus espadas con las de adversarios a los que Sancho no podía ver. Se preguntó cuántos habría, y si bastarían sus exiguas fuerzas para desnivelar la balanza.

El enemigo al que se enfrentaba ahora era un gran espadachín. Tenía un estilo seco y brusco, al que Sancho opuso técnica y astucia. El matón era poco amigo de avanzar demasiado en el sentimiento del hierro de Sancho, prefiriendo rodearle y empujarle contra la mesa junto a la que había estado agachado un momento antes. Quería arrinconarle para luego lanzar ataques contra sus piernas que a Sancho le resultasen difíciles de contrarrestar. Pero el joven intuyó lo que el otro pretendía, y cuando sus caderas rozaban ya la madera, tiró dos estocadas rápidas y se hizo a un lado. El golpe dirigido contra una de sus piernas acabó hundido en la pata de la mesa, y la espada del matón trabada por un instante. Fue todo lo que Sancho necesitó para atravesarle el cuello. Cayó desplomado, con la mano aferrada aún al pomo de su arma.

Hubo otro movimiento a su espalda y Sancho se revolvió, alzando el arma. Pero la bajó enseguida al ver quién era. Miguel y Guillermo se habían situado detrás de él, enzarzados con otros tres enemigos. El inglés se defendía como podía, mientras el comisario trataba a duras penas de protegerles a ambos. Sangraba profusamente por un par de heridas en el hombro y en la frente, y estaba claro que no resistiría mucho más.

Sancho subió de un salto a la mesa que estaba a su izquierda, corrió por ella y bajó detrás de los matones. Uno de ellos se dio la vuelta, justo a tiempo de encontrarse con la punta de la espada del joven en las tripas. El otro, asustado, logró colarse bajo la mesa y corrió hacia la escalera. Miguel se volvió hacia Guillermo, que repelía de forma desesperada los ataques de un hombre gordo y lento de nariz enrojecida. Estaba claro que había estado bebiendo, y eso probablemente era lo único que mantenía con vida al inglés, que pese a todo perdía cada vez más terreno ante las embestidas del rival. Había descubierto a las malas que en la vida real la espada del contrincante no tiene como objetivo chocar con la tuya y hacer el mayor ruido posible, sino cortarte la yugular.

El comisario no pudo auxiliar a Guillermo, pues otro hombre surgió de entre las sombras y se arrojó sobre él. Justo en ese momento se oyó un grito agudo de dolor, que llegaba desde arriba. Con un escalofrío, Sancho reconoció la voz de Clara.

—¡Maldita sea, muchacho! ¡Ve a ayudarla! —gritó Miguel.

Con la mesa de nuevo entre ambos, Sancho miró por encima del hombro al camino libre que conducía a la escalera del tercer piso. No podía detenerse, ni tampoco dejar a sus amigos en aquella situación. Miró a sus pies, donde había un cubo de madera con fleje metálico rodeándolo. Lo recogió del suelo y lo arrojó a la cabeza del matón borracho. Hubo un golpe seco y éste se desplomó sobre la espada de Guillermo, quien cayó arrastrado al suelo. Confiando en que Miguel fuera capaz de arreglárselas solo, Sancho corrió hacia su objetivo.

No llegó a alcanzar la escalera. Cuando salió de uno de los chorros de luz encontró frente a él una escena dantesca. Dreyer, desarmado y de rodillas, miraba de frente a Groot. El flamenco, erguido junto a él, le propinaba pequeños cortes con su espada en los brazos y el costado. Sancho comprendió que el herrero se había escurrido a espaldas de ellos, pegado a la pared, buscando enfrentarse él solo al hombre que había destruido su felicidad. Pero si al bajar del caballo apenas podía caminar, mucho menos plantar cara al asesino más peligroso que Sevilla había conocido. Groot ahora jugaba con él como un gato cruel lo haría con un ratón ensangrentado y furioso. Una mirada ida en sus ojos pequeños y porcinos aumentaba aún más la animalidad de aquel rostro despreciable.

El flamenco dijo algo en su idioma, y Dreyer respondió de la misma forma. La respuesta no debió de gustar al holandés, puesto que hizo un nuevo corte, esta vez debajo del ojo izquierdo del herrero. Incapaz de contemplar aquella carnicería, Sancho dio un paso hacia adelante, entrando en el último de los círculos de luz que había cerca de la escalera y revelándose a su enemigo.

—El que faltaba... —dijo el flamenco en castellano—. ¿Es alumno tuyo, Dreyer? Ya sabes lo que hago yo con ellos.

—No has aprendido nada, ¿eh, capitán? ¿Tendré que llenarte de nuevo el rostro de mierda? Vive Dios que aquí hay mucha —dijo Sancho, con una sonrisa provocadora. Quería que el flamenco se apartase de su maestro a toda costa.

Los ojos de Groot se abrieron de par en par, mientras el recuerdo de un muchacho rebelde que escapaba huyendo con una moneda de oro volvía a su memoria. Aquella afrenta que no había podido borrar nunca le hizo hervir la sangre, y dio un paso hacia Sancho. Pero antes de entrar en su sentimiento del hierro, se detuvo, y una expresión maliciosa se dibujó en su rostro.

Retrocedió y alzó la espada.

—Sería divertido matar a otro de tus mocosos delante de tu cara, Dreyer. Pero por si sucede lo impensable...

Y descargando el acero, seccionó la tráquea de Dreyer de un solo golpe. El herrero se desplomó con un estertor sordo. Estaba muerto antes de tocar el suelo.

Sancho, que había pretendido provocar al capitán, tuvo que contenerse para no saltar por encima del cadáver de su maestro y arrojarse al cuello de Groot. El brillo en los ojos del flamenco le indicó que eso era exactamente lo que él quería.

—Voy a matarte —dijo desenvainando la segunda de las espadas que llevaba al cinto.

Se colocó en la posición florentina, ambas hojas apuntando al rostro de Groot. El otro parpadeó perplejo al verle adoptar aquel movimiento.

—Así que eres una rata callejera. Ahora entiendo cómo lograste colarte en la Casa de la Moneda.

Dio un paso a su derecha, buscando el ángulo muerto de Sancho.

—Hablas demasiado para ser un campesino cabeza de queso —dijo el joven, dando un paso hacia la derecha también.

Comenzaron a trazar un círculo por encima del cadáver de Dreyer. La suela de sus botas trazaba dibujos sangrientos en el suelo, allá donde los pies se arrastraban cautelosos, buscando el apoyo más firme al tiempo que se mantenían tensos para saltar en cualquier momento. Esta vez fue Groot el primero en atacar, una estocada rápida y ligeramente desviada, que Sancho repelió con una arma al tiempo que enviaba la otra a trazar un círculo frente al rostro del capitán, quien echó el cuello hacia atrás a pesar de que la punta de la hoja se quedó a más de un palmo de su nariz.

Dieron otra vuelta más, estudiándose, mientras la mente de Sancho intentaba abstraerse del hedor, el cansancio, el miedo y el odio. Intentó aislar sus pensamientos de todo lo que no fuesen curvas y rectas, ángulos de entrada, distancias y combinaciones.

«Sexta con la izquierda, trabar en séptima con la derecha, aguantar, intentar entrar en sexta de nuevo», pensó. Y antes de darse cuenta, su cuerpo ya había ejecutado por él aquella maniobra. Un paso hacia adelante, estocada al hombro derecho de su rival que éste desvió, trabar la espada e intentar de nuevo la primera entrada. Pero por desgracia la fuerza de Groot era descomunal, demasiado para sostener el trabado de su espada, y el flamenco rechazó el final de su ataque como si apartase una frágil rama que se cruzase en su camino.

«No lo conseguiré. No puedo con él.»

Pero la estocada debía de haber puesto nervioso al capitán, porque éste respondió con una serie de golpes que Sancho pudo desviar a duras penas. Cada choque de los aceros enviaba las vibraciones hasta las muñecas y los antebrazos del joven, que notó como sus articulaciones crujían ante el enorme esfuerzo. Era como intentar parar la coz de una mula con una hoja de papel.

—¿Lo notas, *smeerlap*? —dijo Groot.

Ambos estaban jadeando, pero Sancho no se engañaba. Los músculos de su brazo izquierdo, los tendones de su mano, incluso sus dientes le habían avisado de que no podrían contener otro asalto como ése. Una más de aquellas estocadas, y la defensa de Sancho fallaría. Y entonces la espada de Groot le destrozaría las costillas.

El flamenco debió de intuirlo, porque dio un paso al frente y descargó uno de sus golpes a la izquierda de Sancho, que logró pararlo a duras penas. Groot se recuperó, volvió hacia adelante y atacó de nuevo, dejando caer su larga espada sobre la cabeza de Sancho como si fuera una porra. Ante aquella embestida brutal, el joven cayó de rodillas y cruzó ambas armas por encima de su cabeza, reteniendo la hoja de su rival en el ángulo que estas dos formaban. El flamenco sonrió, viendo a Sancho a su merced, empujando con todas sus fuerzas mientras el joven se doblegaba cada vez más.

—¿Quieres herirme? Pues lo vas a hacer, hijo de puta.

De un tirón retiró la espada de la izquierda. Groot, sorprendido, no pudo evitar que su espada resbalase por la pendiente que formaba la otra arma. La gruesa punta rebotó en los gavilanes, bajando hasta encontrar el ángulo muerto en la guardia de Sancho.

Sin pensarlo dos veces, Groot hirió cruelmente su antebrazo derecho. Soltó un rugido de triunfo, que en su final se convirtió en un quejido. Atónito ante lo que estaba sintiendo, miró hacia abajo.

La espada izquierda de Sancho se había hundido un palmo en su costado.

—No puede ser... —musitó antes de derrumbarse encima del joven.

Sancho gritó cuando el enorme peso de Groot le aprisionó el brazo izquierdo entre la espada y el suelo. Oyó un crujido y sintió un dolor horrible, mayor incluso que cuando el flamenco le había herido, pero no soltó el arma. En lugar de eso la retorció varias veces, mientras miraba de frente el rostro de Groot. Estaban tan cerca que sus respiraciones se mezclaban.

—No merecéis la pena. Una bastarda criolla y una rata callejera —dijo entre espumarajos de sangre, dañino hasta el final—. ¿Disfrutaste follándotela? Nosotros llevamos haciéndolo toda la semana.

El joven apoyó los talones en el suelo y empujó con todas sus fuerzas hacia arriba, hundiendo aún más su espada en el pecho de Groot. Éste soltó un esputo de sangre negra, y sus ojos se apagaron. Con un esfuerzo supremo, Sancho salió de debajo del enorme cuerpo e inició la subida por el último tramo de escalera.

Cuando llegó a lo alto sintió que iba a desmayarse. La herida del brazo derecho le dolía horriblemente, y apenas podía mover el izquierdo después de que Groot cayese encima de él con todo su peso. Había dejado aquella espada debajo de Groot, incapaz de recuperarla. La otra la sostenía a duras penas.

Vargas estaba allí, mirándole con un odio blanco y venenoso. Junto a él estaba Clara, aún amordazada. El comerciante la sujetaba por el vestido, manteniendo el cuerpo de la joven en equilibrio sobre la baranda. Los pies descalzos de Clara estaban al borde del vacío.

—Si la suelto, morirá.

—Sois vos quien morirá si la soltáis.

El comerciante soltó una carcajada.

—¿Pretendéis que crea que vais a perdonarme la vida si la dejo ir?

—Podéis pensar lo que os plazca. Pero como hay un cielo sobre nuestras cabezas que si la soltáis os sacaré las tripas antes de que ella toque el suelo.

Vargas lo contemplaba acercarse, tan lleno de furia que Sancho fue incapaz de predecir qué haría después. Le temblaban los hombros por la tensión, y apretaba los dientes en una mueca inhumana. Finalmente, con un grito, tiró del vestido de Clara, arrojándola al suelo, en el lugar donde la baranda de madera volvía a alzarse. La joven se quedó allí, sollozando.

Sancho se agachó a su lado y le retiró la mordaza. Clara tosió varias veces y enterró la cabeza en su pecho.

—Tranquila. Todo saldrá bien. Ahora estás conmigo. Y nunca más nos separarán. Te lo prometo.

Vargas se apartó del agujero en la baranda. Por un momento miró su espada y luego a Sancho, que estaba arrodillado junto a Clara. Calculando sus posibilidades.

—No lo pensaréis de veras —dijo Sancho, intentando camuflar con una sonrisa el hecho de que con los brazos inutilizados, en aquellos momentos no sería capaz de parar la estocada de un niño de cinco años.

Vargas le devolvió la sonrisa. Una mueca inerte, de ojos muertos y vacíos.

—Crees que has vencido, ¿verdad? Esa a la que amas es mi hija, Sancho. Piensa en ello cuando te para un hijo. Será mi cara la que veas.

—No sé si sabré distinguirla de la mía. Al fin y al cabo, ahora ambos somos ratas callejeras.

Sancho anticipó el ataque mucho antes de que éste se produjera. En los pies de Vargas, que giraron hacia él. En los ojos de Vargas, que se abrieron mucho ante el insulto. En la espada de Vargas, que le apuntaba mientras el comerciante renqueaba los tres pasos que les separaban. Pero por mucho que lo anticipase, sus brazos ya no le respondían. Sólo tenía una oportunidad.

Cuando la espada cargaba hacia él, Sancho rodó por debajo de su estocada, se puso en pie y golpeó con el hombro en el centro del pecho del viejo. Éste trastabilló hacia la baranda, braceando desesperado en el aire mientras intentaba recobrar el equilibrio. Por un instante se mantuvo quieto, pero luego su peso fue demasiado para la envejecida madera, que se partió. Vargas desapareció en el vacío.

Sancho se asomó y lo vio allí abajo, desmadejado como un muñeco roto. Su cabeza se había estrellado contra la piedra de amolar con un terrible crujido. Los ojos sin vida del comerciante aún mostraban una expresión de tristeza, mientras la sangre y los sesos se desparramaban sobre las monedas, empapaban la piedra y se escurrían hasta el suelo lleno de vísceras y restos.

La pesadilla de Vargas se había cumplido.

EPÍLOGO

—

El tañido comenzó fuerte y sereno para volverse rápido, agudo y alegre. El sonido era inconfundible.

Las campanas de la catedral anunciaban, aquel 23 de abril de 1591, la partida hacia las Indias de la flota. En el Arenal, como siempre, había un ambiente de fiesta y optimismo. Aquel año, debido a la terrible hambruna que habían padecido y a lo largo que se les había hecho el invierno, los sevillanos mostraron una alegría aún más desbordante. Se bebió vino en los toneles que habían arrastrado hasta allí, se cantaron canciones, se hicieron ofrendas de alabanza a Dios y peticiones por el éxito de la expedición. Las putas y los ladrones hicieron buen negocio también.

En mitad de la gozosa muchedumbre, cuatro personas se decían adiós. Habían despedido semanas antes a una quinta, cierto inglés que había partido de regreso a su patria en un barco francés, vía Normandía. Se había ido con los bolsillos llenos y el ánimo dispuesto. Cuando Sancho lo rescató de debajo del cadáver del matón al que había vencido, cubierto de vísceras y sangre, dijo que había jurado a san Jorge que si le sacaba de aquélla no volvería a beber. Y desde aquel día no había vuelto a probar el vino. Muy al contrario, pasaba el día entero enfrascado en sus resmas de papel, escribiendo. Decía que regresaría a Londres e intentaría que se representasen algunas obras que se le habían ocurrido. También pasó mucho tiempo a solas con el comisario, hablando de historias y de gentes.

Sancho y Josué habían empleado aquel tiempo muy provechosamente. Se llevaron las alforjas llenas de centenes hasta la fundición de Dreyer, junto al cadáver del herrero. Lo enterraron allí, junto al mirador de la forja, de manera que cada mañana pudiera ver amanecer, tal y como a él le hubiera gustado. La cruz de la tumba la hicieron de acero, el material del que estaba hecha el alma de aquel hombre que tanto le había dado.

Forjar la cruz fue un desafío para Sancho y un buen entrenamiento para la tarea que quería desempeñar. Las monedas que habían robado estaban marcadas. El rey Felipe se reservaba su uso, y sólo las empleaba como ofrenda para grandes personalidades y otros monarcas. Su valor era además demasiado alto como para gastarlas con normalidad. Si intentaba utilizarlas, los alguaciles le colgarían en la plaza de San Francisco antes de terminar un padrenuestro. Por toda Sevilla corría de boca en boca la leyenda del ladrón que había desvalijado la Casa de la Moneda para luego desvanecerse sin dejar rastro.

Fundir el oro en pequeñas barras manejables fue mucho más difícil de lo que había imaginado. Aunque había visto muchas veces trabajar a Dreyer, e incluso le había ayudado con pequeñas tareas, el herrero nunca le había enseñado los secretos de su oficio, limitándose a la espada. Éstos habían muerto con él, ya que no había dejado libros ni escritos sobre el arte de la forja. Pero Sancho había visto lo suficiente como para intentarlo por su cuenta. Conseguir la temperatura suficiente como para fundir el oro fue sencillo. Ver desaparecer el escudo del rey entre grumos anaranjados supuso para el joven una pequeña satisfacción. Lo complejo fue conseguir verter el metal fundido en los moldes y lograr formas homogéneas. Le costó muchos días y muchas pequeñas cicatrices en los antebrazos, pues al contrario que el hierro, el oro formaba burbujas que explotaban de forma inesperada. Pero lo logró.

El primer joyero al que acudió frunció el ceño al ver aquellas barras desiguales, con forma sospechosamente parecida a la de la espiga de una espada.

—Traer oro de las Indias y fundirlo vos mismo es ilegal —dijo mirando a Sancho por encima de sus anteojos.

—Esto es parte de un candelabro de oro que me legó mi anciano padre. Fundido para mayor facilidad en su transporte. Pero si no os interesa... —dijo Sancho, retirando las barras de encima del mostrador.

—Yo no he dicho eso. Hablemos del precio —se apresuró a responder el otro, tomándole del brazo.

Y así, repitiendo varias veces la misma jugada, Sancho reunió varios miles de escudos. Una cantidad inferior a la que había acuñada en las monedas, pero conseguir más era imposible sin abandonar España. Tal vez algún banquero florentino o genovés hubiese aceptado los centenes sin hacer preguntas, pero Sancho no podía correr el riesgo de un viaje tan largo. Además, necesitaba el dinero cuanto antes.

La mayor parte la puso en una gran bolsa y la llevó hasta cierto lugar donde no había sido feliz. Escalar hasta el cuarto de fray Lorenzo con aquel peso encima fue difícil y peligroso. Depositó la bolsa encima de la mesa en mitad de la madrugada, una hora después de maitines, rezo que el fraile seguía siempre en la capilla junto a los otros monjes. Cuando volvía a escapar en dirección a la ventana, una voz le retuvo.

—Aquí no hay nada que robar, muchacho.

—Ahora sí —dijo el joven, agarrando la cuerda que había usado para subir.

—¡Espera, Sancho!

Éste aguardó, sorprendido.

—Me habéis reconocido.

El fraile se levantó y prendió una vela.

—Siempre supe que volverías, muchacho, aunque me imaginé que sería por la puerta. ¿Qué es eso? —dijo señalando la bolsa que había ahora sobre su escritorio.

—Eso depende de vos, padre.

Fray Lorenzo rozó la bolsa con la mano. Había asombro en sus ojos al reconocer los contornos inconfundibles bajo sus dedos esqueléticos.

—No lo comprendo.

—Quiero decir que en esa bolsa puede haber el fruto del robo y del pecado, o pan para los niños del orfanato durante muchos años. Insisto, depende de vos.

El anciano miró a Sancho con tristeza.

—¿Por qué has venido a esta hora?

—Ahora soy yo quien no os comprende, padre.

—Podrías haber venido mientras estaba en maitines. Hubieras hallado mi cuarto vacío. Lo sabes bien, viviste aquí mucho tiempo.

Sancho se calló, pues el fraile tenía razón. Había esperado ese encuentro, anticipado lo que le diría y cómo se lo diría. Y a la hora de la verdad, seguía teniendo miedo de enfrentarse a él.

—Has venido a restregarme este dinero por el rostro, muchacho. Para ponerme entre la espada y la pared, para tentarme como Satanás tentó a Jesús en el desierto. Para obligarme a elegir.

El joven se encogió de hombros. Era cierto.

—¿Y bien?

—Dios te bendiga, muchacho.

Sancho abrió mucho los ojos. Aquello no se lo esperaba.

—Pero...

—¿Sabes cuántos de mis niños han muerto a causa de la hambruna? ¿Cuántas pequeñas tumbas sobre la tierra helada? Dios me ha mostrado lo equivocado que estaba. El auténtico pecado sería rechazar la ayuda por orgullo o por soberbia, muchacho. Que Cristo me perdone, pero ojalá hubieras pecado antes.

Sancho sonrió y se subió al alféizar de la ventana. Puso los pies a ambos lados de la cuerda.

—Adiós, padre —dijo, y comenzó a bajar.

Estaba a media fachada cuando el fraile se asomó a la ventana.

—¡Espera! —La nuez huesuda del anciano subía y bajaba en su cuello desnudo, mientras se desgañitaba para hacerse oír por encima del gélido viento nocturno—. ¿No quieres saber quién te trajo aquí?

—¡No es necesario! —gritó Sancho a su vez—. Ya le conocí, y me dijo que fui los seis escudos mejor invertidos de su vida.

El fraile sonrió con aprobación y volvió a entrar. Mirando la enorme bolsa de cuero sobre su mesa, él no podía estar más de acuerdo.

Las cuatro figuras del muelle compartieron una última jarra de vino en un bodegón de puntapié. Portaban escaso equipaje, pues preferían forjar su vida desde el principio al otro lado del océano. Josué llevaba sus ropas y algunos libros, pues Sancho le estaba enseñando a leer. Éste había cogido sus armas y los restos del dinero que habían conseguido con la venta de las barras de oro. Una cantidad suficiente como para empezar cualquier aventura.

Clara era la que más cargada iba, con dos enormes cofres que contenían sus tratados de medicina y multitud de frascos repletos de las medicinas con las que pretendía iniciar su nueva consulta. La joven echaría pocas cosas de menos de Sevilla. Había llorado más de lo que creyó posible cuando supo de la muerte de Catalina, pero menos de lo que lo hizo al despedirse de las chicas del Compás. Una semana antes había traído al mundo al hijo de la Juani, la joven prostituta a quien había conocido en su primer día en el burdel. La Juani estaba aterrada, y Clara la comprendió. También para la boticaria se abría una puerta a un mundo nuevo, aunque era feliz. El sueño de su madre de que ella regresase al otro lado del mar, y el suyo propio de ser libre para elegir su propio destino podían ahora fundirse en uno solo.

Por su parte Miguel de Cervantes los miraba con tristeza. Besó a Clara, a quien había conocido y aprendido a respetar en los últimos meses. Estrechó la mano de Josué, que le devolvió un enorme apretón que por poco le arranca el brazo. Y por fin se detuvo ante Sancho.

—He aprendido mucho a vuestro lado, amigo mío. La noche antes de la encerrona que le hicimos a Vargas, Guillermo me habló de cómo terminasteis siendo un ladrón.

Aun después de todo aquel tiempo y de lo que habían pasado juntos, Sancho no pudo evitar ruborizarse al recordar cómo había apuñalado los barriles de vino aquella noche, como si fueran los enemigos imaginarios de su propia vida.

—Es una historia lamentable.

—Bien contada podría ser brillante. Tal vez la escriba algún día y le ponga vuestro nombre al protagonista.

Sancho meneó la cabeza.

—No, por Dios, don Miguel. Al protagonista no. Tal vez a algún secundario de buen corazón.

Miguel le miró y frunció el ceño, hasta que ambos estallaron en una carcajada y se fundieron en un abrazo.

—Gracias, muchacho.

—Me alegro de que al menos hayáis sacado una buena historia de todo esto.

El comisario se separó de él y apartó la mirada por un instante, pestañeando como si el fuerte viento le hubiera metido algo en el ojo. Carraspeó.

—¿Qué hay de vos, Sancho? ¿Habéis descubierto cuál es la materia de los sueños?

—Maese Guillermo creía en la tinta que da forma a las historias. Yo en el oro que da los medios para realizarlas. Y vos en la esperanza que nos lleva a cumplirlas.

Sancho se volvió hacia Clara, que le dedicó una sonrisa suave y seductora, y una mirada tan cristalina y brillante como la mañana. Cuando se volvió de nuevo hacia Miguel, el joven parecía estar ya a miles de leguas de distancia.

—¿Y bien? ¿Cuál es la respuesta?

—¿Por qué no las tres, don Miguel? —respondió Sancho. Luego se volvió para besar la mano de Clara—. ¿Por qué no ésta?

Miguel permaneció aún mucho rato en el muelle de Sevilla, contemplando cómo el galeón se iba alejando Betis abajo. El pelo color medianoche de Clara se agitaba por encima de la borda donde los tres le decían adiós, mecido por el viento que impulsaba la flota del rey hacia el Nuevo Mundo. Miguel se dejó llevar por una extraña melancolía, deseando ocupar el lugar del joven al que había salvado de la muerte, al que había acabado debiendo más que la propia vida y al que tanto iba a echar de menos. Cuando la última vela se ocultó tras el recodo del río, el comisario se permitió por fin una única lágrima que quedó brillando en su rostro curtido y enjuto.

«Oro, tinta y esperanza. No es mala combinación —pensaba Miguel, mientras llevaba su caballo entre la muchedumbre, cogido por el ronzal. Cruzó el Puente de Barcas, montó y picó espuela, rumbo de nuevo a su tarea—. No es mala en absoluto.»

Los cascos de su caballo flotaron sobre el polvo del camino. Y después fuese, y no hubo nada.

FIN

NOTA DEL AUTOR SOBRE ALGUNOS PERSONAJES Y HECHOS HISTÓRICOS DE *LA LEYENDA DEL LADRÓN*

La **lengua de señas** en la que se comunican **Sancho** y **Josué**, aunque aparente ser sorprendentemente moderna para la época de la novela, no lo es. De hecho el origen de las lenguas de señas se remonta al principio de los tiempos, y podemos decir que son tan antiguas como las orales. Hay referencias de su uso en muchos momentos históricos, aunque la primera completamente documentada de la que tenemos noticias es un método para enseñar a las personas sordas desarrollado por el aragonés **Juan de Pablo Bonet** (1573-1633), contemporáneo de nuestros héroes.

Otra figura relevante que compartió siglo con Sancho fue **Joachim Meyer**, cuya biografía sirvió de inspiración para mi ficticio maestro **Dreyer**. Su tratado de esgrima, impreso en 1600, ha servido de documentación para varios aspectos técnicos de la obra.

Respecto a **Nicolás de Monardes**, el de la vida real tiene poco que ver con el de mi novela. Monardes fue uno de los más grandes médicos del Renacimiento español, si no el mayor, aunque en su figura histórica se parecía más a **Francisco de Vargas**, de quien ha sido inspiración. Monardes era un hábil comerciante, y se hizo multimillonario traficando con productos importados de América que luego vendía en Sevilla y otros puntos de Europa. Se sabe que su fortuna llegó a alcanzar en algún momento los veintisiete millones de maravedíes. Para esta historia le he convertido en peor comerciante y mejor médico, pues leyendo los tratados del Monardes real descubrimos que era gran partidario de la teoría humoralista, algo que no gustaba nada al maestro de **Clara** en la ficción.

El problema de la vida real para un novelista es que suele ser sucia y enrevesada. Monardes fue un autor famoso en su época y un gran médico, pero también uno de los esclavistas que más almas exportó a América. Sus esclavos llevaban grabada a fuego en la mejilla la M que suponía su marca comercial. Así que en bien de la novela, todas las partes malas de su personalidad se las transferí a Vargas, y no por casualidad ambos son las figuras paternas de Clara.

Puede que al lector le parezcan novelescas las peripecias que le suceden a nuestra joven protagonista. Parte de sus aventuras están inspiradas en la aún más increíble historia de **Elena Céspedes**, una esclava liberta que se asentó como cirujana haciéndose pasar por un hombre. Por desgracia la historia de Elena termina bastante peor, pues fue asesinada por la Inquisición.

Tampoco es motivo para la sorpresa el que Clara supiese leer y escribir. No era infrecuente que las señoras de la casa, si eran instruidas, alfabetizasen a sus esclavos. Y lo lógico era que fuese también aficionada a las **novelas de caballerías**, que eran al mismo tiempo los bestsellers y la telebasura de su tiempo. La gente hablaba de ellas en el barbero y en la plaza del mercado, y las vicisitudes de sus personajes eran seguidas como las de las estrellas de rock o los futbolistas de hoy en día. No es de extrañar que un real decreto prohibiese en 1531 la exportación a las Indias de «romances de historias vanas o de profanidad, como son los de Amadís y otros de esta calidad». Los esnobs se quejaban de cómo «las doncellitas apenas saben andar y ya traen una Diana en su faltriquera», lo que nos indica que los mecanismos que crean a los ídolos de quinceañeras del siglo XXI son los mismos que hace quinientos años: fama, belleza, superficialidad y sexo.

Los **centenes** fueron reales, tal y como se describe en la novela, si bien he retorcido un poco la historia para colocarlos en una época anterior a la suya. Es un anacronismo deliberado, ya que el primer rey en acuñarlos fue **Felipe III**, no su padre. Hoy en día los centenes son terriblemente escasos, y una sola de las piezas de los enormes sacos que Sancho y Josué robaron en la Casa de la Moneda vale cerca de un millón de euros. No quiero ni imaginarme la cantidad que Sancho fundió en la forja de Dreyer.

Miguel de Cervantes Saavedra, comisario de abastos del rey en la época en la que transcurre la novela y más tarde un autor de cierto renombre, pasó una etapa de su vida muy ligado a Sevilla y la recolección de grano. También se metió en bastantes líos con las cartas y con la justicia antes de escribir una obra inmortal que, quién sabe, pudo ser inspirada en parte por un ladrón impetuoso y noble llamado Sancho de Écija. Toda la parte correspondiente a su rescate en Argel, así como la figura de **fray Juan Gil**, responden tanto a la realidad como he sido capaz de reflejar.

William Shakespeare, «vagabundo, actor y poeta» y más tarde un dramaturgo no del todo desconocido, es una figura tan cambiante y apasionante como fueron sus obras. Es difícil alcanzar la verdad sobre muchas partes de su vida, y muy en concreto sobre los denominados «años perdidos» (1587-1592), en los que no por casualidad transcurre *La leyenda del ladrón*. Shakespeare pudo haber estado en cualquier parte durante aquellos años, y desde luego que huyese de su matrimonio a la ciudad más grande e importante del mundo en el siglo XVII no es una posibilidad tan loca como pudiera parecer.

Siempre me ha fascinado profundamente el que los dos autores más grandes que ha dado la historia muriesen el 23 de abril de 1616, que hoy es consagrado como el Día del Libro. Ambos tienen otra cosa en común, y es que parecieron recibir la inspiración que los volvió inmortales hacia la misma época. Antes de sus «años perdidos» Shakespeare era un don nadie. Antes de su etapa sevillana Cervantes era un autor de poco fuste. La posibilidad de que se conociesen y de que sus dos enormes mentes se prendieran fuego literario mutuamente fue la idea que dio pie a esta aventura. Uno y otro se lanzan referencias cruzadas a lo largo de la historia, algunas muy veladas, y puede ser divertido para una segunda lectura descubrirlas todas.

La inspiración entre Shakespeare y Cervantes existió, de hecho. Tras leer una traducción de *El Quijote*, el inglés escribió una comedia, *Cardenio*, basada en el personaje del mismo nombre aparecido en la obra del español. Por desgracia esa obra se perdió en un incendio y tan sólo referencias del argumento han llegado hasta nosotros. Para saber más de ambos genios recomiendo las biografías de Manuel Fernández Álvarez, *Cervantes visto por un historiador*, y la mastodóntica *Shakespeare*, de Harold Bloom.

Por cierto, de maese Guillermo hemos tomado prestada su enrevesada caligrafía para crear las capitulares con las que arranca cada capítulo. Y también de una de sus obras había extraído yo el título original de esta novela, que escribí como *La materia de los sueños*. Ese libreto es *La tempestad*, y el pasaje con el que comienza el último acto es de lo más apropiado para despedirnos.

PRÓSPERO
Nuestra fiesta ha terminado. Los actores,
como ya te dije, eran espíritus
y se han disuelto en aire, en aire leve,
y, cual la obra sin cimientos de esta fantasía,
las torres con sus nubes, los regios palacios,

los templos solemnes, el inmenso mundo
y cuantos lo hereden, todo se disipará
e, igual que se ha esfumado mi etérea función,
no quedará ni polvo. Somos de la misma
materia que los sueños, y nuestra breve vida
culmina en un dormir.

AGRADECIMIENTOS

—

A Antonia Kerrigan y a su equipo: Lola, Víctor, Hilde y Tonia. Sois los mejores.

A Manel Loureiro, escritor y amigo. A Manuel Soutiño, amigo y lector. He contraído tantas deudas de gratitud con ambos que necesitaré varias vidas para poder pagarlas. Sin vuestra inteligencia y vuestro sentido del humor yo no estaría escribiendo esta última página, ni el mundo sería un lugar habitable.

A Itzak Freskor, un hombre capaz de resurgir de sus cenizas.

A Manolo y Aurora, que nos acogieron en su casa durante nuestros retiros de escritura en los bosques de Oregón.

A Juan José Ginés y Alfredo Conde, dos buenos amigos que leyeron el manuscrito e hicieron valiosas correcciones.

A Ángeles Aguilera y Purificación Plaza, editoras de esta novela en Planeta; y a Lucía Luengo y Carmen Romero, responsables de la edición actual.

A Pablo Núñez, que me llenó el manuscrito de notas al margen.

A César y Amalia, que nos ayudan con lo más importante.

A Katuxa, Marco y Javi.

Y a ti, lector, por haber convertido mis obras en un éxito en cuarenta países, gracias y un abrazo enorme. Un último favor: si has pasado un buen rato, escríbeme y cuéntamelo.

juan@juangomezjurado.com
twitter.com/juangomezjurado